Game of Hearts
No Rules

YVONNE WESTPHAL

GAME OF HEARTS

No Rules

arsEdition

Unser Versprechen für mehr Nachhaltigkeit
www.arsedition.de/nachhaltigkeit

Bibliografische Information der Deutschen Nationalbibliothek
Die Deutsche Nationalbibliothek verzeichnet diese Publikation in der Deutschen Nationalbibliografie; detaillierte bibliografische Daten sind im Internet über http://dnb.d-nb.de abrufbar.

Du möchtest noch mehr von uns kennenlernen?

© 2025 arsEdition GmbH, Friedrichstraße 9,
D-80801 München
Alle Rechte vorbehalten
© Text: Yvonne Westphal
Dieses Buch wurde vermittelt von der Literaturagentur erzähl:perspektive, München (www.erzaehlperspektive.de).
Covergestaltung und Innenklappen: Grafisches Atelier arsEdition, unter Verwendung von Shutterstock/Vasya Kobelev, Shuttertsock/SeventyFour, Shuttertsock/OPOLJA, Shuttertsock/KOTOIMAGES, Shuttertsock/Korisbo, Shuttertsock/Harald Lueder, Shuttertsock/Yulia Davidovich, Shuttertsock/Olga Mukashev , Shuttertsock/Anna.evlanova
Satz: Uhl + Massopust, Aalen

978-3-8458-6074-9

Wir behalten uns die Nutzung unserer Inhalte für Text und Data Mining im Sinne von § 44b UrhG ausdrücklich vor.

www.arsedition.de

Für alle Disney-Prinzessinnen in Hogwarts.
Ihr braucht keinen Prinzen. Ihr braucht nur euch selbst.
(… und vielleicht einen dunklen Ritter, um es zu begreifen)

Für Lina.
Auch, wenn du das hier vielleicht niemals lesen wirst.

Playlist

Meistgespielter Song
Miss Americana & The Heartbreak Prince – Taylor Swift

Breakin' Dishes – Rihanna
Lying Is the Most Fun a Girl Can Have Without Taking Her Clothes Off – Panic! at the Disco
Kiss from a Rose – Seal
Something That I Want (from Disney's Tangled) – Grace Potter
Earned It – The Weeknd
I Won't Say (I'm in Love) (from Disney's Hercules) – Cheryl Freeman, LaChanze, Lillias White, Susan Egan & Vanessa Thomas
All of Me – John Legend
That's What I Like – Bruno Mars
Castles Crumbling (Taylor's Version) – Taylor Swift feat. Hayley Williams
Raging – Kygo feat. Kodaline
The Little Mermaid Main Titles – Alan Menken

Morning Glory Chronicles

Samstag, 01. September

Willkommen, ihr huldvollen Hoffnungsträger:innen von morgen (lest diesen Abschnitt aufmerksam durch!)
und willkommen zurück, ihr verdorbenen Vorbilder von heute (weiterswipen zu Abschnitt 2)

Heute beginnen wir ein neues Kapitel in der Chronik von St. Gloria, wie jedes Jahr mit allen pikanten Details hier in den *Morning Glory Chronicles* festgehalten. Uns entgeht kein einziges eurer schmutzigen Geheimnisse. (Anm. d. Red.: Das ist die erste und einzige Warnung, die ihr hierzu bekommen werdet, also nehmt sie euch zu Herzen.)
Jeder und jede, die neu auf das Prep-College St. Gloria im Herzen der Schweiz kommt, muss sich für eine Seite entscheiden: Alpha oder Omega. Weiß oder schwarz – wie die sündhaft teuren Schachbretter der Celebritys, Unternehmer und Politiker aus der ganzen Welt, die ihre Sprösslinge hierherschicken, um sie zur Elite von morgen ausbilden zu lassen.
Alpha und Omega. Diese beiden Häuser definieren nicht nur euren Freundeskreis, sondern auch eure Verhaltensregeln und Werte.

Weiß wie Mut & Ehrlichkeit.
Schwarz wie Ehre & Loyalität.
Spätestens im Abschlussjahr wird es also höchste Zeit, die Intrigensynapsen auf Hochtouren zu bringen, denn am Ende winkt das *Gloria cum laude* – die begehrte Auszeichnung, die allen Absolvent:innen des Gewinnerhauses einen garantierten Platz an der Eliteuniversität ihrer Wahl gewährt; den Präsident:innen sogar als volles, nicht rückzahlungspflichtiges Stipendium. Nicht, dass die meisten hier das finanziell nötig hätten...

Du – ja du, die bzw. der du das gerade liest – triffst also besser schnell deine Entscheidung und setzt hoffentlich aufs richtige Pferd – äh, Haus und Präsidentenpaar. Porträts zu Felicia de Vries (Alpha) und Anastasia Bianchi (Omega) findest du hier.
Kleiner Tipp: Alpha-Präsident ist – wir haben es alle gehofft! – Nicoley Debois-Cartell. Obwohl wir uns von Valentin Knight (Omega) auch gern mal gegen die Bettkante stoßen lassen würden, oder? Zwar haben die Herren der Schöpfung am St. Gloria nicht so viel zu sagen wie die Damen, aber der Vollständigkeit halber findest du ihre Porträts hier.
Und jetzt: Vorhang auf für eines der vielversprechendsten Abschlussjahre von St. Gloria! Schließlich haben Felicia und Anastasia gerade erst den lang ersehnten Thron bestiegen...
Apropos etwas besteigen: Unsere brandheißen Skandal-News findest du wie immer hier. Wir sagen nur: Heiße Liebe in Paris – und was auf Mauritius passiert ist, wird dich sprachlos machen!

Haben wir etwas vergessen? Schick uns einfach einen Hinweis gleich hier in der Glorious-App. Den besten Fotos oder Videos winken Delta-Tokens! ;-)

1
Vorspiel

Valentin

Ich bemühte mich, keine Miene zu verziehen, während ich durch die erste *Morning Glory* Ausgabe meiner Präsidentschaft scrollte und mein eigenes »Porträt« las wie das eines unehelichen Sohnes von Hugh Hefner mit Vegas-Vergangenheit. Amüsant.

Der *Morning Glory* war schlechter recherchiert und noch reißerischer als diese zweitklassigen Klatschmagazine, die mit retuschierten Promi-Gesichtern um Body Positivity warben, um ironischerweise ein paar Seiten später die besten Abnehmtricks anzupreisen. Die aus Schnappschüssen Skandale strickten und aus Schlagzeilen Shitstorms.

Aber so war die Welt nun einmal, besonders für die privilegierte Elite, die besser früher als später lernte, souverän durch das Blitzlichtgewitter der Öffentlichkeit zu navigieren.

Wer ganz oben steht, kann umso tiefer fallen ...

Deswegen nahm ich all das zur Kenntnis, filterte die relevanten Informationen heraus und wechselte kurz die App, um eine Notiz für eine spätere Recherche zu machen.

Da sah ich aus dem Augenwinkel, wie Nicoley auf mich zukam. In einer Welt, in der die meisten Freundschaften so flüchtig und falsch waren wie billige Parfüms, hatten wir es irgendwie geschafft, seit unserer Kindheit befreundet zu bleiben – und diese Freundschaft selbst dann zu erhalten, als wir uns letztes Jahr in die zwei gegnerischen Häuser von St. Gloria eingeschrieben hatten.

Seit heute war das anders. Jetzt waren wir wohl Rivalen.

»Wie war Paris?«, fragte ich, ohne aufzusehen.

Nicoley fuhr sich durch die blonden Haare, deren Out-of-Bed-Look Harry Styles vor Neid erblassen lassen würde und meinen inneren Monk in den Wahnsinn trieb. »Hey, Mann. Laut. Stickig. Voll. Und weißt du, wie klein die Mona Lisa ist?« Ich schob das Handy zurück in die Innentasche meines Sakkos. Ja, das wusste ich. Aber um ihn nicht bloßzustellen, blieb ich stumm und sah Nicoley abwartend an, bis der fortfuhr: »Mein Dad hat eine Privatvorführung im Louvre organisiert, so konnten wir näher ran. Aber ernsthaft: Was zur Hölle findet alle Welt an der Frau?«

Unwillkürlich glitt mein Blick zu einer anderen Frau, deren Lächeln zwar nicht auf fünfzig mal siebzig Zentimetern Leinwand gebannt war, aber genauso viele Fragen aufwarf. Sie trug ein elegantes, beinahe schlichtes Sommerkleid und wurde in dieser Sekunde mit dem frenetischen Geschrei ihres Hauses als brandneue Alpha-Präsidentin von St. Gloria empfangen.

Mochte sein, dass Felicia de Vries als eine der vielversprechendsten Absolventinnen in spe galt und laut heutigem *Morning-Glory*-Porträt die »eleganteste Stilikone seit Audrey Hepburn« war.

Aber da war kein Feuer in ihren Augen, kein Makel in ihrer geschliffenen Fassade.

Und das machte sie zur langweiligsten Frau, die ich kannte.

Leider machte sie das auch zu einer schwer besiegbaren Gegnerin. Denn zugegeben, ich hatte sie nicht auf dem Schirm gehabt, bis sie kurz vor den Semesterferien zur künftigen Präsidentin ernannt worden war. Ich hatte meine Sabotageanstrengungen im letzten Jahr auf die falsche Alpha-Anwärterin konzentriert. Das würde mir nicht noch mal passieren.

»Egal. Wie war Monaco?« Nicoleys Hand auf meiner Schulter holte mich aus meinen Gedanken. Offenbar hatte er die *Chronicles* auch bereits gelesen. »Sex, Drugs and Rock 'n' Roll?«

Ich hob einen Mundwinkel. Nicht ganz. Aber ich würde Nicoley nicht erläutern, was ich wirklich in Monaco getan hatte. Es war immer besser, wenn deine Feinde dich unterschätzten. Wissen ist Macht.

Bloß, dass Nicoley kein Feind war – nicht bis gestern jedenfalls – und mich auch zu gut kannte für jemanden, der jetzt auf der anderen Seite stand. Wir stammten aus denselben Gesellschaftskreisen und hatten dasselbe britische Eliteinternat besucht. Jetzt spielten wir auf gegnerischen Seiten um dasselbe Ziel: den Blankoscheck für jedes Investment, der Freifahrtschein für jedes noch so utopische Studienziel. Das höchste Gütesiegel der Unantastbarkeit für Menschen, die bereits unantastbar geboren worden waren. Das *Gloria cum laude.*

»Ich bin dein Feind?«, fragte mein bis heute bester Freund, weil er meinen Gesichtsausdruck endlich richtig deutete. Sein gekränkter Welpenblick wirkte fast obszön kitschig. Nicoley Debois-Cartell war schon als Schönling auf die Welt gekommen. Gut für ihn – und nicht seine Schuld, weswegen ich es ihm nicht vorwarf. Was hingegen sehr wohl seine Schuld war, war die Wahl seiner Freundin.

Statt einer Antwort tippte ich also vielsagend auf das elfenbeinweiße Emblem, das jetzt neben dem Collegewappen auf seiner Uniform prangte. Er war der neue Alpha-Präsident.

Wieder fuhr er sich durch die Haare, sah sich unwillkürlich nach Zuschauern um und trat dann einen Schritt näher. »Glaubst du, ich habe Bock auf das hier? Ich war genauso überrascht wie du, als sie zur Alpha-Präsidentin ernannt wurde, okay? Keine Ahnung, wer diese dämliche Regel aufgestellt hat, dass der feste Freund oder nächste Familienangehörige der Präsidentin automatisch ihr Präsident wird.

Aber da war Paris schon gebucht und seit sie den Titel hat, vergöttert mein Vater sie, also …«

Ich sah ihn ausdruckslos an. Ernsthaft? Abgesehen davon, dass jedem hier bereits am ersten Tag des zweijährigen Prep-Studiums die Regeln geradezu eingehämmert wurden: »Also was? Bleibst du mit einer Frau zusammen, die du gern verlassen würdest, um einem Mann zu gefallen, den du hasst?«

Damit traf ich offenbar mehr ins Schwarze, als ihm lieb war, denn jetzt huschte der gequälte Ausdruck über sein Gesicht, den kaum jemand kannte, weil die wenigsten Leute hinter den Glanz von Sportpokalen und Schwiegersohnlächeln blicken wollten.

Viel wichtiger war: Er widersprach nicht. Keiner der beiden Aussagen. Ködernd hob ich mein Handy, auf dem noch der heutige *Morning Glory* in der Glorious-App geöffnet war. »Um unserer Freundschaft willen werde ich so tun, als hätte ich das nicht gehört. Aber du sorgst besser dafür, dass das niemand gegen dich verwendet – oder gegen deine Freundin. Egal, wie gut der Sex ist.«

Interessant: Sein Blick glitt zur Seite. Immer noch kein Sex? Wer war sie, Johanna von Orléans?

Egal, für mich war es Munition für den kommenden Krieg. Ich machte mir eine weitere mentale Notiz, während ich einen auffällig gut gekleideten jungen Mann beobachtete, der sich zu der Traube um Felicia gesellte. Er musste zu den Freshmen gehören, denn ich hatte ihn noch nie gesehen. Und die charismatische Art, mit der er einige ihrer Freundinnen anlächelte, verhieß nichts Gutes für Omega, dessen Sieg jetzt nicht nur mein persönlicher Anspruch an mich selbst war, sondern buchstäblich meine Verantwortung.

»Okay, wow. Danke für das Gespräch, Valentin, ich fühle mich schon viel besser.« Nicoley zog eine Schnute wie ein Hundewelpe. Kein Wunder, dass der halbe Campus auf ihn stand. »Was würdest du denn an meiner Stelle tun?«

Ich nahm die Hand aus der Hosentasche, um ihn in Richtung seiner Freundin zu schieben. »Ich würde Nägel mit Köpfen machen – egal in welche Richtung. Zieh einen Schlussstrich und verlass sie. Oder unterstütz sie bedingungslos. Bevor es jemand anders für dich tut.«

Felicia

Präsidentin von St. Gloria. Präsidentin!

Weiteratmen, Felicia.

»Begrüßt unsere neue Alpha-Queen, Mädels! Aaah!«

Der Jubelruf meiner besten Freundin Hazel goss sprudelnde Begeisterung über den gelähmten Klumpen in meinem Bauch, was ungefähr dieselbe Wirkung hatte wie Cola auf Mentos. Ich hielt die Luft an, um nicht durchzudrehen.

Was so gar nicht funktionierte.

Nur zwei Sekunden später klatschten drei Körper gegen mich und warfen mich fast um.

Ich wollte mitjubeln, das wollte ich wirklich. Aber es war verdammt beängstigend, zu wissen, dass ich jetzt für die Zukunft von über hundert jungen Frauen und Männern in meinem Haus verantwortlich war, vor allem für die der siebenundfünfzig Seniors. Mein Verhalten und meine Entscheidungen in den nächsten neun Monaten würden darüber bestimmen, ob sie heute in einem Jahr über den Elitecampus ihrer Wahl flanieren könnten – oder trotz ihres Reichtums mit einer Uni vorliebnehmen mussten, die ihrem Numerus clausus entsprach.

Und vor allem würde es darüber entscheiden, ob ich an einer der weltweit anerkanntesten Law Schools Jura studieren konnte: in Yale. Meine Eltern waren nicht arm, aber eine Ivy-League-Universität konnten sie nicht bezahlen. Ich meine, hallo? Dreihunderttausend Dollar für vier Jahre Studium? Wer konnte sich das bitte leisten?

Abgesehen von Medienmogul Charles Knight vielleicht, dessen selbstgefälliger Sohn gerade mal wieder meinen Freund mit seiner bloßen Anwesenheit vergiftete. Was mich daran erinnerte, dass sich auch Nicoleys steinreiche Altindustriellen-Familie das leisten könnte. Oder die Botschafter-Eltern der Studentin, die mir immer noch in den Armen lag. Oder der Unternehmer-Vater meiner neuen Medienbeauftragten Misaki, die uns unablässig fotografierte. Oder …

Ich seufzte. Lassen wir das.

Am St. Gloria hatten alle genug Geld für Eliteunis. Ihnen und ihren Familien ging es nur ums Prinzip. Um Prestige. Und manche von ihnen liebten es einfach, zu spielen und andere verlieren zu sehen.

Ich schüttelte die Gedanken ab und konzentrierte mich endlich voll und ganz auf meine Freundinnen – und auf die zwei neuen *Morning-Glory*-Reporterinnen, die mit gezücktem Ansteckmikrofon für mein erstes Interview als Alpha-Präsidentin auf mich zuhielten. Ich atmete tief durch und klebte ein Lächeln auf mein Gesicht. Für den ersten Eindruck gibt es keine zweite Chance.

»Felicia de Vries! Wie fühlt man sich als brandneue Alpha-Präsidentin von St. Gloria?« Das Mikrofon wurde mir unter die Nase gehalten und wie auf Knopfdruck übernahm die souveräne Felicia die Kontrolle, die ich den Sommer über eingeübt hatte. Die würdevolle, charismatische Präsidentin, die sie nach dem letzten Desaster-Jahr erwarteten.

»Es ist überwältigend, Stella. Ich bin unendlich dankbar für das Vertrauen unserer Alumna-Präsidentin und ich freue mich wahnsinnig auf dieses Jahr. Nicht zu vergessen meine unglaublich talentierten Freundinnen, die mich so sehr unterstützt haben!« Ich sah aus dem Augenwinkel, wie Desirée, die eigentlich als Favoritin für Alpha gegolten hatte, theatralisch die Augen verdrehte, und beschloss, sie bei der Vorstellung als Erste zu nennen. Getreu dem Motto: Halte deine Freunde nahe bei dir, aber deine Feinde noch näher: »Desirée d'Orsay, die du dieses Amt mindestens genauso gut ausgefüllt hättest wie ich. Mercedes Adelstein: wenn jemals eine St. Gloria einen Nobelpreis gewinnt, dann du! Misaki Ito, unsere knallharte Verhandlungsführerin der zukünftigen Welt. Und als Krönung: Hazel Baker... du organisiertester, liebenswürdigster Mensch, den ich jemals kennenlernen durfte.« Ich lächelte meine beste Freundin an und sie drückte berührt ihren obligatorischen Aktenordner an die Brust. »Ohne Hazel wäre ich jedenfalls rettungslos aufgeschmissen!«, beendete ich die Ansprache mit einem Lächeln und blickte wieder fest in Stellas Handykamera. »Ich verspreche euch: Dieses Jahr ist die Präsidentschaft unseres Hauses kein ›Ich‹. Denn Alpha ist ein ›Wir‹: Fleiß, Mut und Ehrlichkeit!«, zitierte ich das Credo, das mich heute vor einem Jahr zum Alpha-Haus gezogen hatte wie die Honigbiene zum Nektar.

Die Mädels brachen in jubelnden Applaus aus, und als hätten wir ein perfektes Theaterstück einstudiert, kam genau in diesem Moment Nicoley dazu, schlang die Arme um meine Taille und vergrub das Gesicht in meinem Haar, das Hazel heute Morgen so kunstvoll drapiert hatte. Ich drehte den Kopf, um seine Lippen zu finden, und spürte dabei förmlich, wie alle um uns herum kollektiv die Luft anhielten. Der Gedanke erfüllte mich mit so viel Euphorie, dass ich vor Glück platzen wollte. Als plötzlich –

»...der gewaltigste Penis, den ihr jemals gesehen habt! Ehrlich, ich war selbst überrascht...«

Schlagartig zerplatzte die perfekte Seifenblase, als sich alle mit offenem Mund zu der langbeinigen Blondine umdrehten, die in voller Lautstärke von ihrem heißen One-Night-Stand auf Mauritius erzählte.

Anastasia Bianchi. Natürlich. Sofort hefteten sich Gina und Stella vom *Morning Glory* an die Fersen der neuen Omega-Präsidentin.

Und vorbei waren sie, meine fünf Minuten Vorsprungsruhm. Ich winkte der verpassten Chance wehmütig nach, während ich automatisch meine Worte und mein Verhalten analysierte und mich über alles ärgerte, was ich hätte besser machen können. Und über Anastasia.

Meine Omega-Konkurrentin hatte alles. Das Aussehen, die Connections, das Geld. Und vor allem die Skrupellosigkeit, die ich niemals haben würde. Niemals haben wollte. Wenn ich so schmutzig spielen musste wie sie, um das Stipendium zu bekommen, dann wusste ich nicht, ob –

»Das hat sie mit Absicht gemacht«, unterbrach Hazel mein rotierendes Gedankenchaos, bevor ich ein Schleudertrauma davontragen konnte.

»Habt ihr das von der Hochzeit ihrer Mom und Charles Knight gehört?«, fragte irgendjemand. »Stell dir mal vor, Valentin Knight ist plötzlich dein Stiefbruder und wird automatisch dein Präsident! Hot?«

»Omega-Präsident wäre er ohnehin geworden«, kommentierte jemand anders. »Das Präsidentenpaar aus der Hölle.«

»Ach, zum Teufel mit den beiden!«, warf Hazel ein, die so etwas wie einen sechsten Sinn für meine Gefühlswelt hatte, und rieb meinen Arm. »Wer braucht schon Valentin, wenn er Nicoley hat?«

»Äh ... sorry, aber – ist die Frage ernst gemeint?«, widersprach Misaki, die meine neue PR-Managerin sein würde.

»Oh, ich sehe schon: Mädelsthemen. Ich schätze, mein Typ wird hier nicht gebraucht.« Nicoley grinste das jungenhafte Grinsen, das ihm die Herzen zufliegen ließ wie Heliumballons dem Himmel – einschließlich meinem. Doch hinter dieser Fassade sah ich den Schmerz in seinen türkisblauen Augen. Gerade wollte ich ihm eine Hand an die Wange legen, da drückte er mir bereits einen flüchtigen Kuss auf die Schläfe und zwinkerte in die Runde. »Wir sehen uns beim Abendessen, ja? Ich habe gehört, wir schmeißen heute eine fette Party im dritten Stock. Kann's kaum erwarten, deine neue Suite zu sehen, Babe.«

Und dann war er weg, verschluckt von dem herrschaftlichen Portal, hinter dem sich die Welt der High Society von morgen öffnete. Die Welt, in der Designermode, Champagner und Eliteuniversitäten regierten. Die Welt, in der man alles hatte. Und alles verlieren konnte.

Ich zwang mich zum Weiteratmen.

»Zurück zum Thema!« Misaki hob die Augenbrauen so hoch, dass sie unter ihrem akkurat symmetrischen Pony verschwanden. »Ich respektiere deine Meinung, Hazel, aber –«

»Nein, nicht zurück zum Thema«, bestimmte ich und schob alle in Richtung Schlosszufahrt. Wir würden jetzt keine Pro-Kontra-Analyse zwischen Valentin Knight und meinem Freund erörtern. »Haben wir keine Party vorzubereiten?«

Desirée, die mir die Präsidentschaft offenbar wirklich übel nahm, hüstelte abfällig. »Willst du uns nicht zumindest vorher deine neue Suite zeigen? Da du uns doch ach so viel verdankst?«

»Ey, Desi!«, rügte Hazel den Seitenhieb sofort. »Nicht cool!«

»Nein, schon gut, Hazel.« Das musste ich selbst regeln. Ich blieb stehen und sah Desirée ernst an. »Ich verstehe, dass du frustriert bist, weil ich zur Nachfolgerin ernannt wurde und nicht du. Ich habe das vorhin ernst gemeint, dass du das genauso gut machen würdest wie ich. Aber weder du noch ich können ihre Entscheidung ändern, also kannst du mich entweder unterstützen und deinen Platz in Harvard bekommen. Oder du kannst deinen Delta-Token einsetzen und zu Omega gehen, wenn du glaubst, dass du dort bessere Chancen hast. Aber lass uns das wie zivilisierte Erwachsene lösen, okay? Der Kampf gegen Omega wird hart genug.«

Die kanadische Hotelerbin hielt meinem Blick noch einen Moment lang stand, dann senkte sie die langen Wimpern. »Okay … sorry.« Es klang eher wie ein Zähneknirschen, aber ich akzeptierte es.

Drei Stunden später wünschte ich mir, ich hätte es nicht getan.

2
Champagner auf roten Locken

Felicia

Du hast uns immer noch nicht erzählt, ob der Sex in Frankreich wirklich besser ist – nicht, dass es überhaupt besser geht, immerhin sprechen wir hier von Nicoley Debois-Cartell!«, höhnte Desirée später auf der Einweihungsparty meiner Suite.

Ich erstarrte mitten in der Bewegung – wie gefühlt jeder im Umkreis von zehn Metern. Zum Glück waren die Jungs an der Hochglanz-Küchenzeile weit genug weg und vollauf damit beschäftigt, Türme aus Tequilagläsern zu bauen.

Ich war immer noch überwältigt davon, dass meine neue Suite – meine Suite! – jetzt nicht nur ein abgetrenntes Schlafzimmer und separates Gästebad besaß, sondern auch eine komplett funktionale Küchenzeile. Ganz zu schweigen von den gefühlt einhundert Quadratmetern Stuck und Opulenz. Klar, für die meisten hier zählten Zimmermädchen, begehbare Kleiderschränke und frei stehende Badewannen zur Grundausstattung, aber ich war eigentlich ziemlich glücklich mit meinem Doppelzimmer im Erdgeschoss gewesen, das ich mir mit Hazel geteilt hatte. Ich vermisste sie schon jetzt. Ich vermisste ihre verstreuten Post-its und mein Kleiderchaos, unsere offenen Gummibärchentüten und wechselnden Playlists.

Aber von einer Präsidentin wurde nun einmal erwartet, dass sie in einer Suite wohnte … und dass sie nicht den Inhalt ihres Kristallglases über den Locken einer kanadischen Klatschtante ausleerte. Ihr Kommentar brachte mich ernsthaft in Versuchung.

Alle Blicke zuckten von Desirée zu mir, wo sie sich festsaugten wie Oktopusarme an der Innenseite eines Aquariums. Ungefähr so gläsern fühlte ich mich gerade. Und von genauso vielen Augen und Tentakeln abgetastet. Ich wollte schreien. Ich wollte Desirée einen Macaron ins Gesicht werfen – oder zehn.

Aber stattdessen … setzte ich ein Lächeln auf. Wenn mich der Job meiner Mutter – sie war Talent Agent bei einer Schauspielagentur – eines gelehrt hatte, dann, dass dein Auftreten und Image in der Öffentlichkeit viel wichtiger ist als dein eigentlicher Job. Ich hatte meine gesamte Kindheit und Jugend über zugesehen, wie sie und ihre Kolleginnen mit klugen Rollenprofilen und ganzen Scharen von PR-Teams aus Schauspielern Megastars gemacht hatten. Und wie die falsche Rolle oder miese Publicity selbst Oscar-Karrieren ruiniert hatte. Die Welt der Schönen und Reichen war grausam, und ein makelloses Image war alles in der High Society, für die meine Eltern ihr Leben lang gearbeitet hatten, ohne jemals selbst dazuzugehören. Ich durfte sie nicht enttäuschen.

Also schluckte ich meinen ersten Impuls hinunter und konterte mit einer charmanten Gegenfrage: »Wo hast du denn die Semesterferien verbracht, Desirée? Ich habe gehört, dein Vater hat ein neues Hotel auf den Malediven eröffnet.«

Zu spät.

»Du hattest in Paris Sex mit Nicoley?« – »Oh mein Gott, erzähl uns alles!« – »Gibt es Fotos? Was hattest du an? Wie lange, wie oft?«

Ich nahm einen gewaltigen Schluck Champagner. Keine gute Idee. Jetzt prickelte auch noch meine Kehle, während mein Kopf fieberhaft nach einem Ausweg suchte.

Was sollte ich ihnen sagen? Dass der süßeste Typ des Campus unfassbar schüchtern war und, wo wir gerade über Image und Vorurteile sprachen, wir beide mit einundzwanzig Jahren noch Jungfrau? Nicht, dass daran etwas falsch war. Ich wusste nicht, was bei Nicoley der Grund war, aber was mich betraf, hatte es sich einfach nie ergeben, und das war okay. Einerseits war ich froh, dass ich mein erstes Mal nicht volltrunken auf dem Rücksitz oder in einer Clubtoilette gehabt hatte wie die meisten hier. Andererseits war meine Beziehung jetzt buchstäblich der Mittelpunkt des Alpha-Hauses von St. Gloria, und plötzlich fühlte es sich an wie ein Makel. Wie dieses seltsame Gefühl, wenn du den kirschroten Lippenstift morgens im Spiegel toll fandest, aber plötzlich jeder nur noch auf deine Lippen starrt und du dich fragst, ob sie es wohl billig oder zu gewagt finden.

Konnte ich es ihnen einfach sagen? Hazel verstand es, aber würden es auch die anderen tun? Sie gehörten schließlich zu meinem Haus.

Kurz spielte ich die verschiedenen Szenarien im Kopf durch, dann schüttelte ich den Kopf. Nein. Abgesehen davon, dass das einfach niemand glauben würde, sah ich jetzt schon die Schlagzeilen im *Morning Glory*, und morgen früh würden auf dem Campus die ersten Delta-Tokens für Sex mit Nicoley angeboten werden.

Delta-Tokens waren in St. Gloria so etwas wie die Ringe der Macht: Es gab nur eine begrenzte Anzahl und jeder war besessen von ihnen. Verständlich, denn mit diesen münzgroßen Perlmuttsteinen – auf einer Seite onyxschwarz und auf der anderen elfenbeinweiß – konnte man fast alles erreichen, von einem besseren Notenschnitt bis zum Wechsel in das gegnerische Haus. Sie waren eigentlich dazu gedacht, den stetigen Wettkampf aufrechtzuerhalten: Schließlich gewann am Ende das Haus mit den meisten Anhängern das *Gloria cum laude* – bei Gleichstand das Haus mit dem besseren Notendurchschnitt. Deswegen vergaben die Professoren sie für besondere Verdienste um das College oder für herausragende Leistungen. Eine Win-win-Situation. So zumindest wurde es uns und unseren Eltern in polierten Pressestatements angepriesen.

Tatsächlich gab es aber einen regelrechten Schwarzmarkt für Tokens. Nicht gegen Geld, sondern gegen Gefallen und Aufgaben. Und da Leute, die bereits alles besaßen, nur in Superlativen denken konnten, waren die Aufgaben in der Regel extrem verboten, extrem obszön oder moralisch extrem grenzwertig.

Nein, definitiv würde ich den Schwarzmarkt nicht gleich am ersten Tag meiner Präsidentschaft mit diesem hochexplosiven Zündstoff befeuern.

Also tat ich das Einzige, das mir übrigblieb: Ich gab ihnen, was sie wollten, und setzte ein träumerisches Lächeln auf. »Es war *un-glaublich*! Einfach wundervoll. – In Paris!«, fügte ich unnötigerweise hinzu und ertränkte den Patzer in einem Schluck Champagner.

Misaki warf mir einen begeisterten Blick zu: *Schlagzeilen, Baby!*

Ich zwang ein Lächeln auf meine Lippen.

Eine andere Senior zerquetschte fast die Hand ihrer Sitznachbarin. »Stell dir nur mal vor: Du hast Sex mit Nicoley Debois-Cartell mit Blick auf den Eiffelturm! Ehrlich, wenn ich dich nicht so mögen würde, würde ich dich jetzt hassen, Felicia.« Alle lachten warm, außer Désirée. Ich hob mein Glas. Um dieses Problem musste ich mich später kümmern, bevor ihre gekränkte Missgunst zu einer wahren Katastrophe werden konnte. Um nicht noch mehr lügen zu müssen, beschloss ich, lediglich geheimnisvoll zu lächeln und mein Champagnerglas an die Lippen zu heben.

Mein Glas war leer.

»Ihr seid einfach das perfekte Traumpaar.« Stella vom *Morning Glory* fasste sich an die Brust und mein halber Wohnbereich verfiel in kollektives Schmachtseufzen. Jetzt konnte ich nicht anders als ehrlich mitzulächeln. Denn ... ja, das waren wir. Und vielleicht hatte Misaki recht und wir würden allein deshalb in diesem Jahr das *Gloria cum laude* für Alpha gewinnen: »Die Leute wollen Märchen erleben und etwas haben, woran sie glauben können – die große Liebe zum Beispiel. Außerdem seid ihr das perfekteste Paar, das das St. Gloria jemals gesehen hat. So unvergesslich wie Romeo & Julia oder Adam & Eva.«

»Oder Aronal & Elmex«, feixte Misaki.

»Wasserstoff und Sauerstoff«, grinste Hazel, woraufhin sich alle mit Traumverbindungen übertreffen wollten.

Bloß Desirée rümpfte die Nase. »Na ja, Romeo und Julia sind am Ende gestorben, und was mit Eva passiert ist, wissen wir wohl auch alle.«

Der Gedanke an Champagner auf ihren rostroten Locken war auf einmal wieder sehr verlockend. »Nur weil sich eine Schlange ins Paradies gemogelt hatte«, antwortete ich zuckersüß, während ich meine Augen in ihre bohrte, um ihr klarzumachen, sich besser aus meinem Liebesleben herauszuhalten. Es funktionierte. Endlich senkte Desirée die Lider.

Eine andere Stimme piepste: »Trifft er wirklich jedes Mal den G-Punkt?«

Mein Bauch krampfte sich zusammen, als ein giftiger Cocktail aus Panik und schlechtem Gewissen durch meine Glieder schoss. Ich warf einen Hilfe suchenden Blick zu Hazel. Sie reagierte sofort.

»Ach du Schande, Feli! Wir haben ja noch gar nicht über die Willkommensgeschenke geredet!«

Danke, Hazel!

Erleichtert erhob ich mich von meinem neuen französischen Sofa, wobei ich verstohlen über den Samtbezug strich, dann begrüßte ich einige verspätete Freshmen, die gerade von ihrer Führung durch das Alpha-Haus zurückgekommen waren. Besser, ich überzeugte sie schnell von Alpha, bevor Anastasia und das Haus Omega sie in die Finger bekamen. Hatten sie schon gewählt?

»Willkommen am St. Gloria und willkommen im Haus Alpha! Ich bin Felicia.«

»Felicia de Vries«, ergänzte Hazel wie eine Souffleuse. »Sie ist unsere Alpha-Präsidentin. Tochter des Architekten Christian de Vries und der Schauspiel-Agentin Cecilia Wagner.«

Wow! Wie sie das so im Brustton der Überzeugung verkündete, klang es fast, als wären meine Eltern auch so wichtig und reich wie die der meisten hier. Klar, sie arbeiteten für viele einflussreiche Personen, weil mein Vater sich auf die Restaurierung von Renaissancebauten spezialisiert hatte und die Agentur, in der meine Mutter arbeitete, einige große Schauspieler, Musiker und Sportler vertrat. Aber sie selbst waren weder reich noch so berühmt, wie Hazel es klingen ließ. Ich könnte meine beste Freundin küssen.

Dennoch strahlte ich die Freshmen erfreut an. »Es ist mir eine Ehre, euch kennenzulernen! Einfach nur Felicia, bitte.«

»Constantin Bellini. Die Ehre ist ganz meinerseits.« Einer von ihnen nahm meine Hand und führte sie wie ein echter Gentleman des neunzehnten Jahrhunderts an die Lippen. Ich war sprachlos.

In diesem Augenblick kam Nicoley dazu und legte die Arme besitzergreifend um meine Taille. Der untypisch feste Druck seiner Hände fühlte sich irgendwie gut an. Aufregend. Sonst war er nie so. Ich drehte mich strahlend zu ihm um. Weil ich die Nähe seines Körpers spüren wollte – und weil mir deutlich bewusst war, dass uns augenblicklich wieder jeder im Raum beobachtete.

Automatisch strich ich seinen unordentlichen Kragen glatt, während ich mich auf die Zehenspitzen stellte, um seinen Lippen näher zu sein.

»Hast du Spaß?«, wisperte ich.

Er kniff humorvoll die Augen zusammen. »Unter uns: Ich könnte mir Besseres vorstellen als Canapés und Champagner.« Ich wusste nicht, ob er damit Tennismatches oder intime Zweisamkeit mit mir meinte, aber es wurde unwichtig, als er die Hand hob und mir eine Strähne hinters Ohr schob. »Aber ich weiß, dass es dir viel bedeutet, also…«

Etwas vibrierte in seiner Hose. Ich wartete darauf, dass er weitersprach, doch stattdessen zog er das Handy aus der Tasche und wischte über das Display. Ich versuchte, einen Blick darauf zu erhaschen, doch er hielt es von mir weg. Unruhe rieselte in meine Glieder.

»Was… ist los?«, fragte ich alarmiert.

»Äh, ich…« Er riss seinen Blick von dem Text oder Bild auf seinem Handy los und sah mich an. »Ich muss noch was erledigen. Wollen wir das hier auf später verschieben?«

Ich nickte. Was sollte ich auch sonst tun, mit einem buchstäblichen Scheinwerfer über uns und fünfzig Augenpaaren auf uns? »Klar!«

Nicoley lächelte sein typisches, leicht hilfloses Lächeln. Er drückte mir einen Kuss auf die Schläfe. Und dann ließ er mich stehen.

3
Marilyn Monroe und wer?

Valentin

Alle sahen gebannt dabei zu, wie der rote Sirup Eiswürfel tränkte und auf den Boden des Glases sank. Zwei schnelle Handgriffe, eine Drehung um die eigene Achse, dann ein lauter Knall, der alle aufschrecken und in Kichern ausbrechen ließ, als der Barkeeper den Shaker auf die Theke stellte.

»Ladies…« Er schob die Cocktails über die Granitplatte, die dem Wohnbereich von Anastasia Bianchis Suite den Flair einer exklusiven Club Lounge verlieh. Ich steckte das Handy weg, mit dem ich Nicoley gerade einen neuen Kommentar-Thread in der Glorious-App weitergeleitet hatte, der unter einem Schnappschuss eines zerstreut dreinblickenden Nicoleys ausgebrochen war, dessen Hand scheinbar unschlüssig vor den kastanienbraunen Locken seiner Freundin in der Luft hing, während die ihn anhimmelte.

    Valentin_Knight: Streng dich gefälligst ein bisschen mehr an!

Wenn ich in diesem Jahr um das *Gloria cum laude* spielte, dann brauchte ich Gegner, keine Opfer. Und da von seiner Freundin in dieser Hinsicht wohl nicht allzu viel zu erwarten war – sie hatte ernsthaft ein Willkommenspaket aus Kuschelsocken, Pariser Patisserie, Kosmetikartikeln und Mini-Champagnerflaschen in puderrosa Geschenktaschen an alle Junior-Alphas verteilt? –, legte sich mein bester Freund-Schrägstrich-Feind wohl besser etwas mehr ins Zeug.

Die basslastige Musik war bis auf den Korridor zu hören, aber das machte nichts, denn die Vertrauensdozentin Raffaela Romero drückte für ein paar Margaritas gerne mal ein Auge zu. Außerdem gehörten alle umliegenden Suiten ebenfalls zu Omega, und deren Bewohnerinnen befanden sich allesamt hier. Die, und ein paar Jungs aus dem Nordflügel – Omegas und Alphas. Denn in diesem Schlossflügel gab es keine Etikette, keine Eclairs und keine puderrosa Geschenktäschchen. Hier gab es hohe Absätze, knappe Kleider und wenig Hemmungen.

Während sich die mit Strass und Glitter aufgestylten Frauen an der Bar zuprosteten, steuerte die Dame des Abends im hautengen, silbernen Minikleid auf die prominente Ledercouch zu, die ich besetzt hatte, als würde sie mir gehören anstatt ihr.

Anastasia Bianchi hatte alles, was ein Starlett für das Rampenlicht brauchte – oder eine Präsidentin von St. Gloria: Figur, Ausstrahlung, Kalkül. Tochter einer gescheiterten russischen Sängerin und eines nicht näher definierten männlichen Individuums, Ex-Stieftochter eines heute bankrotten russischen Milliardärs, Ex-Stieftochter des verstorbenen Schweizer Unternehmers Antonio Bianchi und aktuelle Stieftochter des US-Medienmoguls Charles Knight, meines Erzeugers. Ließe man ihrer Mutter genügend Zeit, würde sie sich vermutlich auch die restliche Top Ten der Forbes-Liste der reichsten Männer der Welt unter den manikürten Nagel reißen.

»Gin Tonic oder Martini?« Meine Stiefschwester präsentierte beide Gläser wie unwiderstehliche Verlockungen vor meinem Gesicht.

Ich machte mir nicht die Mühe zu antworten, sondern hob bloß stumm mein Tumbler-Glas. Sie zuckte mit den Schultern. Fast hätte ich ihr die Gleichgültigkeit abgekauft – wenn sie nicht erst den Martini heruntergekippt hätte, um gleich darauf den Gin Tonic an die Lippen zu setzen.

Ich nahm ihr das Glas aus der Hand, damit sie sich nicht sinnlos betrank. »Was feiern wir denn?«

»Einundvierzig Komma sieben Prozent«, gab sie säuerlich zurück.

Ich verdrehte die Augen und beobachtete weiter ein paar neue Junior-Studentinnen zwischen den Partygästen. »Entspann dich, das Jahr hat gerade erst angefangen.«

»Aber jetzt bin ich Präsidentin! Noch viel schlimmer, jetzt ist Felicia Präsidentin. Vierzehn Seniors sind zu Alpha gewechselt, von den ganzen Freshies ganz zu schweigen. Vierzehn!«

»Minderjährige sind ohnehin langweilig.«

»Valentin!«

»Anastasia«, gab ich unbeeindruckt zurück und sah sie wieder an. »Was ist wirklich los?« Ihre geschwungenen Brauen zogen sich zusammen wie dunkle Gewitterwolken unter einem platingoldenen Himmel. Bevor sie zu einer wütenden Tirade ansetzen konnte, ergänzte ich: »Gib mir von mir aus eine Liste derer, die du bei Omega haben willst, und zwei Monate Zeit. Aber verschwende unser beider Zeit nicht mit Selbstmitleidsanfällen. Du bist besser als das.«

Anastasia blähte die Nasenflügel, und für einen Moment dachte ich, sie würde mich mit einer russischen Schimpftirade belegen wie ihre Mutter, wann immer wir das zweifelhafte Vergnügen hatten, am selben Tisch zu speisen. Stattdessen gab sie sich geschlagen und stellte ihr Selbstmitleid zusammen mit dem leeren Longdrinkglas auf dem Couchtisch ab. Dann stützte sie einen Arm auf die Rückenlehne, um mir in voller Absicht ihr üppiges Dekolleté zu präsentieren. Ich sah Anastasia in die kaffeebraunen Augen.

»Ich war bei der Donna, um ihr anzubieten, den Jahresauftaktball zu eröffnen«, zischte sie jetzt. Die Donna war Lucrezia Loredano, die ebenso würdevolle wie vorsintflutliche Dekanin des St. Gloria.

»Und sie hat abgelehnt«, schlussfolgerte ich aus ihrem unzufriedenen Tonfall. Meine Augen wanderten zu einer südeuropäischen Schönheit in Tizianrot, die heute neu ans St. Gloria gekommen war.

»Sie will jemand Weiblicheres. Stilvolleres«, äffte Anastasia – fast ein wenig zu laut, aber die Musik war lauter und ihre Gäste zu betrunken oder zu sehr auf sich selbst fokussiert, um es mitzubekommen.

Mein Blick schnellte zurück zu meiner Stiefschwester, glitt über ihre schlanken Beine und verharrte nun doch kurz in ihrem Ausschnitt, dann hoch zu ihrem Gesicht mit der schmalen Nase und den unverschämt vollen Lippen, umrahmt von einer platinblonden Mähne.

»Weiblicher.« Ich schüttelte den Kopf. »Für manche bist du die größte Sexbombe seit Marilyn Monroe.«

Ihr Lächeln glich dem Schnurren einer Wildkatze, als sie mit einem Finger über mein Kinn strich. »Du bist süß.«

»Ich bin ehrlich«, korrigierte ich und entzog mich ihrer Berührung. »Und das war nicht als Kompliment gemeint.«

Anastasia hörte nicht mehr zu. »Du hast recht!«

»Ich weiß.«

»Ich *bin* Marilyn!« Kurz fragte ich mich, wie bei zwei so egozentrischen Menschen wie uns überhaupt eine sinnvolle Konversation entstehen konnte. »Ich bin Marilyn. Aber die Donna will Jackie Kennedy!«

»Schweifen wir gerade in die amerikanische Geschichte ab?«

»Ich spreche von Felicia.« Anastasias maniküre Fingernägel gruben sich in meinen Oberschenkel. »Die Donna will sie, das ist doch klar! Sie ist die Vorzeige-Präsidentin, die ideale St. Gloria Repräsentantin: stilvoll, elegant, bescheiden …«

»Langweilig«, kürzte ich das Ganze ab.

»Aber ihr Leben ist perfekt!«

Ich entfernte Anastasias Hand von meinem Bein und sah sie an. »Hör zu, ich kenne Felicia de Vries erst seit einem Jahr. Aber wenn ich eins weiß, dann, dass ihr Leben ganz sicher nicht so perfekt ist, wie sie alle Welt glauben machen will. Ich wette, sie erzählt in diesem Augenblick überall herum, wie wundervoll ihr erstes Mal mit Nicoley in Paris war«, Anastasia machte ein würgendes Geräusch, das ich überging, »dabei weiß ich aus erster Hand, dass unsere Alpha-Präsidenten noch jungfräulich sind. Und zwar beide.«

Anastasias glossy Lippen klappten auf. »Ich wusste es! Wir lassen ihre unkeusche Lüge einfach auffliegen, damit jeder sieht, dass sie kein perfektes Traumpaar sind.«

»So einfach?« Ich schnalzte mit der Zunge und schob ihren Mund wieder zu. »Das können wir doch besser.«

Anastasia hob eine Augenbraue. »Und was genau sollen wir tun? Sie ist quasi über Nacht die First Lady von St. Gloria geworden.«

Ich schwenkte den Rest Whiskey in meinem Glas. »Und wie könnte Marilyn Monroe wohl das perfekte Leben der First Lady ruinieren?«

Endlich kehrte das Feuer der Intrigen zurück in Anastasias Augen, als sie begriff, worauf ich anspielte: eine öffentliche Blamage durch eine Affäre. Was Jackie und John F. Kennedys Ehe zu Marilyns Zeiten ins Wanken gebracht hatte, konnte auch heute noch Felicia de Vries und Nicoley Debois-Cartell zu Fall bringen.

»Ich merke schon: Während ich auf der Yacht vor Mauritius ein paar Gehirnzellen an Alkohol und Männer geopfert habe, hast du dich den Sommer über fit gehalten.«

Sie rutschte näher an mich und schmiegte ihr nacktes Bein auf meinen Schoß, als wolle sie herausfinden, ob das auf alle Disziplinen zutraf.

Kurz ließ ich meine Hand über ihre seidige Haut gleiten. Dann schob ich ihr Bein von meinem Schritt. Es gab allein in diesem Raum genügend Typen, die ihr binnen zwei Sekunden zu Füßen fallen würden, wenn sie auch nur mit den Fingern schnippte.

Als sie meine Absichten bemerkte, änderte sie ihre Taktik. »Die makellose Alpha-Präsidentin«, raunte sie so nah an meinem Ohr, dass sich meine Nackenhärchen aufstellten. »Klingt doch nach einem Fall für dich.«

Ich schnaubte. »Eher nicht. Perfektion langweilt mich.«

Und mit diesen Worten schob ich ihr Bein vollends von meinem Schoß und stand auf, um der neuen Juniorin in Tizianrot einen Drink auszugeben.

4
Von Fotos und Vögeln

Felicia

Der erste offizielle Vorlesungstag als Präsidentin von St. Gloria! Ich war wach, noch bevor der Wecker klingelte. Voller Elan schlug ich die übertriebene Queensize-Bettdecke zurück und riss die Vorhänge auf, um die Terrassentür zu öffnen.

Nur dass die Terrasse jetzt ein Balkon war und in der schwindelerregenden Höhe des dritten Stockwerks lag.

Richtig, ich wohnte jetzt in einer Suite.

Ob es immer so lange dauerte, bis man sich an Luxus gewöhnte?

Der dichte Teppich unter meinen nackten Sohlen war flauschig und der Balkon riesig. Aber die Aussicht hatte sich verschlechtert. Anstatt auf den herrlich arrangierten Barockgarten blickte ich jetzt über den opulenten Springbrunnen hinweg auf die zugegeben imposante Fassade des Nordflügels, in dem die Männer untergebracht waren. Mein Vater hätte wirklich Freude am Schloss Belmont-La-Fleur, das nicht umsonst das »Versailles der Schweiz« genannt wurde: Alles wirkte, als hätte bis vorgestern noch der Sonnenkönig höchstpersönlich hier residiert. Vielleicht hatte mein Vater sich deshalb gewünscht, dass ich hierherkam. Aus anderen Gründen als meine Mutter – Image zuerst! –, aber er war genauso stolz. Ich würde keinen von ihnen enttäuschen.

In den Suiten auf der anderen Seite waren noch alle Vorhänge zugezogen. Alle, bis auf den Balkon genau gegenüber, auf dem eine einzelne Gestalt reglos wie eine Statue in den Sonnenaufgang blickte. Ihre untere Hälfte war anthrazitgrau und die obere – war er etwa halb nackt?

Schnell wandte ich den Blick ab, während sich die ersten goldenen Strahlen durch Schleier von Rosa und Hellblau schoben. Kälte kroch meine nackten Füße hinauf. Ich fror, aber ich wollte den Blick noch nicht von dem Lichtspektakel losreißen. In meinem alten Zimmer hatte ich nie den Sonnenaufgang sehen können. Mein Blick glitt zurück zu der halb nackten Gestalt gegenüber – und ich erstarrte.

Er sah direkt zu mir herüber. Plötzlich wurde mir schlagartig bewusst, dass ich bloß einen sehr kurzen Spitzenpyjama trug. Einen Spitzenpyjama mit glitzerndem Tweety-Kanarienvogel auf der Brust, den Hazel mir letztes Jahr aus Spaß geschenkt hatte. Ich hatte ihn bloß getragen, um mich ihr ein Stück näher zu fühlen, weil ich heute Nacht nicht mit ihr in einem Zimmer hatte schlafen können.

Schnell verschränkte ich die Arme vor der Brust. Der Typ hatte die Dreistigkeit, nicht einmal so zu tun, als hätte er mich nicht bemerkt. Eilig trat ich zurück auf den flauschigen Teppich und sperrte die kühle Brise und seinen unverschämten Blick aus.

Trotzdem verfolgte er mich bis zur Morgenlaudatio.

Jedes Wintersemester in St. Gloria begann traditionell mit der Eröffnungsrede der Dekanin, zu der sich alle Studierenden – derzeit zweihundertvierundsiebzig – im Tanzsaal versammelten, dessen Name von seiner primären Funktion auf den vielen über das Jahr verteilten Bällen herrührte. Jetzt war er, einer Kirche ähnlich, mit vier Blöcken aus historischen Holzbänken möbliert.

Ich saß mit meinen Freundinnen und Beraterinnen in der ersten Reihe. Anastasia Bianchi zu meinem Leidwesen nur drei Meter Luftlinie entfernt, Nicoley dafür viel zu weit weg im Block der Herren, denn im Tanzsaal saßen Männer und Frauen getrennt, um das tugendhafte Image dieses elitären Prep-Colleges zu wahren.

»Ein herzliches Willkommen den neunundsiebzig jungen Damen und sechsundsechzig jungen Herren, die heute ihren ersten Tag an dieser Bildungseinrichtung begehen. Ich gehe davon aus, dass Sie sich bereits in Ihren Zimmern eingelebt und erste Freundschaften geknüpft haben.« Die strenge Stimme der Donna, deren silbern durchzogenes Haar wie immer zu einem eleganten Dutt hochgesteckt war, hallte durch den Saal. Lucrezia Loredano war eine jener Damen, die mit dem Alter erhabener wurden, und trotz ihrer zweiundsechzig Jahre könnte sie problemlos als Mittvierzigerin durchgehen. Bei ihrer einladenden Geste raschelte die silberne Seide ihres perfekt sitzenden Kostüms. Ich setzte mich unwillkürlich aufrechter hin. »Sie werden feststellen, dass das St. Gloria Preparatory College Sie bestens auf alle Eventualitäten vorbereitet, die Ihnen in Ihrem privaten und Berufsleben an der Spitze der Gesellschaft in Wirtschaft, Politik und medialer Aufmerksamkeit begegnen werden. Dazu gehört, dass Sie früh Verantwortung übernehmen und selbst über Ihre Kurse, Freizeitgestaltung sowie Ihre Beziehungen bestimmen können. Jedoch«, mahnte die Donna eisig, als einige der Jüngeren aufgeregt zu tuscheln begannen, »unterliegt Ihr Aufenthalt in diesem Etablissement den folgenden Regeln, die Sie bei Ihrer Aufnahme unterzeichnet haben.«

»Als hätten wir das über den Sommer vergessen«, feixte Misaki zu meiner Rechten, woraufhin Hazel über mich hinweg antwortete, dass das bei einigen wohl auch der Fall sei. Das Getuschel brachte uns dreien einen frostigen Blick der Donna ein und ließ mich den beiden einen unmerklichen Stoß versetzen.

»Regel Nummer eins: *Keine Schande.* Was in St. Gloria geschieht, bleibt in St. Gloria. Niemand von Ihnen wird jemals öffentlich etwas tun oder sagen, was dem Ansehen des Colleges oder seiner Studierenden schaden könnte. Missachtungen dieser Regel führen zum sofortigen Verweis.«

Es war mucksmäuschenstill im Tanzsaal, während die Adleraugen der Loredano über die Reihen schweiften. Die Morgensonne warf Schattenlinien der deckenhohen Sprossenfenster auf das polierte Stäbchenparkett.

»Regel Nummer zwei: *Keine Presse.* Keine öffentlichen Statements, keine Tweets, Posts oder sonstigen Beiträge in sozialen Medien. Wenn Sie den Drang verspüren, sich mitzuteilen, nutzen Sie die schulinternen Möglichkeiten, unsere App oder die *Morning Glory Chronicles.*« Vereinzeltes Gekicher, das sie im Keim erstickte. »Wenn Sie ein Thema haben, das Sie der Öffentlichkeit mitteilen möchten, sprechen Sie in allen Fällen zunächst mit mir. Von dieser Regel ausgenommen sind Verlobungen.«

Einige lachten nervös, während in meinem Bauch Konfettikanonen explodierten. Einige namhafte Ehen hatten hier in St. Gloria ihren Ursprung gefunden. Eine Verlobung mit Nicoley Debois-Cartell wäre genau das, was die Agentur meiner Mutter als PR-Supercoup bezeichnen würde. Ich verlor mich kurz in Tagträumereien, sodass ich Regel Nummer drei – Respekt gegenüber Einrichtung, Personal und Kommilitonen – gar nicht mitbekam und erst aufschreckte, als das Wort »Republik« fiel:

»Sicherlich haben Sie bereits bemerkt, dass in St. Gloria eine Di-Republik herrscht. Zu Beginn Ihres Studiums haben Sie sich gestern für eines der Häuser Alpha« – fröhliches Klatschen aus unserem Block – »oder Omega entschieden.« Frenetisches Jubeln aus dem inneren Block, das der Donna ein kurzes Lächeln abrang. Es war ein offenes Geheimnis, dass Lucrezia Loredano ihrerzeit Omega angehört hatte. Auch ein Grund, weshalb ich mich für Alpha entschieden hatte: Die strenge Dekanin erinnerte mich an die böse Königin von Schneewittchen – und ich hatte mich immer eher mit den tugendhaften Prinzessinnen identifiziert. Der Prinz auf dem weißen Pferd war nicht nötig, aber wenn er zufällig vorbeikam, hatte ich nichts dagegen.

»Sie sollten wissen, dass Ihre Hauszugehörigkeit Ihre Noten in keiner Weise beeinflusst und lediglich dazu dient, Ihre Persönlichkeitsbildung im kompetitiven Wettbewerb zu stärken. Bedenken Sie jedoch, dass alles, was Sie tun, Konsequenzen haben wird. Ihre Taten werden Ihrem Haus helfen oder schaden – und letztlich über Ihre weitere Zukunft entscheiden.«

Hazel kicherte neben mir. Zugegeben, dieser »kompetitive Wettbewerb« glich in der Realität eher einem ausgewachsenen Krieg, in dem mit allen Mitteln von Manipulation bis Erpressung versucht wurde, das andere Haus zu schwächen.

»Und jetzt begrüßen Sie mit mir die frisch gekrönten Präsidentinnen und Präsidenten von St. Gloria: Felicia de Vries mit Nicoley Debois-Cartell vom Haus Alpha; und Anastasia Bianchi mit Valentin Knight vom Haus Omega.«

Ich zwang mein flatterndes Herz zurück in meine Brust, als ich gemeinsam mit Anastasia, Nicoley und Valentin auf das Podest trat, um mich den Studierenden zu präsentieren und für das obligatorische Foto zu posieren, das zu Jahresbeginn gemacht wurde.

Ich straffte die Schultern und hob das Kinn, aber mein Blick zuckte immer wieder zu meinen Schritten. Jetzt zu stolpern wäre eine Blamage, die noch in hundert Jahren die Titelseiten der Schulchronik zieren würde. Die Erinnerung an eine auf dem Boden liegende Präsidentin konnte man nicht mit Concealer oder Tipp-Ex überdecken.

Unfallfrei auf dem Podest angekommen kribbelte mein Körper vor Aufregung. Ich strich den dunkelroten Faltenrock der Uniform glatt, den ich heute mit einer elfenbeinfarbenen Chiffonbluse kombiniert hatte. Anastasia trug eine hauteng Bluse über dem Rock und die Krawatte locker gebunden, dazu schwarze Overknee-Stiefel. Valentin sah mal wieder eher aus wie die Schaufensterpuppe eines exklusiven Herrenausstatters als ein Student, obwohl Krawatte und Weste deutlich das Schulwappen zeigten. Neben ihm wirkte Nicoley fast wie ein Landstreicher.

»Wieso bindest du dir deine Krawatte nie richtig?«, wisperte ich und zupfte unzufrieden an seinem dunkelroten Sakko. Das war unser wichtigstes Foto, und er sah aus, als hätte er in seiner Uniform übernachtet. »Dein Hemd guckt raus.«

Aus dem Augenwinkel sah ich, wie Valentin sich neben uns ein Grinsen verkniff, bis ich ihn zur Seite stieß, um mich aufzustellen.

»Ladies? Meine Herren? Gebt mir ein Strahlen!«, rief der Fotograf, der bereits in Stellung gegangen war.

Ich strich mir zur Sicherheit erneut das elegant gelockte Haar über die Schulter, entfernte möglicherweise verschmierte Mascara mit dem kleinen Finger und streckte den Rücken durch. Dann schenkte ich dem Fotografen mein souverän-sympathisches Coverbild-Lächeln, das ich den ganzen Sommer über vor dem Spiegel geübt hatte.

Valentin neigte unmerklich den Kopf.

»Hübscher Pyjama übrigens. Bist du immer so gut zu Vögeln?«

Das Lächeln fiel mir aus dem Gesicht, schockiert starrte ich Valentin an. Zapp. Zapp. Aus dem Augenwinkel sah ich das Aufblitzen des Fotoapparats und erstarrte bis ins Mark. Zapp. Zapp. Zapp.

Schnell sah ich wieder nach vorn, doch zu spät: Der Fotograf hatte schon die Fotos auf dem Display geprüft und reckte den Daumen in die Luft.

»Nein, Moment!«, rief ich schnell, aber die Loredano schob uns bereits von der Bühne, damit sich unsere Beraterteams aufstellen konnten, die den Angehörigen der Häuser als Ansprechpartner und Mentoren dienten. Misaki reckte grinsend einen Daumen nach oben, lediglich Hazel warf mir ein schiefes Lächeln zu, das wohl aufmunternd sein sollte.

Ich wirbelte zu Valentin herum. »Du hast mein Bild ruiniert!«

»Ich habe dir nur ein Kompliment gemacht.«

»Das …!« Mir fehlten die Worte. Das war doch kein Kompliment!

»Du…!« Ich schnaubte. »Behalt deine Augen morgen früh gefälligst auf deiner Seite des Gebäudes.«

Jetzt lachte er. »Glaub mir, niemand wäre erleichterter als ich, wenn du dir einen Morgenmantel anziehen würdest, bevor du deinen Balkon betrittst.«

»Ach ja, und du? Ich hätte mir auch gern den Anblick deiner…« *Wenn ich so darüber nachdenke, ziemlich beeindruckenden Brustmuskeln erspart*, dachte ich. Aber ich konnte mich gerade noch daran hindern, das laut auszusprechen. Unwillkürlich musterte ich sein Gesicht. Im letzten Jahr hatte ich ihn immer nur von Weitem gesehen, da wir von Beginn an in unterschiedlichen Häusern und Kursen gewesen waren. Von Weitem war Valentin Knight eine überlebensgroße Manifestation von Macht und Eleganz, dessen bloße Präsenz einen Raum beherrschte. Von Nahem war er geradezu hypnotisch. Das lag jedoch weniger an seinem betörenden Duft oder dem durchdringenden Blick dieser olivgrünen Augen – obwohl beides buchstäblich atemberaubend war. Sondern an seinem Gesicht. Valentin Knight war nicht im klassischen Sinne schön wie Nicoley. Seine Nase war ein wenig zu breit, sein Kiefer ein wenig zu kantig und seine Augen, umkränzt von dichten Wimpern, genauso schmal wie seine geschwungenen Lippen. Trotzdem erwischte ich mich dabei, wie ich seit geschlagenen zehn Sekunden in dieses Gesicht starrte und wohl selbst nach zehn Jahren noch nicht alles entdeckt hätte.

Zum Beispiel das winzige Zucken seiner Nasenflügel oder das amüsierte Lächeln, das seine Lippen auf eine Weise teilte, bei der ich plötzlich wissen wollte, wie weich sie sich wohl anfühlten. Gemessen an dem wissenden Funkeln in seinen Augen konnte Valentin Knight offenbar Gedanken lesen. Oder er ging in seiner grenzenlosen Arroganz einfach davon aus, dass alle Frauen in seiner Gegenwart weiche Knie bekamen.

Um ihn vom Gegenteil zu überzeugen, hob ich eine Augenbraue und versuchte ihn mit meinem Blick zu flambieren.

Valentin blieb unbeeindruckt. Im Gegenteil: Er hob seinerseits eine Augenbraue – und verdammt! In seinem Gesicht sah es aus, als wäre er mit diesem Ausdruck geboren worden.

Frustriert schnappte ich mir Nicoley und zog ihn auf den Korridor, um uns vor der ersten Stunde noch ein paar Momente Zweisamkeit zu stehlen. Misaki hatte mir vorgestern Spekulationen über eine Beziehungskrise in der Glorious-App gezeigt. Der heimliche, nicht ganz so zufällige Schnappschuss von unseren eng umschlungenen Körpern, den sie hoffentlich im Moment in die App schickte, würde dem wohl ein Ende bereiten.

Mitten im Kuss zog Nicoley mich enger an sich. Kribbelnde Hitze staute sich in meinem Bauch, als ich seinen Kuss stürmischer erwiderte. Ich wollte ihn und ich wollte Sex mit ihm. Nicht nur, weil ich Angst davor hatte, dass der *Morning Glory* meine kleine Notlüge zur Titelstory machte und Nicoley kalt erwischte.

»Sehe ich dich heute Abend?«, hauchte ich zwischen zwei Küssen.

Er ließ seufzend von meiner Unterlippe ab. »Heute ist das Qualifikationsmatch im Tennis.«

Der kleine Rückschlag stach mir unangenehm in die Brust, doch ich zwang mich dazu, mich nicht geschlagen zu geben. »Und danach?« Ich schmiegte meine Nase gegen seine, schenkte ihm einen Augenaufschlag, der hoffentlich transportierte, was ich im Inneren fühlte und nicht aussprechen wollte. »Soll ich dir meine neue Suite ganz im Privaten zeigen?«

Nicoley lachte. »Ich dachte, du magst sie nicht.« Unwillkürlich sah ich mich um, ob ihn jemand gehört hatte. Da zog er mich bereits lachend gegen seinen athletischen Körper. »Ich würde sie sehr gerne sehen, Fee.«

Mein Herz sprang in meinen Hals. »Also haben wir ein Date?«

Nicoley lächelte. Doch als er den Mund öffnete, ertönte nicht seine Stimme, sondern –

»Miss de Vries?« Die Donna! Lucrezia Loredano stand plötzlich mitten im sonnendurchfluteten Korridor, die Dekanin des St. Gloria, die mich immer ein wenig an die böse Stiefmutter aus Cinderella erinnerte. Ich zuckte von Nicoley zurück wie eine ungezogene Grundschülerin, obwohl Beziehungen ausdrücklich erlaubt waren. Sie sah mich bloß an, ohne mit der Wimper zu zucken. »Kommen Sie heute nach den Vorlesungen in mein Büro.«

5
Schrödingers Schlange

Valentin

Der Kurs in Marktwirtschaft wäre spannender, wenn Prof. Kagawa nicht aus jedem Thema eine philosophische Abhandlung machen würde, die weder dem Thema noch unserem Verständnis zuträglich war. Schon nach einer halben Stunde widmete ich mich lieber der Planung meiner weiteren Woche als der Psychologie von Marktsystemen.

»Was machst du heute Abend?«, fragte ich Nicoley fast lautlos, ohne meinen aufmerksamen Blick oder meine Körperhaltung auch nur im Geringsten zu verändern. In einer überschaubaren Gruppe von nur siebzehn Studierenden fiel alles sofort auf, und ich war zwar bereit, mir vieles nachsagen zu lassen, aber keine schlechten Noten.

»Ich weiß nicht«, murmelte Nicoley, der die Kunst des unauffälligen Redens nicht wirklich gemeistert hatte. »Felicia will mir ihre Suite zeigen.«

»Romantisch«, kommentierte ich trocken, bekam allerdings keine Reaktion. Als ich ausnahmsweise einen kurzen Seitenblick riskierte, sah ich Nicoley tief in Gedanken versunken.

»Hey«, raunte ich gegen meinen neuen Vorsatz, ihn als Feind zu behandeln. »Alles klar?«

Er rutschte auf seinem Stuhl nach vorn wie ein Landstreicher. »Keine Ahnung, Mann. Ich weiß selbst nicht, was mit mir los ist. Sie erwartet es einfach von mir, und sie hat auch alles Recht dazu. Aber … ach, keine Ahnung.«

Mit »es« war wohl der vollzogene Geschlechtsakt gemeint, aber ich verkniff mir jeden Kommentar dazu. Vermutlich taten Anastasia und ich den beiden mit unserem Plan sogar noch einen Gefallen.

Nicoley seufzte. »Ich fühle mich, als stünde ich ständig im alles entscheidenden Matchball. Alle erwarten, dass ich etwas Großartiges vollbringe: meine Eltern, Felicia, die Professoren. Ich hasse das, diesen Druck, diese Erwartungen. Ich meine … verstehst du, was ich meine?«

Scheiße, und wie ich das wusste … Dutzende ungebetene Gefühle wollten mich überschwemmen, doch ich schob sie weit von mir und beschloss, nicht auf diese Frage zu antworten, weil ich nicht einmal Nicoley so viel Wissen und damit Macht über mich geben wollte. Stattdessen durchbohrte ich die Prinzipien sozialer Marktwirtschaft am Whiteboard, so wie ich die ungeliebten Erinnerungen in meiner Brust durchbohrte. »

Natürlich verstehst du das nicht. Du hast es schließlich gut. Deinem Dad ist egal, was du tust, und deine Mom lebt am anderen Ende der Welt.«

Ja, genau, dachte ich zynisch, man ist seinen Eltern egal. Löst alle Probleme, die ein Heranwachsender jemals haben könnte.

Anstatt auf meinen Erzeuger oder die Frau, die mich geboren hatte, einzugehen, erwiderte ich: »Meinst du nicht, du wärst bei Omega besser aufgehoben? Anastasia schmeißt heute Abend eine Party.«

Es war eher ein als Ironie getarnter Vorstoß, daher war ich überrascht, als Nicoley tatsächlich darüber nachzudenken schien. Schließlich zuckte er mit den Schultern. »Keine Ahnung. Vielleicht. Wäre bestimmt cool, aber das kann ich Felicia nicht antun.«

Ich schnalzte unhörbar mit der Zunge. Er wusste es vielleicht nicht, aber er hatte mir soeben den Sieg geschenkt, noch bevor das Spiel richtig begonnen hatte. Wenn er nicht *für* seine Freundin war, dann war er gegen sie. Der Welpenschutz war vorbei. »Kleiner Tipp unter Freunden: Hör auf, es immer allen recht machen zu wollen. Denk zur Abwechslung mal zuerst an dich und dann an die anderen. Felicia muss es ja nicht erfahren.«

Nicoley biss an. Natürlich. Zu groß war sein Wunsch, den Druckkessel der Erwartungen zu sprengen. »Bist du sicher?«, fragte er – leider viel zu laut, weshalb Prof. Kagawa auf uns aufmerksam wurde.

»Mr Debois-Cartell, Sie möchten uns das Modell erklären, das dazu verwendet wird, das interferierende rationale Entscheidungsverhalten von sozialen Individuen zu prognostizieren?«

Nicoleys Gesichtsausdruck legte nahe, dass er nicht nur die Antwort nicht kannte, sondern nicht einmal den Satzzusammenhang richtig herstellen konnte. »Ähm…«

»Nein? Schade. Dann sollten Sie Ihre Aufmerksamkeit besser dem Vorlesungsinhalt widmen. Sie wollen doch sicherlich nächstes Jahr nach Yale, Harvard oder Oxford, oder nicht?«

Ich hob interessiert die Brauen, um Nicoleys Antwort zu hören. Doch er hatte nicht den Mut, auszusprechen, dass er eigentlich nichts weniger wollte, als auf eine dieser perfekten Eliteunis zu gehen, an denen seine Eltern ihn am liebsten schon bei seiner Geburt eingeschrieben hätten.

Prof. Kagawa wandte sich an mich. »Mr Knight, Sie vielleicht?«

Ich erwog einen Moment lang, nicht zu antworten, aber das würde das Ganze nur unnötig in die Länge ziehen. »Spieltheorie«, antwortete ich also schlicht.

»Immerhin einer passt auf«, brummte Prof. Kagawa halb zufrieden, halb ungeduldig. »Wollen Sie das auch ausführen?«

Ich setzte mich aufrecht hin. »Es geht darum, das Verhalten von Menschen in Entscheidungssituationen vorherzusagen, wenn sie ihre

Entscheidung anhand ihres sozialen und gesellschaftlichen Umfelds fällen.« Ich merkte, wie die Fragezeichen über den Köpfen aller Anwesenden größer wurden, und ergänzte: »Sagen wir, ich lege zwei identische Koffer auf den Tisch: Im einen eine Million Dollar, im anderen eine rasende Giftschlange, die denjenigen, der den Koffer öffnet, sofort tötet. Einen Koffer lege ich vor Sie, den anderen vor mich.«

»Ein sehr gutes Beispiel!«, rief Prof. Kagawa. »Hervorragend, Mr Knight. Das nennt man das ›Vertrauensspiel‹. Nun habe ich zwei Möglichkeiten: Ich kann denken, Mr Knight sei vertrauenswürdig, und den Koffer öffnen, den er vor mich gestellt hat.«

»Was ziemlich dumm wäre«, warf die kanadische Hotelerbin Desirée d'Orsay ein, »weil wir alle wissen, dass man Valentin Knight besser nicht trauen sollte. Ich würde also den Koffer öffnen, den er vor sich selbst gestellt hat.«

»Ein im Grunde kluger Schachzug«, kommentierte Prof. Kagawa.

Ich lächelte Desirée überlegen an, und nicht nur deshalb, weil ich sie um den Titel als Alpha-Präsidentin gebracht hatte. Sie hatte es mir auch zu leicht gemacht. »Es sei denn, ich hätte damit gerechnet, dass du das denkst, und hätte absichtlich den mit der Schlange vor mich gestellt, damit du ihn nimmst.«

Ihr entglitten die Gesichtszüge. Nur kurz, dann: »Wenn ich so darüber nachdenke, hätte ich auch das gedacht. Also würde ich doch den nehmen, der vor mir steht.«

Jetzt grinste ich genüsslich. »Oder hätte ich, weil ich weiß, dass du weißt, dass ich weiß, dass du so denken würdest, den mit der Schlange doch vor dich gestellt?«

»Sehr gut!«, freute sich Prof. Kagawa, als sich Desirée mit frustriert verzogener Grimasse zurücksinken ließ. »Das ist der Kern der Spieltheorie! Es geht weniger um Wirtschaft oder Mathematik als vielmehr um Psychologie. Seinen Gegner – oder auch mehrere – möglichst gut einzuschätzen und sein eigenes Handeln an dessen voraussichtlichen

Entscheidungen zu orientieren. Die Börse funktioniert ganz ähnlich. Aber damit haben Sie bei der Knight Media Corporation ja bereits reichlich Erfahrung, nicht wahr, Mr Knight?«

Ich lächelte bloß unverbindlich – wie immer, wenn die Sprache auf das Medienimperium meines Vaters fiel. In der eigenen Vorstellungskraft waren andere immer reicher, schöner, erfolgreicher als in der Wirklichkeit. Wie das Monster im Horrorfilm.

Die Wirklichkeit war immer enttäuschender als die Fantasie. Die Wirklichkeit, in der ich nicht einen einzigen Prozentpunkt Anteile am Lebenswerk meines Vaters hielt. Doch ich blieb stumm und wahrte den Schein aus Überlegenheit, Status und Unantastbarkeit. Wissen war Macht. Und Schweigen bewahrte Wissen.

Prof. Kagawa wandte sich wieder der Tafel zu.

»Ich verstehe einfach nicht, wie du das machst«, murmelte Nicoley.

Ich zog es vor, ihn nicht zu erleuchten. »Also, heute Abend? Um halb zehn in Anastasias Suite.«

6
Zum Erbrechen schön

Felicia

Donna Loredano…«

Ich musste mich räuspern, um meine Stimme wiederzufinden. Es kam schließlich nicht alle Tage vor, dass man nach einem erfolgreichen ersten Vorlesungstag auch noch gefragt wurde, ob man den Jahresauftaktball eröffnen wollte.

Tatsächlich könnte ich gerade im Kreis hüpfen vor Glück. Das war meine Chance, mein großer Moment! Darüber würde nicht nur der interne *Morning Glory* berichten, sondern auch die Neue Züricher Zeitung. Das würden sogar meine Eltern lesen können, und ich würde dafür sorgen, dass sie stolz auf mich waren.

So majestätisch wie ich konnte, richtete ich mich auf. »Es wäre mir eine große Ehre, Donna Loredano. Vielen Dank.«

Die Dekanin nickte hoheitsvoll. »Das wäre alles. Informieren Sie Mr Debois-Cartell?« Ich nickte ebenfalls und erhob mich eilig. »Oh, und noch etwas«, bemerkte die Loredano, als ich schon fast an der Tür war. »Glückwunsch zu fast sechzig Prozent. Ich habe gehört, einige haben allein wegen Ihnen das Haus gewechselt. Machen Sie weiter so, Miss de Vries.«

Das Glück in meinem Bauch strahlte so kraftvoll, dass ich den ganzen Raum erhellen müsste. Ich nickte. »Vielen Dank, Signora Loredano. Das werde ich!«

Ich konnte es kaum erwarten, das gleich Nicoley zu erzählen!

Kaum dass ich die Tür zum antiquierten Dekanatsbüro hinter mir zugezogen hatte, sah ich Hazel durch den hohen Korridor auf mich zukommen.

»Ah, perfektes Timing, Feli! – Warte, was ist denn mit dir passiert? Hat Nicoley dir etwa einen Heiratsantrag gemacht?«, unterbrach sie sich selbst, denn offenbar erhellte mein Strahlen wirklich den ganzen Flur.

»Nein. Aber ich soll mit ihm den Auftaktball eröffnen!«, platzte ich heraus.

Hazel quietschte vergnügt und drückte mich so eng an sich, dass sie beinahe die Papiere zerknickte, die sie dabei hatte. Hazel war nicht nur die engste Freundin, die ich letztes Jahr hier am St. Gloria gefunden hatte, sondern auch eine der wenigen, die sich immer für mich freuten. Seit ich vor dem Sommer überraschend zur Präsidentin ernannt worden war, war die Zahl meiner »Freundinnen« leider rapide gesunken. Die anderen hatten es nie angesprochen, aber ich bemerkte es an der Art, wie sie mich seitdem ansahen. An der Art, wie sich ihr Lächeln verändert hatte und nicht mehr ihre Augen erreichte. Jetzt war ich in ihren Augen nicht mehr das schwarze Entlein aus der Mittelschicht, das sie großzügig unter ihre Fittiche genommen hatten. Jetzt sahen sie mich als den Schwan, der ihre Großzügigkeit verhöhnte, weil sie sich in den Schatten gestellt fühlten. Dabei wollte ich niemanden in den Schatten stellen! Ich war immer noch dieselbe.

»Denkst du nicht, dass das irgendwie anmaßend wäre?«

»Spinnst du? Das ist großartig! Und wer sich nicht für dich freut, soll das Haus wechseln oder auf sein Ego klarkommen. Lass dir nichts einreden, du bist die Alpha-Präsidentin! Das merkt man leider auch an deinen Terminen«, schaltete sie sofort wieder auf Managerin. »Du bist auf zwei Wochen komplett ausgebucht. Morgen Abend isst du mit den neuen Juniorinnen. Übermorgen bist du zur Pyjamaparty von Viola Hudson eingeladen. Ich glaube, sie will nächstes Jahr Präsidentin werden.«

Viola Hudson, Viola Hudson ...

Ich kramte in meinem Gedächtnis nach ihrer Akte, die mir mein Team zusammen mit denen aller einundvierzig Junior-Alphas zusammengestellt hatte. Für uns Seniors begann am ersten Tag der Wettkampf um das *Gloria cum laude* – und für die Juniors der Wettkampf um das nächste Präsidentenamt. Aus einem kurzen Steckbrief wurde innerhalb eines Jahres ein ganzer Aktenordner, in dem akribisch alles gesammelt wurde: alle Verfehlungen, alle Erwähnungen im *Morning Glory* und den Kommentar-Threads in der App, aber auch alle Errungenschaften.

»Will in Oxford Medizin studieren, weil ihr Vater an Diabetes gestorben ist?«, glaubte ich mich zu erinnern.

»Ihre Mutter an Leukämie, aber ja«, korrigierte Hazel. Ich schalt mich innerlich und nahm mir vor, alle Junior-Akten noch mal durchzusehen.

»Kannst du mir noch mal ihre Akte –?«

»Habe ich hier.« Schon hob Hazel einige Mappen. »Jetzt kommt's: Ich weiß noch nicht, wie du dich teilen willst, aber du wirst es wohl müssen, denn bis Donnerstag müssen alle Sprecherinnen gewählt sein. Hier die Termine. Die Seniors fangen morgen an – ja, zeitgleich mit dem Abendessen der Juniors –, Mittwoch dann die Juniors und am Donnerstag treffen sich alle außerschulischen Komitees zum ersten Mal. Den Freitag habe ich dir frei gehalten. Und Samstag...« Wir grinsten uns an. Der Auftaktball! »Gott, ich freue mich schon so, du wirst bestimmt die hübscheste Präsidentin aller Zeiten. Zeigst du mir dein Kleid vorher?«

Ich nahm ihr einen Stapel Mappen ab und hakte mich bei ihr unter. »Wollen wir es zusammen abholen?« Ich hatte es wie fast alle bisherigen Kleider bei einer kleinen Schneiderin in Genf in Auftrag gegeben, weil ich mir die exklusiven Designerstücke der anderen nicht leisten konnte und auf keinen Fall ein Kleid von der Stange tragen durfte. Manchmal war es anstrengend, mit dem Leistungsdruck der Elite mithalten zu müssen.

»Gern! Freitag nach dem letzten Kurs? Und danach Schönheitskur im Luxor? Ich lade dich ein, das haben wir uns verdient!«, bot Hazel an.

Ich lächelte wehmütig. Bisher hatte ich es Hazel erst einmal erlaubt, mich auf ein Spa-Wochenende einzuladen – zu ihrem Geburtstag im letzten Jahr – und es war das fantastischste Wochenende gewesen, das ich je gehabt hatte. Hazels Vater hatte Anfang der 2000er die richtigen Aktien gekauft und ein solides Vermögen an der Börse gemacht, das ihr einen weitaus besseren Lebensstandard ermöglichte als mir. Trotzdem waren sie und ihr jüngerer Bruder zu Bescheidenheit erzogen worden, die ich trotz unserer Freundschaft nicht überstrapazieren wollte. »Das klingt traumhaft, aber das musst du nicht tun.« Bevor sie protestieren konnte, schob ich schnell nach: »Außerdem habe ich am Freitag ein Date mit Nicoley. Könntest du vielleicht das kleine Château für uns reservieren, wenn es dir nicht zu viel Arbeit ist?«

»Zu viel Arbeit?«, echote Hazel. »Girl, du bist die Präsidentin! Du musst nicht bitten. Ich mache das gern! Außerdem – aaaah, das Château?« Sie quietschte begeistert, woraufhin ich gegen ein seliges Lächeln ankämpfen musste. Das »kleine Château« war ein Lustschlösschen im hinteren Teil des Barockgartens. So wie sich früher die Könige in diese intime Abgeschiedenheit zurückgezogen hatten, um der Kunst, Musik oder eben der Liebe zu frönen, so konnten sich die Studierenden von St. Gloria auch heute nach vorheriger Anmeldung für einen besonderen Tag oder auch eine besondere Nacht dort einquartieren.

»Betrachte es als erledigt! Oh, ich bin so aufgeregt! Welcher Ort wäre perfekter für euer erstes Mal?« Die letzten Worte flüsterte sie schelmisch hinter vorgehaltener Hand, damit es niemand hören konnte, der zufällig an uns vorbeiging. Mittlerweile war ich bestimmt so rosa wie ein Pfirsich, weil ich so angestrengt gegen das glückliche Lächeln ankämpfte.

»Danke, Hazel. Für alles!« Ich zog sie eng an mich und vergrub die Nase in ihrem Haar, das immer nach Lavendelshampoo duftete. Es tat gut, sie festzuhalten.

»Ach Süße, nicht dafür.« Sie wollte wieder geschäftig losflitzen, aber ich ließ sie nicht los. Noch nicht.

»Es ist da oben irgendwie einsam ohne dich«, gestand ich.

Jetzt lachte sie mitfühlend. »Och, Süße… Wenn der erste Stress vorbei ist, komme ich mit Popcorn und Eistee vorbei und wir machen einen XXL-Disney-Marathon, okay?«

»Das klingt toll«, antwortete ich und wünschte, wir könnten das gleich heute Abend machen.

Hazel klaubte ein Haar von meiner Bluse und strich dann aufmunternd darüber. »Bis dahin freu dich einfach über deine wunderhübsche neue Suite. Du hast sie dir verdient!«

Ich rang mir ein Lächeln ab. Ja, die Suite war wirklich ein Traum. Die Präsidentensuiten wurden jedes Jahr individuell renoviert. Ich hatte mich für französischen Chic entschieden, und ich verliebte mich jedes Mal aufs Neue in die Einrichtung. In die zarten Rosétöne und das niedliche Sofa auf geschwungenen Füßen. In den riesigen Blumenstrauß aus Pfingstrosen und Eukalyptus auf dem filigranen Beistelltisch. Und in das weiche Himmelbett, an dem mit Sicherheit nicht einmal die Prinzessin auf der Erbse etwas auszusetzen hätte.

Ja, das Zimmer war perfekt. Trotzdem war es einsam.

»Hazel!«, unterbrach jemand unsere Innigkeit.

Claire, eine meiner Beraterinnen und Tutorin für die Jüngeren, kam mit einer apathischen Junior-Alpha auf uns zu, deren schwere Stiefelabsätze laut von den Marmorfliesen widerhallten. Ich erinnerte mich an das Gesicht:

Evangeline Astor, 19, britische Staatsbürgerschaft
Vater: Ölbaron. Mutter: Violinistin
Ziel-Uni: MIT > Wirtschaftsinformatik
Kurzsteckbrief: »Judge me when you are perfect.«
Grund für Alpha: »Die Wahrscheinlichkeit, dass das Gloria cum laude an Alpha geht, lag im Durchschnitt der letzten zehn Jahre bei 67,9 Prozent.«

Ihre unkonventionelle Antwort zeugte von hoher Intelligenz und Zielstrebigkeit. Ich mochte sie auf Anhieb – auch wenn mich der hohe Durchschnitt so gar nicht unter Druck setzte, ihm auch dieses Jahr gerecht zu werden.

Evangelines lindgrüne Augen wirkten irgendwie... benebelt. Das Lächeln in ihrem hellen Gesicht war beinahe genauso ätherisch wie ihre Erscheinung. »Heyyy...« Sie kniff die Augen zusammen, als hätte sie Schwierigkeiten, mein Gesicht zu erkennen. »Kenn' wir uns?«

»Hat sie Drogen genommen?«, fragte Hazel sofort.

Claire hob die Schultern. »Ich vermute, eine Token-Aufgabe.«

Himmel, es war erst der erste Tag! Wollte sie etwa schon wechseln?

Ich drückte Evangeline behutsam in einen der Fenstererker, setzte mich neben sie und nahm ihre Hand. »Hey, Liebes... Willst du reden? Bist du nicht zufrieden bei den Alphas?«

Ihre blassgrünen Augen starrten eine Ewigkeit ins Leere. Erst als ich ihr eine fast schwarze Strähne aus dem Gesicht strich, blinzelte sie. »Tokens verbessern Noten...« Erleichterung flutete mich. »Ich dachte, wenn ich früh anfange... sin sie nicht so schlimm.«

Kluges Mädchen, dachte ich erneut. »Was war die Aufgabe?«

Sie blinzelte, als hätte sie Schwierigkeiten, geradeaus zu sehen. »Vierunzwansig Stunden lang zwei Promille.«

Ich keuchte, Claire schrie auf. Ein Wunder, dass sie überhaupt noch stehen konnte. Geschweige denn einen geraden Satz formulieren.

»Ich hole die Campusschwester Mrs Humphrey!«

Ich hielt Claire fest. »Nein! Hol lieber zwei Senior-Alphas, sie sollen auf sie aufpassen.« Claire starrte mich kurz empört an, dann verstand sie: Wenn Evangeline die Aufgabe nicht bestand, würde sie den Token nicht bekommen. Sie wollte das Haus nicht wechseln, sie wollte nur bessere Noten. Bessere Noten waren bessere Chancen für Alpha.

»Deswegen bist du die Präsidentin«, erkannte sie und eilte los.

Ich rieb indes der neuen Juniorin über den Rücken. »Keine Sorge, wir kümmern uns um dich, Evangeline. Wie lange musst du noch?«

»Wievieluhr?«

Hazel sah auf ihr Handgelenk. »Kurz vor sechs. Gleich beginnt das Abendessen.«

Evangeline brauchte trotz ihres Pegels nur ein paar Sekunden, um die Zeit zu berechnen: »Dreieinhalb.«

Das war zumindest überschaubar. Ich rieb weiterhin ihren Rücken, bis Claire zurückkommen würde. »Und wie gefällt es dir hier bisher?«, fragte ich, um die unangenehme Stille zu überbrücken.

»Zum Kotzen.«

Okay, wow. Das war ehrlich. Ein Teil von mir bewunderte sie dafür, dass sie einfach sagte, was sie dachte. Der größere Teil – der, der die unzähligen Ratschläge meiner Mutter im Ohr hatte – setzte ein Lächeln auf. »Das gibt sich. Ich weiß noch, dass ich mich am Anfang auch vollkommen überwältigt gef–«

Evangeline erbrach sich auf meine Bluse.

»Ach du Scheiße!«, stieß Hazel das aus, was der ungefilterte Teil meiner Gedanken dachte. Ich sprang auf.

»Felicia!« Claire kam mit Jonathan und Stephenie auf uns zu. »Himmel, was ist denn ...«

»Du bist Felicia«, wiederholte Evangeline und blinzelte mich an. Ich war unsicher, ob das eine Frage oder eine Aussage war. Ihr Gesicht verzog sich vor Ekel. Und dann übergab sie sich noch mal auf mich.

»Sorry.«

Ich presste ein Lächeln hervor. »Ach was, kein Problem.«

Es war ja nicht so, dass ich eigentlich vorgehabt hatte, heute meinen Freund zu verführen. Das konnte ich mir jetzt wohl abschminken. Buchstäblich.

7
Die schwarze Dame zieht

Valentin

Ich liebte es, nachts durch das Schloss zu wandern. Die alten Mauern waren dann von einer fast mystischen Stille erfüllt – abgesehen von vereinzelten Ruhestörungen sehr eindeutiger Art –, und der Schlossgarten verströmte einen geradezu betörend intensiven Duft.

Woher ich das wusste?

Weil ich in den letzten dreihundertfünfundsechzig Tagen gefühlt zweihundert Mal im Dunkeln vom Südflügel zurück in den Nordflügel gewandert war. Mal mehr, mal weniger nüchtern.

Aber mit einem volltrunkenen Nicoley im Schlepptau wollte der nächtliche Zauber nicht so recht wirken. Da nützte auch der Gedanke an die Schnappschüsse von ihm in Anastasias Suite nichts, die ich seit ein paar Stunden auf meinem Handy hatte. Nachdem Felicia ihr Date kurzfristig abgesagt hatte, war er meiner Einladung doch gefolgt. Leider war nicht mehr passiert, als dass er ziemlich eng mit Anastasia getanzt hatte. Aber man musste kein Hellseher sein, um zu sehen, wohin das sehr bald führen würde. Ein winziger Stich des schlechten Gewissens regte sich in mir, doch letztlich tat ich das hier auch für Nicoley. Er musste endlich lernen, auf eigenen Beinen zu stehen.

Vor Nicoleys Suite blieben wir stehen.

»Weißt du was?«, flüsterte er so laut, dass es wohl das ganze Schloss hören konnte. Ich nahm es ihm nicht übel, denn er war von Whiskey, Adrenalin und Freiheit berauscht. »Ich glaube, ich ziehe aus.«

»Wie bitte?«

»Ich habe keine Lust mehr auf eine Suite. Ich will in ein einfaches Zimmer ziehen, nein – besser noch: ein Doppelzimmer.«

Ich hob irritiert die Brauen. »Bist du sicher, dass es dir gut geht?« Sein Selbstfindungstrip in allen Ehren. Aber sich deswegen gleich mit den Stipendiaten auf eine Stufe stellen?

Nicoley breitete strahlend die Arme aus. »Mir ging es nie besser!« Und nach einer kurzen Pause: »Danke, Valentin.«

Ich entließ ihn mit einem Schulterklopfen in seine Suite.

Nein, ich *danke dir.*

Am nächsten Morgen gab es von meinem Balkon aus weder einen malerischen Sonnenaufgang noch eine halb nackte Alpha-Präsidentin zu sehen, also entschied ich mich für ein frühes Frühstück im Speisesaal. Als ich auf dem Weg dorthin an Nicoleys Suite vorbeikam, hielt ich inne. Am Türgriff baumelte an einem sattvioletten Satinband ein antiquierter Messingschlüssel mit einem gerollten Blatt Pergament daran. Der war heute Nacht noch nicht dagewesen.

War Anastasia so schnell mit der zweiten Stufe unseres Plans gewesen? Für gewöhnlich stand sie nicht so früh auf.

Ich sah mich unmerklich um, aber der Suite-Korridor im dritten Stock war drei Stunden vor Vorlesungsbeginn wie ausgestorben. Rasch entrollte ich das Pergament und überflog die wenigen Zeilen.

Die Reise ist zu Ende, wenn zwei Liebende sich finden.
Finde mich am Freitag, wenn die Lichter schwinden.

Ich kramte in meinem Gedächtnis. Shakespeare? Bezogen sich die Worte auf die Shakespeare-Suite unten im Lustgarten?

Weder der poetische Inhalt noch die verschnörkelte Handschrift ähnelten Anastasia. Und je mehr ich darüber nachdachte, desto sicherer war ich: Das hier war Felicias Einladung in das Separée-Schlösschen im Garten. Kurz zögerte ich, ob ich Felicia nicht vielleicht diese Chance geben sollte, immerhin war das St. Gloria nur eine Vorbereitung auf die gnadenlose Welt der Elite.

Dann entschied ich mich dagegen. Erstens: Da draußen gab einem auch niemand eine Chance, also lernte sie besser schnell, es aus eigener Kraft zu schaffen, oder sie würde spätestens in Yale auf die Nase fallen. Zweitens: Dieses Rätsel war zu kompliziert. Ich bezweifelte, dass Nicoley ebenfalls daraufkommen würde, dass er sie am Freitag bei Sonnenuntergang im Château treffen sollte. Also tat ich den beiden vermutlich sogar einen Gefallen, indem ich das Satinbändchen von der Türklinke entfernte und den schweren Schlüssel einsteckte.

Der Speisesaal war zu dieser frühen Stunde kaum besetzt, die Bediensteten noch damit beschäftigt, Gedecke und Blumenvasen auf den blütenweißen Tischtüchern zu arrangieren. Vergebene Liebesmühe angesichts der rudimentären Tischmanieren verkaterter Studierender, mochten sie aus noch so guten Familien stammen.

Ausgenommen wohl die junge Dame, die frisch wie der erste Morgentau an einem der einzelnen Cafétische saß und in ein roséfarben eingebundenes Notizbuch schrieb. Mit ihrer dezenten Volantbluse und der grazilen Körperhaltung neben Milchkaffee und Pfingstrosengesteck könnte sie glatt das Cover einer Vintage-Zeitschrift zieren.

»Präsidentschaftspflichten?«, fragte ich unvermittelt, um sie auf ihre Ausrede von gestern Abend hinzuweisen.

Felicia zuckte zusammen, fasste sich aber erstaunlich schnell und setzte wie auf Kommando ein Lächeln auf, das sie vermutlich monatelang vor dem Spiegel geübt hatte.

Es löste sich sofort wieder auf, als sie mich erkannte. Viel besser.

»Was willst du hier?« Unmerklich sah sie sich um. »Das ist mein Tisch, such dir einen anderen!«

Provokativ stützte ich mich auf die Lehne des Stuhls ihr gegenüber. »Wieso? Hast du Angst, dass uns jemand zusammen sieht?«

Felicias Augen waren kornblumenblau, ein faszinierender Kontrast zu ihren goldbraunen Haaren. Und sie hielten meinem Blick erstaunlich lange stand. Wie gestern. Erst als ich wieder eine Braue hob, blinzelte sie. Heute brachte es sie nicht so aus der Fassung wie gestern, stattdessen setzte sie abermals dieses eindeutig einstudierte Lächeln auf.

»Glaub mir, nicht einmal du könntest meinen Ruf beschädigen.«

»War das eine Herausforderung?«

»Das war eine…« Sie hielt dezent inne und lächelte schon wieder dieses Abziehbildlächeln, während der Bedienstete Jacques ihr Frühstück mitsamt Begleitkommentar neben ihren Milchkaffee stellte, als wüsste sie nicht selbst, was sie bestellt hatte: ein Croissant mit Himbeerkonfitüre, eine Schale ungezuckerter Heidelbeeren und ein Glas Sojamilch, das sie sogleich strahlend anhob. »Was ich sagen wollte: Spar dir die Mühe. Mein Leben ist perfekt!«

Sojamilch? Wer trank denn so was freiwillig? Jetzt zog ich mir doch den Stuhl heraus und bestellte einen Espresso bei Jacques. »Perfektion ist langweilig«, erwiderte ich.

Felicia stellte ihr Glas ab und widmete sich der Schale Heidelbeeren. »Das sagst du nur, weil du den Sommer nicht mit deiner Liebsten in der Stadt der Liebe verbringen konntest.«

Sie wollte diese Lüge also wirklich durchziehen, ja?

Innerlich amüsierte ich mich darüber, wie krampfhaft sie versuchte, den Schein zu wahren. Äußerlich hob ich bloß einen Mundwinkel. »Das Einzige, das mich an Paris interessiert, ist das Moulin Rouge.«

Noch ein einstudiertes Lächeln. »Ich habe nichts anderes von dir erwartet. Du bist so vorhersehbar, Valentin Knight.« Sie schob ihren Stuhl zurück, hob ihren noch halb vollen Milchkaffee samt Untertasse hoch und stand auf. »Du sagst, Perfektion sei langweilig? Ich finde wiederkehrende Muster langweilig. Guten Tag.«

Damit ließ sie mich und ihr kaum angerührtes französisches Frühstück stehen. Ich sah ihr nicht nach, sondern blieb bloß amüsiert sitzen und blinzelte. Einmal. Zweimal.

Touché.

Dann lehnte ich mich über den Tisch und nahm mir ihr Croissant.

Felicia

M iss de Vries, ich habe leider schlechte Neuigkeiten.«

Kein Satz, mit dem man bei seiner Rückkehr aus Genf begrüßt werden wollte. Sorge rieselte in meinen Nacken, während ich mich aus dem Fond der Limousine schälte, die Hazel für unsere Fahrt reserviert hatte, doch ich zwang mich zu positiven Gedanken.

»Es gibt keine schlechten Neuigkeiten, Susanne, nur schlechte Vorbereitung. Was ist passiert?«

Susanne war das Zimmermädchen, das mir zusammen mit der Suite zugeteilt worden war. Der Gedanke war mir immer noch so unangenehm, dass ich mein Bett in den letzten Tagen noch penibler gemacht hatte als jemals zuvor.

Ich drehte mich um, um den Kleidersack in Empfang zu nehmen, den Hazel und ich bei der Genfer Schneiderin Henrietta Hoult abgeholt hatten, doch da hatte der Chauffeur – ich musste mir dringend seinen Namen merken! – ihn bereits an Susanne übergeben, die die voluminöse Hülle in geübter Geste über ihren Unterarm schlug.

»Es geht um Ihre Buchung im Château.«

Das Lächeln fiel aus meinem Gesicht. »Anastasia…?«

»Oder Valentin«, fügte Hazel hinzu. »Brauchst du Hilfe?«

»Nein, geh ruhig schon mal rein. Ich schaffe das allein.«

Es war Valentin, der mir träge zuprostete, als ich fünf Minuten später vor dem zweistöckigen Château im hinteren Teil des Gartens ankam. Das Separée-Schlösschen sah fast aus wie eine Miniaturkopie des Schlosses mit seiner stuckverzierten Fassade und den deckenhohen Sprossenfenstern, vor denen üppig bepflanzte Blumenkästen hingen. Die Fenster im Obergeschoss waren geöffnet, laute Musik schallte über den Paradiesgarten. »Geschlossene Gesellschaft« prangte auf der Tür, gemeinsam mit einem fetten schwarzen Omega-Emblem.

Natürlich.

»Falsches Zauberschloss, Prinzessin?«

Ich kniff die Augen zusammen, um mir nicht eingestehen zu müssen, wie gut Valentin dieses weinrote Hemd stand, dessen oberste zwei Knöpfe geöffnet und Ärmel elegant umgeschlagen waren. Er lehnte an der steinernen Mauer neben dem Château wie ein betörender Dionysos, ein teuer aussehendes Glas in der Hand schwenkend, und für einen Sekundenbruchteil verlor ich mich in dem Anblick seiner selbstbewussten Haltung. Schnell lenkte ich mich ab, indem ich mir vorstellte, wie sein teurer Hemdstoff sicherlich an der rauen Steinwand scheuerte und hoffnungslos ruiniert wurde.

»Das denke ich nicht. Wie hätte ich sonst den hier?« Ich hielt den Messingschlüssel mit dem purpurfarbenen Band in die Höhe.

Fasziniert beobachtete ich, wie Valentin das Glas neben sich abstellte und die Hand in die Hosentasche gleiten ließ. »Ich gehe mit und erhöhe.«

Ich schluckte, weil mein Hals plötzlich staubtrocken war. Seine Finger waren lang und kräftig. Und darin hielt er ... den Schlüssel, den ich heute Nacht an Nicoleys Zimmertür gehängt hatte.

»Du hast ihn gestohlen!« Es war ein Schuss ins Blaue, weil die Alternative – dass Nicoley ihn seinem besten Freund freiwillig für eine Party von Omega übergeben hatte – zu grausam war.

Zu meiner Überraschung leugnete Valentin es nicht. »Ja. Kleiner Tipp: Schreib ihm das nächste Mal einfach Ort und Uhrzeit auf. Er ist nicht so fit mit Shakespeares Werken.«

Mir blieb vor Empörung kurz die Luft weg. »Aber du schon, ja?«

Valentin schob scheinbar gleichgültig die Hand zurück in die Hosentasche. »Ich bin hier, oder nicht? Und wo ist dein Angebeteter gerade, Prinzessin?«

»Hör auf, mich so zu nennen!«, fauchte ich, weil es leichter war, mich mit diesem Spitznamen auseinanderzusetzen als mit Nicoleys Aufenthaltsort. »Das ist herablassend.«

»Ich finde es nicht herablassend, deine Kinderwünsche zu respektieren«, antwortete er mit diesem höllisch selbstsicheren Halblächeln, während seine olivgrünen Augen mich geradezu herausforderten. »Das hast du doch auf deinem Steckbrief angegeben, oder nicht? *Disneyprinzessin in Hogwarts, bis die Avengers dich brauchen?*«

Ich erstarrte, als sich ein ungebetenes Gefühl in meiner Magengegend breitmachte. Er hatte meinen Steckbrief derart verinnerlicht, dass er ihn auswendig zitieren konnte?

Sei nicht albern, Felicia, natürlich kann er das!, schalt ich mich sogleich selbst. Ich hatte schließlich auch die Steckbriefe der anderen Alphas studiert. Aber nicht seinen ...

Ich nahm mir vor, das bald nachzuholen, und reckte das Kinn, um mir keine Schwäche anmerken zu lassen. »Gern Disney-Filme zu schauen ist etwas völlig anderes, als die Jungfrau in Nöten zu sein, die von einem Prinzen gerettet werden muss.«

»Die wenigsten Disney-Prinzessinnen werden gerettet«, hielt er dagegen. »Tatsächlich retten die meisten ihren Angebeteten: Arielle rettet Erik vor dem Ertrinken, Belle das Biest vor den Dorfbewohnern, Pocahontas John Smith vor ihrem Stamm und Mulan mal eben das gesamte Kaiserreich.«

Mein Herz blieb kurz stehen und übersprang dann begeistert einen Schlag, weil genau das der Kerninhalt meiner unzähligen Diskussionen mit Hazel über die Emanzipation in Disney-Filmen war. Echte Beziehungen waren ein Geben und Nehmen, eine Begegnung auf Augenhöhe.

Doch anstatt meine Begeisterung zuzugeben, kniff ich die Augen zusammen. »Du schaust Disney-Filme?«

Ein träges Lächeln teilte Valentins Lippen, das viel zu attraktiv wirkte. »Ich habe Allgemeinbildung«, konterte er, zuckte mit den Schultern und stand von der niedrigen Mauer auf. Ich trat vorsorglich einen Schritt zurück. »Falls du deinen Freund suchst, er ist gerade da drin. Soll ich ihm etwas ausrichten oder willst du ihn selbst am Kragen rausschleifen?«

Lähmende Erkenntnis erfasste mich, als mir bewusst wurde, dass beide Optionen in einem PR-Gau enden würden. Doch so leicht würde ich mich nicht geschlagen geben.

»Sag ihm, ich habe das Château gern für seine Privatparty reserviert und wünsche ihm viel Spaß.« Ich ließ meinen Schlüssel demonstrativ zu Boden fallen. Valentin reagierte nicht, blinzelte nicht einmal, vergrub lediglich abermals die Hände in den Taschen seiner Anzughose und hielt mich mit seinen olivgrünen Augen gefangen. Die Mischung aus Gleichmut und Mitleid in seinem Blick grub einen feinen Riss durch mein Herz, den ich mit erhobenem Kinn versiegelte. »Diese Runde geht vielleicht an dich, Valentin. Aber das Spiel ist noch lange nicht zu Ende.«

Dann drehte ich mich um und hielt nicht einmal inne, als ich seine Stimme hörte. »Nein«, sagte er seltsam amüsiert, »das Spiel hat gerade erst angefangen, Prinzessin.«

8
Der Eröffnungsball

Valentin

Ich kann das nicht, Anastasia.«

Ich betrachtete ausdruckslos die Gesichter meines besten Freunds und meiner Stiefschwester auf meinem Handydisplay, während ich die gewaltige Schlosstreppe nach unten stieg. Wir befanden uns in einer Videoschalte über die Glorious-App, die vorausschauend genug programmiert war, keine Bildschirmaufzeichnungen und Fangschaltungen zuzulassen. Zumindest hatte nicht einmal Isabella, die brasilianische Superhackerin, der ich letztes Jahr zwei Token für einen Umgehungscode angeboten hatte, einen Weg gefunden. Ergo war die College-App eines der sichersten Kommunikationsmittel, wenn man sichergehen wollte, dass eine Konversation auch wirklich geheim blieb.

»Du meinst, du *willst* das nicht, Nicoley.« Anastasia, die sich gerade in ihrem Badezimmer die Wimpern tuschte, warf dem Handy einen überheblichen Seitenblick zu, der sie wirken ließ wie eine gnadenlose Göttin. Ich sah die vertraute Mischung aus Schmerz, Wut und Angst vor Zurückweisung in ihren Augen aufflackern, bevor sie sie mit einem Schulterzucken überspielte – eine Spur zu überheblich, als dass ich es ihr abgekauft hätte. »Und ich dachte, du würdest endlich tun, was du willst. Aber du kannst natürlich jederzeit aussteigen und weiter das perfekte, langweilige Leben führen, das dein Vater und deine Freundin von dir erwarten.«

Ich musste mir ein Grinsen verkneifen. Wenn Anastasia sich etwas in den Kopf gesetzt hatte, dann bekam sie es in der Regel. Und sie war verdammt gut darin, andere zu manipulieren. Fast so gut wie ich.

»Ich muss gleich auflegen«, kündigte ich an. »Aber sie hat recht, überleg's dir: Ist dir wichtiger, was andere von dir denken oder was du in deinem Innersten wirklich willst? Mein Fahrer wartet jedenfalls um sechs vor dem Tor. Bis später.«

Ich unterbrach die Verbindung und schob das Handy in die Anzugtasche. Diese Frage sollten sich übrigens beide Alpha-Präsidenten zu Herzen nehmen, denn nach allem, was ich in den letzten Tagen über die Architektentochter Felicia de Vries herausgefunden hatte, war sie geradezu krankhaft besessen davon, den perfekten Eindruck zu hinterlassen und bloß nirgends anzuecken. Ich führte das darauf zurück, dass ihre Mutter, Cecilia Wagner, als Talent-Agentin ihr Geld damit verdiente, perfekte PR-Karrieren zu kreieren, die unperfekte Menschen zu gottgleichen Idolen machten. Ein Zwang, den sie wohl an ihre Tochter vererbt hatte. Schauspieler, Musiker und Sportler waren auch nur Menschen. Menschen machten Fehler. Aber Fehler waren tödlich in der Welt, in deren Schatten Cecilia arbeitete, und sie hatte in ihrem Job wohl mehr Karrieren in Scherben gesehen als im Olymp. Was einmal mehr meine These bewies: Eltern erziehen ihren Kindern keine Träume und Stärken an, sondern nur ihre eigenen Schwächen und Ängste.

Fürs Erste schob ich den Gedanken an die neue Alpha-Präsidentin beiseite und konzentrierte mich auf das Problem, das vor mir lag: Die Donna hatte mich in ihr Kabinett zitiert, und ich konnte mir bereits denken, welche Frage sie mir gleich stellen würde: Wie ich mir erklärte, dass Miss Bianchi, Mr Debois-Cartell und ich allesamt für heute

Abend bei diesem wichtigen Ball entschuldigt sind. Sie würde meine vorgeschobene Lüge nicht glauben, woraufhin ich den Namen meines Vaters ins Spiel bringen und sie widerwillig akzeptieren würde. Alles im Leben ist eine Transaktion. Die Frage ist nur, wie viel du anzubieten hast und was du bereit bist, auf den Tisch zu legen. Ich hatte buchstäblich alle Karten auf der Hand und ich hatte keine Skrupel, sie einzusetzen.

Als ich um die Ecke bog, verschwand gerade die hochgewachsene Gestalt eines anderen Studenten in der Tür. Welcher Streber war denn an einem Samstagvormittag bei der Dekanin? Dann fiel mir auf, dass ich gerade selbst auf dem Weg zu ihr war, und ich verzog das Gesicht.

Anstatt mich zu setzen, blieb ich vor dem Glaskasten mit den internen Ankündigungen stehen. Zwischen der auf Seidenpapier gedruckten Einladung für heute Abend, Kursplänen und Lehrpersonal fiel mein Blick auf das Foto der amtierenden Präsidenten. Ich war ganz akzeptabel getroffen. Leider wirkte auch Felicia de Vries sehr viel vorteilhafter als geplant. Ihr leicht zur Seite gedrehter Kopf ließ sie geheimnisvoll wirken, die geweiteten Augen strahlten viel blauer als üblich. Und der ehrliche, unverfälschte Ausdruck auf ihrem Gesicht ließ sie hundertmal faszinierender wirken als das bescheidene Lächeln auf ihrem Steckbrief. Halb unzufrieden, halb belustigt zog ich mein Handy heraus, um ein Foto zu machen, gerade als hinter der Tür die durchdringende Stimme der Loredano erklang.

»Nun, dann bleibt mir nur, Ihnen alles Gute für Ihren Aufenthalt in St. Gloria zu wünschen, Su Alteza Real.«

Ich hielt inne. Diesen Titel hatte ich schon einmal gehört – war das nicht in Geschichtsbüchern über das spanische Königshaus gewesen?

Während der Angesprochene höflich korrigierte, wechselte ich auf meinem Handy die App und suchte den Begriff im Internet.

»Ich bitte Sie, Señora. So lange ich hier bin, nur Constantin. Immerhin tue ich das hier, damit die Menschen mich zur Abwechslung nicht wegen meines Titels lieben, sondern meiner selbst wegen. Ihr Etablissement genießt, was Diskretion und Skandalfreiheit angeht, einen vortrefflichen Ruf. Daher bitte ich Sie: nur Constantin. Constantin Bellini. Kein Adelstitel. Kein Haus de Bórbon. Gönnen Sie mir diese neun Monate.«

»Wie Sie wünschen.«

Heilige…

Eilig löschte ich den Handybildschirm mit den Suchergebnissen und trat einen Schritt von der Tür zurück, bevor sie Constantin Bellini auf den Korridor spuckte, den Neuling mit den dunklen Locken, der ein Geheimnis hütete, das selbst für St. Glorias Verhältnisse gewaltig war: die Krone von Spanien.

Der Blick der Loredano heftete sich auffordernd auf mich, doch ich reagierte nicht gleich auf ihre hereinbittende Geste.

»Hey, Bellini!«, rief ich ihm nach. Es war besser, seine Freunde nah zu halten, aber seine Feinde noch näher. Constantin drehte sich zu mir um. »Hast du gleich zwei Minuten Zeit für mich?«

Seine schokoladenbraunen Augen blickten zuerst überrascht, dann skeptisch, bis er mein Grinsen erwiderte. »Natürlich, gern.«

Acht Stunden später ließ sich meine Stiefschwester derart übermütig auf die Ledercouch neben mir plumpsen, dass ich meinen Drink anheben musste, damit er nicht überschwappte.

»Schreibt ihr einen Test über moderne Fürstenhäuser oder warum liest du in deiner Freizeit einen Artikel über König Fernando III. von Spanien?«

Unfreiwillig beendete ich meine Recherchen über die Thronfolge von Spanien und legte das Handy mit dem Display nach unten neben mich, während sie zufrieden an ihrem Strohhalm zog und den glitzernden Stiletto im Beat wippen ließ. Wir hatten uns für das Finale unseres Plans das »Le Soir« ausgesucht, die exklusivste Vorabend-Lounge, die der Kanton Luzern zu bieten hatte – mit exzellenten Cocktails, der besten Burlesque-Show des Landes und den sehr speziellen Sofalandschaft-Separées, von denen Anastasia gerade zurückgekehrt war.

Streng genommen überbrückte ich die Langeweile, weil ich meine Freizeit leider damit verschwenden musste, meiner Stiefschwester zu helfen, meinen besten Freund zu verführen. Was genauso abgefuckt war, wie es klang.

War ich stolz drauf? Nein.

Ich war auch nicht stolz darauf, mit mehr Geld geboren worden zu sein, als die meisten in ihrem ganzen Leben verdienen konnten. Aber ein schlechtes Gewissen brachte niemanden irgendwohin, erst recht nicht, wenn es um die Entscheidungen ging, die andere für sich selbst aus freien Stücken trafen. Wenn ich eines früh gelernt hatte, dann, dass jeder für sich selbst verantwortlich war.

Wir starteten nicht alle auf demselben Feld. Aber wir spielten alle dasselbe Spiel, und unsere Entscheidungen waren es, die bestimmten, wo auf dem Spielfeld wir am Ende landeten.

Und es war nicht so, dass wir Nicoley gezwungen hätten.

»Du siehst aus, als hätte unser Plan funktioniert.« Ich streckte die Hand aus, um verschmierten Lippenstift aus ihrem Mundwinkel zu wischen.

Zur Antwort grinste Anastasia bloß und leerte den Rest des Longdrinks in einem Zug, bevor sie sich vorlehnte und sich auch noch meinen Bourbon krallte. Mein Handy vibrierte, doch ich ignorierte es.

»Können wir dann?« Ich nahm ihr mein Glas wieder ab.

»Hat Valentin Knight es etwa eilig, zum Eröffnungsball zu kommen? Oh, heimliche Freundin?«, unterbrach sie sich, als mein Handy erneut vibrierte.

Ich bekam das Handy vor ihr zu fassen und las die Nachricht inklusive zwei Bildern von ihr abgewandt. Constantin. Es war einfach gewesen, die Freundschaft des Spaniers zu erlangen, der sich so sehr nach

Unscheinbarkeit und einfacher Akzeptanz sehnte. Jetzt fragte er um Rat, was sein Outfit für heute Abend anging: ein langweiliger cremefarbener Anzug mit goldgemusterter Krawatte oder ein taupefarbener Anzug mit scheußlicher bronzefarbener Krawatte?

    Constantin_Bellini: Was meinst du, links oder rechts? Ihr Kleid ist cremeweiß mit Goldakzenten.

Constantin mochte zwar einen Adelstitel haben, aber offensichtlich keinen Sinn für Mode.

    Valentin_Knight: Dann der rechte Anzug mit der linken Krawatte. Und besorg dir ein Einstecktuch in ihrer Kleidfarbe.

    Wer ist denn die Glückliche?

Eilig löschte ich das Display wieder, als ein Schatten über uns fiel: Nicoley, die Hände schuldbewusst in den Hosentaschen vergraben. Anastasias Fuß begann erneut zu wippen. Entwickelte meine Stiefschwester etwa so etwas wie ein Gewissen?

»Hey, Mann«, sagte Nicoley.

»Hey«, antwortete ich, während mein Handy noch mal vibrierte. Vermutlich eine königliche Danksagung.

»Können wir reden?« Nicoleys Augen huschten von Anastasia zu mir. Das war wohl das Mindeste, das ich für ihn tun konnte, also erhob ich mich und folgte ihm ein paar Schritte weiter weg. Der Bass wummerte in meiner Brust, während Nicoley sich durch die ohnehin bereits zerwühlten Haare fuhr. »Hör zu…«

Stille.

»Ich…«

Stille.

»Also, was ich meine… Ich mag Anastasia wirklich und…«

So wurde das nichts.

»Falls du mich fragen willst, ob es okay für mich ist, dass du mit meiner Stiefschwester schläfst: Ist mir egal«, kam ich ihm zu Hilfe – und fragte mich kurz, ob man meine Aussage so interpretieren konnte, dass

Anastasia mir egal wäre, was nicht der Fall war. Dann entschied ich, dass ich nur für das verantwortlich war, was ich sagte, nicht für das, was andere verstanden, und fügte lediglich hinzu: »Nur weil unsere Eltern zusammen sind, gilt das nicht automatisch für uns. Habt Sex, bastelt Freundschaftsbänder, gebt euren Kindern lächerliche Vornamen. Ich verspreche dir, es ist mir egal.«

Es schien, als fiele ihm ein Stein vom Herzen. »Das ist echt cool, Mann. Ich wollte nicht, dass das zwischen uns steht.«

Zwischen uns beiden wird das sicherlich nicht stehen, dachte ich. Aber ich überließ es ihm selbst, herauszufinden, was sein Haus von einer Affäre mit seiner Erzfeindin halten würde.

»Ich besorg uns noch was zu trinken, die Runde geht auf mich«, frohlockte mein bester Freund, während mein Handy erneut vibrierte. Ich warf einen unwilligen Seitenblick darauf – und stieß einen Fluch aus.

»Wir müssen los. Sofort.«

»Was? Warum?«

Weil deine Noch-Freundin drauf und dran ist, den Jahresauftaktball mit dem Kronprinzen von Spanien zu eröffnen, du Idiot!

Felicia

Wie wahrscheinlich war es, an Herzklopfen zu sterben?

Denn meines hämmerte geradezu ein Loch in meine Brust, als ich vor der gigantischen Flügeltür stand, hinter der zweihundertzweiundsiebzig Studierende summten wie ein aufgebrachter Bienenstock. Die ineinander verschlungenen goldenen Ornamente im Türblatt begannen sich unter meinem starren Blick wie Schlangen zu winden, während ich versuchte, meine Atmung unter Kontrolle zu bringen.

Vielleicht wäre es hilfreich, wenn ich dabei nicht in ein Korsett eingeschnürt wäre. Ich liebte es, wie die hauchzarte, goldene Spitze über die cremeweiße Seide lief, meine Taille betonte und nach vielen Stofflagen in einer funkelnden Schleppe endete, die ich mit den behandschuhten Fingern der Linken genauso hielt, wie Henrietta es mir gezeigt hatte. Aber ich liebte es nicht, wie mein Arm dabei allmählich lahm wurde und der schmale Rock meine Bewegungsfreiheit einschränkte.

»Ich sterbe gleich.« Mein Wispern wurde tausendfach von der Stille zurückgeworfen.

Zur Antwort drückte Constantin Bellini meine Rechte, die um seinen Arm lag, als wären wir ein Wachsfiguren-Brautpaar auf einer Torte. »Hoffentlich nicht.«

Er lächelte gewinnend. Aber alles, was ich denken konnte war: *Bitte, Gott! Lass Constantin tanzen können.*

Wir hatten keine Zeit zum Üben gehabt, da ich ja eigentlich mit Nicoley, meinem Alpha-Präsidenten und – oh, richtig, Freund! – den Eröffnungsball eröffnen sollte. Aber der war völlig überraschend zu einer Gesellschafterversammlung seines Vaters abberufen worden. Ich hasste Miss Karma für ihr mieses Timing, aber wenn Sir William Debois-Cartell einlud, dann folgte man. Erst recht, wenn man dessen Erstgeborener war. Zum Glück war ich heute Vormittag im Schlossgarten fast in Constantin hineingelaufen, als ich kurz vor einem Nervenzusammenbruch mit Hazel und Misaki videotelefoniert hatte. Er hatte mitbekommen, dass ich einen Tanzpartner suchte, und sich kurzerhand angeboten. Erst wollte ich ablehnen, schließlich wollte ich keine Prinzessin sein, die von ihrem Traumprinzen gerettet werden musste – danke für dieses Bild, das mir seit Tagen im Kopf herumspukte, Valentin Knight! Aber dann... was für eine Wahl hatte ich gehabt? Ich brauchte einen Tanzpartner, und Constantins warmes Lächeln war wie ein Lichtblick im Gewittersturm meiner panischen Nerven gewesen.

Die Tür zum Saal wurde aufgezogen und ich schaffte es irgendwie, mich nicht zu übergeben und nicht über mein Kleid zu stolpern.

Goldenes Licht brach sich in Abermillionen von Kronleuchterkristallen und ergoss sich über den polierten Parkettboden, während Constantin mich zielsicher in die Mitte des Saals manövrierte. Fast dreihundert Menschen verfolgten jeden meiner Schritte, Augen weiteten sich, Münder wurden aufgerissen. Hazel und Misaki warfen mir begeisterte Jubelgesten zu, doch ich konnte den Moment nicht genießen. Denn im Kopf ging ich schon alle Rettungsschritte durch, die ich jedes Mal bei Nicoley anwenden musste, damit unsere Tänze kein komplettes Desaster abgaben. Auf meinen Freund war ich wenigstens eingespielt...

Die Donna hielt eine kurze Eröffnungsrede. Mein Name fiel, aber ich konnte nicht hinhören. Alles, was ich denken konnte, war:

Lieber Gott, lass Constantin tanzen können. Bitte lass...

Die Musik setzte ein. Und mein Lampenfieber verschwand.

Constantin konnte tanzen. Und wie er das konnte!

Seine Rechte lag beruhigend fest unter meinem linken Schulterblatt, sein Körper ließ mich förmlich über die Tanzfläche schweben, während die unzähligen Gesichter, von gedimmten Kronleuchtern erhellt, an uns vorbeiflogen.

Ich wollte den Moment festhalten, wollte das berauschende Glücksgefühl in eine Flasche füllen und immer bei mir tragen. Aber ich war zu beschäftigt damit, die Anweisungen unserer Tanzlehrerin zu beherzigen: Rücken gestreckt, Ellenbogen waagerecht, Kopf erhoben, und bloß nicht vergessen zu lächeln.

Endlich gesellten sich weitere Tanzpaare zu uns, angeführt von Donna Loredano und Prof. Kagawa, dem jungen Lehrer für Wirtschaft, die zusammen ungefähr so schräg aussahen wie Demi Moore und Ashton Kutcher, aber eine Glanzpartie auf dem Parkett hinlegten.

Als ich wieder atmen konnte und die erste Anspannung weit genug abgefallen war, dass ich mir wieder zutraute, gleichzeitig die Tanzschritte auszuführen und zu sprechen, sah ich Constantin an.

»Danke, dass du so kurzfristig eingesprungen bist. Das ist nicht selbstverständlich, und das weiß ich sehr zu schätzen.« Er lächelte und setzte zu einer Antwort an. Da fiel mein Blick auf sein Revers, und mein verblüffter Ausruf unterbrach ihn: »Dein Einstecktuch passt ja perfekt zu meinem Kleid!«

Sein Lächeln wurde noch breiter. »Ja, ich hatte Last-Minute-Hilfe von einem Freund.«

»Ein Freund mit Stil«, lächelte ich zurück, um das Gespräch am Laufen zu halten. »Du musst ihn mir bei Gelegenheit vorstellen.«

»Oh, ich glaube, du kennst ihn besser als ich. Es ist…«

Weiter kam er nicht. Denn in dem Moment wurde die zweiflügelige Tür aufgestoßen, als eine Kavallerie in Glitter und Gucci die Party crashte.

9
Lügen haben lange Beine

Felicia

»Miss Bianchi.«

Die Stimme der Loredano ließ den Bienenstock, zu dem der Ballsaal angeschwollen war, verstummen. Ich bemerkte, dass mir der Mund offen stand, weil dieses hautenge Glitzerkleid mit dem extrovertierten XXL-Kragen umwerfend an meiner Konkurrentin aussah. Bis vor zwei Sekunden war ich stolz auf mein Kleid gewesen. Jetzt überlegte ich, ob ich nicht doch das Indigoblaue mit der opulenten Schulterpartie hätte wählen sollen, zu dem mich Henrietta – und Hazel! – hatten überreden wollen.

Mein Blick fand Nicoley, und mein Herz machte einen Satz. Ich wollte zu ihm gehen, als die Loredano weitersprach: »Wie schön, dass Sie sich dazu herablassen, uns heute Abend doch noch mit Ihrer Anwesenheit zu beehren.«

»Autsch«, hörte ich eine Stimme aus dem Bienenstock heraus, die verdächtig nach Misaki klang. Meine engsten Beraterinnen hatten zu mir aufgeschlossen, um das Spektakel aus nächster Nähe zu erleben.

Man musste Anastasia zugutehalten, dass sie nicht einmal mit der Wimper zuckte. »Ich bitte um Verzeihung, Donna Loredano. Mein Stiefvater Charles Knight hat –«

»Ich weiß«, schnitt die Dekanin ihr das Wort ab.

Moment. Was? Die Donna redete weiter, doch mein Blick flog zu Valentin und dann zwischen ihm, Nicoley und Anastasia hin und her. Irgendetwas stimmte nicht, und es war nicht die Tatsache, dass mein Verstand zur Kenntnis nahm, wie unerhört gut Valentin in diesem anthrazitfarbenen Maßanzug aussah.

Anastasia war völlig auf die Dekanin fokussiert, Nicoley schien sich zu wünschen, anderswo zu sein. Valentin war der Einzige, der meinem Blick begegnete. Gelassen. Gewissenlos. Gefährlich. Die Lady in mir wollte die Lider senken, doch ich würde den Teufel tun, ihm einen Sieg zu überlassen, und sei es bloß in diesem Starrwettkampf.

»…und damit meine ich auch Sie, Mr Knight.«

Valentin unterbrach den Blickkontakt, als die Loredano ihn ansprach. »Sie müssen selbst entscheiden, womit Sie Ihre Zeit verbringen. Nur eines sollten Sie beide wissen: Als Miss de Vries mir heute Morgen eröffnete, dass sie keinen Tanzpartner mehr habe, wollte ich stattdessen Sie die Eröffnung vollziehen lassen. Nun, Sie waren abgemeldet.«

Hazel und Misaki stimmten ein kollektives Prusten an, das schnell Anhänger fand. Anastasia wandte den Blick ab. Valentin blieb vollkommen regungslos. Nicht der kleinste Muskel zuckte in seinem Kiefer, kein Nasenflügel blähte sich, kein Augenlid zuckte. Bloß seine olivgrünen Augen schienen die Dekanin an Ort und Stelle einäschern zu wollen. Selten hatte mich ein Sieg so berauscht.

Mir fiel auf, wie intensiv ich ihn anstarrte, und ich wandte eilig den Blick ab. Als die Loredano den Ball mit einem herrischen Klatschen fortsetzte, verabschiedete ich mich von Constantin und lief zu Nicoley.

»Sagtest du nicht, du wärst heute bei deinem Vater?«

»Das war offensichtlich eine Lüge«, antwortete Valentin für ihn, noch bevor Nicoley den Mund geöffnet hatte. Jetzt starrte Nicoley seinen Freund an.

»Hey, was soll das? Ich dachte, wir wären cool…?«

»*Offensichtlich* kann mein Freund sehr wohl für sich selbst sprechen, Valentin«, herrschte ich, womit leider ich diejenige war, die meinem Freund ins Wort fiel. Ich warf Nicoley einen entschuldigenden Blick zu, bevor ich meine Augen wieder auf Valentin heftete. »Und wenn das eine Lüge war, dann zeigt sich einmal mehr, dass Lügen kurze Beine haben.«

Da wanderte Valentins Blick betont langsam an meinem Körper hinab, als würde er in Gedanken seine Hände über meine nackte Haut gleiten lassen. Schlagartig war mir heiß. Sein Blick verharrte kurz auf den goldenen Riemen meiner Sandalen, die unter dem Kleid hervorlugten, dann fand er wieder hinauf zu meinem Gesicht und hielt mich fest. Hatte jemand den Ofen angefeuert? »Wirklich? Dabei sieht es so aus, als hätten manche Lügen ziemlich lange Beine.«

Ich hoffte inständig, dass mein Make-up die Deckkraft besaß, die es versprach. Das konnte er nicht so meinen, wie es geklungen hatte. Oder? Gackerndes Kichern drang an mein Ohr. Und als wäre ich aus einem Vakuum aufgetaucht, wurde mir das Stimmengewirr im Raum bewusst. Ohne mich umzusehen – ich wollte lieber nicht wissen, wie viele Dutzend Augenpaare gerade unser Gespräch beobachteten –, nickte ich auffordernd in Richtung seines Hauses. »Ich glaube, du hast einen Rufschaden zu beheben.«

Sein Blick hielt mich noch drei flatternde Herzschläge lang in seinem olivgrünen Würgegriff gefangen. Dann neigte er beinahe galant den Kopf. »Keine Sorge, das werde ich. Ich schlage vor, du genießt deinen letzten Abend ohne Rufschaden. Immerhin habe ich nicht die gegnerische Präsidentin geküsst.« Er hob einen Mundwinkel. »Zumindest noch nicht.«

Ich hatte mich wohl verhört. Als er keine Anstalten machte, seine Aussage zu revidieren – oder zumindest diesen verstörenden Blick von mir zu nehmen –, schnappte ich mir Nicoley und zog ihn zum nächsten Kellner, um das Prickeln im Bauch mit Champagner zu überdecken.

Überraschung: Es funktionierte so gar nicht.

Valentin

Das hat ja wunderbar geklappt. Ich bin Persona non grata und die Kennedys aka Alpha-Traumpaar sind wiedervereint«, zischte Anastasia. »Dein toller Plan ist nach hinten losgegangen.«

Meine Stiefschwester gesellte sich mit der Mordlust einer Würgeschlange zu mir, während ich an einem der Getränketische lehnte und Felicia und Nicoley am anderen Ende des Raums bei dem zusah, was man wohl Ehekrise nannte.

»*Dein* Plan«, korrigierte ich sie, »funktioniert. Weil ich ihn gerettet habe.«

Die beiden stritten eindeutig, und ich konnte Felicias blitzende Augen bis hierher sehen. Die tugendhafte Alpha-Präsidentin von St. Gloria hatte also doch Kampfgeist. Und vor allem hatte sie Köpfchen. Ich hatte bereits bei der Erwähnung meines Vaters gesehen, wie es in ihrem Kopf zu arbeiten begonnen hatte. Sie hatte meine zweideutige Anspielung mit dem Kuss zwar nicht gleich verstanden, aber allem Anschein nach war sie Nicoley schneller auf die Schliche gekommen als gedacht.

»Spätestens in einer Woche sind die beiden nicht mehr zusammen«, prophezeite ich. »Dann kannst du ihn dir offiziell angeln. Ich habe ihm schon in der Limousine hierher gesagt, dass du etwas für ihn empfindest.«

»Das hast du nicht getan!« Ich antwortete nicht. Müßig, mich zu wiederholen. Anastasias leeres Champagnerglas knallte auf den Tisch, als sie die Wahrheit erkannte. »Warum?«

»Weil ich ein netter Mensch bin?«, fragte ich mit schiefem Grinsen. Keiner von uns beiden glaubte das wirklich, also fügte ich hinzu: »Erstens, weil ich sehe, wie du ihn ansiehst.« Sie erstarrte hinter ihrer Porzellanmaske, ließ sich jedoch nichts anmerken. Ich fasste das mal als ein dankbares Lächeln auf. *Gern geschehen, Stiefschwesterherz.* »Zweitens, weil ich glaube, dass ihr gut zusammenpasst und Omega davon profitieren würde. Und drittens«, ich hob einen Mundwinkel, »weil du mir jetzt etwas schuldest.«

Sie schnaubte verächtlich. »Natürlich, was sonst. Für eine Sekunde hatte ich schon Angst, du hättest so etwas wie ein Herz entwickelt. Na schön, in zwanzig Minuten in meiner Suite?«

Jetzt war ich es, der schnaubte. »Ich spreche nicht von Sex. Ich lasse es dich wissen, wenn ich mich für etwas entschieden habe. Und nun entschuldige mich. Ich gehe den zweiten Teil deines Plans retten.«

Damit ließ ich Anastasia stehen und folgte der Alpha-Präsidentin, die gerade wutentbrannt den Ballsaal in Richtung Garten verließ.

Als ich sie zwischen den vereinzelten Paaren und angetrunkenen Studierenden ausgemacht hatte, saß Felicia allein an der Außenbar auf der Terrasse, weit weg von ihrem präsidentialen Gefolge. Einen unberührten Cocktail vor sich, starrte sie ins Leere – oder besser gesagt, auf ein Problem in ihrem Kopf, das sie sich vermutlich gerade viel größer redete, als es in Wahrheit war.

»Einmal, was sie hat«, bestellte ich bei der Barkeeperin, und lehnte mich neben Felicia auf die polierte Teakholzplatte. Nah genug, um sie in eine kompromittierende Position für mögliche Zuschauer zu bringen. Nicht nah genug, um dem zarten Duft ihrer Haare zu erliegen. Rose und Mandelmilch. Unschuldig und weich, aber auch betörend sinnlich und unerwartet intensiv.

Wie vermutet, nahm sie ihren Cocktail und rückte einen Hocker weiter. »Was auch immer du vorhast, es wird nicht passieren.«

Sie schien recht stolz auf sich für diese schlagfertige Antwort und …

ja, ein bisschen war ich das auch. Wie viel mehr von dieser aufsässigen Felicia wohl noch in ihr steckte?

»Keine Sorge«, antwortete ich gedehnt. »Ich stehe nicht auf Jungfrauen in Not.«

Die kurze Abfolge von Emotionen in ihren Augen war faszinierend. Begeisterung, weil sie sich an unser Gespräch über Disney-Heldinnen erinnerte. Dann: Entsetzen. Angst. Wut. Unglaube. Empörung.

Ich fragte mich, welche davon die Oberhand gewinnen würde, als sie wieder dieses perfekte Spiegellächeln aufsetzte. Ah. Also gewann Verleugnen.

»Tja, umso besser, dass ich weder das eine noch das andere bin«, behauptete sie angriffslustig.

Wirklich? Sie wollte diese Scharade aufrechterhalten?

Ich sah sie bloß an, bis sie sich in ihren Drink rettete. Dann ließ ich den Blick erneut bis zu ihren Beinen wandern, um sie an die Geschichte mit den Lügen zu erinnern. Das ließ sie vor Frust und Scham so energisch an dem Strohhalm ziehen, dass ihr Glas binnen Sekunden leer war. Ich wandte den Blick von ihren Lippen ab.

Als mein Cocktail kam, überließ ich ihn ihr. »Nicoley hat es mir erzählt«, sagte ich dann geradeheraus. Wieder diese kurze Abfolge von Emotionen in ihrem Blick, diesmal begleitet von einem ohnmächtigen Flackern. *Enttäuschung.* Ich kannte den bitteren Geschmack im Mund nur zu gut. *Lass es nicht an dich ran, Felicia. Deine Ängste haben nur Macht über dich, wenn du sie lässt.*

»Weißt du, ich könnte mich darauf einlassen, es niemandem zu verraten«, bot ich an.

»Ach ja?« Sehr gut, sie war auf der Hut. Sie kniff die Augen zusammen, und verdammt, dieser bronzefarbene Lidschatten betonte hervorragend das Blau ihrer Augen – und ihr fantastisches Kleid. Constantin hatte das perfekte Einstecktuch gewählt.

Ich hielt Felicias Blick fest. »Tanz mit mir.«

»Wie bitte? Eher friert die Hölle zu, Valentin.«

Amüsiert sah ich ihr nach, wie sie aufsprang. »Wirst du immer weglaufen, wenn ich dir zu nah komme, Felicia de Vries?«

Felicia blieb stehen. Ich betrachtete ihren halbnackten Rücken im Mondlicht, dann die Silhouette aus gerafftem Stoff, als sie herumwirbelte und zurückstolzierte.

»Du hast recht. Ich war zuerst hier. Du wirst gehen!«

Sie bohrte ihren behandschuhten Zeigefinger in meine Brust. Ich widerstand dem Drang, die cremeweiße Seide von ihren Fingern zu ziehen.

»Ich will dir helfen, Felicia«, sagte ich stattdessen und löste ihre Finger von meinem Krawattentuch.

Hielt sie etwa den Atem an?

Nein, sie schnaubte bloß. »Natürlich! In welcher Dimension soll das denn passieren? Wenn überhaupt, willst du Nicoley helfen, also tu uns beiden einen Gefallen und verkauf mich nicht für dumm.«

Jetzt musste ich gegen ein Grinsen ankämpfen. »Glaub mir, für Nicoley wäre es nicht halb so schlimm wie für dich. Er würde es vermutlich nicht einmal bemerken, während für dich eine Welt zusammenbrechen würde.«

Felicia trat einen Schritt zurück. »Weil du mich so gut kennst, ja?«

»Ich kenne dich besser, als du denkst. Ich bin wahrscheinlich der Einzige auf dem Campus, der dich kennt. Nicht die perfekte Maske, die du trägst, sondern die wahre Felicia.«

Ein erstickter Laut. »Das wage ich doch wirklich zu bezweifeln!«

Ich zuckte herausfordernd mit den Schultern. »Du bist perfektionistisch. Du bist eitel. Du bist verkrampft«, zählte ich ihre Schwächen auf, als hätte sie jemand mit Fingerfarbe auf ihre Stirn geschrieben. »Du willst so sehr, dass alles perfekt ist, dass du deine eigenen Erwartungen an dich selbst nicht erfüllen kannst.«

Oder die Erwartungen der Welt auf deinen Schultern, flüsterte die kratzig-weiche Stimme, die ich nie aus dem Kopf kriegen würde.

Ich hielt Felicias Blick fest, um mich selbst zu erden. Sie funkelte herausfordernd zurück. »Es tut mir leid, dass du das so siehst. Aber ich will nicht nur, dass alles perfekt ist. Das ist es auch. Heute zum Beispiel war ein perfekter Tag! Alpha ist klarer Sieger des Abends.«

Das mochte vielleicht stimmen. Aber am Ende des Krieges wurden die Toten gezählt. »Wirklich?«, hakte ich nach. »Dein Freund hat dich sitzen lassen und jeder weiß es. Stattdessen hast du mit einem Niemand getanzt, den keiner kennt. Dann hat der ganze Campus dabei zugesehen, wie ihr zwei einen filmreifen Beziehungsstreit hattet, und jetzt stehst du hier und unterhältst dich mit deinem Feind.«

Ich überlegte, auch den letzten Sargnagel in ihren makellosen Alpha-Thron zu stoßen und ihr zu erzählen, warum genau Nicoley und Anastasia nicht beim Ball gewesen waren, doch so grausam war nicht einmal ich.

Felicias Blick flackerte kurz, als sie schluckte. Doch sie sah nicht weg. Fast bewundernswert.

Zumindest bis sie fragte: »Was willst du, Valentin?« Leise. Matt. Es klang fast wie eine Kapitulation.

»Gibst du so schnell auf? Enttäuschend.«

Da funkelte sie mich grimmig an, ihre blauen Augen blitzten wie Saphire auf einem Schwertknauf. Viel besser.

»Aufgeben? Ich habe noch nicht mal angefangen, Valentin!«

Grinsend löste ich die Schulter von der Teakholztheke. »Wenn das so ist... Ich werde dich wissen lassen, was ich von dir will, wenn die Zeit reif ist.« Im Vorbeigehen streifte ich wie zufällig ihre nackte Schulter, sodass sie wie vom Blitz getroffen zurückzuckte. »Übrigens: Haut zu zeigen steht dir.«

Morning Glory Chronicles

Montag, 10. September

Montagsfrage, ihr Morgenmuffel: Was ist goldblond, nahezu perfekt und lag vorletzte Nacht im falschen Nest?
Hinweis (Vorsicht, Spoiler): Es ist kein Kuckucksei.

Die wichtigsten Themen der Woche im Überblick:
Der Auftaktball kann durchaus als Erfolg für Alpha verbucht werden. Präsidentin Felicia de Vries wird mit ihrem Private-Label-Kleid vermutlich in die Campusgeschichte eingehen (wir haben natürlich ihre Designerin für euch ausfindig gemacht (<u>Affiliate-Link</u>)), ihr charmanter Tanzpartner kann sich vor Bewerberinnen für den nächsten Ball gar nicht retten, und es ist wohl niemandem entgangen, dass Anastasia eine gehörige Rüge der Dekanin für ihr Fernbleiben kassiert hat. (Obwohl ihr extravagantes Gucci-Kleid uns vor Neid erblassen ließ (Lookalikes <u>hier</u>).
Gleichzeitig pfeifen spöttische Spatzen von den Dächern, dass Anastasia und unser Goldjunge Nicoley mehr als nur einen Drink geteilt haben. (Sachdienliche Hinweise werden mit Tokens belohnt!)
Und welche Kriegsabkommen haben Felicia und unser dunk-

ler Ritter Valentin an der Außenbar verhandelt? Oder gar etwas anderes? Wir wissen ja nicht, was ihr so gesehen habt, aber von unserem Standpunkt aus sah es aus, als würde Valentin seine Widersacherin mit Blicken geradezu ausziehen. Ob sie standhaft bleiben kann?
Es bleibt spannend im Spiel um das *Gloria cum laude*.

Die aktuellen Zahlen findest du hier (Alpha klettert auf 59,4 %), die peinlichsten Schnappschüsse hier (War dieses Kleid nicht einfach grausam? #TangaGate und #Bowlendesaster).
Aus Mitleid kostet die Entfernung von Bildern diese Woche nur je einen Token. Wie immer: Schreibt uns per App, wenn wir etwas vergessen haben. Genießt Woche 2!

Eure *Morning-Glory*-Redaktion

10
Haut zeigen

Felicia

Wir sollten zumindest den Juniors anbieten, diese Woche ausnahmsweise die Tokens für die Entfernung der besonders schrecklichen Bilder im *Morning Glory* zu übernehmen. Das bringt Alpha gleich einen Sympathiebonus«, schlug Misaki vor, während sie konzentriert vor der Selfie-Kamera ihres Handys mit einer Nagelschere ihren geometrischen Pony schnitt. »Oder noch besser nur denen von Omega, damit sie einen Grund haben, zu wechseln.«

Anerkennend zeigte Hazel mit ihrem angekauten Fineliner auf sie. »Moderne Form der Bestechung. Unmoralisch, aber effektiv. Wir müssen dringend dieses Fremdgeh-Gerücht über Nicoley aus der Welt kriegen. Hast du schon mit ihm geredet, Feli? – Sag mal, was machst du da eigentlich? Hast du eine Laufmasche?«

Ich riss meinen Blick von dem angelaufenen Wandspiegel los, in dem ich mein ausgestrecktes Bein von der Seite gemustert hatte. Valentins Worte über lange Beine und nackte Haut spukten mir seit Samstag im Kopf herum. »Gar nichts«, sagte ich schnell und ließ den Rocksaum wieder fallen. »Und nein, wir unterstützen entweder alle Juniors oder keinen. Wir werden nicht unser eigenes Haus verprellen und die anderen bevorzugen wie diese scheinheiligen Anbieter mit Neukundenboni, während die treuen Bestandskunden dumm aus der Wäsche schauen. Alphas sind treu!«

Da war es, das Wort, das seit zwei Tagen ein Loch in meine Brust fraß. Was, wenn an den Gerüchten etwas dran war? Verdammt...

Hazel griff verstohlen nach meiner Hand und ich drückte sie dankbar, während ich stumm den Kopf schüttelte, um ihre Frage zu beantworten: Nein, ich hatte noch nicht mit Nicoley geredet. Was sollte ich auch sagen?

»*Hi, ich weiß, unser Vertrauen sollte größer sein als die Gerüchte und Intrigen von St. Gloria, aber hast du zufällig mit Anastasia geschlafen?*«

Ich schüttelte den Kopf. Ganz sicher nicht. Er war ohnehin in letzter Zeit so distanziert, da wollte ich keinen weiteren Keil zwischen uns treiben.

»Alle oder keiner. Jep, und deswegen ist Felicia die Präsidentin«, unterbrach Misaki meine Gedanken, wischte abgeschnittene Haarspitzen von ihrem Rock und sah in die Runde. »Dann ist es also beschlossen. Wie viele Tokens haben wir aktuell?«

Eine der schöneren Überraschungen meiner Präsidentschaft war die Schatulle gewesen, in der ich mehr als ein Dutzend Tokens gefunden hatte, zusammen mit dem Äquivalent auf meinem Account in der Glorious-App. Zum Schutz vor Diebstahl und Betrug musste ein Tokentausch immer doppelt erfolgen: analog und digital, mit persönlich dokumentiertem Nachweis im Schulsekretariat, und beide Zahlen mussten immer übereinstimmen. Das ganze letzte Jahr über hatte ich bloß zwei Tokens besessen: den, den jeder Freshman am ersten Tag erhielt, und einen dafür, dass ich Olivia Lambert Nachhilfe in Französisch gegeben hatte, woraufhin sie nicht durchgefallen war.

»Neunundzwanzig«, antwortete Hazel, noch bevor sie in ihrem schlauen Buch zur entsprechenden Seite geblättert hatte. Mein Blick glitt wieder zu dem angelaufenen Spiegelgold.

»Findet ihr, dass ich lange Beine habe?«

Die beiden starrten mich irritiert an.

»Allgemein oder speziell heute? Dieser Rock ist definitiv kurz, falls du das meinst.« Misaki grinste vielsagend, woraufhin Hazel ihr einen Klaps mit dem Schnellhefter gab. »Ich wette, Nicoley ist begeistert.«

Ich verdrängte die Tatsache, dass er mich seit dem Ball nicht einmal angesehen hatte – genau wie ich das Gespräch mit Valentin an der Bar verdrängte.

Endgültig riss ich den Blick von meinen Beinen – und seinen Worten – los. Mochte sein, dass der Omega-Präsident meine Notlüge durchschaut hatte und wusste, was zwischen Nicoley und mir lief.

Aber in drei Tagen war mein Geburtstag, und – komme, was wolle – ich würde mein einundzwanzigstes Lebensjahr nicht als Single begehen! Zeit, dass die Disney-Prinzessin ihr Glück selbst in die Hand nahm.

Mit diesem Vorsatz stand ich einen Tag später vor der Tür zu Nicoleys Suite. Ich trug einen kurzen, weinroten Wildlederrock zu hohen Sandalen und eine luftige Bluse mit Carmen-Ausschnitt, die meine Schultern halb freiließ, und verdrängte zum fünfzigsten Mal das Erschaudern, als sich mein Körper daran erinnerte, wie Valentins Finger am Samstag über meine nackte Haut gestrichen hatten.

Nicoley öffnete nicht, obwohl sein Stundenplan keine Blockung angab. Kurzerhand zog ich den Zweitschlüssel aus der Rocktasche, den er mir letztes Jahr gegeben hatte, und schloss auf.

Das Zimmer war leer. Nicht in dem Sinne, dass gerade niemand anwesend war, sondern buchstäblich leer. Die Möbel, Nicoleys Fernseher, seine Taschen und Klamotten, ja selbst seine Klimmzugstange: weg, als hätte er niemals hier gewohnt. Bloß das Sofa und der Kleiderschrank standen noch da wie vergessene Objekte einer Zwangsversteigerung.

Verwirrt betrat ich die Suite, warf einen Blick in das leere Bad und sank perplex auf das Sofa, von wo ich den friedlich daliegenden Garten sehen konnte, dessen Anblick ich so vermisste.

Ein Klopfen gegen die offene Zimmertür ließ mich zusammenzucken. »Nico …?«

Es war Valentin.

Mein Herz, das gerade noch einen hoffnungsvollen Sprung gemacht hatte, krachte wie ein Stein zu Boden.

»Nicoley ist nicht da«, teilte ich ihm ungerührt mit und stand von dem Sofa auf. Er sah viel zu gut aus, wie er die Hände in die Hosen der Anzugtasche schob und hereingeschlendert kam.

»Ich weiß. Er ist gestern in ein Doppelzimmer gezogen.«

»In ein Doppelzimmer? Hat sein Vater Insolvenz angemeldet?«

Valentin musste lachen. Ich ignorierte, was der Klang in meiner Brust anstellte. »Ich gebe zu, auch ich finde seinen Entschluss verstörend. Du und ich sind wohl ausnahmsweise einer Meinung. – Befolgt da etwa jemand meinen Rat?«, wechselte er nahtlos das Thema und ließ den Blick über mein Outfit wandern, genauso langsam wie am Samstag. Genauso sinnlich. Eine seiner Brauen wanderte in die Höhe. Hohn? Anerkennung? Ich konnte ihn nicht lesen.

Schnaubend wollte ich mich an ihm vorbeischieben, aber er versperrte mir den Weg, indem er in dem kurzen Eingangsflur die Arme gegen beide Wände stemmte. Zum zweiten Mal innerhalb weniger Tage hüllte er mich in eine betörende Wolke aus seinem holzig-intensivem Duft. Dunkel und sinnlich, sodass meine Haut zu kribbeln begann, und gleichzeitig mit einer warmen Note, die meinen Bauch wohlig zusammenzog. Ich biss die Zähne zusammen.

»Lass mich durch.«

»Erzähl mir etwas über dich, Felicia.« Ich ignorierte das wohlige Schaudern, das mein Name von seinen Lippen auslöste. »Etwas, das niemand weiß.«

»Warum sollte ich das tun?«

Er hob einen Mundwinkel, immer noch gegen die Wand gelehnt. »Weil ich dich sonst nicht durchlasse und du Nicoley schon wieder verpasst, bevor er zum Tennis geht. Ihr habt noch nicht gesprochen, oder?«

Ich trat einen Schritt zurück und verschränkte die Arme vor der Brust, um ihn niederzustarren. Es funktionierte kein bisschen.

»Also schön«, schnaubte ich und beschloss, ihm etwas zu geben, das er ohnehin schon zu wissen schien, daher war es auch kein Verlust für mich. »Wir hatten noch keinen Sex.«

Valentin schnalzte gedehnt mit der Zunge. »Du weißt, dass ich das bereits weiß. Erzähl mir etwas, das ich noch nicht weiß. Etwas, das dir wichtig ist.«

Um mir die Blamage nicht anmerken zu lassen – und seinem verstörenden Blick zu entkommen, drehte ich mich um und marschierte durch das leere Zimmer. Mein Blick fiel auf den blühenden Garten und erinnerte mich an die Sehnsucht nach meinem alten Zimmer im Erdgeschoss. Kurz überlegte ich. Konnte er mir schaden, wenn ich ihm das erzählte? Selbst wenn er es herumerzählte, wäre das dem *Morning Glory* vermutlich nicht einmal eine müde Fußnote wert. Entschlossen drehte ich mich wieder um.

»Ich hasse meine neue Suite. Zufrieden?« Seine dunkle Braue hob sich interessiert, aber seine Körperhaltung blieb versperrend, also musste ich wohl oder übel weiter ausholen: »Ich hasse den Ausblick – und das nicht nur, weil du direkt gegenüber wohnst. Mein altes Zimmer hatte eine Terrasse zum Garten und...« Ich brach ab, trat zurück ans Fenster und schlang die Arme um den Oberkörper, folgte den verschlungenen Ornamenten, die die Buchsbaumhecken von hier oben bildeten, dazwischen Blütenexplosionen von flammendem Orange, leuchtendem Weiß und bunten Kaskaden. Ich betrachtete die vertrauten Skulpturen auf dem Springbrunnen, die Spiegelungen der Schlossfassade in den Fenstern des Châteaus, die spiralförmigen Muster in den farbigen Schotterflächen. »Ich vermisse den Garten. Ich vermisse meine beste Freundin als Mitbewohnerin«, endete ich mit einem fast hilflosen Schulterzucken.

Valentins markanter Duft verriet mir, dass er neben mich getreten war. Seine Stimme war eine sanfte Liebkosung, als er leise sprach. »Warum tauschst du nicht wieder? Es gibt eine Weisheit unter Geschäftsleuten, die so simpel wie effektiv ist: *Sag, was du willst, und du kriegst, was du willst.*«

Ich schnaubte ungläubig, doch ich hörte keinen Spott, keine Überheblichkeit in seiner Stimme.

»Weil ich das nicht kann! Die Leute erwarten…« Ich biss mir auf die Zunge, doch es war zu spät.

»…dass du als Präsidentin in einer Suite wohnst.« Valentins Blick wurde kühl. »Du hast ein ernsthaftes Problem mit deinem Selbstbewusstsein, Felicia.«

»Wie bitte?«

»Du hast mich gehört. Selbstbewusste Menschen interessieren sich nicht dafür, was andere denken. Selbstbewusste Menschen leben für sich und nicht für andere. Was du machst, ist erbärmlich.«

Ich bemerkte erst, dass mir der Mund offen stand, als mein Kiefer knackte. Ich war sprachlos – erneut! – und es machte mich wütend. *Er* machte mich wütend.

»Du glaubst vielleicht, du kennst mich, aber du hast keine Ahnung, Valentin. Und überhaupt hast du kein Recht, über mich zu urteilen!«

Seine linke Augenbraue wanderte in die Höhe, sein Mundwinkel zuckte amüsiert. »Du bist die Alpha-Präsidentin von St. Gloria. Natürlich habe ich das Recht, über dich zu urteilen. Du bist es, die kein Recht mehr auf Privatsphäre hat, und du hast keine Kontrolle darüber, was die Leute von dir denken. Das einzige, das du kontrollieren kannst, ist, was du tust.« Er trat so nahe an mich heran, dass ich die braunen Sprenkel in seinen Augen sehen konnte. Sein Duft stellte irgendwas mit meinen Knien an. »Und wenn du ehrlich zu dir selbst bist, ist es doch genau das, was du willst. Sonst wärst du nicht hier. Nicht am St. Gloria. Nicht die Alpha-Präsidentin.«

Ich zuckte zusammen, weil seine Worte näher an der Wahrheit lagen, als ich zugeben wollte. Es war schwierig, als Jugendliche an Privatschulen dazuzugehören. Es war geradezu unmöglich, wenn man nicht annähernd so reich war wie die anderen. Ich hatte immer doppelt so hart arbeiten müssen wie jeder andere, doppelt so viel lernen und mich doppelt so viel anstrengen, um dazuzugehören.

Valentin schlenderte an mir vorbei, die Hände in den Taschen seines perfekt sitzenden Anzugs, der vermutlich mehr gekostet hatte als meine gesamte Garderobe. »Mein Tipp, Felicia: Nimm nicht alles immer so ernst, dann kommen deine Siege von ganz allein.« Dicht neben mir hielt er kurz inne, sein Atem streifte meine Haut. »Entspann dich.«

Die letzten Worte waren kaum mehr als ein sinnliches Flüstern. Ich ballte die Hände zu Fäusten, um nicht vor Wut zu zittern. »Leichte Worte für jemanden, der rein gar nichts ernst nehmen muss!«, zischte ich und trat zurück, um diesem Magnetfeld zu entkommen, das mich in die omegaschwarze Tiefe ziehen wollte. »Du brauchst bloß mit dem Finger zu schnippen, um alles zu bekommen, was du willst. Nein, Valentin, wir sind uns überhaupt nicht ähnlich. Ich habe es ans St. Gloria und zur Alpha-Präsidentin geschafft, weil ich hart dafür gearbeitet habe. Du brauchst bloß deinen Nachnamen und die Kreditkarte deines Vaters. Daher *mein* Tipp: Nimm ein paar Sachen viel ernster, dann sind deine Siege zur Abwechslung mal etwas wert.«

Damit ließ ich den Präsidenten von Omega und seinen verdatterten Gesichtsausdruck stehen.

Und es fühlte sich verdammt gut an.

11
In meinem Kopf war das irgendwie besser

Felicia

Man sollte meinen, ich hätte das Schlachtfeld von Nicoleys Suite als Siegerin verlassen. Warum drehte ich dann seit vier Stunden jedes Wort zwischen Valentin und mir im Kopf herum, bis ich nicht mal mehr wusste, wie man es richtig buchstabierte?

Entspann dich, hatte Valentin vorhin gesagt. Ich schnaubte – und verkrampfte mich noch mehr. Eigentlich müsste ich für den Vortrag in Wirtschaftspsychologie morgen lernen, stattdessen lag ich auf meinem Bett und versuchte die Windungen der Stuckdecke zu entwirren. Das Chaos in meinem Kopf. Und den undeutbaren Blick von Valentin Knight. Sein Gesicht war kantig und hart wie immer gewesen, doch seine Augen hatten beinahe verletzlich ausgesehen. Mehr noch, verwundet. Was natürlich albern war. Valentin Knight war nicht verletzlich. Ich war nicht einmal sicher, ob er bluten konnte.

Es klopfte an der Tür.

Ich warf einen Blick auf die Uhr. Kurz nach zehn! Unter der Woche hatten wir um die Uhrzeit längst Sperrstunde. Wenn Valentin das war, würde ich ihn umbringen, jetzt gleich.

»Pssst! Fee, ich bin's.«

Das war Nicoleys Stimme! Augenblicklich saß ich aufrecht im Bett. Oh Gott, ich war nicht bereit für diese Unterhaltung! Aber ich konnte nicht länger weglaufen. Immerhin war er hier, das war doch ein gutes Zeichen, oder?

»Sekunde!«

Ich hechtete vom Bett, strich die Tagesdecke glatt und überprüfte kurz mein Erscheinungsbild im Spiegel, sprach mir selbst Mut zu, dann riss ich die Tür beinahe aus den Angeln, als ich sie aufzog.

Nicoley war kaum zu sehen hinter einem atemberaubenden Strauß aus tiefroten Rosen, der mein Herz augenblicklich zum Schmelzen brachte. »Darf ich reinkommen?«

Ich war buchstäblich sprachlos. War der Strauß ein vorgezogenes Geburtstagsgeschenk? Wollte er sich dafür entschuldigen, dass er in den letzten Tagen so distanziert gewesen war? War das sein Liebesbeweis, dass die Gerüchte eben nur das waren: Gerüchte?

»Valentin hat gesagt, dass du mich gesucht hast«, fuhr er fort.

Der Absturz von Wolke sieben war schmerzhaft. Valentin. Natürlich. Nicoley indes schien meine Erscheinung zum ersten Mal richtig zu bemerken. »Du... wow... du siehst großartig aus, Fee.«

Jetzt musste ich lächeln. Unwillkürlich strich ich eine Strähne hinter mein Ohr. »Danke. Um ehrlich zu sein, habe ich es heute für dich angezogen. Ich wollte dich überraschen, aber... Egal. Jetzt bist du hier!«

Ich legte die Hände auf seine Brust, spürte seine athletischen Muskeln unter dem Poloshirt. Zögerlich zuerst, doch dann zog er mich in die Arme und hüllte mich in seinen vertrauten Duft. Seine Lippen waren zärtlich und warm, als er mich küsste.

»Lässt du mich rein? Ich glaube, wir müssen reden.«

Ich trat beiseite und schloss dann die Tür hinter ihm. Stille, in der Nicoley meine Suite zum ersten Mal mit abendlicher Ambient-Beleuchtung betrachtete. Stille, in der sich der Türgriff in meinen Rücken bohrte.

Sag, was du willst, und du kriegst, was du willst, hallten Valentins Worte in meinem Kopf wider.

Als ich endlich den Mund öffnete, redeten wir beide gleichzeitig.

»Nico...«

»Hör zu, Fee...«

Unbehagliches Lachen. »Du zuerst«, sagte er dann. Ich schüttelte den Kopf. Dann holte er tief Luft und kam auf mich zu. »Es tut mir leid, Fee. Bevor du fragst: Ja, ich war mit Anastasia und Valentin in dieser Bar. Es war ein Fehler, das hätte ich nicht tun dürfen. Und es tut mir wirklich leid.«

Ich sah zu Boden, zu dem gläsernen Beistelltisch, zu dem Strauß roter Rosen in seiner Hand, überall hin, nur nicht in sein Gesicht. Es tat ihm wirklich leid, das hörte ich an seiner Stimme. Aber es war keine Erklärung für die Gerüchte mit Anastasia.

Sag, was du willst, und du kriegst, was du willst.

»Hast du...?«

Ich konnte es nicht. Ich konnte es nicht aussprechen. Ohnmächtig schloss ich die Augen und lehnte den Kopf gegen die Tür.

»Hast du nicht darüber nachgedacht, was sie darüber schreiben würden?«, beendete ich den Satz anders, damit er nicht in der Luft hing wie ein abgetrenntes Seil.

»Ehrlich gesagt... nein, habe ich nicht«, gab Nicoley zu und wirkte so verloren, wie ich mich fühlte. »Aber das hätte ich tun sollen. Ich wollte nicht, dass du traurig bist. Ich wollte nicht, dass du unsere Beziehung infrage stellen musst.«

Sag, was du willst, und du kriegst, was du willst.

»Muss ich das denn?«

Nicoley schüttelte den Kopf, kam auf mich zu und nahm vorsichtig meine Hände in seine. »Nein, das musst du nicht. Ich bin dein Präsident. Und ich helfe dir, dieses Jahr zu gewinnen.«

Er strich mir eine Strähne hinters Ohr, so wie er es schon immer getan hatte, und ich schloss die Augen, damit ich nicht weinen musste, weil es sich so gut anfühlte.

»Es tut mir leid, Fee«, wiederholte er. »Verzeihst du mir?«

Ich nickte. Meine Unterlippe zitterte vor unterdrückten Tränen. Erleichterung, Trauer, Liebe – ich wusste es nicht.

Doch als Nicoleys Lippen sanft wie der erste Morgentau auf meine trafen, wusste ich, dass ich ihn liebte. Dass ich uns liebte. Dass ich das hier wollte. Ich löste die Hände von der Tür in meinem Rücken und schlang sie um seine Arme, um seinen Kuss zu erwidern.

Seine Zunge glitt spielerisch über meine Lippen, und ich lächelte in unseren Kuss, löste mich von der Tür und schob ihn langsam vorwärts in meine Suite, durch das Wohnzimmer und in mein Schlafzimmer. Da umfasste er sanft meine Schultern.

»Warte noch, ich habe etwas für dich. Nummer eins«, er deutete auf den Blumenstrauß auf dem Beistelltisch im Flur und griff in die Tasche seiner Trainingsjacke.

Ich mahnte mein flatterndes Herz zur Ruhe, als Nicoley eine kleine Schmuckschatulle mit einem sehr, sehr teuren Markensymbol hervorzog.

Oh mein Gott. Weiteratmen, Felicia.

Weil ich meinen Beinen nicht traute, setzte ich mich aufs Bett, bevor ich den Deckel öffnete.

Ohrringe.

Halb erleichtert, aber vollkommen überwältigt schlug ich die Hand vor den Mund. Doch dann erkannte ich die filigranen Goldornamente, die sich um drei Kaskaden Saphire schlangen und in winzigen Edelsteinen ausliefen, und stieß einen kleinen Freudenschrei aus.

Diese Ohrringe waren im *La Fayette* ausgestellt gewesen und ich hatte mindestens zehn Minuten wie hypnotisiert vor dem Schaufenster gestanden, während Nicoleys Mutter in den Tresorraum geführt worden war – ja, die wirklich teuren Stücke lagen nicht einmal in den gesicherten Auslagen nahe der Kasse aus.

Nie im Traum hätte ich auch nur in Betracht gezogen, jemals diese Ohrringe zu tragen – oder die Kette, zu der sie gehörten. Das gesamte Set kostete mehr als ein durchschnittlicher Angestellter in vier Monaten verdiente.

»Die kann ich nicht tragen.« Ich schüttelte den Kopf, meine Hände zitterten, als ich den Deckel wieder zuklappte.

Nicoley ergriff meine Hand. »Doch, das kannst du.« Er grinste. »Außerdem wird dich jeder in ganz St. Gloria dafür beneiden. Ziemlich angemessen für die Alpha-Präsidentin, findest du nicht?«

Ich sah in seine aufrichtigen blauen Augen, während sich meine eigenen mit Tränen der Überwältigung füllten. Nicoley strich mir eine Strähne hinters Ohr. »Das ist das Mindeste, womit ich dir helfen kann, nachdem ich so…« Er brach ab, suchte nach den richtigen Worten, zuckte dann hilflos mit den Schultern. »Nachdem ich dich so habe hängen lassen. Es tut mir leid, Felicia. Happy Birthday. Du hast zwar erst morgen, aber…«

Ich fiel ihm um den Hals. »Danke, Nicoley. Das ist das schönste Geschenk, das du mir machen konntest!«

Sein Griff um meine Taille verstärkte sich. »Na, ich hoffe nicht.«

Er drehte den Kopf, bis seine Nase über meinen Hals strich. Augenblicklich sprang mir das Herz in den Hals. Meine Haut kribbelte. Und bevor ich den Mund geöffnet hatte, nahm Nicoley mein Gesicht in beide Hände und küsste mich, wie er mich noch nie geküsst hatte.

Das kribbelnde Herzklopfen breitete sich in meinem gesamten Körper aus. Ich drückte mich enger an ihn, und er zog uns beide höher, bis wir zwischen meinen unnötig vielen Zierkissen lagen. Seine Hand zeichnete die Kontur meiner Taille nach. Mein Bauch war ein einziges Feuerwerk, während meine Lippen nicht genug von seinen bekommen konnten. Meine Finger schlüpften unter den Saum seines Poloshirts, ertasteten seine athletischen Muskeln. Das Prickeln verstärkte sich. Nicoley streifte Jacke und Shirt ab und half mir aus der Bluse. Sein Blick blieb auf meinem hellblauen Spitzen-BH hängen, den ich eigentlich für Paris gekauft, aber dort nie aus dem Koffer geholt hatte. Ich biss mir auf die Unterlippe, als er lächelte. Dann senkte er den Kopf, bedeckte meine Haut mit heißen Küssen, umfasste meine Brust. Ich keuchte auf, als seine Finger meine empfindliche Brustwarze streiften, und sein Stöhnen schoss Feuer durch meine Glieder. Ich wollte mehr von ihm, wollte alles. Schon waren meine Finger an seinem Hosenbund, zogen leicht daran.

Sollte ich weitergehen?

Nicoley nahm mir die Entscheidung ab, indem er seine Hose selbst auszog. Jetzt wurde das rauschende Blut in meinen Ohren nur von meinen rasenden Gedanken übertönt, als er auch mich auszog und dabei heiße Küsse auf meinem gesamten Körper verteilte.

»Willst du das hier?«

Ich nickte, zitternd vor Aufregung und Atemlosigkeit. Ich war kurz davor, mein erstes Mal zu erleben. Mit Nicoley Debois-Cartell, dem beliebtesten Typen von St. Gloria!

Ich hielt die Luft an, als er sich ein Kondom überstreifte und auf mich legte. Seine Hand glitt in meine.

»Keine Angst, Fee.«

Mein Lächeln fühlte sich an, als gehörte es zu jemand anderem. Ich hatte keine Angst. Ich hatte nur einen Schwarm Schmetterlinge im Bauch und einen Haufen Bilder im Kopf.

Dann drang er langsam in mich ein, und... alles war anders.

Es fühlte sich seltsam an. Nicht schmerzhaft, aber, nun ja, nicht... überwältigend. Kein Feuer. Keine Leidenschaft. Keine hemmungslose Ekstase.

Dann glitt er ganz in mich und fand einen Rhythmus, dem ich mich anpasste, als er schneller wurde. Ich sah ihm dabei zu, wie er die Augen schloss, und hörte, wie sich seine Atmung beschleunigte. Und ich wartete darauf, dass auch ich von der Lust übermannt wurde. Dass ich mich ihm entgegenbiegen wollte, stöhnen, lachen, schreien, völlig die Kontrolle verlieren und in unserer Lust aufgehen. Aber nichts geschah.

Also beschloss ich, so zu tun, als ob.

Ich kniff die Augen zusammen, bewegte mich energischer unter ihm, atmete lauter. Schlang die Beine um seine Hüften und zog ihn tiefer in mich. Jetzt war es doch ein bisschen unangenehm.

Sein Stöhnen wurde lauter, sein Griff in mein Haar verstärkte sich, und tatsächlich kehrten die kribbelnden Schmetterlinge kurzzeitig zurück. Ich hielt dieses Gefühl fest, wollte darauf aufbauen. Dann stöhnte Nicoley auf, erschauderte und wurde langsamer, küsste meine Haare, meine Wange, mein ganzes Gesicht.

Ich starrte perplex zu ihm hoch. Das war's?

Jap. Das war's wohl, denn jetzt zog er sich und das Kondom vorsichtig aus mir heraus und tastete nach dem Kosmetiktuchspender auf meinem Nachttisch. Ich spürte ein verräterisches Brennen hinter meinen Augen und wandte schnell das Gesicht ab. Enttäuschung, Frust, Scham. Als er mich wieder ansah, zwang ich ein weiteres Maskenlächeln auf meine Lippen, raffte das Laken fest vor der Brust zusammen und stand mit einer Entschuldigung auf, um ins Bad zu fliehen.

»Hey, warte, du hast deinen Ohrring verloren!«

Ich tastete nach meinen Ohrläppchen. Tatsächlich, der rechte Ohrring fehlte! Nicoley reichte ihn mir augenzwinkernd.

»Also besser nicht damit schlafen gehen.«

Verdammt, wenn er nicht so hinreißend aussähe, wie er da mit nacktem Oberkörper auf meinem Bett saß wie eine römische Statue mit verstrubbeltem Haar. Ich würde gleich vor ihm einen historischen Heulkrampf bekommen, wenn ich nicht aufpasste.

Mit einer Entschuldigung floh ich ins Bad, wo ich den Wasserhahn voll aufdrehte, bevor ich endlich meinen weichen Knien und den Tränen nachgab.

Ich hatte mein erstes Mal gehabt. Mit Nicoley Debois-Cartell.

Und es war eine Katastrophe gewesen.

12
Glückwunsch, Prinzessin

Valentin

Die Nachricht verbreitete sich wie ein Lauffeuer in den pompösen Rokkoko-Fluren des St. Gloria.

Ich wusste es von Violetta Sanchez, die es ihrerseits von der gescheiterten Alpha-Präsidentschaftskandidatin Desirée d'Orsay erfahren hatte, die uns zwar munter mit dem neuesten Tratsch aus ihrem Haus versorgte, sich aber aus unerfindlichen Gründen weigerte, stattdessen in Anastasias Omega-Gefolge einzutreten, die ihr sogar den Manager-Titel angeboten hatte. Immerhin waren nur amtierende und ehemalige Präsenten von einem Hauswechsel ausgeschlossen, und bei uns hatte sie immer noch die Chance auf einen Sieg.

Diesmal wäre Desirées Information nicht einmal nötig gewesen, denn im Speisesaal, auf den Korridoren und in allen Unterrichtsräumen trug Felicia ihre neuen Ohrringe mit solchem Stolz zur Schau, dass Anastasia jedes Mal ein Würgegeräusch von sich gab. Obwohl ich stark die Baiserwaffeln im Verdacht hatte, von denen sie heute morgen vier Stück verdrückt hatte. Ich hoffte inständig, dass meine Stiefschwester keine Essstörung entwickelte. Zurückweisung und Selbstzweifel machten seltsame Dinge mit unseren Gefühlen.

»Ich dachte, du wolltest Schluss machen!«, flüsterte sie Nicoley in Kunstgeschichte so laut zu, dass es der ganze Kurs hören musste. Der einzige Kurs, den wir drei gemeinsam belegt hatten.

Gereizt hob Nicoley den Blick aus seinem Wälzer. »Geht's vielleicht noch lauter? Ich wüsste nicht, was dich das angeht.«

Anastasia blinzelte, für einen Augenblick geschockt von seiner schroffen Antwort, die so gar nicht zu dem Nicoley Debois-Cartell passte, mit dem ich aufgewachsen war.

»Du überlegst, Schluss zu machen, und schenkst ihr Ohrringe für mehr als sechstausend Dollar? So verschwenderisch wäre nicht einmal ich!«

»Die Ohrringe habe ich ihr schon in Frankreich gekauft, okay? Was soll ich machen, sie zurückgeben? Außerdem ist seit gestern Abend wieder alles im Lot. Dank deines und Valentins hinterhältigen Plans übrigens, danke noch mal für eure Freundschaft.«

Ich verzog keine Miene, obwohl mich die Bedeutung hinter seinen Worten zugegebenermaßen unerwartet traf: Er hatte mit Felicia geschlafen. Der plötzliche Stich in meiner Brust war irrational.

»Alles im Lot, ja?«, wisperte Anastasia indes aufgebracht zurück. »Na, dann würde ich lieber mal schnell mit deiner Freundin sprechen, bevor noch mehr Gerüchte über dich in Umlauf kommen.«

»Miss Anastasia«, mahnte Professorin Thompson.

»Was für Gerüchte?«, wollte Nicoley wissen. Und ja, das wollte ich auch wissen. »Anastasia!«, zischte er weiter.

»Mr Nicoley, Sie sind ebenfalls gewarnt!«, fauchte Prof. Thompson.

»Na schön, wenn du es unbedingt willst!« Anastasias Blick durchbohrte ihn schier. Dann hob sie die Stimme, sodass sie der ganze Kurs hören konnte: »Und was ist damit, dass du mir letzte Woche gesagt hast, dass du *mich* liebst?«

Um ein Haar hätte ich meinen Stift fallen lassen.

Nicoley hatte nicht ganz so viel Körperbeherrschung. »Was zur Hölle, Anastasia?!«

»Das reicht!«, fuhr Prof. Thompson auf. »Mr Nicoley und Miss Anastasia, Sie beide werden nachsitzen. Melden Sie sich augenblicklich im Büro der Dekanin.«

Mit einem Fluch klappte Nicoley sein Buch zu und warf meiner Stiefschwester einen zornfunkelnden Blick zu. Die tippte bereits eine eilige Handynachricht. Ich warf einen Blick auf ihr Display.

An Desirée d'Orsay?

Verdammt, Anastasia war gerissen. Wenn dieses Gerücht wirkungsvoll sein sollte, dann kam es besser aus den Reihen von Alpha selbst.

»Mit dir sollte man sich wirklich nicht anlegen«, murmelte ich.

Ihr Grinsen war diabolisch. Bis Prof. Thompson die Geduld verlor und Anastasia hastig ihre Handtasche nahm, um Nicoley zu folgen.

Felicia

Meinen einundzwanzigsten Geburtstag hatte ich mir definitiv anders vorgestellt.

Nicht mit einem so pompösen Frühstück. Nicht mit mandarinengroßen Ohrringen, die das gesamte Gefühlsspektrum von A wie atemlos bis Z wie zynisch in anderen auslösten.

Und definitiv nicht mit dem plötzlichen Wandel, der sich seit der Mittagspause vollzogen hatten. Jetzt waren es nicht mehr nur aus großen Augen bekundete Geburtstagsglückwünsche, sondern teils mitfühlende, teils abschätzige Musterungen hinter vorgehaltener Hand.

Unwillkürlich schnellte meine Hand zu meinem Ohr. Alles noch da.

»Hab ich was im Gesicht?«, wisperte ich Hazel zu.

»Ich weiß auch nicht, was los ist. Gibt es etwas, das du mir sagen solltest?«

Abgesehen davon, dass mein erstes Mal mit Nicoley alles andere als das romantische Highlight meines Lebens gewesen war? Abgesehen davon nicht, nein. Aber das zu gestehen, würde nicht nur mich und unsere Beziehung entzaubern, sondern vor allem Nicoley. Deswegen konnte ich es niemandem sagen. Nicht einmal meiner besten Freundin, auch wenn ich den ganzen Morgen schon fast an der Last auf meiner Seele erstickte.

Frustriert stieß ich die Flügeltür zum nächsten Gebäudetrakt auf, in dem die sprachlichen und künstlerischen Fächer unterrichtet wurden.

»Nicht, dass ich wüsste … Vielleicht –«

Ich erstarrte. Mitten im Gang vor uns stand Valentin.

»Was willst *du* hier?«, entfuhr es mir.

»Was will *der* hier?«, fragte Hazel fast im selben Augenblick. Sie hasste Valentin. Also, so richtig. In ihren Augen war er die Wurzel allen Übels.

»*Er*«, antwortete Valentin amüsiert, »will der Alpha-Präsidentin von St. Gloria zum Geburtstag gratulieren.« Mit diesen Worten zog er die kurzstielige Pfingstrose aus seinem Revers und reichte sie mir.

Mein Herz sprang in meinen Hals. Was war falsch mit mir, dass ich mich mehr über diese einzelne zartrosa Blüte freute als über einundzwanzig langstielige Rosen?

Hazel klang wie ein kaputter Drucker. »Äh … äh, äh. Äh, Felicia? Warum gratuliert Valentin Knight dir zum Geburtstag?«

Ich schluckte, löste den Blick von meiner Lieblingsblume – woher hatte er das gewusst? – und sah Valentin finster in die Augen.

»Ich habe keine Ahnung, Hazel.«

Valentin hielt meinen Blick fest. Nein, er hielt *mich* fest, nahm mich gefangen in diesem faszinierenden Olivgrün seiner Augen.

Und ich wusste nicht, was sich über Nacht verändert hatte, aber plötzlich war sein Selbstbewusstsein verboten attraktiv. Na gut, wenn ich so darüber nachdachte, wusste ich sehr wohl, was sich heute Nacht verändert hatte. Doch wieso musste sein Duft gleich so betörend sein? Und das Zucken seiner Mundwinkel so hypnotisch?

Warte, starrte ich etwa auf seinen Mund?

Schnell sah ich in seine Augen. Zu spät. Ich erkannte den wissenden Ausdruck darin. »Du denkst wieder zu viel nach, Prinzessin. – Hazel, wenn ich mich nicht irre, liegt Wirtschaftsmathematik im gegenüberliegenden Trakt«, wandte er sich nahtlos an meine beste Freundin. Er lächelte sogar. »Du beeilst dich besser, wenn du nicht zu spät kommen willst.«

Hazel warf uns im Rückwärtsgehen einen Blick zu, als wären wir zwei tickende Zeitbomben. Was der Wahrheit vermutlich ziemlich nahe kam, denn als sie weg war, war ich kurz davor, zu explodieren.

»Was willst du?«

Statt einer Antwort musterte er mich bloß. Lange. Kam es mir nur so vor, oder wurde die Luft in diesem lichtdurchfluteten Gang plötzlich dünner?

»Man hört heute ja allerhand Dinge«, kam Valentin dann gewohnt direkt zur Sache. »Nicoley hat Anastasia gesagt, dass er sie liebt? Welche Alpha hat denn dieses Gerücht in die Welt gesetzt? Und warum hat ihre Präsidentin sie nicht daran gehindert?«

»Was?!«, brach es aus mir heraus. »Du lügst.«

Seine spöttisch verzogenen Mundwinkel antworteten mir, noch bevor er es tat: »Warum sollte ich dich anlügen?«

»Wer war es?«

Sein Lächeln wurde tiefer, als er sich neben mir gegen die Wand lehnte. Toll, jetzt sah er nicht nur aus wie ein selbstgefälliger Milliardärssohn im Anzug, sondern wie ein verdammtes CEO-Covermodel auf der Cosmopolitan. *Hot Men in Suits – 30 under 30.*

»Was bekomme ich, wenn ich es dir sage?«

Seine unverfrorene Frage riss mich aus den noch unverfroreneren Fantasien. Ich klappte den Mund auf und hoffte inständig, dass ich nicht so rot wurde, wie ich mich fühlte. Dann schüttelte ich den Kopf.

»Mach dir keine Mühe, ich finde es schon selbst heraus.«

»Davon bin ich überzeugt. Glückwunsch übrigens.« Er stieß sich von der Wand ab, der intime Moment war vorbei.

»Wozu?«

»Zu deinem ersten Mal. War es so, wie du es dir erhofft hast?«

Fassungslos starrte ich in seine Falkenaugen. Woher wusste er das schon wieder? Von Nicoley? Wenn ja, was hatte er noch gesagt?

Ich beschloss, dass ein überhebliches Lächeln genau die richtige Antwort war. Sollte er doch hineininterpretieren, was er wollte: »Nein.« Ich schaffte es sogar, einen Hauch Sinnlichkeit in meine Stimme zu legen. »Es war sogar besser.«

Valentin blinzelte nicht. Eine Sekunde lang lieferten wir uns ein stummes Blickduell.

Schließlich hob er einen Mundwinkel. »War es nicht.«

Ich spürte, wie meine Augenbrauen zuckten, obwohl ich mir fest vornahm, nicht die Lider zu senken. Nicht zurückzuweichen.

Da trat Valentin einen Schritt näher.

»Hat er dich berührt wie sonst niemand?«

Ich hielt den Atem an, als er die Hand ausstreckte und über mein Haar strich. Mein Schlüsselbein. Meine Halsbeuge.

»Hast du gespürt, wie sehr er dich begehrt?«

Ich unterdrückte einen heiseren Laut, als er sich vorlehnte, bis mich sein Duft vollständig einhüllte. Und ich hätte um ein Haar aufgekeucht, als er mich mit einem Ruck an sich zog, bis seine Lippen nur noch Millimeter von meinem Ohr entfernt waren. »Hattest du das Gefühl, in Flammen zu stehen? Nicht mehr klar denken zu können?«

Nein, verdammt. Ich hatte nichts von alledem gespürt. Aber ich würde den Teufel tun, Valentin Knight diese Genugtuung zu verschaffen. Mit aller Selbstbeherrschung, die ich aufbringen konnte, schob ich ihn von mir und sah mich um. Der Flur war menschenleer, auch hinter den hohen Fenstern sah ich niemanden.

Valentins Augen waren immer noch auf mein Gesicht fixiert. Er lächelte wissend. »Red dir ruhig ein, dass es toll war, wenn es dir dann besser geht. Ich kenne die Wahrheit und das reicht mir: Es war furchtbar. Genieß deinen Geburtstag, Alpha-Prinzessin.«

Und diesmal war er es, der mich stehen ließ.

13
Schlimmer geht immer

Felicia

Hazel und Misaki waren Genies.

Das gesamte Ballkomitee hätte diese Geburtstagsfeier im abendlichen Barockgarten nicht besser hinbekommen. In den Boden gesteckte Stabfackeln fingen das schwindende Licht des Tages auf, der sich allmählich in rosa und lila Schwaden gen Horizont verabschiedete. Ein üppiges Büfett entlang der Außenhecke versorgte die Gäste mit Köstlichkeiten, und im Labyrinth fand gerade ein Versteckspiel statt, dessen Gewinner ein kleines Geschenk im Namen der Präsidentin bekommen würde. Für Mitternacht war ein Feuerwerk organisiert und eine Überraschung, von der Hazel mir nichts verraten wollte. Alle amüsierten sich prächtig. Sogar Donna Loredano war auf ein paar Lachshäppchen und ein Glas Champagner gekommen, und Misaki hatte nicht nur Stella und Gina vom *Morning Glory* eingeladen, sondern auch den Campusfotografen, der eifrig Bilder knipste, damit alle, die nicht eingeladen waren oder die Party freiwillig mieden, morgen im Intranet neidisch bestaunen konnten, was ihnen entgangen war.

Ich saß in meinem roséfarben gebauschten Chiffonkleid etwas abseits und hatte meine nackten Füße kunstvoll auf dem Brunnenrand drapiert, um mit einer Champagnerflöte in der Hand und einem seligen Gesichtsausdruck das hoffentlich perfekte Titelbild für die nächste *Morning-Glory*-Ausgabe abzugeben. Niemand hatte mir gesagt, wie anstrengend es war, minutenlang regungslos dazusitzen, mit eingezogenem Bauch, unnatürlicher Haltung, dem dringenden Bedürfnis zu blinzeln und der Herausforderung, total tiefenentspannt zu wirken.

Models hatten ab sofort meinen größten Respekt!

»Klasse, ich glaube, wir haben etwas!«, rief Stella, während Gina das Licht abbaute. »Das Ergebnis siehst du dann am Montag.«

Ich überlegte, ob ich sie bitten sollte, mir das Foto und den Artikel vorher zu zeigen. Doch als ich mich dazu durchgerungen hatte, waren die zwei schon zwischen meinen Gästen verschwunden. Chance vertan. Valentin Knight hätte ihnen sicherlich eine Freigabeschleife abgenötigt.

Wieso dachte ich schon wieder an Valentin?

Und wo war eigentlich Nicoley?

Unauffällig ließ ich den Blick über meine Gäste schweifen. Seit meinem Geburtstag vorgestern war irgendwie Funkstille zwischen uns, obwohl ich ihm mindestens ein Dutzend Mal versichert hatte, dass dieses Gerücht nicht aus meinem Kreis kam. Auch wenn es eigentlich Nicoley war, der sich mir erklären sollte. Kurzerhand zog ich mein Handy aus der blütenverzierten Clutch, die Hazel mir für das Foto geliehen hatte, und wählte seine Nummer.

Es klingelte ganz in der Nähe.

Ich stand auf, gerade als seine Mailbox übernahm. Nicoley hatte mich weggedrückt!

Sofort schlüpfte ich in die perlenbesetzten High Heels und eilte in die Richtung, aus der das Klingeln gekommen war. Eine mannshohe Hecke versperrte mir den Weg. Der Irrgarten.

Versteckte er sich da drin vor mir? Kribbelnde Erregung flutete meinen Bauch beim Gedanken an das schelmische Grinsen, mit dem er mich erwarten könnte. Bei jedem Schritt versanken meine Absätze

im weichen Gras, sodass ich eher wie ein Storch stakste als elegant schritt. Trotz der feenhaften Windlichter im Blattwerk überkam mich ein beklemmendes Gefühl. Ich tastete erneut nach meinem Handy, um Nicoley noch einmal anzurufen.

In dem Augenblick fand ich ihn, im mondbeschienenen Herz des Irrgartens. Er saß auf der steinernen Bank unter dem Rosenbogen. Leidenschaftlich verknotet mit einem halb ausgezogenen Mädchen auf seinem Schoß. Ich bemerkte nicht einmal, wie mir das Handy aus den Fingern glitt.

Das ist ein Traum, das kann nicht real sein!

»Nicoley?« Mein Krächzen jedoch klang schrecklich real. »Was… tust du da?«

Auf meiner Geburtstagsfeier?

Tränen der Fassungslosigkeit schossen mir in die Augen, wütende Hitze in meine Wangen. Die beiden stoben auseinander, die Brünette schrie erschrocken auf. Es war eine Alpha.

Riccarda Balloni, Unternehmertochter aus Italien, Ziel: Harvard, ratterte mein Gedächtnis ungebeten ihre Akte herunter.

»Wenn du irgendjemandem hiervon erzählst, sorge ich dafür, dass Harvard dich nicht einmal als Zimmermädchen einstellt!«

Ich war selbst erstaunt über die Schärfe meiner Worte, aber ich war auch zutiefst befriedigt, als sie mit einem panischen Nicken ihre Träger wieder über die Schultern zog, ihre Schuhe aufsammelte und aus dem Irrgarten floh.

Nicoley und ich blieben allein zurück, in fassungsloser Stille, in unüberwindbarer Distanz. Meine Gedanken rasten in Lichtgeschwindigkeit. Wie sollte ich das erklären, wie konnte ich das vertuschen? Wie konnte er mir das nur antun? Uns?

»Warum…? Was…? Nicoley, wie…?« Die Worte wollten alle auf einmal heraus, meine Schlagfertigkeit von eben war verpufft. Frustriert schloss ich die Augen.

Sag, was du willst, und du kriegst, was du willst. Wieso hörte ich ausgerechnet jetzt Valentins Stimme im Kopf?

Ich öffnete die Augen wieder und sah Nicoley fest an.

»Warum hast du das getan?«

»Vielleicht beweise ich allen, dass ich nicht in Anastasia verliebt bin?«

Ich zuckte zusammen. Wegen der Härte seiner Stimme und seiner Lautstärke, aber vor allem wegen dem, was er sagte.

Aber du solltest in mich verliebt sein!, wollte ich erwidern, doch die Worte schafften es nicht über meine Lippen. Vielleicht, weil ich Angst vor der Antwort hatte.

»Kannst du bitte nicht so schreien?«

»Warum? Weil keiner hören soll, wie wir uns streiten?« Wenn überhaupt, wurde Nicoley noch lauter. »Weißt du was, Felicia, Valentin hatte recht. Du bist viel zu verkrampft und verkopft, hast unrealistische Erwartungen an dich selbst und alle anderen und lebst in deiner eigenen Welt, in der alles perfekt sein muss! Und ich weiß nicht, ob ich mich noch länger für dich verbiegen will. Oder für meinen Dad. Für irgendwen.«

Ich schnappte nach Luft. So etwas von Valentin Knight zu hören, war eine Sache. Aber von Nicoley?

»Ich weiß nicht, ob…«, Nicoley zögerte, doch ich wusste, was er sagen würde, noch bevor er es tat: »Ich weiß nicht, ob ich noch mit dir zusammen sein will.«

Die Welt schien in ein Vakuum gesaugt, denn aller Atem entwich meiner Lunge. »Was…?« Meine Stimme klang so schwach, wie ich mich fühlte. Unsere Beziehung flog an mir vorbei, all die begeisterten Blicke der anderen, all unsere perfekten Monate. Bald wäre es ein Jahr. Ich hatte mich so auf diesen ersten Jahrestag gefreut. War das alles umsonst gewesen?

Tränen liefen über meine Wangen, bevor ich sie aufhalten konnte. Hastig wischte ich sie weg.

Nicoleys Körper zuckte vor, doch ich wich zurück.

»Ich mag dich, Fee«, murmelte er aus drei Metern Entfernung. Die Distanz zwischen uns fühlte sich plötzlich endlos an. »Aber ich weiß nicht, ob ich dich noch liebe. Ich weiß nicht mal, ob ich dich jemals geliebt habe oder ob ich mich nur von der Vorstellung habe blenden lassen, dass wir das perfekte Paar wären. Ich will nicht perfekt sein. Ich will ich sein. Ich will glücklich sein.«

Ich schluckte. Vergeblich.

Ich blinzelte. Vergeblich.

Seine Worte drangen zu mir durch, doch alles, was ich dachte, war:

Ich mache ihn nicht glücklich.

Ich bin nicht perfekt genug.

Ich bin nicht, was er will.

Mein Schmerz schmeckte nach Mascara-Tränen und vergorenem Champagner.

»Was ist mit dir?«, fragte Nicoley, jetzt sanfter. »Wenn du ehrlich zu dir selbst bist: Liebst du mich? Oder nur die Vorstellung von uns?«

Ich hielt inne, horchte über mein weinendes Herz hinweg in meine Seele hinein: Vielleicht hatte er recht. Vielleicht liebte ich ihn ebenfalls nicht so sehr, wie ich die Vorstellung von uns geliebt hatte. So sehr, wie er es verdiente. Wie ich es verdiente.

»Vielleicht ... hast du recht«, brachte ich endlich heraus. »Vielleicht ist es besser so.«

Der Goldjunge von St. Gloria lächelte traurig. Er strich mir ein letztes Mal eine Strähne hinters Ohr. Und dann ging er. Ich sah ihm nach, wie er hinter der ersten Heckenbiegung verschwand.

Dann tat ich, was eine würdevolle Präsidentin niemals tun sollte: Ich brach in hemmungsloses Schluchzen aus. Ich weinte um Nicoleys Ruf und meinen verletzten Stolz. Um unsere Beziehung und mein gebrochenes Herz. Um ihn. Um uns.

Bis mich ein anderes Geräusch hochfahren ließ. Schritte auf dem weichen Gras.

Konnte dieser Abend noch schlimmer werden?

Oh Gott, bitte lass es keine Omega sein. Nicht Anastasia. Nicht…

Ohnmächtig starrte ich den eleganten Körper an, der sich in einigem Abstand nach meinem Handy im Gras bückte.

Ja. Der Abend konnte schlimmer werden.

Valentins Blick verhakte sich mit meinem.

»Hallo, Alpha-Prinzessin. Oder sollte ich sagen: Königin?«

14
Geld macht aus einem Ritter keinen König

Felicia

Ich hasste mein Leben.

Von allen zweihundertvierundsiebzig Studierenden musste ausgerechnet Valentin hier auftauchen?

Schnell wandte ich das Gesicht ab und wischte mir über die nassen Wangen. Als ob er die Tränen nicht längst gesehen hätte.

»Bist du jetzt zufrieden?« Ich musste die Nase hochziehen und kramte eilig in Hazels Clutch nach einem Taschentuch.

Mist, ich hatte keins. Wieso hatte ich Lippenstift, Puder, Parfüm und Haarspray in dieser Tasche, aber kein Taschentuch?

Unvermittelt tauchte eines in meinem Sichtfeld auf. »Soll ich dich allein lassen?«, fragte Valentin ruhig. Kein Spott in seiner Stimme.

Ich nahm ihm das Taschentuch ab und tupfte unter meinen Augen entlang. Immerhin schien meine Wimperntusche wasserfest zu sein. »Du machst doch sowieso, was du willst.«

»Das stimmt.« Er reichte mir mein Handy. Verwirrt nahm ich es entgegen. »Aber ich dachte, es sei höflich zu fragen.«

Ich musste schnauben, ja beinahe lachen – und dadurch fast schon wieder weinen.

Stille.

Valentin hielt mir sein Tumbler-Glas hin. Ebenso stumm und respektvoll wie zuvor das Taschentuch. Manchmal brauchte es keine Worte.

Wie hoch war die Wahrscheinlichkeit, dass er mich vergiften wollte? Ach, was soll's?

Ich griff danach und stürzte den Inhalt in einem Schluck herunter. Augenblicklich bereute ich es. Mein Hals brannte und meine Zunge fühlte sich an, als hätte ich qualmenden Teer geleckt.

»Igitt! Jetzt ist es offiziell. Du hast keinen Geschmack.«

Sein leises Lachen berührte einen seltsamen Ort in meiner Brust. »Vielleicht bist auch du diejenige ohne Geschmack. Das war ein fünfundzwanzigjähriger Macallan und der Glasinhalt ungefähr einhundertfünfzig Dollar wert.«

Ich verzog angewidert das Gesicht. »Und das wiederum beweist, dass etwas nicht unbedingt besser ist, nur weil es absurd teuer ist. Wenn du Teer lecken willst, kannst du dich auch auf die Autobahn legen. Ist kostenlos.«

Valentins Körper zuckte, als er sich ein Prusten verkniff. Erst da wurde mir bewusst, wie nah er saß. Plötzlich war mein Mund ausgetrocknet, und es lag nicht an dem hochprozentigen Scotch.

Kurz trafen sich unsere Blicke. Dann sah er wieder geradeaus auf die Windlichter in den Hecken. Er sah gut aus, wenn er lächelte.

»Wo versteckst du diesen schlagfertigen Humor, wenn du in der Öffentlichkeit stehst?«

»Ich verstecke gar nichts«, widersprach ich, obwohl ich im selben Moment wusste, dass es eine Lüge war.

Der Blick, mit dem Valentin mich ansah, machte deutlich, dass er das wusste. Doch er sagte nichts weiter dazu.

Stille legte sich über uns, aber sie war nicht unbedingt unangenehm. Seine entspannten Atemzüge. Mein allmählich zur Ruhe kommendes Herz. Und der laue Abendwind, der sanft mit meinen Haaren spielte. Absolute Ruhe.

Das heißt, abgesehen von meiner Party im Hintergrund, deren gedämpfte Musik und Gelächter wie durch einen Schleier zu uns drangen. Alphas und Omegas. Der *Morning Glory*. Nicoley. Schlagzeilen. Plötzlich rasten meine Gedanken wieder.

Valentin blieb still.

»Du hattest übrigens recht«, gestand ich, als ich es nicht mehr aushielt.

»Ich habe immer recht.« Ich verdrehte die Augen. »Womit?«, fragte Valentin dann.

Eine Sekunde lang zögerte ich noch. Ich musste einfach mit irgendjemandem darüber reden, und so absurd das war: Der Omega-Präsident war der, bei dem ich damit am wenigsten Schaden anrichten würde.

»Es *war* furchtbar.« Valentin regte sich nicht, doch ich sah an seinem Blick, dass er verstand, was ich meinte. Und plötzlich sprudelten die Worte nur so aus mir heraus: »Und das Schlimmste ist, dass ich es niemandem erzählen kann, weil alle denken, es wäre schon in Paris passiert und wunderschön gewesen! Weil alle denken, Nicoley wäre perfekt und ich wäre perfekt und unser Sexleben wäre ... Wieso ist das alles so verdammt schwer?«

Stille.

Ach zum Teufel, warum erzählte ich ihm das überhaupt? Frustriert stand ich auf und wischte mir mit dem bereits durchweichten Taschentuch noch einmal die Augen. »Ich muss zurück auf meine Party.«

Plötzlich lagen seine Finger um mein Handgelenk. »Du musst gar nichts.«

Hitze kribbelte auf meiner Haut. Ich blinzelte auf seine langen Finger, dann in sein Gesicht. Er sah zurück, sein kantiges Profil bloß

beschienen vom spärlichen Mondlicht und den wie verzaubert wirkenden Windlichtern in den Hecken.

»Willst du zurück, weil du es wirklich willst? Oder weil du glaubst, dass du es müsstest?«

Ich dachte kurz darüber nach.

Valentin steckte sein Handy in die Innentasche seines Sakkos und stand ebenfalls auf. Ohne meine Hand loszulassen. Er war etwas mehr als einen halben Kopf größer als ich, seine Lippen waren genau auf meiner Augenhöhe. Mein Puls raste dermaßen, dass er es spüren musste. Doch er sagte nichts dazu.

»Was mich angeht, habe ich für heute genug von Champagner im Château – nichts für ungut, deine Party ist super, auch wenn ich nicht eingeladen war. Falls es dich aufheitert: Du wirst vermutlich Campusgeschichte schreiben.« Ich lächelte schwach. Valentin senkte den Kopf leicht, um mir in die Augen zu sehen, und in diesem Augenblick erkannte ich ein Funkeln in seinen Augen, das mich völlig in den Bann schlug. Geheimnisvoll und gefährlich, aber so verlockend wie eine offene Flamme in der Dunkelheit. »Wollen wir auf eine echte Party gehen? Ein Freund hat mich heute Abend auf eine Grillparty eingeladen.«

Ich blinzelte überrumpelt. »Eine Grillparty, in diesem Outfit?«, war das Erste, das mir einfiel. Ich sah an mir hinab auf das hauchzarte Chiffonkleid mit perlenbesetzten Trägern. »Werde ich nicht overdressed sein?«

Valentin lachte. Irgendwie mochte ich sein Lachen. »Wir sind die Elite. Wir können nie overdressed sein.« Gegen meinen Willen musste ich schmunzeln. Seine Selbstsicherheit fühlte sich gut an. »Abgesehen davon«, fügte er leiser hinzu und hielt mir den Arm hin wie ein Gentleman, »du siehst umwerfend aus.«

Ich wollte mich nicht über ein Kompliment von Valentin Knight freuen, das wollte ich wirklich nicht! Wieso biss ich mir dann auf die Unterlippe, um ein Lächeln zu verbergen?

»Also schön.« Ich ging demonstrativ an seinem angebotenen Arm vorbei. »Aber man darf uns nicht zusammen sehen.«

Valentin lachte wieder, während er uns durch den rückwärtigen Ausgang des Labyrinths zu einem Seiteneingang des Schlosses navigierte. »Weil du zu Alpha gehörst und ich zu Omega? Das sind Regeln für das Volk. Die gelten nicht für uns.«

Ich verdrehte die Augen. »Du bist ein eingebildeter Mistkerl, Valentin Knight.«

»Ich habe nie etwas anderes behauptet.« Er hielt mir die Tür auf. Zu zweit durchquerten wir die verlassenen Marmorhallen, auf denen meine Absätze vielfach widerhallten, und traten aus dem Schlossportal. Es fühlte sich irgendwie berauschend an. Verboten. Lebendig.

Blendend weiße Scheinwerfer tauchten am Ende der Schlossauffahrt auf. Valentin steckte das Handy weg, während sein Fahrer auf den Wendehammer lenkte und genau vor uns zum Stehen kam.

»Äh…«, machte ich. Das war keine Limousine. Das war ein Sportwagen. Ich erkannte die Marke nicht, aber die tiefergelegte Karosserie und Scheinwerferform wirkten teuer. »Du hast einen Führerschein?«

Blöde Frage, Felicia. Er ist einundzwanzig Jahre alt.

Glücklicherweise rieb er mir das nicht unter die Nase, sondern warf mir bloß einen amüsierten Blick zu, während sich die Fahrertür öffnete und Valentins Fahrer ausstieg, ein erstaunlich junger Mann mit zurückweichendem blonden Schopf, der ihm den Schlüssel übergab und den Wagen umrundete, um mir die Beifahrertür aufzuhalten. Bevor ich einen Rückzieher machen und das Gesicht verlieren konnte oder uns doch noch jemand entdeckte, raffte ich mein Kleid und stieg ein. Mir entfuhr ein erschrockener Laut darüber, wie tief ich landete. Dann sah ich mich fasziniert um. Die Armatur war in glänzendem Chrom und schwarzem Leder gehalten, dezente Bodenbeleuchtung schmeichelte meinen Füßen. Es roch nach Leder, teurem Fahrzeug – und nach Valentin.

»Ich fasse es nicht. Ich fahre mit Valentin Knight auf eine Party.«

Vor einer Woche – ach was, vor einer Stunde noch! – wäre mir das nicht im Traum eingefallen.

Als hätte er meine Gedanken gelesen, schmunzelte Valentin, während er den Rückspiegel einstellte. »Du kannst immer noch aussteigen.«

»Das hättest du wohl gerne.«

Sein Grinsen war eine Warnung. Eine Warnung, die ich beschloss zu ignorieren. »Schnall dich an.«

15
Zwei Dinge sind unendlich: deine Arroganz und Infinity Pools

Felicia

Heulend erwachte der Motor zum Leben. Schmetterlinge explodierten in meinem Bauch, doch ich verbot mir, panisch nach dem Haltegriff zu tasten, als sechshundert PS das Schloss Belmont-La-Fleur hinter sich ließen. Valentin sollte nicht denken, dass ich Angst hätte. Oder noch nie in einem derart teuren Wagen gesessen wäre.

Was beides der Fall war. Aber das musste er ja nicht wissen.

Seinem selbstgefälligen Lächeln nach zu urteilen wusste er es trotzdem.

Erst nachdem sich mein Herzschlag wieder beruhigt hatte, fiel mir auf, dass die Musik so gar nicht zu diesem übertreuerten Wagen und diesem überheblichen Typen neben mir passte.

»Ich wusste gar nicht, dass du ein Faible für Kuschelrock hast.«

Valentin schmunzelte. »Du weißt so manches nicht über mich.«

Das war meine Chance. »Dann erzähl mir etwas. Etwas, das niemand sonst weiß.« Ich benutzte seine eigenen Worte in der Hoffnung, dass er sich daran erinnerte und mir entgegenkommen würde, während mein Fuß automatisch im sanften Takt von Seals *Kiss from a Rose* wippte.

»Wieso sollte ich das tun?«

»Ich könnte jedem erzählen, dass du mich nach der Trennung von meinem Freund getröstet und mit zu einer Party genommen hast?«

Er lachte. »Du meinst, dass *du* gleich nach der Trennung von deinem Freund in den Wagen des Rivalen gestiegen bist? Viel Spaß dabei, das zu erklären.«

Wieso hatte dieser Kerl eigentlich immer recht? Na schön, es gab schließlich noch andere Angriffswinkel, um Valentin »Unantastbar« Knight Informationen zu entlocken.

»Soso, dein Wagen. Oder eher der deines Vaters?«

»Bestimmt nicht. Ich verdiene mein eigenes Geld.«

Seine Stimme klang so überheblich wie immer, doch ich sah den Schatten, der über sein Gesicht huschte, das kurze Zucken an seinem Kiefer. Und den absolut verhärteten Ausdruck in seinen Augen. Nein, bei diesem Thema würde ich auf Granit beißen.

»Was bedeutet das Zitat auf deinem Kurzsteckbrief?« Ich ließ meine Stimme unbeschwert klingen, als wollte ich bloß Smalltalk machen, obwohl es mich brennend interessierte. Nach unserem Wortgefecht in Nicoleys leerem Zimmer hatte ich sein Profil in der Glorious-App aufgerufen.

Schiffe sinken nicht wegen des Wassers um sie herum. Sondern wegen des Wassers, das in sie eindringt.

Ein Zucken durchbrach seine steinerne Maske. »Stalkst du mich etwa, Prinzessin?«

»Ich recherchiere«, widersprach ich. »Also?«

Dieses Lächeln in seinen Mundwinkeln, war das etwa ... Anerkennung? »Was denkst du denn, was es bedeutet?«

»Wohl eher nicht, dass du vorhast, Seemann zu werden.«

Wieder lachte er. Irgendwie mochte ich es, wenn er das tat. Doch er antwortete nicht. Dieser Typ war schwerer zu knacken als Fort Knox!

»Na schön, dann zurück zur ersten Frage: Du verdienst also dein eigenes Geld. Heißt das, wir fahren zu einer Party von Drogenbaronen oder Waffenschmugglern?«

Dieses Mal konnte er sich das Grinsen nicht verkneifen. »Da hält jemand besonders viel von mir.«

»Du könntest meine Meinung jederzeit ändern und mir etwas über dich erzählen.«

»Du lässt nicht locker, was?«

»Deswegen bin ich die Präsidentin von Alpha.« Ich wusste selbst nicht, woher ich diese selbstbewusste Schlagfertigkeit nahm, aber es fühlte sich gut an. Der Respekt in seinen Augen fühlte sich gut an. Das anerkennende Lächeln auf seinen Lippen. Und Seals sanfte Stimme, die uns von allen Seiten in eine sphärische Blase hüllte, in der es nur uns und die still dahingleitende Straße unter uns gab.

»Keine Sorge, meine Geschäfte sind legal.«

»Das beantwortet nicht meine Frage. Komm schon, eine der drei Fragen musst du beantworten!«

Er schüttelte den Kopf, immer noch amüsiert, und ich bemerkte, wie sehr ich dieses spielerische Wortgefecht genoss. »Das ist deine Art, zu verhandeln? Kein Wunder, dass du so miserabel darin bist. Du musst deinem Gegner stets etwas anbieten können. Was ist für mich drin?«

Ich warf einen Blick auf die Ankunftszeit im Navigationssystem. »Du musst nicht die nächsten zwanzig Minuten in Stille verbringen?«

Wieder schüttelte er amüsiert den Kopf, lehnte den Hinterkopf entspannt gegen die Nackenstütze und einen Arm locker auf sein Knie. Ich vermied es, seinem sehnigen Unterarm zu viel Beachtung zu schenken. Schließlich überraschte er mich, indem er ausgerechnet meine erste Frage beantwortete: »Die Songs erden mich.« Ich sah ihn neugierig an, während er zum Entertainment-System nickte. »Wenn ich nichts anderes einstelle, spielt das System automatisch meine meistgehörten Songs ab.«

»Kuschelrock der 90er?«, vergewisserte ich mich. Ich wusste nicht, ob ich das unfassbar niedlich fand oder …

Nichts oder. Es war perfekt, weil es so unerwartet und unperfekt war. Weil es absolut nicht zu diesem unantastbaren Typ passte.

Valentin hob bloß eine Braue. »Was ist bei dir an erster Stelle? Disney?«

»Ich bin kein Kind mehr, okay?«, zischte ich, während ich mein Handy herauszog, um ihm das Gegenteil zu beweisen.

»In der Tat.«

Wieso klang das verbotener, als mir lieb war? Und wieso kribbelte meine Haut plötzlich von der Art, wie er meine nackten Beine musterte? Unauffällig zog ich die Tülllagen meines Kleids zurecht.

»Beweis mir das Gegenteil«, sagte Valentin mit rauer Stimme. Meine Fantasie malte augenblicklich einen Haufen unangebrachter Bilder in meinen Kopf, als er die Hand vom Lenkrad nahm und Richtung Mittelkonsole führte. Würde er sie auf meinen Oberschenkel legen? Den Rock wieder zur Seite schieben, um meine Haut freizulegen? Doch er scrollte bloß durch das Entertainment-System, um mein Handy zu verbinden. Ich schluckte meine Hormone herunter und sah aus dem Seitenfenster.

»Fairplay, Felicia«, sagte er. »Dein meistgespielter Song, jetzt.«

Ich öffnete die automatisch generierte Playlist … und wollte vor Scham im Sitz versinken. Es war tatsächlich ein Disney-Song: *Something That I Want* von Grace Potter, der Abspann-Song von *Rapunzel – Neu verföhnt*. Zählte das überhaupt als Disney-Song?

Valentin zog die Stirn derart in Falten, als hätte er einen üblen Geruch in der Nase, während mein Körper nicht anders konnte, als sofort im fröhlichen Takt der Musik zu wippen. Dieser Song schaffte es immer, mir gute Laune zu machen, egal, wie schlecht ich drauf war. Ich wusste nicht, wie oft Hazel und ich schon auf unseren Betten herumgesprungen waren, während wir uns die Seele dazu aus dem Leib gesungen hatten.

So wie ich in diesem Augenblick, als der Refrain kam und ich nicht mehr an mich halten konnte. Valentin sah mich ausdruckslos an, also grinste ich umso fröhlicher. Er hielt mich nicht auf, also sang und tanzte ich weiter auf seinem Beifahrersitz, als wäre das hier ein Club und kein Sportwagen. Er skippte den Song nicht, also war ich knapp drei Minuten später voller Glücksgefühle und guter Laune.

Erst, als der Song vorbei war und der nächste startete – *Avenir* von Louane, mit dem ich meine Französisch-Aussprache übte, genau wie mein Britisch mit Ed Sheerans *Don't* –, wechselte er zurück zu seiner Playlist. Seal wurde abgelöst von einem sanft sphärischen Kygo-Song. Also hörte er doch nicht nur 90er-Musik!

»Danke«, sagte ich, als die Stille zu lang wurde.

»Wofür?«

»Dass du den Song nicht ausgemacht hast, obwohl du ihn nicht mochtest.«

»Du mochtest ihn«, widersprach er schlicht. »Aber ich bin froh, dass du nicht vorhast, Sängerin zu werden.«

Empört riss ich den Mund auf, obwohl ich erstaunlicherweise überhaupt nicht empört war. »Du bist so taktvoll.«

»Ich bin ehrlich«, korrigierte er, »und es ist genauso wichtig zu wissen, was man kann, wie zu wissen, was man nicht kann.«

»Wirklich? Was kannst du nicht?« Neugierig drehte ich mich in meinem Sitzgurt, um ihn anzusehen. Sein kantiges Profil wirkte geradezu überirdisch anziehend in der dezenten Ambientbeleuchtung des Wagens.

Er antwortete nicht.

»Oh, ich vergaß. Du kannst alles.« Ich ließ mich zurück in den Sitz fallen und verschränkte theatralisch die Arme.

»Nein. Aber du bist meine Gegnerin, und Wissen ist Macht.«

»Und es macht dir Angst, dass eine Frau Macht über dich haben könnte?«

»Was einen täglich begleitet, kann einem keine Angst machen.«

Wie meinte er das? Welche Frau hatte Macht über ihn?

In diesem Moment hielten wir in der breiten Auffahrt einer atemberaubenden Villa am Gipfel einer kurvenreichen Bergstraße. Staunend betrachtete ich das Bauwerk, dessen Zusammenspiel aus historischem Mauerwerk und modernen Linien meinen Vater restlos begeistert hätte. Hier würde er sogar den kubisch-reduzierten Bauhausstil bewundern, dessen klare Kanten perfekt mit dem geschwungenen Altbau harmonierten. Es musste einst ein Wachturm gewesen sein, so wie das heutige Prachtanwesen auf dem höchsten Punkt des Bergkamms thronte, mit einem atemberaubenden Ausblick nach allen Seiten. Vereinzelt beleuchtete Häuser an den Berghängen unter uns und funkelnde Stadtlichter im Tal.

»Wow«, entschlüpfte es mir. Ich blieb stehen, um den Anblick in mich aufzusaugen, von dem ich in hundert Jahren nicht genug bekommen könnte.

Valentins Arm schlang sich um meinen unteren Rücken. »Du wirst noch den ganzen Abend Gelegenheit haben, den Ausblick zu bewundern.« Ich unterdrückte das Kribbeln, das von seinen Fingern mein Rückgrat hochschoss.

Ein kleiner, sportlich wirkender Mann mit südamerikanischen Zügen und breitem Grinsen erwartete uns in der Tür.

»Valentin!« Valentins Hand verschwand von meinem Rücken, als die beiden eine herzliche Umarmung tauschten. Irgendwie hatte ich gedacht, Valentin würde bei Umarmungen Hautausschlag bekommen. »Schön, dass du es geschafft hast. Holà, und diese wunderschöne Dame an deiner Seite ist …?«

»Felicia«, erwiderte ich mit einem kleinen Knicks. Kurzerhand zog der Mann auch mich in eine Umarmung. Sein würzig-teures Parfüm erstickte mich fast.

»Felicia, que bonita! Ich bin Juan José, nenn mich JJ. Kommt rein, ihr zwei. Der Grill ist noch heiß! Bourbon für den Herrn, Mojito für die Dame?«

Ich nickte überrumpelt, ganz angetan von so viel dynamischer Gastfreundschaft, und folgte JJ in das großzügige Haus. Das Zusammenspiel aus Tradition und Moderne setzte sich hier fort. Der riesige Wohnbereich wurde von einer frei stehenden Kochinsel auf der Linken und einem offenen Bruchsteinkamin auf der Rechten beherrscht. Imposant inszenierte Kunstdrucke zierten unbehauenes Mauerwerk, zum Hang hin gaben vollflächige Glasfronten den Panoramablick auf die atemberaubende Aussicht frei. Frei schwebende Treppenstufen führten in das obere Stockwerk. Ich konnte mich gar nicht sattsehen und überlegte die ganze Zeit, ob es unhöflich war, ein Foto für meinen Vater zu machen. Er würde das hier lieben!

Während JJ an der Kochinsel unsere Drinks mixte, erzählte er, dass er Fotograf aus Venezuela war, der schon alle vor der Linse gehabt hatte – von George Clooney über Barack Obama bis zu allen bedeutenden Scheichs der arabischen Welt. Wenig später führte er uns durch eine offen stehende Tür auf die Terrasse, die wie eine private Aussichtsplattform am Rande der Welt thronte.

Ich sog überwältigt die Luft ein, als die Bodenplanken zu unserer Rechten nahtlos in einen azurblau beleuchteten Pool übergingen, der einmal um das Haus herumzulaufen und nach einigen Metern spiegelglatter Oberfläche ins Nichts abzustürzen schien. Einige Gäste plauderten darin, entspannt mit einem Cocktailglas gegen den Rand gelehnt. Andere saßen in Loungemöbeln oder an dem ausladenden Gartentisch. Das hier war keine exzessive Party, wie ich sie erwartet hatte. Sondern die Eliteversion eines gemütlichen Grillabends mit Freunden.

Meine Haut kribbelte, als Valentin so nah hinter mich trat, dass ich seinen Atem in meinem Nacken spürte. »Hätte ich dir etwa raten sollen, einen Bikini mitzubringen?«

Ich kam nicht dazu, zu antworten, denn in diesem Augenblick erhoben sich ein halbes Dutzend Menschen, um erst Valentin und dann mich zu begrüßen, als wären wir lange verschollene Familienmitglieder. Riesige Kreolen-Ohrringe drückten sich gegen meine Wangen, parfümschwere Küsschen kitzelten auf meinen Wangen.

Eine halbe Stunde später fühlte ich mich, als würde ich diese Menschen schon seit Jahren kennen, obwohl ich mir erst drei Namen merken konnte, während ich die besten Puten-Salbei-Röllchen meines Lebens genoss. Besonders meine Sitznachbarin Zara hatte es mir angetan, die ägyptische Meeresbiologin, deren grüne Augen so einen faszinierenden Kontrast zu ihrem dunklen Teint und ihren schwarzen Locken bildeten und die wie ein sprudelnder Quell von ihren Expeditionen und Tauchgängen erzählte.

»Erzähl uns etwas über dich, Felicia«, schlug JJ in einer von Zaras Pausen vor. »Woher kommst du, wohin gehst du?«

Ich legte mir kurz meine Worte zurecht, um nichts Falsches zu sagen: »Ich bin Felicia de Vries und studiere derzeit am St. Gloria, wo ich das Amt der Alpha-Präsidentin bekleide. Mein Ziel ist es, Jura an der Yale Law School zu studieren. Meine Mutter ist Talent Agent bei CCA und mein Vater ist Architekt und Dozent in –«

»Christian de Vries?« Juan José stellte interessiert sein Weinglas ab. »Ich wollte, dass er dieses Haus entwirft.« Er lehnte sich grinsend zurück. »Er hat abgelehnt. Ich mag Leute, die wissen, was sie wollen. Und noch mehr mag ich Leute, die wissen, was sie nicht wollen und können.« Eine kurze Stille, während er sich eine weitere Garnele in den Mund schob. »Was magst du nicht, Felicia?«

Ich warf einen kurzen Blick zu Valentin, der ihn mit amüsierter Spannung festhielt. Herausfordernd hob ich eine Augenbraue. »Oliven.«

Alle lachten. Doch die Freude darüber war nichts im Vergleich zu Valentins Anerkennung über meinen eleganten Schachzug.

»Kluge junge Dame. Verrate anderen niemals zu viel über dich, sonst könnten sie es als Schwäche auslegen.« Respektvoll hob JJ sein Glas. »Und was kannst du *wirklich* nicht ausstehen?«

Ich wich Valentins Blick aus. »Na schön: Ich mag es nicht, wenn Menschen zu Unrecht verurteilt werden. Ich kann nicht gut spontan reagieren. Und ich mag es nicht, die Kontrolle zu verlieren.«

»Gut gesprochen.« JJ deutete belustigt auf meinen Mojito. »Deswegen ist dein Glas noch voll?«

Ertappt griff ich nach meinem Glas und trank einen kleinen Schluck.

In den nächsten Stunden wurden aus dem einen Schluck zwei Cocktails und das halbe Glas Weißwein, das Zara aus der Flasche nicht mehr in ihres hatte füllen können.

»Hast du schon mit Prinz Kamal gesprochen, Valentin?«, fragte JJ, nachdem sich die übrigen Gäste bis auf Zara verabschiedet hatten. Es war schon nach Mitternacht, doch Zara hatte so viel zu erzählen, dass ich gar nicht gehen wollte. Als wir zum dritten Mal anstießen, klirrten die Gläser laut aneinander und wir mussten beide kichern. Ich konnte mich nicht erinnern, wann ich das letzte Mal so entspannt gewesen war.

Valentin schien ebenfalls keine Eile zu haben. Gerade lehnte er sich mit einer Lässigkeit in den Korbsessel, die ich ihm gar nicht zugetraut hätte. Was natürlich keineswegs albern oder unvorteilhaft aussah, sondern nur wie ein weiteres Managermotiv auf dem Cover der GQ. Daran änderte auch die Tatsache nichts, dass sein oberster Hemdknopf offen stand. Im Gegenteil.

Ich ertränkte jeden weiteren Gedanken in Weißwein.

»Ich habe es zumindest versucht. Die Handynummer ist jedenfalls ungültig. Vielleicht haben zu viele Fotografen sie weitergegeben.«

Valentin zog eine ironische Grimasse, die Fältchen in seine Augenwinkel grub. »Sagen wir, ich schlage mich noch mit seinem telefonischen Türsteher herum. Ende November fliege ich hin.«

Ich spitzte unauffällig die Ohren, um mehr zu erfahren, doch in diesem Augenblick schob Zara neben mir ihren Korbsessel zurück.

»Männer. Es kann der schönste Tag der Welt sein, mit der schönsten Aussicht, den schönsten Frauen an ihrer Seite, und sie können trotzdem nicht einen Abend lang nicht übers Geschäft reden.«

Damit stand sie auf, streifte im Gehen die Sandalen von den Füßen und ging barfuß über die Terrassendielen an JJ vorbei. Der streckte die Hand aus und streichelte ihren Unterarm. »Du weißt doch, wie das mit den Musen ist, mi amor. Außerdem sind selbst Männer sehr multitaskingfähig, wenn es um schöne Frauen geht.«

Sie schüttelte lachend den Lockenkopf. »Mach dir keine Mühe. Dein Pool hat mich ohnehin lange genug angelächelt.«

Und mit diesen Worten löste sie – einfach so! – die Verschnürung ihres Neckholderkleids und ließ es zu Boden fallen. Sie trug keinen BH. Valentin betrachtete respektvoll schmunzelnd den Drink in seiner Hand, bis sie im Wasser verschwunden war. JJ und ich starrten offenkundig, gefangen zwischen Faszination und Bewunderung.

»Perfección de la belleza ...« Plötzlich sprang JJ auf. »Wehe, du zerstörst deine umwerfende Frisur, bevor ich wieder da bin, um dieses Bild festzuhalten.« Damit verschwand er im Haus.

Als ich ihm neugierig nachsah, streifte mein Blick Valentin. Er studierte mein Gesicht so aufmerksam, als wolle er sich jeden Zentimeter davon einprägen. Ich widerstand dem Drang, wegzusehen oder die Stille zu brechen. Allmählich konnte ich sein Spiel mitspielen.

Tatsächlich brach er als Erster das Schweigen: »Hast du Spaß?«

Glücklich über diesen kleinen Sieg, nickte ich. »Auch wenn das deine Selbstgefälligkeit auf ein neues Hoch heben wird: Ja.«

Er lächelte. »Du hast recht, das tut es.« Eine kurze Pause, in der ich den Blick über die unwirkliche Traumszene dieser Terrasse gleiten ließ. »Wir können jederzeit fahren. Sag einfach Bescheid.«

Ich nickte entrückt, während mein Blick unwillkürlich zum Pool glitt, in dem Zara irgendwo hinter dem Haus verschwunden war. In Gedanken spielte ich noch einmal ab, wie Zara sich einfach ausgezogen hatte und hineinspaziert war, als sei es das Natürlichste der Welt, seinen Impulsen nachzugeben.

»Na los, geh rein.« Valentins Stimme wurde rau, wenn er so leise sprach, und jedes Mal kribbelte meine Haut. »Du wirst dich ärgern, wenn wir fahren und du es nicht getan hast.«

War ich so leicht zu durchschauen? Schnell straffte ich die Schultern. »Wie kommst du darauf, dass ich das will?«

Valentin legte bloß den Kopf schief, seine Augen blitzten, seine Mundwinkel zuckten wissend. Ich blies die Wangen auf.

»Na schön! Angenommen ich wollte in diesen Pool steigen – was ich nicht will! –, dann hätte ich leider keinen Bikini dabei. Zu blöd.«

Anstatt meine lahme Ausrede zu entlarven, schloss Valentin die Augen und schwenkte den Inhalt seines Tumblers. »Unterwäsche oder Bikini, wo ist der Unterschied?«

Ich stieß einen empörten Laut aus. »Sprechen wir gerade ernsthaft über meine Unterwäsche?«

»Du hast angefangen, Prinzessin.«

Ich überging den Spitznamen. »Der Unterschied liegt darin, dass sich Spitze nicht sonderlich gut mit Chlor verträgt. Danach ist sie ruiniert.«

»Ich kaufe dir neue.«

Ich … das … was …

»Du willst mich nur in Unterwäsche sehen.«

Valentin öffnete ein Auge und schenkte mir ein träges Lächeln, das meinen gesamten Körper in Brand steckte. Mit staubtrockener Kehle folgte ich dem Schwung seiner Lippen, stellte mir vor, wie sie sich wohl anfühlten, wenn er …

Schluss damit! Entschieden schlug ich die Beine übereinander und verschränkte die Arme, bevor diese ungebetene Hitze noch ein Buschfeuer entfachen konnte. »Vergiss es.«

Valentin trank aus seinem Glas und lehnte den Kopf wieder gegen das Korbgeflecht. »Schade. Ich dachte, dass du einmal etwas tust, was du willst, ohne dich darum zu scheren, was andere von dir denken könnten. Etwas Unerwartetes. Etwas, das mich überrascht.« Er zuckte mit den Schultern. »Ich habe mich wohl getäuscht.«

16
Über dem Abgrund schweben

Valentin

Das Geräusch von energisch schabendem Bast auf Holz ließ mich die Augen öffnen. Sie tat es tatsächlich!

Wie elektrisiert richtete ich mich in dem Korbsessel auf und sah Felicia dabei zu, wie sie an die Schwelle zum Pool trat. Das sanfte Poollicht umhüllte ihre Silhouette wie auf einem exklusiven Kunstdruck, den JJ auf Vernissagen zu sechsstelligen Preisen versteigerte. Ich war nicht sicher, ob ihr bewusst war, dass ich ihr zusah. Ob ihr bewusst war, welche Wirkung sie auf andere hatte, wenn sie nicht dauernd in ihrem eigenen Kopf feststeckte. Aber die Art, wie sie jetzt zögerlich, dann entschlossener den Reißverschluss ihres Kleids öffnete, zählte zu den sinnlichsten, sexysten Gesten, die ich jemals beobachtet hatte.

Kurz durchzuckte mich das Verlangen, ihr dabei zu helfen und den Stoff von ihren Schultern zu streifen. Stattdessen beobachtete ich gebannt, wie der tiefer gleitende Verschluss Zentimeter um Zentimeter ihres nackten Rückens entblößte, nur durchzogen von dem schmalen Streifen eines goldenen Spitzen-BHs. Eine schwerelose Sekunde lang verharrte der roséfarbene Chiffonstoff in ihren Armbeugen, bevor das Kleid raschelnd zu Boden glitt wie der Blütenkelch einer übervollen Pfingstrose. Mein Blick wanderte wieder Felicias nackte Beine hinauf, über die perfekte Kurve ihrer Hüften und ihren atemberaubenden Hintern in diesem Spitzenhöschen bis zu den goldbraunen Locken ihrer halb aufgelösten Hochsteckfrisur.

Fotodruck für eine Kunstausstellung? Vergiss es.

Diese Silhouette vor dem dampfend erleuchteten Azurblau könnte ein Werbeplakat für Luxusmarken zieren.

Denselben Gedanken schien JJ zu haben, denn als er mit seinem Fotoapparat zurück auf die Terrasse kam, ging er augenblicklich in die Hocke. Es klickte leise. Klick. Er justierte nach. Klick. Klick.

Ich liebte es, Künstlern dabei zuzusehen, wie sie in ihrem Beruf aufgingen und dabei echten Mehrwert für die Welt kreierten. Musikalische Symphonien, spektakuläre Kunstwerke. Texte, Farben und Bilder, die die Sinne verzauberten und die Seele berührten.

Anders als ich. Ich konnte nicht einmal einen geraden Smiley zeichnen oder die Tonleiter spielen. Das Einzige, was ich tun konnte, war Künstlern finanziell zu ermöglichen, sich in ihrer Kreativität zu verlieren, ohne dabei das Dach über ihrem Kopf einzubüßen. Zu viele lebten trotz ihres Talents in erbärmlichen Verhältnissen.

»Egal, wie viele es sind: Ich kaufe dir alle Fotos ab.«

Nicht, dass JJ das Geld brauchte. Aber manchmal war ich eben egoistisch.

Felicia

Das Wasser hatte genau die richtige Temperatur. Nicht zu kalt, sodass ich bei jedem Schritt mehr die Luft anhalten musste. Nicht zu warm, sodass die nassen Hautstellen an der Luft sofort auskühlten. Perfekt.

Begeistert tauchte ich bis zum Kinn unter, schwamm ein paar Züge, wagte mich näher an den Rand, der scheinbar ohne Vorwarnung in die Tiefe stürzte. Angst kribbelte in meinen Gliedern, Vernunft warnte mich, nicht weiterzugehen. Neugierde hingegen lockte mich vorwärts.

Sanft mit den Armen rudernd, obwohl ich problemlos stehen konnte, verharrte ich unentschlossen auf der Stelle, spielte in meinem Kopf einen Haufen Szenarien durch, in denen ich mit hoher Wahrscheinlichkeit sterben oder mich bis aufs Blut blamieren würde.

Schließlich gewann die Vernunft. Ich wich zurück – und stieß gegen einen großen, warmen Körper.

Erschrocken fuhr ich herum. Der Laut blieb mir in der Kehle stecken, als ich Valentin sah. Genauer gesagt seine Brust. Seine sehr nackte, sehr durchtrainierte Brust, keine zwanzig Zentimeter von mir entfernt.

Heilige Scheiße, wieso sah er so gut aus? Nicht einmal Nicoley hatte so definierte Schultern, und der spielte den ganzen Tag Tennis.

»Bist du Boxer?«

Die Frage schien ihn zu überraschen. »Sehe ich aus, als hätte ich Spaß daran, mich zu prügeln?«

Ich musste kichern, denn wenn ich so darüber nachdachte, war das wohl die absurdeste Vorstellung, die man sich von Valentin Knight machen konnte.

»Nicht so wichtig. Vergiss, dass ich gefragt habe.« Ich riss den Blick von seinen definierten Brustmuskeln los und spähte zum Rand, um abzumessen, wie ich möglichst viel Abstand zwischen mich und Valentin und zwischen mich und den Abgrund bringen konnte.

»Trau dich«, raunte Valentin. Seine Stimme lockte und erdete mich zugleich.

Ich zögerte. Bis er meinen Arm nahm, mich umdrehte und sanft vorwärts schob.

»Nein, warte. Valentin, ich schwöre dir…!«

»Ich schwöre *dir*, Felicia«, unterbrach er mich leise, und seine Ruhe schien auf mich überzugehen, »dir kann nichts passieren.«

Ich hielt die Luft an, als wir die Kante erreichten. Der nahe Abgrund ließ mich schwindeln. Oder war es die Nähe seines Körpers, der sich jetzt von hinten gegen mich drückte, um mich nach vorn zu schieben, bis ich den eingefassten Beckenrand berührte?

Mir fiel auf, dass ich die Luft anhielt.

»Atme, Felicia.«

Ich atmete. Und sammelte endlich genügend Mut, um mich vorzulehnen und über die Kante zu spähen. Ein gut vierzig Zentimeter breiter Steg knapp unter der Oberfläche trennte das Becken vom Abgrund, und als ich einen weiteren Blick riskierte, erspähte ich unter uns einen umlaufenden Steg, in dem sich das überlaufende Wasser sammelte. Breit genug, dass jemand darauf stehen könnte, und mit einem hüfthohen Glasgeländer umgeben.

»Ich hasse es, wenn du recht hast«, murmelte ich, während ich mich halb umdrehte, um dem schwindelerregenden Anblick zu entkommen.

Plötzlich war Valentins Gesicht so nah, dass das Kribbeln in meinem Bauch in etwas anderes umschwang. Ich schluckte, doch mein Mund war wie ausgetrocknet.

Valentins Augen tanzten über mein Gesicht, verhakten sich dann mit meinen. Mein Herz hämmerte so laut, dass es die ganze Welt hören musste, während mein Kopf und mein Bauch den größten Streit des Jahrhunderts führten.

Valentin beendete den Streit, indem er mein Gesicht in beide Hände nahm und mich küsste. Einfach so.

Aus Reflex stemmte ich die Hände gegen seine Brust. Er zog sich zurück. Doch die fröstelnde Kälte, die seine fehlenden Lippen auf meinen hinterließen, beendete meinen inneren Streit endgültig.

Mit einer Intensität, die mich selbst überraschte, zog ich ihn wieder an mich. Als unsere Lippen diesmal kollidierten, gab es kein Zurück mehr. Sein Mund liebkoste meinen, seine Zunge forderte spielerisch Einlass. Seine Hände strichen begehrlich über meine Seiten, hinterließen prickelndes Verlangen, das sich in einen Feuerstoß verwandelte, als er mich gegen sich zog. Ich erschrak darüber, wie unerwartet heftig ich auf ihn reagierte, wie ich mich stärker gegen ihn drängte, wie verzweifelt ich seinen Kuss erwiderte.

Als meine Finger in seinen weichen Haaren verschwanden, wusste ich, dass ich nicht mehr klar denken konnte. Und als seine Hände zu meinen Hüften wanderten, stieß ich mich vom Beckenboden ab und schlang die Beine um seine Mitte. Wellen schwappten sanft gegen unsere Körper, schlugen immer höher, je ungestümer wir wurden. Valentins Küsse waren wie er selbst: fordernd, entschlossen und hypnotisch intensiv. Sie fegten meinen Kopf leer und ließen mich die Welt vergessen. Sie gaben mir Halt. Sie waren genau das, was ich jetzt brauchte.

Ich hörte mich selbst leise stöhnen, als er in mein Haar griff und meinen Oberkörper zurückbog, um unseren Kuss zu vertiefen. Um alles zu nehmen, was ich zu geben hatte, und mir hundertfach zurückzugeben.

Ich löste unseren Kuss nicht, als er sich langsam vorwärts bewegte. Wellen wogten gegen meinen Rücken, Wärme streifte mich, wenn wir an einer der eingelassenen Poolleuchten vorbeikamen. Ich ließ ihn nicht los, als er mit mir aus dem Wasser stieg und es unter uns auf die Terrassendielen prasselte. Und ich ignorierte mein rasendes Herz, als er auf dem Weg ins Obergeschoss nasse Fußspuren auf dem dichten Teppich hinterließ. Dabei unterbrach er unseren Kuss nicht eine Sekunde.

Himmel, wollte ich das wirklich?

Nein, über *Wollen* waren wir längst hinaus. *Sollte* ich das wirklich tun?

Was würden die anderen sagen?

Misaki – sie würde es feiern.

Hazel – sie würde ausflippen!

Das Alpha-Haus? … Sie würden mich auf den Scheiterhaufen bringen …

Valentin knurrte in meinen Mund. »Du denkst schon wieder zu viel nach, Prinzessin.«

Eine Tür öffnete und schloss sich, nur Sekunden später spürte ich weiche Daunen im Rücken, als er mich auf einem Bett absetzte. Seine Hände strichen über meine Oberschenkel, seine Stirn presste sich gegen meine.

»In diesem Moment gibt es nur eine einzige Frage, die von Bedeutung ist: Willst du das hier?«

Ich schüttelte den Kopf, obwohl ich seine Hände festhielt, damit er sie nicht wegziehen konnte. »Das ist nicht so einfach!«

»Doch, das ist es.« Er strich mit der Nasenspitze über meinen Hals, bis ich vor Lust erzitterte. Dann lehnte er sich vor und zwang mich mit sanfter Bestimmtheit weiter aufs Bett. Mein Körper gehorchte wie bei einem Tango, nur Zentimeter von seinem entfernt. Schritt, Schritt, Gleiten. »Sag es, Felicia.«

Seine raue Stimme jagte heiße Erregung durch meinen Körper. Mein Herz hämmerte, mein Atem ging schnell. Bis ich es nicht mehr aushielt und ihn leidenschaftlich küsste.

Valentin zog sich zurück und schnalzte tadelnd mit der Zunge. »Du musst es *sagen*.« Seine Finger strichen geradezu spielerisch meinen Oberschenkel hinauf, bis ich scharf die Luft einsog. »Außer, du willst, dass ich aufhöre.«

Seine Hand zog sich zurück.

Hastig griff ich danach und führte sie zurück auf meine Hüfte, presste meine Stirn gegen seine. »Ich will das hier.« Mein Flüstern klang wie ein Keuchen.

Als hätte er bloß darauf gewartet, riss Valentin mich an sich und küsste mich mit einer Leidenschaft, die mir alle Luft aus den Lungen trieb und jeden Gedanken aus dem Kopf.

Ich war schwerelos. Atemlos. Hemmungslos.

Gierig erwiderte ich das Spiel seiner Zunge, vergrub die Hände in seinem nassen Haar, drängte mich gegen seinen starken Körper. Er umfasste meine Handgelenke und drückte mich in die Daunen, ließ seine Lippen über mein Kinn wandern, küsste meinen Hals, mein Dekolleté.

Ich schnappte nach Luft, als er meine Brustwarze erreichte. Und als er sie durch die nasse Spitzenwäsche hindurch liebkoste, hörte ich mich selbst aufstöhnen.

Erschrocken fuhr ich hoch. Valentin drückte mich mit sanfter Gewalt zurück in die Kissen. »Entspann dich.«

Widerwillig ließ ich den Kopf sinken, ohne ihn aus den Augen zu lassen, wie er den Saum meines BHs herunterzog und meine Brust küsste, schließlich die Hand unter meinen Rücken schob und in einer einzelnen Bewegung den Verschluss öffnete. Atemlos sah ich zu, wie seine Zungenspitze erst meine Brustwarze umkreiste und dann tiefer wanderte. Mein Mund öffnete sich zu einem Stöhnen, das ich mir sofort verbot.

Valentin sah zu mir hoch. »Entspann dich, Felicia«, wiederholte er.

Ich setzte zu einer Erwiderung an, da ließ er die Hand meinen Hals hinauf bis zu meinem Haar gleiten. Augenblicklich suchten meine Finger wieder seine Haut, strichen über seinen harten Oberkörper, hielten ihn fest, als er mich in seinen Arm bettete und mit der anderen Hand die Linie meines Oberkörpers bis zur Hüfte nachzeichnete.

Ich schnappte nach Luft, als sich seine Finger unter die Spitze meines Höschens schoben und mich dort berühren, wo nicht einmal Nicoley mich berührt hatte. Es war, als hätte ein brennender Schwarm Schmetterlinge Einzug in meinen Unterleib gehalten, der mit jedem Streicheln und Necken von Valentins Fingern verzweifelter umherflatterte. Mir entwich ein Stöhnen, das ich schnell unterdrückte.

»Hör auf, dir selbst Grenzen zu setzen, entspann dich«, raunte Valentin, obwohl sein eigener Atem nur mühsam kontrolliert klang. Ich konnte nicht mehr denken, nicht mehr atmen. Konnte mich nur dem Gefühl der Lust hingeben, das mich gleichzeitig verzückte und quälte.

Atemlos drängte ich mich seiner Hand entgegen, bis die Schmetterlinge in einem Feuerstoß explodierten. Stöhnend bäumte ich mich auf. Valentin verschloss meinen Mund mit einem Kuss, heftiger diesmal, begieriger.

Seine Finger zogen sich zurück, hakten sich stattdessen in die filigranen Schnüre meines Slips, schoben ihn über meine Hüften. Schon richtete ich mich auf und tastete im schemenhaften Halbdunkel nach seiner Brust. Er drückte mich erneut zurück in die Kissen.

»Ich sagte, entspann dich«, wiederholte er ein drittes Mal, während ich eine Kondomverpackung rascheln hörte. »Willst du es?«

Ich nickte, schluckte, bejahte.

Er nickte auch. Dann schien die Welt in eine Zeitblase einzutauchen, in der es nur ihn und mich und diesen Moment gab. Behutsam, beinahe zärtlich drückte er mich zurück aufs Bett. Seine Lippen waren unendlich weich und sein Körper überwältigend hart.

Als er mit einem mühelosen Stoß tief in mich glitt, erwachten die Feuerschmetterlinge schlagartig wieder zum Leben, ließen mich aufstöhnen und mich an ihn klammern. Er hielt mich fest, bewegte sich in mir. Langsam zunächst, dann mit zunehmender Entschlossenheit, die mit jedem Stoß lustvollere Wellen durch meinen Körper schickte, bis ich glaubte, den Verstand verlieren zu müssen.

Die süße Qual von vorhin kehrte zurück, tiefer diesmal, allumfassender. Ich konnte nicht darüber nachdenken, denn als Valentin mein Bein anwinkelte, überschlugen sich die Wellen und entlockten mir ein atemloses Stöhnen, das ich an seiner Schulter ersticken musste. Sanftes Licht vom Pool draußen umspielte seine Züge, als er meinen Blick erwiderte und härter zustieß, tiefer, bis sich alles in mir zusammenzog. Und als ich das nächste Mal kam, kam er mit mir zusammen.

Mein hämmernder Herzschlag war seiner, und sein keuchender Atem war meiner, während wir überwältigt nach Luft rangen.

Es dauerte eine Weile, bis die Realität zu mir durchdrang. Und als sie mich traf, traf sie mich wie ein Vorschlaghammer.

Ich hatte mit dem Erzfeind des Alpha-Hauses geschlafen.

17
Von Sex, Skandalen und Saphirohrringen

Valentin

Eigentlich hatte ich mich immer für einen Frühaufsteher gehalten. Aber als ich viel zu wenige Stunden später in die aufgehende Sonne blinzelte, war das Bett neben mir leer.

Schade, dabei hatte sich der Anblick von Felicia auf Anhieb einen Ehrenplatz in meinem Kopf ergattert, wie sie heute Nacht vor Erschöpfung völlig nackt mitten auf dem Bett eingeschlafen war, eingerollt wie ein Kätzchen, ihr Gesicht von feucht gewellten Haarsträhnen umrahmt.

Es war nur Sex. Sex bedeutet nichts.

Kurz überlegte ich, ob sie einen Fahrer vom Schloss herbeordert hatte, aber vermutlich würde Felicia de Vries eher zwanzig Kilometer zu Fuß laufen, als sich an den Gedanken zu gewöhnen, Personal zu haben.

JJ war noch nicht wach. Das war er nie, wenn ich hier übernachtete, weswegen er mich schon früh mit Kaffeemaschine, Kühlschrank, Vorratskammer und Aspirinvorrat vertraut gemacht hatte.

Überrascht stellte ich fest, dass Felicia noch da war. Sie saß stumm auf einem der Ziersessel am Fenster und starrte nach draußen. Sie wirkte nachdenklich, mehr noch, verzweifelt. Kurz blieb ich im Wanddurchbruch stehen und überlegte, ob ich ihr ein Gespräch anbieten sollte, eine Aussprache, irgendwas. Aber ich war miserabel in diesen Dingen, und im Zweifel war Schweigen Macht.

»Guten Morgen, Prinzessin.«

Keine Antwort.

Gleichmütig ging ich zur Kaffeemaschine. Felicia zuckte zusammen, als das Mahlwerk lief, starrte jedoch weiterhin auf die Terrasse. Gläser mit eingetrocknetem Rotwein und gestapelte Teller auf dem Gartentisch zeugten von der gestrigen Party. JJs Haushälterin war noch nicht da gewesen.

Wortlos hielt ich ihr eine Kaffeetasse hin und zog die Terrassentür auf. Eine sommerliche Bergbrise wehte herein. »Du darfst dich auch nach draußen setzen.«

Endlich wanderten ihre tiefblauen Augen vom Pool zu mir, dann zu der Espressotasse. »Ich hasse Espresso. Und das hier ist ein fremdes Haus, ich setze mich sicherlich nicht ungefragt auf die Terrasse.«

Ihre Stimme war genauso eisern wie ihr Blick. Seufzend stellte ich ihre Tasse zurück auf die Anrichte.

Sie schwieg auf unserer Rückfahrt geschlagene zwanzig Minuten lang, bis ich den Blinker setzte, um auf die gewundene Serpentinenstraße einzubiegen, die zum Schloss Belmont-la-Fleur hinaufführte. Felicia regelte die Musik leiser, dann drehte sie sich auf dem Beifahrersitz zu mir.

»Heute Nacht war ein Fehler, Valentin.« Ich hob eine Braue, sagte jedoch nichts. »Du hast gesagt, man soll aussprechen, was man will. Ich will, dass das unter uns bleibt.«

Jetzt schnaubte ich hörbar. »Ich habe gesagt, man soll nur mit einem würdigen Angebot an einen Verhandlungstisch treten. Verzeih, aber du bist nicht in der Position, Forderungen zu stellen. Aber du hast Glück, ich hänge mein Sexleben meist nicht an die große Glocke.«

Felicia, die sich offenbar auf eine Widerrede eingestellt hatte, klappte den Mund wieder zu und drehte sich nach vorn.

Oh, du hast noch viel zu lernen, wenn du so leicht aufgibst, Prinzessin.

»Gut«, behauptete sie.

»Gut.« Ich nickte.

Stille.

Als sei damit ihr selbst auferlegter Bann des Schweigens gebrochen, öffnete sie zögernd den Mund. »Da wir das geklärt haben...« Die respektvolle Wärme in ihrer Stimme zog unangenehm an einer Schnur in meinem Innersten. Sie klang genauso vertraulich wie gestern. Genauso echt. »Was ich mich gefragt habe... JJ fragt doch sicherlich jeden danach, was man nicht gut kann.« Ich verschloss meine Miene, als sie mich von der Seite ansah. »Was hast du ihm geantwortet?«

Unwillkürlich zuckten meine Finger am Lenkrad. »Nichts.«

»Nichts«, wiederholte Felicia tonlos. Sie glaubte mir kein Wort. Pech für sie. »Richtig, ich vergaß: Valentin Knight kann alles.«

»Du hörst nicht zu, Felicia.«

»Weil du nicht mit mir redest! Kannst du nicht einmal eine vernünftige Antwort geben?«

»Nein.«

Felicia klappte den Mund auf, wodurch ihre Lippen ein perfektes O formten. Ich verbannte den Gedanken an das Gefühl dieser Lippen auf meinen.

»Aber du weißt viel mehr über mich als ich über dich!«

Ich nickte. »Das ist der Grund, warum ich so erfolgreich bin. Alles, was du über mich wissen musst, sind drei Dinge: Mein Vater ist der neuntreichste Mensch der Welt, mein Vermögen entspricht dem Bruttoinlandsprodukt eines kleinen Staats, und ich werde dieses Jahr das *Gloria cum laude* gewinnen.«

Ich musste die Distanz wiederherstellen, die wir letzte Nacht für einen Moment überwunden hatten. Doch statt des erwarteten Schocks blitzten ihre Augen kampflustig. »Wenn das so ist: Herausforderung angenommen, Valentin Knight. Falls du dachtest, dass ich dir den Sieg überlasse, bloß weil wir Sex hatten, dann hast du dich getäuscht.«

Unwillkürlich musste ich grinsen. »Nicht, weil wir Sex hatten. Weil wir guten Sex hatten.«

Sie stieß einen Laut aus, der wohl ein Lachen sein sollte, aber fast so kehlig klang wie heute Nacht. Ich verbannte die Erinnerung gleich zu der an ihre Lippen.

»Wer weiß? Vielleicht habe ich dir ja nur etwas vorgespielt?«

Jetzt lächelte ich. »Ob du es glaubst oder nicht: Man spürt es, wenn eine Frau kommt.« Ich genoss es, wie sie gegen die Röte auf ihren Wangen ankämpfte, und beschloss, ihr noch ein kleines Rätsel mit auf den Weg zu geben: »Aber keine Sorge, Nicoley wird es nicht merken. Dafür braucht man schon etwas mehr Erfahrung.«

Ihr Blick wurde so eisig wie das Polarmeer. »Ich steige hier aus.«

»Bis zum Schloss sind es noch dreihundert Meter.«

Sie machte Anstalten, während der Fahrt die Tür zu öffnen, also hielt ich an. Felicia lächelte wie eine Rachegöttin. »Spaziergänge sind gut für die Gesundheit. Anders als mit Valentin Knight irgendwo gesehen zu werden. Aber du hast dich sicherlich schon damit arrangiert, nirgendwo willkommen zu sein. Du kannst und weißt ja schließlich alles.«

Ich sah ihr nach, wie sie ausstieg, und registrierte dabei, wie lang es her gewesen war, dass mich jemand derart fasziniert hatte. Felicia stolzierte in ihrem roséfarbenen Abendkleid davon, vermutlich wahnsinnig stolz auf sich und in dem festen Glauben, unser kleines Spiel gewonnen zu haben.

Die Sache war nur die: *Ich* hatte noch nicht einmal angefangen. Und jetzt war ich am Zug.

Felicia

Als ich am Schlosstor ankam, war ich das reinste Nervenbündel. Ich hatte gedacht, der kurze Spaziergang würde mich beruhigen, nachdem mich die widersprüchlichen Gefühle beim Aufwachen und verstörend-verzückenden Erinnerungen an gestern Nacht beinahe in den Wahnsinn getrieben hatten – ganz zu schweigen von Valentins erneuter Nähe im Wagen. Ich hasste es, mit ihm im selben Raum zu sein. Ich hasste seine selbstgefällige Art und seine einsilbigen Antworten. Wieso flatterte mein Magen dann wie am höchsten Punkt einer Achterbahn, wenn ich ihn ansah? Wieso klopfte mein Herz schneller, wenn ich seinen Duft einatmete?

Und wieso zum Teufel rochen meine Haare nach diesem Duft?

Fakt war, wenn irgendjemand davon Wind bekam, wäre ich geliefert. Wenn zufällig jemand aus dem Portal käme, die Treppe herunter, den Flur entlang oder durch die bodentiefen Fenster hereinspähte und mich in meinem Kleid von gestern Abend sah und Valentins Parfüm an mir roch ... Mir drehte sich der Magen um, ich konnte den Gedanken nicht einmal zu Ende denken.

Nie war ich erleichterter gewesen, dass zu dieser frühen Stunde nur das Dienstpersonal unterwegs war und ich ungesehen in meine Suite im dritten Stock schlüpfen konnte.

Dort schälte ich mich zu allererst aus diesem Kleid und der verdammten Unterwäsche, die immer noch nach Chlor und Valentins Körper roch, und drehte zum ersten Mal die sündhaft teuren Armaturen der Badewanne auf.

Irgendwann später, als meine verstörten Gedanken um Valentin, Nicoley, Anastasia und die letzte Nacht zum zwanzigsten Mal an ihrem Ausgangspunkt angelangt waren, klopfte es an meiner Zimmertür. Wenn es Valentin war, würde ich ihn umbringen.

»Wer ist da?«

»Ich bin's, Feli.« Das war Hazel.

Schnell schnüffelte ich an meiner Haut und meinen nassen Haaren, um sicherzugehen, dass ich jeden Duft unseres Feindes abgewaschen hatte. Wenn das mit Erinnerungen doch nur auch so leicht wäre! »Die Tür ist offen, komm rein! Ich bin im Bad.«

Nur eine Sekunde später steckte meine beste Freundin den Kopf zur Tür herein. Sofort riss sie die Augen auf.

»Oh, Feli, geht's dir nicht gut?« Sie setzte sich zu mir auf den Rand der Badewanne. Sah ich so schrecklich aus?

Ich erwog, ihr alles zu erzählen, spielte im Kopf unsere Unterhaltung durch – und brachte es einfach nicht über mich. Hazel hasste Valentin von ganzem Herzen, wie es sich für den Führungsstab von Alpha gehörte. Sie vergötterte Nicoley. Und sie war mein einziger Fels in der Brandung. Wenn sie sich von mir abwandte, hatte ich niemanden mehr. Also schüttelte ich mit einem gequälten Lächeln den Kopf. »Mir geht's gut. Bloß... Regelschmerzen!«

Hazel runzelte die Stirn. »Hattest du deine Tage nicht erst vor zwei Wochen?«

Verdammt. Wieso kannte Hazel meinen Menstruationskalender eigentlich besser als ich selbst?

»Hm, vielleicht ein Mittelschmerz, das passiert manchmal um den Eisprung herum«, mutmaßte Hazel und befühlte meine Stirn. Ich konnte mir bildhaft vorstellen, wie sie ihr angestrebtes Medizinstudium in Yale mit Bravour meistern würde. Aber ihre Eltern hatten trotz ihres Reichtums genauso wenig Einfluss auf die Auswahl der Ivy League Unis wie meine, daher war Hazel ebenso sehr auf das Gloria cum laude angewiesen wie ich. Auf mich als ihre Präsidentin. Und ich Idiotin hatte ihre Zukunft so leichtfertig aufs Spiel gesetzt. Durch Valentins Nähe, Lippen, Berührungen. Seine Haut auf meiner, seine Hände an meinen…

»Eine heiße Badewanne ist jedenfalls super«, unterbrach Hazel meine Gedanken. »Wenn es nicht besser wird, lasse ich dir einen Frauentee mit Frauenmantel oder Schafgarbe bringen. Warst du deswegen gestern so früh weg? Theodore James hat das Versteckspiel gewonnen und dachte wohl, er bekommt als Gewinn einen Kuss von dir. Sogar die Loredano hat die Party in höchsten Tönen gelobt!«

Ich dachte an die andere Party, die ich gestern Abend gehabt hatte. An den unvergesslichen Ausblick, die herzlichen Leute, den spiegelglatten Pool. An Valentins Nähe. Irgendwie war dort alles so einfach gewesen, befreit von den Zwängen und dem ständigen Druck von St. Gloria.

»Liebes?« Hazel musterte mich besorgt. »Hey, was ist los? Ich sehe doch, dass etwas nicht stimmt. Du bist ja richtig abwesend.«

Vielleicht weil ich das Gefühl nicht loswurde, wie Valentin Knight sich in mir bewegte. Wieder erfasste mich ein wohliges Schaudern, das meine inneren Muskeln zusammenzog wie… Nein! Ich verbot mir jeden weiteren Gedanken und sah Hazel an.

Konnte ich es riskieren, es ihr zu sagen? Immerhin war sie meine beste Freundin! Wenn es jemand verstand, dann sie. Oder?

Ich holte tief Luft. »Hazel, hör zu. Valentin…«

Schlagartig verfinsterte sich ihre Miene. Okay, keine gute Idee.

»… hat angedeutet, dass Nicoley mehr mit Anastasia hatte«, schwenkte ich um.

Hazel glitt fast von der Badewannenkante ab. »Wie bitte? Du glaubst ihm doch nicht etwa? Er ist der Präsident von Omega, natürlich will er Nicoley schlecht machen!«

»Seinen besten Freund?«

»Der Teufel hat keine Freunde. Ich wette –«

»Nicoley und ich haben gestern Abend Schluss gemacht.«

Hazel stockte mitten im Satz. Ihre Wut wich Entsetzen, dann Mitgefühl. Sie nahm meine Hände, während ich ihr stockend erzählte, was gestern Abend passiert war. Ausgesprochen fühlte es sich zwar an wie eine Niederlage, aber irgendwie war ich auch erleichtert.

»Oh Mann…« Meine beste Freundin verzichtete auf die typischen Floskeln wie »Du Arme« oder »Das wird schon wieder«, wofür ich sie noch mehr schätzte als sonst. »Verrückt, dass ihr nach außen echt wie das perfekte Paar aussaht und doch im Inneren so unglücklich wart. Fast wie bei meinen Eltern. Und dabei hat er dir doch erst vor drei Tagen diese schönen – Hey, warte mal! Fehlt dir da ein Ohrring?«

Schlagartig versteifte ich mich, meine Hände schnellten zu meinen Ohren. Oh Gott, bitte nicht! Bitte, bitte … Verdammter Mist!

Der rechte fehlte. Und Valentin Knight hatte ihn, der Präsident von Omega, der zwischen Hazels und meinem Platz an einer Ivy League Universität stand.

Fassungslos tauchte ich bis zur Nasenspitze unter. Das durfte doch nicht wahr sein…

Eine halbe Stunde später hämmerte ich an Valentins Tür. Ich war entweder todesmutig oder lebensmüde. Vielleicht beides.

Als er die Tür öffnete, prangte ein selbstgefälliges Grinsen auf seinem Gesicht. »Das ging ja schnell.«

»Ich bin nicht wegen dir hier. Ich habe meinen Ohrring verloren.«

»Ich weiß.« Er lehnte sich lässig gegen den Türrahmen. Auch er hatte sich umgezogen und trug einen leichten Sommerpullover, der sich verführerisch um seinen Körper schmiegte, jetzt, da ich wusste, welche Muskeln sich darunter verbargen. Ich zwang mich, ihm in die Augen zu sehen.

»Gott sei Dank, du hast ihn.«

Er lächelte amüsiert. »Ja.«

»Gib ihn mir bitte.«

»Nein.«

»Was?« Meine Stimme klang schrill in meinen Ohren. »Warum?«

»Regel Nummer eins, Prinzessin: Man gibt einen Trumpf nicht einfach so aus der Hand. Was bekomme ich dafür?« Ich starrte ihn an, wusste nicht, was ich sagen sollte. Wollte er einen Token? Er hatte sicherlich Dutzende. Als ich stumm blieb, griff Valentin seufzend nach der Tür. »Wenn es keine Belohnung gibt, haben wir keinen Deal. Komm wieder, wenn du mir etwas anzubieten hast.«

Damit schloss er die Tür vor meiner Nase. Ich keuchte vor Entsetzen. Dann klopfte ich noch einmal an seine Tür.

Er öffnete wieder.

Kaum dass der Spalt groß genug war, nahm ich sein Gesicht in beide Hände und küsste ihn leidenschaftlich, sodass wir beide rückwärts taumelten. Valentin reagierte vor Überraschung erst, als wir schon fast in seinem Wohnzimmer standen. Der Duft von Holzpolitur und Sauberkeit stieg mir in die Nase, während Valentin für einen Sekundenbruchteil meinen Kuss erwiderte. Er griff in meine Haare und eroberte meine Lippen. Dann schob er mich von sich weg und geradewegs wieder vor die Tür.

»Ich bin beeindruckt«, bekannte er atemlos. »Aber so läuft das nicht. Auf Wiedersehen.«

»Valentin!«, rief ich, doch er hatte die Tür bereits wieder geschlossen. »Mistkerl...«

Entmutigt drehte ich mich um – und blickte direkt in die perplexen Gesichter von drei Jungs, einer davon definitiv der Freund einer Alpha. *Oh nein!*

Ich öffnete den Mund, zeigte auf die Tür hinter mir, aber mir fiel nichts ein, was diese pikante Szene ungeschehen machen könnte.

»Das war nicht, wonach es aussah.«

Ja, klar, Felicia. Du überfällst Valentin Knight an der Tür zu seiner Suite, aber es ist bestimmt nicht, wonach es aussieht.

Ich musste wohl endlich lernen, größere Geschütze aufzufahren und mit den Mitteln meiner Gegner zu spielen: »Je einen Token gegen euer Schweigen!«

Morning Glory Chronicles

Montag, 17. September

Denksportaufgabe, ihr Lieben! Wie schafft man es, die größte Party zu schmeißen, die diese staubig-schönen Wände in den letzten hundert Jahren gesehen haben, und trotzdem über Nacht acht Prozentpunkte einzubüßen?
Antwortmöglichkeit A: Das größte Traumpaar seit Taylor und Travis hat sich getrennt.
Antwortmöglichkeit B: Valentin Knight hatte seine Finger im Spiel – und möglicherweise an intimen Stellen. (Doppelte Tokens für Hinweise, wir drehen langsam durch!!!)
Antwortmöglichkeit C: Beides zusammen.
Fakt ist: Endlich kommt Bewegung in das diesjährige Spiel. Unsere Bilderstrecke mit Exklusivinterview von Felicias Geburtstag findet ihr hier (was T. J. Turner erzählt, wird dich umhauen), die neuen Zahlen der Woche hier (Alpha: 51,4 % / Omega: 49,6 %). Oh, außerdem ist die erste Noten-Rangliste online. (Platz 1 manifestiert alle bittersüßen Albträume!)
Es bleibt spannend, denn nächste Woche steht die erste Unischau an. (Falls das dein erstes Jahr ist: Dekan:innen der Crème-de-la-Crème-Unis aus aller Welt kommen ans St. Gloria, um sich

einen Eindruck der diesjährigen Seniors zu verschaffen. Mutige können bereits hier versuchen, unabhängig vom *Gloria cum laude* einen guten Eindruck und eine persönliche Empfehlung zu erzielen.)

Und jetzt: Vorhang auf für Woche 3.

18
Deine Unzulänglichkeit beleidigt mein Ego

Valentin

Ein ganzer Pulk stand mit offenem Mund vor der Anschlagtafel in der Eingangshalle.

»Was bitte ist über's Wochenende passiert?«, ächzte eine Alpha. Ich verkniff mir ein Lächeln und das Bedürfnis, einen Blick zu Felicia zu werfen. Wir wussten beide, was passiert war. Und meinen Informationen zufolge wussten es auch Josh Miller, Jessiah Hobbs und Jae-Sung Ngo. Interessant, dass noch kein Gerücht davon die Runde gemacht hatte. Möglicherweise, weil Felicias und Nicoleys Trennung alles andere überschattete. Oder hatte sie die drei etwa bestochen?

»Hat Valentin ernsthaft in jedem Fach die volle Punktzahl?«, raunte jemand seinem Nachbarn zu und holte mich zurück in die Realität.

Nein, nicht in jedem. Ich kniff die Augen zusammen, während ich die altertümlichen Ziffern hinter der Glasscheibe betrachtete. In zweihundertvierundsiebzig Zeilen, aufgeteilt in sechs übersichtliche Spalten à fünfzig und absteigend sortiert nach der Gesamtzahl der Notenpunkte, standen dort jeweils Name und Haus des Studierenden. Ich war nicht überrascht, dass mein Name ganz oben stand. Ich hatte nicht nur das Ziel, den mit Abstand besten Abschluss des Jahres zu machen – oder der letzten einundachtzig Jahre seit Gründung des St. Gloria –, sondern auch den besten Omega-Schnitt unter meiner Präsidentschaft zu erreichen.

1.: Valentin Knight (Omega) – 74 Punkte

Ich ärgerte mich über den einen Punkt, der mir fehlte, und machte mir eine kurze Notiz, Fach und Professor ausfindig zu machen. Kurz überflog ich die Namensliste, Platzierungen und Verteilung der Häuser. Felicia war auf Platz 13. Nicht schlecht.

Schlechter war, dass die zwölf Plätze zwischen uns von zehn Alphas belegt wurden und nur zwei Omegas.

Am schlechtesten war, dass der letzte Platz ebenfalls von einem Omega belegt war. Meine Miene verfinsterte sich, als ich die Zeile las:

274.: Troy Jackson (Omega) – 0 Punkte

Wer zur Hölle war Troy Jackson, warum hatte ich ihn nicht auf dem Schirm und was bezweckte er damit, absichtlich null Punkte zu erreichen?

Nicht, solange ich dein Präsident bin, Freundchen.

Kurzerhand sortierte ich meine Prioritätenliste um und rief sein Profil in der App auf. Anstatt des üblichen Porträtbilds sah ich etwas, das aussah wie ein DJ-Logo oder Graffiti Sprayer Tag. Die Buchstaben TR und Y prangten in Neonfarben auf dunklem Hintergrund.

Name: Troy Jackson
Nationalität: USA / Vereinigtes Königreich
Eltern: John Doe & Jane Jackson
Ziel-Uni & Fach: Nonya Business School, Music & Drama
Kurzsteckbrief: Wenn sie dir sagen, was du nicht kannst, zeigen sie dir ihre Limits, nicht deine.

Der Kurzsteckbrief rang mir widerwillig Respekt ab. Der Rest… tja. Entweder, ich hatte es hier mit besonders schwarzem Humor zu tun, oder Troy Jackson war alles – außer Troy Jackson. An diesem Profil war genauso viel Fake wie an der Berichterstattung vor US-Wahlen. John Doe und Jane Jackson? Nonya Business School? Wer fiel bitte auf die zwei offensichtlichsten Platzhalternamen der Weltgeschichte herein? Obwohl ich zugeben musste, dass die Wortneuschöpfung »Nonya Business« für »None of your Business« durchaus amüsant war. Bloß, dass man an Business Schools in der Regel keine künstlerischen Fächer studierte.

Nein, das Profil war für die Tonne. Ich musste ihn also wohl oder übel persönlich aufsuchen. Blieb nur die Frage: Wie findet man einen Geist?

Es kostete mich sieben Stunden und einen Haufen eingeforderter Gefallen, bis ich stirnrunzelnd den Typen musterte, der mit geschlossenen Augen auf einer Bank im versteckten Teil des Schlossgartens lag. Ein Bein lag angewinkelt auf der Sitzfläche, die abgetragenen Boots wippten im Takt der Musik aus seinen Kopfhörern.

»Du stehst mir in der Sonne, Knight.«

Ich rührte mich nicht von Fleck. Troy Jackson war älter, als ich bei einem Junior erwartet hatte. Und schäbiger. Kurz musterte ich seine abgetragene Lederjacke und die zerrissenen Jeans. Von Schuluniform schien er genauso wenig zu halten wie von Notenpunkten.

»Ja, eines meiner Talente ist es, Leute in den Schatten zu stellen«, antwortete ich gedehnt.

Jetzt öffnete er zweifelnd ein Auge, machte sich jedoch nicht die Mühe, die Ohrstöpsel herauszunehmen, deren Heavy Metal bis zu mir dröhnte. Hörsturz mit dreißig vorprogrammiert. »Was willst du, Knight.«

Ich setzte mich ungefragt neben ihn und kam direkt zur Sache: »Null Punkte? Hast du eine Wette verloren?«

»Vielleicht bin ich einfach schlecht im Unterricht?«

Ich schnaubte. Andere konnte er mit dieser »Leck-Mich«-Fassade vielleicht täuschen, aber mich nicht. »Das hier ist ein College für reiche Trottel, kein Kernphysik-Lehrstuhl. Die meisten Aufgaben bestehen aus Multiple Choice mit drei Antwortmöglichkeiten. Selbst wenn man absolut keine Ahnung hat, liegt die Wahrscheinlichkeit, die richtige Antwort zu *erraten*, bei dreiunddreißig Prozent. Nein, Jackson. Wenn man schlecht ist, hätte man nach zwei Wochen irgendwas zwischen zehn und dreißig Punkten, so wie die Mehrzahl der Leute hier. Aber um wirklich null Punkte zu erzielen, muss man gezielt die falschen Antworten geben. Und das bedeutet, dass man alle richtigen Antworten kennt.«

Seine linke Augenbraue zuckte verräterisch, was seine ausdruckslose Miene Lügen strafte. Einen Moment lang lieferten wir uns ein stummes Blickduell. Seine Augen hatten ein verstörendes Gletscherblau. Schließlich nahm Troy Jackson die Stöpsel aus den Ohren und drückte eine Taste an seinem – Walkman?

Er ignorierte meinen fragenden Blick auf das vorsintflutliche Gerät und wiederholte bloß: »Was willst du?«

»Dass du aufhörst, meinen Omega-Notenschnitt runterzuziehen.«

Ein Lachen. »*Deinen* Omega-Schnitt.«

»Ich bin dein Präsident.«

»Ja, und dank deines Vaters gewohnt, alles zu kriegen, was du willst«, konterte er. »Sorry, dich enttäuschen zu müssen. Ich bin nicht auf der Welt, um dich zufriedenzustellen.«

Ich blähte die Nasenflügel. Ich würde dieser Kreuzung von James-Dean-Rebell und Ian Somerhalder nicht auseinandersetzen, was es wirklich bedeutete, der Sohn von Charles Knight zu sein. Und ihn schien es auch nicht zu interessieren.

»Was hätte ich davon?«, fragte er jetzt.

»Dass ich nicht an die große Glocke hänge, wer du in Wahrheit bist.«

Sein Kiefermuskel zuckte. Also hatte ich mit meiner Vermutung recht. Abgesehen von den Pflichtangaben war sein Profil so weiß wie frisch gefallener Schnee, was bedeutete, dass er entweder das langweiligste Leben auf der Welt führte oder einer der seltenen Studierenden des St. Glorias von der Sorte »Geheime Identität« war. Kinder von Promis, Staatschefs, Mafiabossen oder anschlagsgefährdeten Persönlichkeiten.

Gerade wollte ich ihm vorschlagen, dass er alternativ einfach das Haus wechseln und wir uns gegenseitig aus dem Weg gehen konnten, als ein anderer Junior hinter einer Buchshecke hervortrat und scheinbar gleichgültig an unserer Bank vorbeiging. Troy nahm die Hand aus der Jackentasche, die zwei klatschten sich ab – und drei Tokens wechselten im Vorbeigehen den Besitzer. Dieser Typ war nicht einmal einen Monat am St. Gloria und handelte schon mit Tokens im großen Stil?

Herzlichen Glückwunsch, Troy Jackson – oder wie auch immer du in Wahrheit heißt. Du bist gerade auf dem ersten Platz meiner Beobachtungsliste gelandet.

Troy steckte die glatt geschliffenen Spielsteine ein und sah mich ausdruckslos an. »Du wolltest etwas sagen?«

Im Bruchteil einer Sekunde schaltete ich in den kalkulierenden Arschloch-Modus. »Du weißt, dass ich dein kleines Geheimnis schneller herausfinden könnte als du diese Tokens ausgegeben hast. Ich schlage vor, du sorgst von jetzt an dafür, dass du das Jahr mit neunzig Prozent Punktzahl abschließt.«

Er warf den Kopf in den Nacken und lachte aus voller Kehle. »Leck mich. Wir können über fünfzig Prozent reden, wenn du mir etwas anzubieten hast, das mich wirklich interessiert, und nicht nur...«

Troy brach mitten im Satz ab. Seine gletscherblauen Augen hefteten sich auf eine Gestalt hinter mir, die ich am Duft als meine Stiefschwester erkannte.

»Valentin, wir haben ein Problem! Nicoley und Felicia halten gleich eine Pressekonferenz und es sieht leider überhaupt nicht aus, als hätte ihre Trennung irgendeinen –« Wie in einer schlechten Soap stockte Anastasia ebenfalls mitten im Satz, als ihr Blick auf Troy fiel. Ich sah, wie sie ihn von den abgetragenen Boots bis zu den dunklen Haarspitzen musterte wie eine Löwin ihr nächstes Beutetier.

Ich hob eine Braue. *Etwas, das dich wirklich interessiert, ja?*, dachte ich. Doch ich machte mir bloß eine mentale Notiz, während sich die Luft knisternd auflud wie vor einem Gewitter.

Troy reagierte als Erster, erhob sich aus der Landstreicherpose und verdrehte das Handgelenk zu der spöttischen Version eines höfischen Knicks. »Ich würde ja sagen, es war schön dich kennengelernt zu haben, Knight«, er hob eine Braue, »aber man soll nicht lügen.«

»Heiliger Sexgott, wer – war – das? Bitte sag mir, dass er ein Omega ist«, wisperte Anastasia, nachdem er außer Hörweite war.

Nahtlos wechselte ich zu Plan B und reichte ihr ironisch mein Einstecktuch. »Soll ich euch zwei vielleicht bekannt machen? Du hast da nämlich ein bisschen Sabber im Mundwinkel, Schwesterherz.«

19
Ab mit dem Kopf!

Felicia

»Wieso kann man Präsidenten eigentlich nicht abwählen?«

Diese Frage ließ mir das Herz in den Hals und Hitze in den Kopf schießen, während Nicoley und ich uns durch die Menge im kleinen Salon schoben, in dem wir unsere Bekanntmachung verkünden wollten. Sie kam von der schneewittchenhaften Juniorin, die sich vorletzte Woche auf mich erbrochen hatte, Evangeline Astor.

Nicoley blieb stehen. »Evie? Was machst du denn hier?«

Evie?! Was bitte war an mir vorbeigegangen?

»Nico.« Ihre Stimme war kühl wie Eis und ihr Blick sprach Bände von altem Schmerz und unausgesprochenen Vorwürfen. Offenbar kannten sich die beiden länger.

»Hier am St. Gloria oder hier speziell in Alpha? Ersteres: dasselbe wie alle anderen. Letzteres: Ersteres mit mehr Erfolgsaussicht. Wobei ich ernsthaft mit dem Gedanken spiele, zu wechseln. Und wie die Chancen für eine Neuwahl stehen.« Sie hob einen anthrazitfarbenen Umschlag, in dem unverkennbar ihr Antrag auf Hauswechsel inklusive Token steckte. Ihr Blick streifte mich wie einen Müllsack in der Ecke, dann wandte sie sich wieder der Gruppe zu, bei der sie stand.

»Hier steht's«, rief Desirée triumphierend und zeigte auf ihr Handy. *»Die amtierende Präsidentin eines Hauses kann durch ein Misstrauensvotum abgesetzt werden, sofern dieses innerhalb der ersten zwei Trimester stattfindet und von mindestens sechzig Prozent des Hauses unterstützt wird.«*

»Entschuldigung?!«, ging ich dazwischen, denn genug war genug. »Mit welcher Begründung? Neid?«

»Lass mich überlegen«, sie legte einen grellorange manikürten Fingernagel an die Wange, dann begann sie aufzuzählen: »Du hast unser Haus-Credo gebrochen und uns belogen. Du hast aus Rache über Nicoleys Trennung fiese Gerüchte über unseren Präsidenten verbreitet. Und, oh! Du hattest Sex mit dem gegnerischen Präsidenten.«

Ich war so sprachlos, dass ich im ersten Moment gar nichts herausbrachte. Und auch nicht im zweiten. Ich war wie versteinert!

»Quatsch!«, ging ausgerechnet Nicoley dazwischen. »Die Gerüchte über mich gab es schon vor unserer Trennung, die im Übrigen einvernehmlich war. Felicia hat euch nie angelogen und Sex mit Valentin hatte sie tausendprozentig nicht. Oder, Fee?«

Ich erwachte aus meiner Starre und zwang ein Lächeln auf meine Lippen. »Richtig. Anders als manch andere hier, nicht wahr?« Ich wusste nicht, warum ich das gesagt hatte, aber jetzt war es ausgesprochen, also konnte ich den Gedanken gleich bis zum Ende spinnen: »Oder warum hatte Valentin es im letzten Jahr so sehr auf dich abgesehen, dass du nicht einmal in die nähere Auswahl für die Präsidentin gekommen bist? Jetzt aus Neid Lügen zu streuen und unser Haus zu entzweien ist selbst für deine Verhältnisse erbärmlich. Du hast das Präsidentinnenamt verloren, also bewahr dir wenigstens deine Würde. – Kommst du, Nico?«

Ich drehte mich auf dem Absatz um und ließ Desirée stehen, begeistert darüber, wie gut es sich angefühlt hatte, für mich einzustehen und sie zurechtzuweisen.

Mein Ex-Freund beeilte sich, zu mir aufzuschließen.

»Entschuldigung, wer ist diese schlagfertige Präsidentin und was hat sie mit der netten Felicia gemacht? Und – Nico?«, fragte er amüsiert. »So hast du mich ja noch nie genannt.«

Ich musste grinsen, seltsam zufrieden über sein Kompliment. »Stimmt. Aber so hat *Evie* dich genannt. Wenn das hier vorbei ist, sagst du mir, wer sie ist und woher ihr euch kennt.«

»Aus dem Internat in England. Sie war ... also ... wir ...«

»Sie ist deine Ex«, erkannte ich. Ich war erstaunt, wie leicht mir das über die Lippen kam und wie wenig es mich verletzte. Vielleicht hatten die vielen Lügen am St. Gloria und hässlichen Gerüchte der letzten Tage mich abstumpfen lassen. Oder vielleicht hatte Valentins Maske der kühlen Überheblichkeit mehr auf mich abgefärbt, als mir lieb war.

Wir hatten das Podest mit dem aufgebauten Standmikrofon erreicht. Er ließ mir den Vortritt, weil Nicoley Debois-Cartell trotz allem ein wohlerzogener Gentleman aus bestem Hause war.

Wir hatten uns für absolute Ehrlichkeit entschieden – das kleine Detail ausgeklammert, was ich am Samstagabend in einer Villa am Klippenrand getan hatte –, und gaben zu, dass sich unsere Beziehung auseinandergelebt hatte (»Das kann sicherlich jeder nachvollziehen, und wir wollten euch nicht weiter etwas vorspielen«); dass die Gerüchte um Nicoleys Liebeserklärung an Anastasia grundlegend falsch waren; und dass Nicoley und ich weiterhin Freunde und Präsidenten unseres Hauses bleiben würden.

»Habt ihr nicht ein Gerücht vergessen?«, fragte Desirée vorwitzig. »Ich zitiere bloß: Finger an Stellen, an die sie nicht hingehören?«

Ich sah Rot – nicht nur wegen ihrer Locken – und drehte den Spieß einfach um: »Oh, stimmt. Letztes Jahr hatte Desirée Sex mit Valentin Knight, deswegen wurde sie auch von unserer Alumna-Präsidentin Grace McAllister kurzerhand von ihrer Nachfolge ausgeschlossen.

Aber vermutlich wird sie das dementieren, also solltet ihr euch zweimal überlegen, ob ihr ihr in Zukunft Glauben schenken wollt, wenn sie euch wieder einen Floh ins Ohr setzen will.«

Ich sah von hier, dass sie vor Wut kochte, doch das war mir egal. Desirée hatte zum letzten Mal den Fehler gemacht, mich zu unterschätzen. Und Valentin auch. Der gesamte Campus.

Ich war eine Präsidentin von St. Gloria. Es wurde Zeit, dass ich anfing, mich auch so zu benehmen.

»Das war super, Fee! *Du* warst super.« Nicoley sprang von dem Podest, als sich die Versammlung aufgelöst hatte, und reichte mir die Hand, damit auch ich auf den hohen Absätzen die paar Stufen heruntersteigen konnte. Seit wir nicht mehr zusammen waren, schien eine tonnenschwere Last von seinen Schultern gefallen zu sein. Er trat dicht an mich heran, und ich stellte erstaunt fest, dass mich seine Nähe weder in Melancholie noch in Versuchung führte. Unsere neue Freundschaft fühlte sich hundertmal besser an als unsere alte Beziehung. Hatte er recht und wir waren mehr in unser Image verliebt gewesen als ineinander?

»Danke noch mal, dass du keine große Sache draus machst. Ich glaube wirklich, dass wir ein super Team sein können, wenn wir nicht gerade versuchen, perfekt zu sein. Es war richtig, dass wir ehrlich zu uns und zu den anderen waren. Mut und Ehrlichkeit!« Er zog eine jungenhafte Grimasse, als er das Alpha-Credo zitierte, dann wurde er ernst. »Wir sind zwar nicht mehr zusammen, aber wir ziehen das gemeinsam durch, Fee. Du kannst dich auf mich verlassen. Und du kannst mir alles sagen, okay?«

Ich nickte. Nicoley schulterte aufgeregt seine Sporttasche.

»Cool! Dann lass uns mal dafür sorgen, dass Alpha wieder Punkte gutmacht. Ach, was das angeht...« Er war schon zwei Schritte vorgegangen, ließ sich jetzt aber noch einmal zurückfallen. »Ganz ehrlich: Ist was an diesem Gerücht dran? Mit Valentin und dir?«

Ein heißer Schauer durchfuhr mich. »Nein!«, rief ich sofort, vielleicht ein bisschen zu energisch.

Nicoley sah mich aufrichtig an. »Wenn es so wäre, wäre es okay. Vielleicht ging es dir wie mir und du musstest einfach mal ausbrechen aus dem ganzen Erwartungsscheiß. Ich werde es niemandem erzählen, das schwöre ich. Ich will es nur wissen, wenn es etwas gibt, das unsere Präsidentschaft gefährden könnte.«

Für eine Sekunde war die Versuchung groß, meine Seele zu erleichtern und ihm alles anzuvertrauen. Er war seit Jahren Valentins bester Freund, er würde es sicherlich verstehen, oder?

Doch ich schüttelte vehement den Kopf. Ich konnte es nicht sagen. Nicht Nicoley. Niemandem. »Glaub mir, ich würde niemals etwas mit Valentin anfangen. Nicht mal dann, wenn die Hölle zufriert, die Apokalypse hereinbricht, wir die letzten Menschen auf dem Planeten wären und Sex mit ihm Krebs heilen könnte.«

Okay, das war vielleicht ein bisschen zu dick aufgetragen. Ich verzog das Gesicht über meine Übereifrigkeit, aber Nicoley lachte leise.

»Ich habe mir schon gedacht, dass J.B. sich das nur ausgedacht hat. Ich glaube, er ist ein bisschen in dich verliebt und rechnet sich jetzt Chancen aus, da ich nicht mehr da bin.« Er grinste kurz, dann drückte er meine Schulter. »Zum Glück hat er keine Beweise.«

Ich erstarrte. Mit eiserner Körperbeherrschung vermied ich es, nach meinem linken Ohrläppchen zu tasten. Heute trug ich einfache Perlenohrringe, aber Nicoley hatte recht: Die Beweise mussten verschwinden.

»Valentin, ich brauche diesen Ohrring!«

Ich ließ die Leinwand los, die ich übereifrig in dem kleinen Kunstlager neben dem Literaturtrakt begutachtet hatte, in den ich Valentin heute mit einer zweideutigen Nachricht gelockt hatte.

Leider hatte ich vergessen, wie gut er in der Campus-Uniform aussah. Oder in jedem anderen Outfit. Das weinrote Sakko betonte seine breiten Schultern und olivgrünen Augen, das obsidianschwarze Wappen darauf erinnerte mich an meine Mission.

»Kuschelig.« Er ignorierte meine Dringlichkeit und fuhr mit dem Finger über ein eingestaubtes Gemälde, betrachtete den Staub auf seiner Fingerkuppe, bevor er ihn zerrieb und mich endlich ansah.

»Warum kannst du ihn mir nicht einfach geben? Das hier ist doch kein Spiel!«

»Nein«, bestätigte Valentin. Sein Blick versetzte mein Innerstes in wilde Aufruhr. »Aber in der Liebe und im Krieg ist alles erlaubt.« Ich blinzelte, als er die Aussage bedeutungsschwer in der Luft hängen ließ. Ohne dass ich es wollte, beschleunigte sich mein Herzschlag. Liebe? »Und St. Gloria ist Krieg«, endete Valentin ungerührt und trat zwei Schritte zurück.

Mistkerl.

Ich verfluchte mich innerlich dafür, dass ich – was auch immer – gedacht hatte.

»Hast du dir schon ein Gegenangebot überlegt?«

Ich verschränkte die Arme vor der Brust. »Du könntest mir einfach sagen, was du willst. Da ich es offenbar nicht bin.«

Er hob einen Mundwinkel und trat an mich heran, so nah, dass sein sinnlich intensives Parfüm mich umströmte und wilde Erinnerungen an nächtliche Pools und weiche Daunen weckte. »Das habe ich nie gesagt.«

Ich wollte zurückweichen, aber da zog er mich an sich. Seine Nähe raubte mir den Atem, sein durchdringender Blick schickte heiße Schauer durch meinen Körper. Eine schier endlose Sekunde lang standen wir zwischen den verhangenen Gemälden, die Körper aneinandergepresst, die Gesichter nur wenige Zentimeter voneinander entfernt. Meine Gedanken kreisten unablässig um die Erinnerung an Freitagabend, meine Haut sehnte sich nach seiner Berührung.

Mein Körper kapitulierte. Verzweifelt drückte ich die Lippen auf seine, um das Gefühl wiederaufleben zu lassen. Er erwiderte den Kuss augenblicklich und mit solcher Intensität, dass sich mein Bauch kribbelnd zusammenzog. Sofort war alles wieder da, die elektrisierende Spannung, die Leidenschaft, das Verlangen nach mehr.

Das Klingeln zur nächsten Stunde holte uns zurück auf den Boden der Tatsachen. Fassungslos, mit klopfendem Herzen und gefangen zwischen Glück und Misere löste ich mich von Valentin. Er hielt mich fest.

»Geh mit mir auf einen Ball. Im November.« Seine Stimme war rau, sein Atem heiß auf meinem Hals.

Da kehrte ich vollends in die Wirklichkeit zurück. Entschieden stemmte ich mich gegen ihn, bis er losließ.

»Vergiss es!« Ich überprüfte den Sitz meiner Kleider. »Ich bin die Alpha-Präsidentin von St. Gloria. Und ich werde nicht zulassen, dass du mir das ruinierst.«

20
Kriegserklärung

Valentin

Später in meiner Suite hielt ich den Ohrring ins Licht, betrachtete die Spiegelung in den Edelsteinen und spielte im Kopf verschiedene Szenarien durch, wie das diesjährige Spiel von St. Gloria enden könnte.

Entgegen allen Erwartungen war Felicia eine würdige Gegenspielerin. Es machte Spaß, mit ihr zu spielen, ihre wechselnden Reaktionen aus Ehrgeiz, Verzweiflung und Versuchung zu beobachten. Ihre perfekte Fassade abzumeißeln und die Kämpferin zum Vorschein zu bringen. Erneut sah ich die Szene im Kunstlager vor meinem geistigen Auge wie einen Film an, vorwärts, rückwärts, spulte vor und pausierte. Sie war es gewesen, die mich geküsst hatte. Und sie war es auch gewesen, die mich stehen gelassen hatte.

Erneut rief ich mir in Erinnerung, dass ich sie auf Distanz halten musste.

Kurzerhand platzierte ich den Ohrring mittig auf meinem polierten Couchtisch, schaute auf die Uhr und stand auf, um einen Spaziergang durch das Schloss zu unternehmen. Den Schlüssel meiner Suite ließ ich stecken, damit Nicoley es sich schon einmal bequem machen konnte.

Zehn Minuten dürften ausreichen, damit mein bester Freund den Ohrring fand und seine Schlüsse daraus ziehen konnte. Ich drehte in Richtung des Westflügels ab und tippte zur Sicherheit eine Nachricht an ihn.

Felicia

Okay, wir verfallen jetzt nicht in kollektive Quotenpanik, sondern bewahren einen kühlen Kopf und planen unsere nächsten Schritte. Um diese Zeit lag Alpha historisch gesehen fast immer hinter Omega.«

Aus Misakis Mund klang es, als wäre über Nacht nicht die Apokalypse hereingebrochen. In meinem Kopf sah es ganz anders aus.

Heute Morgen war Alpha zum ersten Mal in diesem Jahr unter die Fünfzig-Prozent-Marke gerutscht.

Der halbe Campus hatte Nicoleys wütenden Ausbruch mitbekommen, als er mich gestern Abend vor dem Speisesaal zur Rede gestellt hatte.

»Willst du mich verarschen, Fee? Ist das deine Interpretation von Ehrlichkeit?«, hatte er mich so laut angefahren, dass jeder aufgehört hatte zu essen. »Du hast gesagt, da läuft nichts zwischen Valentin und dir! Weißt du, was ich in seiner Suite gefunden habe?«

Mein Blut, das mir bei den ersten drei Sätzen siedend heiß in die Wangen geschossen war, hatte sich beim letzten Satz beruhigt. »Du kannst nichts gefunden haben, weil nämlich nichts in seiner Suite passiert ist!«

Ha, das war keine Lüge! Doch mein Stolz auf mich selbst währte nur kurz, bis Nicoley zurückschoss:

»Was ist los mit dir? Ich habe dich noch gefragt und du hast mir dreist ins Gesicht gelogen! Ist das eine kranke Retourkutsche für meinen Ausrutscher mit Anastasia oder was ist...«

Er erstarrte im selben Moment wie mein Herz, während irgendwo klirrend Besteck zu Boden ging. Ich sah zur Seite. Buchstäblich der halbe Campus starrte uns von den Esstischen her an, einige hatten sogar ihre Handys in der Hand. Doch ich konnte sie nicht ansehen. Ich konnte nur Nicoley ansehen.

»Dein... Ausrutscher?« Meine Stimme klang hohl, als gehörte sie zu jemand anderem. Die endlose Reue in seinem Blick schnürte mir die Kehle zu. »Du sprichst nicht von der angeblichen Liebeserklärung«, erkannte ich.

Er schluckte, sah zum halb vollen Speisesaal, fasste mich dann bei den Schultern und wollte mich sanft nach draußen ziehen. »Hör zu...«

Wutentbrannt machte ich mich von ihm los. »Nein, du hörst zu! Du fährst mich hier vor versammelter Mannschaft an, weil du glaubst, ich wäre unehrlich gewesen, und jetzt willst du deine Unehrlichkeit – nein, sogar deine Untreue! – lieber still und heimlich klären? Vergiss es! Selbst, wenn ich etwas mit Valentin gehabt hätte – wofür du keinerlei Beweise hast –, wäre das genauso mein Recht auf Selbstbestimmung wie das, das du dir herausgenommen hast. Während wir noch zusammen waren, ich fasse es nicht!«, erkannte ich und redete mich umso mehr in Rage. »Nein, Nicoley. Du hast kein Recht, mir irgendetwas vorzuwerfen. Du! Warst mir! Untreu!«

Erst das kollektive Raunen, das vielfach von den spiegelverzierten Wänden des Speisesaals widerhallte, machte mir bewusst, dass ich einen schrecklichen Fehler begangen hatte.

Es hatte sich gut angefühlt, für mich einzustehen. Es hatte sich richtig angefühlt, Nicoley zur Rede zu stellen und nicht klein beizugeben. Aber die Reaktion der anderen fühlte sich an wie eine Niederlage.

Präsidentin verliert öffentlich die Beherrschung: Schwamm drüber.

Aber den Glanz des Goldjungen von St. Gloria zu trüben: Ab mit dem Kopf!

Nicoley öffentlich bloßzustellen war die schlimmste Entscheidung, die ich hatte treffen können.

Ich könnte mich selbst dafür ohrfeigen. Ertränken. Steinigen.

»Ich hätte das mit Anastasia und seiner Untreue nicht sagen dürfen«, stöhnte ich zum wiederholten Male beim Notfall-Krisentreffen mit meinen engsten Vertrauten.

»Falsch. Er hätte das einfach nicht tun dürfen«, stellte Misaki klar.

»Total«, pflichtete Stella ihr bei, die ausnahmsweise nicht in ihrer Funktion als *Morning-Glory*-Redakteurin hier saß, sondern als Alpha mit PR-Gespür. »Findet ihr die eigentlich hübsch?«

»Das interessiert gerade niemanden, Stella«, entgegnete Misaki, während Hazel fassungslos ihren dritten Aperol kippte.

»Ich kann nicht fassen, dass du das getan hast, Feli. Valentin Knight. Ich will mir das gar nicht vorstellen. Wie konntest du nur?«

Ich fuhr mir resigniert durch die Haare. »Es war nur! Ein! Kuss!«

Glücklicherweise hatte Nicoley bei unserem öffentlichen Streit die Art unserer Intimität nicht weiter ausgeführt, und ich musste hier Schadensbegrenzung betreiben, denn ohne die Hilfe meiner Beraterinnen und vor allem ohne Hazel konnte ich gleich meine Koffer packen. *Gloria-cum-laude*-Stipendium, adé!

»Wisst ihr, was das eigentliche Problem an der Sache ist?«, erkannte Stella. »Dass sich Anastasia und Valentin exakt dieselben Fehler geleistet haben wie Felicia und Nicoley, aber das bei Omega einfach niemanden zu interessieren scheint!«

»Ganz genau«, pflichtete ihr Hazel mit erhobenem Finger bei, während sie ihr viertes Glas leerte. »Valentin Knight gewinnt immer!«

Ich nahm ihr das Glas ab. »Kein Grund, deine Selbstachtung zu verlieren, Hazel Baker!«

»Wir müssen etwas finden, das Omega noch mehr schadet als uns

dieser Streit. Etwas Großes!« Misaki zupfte einen Fussel von ihrer Hermès-Bluse. »Was ist denn mit dem Uni-Tag am Freitag? Wenn wir da eine Bombe platzen lassen könnten, um Anastasia bloßzustellen – oder besser noch, Valentin. Alle glauben, er sei unantastbar. Wenn wir dieser Fassade ein paar Risse verschaffen können...«

Da kam mir eine Idee. »Ich glaube, das schaffe ich.« Schon griff ich nach meinem Handy und suchte Valentins Profil in der App.

»Wieso ist sein Profil in deiner jüngsten Suchhistorie?«, stöhnte Hazel.

»Weil er der Präsident von Omega ist, das nennt man taktische Kriegsführung«, erstickte ich jede Diskussion im Keim und begann zu tippen.

   Felicia_deVries: Lass uns eine Wette abschließen.

Es dauerte nicht lange, dann erschien der Hinweis, dass er eine Antwort tippte. Die Mädels kreischten durcheinander, während ich inständig hoffte, dass diese Konversation unter Zeugen nicht völlig nach hinten losging.

Valentin_Knight: Ich bin ganz Ohr.

Die Mädels diskutierten wilde Szenarien, während ich tippte: *Wetten, du schaffst es nicht.*

»Wen wollen wir opfern?«

»Desirée d'Orsay!«, riefen Misaki, Stella und Hazel im Chor, aber ich schüttelte den Kopf.

»Das wäre zu offensichtlich. Und nicht mehr überraschend. Ich habe erst gestern Nachmittag verkündet, dass sie etwas mit ihm hatte.«

»Stimmt das eigentlich wirklich?«, warf Stella ein.

»Kein Kommentar«, sagte ich schnell. »Und wehe, du machst eine Exklusiv-Story mit ihr. Ich will ihren Namen nicht im *Morning Glory* sehen, außer sie gewinnt die Olympischen Spiele, einen Oscar oder verlobt sich mit Harry Styles, klar?«

»Gut gesprochen, Präsidentin«, lächelte Hazel, die ihre Fassung zurückgewonnen hatte.

»Ist irgendwer besonders scharf auf Tokens?«, sinnierte Misaki. »Was ist übrigens mit den drei passiert, die vorgestern aus unserem Bestand verschwunden sind?«

Mir wurde heiß, als ich an die Bestechungstokens für die drei Typen dachte, die meinen Kussüberfall auf Valentin beobachtet hatten.

»Taktische Kriegsführung«, wiederholte ich. »Halte deine Freunde nah und deine Feinde näher.«

Da kam mir eine Idee:

> Felicia_deVries: Wetten, du schaffst es nicht, Evangeline Astor auf den Uni-Tag einzuschleusen?

»Evangeline?«, fragte Stella. »War sie eigentlich wirklich auf der Highschool mit Nicoley zusammen?«

»Jep. Und nach ihrem frechen Auftritt mit Desirée bei Nicoleys und Felicias Pressekonferenz gestern hat sie die Rüge mehr als verdient«, antwortete Misaki, wohlwissend, dass Stella nur gefragt hatte, um eine Primärquelle für ihre Vermutung zitieren zu können.

> Valentin_Knight: Was ist für mich drin?

Die Mädels plapperten sofort aufgeregt durcheinander: Alkohol, Stripclub, eine Prostituierte aufs Zimmer. Doch ich kannte ihn besser. Sicherlich war ihm bewusst, dass gerade meine Beraterinnen mitlasen. Und sicherlich würde er nicht widerstehen können, mich in Erklärungsnot zu bringen. Nur dass diesmal ich diejenige war, die ihn in Bedrängnis bringen würde.

> Felicia_deVries: Was willst du?
> Valentin_Knight: Eine Nacht mit dir.

Während sich die Mädels vor Schreck fast verschluckten und dann wild gackerten, schloss ich kurz die Augen, um meine Gefühle zu verbergen. *Zum Glück bist du so durchschaubar, Valentin Knight!*

Mein Herz klopfte wild, aber das konnte ich vor meinen Freundinnen nicht zeigen. Hazel sah aus, als würde sie gleich vom Stuhl kippen. Ich biss mir erwartungsvoll auf die Unterlippe. Alles auf eine Karte.

> Felicia_deVries: Leb wohl.

Schlagartig verstummten alle und starrten mit angehaltenem Atem auf mein Handy. Selbst Hazel reckte neugierig den Hals. Nichts.

Dann vibrierte das Handy erneut, und meine Suite verwandelte sich in einen Stall kreischender Hühner.

»Oh mein Gott, du spielst mit Valentin Knight!« Stellas Stimme zitterte vor Aufregung, während alle durcheinanderschrien.

> Valentin_Knight: Andersherum gefragt: Was willst du, wenn du gewinnst?

Ich musste nicht lange überlegen:

> Felicia_deVries: Überrede Nicoley dazu, den Wahlkampfball mit mir zu eröffnen.

Nach unserem Streit war mein Präsident alles andere als gut auf mich zu sprechen.

»Sehr gut!«, rief Misaki. Der Wahlkampfball am Ende des ersten Trimesters war das wichtigste Jahreshighlight der Juniors, denn dort konnten sich Anwärterinnen für das nächste Präsidentenamt bewerben. Diesen Ball mit Nicoley zu eröffnen, würde Alpha hoffentlich wieder Aufschwung geben.

> Valentin_Knight: Chapeau, Alpha-Königin. Das kostet.

Ich unterdrückte das stolze Kribbeln in der Brust, weil er mich Königin nannte. Das hatte er bisher nur einmal getan, als er mir seine Anerkennung gezollt hatte. Meine Gedanken glitten ab. Dann sagte Hazel: »Na los, sag zu. Wir sorgen schon dafür, dass wir gewinnen.«

Meine Finger bebten, als ich tippte. Ich stellte mir sein Gesicht vor.

> Felicia_deVries: Also gut. Eine Nacht mit mir. Dafür bringst du Evangeline am Freitag vor 20 Uhr zum Spiegelsaal.

Den Rest der Woche gab es kein anderes Thema als unsere Rache – an Evangeline und am Haus Omega.

Um fünf Uhr machten wir uns alle bei mir für den Empfang fertig.

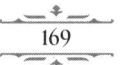

»Schaut mal, kann ich das so anziehen?«, fragte Stella.

»Auf keinen Fall, der Ausschnitt ist viel zu tief. Du willst, dass sie dich wegen deinem Grips nehmen, nicht wegen deinen Möpsen«, antwortete Misaki nach einem kurzen Seitenblick und tuschte sich weiter die Wimpern, während ich behutsam einen verzierten Kamm in meine zur Banane eingeschlagenen Haare steckte. Ich selbst trug ein puderfarbenes Etuikleid mit schwarzem Taillengürtel, dazu farblich passende Pumps. Schlicht, aber elegant.

Während sich Stella seufzend aus dem Kleid schälte, raffte Hazel ihre Bewerbungsmappen. »Lasst uns das noch mal durchgehen. Felicia, du stehst um neunzehn Uhr auf der Bühne, wenn die Loredano die Präsidentenpaare vorstellt. Dadurch wissen dann auch alle anwesenden Dekane, dass Valentin der Präsident von Omega ist. Misaki, du kümmerst dich um Evangeline und ihre Kleiderwahl.«

»Schon erledigt«, erwiderte Misaki, nachdem sie ihren Lippenstift nachgezogen hatte. »Achtet nur darauf, dass sie heute keinen Alkohol mehr trinkt.«

»Warum?«, fragte Stellas Reporterinnen-Instinkt sofort. »Hast du ihr irgendwas ins Essen getan?«

Misaki zog die schwarzen Augenbrauen so weit hoch, dass sie unter ihrem symmetrischen Pony verschwanden. »Ich bin schockiert, dass du mir das zutraust«, antwortete sie.

Niemand wagte es, darauf etwas zu erwidern.

»Okay…«, nahm Hazel den Faden wieder auf, »Stella, du nimmst ihr das Handy ab und gibst ihr dafür den Schlüssel zum Technikraum hinter dem Vorhang, wo sie Valentin verführen soll, damit wir angeblich ein Foto davon machen können. Sie weiß, dass sie einen Extratoken bekommt, wenn sie ihren BH auszieht?«

»Dieses Mädchen würde ihren BH auch ausziehen, ohne dafür einen Token zu bekommen«, antwortete Stella vielsagend. »Aber ja. Sie hat eingewilligt und ihre Bildrechte abgetreten, die Transaktion vom *Morning-Glory*-Account ist schon vorgemerkt. Ihr schuldet mir vier Stück.«

Hazel überging die verstörende Enthüllung. »Danke, kriegst du gleich morgen früh aus der Alpha-Kasse. Also, Felicia wird Valentin zu Evangeline lotsen, indem sie ihm von Evangelines Handy und Account aus eine Intranet-Message schreibt mit der Bitte, sie aus dem Technikraum zu holen. Valentin kommt rein, sie verführt ihn, Stella betätigt nicht den Auslöser einer Fotokamera, sondern der Vorhangkordel zum Saal – und voilà, hat Omega einen perfekten Skandal an der Backe. Fragen?«

Eine atemlose Sekunde lang war ich versucht, das Ganze abzublasen. Evangelines Einwilligung hin oder her, ich war im Begriff, nicht nur Valentins Ruf zu zerstören, sondern auch eine Junior vor den versammelten Seniors und einigen der wichtigsten Dekane der Welt lächerlich zu machen – einschließlich Oxford, wo sie studieren wollte.

»Ähm ...« Meine Hand zuckte nach oben.

»Felicia?«

»Sind wir sicher, dass ...« Sofort bildeten sich grimmige Furchen zwischen den Brauen meiner engsten Beraterinnen, sodass ich schnell die Zweifel herunterschluckte. »... dass Evangeline ihn wirklich ins Messer laufen lassen würde? Immerhin kennen sich die zwei und Evangeline ist ziemlich clever.«

»Stimmt.« Die drei überlegten kurz, und für einen Moment erleichterte mich die Vorstellung, dass wir das Ganze doch noch abblasen mussten.

Misaki war es, die den Kopf schüttelte. »Selbst wenn sie sich nicht auszieht: Evangeline sammelt Tokens wie andere Briefmarken, und ihr Ruf ist ihr zu egal, als dass sie sich vier Stück entgehen lassen würde. Es gibt Schlimmeres, als sich Valentin Knight an den Hals zu werfen.«

Meine Kehle wurde wieder eng. Sollten wir das wirklich tun?

»Feli.« Hazel schien meine Zweifel zu bemerken. »Sie haben es verdient. Beide. Und beide haben eigentlich nichts zu verlieren. Für Evangeline geht es heute um nichts, und Valentin ›von Beruf Sohn‹ Knight interessiert es sowieso einen Scheiß, ob die Dekane ihn mögen oder nicht. Sein Vater könnte jede Uni der Welt kaufen, wenn er wollte. Außerdem ist es ja nicht so, als wäre der Gedanke total abwegig, dass Valentin halb öffentlich mit einer Studentin vö–«

»Können wir dann los?«, platzte ich heraus, damit sie den Satz nicht beenden konnte.

Seltsamerweise war ich weniger nervös angesichts der wichtigen Ivy League Dekane, die ich gleich treffen würde, als der Tatsache, dass sich in weniger als zwei Stunden entscheiden würde, ob Valentin die Wette gewann oder ich. Und wer dabei wie viel verlieren würde.

Unser Plan war gut. Aber wenn ich in Geschichte eines gelernt hatte, dann, dass der Feind immer seine eigenen Pläne machte. Ganz besonders, wenn dieser Feind Valentin Knight hieß.

21
Bauernopfer

Valentin

Die Ansprache der Loredano dauerte eine gefühlte Ewigkeit. Bei öffentlichen Anlässen sprach sie immer in so lobenden Tönen von ihren »vorbildlichen Studierenden« und »herausragenden Persönlichkeiten«, dass ich jedes Mal glaubte, die Loredano lebe an einem anderen College als wir alle.

Aber so funktionierte die Gesellschaft nun einmal, und weil es alle wussten, spielten auch alle mit. Anastasia neben mir lächelte ihr strahlendstes Lächeln, während sie im Kopf sicherlich bereits die beste Route plante, um alle Dekane ihrer favorisierten Unis zu erwischen. Immer wieder wanderte ihr Blick zu Richard Magnusson, dem ehrlich gesagt ziemlich frauenfeindlichen Dekan der Harvard Business School. Es sah meiner Stiefschwester ähnlich, dass sie genau deshalb dort angenommen werden wollte, nur um ihm und der Welt zu beweisen, dass sie mehr als ein hübsches Blondchen war.

»Du musst mich ihm vorstellen!«, wisperte sie mir zu, als die Loredano »ihre vier exzellenten Vorzeigestudierenden« endlich entließ und das offene Netzwerken begann, in dem die Seniors des St. Gloria die Möglichkeit hatten, ihre Bewerbungsmappen zusammen mit einem persönlichen Eindruck bei ihren favorisierten Hochschulen abzugeben. Und wer zuerst kam, mahlte zuerst.

»Bist du nicht bereits bei mir verschuldet?«, fragte ich, während ich die Hand hob, um Magnusson beiläufig zu winken.

»Das Jahr ist noch lang«, relativierte Anastasia. »Außerdem könnte ich deinem Vater bei unserem nächsten Familientreffen«, sie setzte das Wort schaudernd mit den Fingern in Anführungszeichen, »eine ganze Menge über dich erzählen.«

Nichts interessierte mich weniger als das, was sie über mich erzählen oder mein Vater über mich denken könnte. Dennoch beschloss ich, sie in dem Glauben zu lassen. »Warte, bis ich dich rufe.«

»Valentin Knight!«, begrüßte mich Richard Magnusson mit einem Handschlag, als wären wir alte Kumpels. Es widerte mich an, wie heuchlerisch sich Menschen für die richtigen Spendensummen verhielten. Als hätte ich irgendeinen Einfluss darauf, dass mein Vater sein soziales Gewissen an renommierten Universitäten erleichterte. Hatte ich nicht. Ich würde das Geld an Community Colleges und Krankenhäuser geben anstatt der ohnehin überbezahlten Bildungselite in den Arsch zu blasen.

Anastasia sah sich um, um nicht wie die ungebetene Zuhörerin auszusehen, die sie gerade war. Ihre dezent geschminkten Augen verengten sich. Mein Blick folgte ihrem ... und mein Hörvermögen filterte Magnusson vorübergehend aus wie ein Störgeräusch. Felicia war die manifestierte Perfektion. Dieses schlichte Kleid war nicht von Chanel, aber sie sah darin wahrlich aus wie eine zeitlose Stilikone. Und wie es schien, hatte Felicia es entweder ebenfalls auf Magnusson abgesehen – *Tu es nicht, du bist besser als Harvard!*

Oder, und dieser Gedanke war genauso berauschend wie irritierend, auf mich, denn sie ließ mich keine Sekunde aus den Augen, während sie von dem Großväterchen mit Columbia-Emblem am Revers zugetextet wurde. Ihr Blick war ... drängend? Alarmiert? Brauchte sie Hilfe? Oder sorgte sie sich bloß, dass ich unsere Wette gewinnen würde?

»Hast du es dir schon überlegt?«, durchbrach die selbstgefällige Stimme von Magnusson meinen Rauschfilter. Ich konnte gerade noch verhindern, den Mund zu verziehen. Bedaure, aber den Gefallen, sich doppelt mit dem Namen Knight zu brüsten, würde ich ihm nicht tun.

»Tja, ich fürchte, Boston reizt mich einfach nicht.«

»Wirklich?« Magnusson lachte amüsiert, dann wechselte er vom Gönner zum Galgenmeister. »Was dein Vater wohl dazu sagt?«

Ich riss meinen Blick von Felicia los, um ihm ernst in die Augen zu sehen. »Um ehrlich zu sein, ist mir vollkommen egal, was mein Vater sagt. Aber wo wir gerade beim Thema sind, darf ich dir meine Stiefschwester vorstellen: Anastasia Bianchi.« Ich deutete auf sie, und Anastasia tat so, als reagiere sie überrascht auf ihren Namen, um Richard Magnusson mit ihrem charmantesten Lächeln die Hand zu geben. Eines musste man meiner Stiefschwester lassen: Sie wusste, wie man seine Karten richtig ausspielte.

»Ah, ja. Die frühere Stieftochter von Antonio Bianchi, nicht wahr?«

Anastasia lächelte. »Da hat jemand seine Hausaufgaben gemacht!«

Magnusson hob eine Augenbraue und vergrub die Hände in den Hosentaschen. Mit einem Seitenblick auf mich erwiderte er: »Offenbar hat Ihre Mutter nicht so lange um Antonio getrauert wie ich und schnell Ersatz gefunden.«

Anastasias Lächeln verrutschte nur einen Millimeter. »Das stimmt. Aber sprechen wir nicht über meine Mutter. Sprechen wir lieber über mich.«

»Sie wollen an die Harvard Business School.« Magnusson musterte sie kühl, doch Anastasia ließ sich nicht einschüchtern.

»Sagen wir, ich gebe Harvard die Chance, mich zu überzeugen!«

Chapeau, Schwester.

Auch Magnusson schien beeindruckt, sein Gesichtsausdruck wechselte von überheblich zu überrascht. Gespannt verschränkte er die

Arme vor der Brust. »Und womit glauben Sie, können Sie Harvard überzeugen?«

Anastasia hob keck das Kinn. »Damit, dass Harvard eine so zielstrebige, selbstbewusste und kluge junge Frau, die darüber hinaus Repräsentantin eines der angesehensten Colleges der Welt ist, sicherlich nicht an eine andere Universität verlieren möchte.«

Gut gespielt.

Während Magnusson mit einem ruppigen »Geben Sie schon her!« Anastasias Bewerbungsmappe entgegennahm, warf ich einen Blick auf meine Uhr. Kurz nach halb acht. Evangeline müsste längst hier sein.

»Wenn ihr mich entschuldigt, ich muss noch etwas erledigen.«

Auf dem Weg nach draußen sah ich Nicoley und Felicia von einer Traube Dekane belagert. Herrgott, die zwei sahen wirklich aus wie die Kennedys bei einem Staatsempfang. Wieso war mir eigentlich früher nie aufgefallen, wie sinnlich die geschwungene Linie von Felicias Taille zu ihren Hüften verlief? Lag es nur daran, dass ich das Bild ihrer nackten Silhouette vor dem illuminierten Pool nicht mehr aus dem Kopf bekam?

Plötzlich fiel mir auf, dass Felicia mir direkt in die Augen sah – und unmerklich den Kopf schüttelte. Wüsste ich es nicht besser, könnte ich glatt denken, sie warnte mich davor, den Saal zu verlassen. Ich lächelte bloß gelassen zurück und hob sogar eine Hand zum spöttischen Salut, bevor ich die Tür öffnete und in den Gang hinaustrat.

Wo steckte diese Nervensäge von Superhirn? Evangeline war drei Jahre jünger als Nicoley und ich. Sie hatte dasselbe Internat besucht wie wir, dabei jedoch zwei Klassen übersprungen, und sie war schon damals mit Abstand die intelligenteste Schülerin gewesen. Mit fünfzehn war bei ihr eine leichte bipolare Störung diagnostiziert worden, deren manische Phasen in Verbindung mit ihrem hohen IQ dafür sorgten, dass sie von normalem Unterricht hoffnungslos unterfordert war und gleichzeitig in den depressiven Phasen so antriebslos, dass ihre Noten schon immer bestenfalls mittelmäßig gewesen waren, von ihrem extremen Sozialverhalten zwischen rebellisch und übermütig ganz zu schweigen.

»Pssst!«, machte es aus der Dunkelheit des Korridors. Kurz darauf tauchte Evangeline kichernd vor mir auf, ein halb leeres Glas Champagner in der Hand. Sie konnte sich kaum auf den Beinen halten. Auch das noch...

»Ist Nicoley noch da drin?«, flüsterte sie so laut, als stünde ich drei Meter von ihr weg.

Was hatte Nicoley damit zu tun? Ich warf einen unwillkürlichen Blick zurück zur Tür, hinter der sich gerade die akademischen Schicksale von knapp einhundertfünfzig Studierenden entschieden.

»Ja. Hast du es dir überlegt?«

Evangeline maß mich mit einem überheblichen Blick, für den sie viel zu jung war, und schwenkte den schäumenden Inhalt ihres Glases. »Mein Preis hat sich verdoppelt. Vier Tokens, immerhin könnte ich dafür bei Alpha rausfliegen, wenn mich die Loredano unbefugt auf dem Event sieht.«

Ich hob eine Braue. »Netter Versuch, aber: Nein. Erstens: Die Loredano wird gar nicht mitbekommen, dass du dort bist. Es geht nur darum, dass Felicia dich sieht, und dafür werde ich sorgen. Die Gleichung ist simpel: Du hakst dich bei mir unter, wir machen eine Runde durch den Saal, Felicia entdeckt dich, du kriegst deine zwei Tokens. Also, haben wir einen Deal?«

Sie verdrehte die Augen. »Von mir aus. War's das? Ich hab danach nämlich noch was vor. Wie viel Uhr haben wir?«

Ich blickte auf meine Armbanduhr. »Gleich halb acht.«

»Oh Gott!« Augenblicklich stürzte sie den Rest ihres Glases herunter und sah sich nach einer Abstellmöglichkeit um. Weil sie keine fand, stellte sie es einfach geräuschvoll auf den Boden.

Ich sah ihr konsterniert zu. »Wie viele davon hattest du heute schon?«

»Vier? Vielleicht auch fünf, keine Ahnung. Uff, jetzt, wo ich so darüber nachdenke... Kannst du mir kurz... Ich glaub, ich muss mich kurz hinlegen.«

»Hier?«, fragte ich, obwohl eine Stimme in mir »Jetzt?« drängte. Mein Zeitfenster für den Deal mit Felicia war fast geschlossen und ich würde nicht verlieren.

»Ich glaub, im Technikraum is' eine Pritsche...« Ein Schlüssel klimperte in Evangelines Hand, als sie auf dem Absatz kehrtmachte und um die Ecke torkelte.

Ein weiterer Blick auf die Uhr: noch dreißig Minuten. Frustriert strich ich mir über das Kinn, dann überholte ich die kleine Nervensäge und nahm ihr den Schlüssel ab, um den kleinen Technikraum hinter dem Vorhang aufzuschließen. Lauernd schaltete ich das Licht an, suchte Wände und Decke ab. Keine versteckte Kamera, keine lauernde *Morning-Glory*-Redakteurin. Keine Pritsche.

»Fehlanzeige, Superhirn. Meinst du nicht eher...« Ich hielt inne, als sie ihr Oberteil über den Kopf zog. »Evangeline. Was tust du da?«

In der Sekunde griff sie in mein Hemd und drückte ihre Lippen kraftvoll auf meine.

Felicia

Ich hatte mich gerade aus der überschwänglichen Redseligkeit eines der Dekane der Cornell University befreit, als Stella mir Evangelines Handy zusteckte. Kriegspläne, Rache und Siege hin oder her, ich würde das nicht tun. Ich würde ihm nicht schreiben, dass Evangeline im Technikraum Hilfe brauchte, sondern dass sie es sich anders überlegt hatte und nicht kommen würde. Hoffentlich war es noch nicht zu spät. Rasch warf ich einen Blick auf die Uhr und rief Valentins Profil von ihrem Handy aus auf, als die App einen bereits bestehenden Nachrichtenverlauf von heute anzeigte. Plötzlich schrillten all meine Alarmglocken, aber bevor ich die Nachrichten öffnen konnte, signalisierte mir das vertraut penetrante Eau de Toilette unserer Dekanin, dass Donna Lucrezia Loredano sich mir näherte.

»Stecken Sie sofort das Ding weg und nehmen Sie Haltung an, Miss de Vries«, zischte sie und schob mich mit dem Feingefühl einer Maschine zu einer Dame mit tannengrünem Kostüm und elegantem Dutt.

»Prof. Clerk, darf ich Ihnen Felicia de Vries vorstellen, eine unserer Repräsentantinnen?«

Ich hörte noch genau die Worte des überheblichen Harvard-Typs im Ohr, nachdem ich mich ihm vorhin so vorgestellt hatte: *Und mit wem mussten Sie schlafen, um diesen Titel zu bekommen?* Daraufhin hatte ich beschlossen, auf eine Bewerbung bei der Harvard Business School zu verzichten und stattdessen die Dekane von Yale, Brown, Columbia und Penn zu beehren.

»Miss de Vries«, fuhr die Loredano fort, »Prof. Dr. Judith Clerk, die Leiterin der Medical School von Oxford.«

Medizin?, schoss es mir durch den Kopf. Sie wusste doch, dass ich Jura studieren wollte, und zwar in Yale. Das angesehenste Fach an der angesehensten Universität der Welt. Dennoch setzte ich ein strahlendes Lächeln auf und gab der Dekanin mit einem leichten Knicks die Hand. »Es freut mich sehr, Prof. Clerk!«

»Mich ebenso. Ich habe schon viel davon gehört, wie integer, zielstrebig und klug Sie sein sollen.« Ich wollte das Kompliment geschmeichelt abtun, da fuhr die Professorin fort: »Nennen Sie mir doch bitte fünf Dinge, die man mit einem Kugelschreiber tun kann, außer damit zu schreiben.«

Ich blinzelte überrumpelt. Mit einem Kugelschreiber? Darüber hatte ich nie nachgedacht. Ich wollte beweisen, dass ich mehr war als eine integre Musterschülerin in einem hübschen Kleid, aber die ungeduldigen Augen beider Damen sorgten für einen totalen Blackout. Mein Blick fiel auf ihre Frisur.

»Man kann ihn zur Fixierung eines Dutts verwenden.« Die Augenbrauen der Loredano hoben sich pikiert, also redete ich schnell weiter, um es hinter mich zu bringen: »Oder, um mit dem Clip einen Stapel Papiere zusammenzuhalten.« Zwei. »Man kann einen Milchkaffee damit umrühren.« Drei. »Man kann ihn zum Stressabbau klicken oder drehen.« Vier. Noch eins. Komm schon, Felicia! »Und man kann ... die spitze Miene dazu benutzen, Löcher in ein Blatt Papier oder Karton zu stechen?«

Halb stolz auf mich, halb unsicher sah ich Prof. Clerk an. Die streckte lächelnd die Hand nach meiner Bewerbungsmappe aus. »Wirklich spannend! Einige davon waren mir neu. Schade, dass Sie nicht wirklich in meine Fakultät passen. Aber ich werde Ihre Unterlagen weitergeben.«

Erleichterung wusch wie eine Welle über mich hinweg. In der Sekunde glitt irgendwo ein Vorhang zur Seite, dicht gefolgt von einem Raunen. Irgendjemand keuchte schockiert. Ich erstarrte zu Eis, mein Blick huschte zur Uhr.

Zu spät! Es war zu spät!

»Miss de Vries? Sind Sie noch bei uns?«, fragte Prof. Clerk irritiert, aber ich könnte gerade nicht weiter weg sein: Aus dem Augenwinkel sah ich zwei Gestalten auf dem Boden des kleinen Technikraums kauern. Verdammt, verdammt, verdammt!

»Entschuldigen Sie mich bitte kurz?« Meine Stimme klang piepsig. Ich schaffte es, der Dekanin kurz in die Augen zu sehen und mich für das Gespräch zu bedanken, bevor ich mich eilig an den Umstehenden vorbeischob.

22
Spiel, Satz und Schande

Felicia

Im ersten Augenblick war ich genauso geschockt wie jeder andere. Aber nicht, weil im Technikraum zwei Gestalten heftig auseinanderstoben von etwas, das verdächtig nach einem wilden Kuss aussah. Auch nicht, weil eine zerzauste Evangeline keine Bluse mehr trug und Valentins oberste Hemdknöpfe offen standen. Sondern, weil der Blick in seinen Augen so unendlich verstört war, wie ich ihn noch nie gesehen hatte. Er starrte Evangeline an, als hätte sie ihn geohrfeigt, während die bloß stoisch ihre Bluse vom Boden aufklaubte – und ihn dann tatsächlich vor allen Anwesenden ohrfeigte.

Hinter mir schnappten Stella, Hazel und Misaki nach Luft. Sie bebten geradezu vor unterdrücktem Jubel. Ich hingegen bebte vor Schock und schlechtem Gewissen.

»Deine zwei Tokens kannst du behalten. Ich bin nicht käuflich, Valentin Knight!«, verkündete Evangeline als Krönung ihrer schrecklichen Inszenierung und ließ Valentin stehen, ohne irgendjemanden im Saal eines Blickes zu würdigen.

»Dieses verschlagene kleine Genie. Sie hat uns alle verarscht und wollte zweimal Tokens absahnen«, erkannte Hazel.

Nein, dachte ich fassungslos. Uns hatte sie bloß verarscht, aber den schwarzen Omega-Ritter hatte sie buchstäblich schachmatt gesetzt. Eines stand fest: Evangeline war noch gefährlicher als Anastasia.

»Wen interessiert's? Alles hat nach Plan funktioniert.« Misaki schob die Mappen auf ihrem Arm akkurat zusammen. »Evangeline ist brillant! Valentin ist zu unantastbar, um ernsthaft Schaden davonzutragen. Und so sind nicht nur die Alphas enger zusammengeschweißt, sondern es wird sich auch der eine oder die andere Omega überlegen, ob sie nicht lieber wechseln wollen. Das nennt man taktische Kriegsführung, und Evangeline hat sie verdammt gut drauf.«

Das ging eindeutig zu weit. So wollte ich nicht regieren! Ich starrte meine strategische Beraterin entgeistert an, während Hazel murmelte: »Gut, dass du nicht unsere Präsidentin bist, Misaki.«

Misaki zuckte bloß mit den Schultern. Ich wollte selbst das Wort ergreifen, da teilte die Loredano die Schaulustigen wie Moses das Meer. Ein äußerst ungehaltener Moses. Mit wallender Stola.

»Was, um alles... Das...« Sie rang einen Augenblick nach Worten. Valentins Miene verfinsterte sich noch mehr. Erneut überfiel mich das schlechte Gewissen. Wieso musste man so unfair spielen, um es in dieser Welt der Reichen und Schönen zu etwas zu bringen? Wieso konnte man nicht mit Ehrlichkeit und Respekt gewinnen?

»Signora Loredano, das ist –«, begann Valentin, aber sie fuhr ihm scharf über den Mund.

»Still! In mein Kabinett. Sie auch, Miss Astor!«, rief sie Evangeline nach, die schon fast an der zweiflügeligen Saaltür war. Dann drehte sich die Dekanin mit einem Lächeln zu den umstehenden Universitätsvertretern um, als hätte bloß jemand sein Wasserglas verschüttet. »Warum nutzen wir nicht die Gelegenheit, um das Büfett zu eröffnen?«

Mit diesen Worten und dem immer noch hoheitlich ausgestreckten Arm geleitete sie die Dekane in den Nebenraum. Zurück blieben die fassungslosen Seniors des St. Gloria, einschließlich einer vor Wut schäumenden Anastasia.

»Hast du den beschissenen Verstand verloren, Valentin?«

»Es ist nicht, wonach es aussieht.« Seine Stimme war bedrohlich ruhig, ein krasser Kontrast zu Anastasias Hysterie.

»Das ist mir vollkommen egal, es reicht, dass es so aussieht! Was sollen die denn jetzt von Omega denken?«

Misaki stieß mich an. Ich straffte unwillkürlich die Schultern und verbarg alle Gefühle hinter einer Maske.

Anastasias Augen verengten sich zu Schlitzen. »Wart ihr das?«

Mein Blick flog durch den Raum. Gemurmel wurde unter den Umstehenden laut, die sich fragten, ob das tatsächlich das Werk von Alpha war. Ihre Blicke waren teils ungläubig, teils ehrfürchtig. Und manche waren sogar furchtsam.

Verdammt... Wenn ich wollte, dass das hier als echte Niederlage für Omega wahrgenommen wurde, dann musste ich jetzt handeln. Ich trat vor und verabscheute mich augenblicklich selbst.

»Mädels und Jungs von Omega«, verkündete ich mit einem Selbstbewusstsein, das ich nicht verspürte, »behaltet den Tag in Erinnerung, an dem euer unantastbarer Valentin Knight zum ersten Mal verloren hat.«

Während sich alle fassungslos anstarrten und Alphas begeistert die Münder aufrissen, nagelte mich Valentins lodernder Blick schier an die Holztäfelung hinter mir. Ich wünschte, ich könnte ein Vakuum erschaffen und ihm erklären, dass ich das nicht gewollt hatte.

Valentin wollte etwas sagen, doch in dem Augenblick kam die Loredano zurück wie der fleischgewordene Racheengel.

»Sie stehen ja immer noch hier!«, herrschte sie Evangeline und Valentin an.

Er löste seinen vorwurfsvollen Blick nur widerwillig von mir. »Wussten Sie, dass Felicia de Vries das hier inszeniert hat?«

Meine Augen huschten zu ihm, dann zur Dekanin. »Wieso sollte ich so etwas tun?«, war das Erste, das mir einfiel.

»Um Omega und mich bloßzustellen und Evangeline eine Lektion zu erteilen, weil sie das Haus wechseln wollte«, erklärte Valentin mit der analytischen Präzision eines Schachroboters.

Ich begegnete den drohenden Augen der Dekanin. »Mut und Ehrlichkeit«, sagte sie bloß, so gefährlich ruhig wie der Ozean vor einem Tsunami. Sie verlangte von mir das ultimative Bekenntnis.

Mut. Verantwortung übernehmen.

Ehrlichkeit. Ich durfte nicht lügen.

Meine einzige Chance waren souveräne Halbwahrheiten. »Als Alpha-Präsidentin übernehme ich selbstverständlich die Verantwortung für mein Haus. Dazu gehört Evangeline.« Ich sah alle Anwesenden reihum an. »Und ich denke, wir sollten uns alle fragen, wer an diesem College für Integrität und Tugend bekannt ist. Und wer nicht.«

Ich wagte es nicht, Valentins Blick zu begegnen, der mich schier flambierte. Die Loredano wog meine Worte eine quälende Sekunde lang ab. »Astor, Knight. In mein Kabinett«, wiederholte sie schließlich, entließ mich aus ihrem Blick und heftete ihre Augen wieder auf Valentin und Evangeline. »Sofort.«

Damit rauschte sie ab. Evangeline folgte ihr augenblicklich. Valentin trat nahe an mich heran, sodass ich unwillkürlich den Oberkörper zurückbog.

»Und ich dachte, *ich* wäre der gewissenloseste Lügner in St. Gloria.«

Ich verdrängte das eisige Bedauern, das mich überkommen wollte. Meine Kehle war trocken, mein Blick flackerte. Mit größter Anstrengung straffte ich die Schultern und wiederholte seine eigenen Worte: »Im Krieg und in der Liebe ist alles erlaubt, nicht wahr?«

Valentin schnaubte, ließ den Blick über mein Gesicht wandern, über meine Lippen, meinen Hals. Schließlich fanden seine unerbittlichen Falkenaugen zurück zu meinen. »Wenn du Krieg willst, kannst du Krieg haben, Felicia.«

Ich ließ nicht zu, dass Angst von mir Besitz ergriff. »Nein. Ich will keinen Krieg. Du hast Alpha geschadet und ich Omega. Wir sind quitt«, entgegnete ich so beherrscht ich konnte. »Das heißt, sobald du deine Schulden unserer kleinen Wette eingelöst hast und dafür sorgst, dass ich den Wahlkampfball mit Nicoley eröffne.«

»Mr Knight!«, schallte Donna Loredanos Stimme durch den Saal. »Jetzt sofort!«

Ein Muskel zuckte in Valentins Gesicht, als er mich noch einen Moment lang scharf musterte.

»Nein, Felicia. Wir sind noch lange nicht fertig.«

Morning Glory Chronicles

Montag, 18. November

Der Herbst ist tot, lang lebe der Winter. Die Blätter fallen und mit ihnen die ersten Masken. Unsere Vorzeigepräsidentin Felicia ist wohl doch nicht das Unschuldslamm, das sie bisher gemimt hat. (Und ihr scheint drauf abzufahren!) Seit dem desaströsen Uni-Tag vorletzte Woche konnte Alpha ganze 9,2 % dazugewinnen (historisches Ersttrimester-Hoch von 56,3 %).
Werden Anastasia und vor allem Valentin Knight sich das gefallen lassen? In den letzten Wochen ist es bedrohlich still um das Omega-Paar. Taktischer Rückzug oder die Ruhe vor dem Sturm? Wir hoffen jedenfalls, dass sich der Gewittersturm beim bevorstehenden Wahlkampfball entlädt, und erwarten nichts anderes als ein Spektakel. (Hier findest du unser Wettportal. Tokens zu gewinnen!)

Apropos Wahlkampfball: Du denkst, du hast das Zeug zur nächsten Präsidentin oder zum Präsidenten? Dann ist das deine Chance – falls du denkst, du hast eine Chance gegen unsere neue Lieblings-Powerfrau Evangeline Astor. (Ein FAQ zur Bewerbung findest du hier, alle Regeln hier.)

Natürlich kommt es am Ende auf die Gunst deines Präsidentenpaars an, aber wir haben ja schon einen kleinen Vorgeschmack bekommen, worauf unsere diesjährigen vier so stehen (Spoiler: Sie kennen keine (Haus-)Tabus!) Denn eines steht fest: Regeln gibt es in diesem Jahr schon lange nicht mehr.

Genießt die Ruhe vor dem Sturm, ihr Glorys!
Eure *Morning-Glory*-Redaktion

23
Die Ruhe vor dem Sturm

Valentin

Sieh an, die ungekrönte Königin von St. Gloria steigt von ihrem Elfenbeinturm herab, um sich unters Volk zu mischen.«

Ich machte mir nicht die Mühe, mich für sie aus meinem Sessel zu erheben, in dem ich gerade die digitale *New York Times* las.

Felicia lächelte kurz ihr falsches Lächeln – das, das für die Öffentlichkeit bestimmt war, und nicht das, das ich in den letzten Wochen hin und wieder hervorgelockt hatte – und kam gleich zum Geschäftlichen: »Hast du vergessen, dass du unsere Wette verloren hast?«

Wie könnte ich das vergessen? Seit meiner Kindheit hatte ich nicht mehr derartige Ohnmacht verspürt. Nicht weil ich mich um meinen Ruf oder die Meinung von irgendwelchen Dekanaten sorgte. Sondern weil es zum ersten Mal seit Langem etwas bedeutet hatte. Felicia hatte etwas bedeutet, und ich war ein Idiot gewesen, gegen meine eisernen Prinzipien zu verstoßen. *Lass es nicht an dich heran!*

Der Vorteil daran, in die scheinheilige Spitze der Geld- und Machtelite hineingeboren zu werden, war, dass man früh lernte, Verluste, Niederlagen, Zweifel und die unqualifizierte Meinung von anderen nicht an sich heranzulassen. Die meisten Leute konnten diesen permanenten

Druck von allen Seiten nicht nachvollziehen, weswegen das St. Gloria genau das innerhalb von zwei Jahren zu vermitteln versuchte, mit seinem harten Wettkampfsystem und ständiger Berichterstattung im geschützten Mikrokosmos des Colleges. Leider führte diese anerzogene Gleichgültigkeit auch unweigerlich zu dem, was Felicia mir vor ein paar Wochen vorgehalten hatte: Siege bedeuteten nichts. Geld bedeutete erst recht nichts. Alles verlor seinen Reiz. Die Spirale aus Superlativen schraubte sich so hoch, bis der schöne Schein wie eine Supernova implodierte und ein Schwarzes Loch in die hohle Galaxie riss.

»Hallo?«, hakte Felicia nach. »Der Wahlkampfball ist übermorgen!«

Ich widmete mich wieder dem Wirtschaftsteil auf meinem Tablet.

»Ich weiß. Ich hoffe, du hast ein Kleid.« Ich hob den Blick, um nachzusehen, ob sie das als Drohung auffasste, doch Felicia blieb vollkommen gelassen. Sie hatte wahrlich gelernt zu spielen. Ich ignorierte den Stolz, der in meiner Brust emporkroch, und wechselte die Nachrichten-App. »Ich stehe zu meinem Wort. Wenn du auf der Tanzfläche stehst, wird Nicoley mit dir tanzen.«

Jetzt erschien doch eine winzige Falte des Zweifels zwischen ihren Brauen. Sexy. Sie sah für einen Moment aus, als wollte sie noch etwas sagen, dann machte sie mit wehendem Rock auf dem Absatz kehrt und stolzierte ohne ein weiteres Wort davon. Ich zwang mich, die Index-Tabelle zu fokussieren, doch mein Blick wanderte wie magnetisch angezogen zu ihren wohlgeformten Beinen und dem energisch schwingenden Rock. Plötzlich konnte ich den Samstagabend gar nicht mehr erwarten.

Felicia

Unwillkürlich hielt ich die Luft an, als ich endlich den Kleidersack öffnete, der schon seit vorgestern in meiner Garderobe hing. Nur in Unterwäsche, einem blütenweißen Spitzenset mit trägerloser Halbkorsage, trug ich das Kleid wie eine Trophäe vor meinen Spiegel, während die Hair- und Make-up-Stylistin auf meiner Kommode ihre Utensilien ausbreitete. Erschreckend, wie schnell man sich an den Luxus schöner Kleider und persönlicher Stylistinnen gewöhnte. Und verstörend, wie schnell ich mich von der Prinzessin, die sich nichts aus Sex und alles aus ihrem guten Ruf machte, zu der Königin entwickelt hatte, die in Unterwäsche herumlief.

Das Kleid war das teuerste, das ich bisher bei Henrietta in Auftrag gegeben hatte, aber die aufwendige Stickerei und vielen Lagen Stoff waren es absolut wert. Außerdem hatte ich mich diesmal für einen kräftigen Farbakzent entschieden: Über die perlroséfarbene Seide zog sich eine breite Schärpe aus korallenrotem Kleidertaft, diagonal drapiert wie die Schärpe einer Königin. Präsidentin. Siegerin.

Ich liebte die kunstvollen Stickereien und den raffinierten seitlichen Knoten an der Hüfte des bodenlagen Rockteils. Ich nahm es vom Haken, stülpte mir die fünfzig Lagen kühler Seide über den Kopf und drehte mich begeistert vor dem Spiegel. Es war stilvoll. Es war gewagt. Es war – kaputt?

Ich drehte mich erneut, sah wieder nackte Haut blitzen, streckte das rechte Bein nach vorne. Und traute meinen Augen nicht. Das Rockteil war bis zum Oberschenkel hoch geschlitzt!

»Ach du Sch…! Susanne?«

Meine Stimme klang kopflos, während ich den Schaden genauer inspizierte. Sabotage?

»Miss Felicia?« Mein Zimmermädchen erschien im Raum.

»Bitte ruf sofort Henrietta an. Es ist dringend!« Verdammt, wie schnell man sich selbst daran gewöhnte, Befehle zu erteilen. »Danke, Susanne!«, rief ich ihr eilig nach, um mich daran zu erinnern, woher ich kam.

»Ich wäre dann so weit, wann immer du es bist«, säuselte die Stylistin, die sich als Sarah-Lena vorgestellt hatte. Ich hatte gelernt, dass das die höfliche Form war, eingebildeten Reichen zu sagen, dass die Zeit allmählich knapp wurde.

Mit einer Entschuldigung setzte ich mich auf den Stuhl und inspizierte weiter den Riss, während Sarah-Lena meine Haare zurücksteckte und sich ans Werk meiner Make-up-Foundation machte. Wie schnell könnte Henrietta hier sein, um das zu nähen?

Es klingelte sieben Mal, bis meine Schneiderin abnahm. »Felicia! Ist alles in —«

»Der Rock ist geschlitzt«, unterbrach ich sie. Meine Stimme klang mehr als nur ein bisschen panisch.

Ein kurzes Zögern am anderen Ende. Dann: »Wolltest du das nicht? Dein Freund ist doch extra letzte Woche persönlich vorbeigekommen, um —«

»Mein Freund?« Ich musste mir dringend abgewöhnen, Leute zu unterbrechen. War das Nicoleys Art, sich an mir zu rächen? Oder… Mein Herz sackte herab, als Henrietta weitersprach: »Ja, Knight. Wie der Medienkonzern. Stimmt etwas nicht? Gefällt es dir nicht?«

Ich kräuselte die Lippen zu einem gepressten Lächeln. »Nein, alles ist gut. Dein Kleid ist atemberaubend, Henrietta. Mein Fehler, ich hatte den Änderungswunsch vergessen. Bitte entschuldige die Störung.«

Ich legte auf und schob das Telefon zwischen Pinseln und Farbpaletten auf meine Kommode, belegte Valentin mit mindestens zwanzig Flüchen und verfluchte mich gleich darauf selbst dafür, dass ich wirklich geglaubt hatte, er würde sich nicht an mir rächen.

Okay, Valentin. Warum hast du mein Kleid ruiniert? Was hast du davon?

Mir fielen seine Worte von neulich ein, dass er seinen Teil einhalten würde, wenn ich auf der Tanzfläche erscheinen würde. Glaubte er wirklich, ein Schlitz in meinem Kleid würde mich davon abhalten?

Gut, es war ein wirklich hoher Schlitz, wie mir vierzig Minuten später auffiel. So hoch, dass er bis über den Hüftknochen reichte und meinen weißen Spitzenslip enthüllte, der zwischen dem Altrosé wie ein billiger Waschzettel hervorblitzte.

Geschlagene zehn Minuten haderte ich mit mir. Slip zeigen? Slip ausziehen? Kleid ausziehen? Welches Kleid würde ich sonst tragen? Ich konnte wohl kaum noch einmal das vom Eröffnungsball tragen, das gäbe hämische Presse bis zum Abschlusszeugnis.

»Also, *ich* würde ihn ausziehen«, meinte Sarah-Lena ungefragt, während sie die Hand ausstreckte und doch noch einmal an meiner zementierten Hochsteckfrisur herumzog.

Ich schluckte. Und traf eine Entscheidung.

Zum Teufel mit dir, Valentin Knight!

24
Tango

Felicia

»Astor, Evangeline«, verkündete die durchdringende Stimme der Loredano. Unsere Dekanin stand zwischen Anastasia und mir und trug heute wie ich ein zweifarbiges Kleid, in ihrem Fall aus weißem und schwarzem Taft, dessen aufwändige Stickereien im Licht funkelten wie Diamanten. Anastasia trug ein extravagant drapiertes One-Shoulder-Kleid, dessen dunkelvioletter Farbton je nach Lichteinfall metallisch grün changierte. Ich fragte mich, ob sie darunter auch keine Unterwäsche trug, während wir allen Junior-Anwärterinnen unserer Häuser hoheitsvoll zunickten.

Mein Blick fiel auf Nicoley, dessen zerzaustes Haar mal wieder wirkte, als sei er gerade erst aufgestanden. Seine schwarze Fliege hing leicht schief. Valentin hingegen sah atemberaubend aus, als wäre er geradewegs einer Werbung für absurd teure Armbanduhren entstiegen. Er stand etwas abseits und prostete mir spöttisch mit einem Glas zu – woher hatte er das denn schon wieder, der Empfang war doch noch nicht einmal offiziell eröffnet?

Ich spürte, wie trocken meine Kehle war und wie gern ich ihm das Glas abgenommen und selbst heruntergestürzt hätte.

Immerhin schien Valentin Wort gehalten zu haben: Als auch »von Weißenstein, Chiara« den Saal an der Hand eines sommersprossigen Jungen durchquert hatte und die Musik einsetzte, stellte sich Nicoley ohne zu zögern vor mir auf der Tanzfläche auf. Anastasia tat in einigen Metern Abstand dasselbe – mit einem Typen, den ich noch nie gesehen hatte. Es war mir auch egal. Als die Musik einsetzte, hatte ich alle Hände voll zu tun, Nicoleys Füße für ihn zu sortieren.

Ich war daran gewöhnt, dass er sich einfach keine Tanzschritte merken konnte – eigentlich beeindruckend für ein solches Sport-Ass, das im Gegensatz zu mir mit frühkindlichen Tanzstunden aufgewachsen war –, aber das hier war ein neuer Negativrekord. Dabei war der Wiener Walzer ein vergleichsweise einfacher Tanz. Rück – rechts – ran. Vor – links – ran. Immer im Viereck, immer im Uhrzeigersinn.

Als wir Anastasia und ihren Tanzpartner erneut kreuzten, kam Nicoley aus dem Tritt.

»Geht's dir gut?«, wisperte ich.

»Gingmir nie beser.« Lallte er etwa? »Ichsollte dir vielleich' sagen ... Nich' so viele Drehungen.«

Wie zur Bestätigung strauchelte er leicht zur Seite, was uns fast zu Boden riss. Verhaltenes Kichern der Umstehenden. Heiße Scham rieselte durch meine Glieder, die ich in Zorn verwandelte.

»Nicoley!«, zischte ich. »Konzentrier dich wenigstens!«

»Glaub mir, ich hab mich selten so konzentriert. Erinner' mich daran, nie wieder betrunken Wienerwalzr zu tansen.«

Ich starrte ihn ohnmächtig an. Den missbilligenden Blick der Loredano im Nacken, das Gelächter der Umstehenden im Ohr, versuchte ich gar nicht mehr, Nicoley im Takt zu halten, sondern überhaupt noch aufrecht. Nicoley geriet immer mehr ins Trudeln und hielt sich an mir fest, bis wir über das polierte Stäbchenparkett kreiselten wie Marienkäfer im Paarungsflug. Ich musste einiges an Kraft aufwenden, um uns davon abzuhalten, die umstehenden Kommilitonen zu rammen. Selten war mir der majestätische Tanzsaal so klein vorgekommen. Und selten hatte ich mich so geschämt.

»Ich glaub, ich muss kotzen.«

»Was?!«, keuchte ich atemlos, dann konnte ich gerade noch zurückspringen, bevor sich der Alpha-Präsident direkt vor meinen Füßen mitten auf die Tanzfläche erbrach.

Während um mich herum ein kollektives Luftanhalten und dann eine Mischung aus Ekelgeräuschen, Gekicher und Gemurmel laut wurde, stand ich wie versteinert da und konnte es nicht fassen. Heiße Wellen und eiskalte Schauder wechselten sich so schnell ab, dass helle Flecken vor meinen Augen tanzten. Was auch daran liegen konnte, dass ich die Luft angehalten hatte. Hilfe suchend sah ich mich um, fand jedoch kein wohlwollendes Augenpaar. Nur Mitleid, Schadenfreude und die Erleichterung, dass die Blamage einen nicht selbst getroffen hatte.

Es schien, als könne nichts Donna Lucrezia Loredano aus der Fassung bringen. Kurzerhand lotste sie alle Juniors und ihre Partner in einen anderen Teil des Saals – Gott sei gelobt für den Größenwahn absolutistischer Herrscher des siebzehnten Jahrhunderts – und erklärte den Tanz für eröffnet. Nur einen Wimpernschlag später wuselten drei Bedienstete um mich herum, um den Boden zu wischen, während Nicoley vorsichtig fortgeführt wurde. Ich war immer noch wie gelähmt. Das war so ziemlich die größte Blamage, die ich – ach was, die der Tanzsaal des St. Gloria – jemals erlebt hatte. Und anstatt mir zu helfen, beobachtete mich jeder hinter vorgehaltener Champagnerflöte, lauerte nur auf ein Zeichen von Schwäche. Von Unsicherheit. Von Versagen. Ich zwang ein Lächeln auf meine Lippen und straffte die Schultern, obwohl ich am liebsten in Tränen ausgebrochen und aus dem Saal geflohen wäre.

Plötzlich legten sich starke Hände um meine Taille, ergriffen meine Hand und führten mich mit eindringlicher Kraft zu den anderen Tanzpaaren. Mir blieb die Luft weg, als Valentin mich herumwirbelte und eng an sich zog, bevor er begann, mich zielsicher in den nächsten Tanz zu führen.

»Na, das war ja ein voller Erfolg, was?«, spottete er. »Hast du dir deinen großen Auftritt so vorgestellt?«

»Fahr zur Hölle!«, zischte ich und stemmte mich gegen ihn, aber er hielt mich fest an sich gedrückt. »Was tust du? Hör sofort damit auf, alle starren uns an! Wir können nicht miteinander tanzen.«

Tatsächlich verlangsamten sich die Schritte der ersten Tanzpaare, während erneut Getuschel ausbrach. Valentin schien sich entweder überhaupt nicht dafür zu interessieren oder es im Gegenteil zu genießen.

»Und wie wir das können. Wir tun es bereits.«

Wie zur Bestätigung seiner Worte schob er ein Knie zwischen meine Schenkel, sodass ich um ein Haar aufgestöhnt hätte. Er schnalzte tadelnd mit der Zunge, sein Blick war hypnotisch. »Du trägst kein Höschen, Hoheit.«

Ich musste die Zähne zusammenbeißen, als er sich so dicht vor mich schob, das kein Blatt mehr zwischen unsere Körper passte. »Und wessen Schuld ist das wohl?«

»Du hättest einfach mit dem Makel leben können«, raunte er an meinem Ohr. »Oder ein anderes Kleid anziehen. Ich bin erstaunt, dass du dich für diese Variante entschieden hast. Du steckst voller Überraschungen, Felicia.«

Oh lieber Gott, wieso musste er so verdammt gut riechen? Und wieso musste seine Hand so warm sein, als er sie mittig zwischen meinen Schulterblättern platzierte? Unwillkürlich straffte ich die Schultern.

»Gut so.« Zwei Worte, und mein Körper stand in Flammen. Seine Stimme, leise und rau, vibrierte bis in meine Seele. »Bereit?«

Mir entwich ein Keuchen, als er plötzlich zwei große Schritte vor-

wärts machte, die mich rückwärtszwangen. Kühle Luft strich über meine heiße Haut, als der Schlitz meines Kleides aufklaffte.

Hektisch sah ich mich um. Nicht nur würde jeder in St. Gloria sehen, wie eng Valentin Knight mit mir tanzte, sondern auch, dass ich dabei kein Höschen trug.

»Entspann dich, Felicia.«

Zum Teufel mit seiner rauen Stimme und zum Teufel mit den ungebetenen Stromstößen, die die Erinnerung an das letzte Mal, als er sie gesagt hatte, durch meinen Körper schickte.

»Das hier war von Anfang an dein Plan, oder? Mich vor allen bloßzustellen? Meinen Präsidenten unwiderruflich zu ruinieren?«

Valentins Lächeln war ebenso betörend wie bedrohlich. »Nicoley braucht weder dich noch mich, um ihn zu ruinieren. Und was dich betrifft: Hast du wirklich gedacht, dass ich deine letzte Aktion auf mir sitzen lassen würde?«

Ohnmächtig schloss ich die Augen. Ja, naiv wie ich war, hatte ich das wirklich gedacht. »Na schön«, gab ich mich geschlagen. »Du hast gewonnen. Du bist der bessere Spieler von uns beiden. Kannst du mich jetzt bitte wieder loslassen?«

Zur Antwort zog er mich enger an sich. »Nein. Nicht bis der Tanz vorbei ist.«

Ich warf einen unmerklichen Blick auf die Umstehenden. Na toll. Bis auf wenige Tanzpaare starrte uns jeder unverhohlen an. Sogar Constantin, der Claire über das Parkett wirbelte wie Kaiser Franz seine Sissi, sah irritiert aus.

»Und warum musstest du mein Kleid ruinieren?«

Valentin riss mich herum. »Dafür!«

Damit beugte er meinen Oberkörper plötzlich zur Tanzfigur nach außen, drängte mich drei große Schritte zurück, änderte plötzlich die Richtung, tanzte weiter.

»Was machst du da?«, fauchte ich, während ich versuchte, Schritt zu halten. Obwohl er klar einem System folgte, hatte ich keine Ahnung, was wir tanzten, konnte seine nächsten Schritte nicht vorhersehen. Mit zusammengebissenen Zähnen konzentrierte ich mich darauf, mir möglichst nichts anmerken zu lassen.

»Wenn du dich auch nur einmal entspannen würdest und mir vertrauen, würdest du auch nicht so lächerlich aussehen.« Valentin führte mich in eine weitere Tanzfigur und zog mich danach noch enger an sich als zuvor. »Hör auf, immer alles kontrollieren zu wollen. Wir tanzen übrigens Tango.«

Ich starrte in seine olivgrünen Augen, während ich versuchte, mir die Tangoschritte ins Gedächtnis zu rufen. Ich war schon immer schlecht im Tango gewesen. Und ich konnte nicht klar denken, wenn sein Körper so nah war.

»Tango?«, keuchte ich. »Auf einen Wiener Walzer? Das geht doch gar nicht!«

»Das siehst du doch.« Sein Atem streifte meinen Hals, sein Gesicht war nur wenige Zentimeter von meinem entfernt. Konnte dieses verdammte Lied bitte endlich aufhören?

»Ich hasse dich«, wisperte ich konzentriert und wütend.

»Ich weiß.« Seine Stimme klang amüsiert, während er mich auf Armeslänge von sich schob, die Augen auf mein Gesicht fixiert, als die Musik endlich, endlich leiser wurde. »Ich liebe es, dass du mich hasst. Und ich werde alles dafür tun, dass das so bleibt.«

Und damit nahm er mein Gesicht in beide Hände.

Und küsste mich vor dem versammelten Campus.

25
Cinderella Story

Valentin

Felicias Körper erstarrte zu Eis, dann schmolz sie mir entgegen wie Kerzenwachs in der Sonne. Einen berauschenden, atemlosen Moment lang gab sie sich meinem Kuss hin. Ich schmeckte ihren süßen Atem und herben Lippenstift. Und ich nahm mir alles davon, ließ meine Zunge in ihren Mund gleiten und kostete den Kuss voll aus. Eine gestohlene Sekunde Ewigkeit lang war sie nur Felicia und ich nur Valentin. Eine gestohlene Sekunde Ewigkeit lang fühlte es sich an, als wäre das hier echt. Als wäre das hier alles.

Dann stemmte sie sich mit aller Kraft gegen mich. Nur eine Millisekunde später explodierte ein Feuerball auf meiner Wange. Felicia hatte mich geohrfeigt!

Mein Schock wich schnell Faszination, als ihre Augen vor Zorn wie Saphire funkelten, während der Saal kollektiv den Atem anzuhalten schien. Sie sah wirklich umwerfend aus in diesem Kleid, das kräftige Korallenrot stand ihr viel besser als die blassen Töne, die sie sonst immer trug.

»Wie kannst du …? Was …? Du …« Ihre Stimme klang atemlos, heiser, verzweifelt. Genau wie in der Nacht in JJs Haus.

Und während ich noch ihrem Kuss auf meinen Lippen nachschmeckte und ihren Duft tief einatmete, machte Felicia einen Schritt zurück, dann noch einen. Schließlich drehte sie sich um und verließ den Tanzsaal fluchtartig durch das zweiflügelige Portal, das hinter ihr mit einem schweren Knall ins Schloss fiel.

Ich blieb noch einen Moment lang stehen, bis sich die Aufmerksamkeit der Umstehenden wieder auf mich verlagerte. Dann warf ich einen kurzen Blick auf meine Uhr und verließ den Saal mit einer Selbstverständlichkeit, als wären Ohrfeigen ein fester Bestandteil von Eröffnungstänzen.

Das Portal war noch nicht hinter mir ins Schloss gefallen, als der Tanzsaal von St. Gloria in hysterisches Geschnatter ausbrach.

Felicia

Ich hatte es eine ganze Etage nach oben geschafft, bevor meine Beine versagten. Niedergeschmettert öffnete ich die deckenhohen Glastüren und stolperte auf den winzigen Balkon hinaus, der direkt über den Springbrunnen und den nächtlich illuminierten Garten blickte. Wie sehr ich unsere alte Terrasse vermisste!

Die Spätnovemberluft war eisig und machte mich frösteln, aber ich verharrte trotzig. Ich konnte nicht zurück in den Tanzsaal, und ich wollte nicht auf mein einsames Zimmer mit dem deprimierenden Ausblick. Dieser Abend hätte so anders verlaufen sollen.

Hinter mir öffnete sich die Glastür, doch ich hatte nicht die Kraft, mich umzudrehen.

»Ziemlich kalt hier.«

Ich schloss die Augen. Von allen Stimmen auf der Welt war das die letzte, die ich im Moment hören wollte.

»Was willst du hier, Valentin?«

Statt einer Antwort spürte ich, wie samtiger Stoff auf meine Schultern geschoben wurde. Ein Mantel. Nicht meiner. Der Farbe nach zu urteilen – beerenrot – auch nicht Valentins.

»Was ist das?«

»Ein Mantel.«

Ich verdrehte die Augen. »Warum?«

»Weil es kalt ist.«

Entnervt drehte ich mich zu ihm um. Auf dem schmalen Balkon, mit seinem warmen Körper so dicht vor mir und der Balustrade in meinem Rücken, fühlte ich mich jäh in der Zeit zurückversetzt. An einen anderen Abgrund, an mein klopfendes Herz in einem Pool, den ich nie vergessen würde. Valentins Blick fiel auf meine Lippen. Er erinnerte sich ebenfalls.

Ich drehte den Kopf weg. »Was willst du hier? Dich in deinem Sieg suhlen? Du hast gewonnen ... so, wie du immer gewinnst.«

Was hatte ich mir eigentlich gedacht, gegen ihn bestehen zu können, der sein ganzes Leben lang Intrigen und Lügen gelebt hatte?

»Letztes Mal habe ich nicht gewonnen.«

Mein Blick flog wieder zu ihm, suchte in seinen Augen nach Spott oder dem Anzeichen eines Köders. Ich fand nichts als Aufrichtigkeit und ... Anerkennung? Wieso flatterte es plötzlich in meiner Brust?

Unsicher, was ich denken oder fühlen sollte, sah ich ihm dabei zu, wie er sich neben mir auf die Balustrade lehnte. Sein kantiges Profil wurde vom weichen Licht der Gartenlaternen unter uns erhellt wie das Gemälde eines altehrwürdigen Aristokraten.

»Weißt du noch, wie ich dich vor zwei Monaten im Kunstlager gebeten habe, mit mir auf einen Ball zu gehen?« Ich verdrängte den

Gedanken an diesen intimen Moment zwischen verhangenen Leinwänden, in dem ich die Beherrschung verloren hatte. So, wie ich jetzt kurz davor war, die Beherrschung zu verlieren – erst recht, als er mir tief in die Augen sah. Konnte mein Körper vielleicht mal auf meiner Seite sein? »Das will ich immer noch.«

»Wir waren gerade auf einem Ball«, teilte ich ihm ungerührt mit.

Valentin schnaubte. »Ich spreche von einem richtigen Ball.«

Einen Moment lang war es still bis auf die nächtlichen Geräusche des Gartens und die gedämpfte Musik aus dem Tanzsaal. Dann siegte meine Neugierde, und ich sah ihn an. Wieso fand ich ihn eigentlich so attraktiv? Sein Gesicht entsprach nicht unbedingt dem Idealtyp, aber Valentins selbstsichere Ausstrahlung besaß eine unwiderstehliche Anziehungskraft, die größer war als Attraktivität. Schönheit verging. Ausstrahlung blieb.

»In Zürich findet heute der Schweizer Ball der Wirtschaft statt. Mein Vater ist einer der Hauptsponsoren und hat mich samt Begleitung eingeladen.«

Ich war so in seine Züge vertieft, dass ich seine Worte zuerst gar nicht hörte. Dann blinzelte ich. Zürich war eineinhalb Stunden von hier entfernt! »Heute?«

Valentin sah auf seine Armbanduhr. »Um genau zu sein, in einer Stunde und vierzig Minuten. Wenn wir jetzt losfahren, schaffen wir es pünktlich.«

»Und wie kommst du auf die Idee, dass ich mit dir dorthin gehen würde?«

Valentins Blick trieb mich in den Wahnsinn. Wieso sprach ich überhaupt noch mit ihm? »Weil der bisherige Abend ein Reinfall für dich war. Und weil es dir guttun wird, mal vom Campus runterzukommen. Dort kennt dich niemand, dort kannst du sein, wer du willst.«

»Ich will niemand anders sein als Felicia de Vries, die Alpha-Präsidentin von St. Gloria.«

Valentin hob einen Mundwinkel, jetzt wieder spöttisch. »Warum gehst du dann nicht wieder runter und beehrst dein Gefolge?«

»Weil du...!«, begann ich, verstummte jedoch. Er hatte recht. Wieso hatte er immer recht?

Valentin lächelte. »Abgesehen davon«, er ließ den Blick über meinen Körper wandern, »ist dieses Kleid zu schön, um nur einen einzigen Tanz gesehen zu haben.«

Ich wich seinem Blick aus, wehrte mich gegen die Gefühle, die seine Worte in mir auslösten. Schüttelte den Kopf.

»Und natürlich gibt es dort einen Haufen einflussreicher Menschen, die du kennenlernen könntest«, schloss Valentin und sah mich offen an. »Also?«

Ich sah nachdenklich über den Schlossgarten, malte die gewundenen Hecken und Ornamente nach. Sollte ich ernsthaft mit Valentin Knight auf einen Ball gehen? Es wäre nicht das erste Mal, dass ich den Campus mit ihm verließ... und wir wussten beide, wohin das das letzte Mal geführt hatte.

Valentin sah demonstrativ auf seine Uhr. »Tja, schade. Ich muss jetzt los, also...« Er drehte sich um und drückte die Glastür auf. »Ich hoffe, du genießt den restlichen Abend.«

Mein Herz verfiel in einen Sprint, als die Tür hinter ihm zufiel. Zur Hölle mit ihm und meinem Zaudern! Schlimmer konnte der Abend sowieso nicht mehr werden.

»Valentin!«

Er blieb mitten auf der opulenten Treppe stehen, drehte sich halb um und sah zu mir hoch wie eine umgekehrte Form des Märchens Cinderella. Und als er eine Hand ausstreckte wie ein Gentleman des achtzehnten Jahrhunderts, fühlte ich mich wahrlich wie eine Königin, die mit würdevoll gerafftem Rocksaum die mit dickem Teppich ausgelegten Stufen herabstieg.

»Aber diesmal bleiben wir nicht über Nacht!«

26
Was Elite wirklich bedeutet

Felicia

Als die Limousine auf den Vorplatz des Hotels fuhr, auf dem sich bereits eine Kolonne schwarz glänzender Wagen im Schritttempo entlangschob, konnte ich meine Nervosität kaum noch verbergen.

Das geradezu schlosshaft anmutende Hotel thronte auf einer Anhöhe mit atemberaubender Aussicht über das nächtlich funkelnde Zürich. Meine Bewunderung wurde jäh durch Lampenfieber ersetzt, als Valentins Fahrer Lutz in den Leerlauf schaltete und ausstieg, um uns die Tür zu öffnen. Heute hatten wir nicht den Sportwagen genommen, und jetzt verstand ich auch, warum.

Zwei Concierges begrüßten im Wechsel die ankommenden Gäste, allesamt in aufwendiger Abendgarderobe. Männer mit ergrauten Schläfen und herrischem Gesichtsausdruck, Frauen mit wallenden Kleidern und aufgetürmter Frisur. Ich war schon ein paar Mal auf einem gesellschaftlichen Ball gewesen, aber zum ersten Mal in meinem Leben kam ich mir winzig vor, geradezu lächerlich unbedeutend. Das Gefühl war schrecklich. Ich warf einen raschen Blick zu Valentin.

Der nickte mir aufmunternd zu. »Du kannst das.«

Dann öffnete Lutz seine Tür und er stieg aus. Blitzlichtgewitter. Mir wurde schlecht. In der stillen Limousine war mein Herzschlag unerträglich laut. Mit klopfendem Herzen richtete ich mein Kleid, meinen Ausschnitt, den Kragen meines Mantels. Mir wurde deutlich bewusst, dass ich keine Unterwäsche trug. Oh Gott.

Dann öffnete sich auch schon die Tür neben mir, und helles Strahlen brach durch das Dämmerlicht der getönten Scheibe. Ich atmete tief aus, dann setzte ich einen Fuß aus dem Wagen und stieg aus. Valentin stand keinen halben Meter hinter Lutz und wartete auf mich. Er sah sehr selbstzufrieden aus, wie immer. Und er lächelte mich an. Das war neu. Ich war froh, als er seine starke Hand an meinen unteren Rücken legte, um den anderen Paaren ins Innere zu folgen.

»Valentin.« Der Mann, der in dem weitläufigen Foyer zwischen all den anderen Gästen auf uns zukam, sah nicht aus wie jemand, der fast einhundertfünfzig Milliarden Dollar schwer war. Aber er sah aus wie Valentin, er hatte sogar denselben süffisanten Zug um die Mundwinkel, wenngleich sein Blick zwar hellwach, aber nicht so irritierend intensiv war. Die olivgrünen Falkenaugen hatte Valentin jedenfalls von seiner Mutter geerbt. Die war heute natürlich nicht dabei. Laut Wikipedia war Medienmogul Charles Knight erst zwei Jahre lang mit ihr verheiratet gewesen, bevor sie ihn und ihr bis heute einziges Kind kurz nach der Geburt verlassen hatte. Seitdem hatte er sechs weitere, kurze und kinderlose Ehen geführt, deren aktuellste mit Iryna Yurikova erst zehn Monate alt war.

Auf der Fahrt hierher hatte ich Valentins Vater eingehend auf dem Handy recherchiert. Sein Grundvermögen fußte auf dem gleichnamigen Medienimperium, das einen Großteil der namhaftesten Zeitungen, Fernsehsender, Filmstudios und sozialen Netzwerke in aller Welt umfasste. Sollte die immer wieder diskutierte Akquisition eines der größten Videospielherstellers stattfinden, würde ihn das reicher machen als Jeff Bezos. Neben Firmenfusionen investierte er regelmäßig in Technologieprojekte, betrieb verschiedene NGOs für Infrastruktur in Entwicklungsländern und half mit der »Charles Knight Family Foundation« sozial schwachen Familien. Er war zweimal von der *New York Times* zum »Man of the Year« gewählt worden, unterstützte laut einem Exklusivbericht aktiv die US-Demokraten, liebte Schokoladenpudding und verbrachte seine Freizeit am liebsten mit der Familie auf seiner Ranch in Colorado oder beim Skifahren in der Schweiz. Gruselig, was das Internet alles innerhalb weniger Klicks enthüllt, wenn man so berühmt ist.

Nachdem ich Nicoleys diktatorischen Vater kennengelernt hatte und nach allem, was ich über Valentin wusste, hatte ich mir Charles Knight als den Prototyp des profitgierigen Patriarchen vorgestellt, der mit harter Hand strenge Disziplin und totalitäre Weltherrschaft forderte. Der Tywin Lannister und Lord Voldemort des echten Lebens.

Aber entweder war an Charles Knight ein bemerkenswerter Schauspieler verloren gegangen oder ich hatte mich grundlegend getäuscht. Auf den Fotos im Internet sah Charles Knight je nach Artikel nachdenklich, ernst oder sympathisch aus, aber hier blickten seine hellblauen Augen ausschließlich warm, als er Valentin an beiden Schultern festhielt, um ihn zufrieden zu mustern. Augenblicklich zuckte ein Kamerablitz in der Nähe, den er mit professionell unveränderter Pose abwartete, bevor er sagte: »Du siehst gut aus. Die Farbe gefällt mir.« Damit meinte er die korallenrote Fliege und das Einstecktuch in Valentins silbergrauem Anzug, das... Moment mal!

»Danke. Die Farbe war allerdings nicht mein Verdienst«, sagte Valentin jetzt und streckte den Arm aus, um mich sanft nach vorne zu schieben. »Darf ich vorstellen: Felicia de Vries, die Tochter von...«

»...Cecilia Wagner«, beendete Charles Knight den Satz nüchtern und reichte mir die Hand. »Es ist mir eine außerordentliche Freude, Felicia. Du siehst bezaubernd aus, wenn ich das bemerken darf.«

Der Mann hatte definitiv Charisma. Seine Offenheit überrumpelte mich, beim Blick in seine warmen blauen Augen wusste ich gar nicht, was ich sagen sollte. Er war der Erste, der mich nicht auf meinen Vater ansprach, sondern auf meine Mutter. Auch wenn es vermutlich daran lag, dass sie Talent Agentin war und Charles Knights Welt damit näher als mein Vater, erfüllte es mich dennoch mit Stolz. »Vielen Dank! Es ist mir eine Ehre, Sie kennenzulernen. Obwohl Valentin zu bescheiden war: Das Kleid ist zum Teil auch sein Werk«, gab ich Valentins Kompliment an ihn zurück und erhaschte aus dem Augenwinkel, wie er überrascht den Kopf in meine Richtung drehte.

Charles Knight trat einen halben Schritt zurück und betrachtete uns beide zufrieden, dann entließ er uns in den Ballsaal, bevor er sich den nächsten Gästen zuwandte. »Wir sehen uns später.«

»Hast du dein Outfit etwa bewusst auf mein Kleid abgestimmt?«, fragte ich Valentin, als wir außer Hörweite seines Vaters waren.

»Natürlich. Schließlich gehen wir zusammen auf einen Ball.«

Ich lächelte und beschloss, ihn aufzuziehen: »Sind das also deine geheimen Geschäfte? Gehört dir ein Modelabel? Louis Vuitton oder Christian Dior?«

Wieder lachte er leise. »Leider nicht. Beide Unternehmen sind fest in Familienhand. Und selbst wenn nicht, ...« Er löste meine Hand aus seiner Armbeuge, um den Arm um meine Taille zu legen. Die Geste fühlte sich ebenso sinnlich wie vertraut an. »... Mode ist eher dazu geeignet, Geld auszugeben als zu verdienen.«

Ich wollte noch etwas erwidern, doch dann betraten wir den großen Versammlungsraum des Hotels, und ich verharrte einen Augenblick in Staunen. Die Decke bestand aus einer diamantförmigen Glaskuppel, durch die man die Sterne sehen konnte. Rund zwei Drittel des Raums wurden von runden, weiß gedeckten Tischen beherrscht, ergänzt von einer weiträumigen Tanzfläche vor einem Podest, auf dem eine dreiköpfige Live-Band ruhige Jazz-Harmonien spielte.

Indirekte, violette Beleuchtung verlieh dem Saal ein luxuriöses und gleichzeitig fantasievolles Ambiente. Eine außergewöhnlich hübsche Kellnerin bot uns Champagner an und fragte nach unseren Namen, woraufhin sie uns – natürlich – zu dem prominenten Tisch in der Mitte führte, an dem bereits sechs der zehn Stühle besetzt waren.

Valentin machte mit mir einmal die Runde und begrüßte nacheinander die Züricher Stadtpräsidentin und ihren Ehemann, die erhabene Hotelbesitzerin und ihren zwölf Jahre jüngeren Lebensgefährten sowie den Steuerberater und besten Freund seines Vaters und dessen Ehefrau, die in eine lebhafte Konversation mit der schwarzhaarigen Dame zu ihrer Rechten vertieft war. Zu dieser, die in ihrem moosgrünen Kleid mit extravagantem Carmenkragen die würdevolle Eleganz einer Balletttänzerin ausstrahlte, lehnte sich Valentin sogar für einen flüchtigen Wangenkuss herunter.

»Valentin«, säuselte sie und tätschelte übertrieben seine Wange, »wie schön dich zu sehen.« Die geschwungenen Augenbrauen in ihrem glatt gebügelten Gesicht sagten etwas vollkommen anderes als ihre Worte. Dann fiel ihr Blick auf mich, und wie auf Knopfdruck kehrte das falsche Lächeln zurück, garniert mit einem Hauch Verachtung in Form einer hochgezogenen schwarzen Augenbraue, während sie mich von oben bis unten musterte. Ich wusste, dass ihr Blick eine Sekunde zu lang auf dem viel zu hohen Beinschlitz verharrte – und dem, was sich darunter nicht befand. »Und wen hast du uns heute mitgebracht? So, wie die Kleine aussieht, war sie bestimmt nicht billig. Spricht sie Englisch?«

Ich ... was?

Ich konnte mich gerade noch daran hindern, den Mund aufzureißen und einen empörten Schrei auszustoßen – gefolgt von einem Haufen Verwünschungen in vier unterschiedlichen Sprachen. Diese Frau hielt mich für ein Escort Girl? Würde Valentin das tun? Hatte er deswegen den absurd hohen Schlitz in das Kleid nähen lassen?

Ich warf ihm einen fassungslosen Blick zu, während die Sitznachbarin der unfreundlichen Frau dezent an ihrem Champagnerglas nippte und den Blick diskret über mich wandern ließ. Selten hatte ich mich so erniedrigt gefühlt. Doch bevor ich der schwarzhaarigen Diva meine Meinung sagen konnte, zog mich Valentin näher, um mich zurückzuhalten und mir gleichzeitig Halt zu geben.

»Bedaure, dich enttäuschen zu müssen, Iryna. Deutsch und Französisch als Muttersprache, außerdem Englisch C2, Spanisch B2 und Japanisch A1. Darf ich vorstellen: Felicia de Vries, eine der…«

»Die Alpha-Präsidentin von St. Gloria«, quiekte die Frau wie von der Wespe gestochen, während ich noch zu verarbeiten versuchte, dass er meine Sprachniveaus besser kannte als ich selbst. Ihre dunkel geschminkten Augen zuckten von mir zu Valentin. »Das hast du mit Absicht gemacht.«

Er lächelte überlegen, während er mir meinen Stuhl zurechtrückte und sich dann einen Platz von der Frau entfernt zwischen uns beide setzte. »Möglich. Aber tu uns bitte beiden einen Gefallen und benimm dich nicht, als wäre ich dir gegenüber zu irgendeiner Begleitung verpflichtet, nur weil du meinem Vater das Bett wärmst. Wenn du Anastasia hättest dabeihaben wollen, hättest du sie bloß einladen brauchen.«

Er bedeutete dem vorbeikommenden Kellner mit einer knappen Geste anzuhalten, während mir klar wurde, dass ich mich gerade Anastasias Mutter gegenübersah, der ehemaligen Sängerin Iryna Yurikova, die erst mit einem russischen Börsenmakler und nach dessen Bankrott mit dem Schweizer Unternehmer Antonio Bianchi verheiratet gewesen war, bis der vorletztes Jahr gestorben war und ihr ein nicht unerhebliches Erbe hinterlassen hatte, mit dem sie sich dann prompt an einen größeren Fisch herangeworfen hatte.

Nachdem Valentin etwas bestellt hatte, dessen Namen ich noch nie gehört hatte, wandte er sich wieder Iryna Yurikova zu. Gut, dass der

Tisch zu groß und die Hintergrundgeräusche zu laut waren, als dass die Umsitzenden etwas von seinen Worten mitbekamen:

»Seien wir doch ehrlich: Du wolltest nicht, dass jeder mit eigenen Augen sieht, dass du bereits eine erwachsene Tochter und damit nicht nur deinen eigenen Zenit längst überschritten hast, sondern auch schon mindestens zwei gescheiterte Ehen. Das würde dir deine fünf Minuten Ruhm versauen, nicht wahr?«

Wow. Valentin war also nicht nur mir gegenüber so gnadenlos direkt. Anastasias Mutter setzte ein Lächeln auf, das aussah, als hätte sie einen besonders widerlichen Bissen im Mund und weigere sich, ihn hinunterzuschlucken. Stattdessen würgte sie einen großen Schluck Champagner herunter.

»Streitet ihr zwei schon wieder?«, ertönte Charles Knights sonore Stimme hinter uns, bevor er sich zwischen die beiden setzte. Irynas Lächeln erstrahlte wie eine angeknipste Nachttischlampe.

»Ich bitte dich, wir streiten niemals, Liebling.« Prompt lehnte sie sich zum Kuss zu ihm. Fast empfand ich Mitleid mit Anastasia. Ein Wunder, dass sie bei so einer Mutter überhaupt noch ehrlich lächeln konnte.

So wie Charles Knight gerade. »Ich habe nichts anderes erwartet. Wir sind schließlich eine Familie.« Sein Unterton verriet, dass er genau Bescheid wusste. Aber als jemand, dessen Alltagsgeschäft die permanente mediale Aufmerksamkeit war, wahrte er natürlich den Schein. Ich erwischte mich bei dem Gedanken, dass ich an seiner Stelle genauso handeln würde, und fragte mich, warum er sie bloß geheiratet hatte. Zu spät fiel mir auf, dass mich das nichts anging.

Mir fiel ein, was Valentin neulich zu mir gesagt hatte: *Du bist die Alpha-Präsidentin, natürlich bilde ich mir eine Meinung über dich. Du hast kein Recht auf Privatsphäre, und du hast keine Kontrolle darüber, was die Leute denken. Das einzige, das du kontrollieren kannst, ist, was du tust.*

Er hatte mich nicht kränken wollen. Er hatte mich gewarnt. Zum ersten Mal begriff ich, was es wirklich bedeutete, permanent im Rampenlicht dieser nach Macht gierenden Gesellschaft zu stehen. Und es war grausam.

»Wir sind keine Familie, nur weil ihr verheiratet seid.« Valentin schien der Einzige zu sein, der nicht gewillt war, der Presse wegen gute Miene zum bösen Spiel zu machen.

Ich konnte förmlich die Eiszeit spüren, die sich über der rechten Hälfte des Tisches ausbreitete, während die linke Hälfte munter weiterplauderte und nichts von der Uneinigkeit der Familie Knight mitbekam.

»Doch, das sind wir.« Charles Knights Blick war unerbittlich, aber Valentin erwiderte ihn gelassen. »Und das wirst du akzeptieren, Valentin. Bald sogar noch ein wenig mehr. Möchtest du es ihm sagen, Liebling?«

Iryna Yurikova setzte wieder dieses maskenhafte Lächeln auf, aber Valentins Kombinationsgabe war schneller. Er fixierte sie beide abwechselnd, dann das halb leere Champagnerglas vor Iryna.

»Bist du sicher, dass sie schwanger ist?«, fragte er seinen Vater, als säße Iryna gar nicht daneben.

Der runzelte die Stirn. »Ich weiß nicht, worauf du hinauswillst. Du bekommst ein Geschwisterchen. Das wolltest du doch immer.«

Valentin schüttelte verächtlich den Kopf und griff nach dem Glas, das der Kellner vorhin diskret gebracht hatte. »Es mag dir entgangen sein, aber ich werde in sechs Monaten zweiundzwanzig. Damit hättest du vielleicht ein bisschen früher anfangen sollen.« Er nahm einen Schluck, dann sagte er offen: »Wenn ich du wäre, würde ich erst Einsicht in ihre Konten und einen Vaterschaftstest verlangen, bevor du das Kind anerkennst – falls sie überhaupt schwanger ist.«

Okay... dieses Geplänkel war im Begriff, zu einem ausgewachsenen Streit zu mutieren. Während Iryna pikiert nach Luft schnappte, schloss Charles resigniert die Augen.

»Ich weiß wirklich nicht, wann deine Erziehung derart schiefgelaufen ist.«

»Klar, du warst ja auch nicht dafür zuständig«, murmelte Valentin in sein Glas, während Charles Knight fortfuhr: »Du willst also erwachsen sein. Es beschämt mich, wie kindisch und unreif du bist, mit deinen ewigen Spielchen und Widerworten. Du hast ein besseres Leben, als sich die meisten Kinder auch nur vorstellen können, aber alles, woran du denkst, bist du selbst. Ich hoffe immer noch, um deinetwillen, dass du aufwachst, bevor es zu spät ist.«

Während Valentin seinen Vater ausdrucksloser ansah, als ich jemals für möglich gehalten hätte, lehnte sich Iryna hinter den Stuhllehnen zu mir, was ihr ausladendes Dekolleté fast aus dem moosgrünen Satin springen ließ.

»Du weißt besser früher als später, woran du bist, Püppchen.«

Ich konnte nicht anders, als ihr falsches Lächeln zu erwidern. »Danke. Ich denke, ich kann mir meine eigene Meinung bilden.«

In diesem Augenblick ertönte Charles Knights Name, gefolgt von Applaus, und Valentins Vater erhob sich mit einem Lächeln von seinem Stuhl, das nicht das Geringste von diesem Familienstreit erahnen ließ, der buchstäblich erst zehn Sekunden her war. Routiniert knöpfte er den mittleren Knopf seines Sakkos zu und ging zu dem Podest. Auf dem Weg dorthin legte er Valentin eine väterliche Hand auf die Schulter. Nur er und ich hörten, wie er raunte: »Tu bitte nur einmal nichts, wofür ich dich rauswerfen lassen müsste.«

27
Man of the Year

Valentin

Nach außen hin war meine Miene undurchdringlich, während Charles Knight seine Eröffnungsrede hielt, über die Erfolge und Geschehnisse dieses Jahres resümierte und einem Haufen wichtiger und unwichtiger Leute dankte. Es störte mich nicht, was mein Vater von mir dachte. Zumindest war es das, was ich mir seit Jahren einzureden versuchte. Es lebte sich leichter mit einem ruinierten Ruf, weil man weniger Energie darauf verwenden musste, die Illusion von Erfolg, Glanz und Perfektion aufrechtzuerhalten. Jedem Hoch folgte unweigerlich ein Tief. Und wenn ich durch das Geschäft meines Vaters etwas gelernt hatte, dann, dass die Welt kein Verständnis für Tiefs hatte.

Ein Weltkonzern konnte den höchsten Jahresumsatz machen, den ein Unternehmen jemals erwirtschaftet hatte; wenn der Gewinn dabei auch nur um einen Prozentpunkt fiel, erfuhr die Aktie einen Erdrutsch. Ein Schauspieler konnte fünfmal in Folge einen Oscar gewinnen; wenn er für seine nächste Rolle nicht wieder nominiert wurde, schrieb man ihn als »Zenit überschritten« ab. Und die Favoritin eines Elite-Colleges konnte die meisten Anhängerinnen seit einem Jahrzehnt haben; sobald sie sich einen Fehler erlaubte, schlug die Stimmung der Masse um. Je höher der Flug, desto tiefer der Fall. Erfolg war ein brutaler Zeitgenosse.

Ich bevorzugte ein Leben ohne Extreme und Heuchelei, und vor allem ohne Abhängigkeit von der Meinung anderer. Felicia nicht. Scheinbar wollte sie nicht nur, dass ihr eigenes Leben perfekt aussah, sondern auch das ihrer Begleitungen. Als mein Vater sich wieder gesetzt hatte und die erste Vorspeise aufgetragen wurde, lehnte sie sich leicht vor und sagte mit der damenhaftesten Zurückhaltung seit Audrey Hepburn: »Mr Knight.«

»Charles«, unterbrach er sie mit dem großzügigen Lächeln, das schon hundertfach auf Titelseiten abgedruckt worden war. Die fast väterliche Liebe, die er der ganzen Welt entgegenbrachte, machte es unerträglich, aus erster Hand zu wissen, wie kläglich gescheitert der einflussreichste Mann der Welt als Vater war. Ich verdrängte die Erinnerungen an einsame Weihnachtsabende in viel zu großen, leeren Häusern, an vier Schuljahre in fünf unterschiedlichen Ländern, und an *sie* – die einzige Bezugsperson, die mir jemals etwas bedeutet hatte. Manchmal fragte ich mich, ob Charles Knight auch abends wach lag und seine Unfähigkeit betrauerte. Oder ob er sich die Realität einfach so lange schöngeredet hatte, bis er selbst an die Narrative der Hochglanzmagazine glaubte.

Felicia lächelte geschmeichelt. »Charles«, wiederholte sie. Und dann riss sie acht Jahre harter Arbeit mit einem Satz ein: »Wussten Sie, dass Valentin die höchste Notenpunktzahl in der Geschichte des St. Gloria hat?«

Ich ließ meinen Blick wie in Zeitlupe zu ihr wandern, während Iryna sich fast an ihrer Miniquiche verschluckte.

»Nach was berechnet, Dekadenz und Spielsucht?«, japste sie.

»Nein, im Ernst.« Felicias wache blaue Augen waren weiterhin auf meinen Vater gerichtet, als säße Iryna gar nicht am Tisch. »Er ist im Begriff, den Abschluss der Geschichte zu machen.«

Ich betrachtete ihr glattes Gesicht, die schmale Nase, die tiefblauen

Augen, die so einen faszinierenden Kontrast zu ihrem rötlich braunen Haar bildeten. Oder war es blond? Es war diese undefinierbare Mischung, wie Waldhonig, wie flüssiger Karamell.

Wieso verglich ich ihr Haar mit verdammtem Zucker?

Die Stimme meines Vaters durchbrach mein Gedankenchaos: »Das hast du mir gar nicht gesagt.« Ich war nicht sicher, ob ich mir den warmen Stolz in seiner Stimme einbildete, zwang meinen Blick zu ihm und musste mich ernsthaft um eine ausdruckslose Miene bemühen.

»Du hast nicht gefragt.«

Auf Charles' Gesicht zeichnete sich der Hauch eines Lächelns ab, und ein masochistischer Teil von mir hob hoffnungsvoll den Kopf. Doch er sagte nichts.

Natürlich nicht.

Ich verschloss meine Miene und stellte mein Glas ab.

»Na, dann waren die Studiengebühren wenigstens nicht ganz umsonst angelegt«, wollte Iryna das Thema in einem großen Schluck aus ihrem Kristallkelch ertränken – nach meinem Vorwurf war sie zu Wasser gewechselt –, aber diesen Gefallen tat ich ihr nicht.

»Die Studiengebühren liefen von Anfang an über mein eigenes Konto«, teilte ich ihr und damit auch erstmals meinem Vater mit. »Ich sagte bereits: Ich will und ich brauche dein Geld nicht.«

Während sich auf Charles' Stirn eine irritierte Falte bildete, schnatterte Iryna los: »Außer, um deine Schulden in Vegas zu beg–!«

»Woher nimmst du so viel Geld? Auf deinen Treuhandfonds kannst du noch nicht zugreifen«, unterbrach Charles sie, was sie mit einem Schulterzucken abtat und »Vegas« wiederholte.

Ich brachte den kleinen Jungen zum Schweigen, der ihm stolz alles erzählen wollte, und heftete meinen Blick auf die flackernden Flammen des Kerzenhalters in der Tischmitte. Noch waren meine Projekte nichts als Setzlinge, zu zerbrechlich, um ausgesprochen und totgetrampelt zu werden. »Das ist meine Sache.«

Einen Augenblick lang sah Charles mich an, als hätte er Schwierigkeiten, mich zu erkennen. Ein Teil von mir wünschte sich, er würde nachhaken, ja, ich forderte ihn geradezu stumm heraus, nachzuhaken. Doch er tat es nicht. Er nickte bloß, hob stumm sein Weinglas und beugte sich zu seinem Steuerberater, um ein Gespräch zu beginnen.

Danke für das väterliche Gespräch.

Ich schob meinen Stuhl zurück und hielt Felicia die Hand hin.

»Tanz mit mir.«

Felicia

»Wieso hast du deinem Vater nicht von deinen Noten erzählt?«, fragte ich, nachdem wir uns auf der Tanzfläche nach ein paar Standardtänzen zu einem sanften Slow Jazz bewegten. Ich wollte noch nicht zurück an den Tisch der falschen Familienidylle. Und ich mochte es, mit Valentin zu tanzen – auch wenn ich ihm das niemals sagen würde. Ich mochte es, wie selbstsicher er mich führte und mir dennoch stets die Kontrolle überließ. Ich mochte es, wie besitzergreifend seine Hand an meinem unteren Rücken lag und wie warm seine Finger waren. Und ich mochte den entrückten Blick in seinen olivgrünen Augen, wenn er ganz bei sich war. So wie jetzt, bevor er fragend eine Braue hob und mich ansah.

»Wieso lässt du ihn absichtlich schlecht von dir denken?«

Es würde mich in den Wahnsinn treiben, meine Eltern zu enttäuschen oder etwas zu tun, das sie missbilligen würden.

»Weil ich weiß, wie es wirklich ist. Und weil ich zufrieden mit dieser Wirklichkeit bin«, sagte er, und es brach mir ein bisschen das Herz.

»Aber was ist diese Wirklichkeit wert, wenn du der einzige bist, der sie kennt?«

Da schob er einen Finger unter mein Kinn und hob mein Gesicht an, bis ich in seine wunderschönen, klugen Augen blickte. »Weil deine eigene Wirklichkeit die einzige ist, die zählt. Weil du der einzige Mensch bist, auf den du dich immer verlassen kannst.«

Das war gleichzeitig das Schönste, was ich jemals gehört hatte, und das Traurigste. Ich schluckte, verlor mich in den Tiefen seiner Augen. Was seinen Blick so intensiv machte, war das vollständige Fehlen von Farbschattierungen. Da war bloß die schwarze Pupille, ein verstörend gleichfarbiges Meer aus verwunschenem Grün und ein schmaler dunkler Rand um die Iris wie bei einem Raubtier.

Valentin änderte seine Handhaltung und kündigte mir damit die Figur an, in die er mich führen würde. Ich ließ mich blind von ihm führen. Kaum seiner Nähe beraubt, schweifte mein Blick erneut durch den Raum. Das Paar links von uns blickte sich so verliebt an, dass ich vor Rührung beinahe lächeln musste. Das Tanzpaar rechts von uns hingegen wirkte aufs Äußerste konzentriert, während es mit stocksteifer Körperhaltung einen perfekten Rumba aufs Parkett legte. Und die Leute auf ihren Stühlen: Die wenigsten schauten herüber, der Großteil war in Gespräche oder das Dessert vertieft. Hin und wieder verirrten sich Augenpaare zu uns beiden, denen ich scheu auswich, bloß um zwei Sekunden später neugierig nachzusehen, ob sie uns immer noch beobachteten. Die meisten taten es. Und irgendwie... mochte ich den Gedanken.

»Wo bist du wieder, Felicia?«

Ich fokussierte meinen Blick auf Valentin. »Ich bin hier.«

Er hob einen Mundwinkel. »Nein. Du bist da, wo du immer bist: in den Köpfen der anderen. Du wartest darauf, dass sie dich ansehen. Fragst dich, was sie wohl über dich denken. Stellst dir vor, wie sie über uns reden, wie sie dich bewundern.«

Da war sie wieder. Diese erbarmungslose Ehrlichkeit, die Valentin

Knight wie eine sagenumwobene Lanze in dieser Welt aus schönem Schein und Heuchelei vor sich hertrug und jedem mitten ins Herz stieß, ob er danach fragte oder nicht. Ich wollte etwas erwidern, aber ich wusste nicht, was ich sagen sollte. Valentin hatte recht. Man konnte sie verleugnen, man konnte sie auch verfluchen wie Iryna. Aber dadurch wurde sie nicht unwahr.

Trotzig und beschämt wich ich seinem Blick aus und überprüfte unbewusst, ob jemand meine kurz entglittenen Gesichtszüge bemerkt hatte.

Warme Finger umfassten mein Kinn, drehten mein Gesicht zurück zu Valentin. »Es geht nicht darum, was die anderen denken, Felicia. Es geht um jeden einzelnen Augenblick. Und du verpasst sie alle, wenn du nur bei den anderen bist und nie bei dir selbst. Jetzt gerade gibt es nur dich und mich. Hier sind nur wir beide.«

Ich sah in seine endlos grünen Augen und spürte, wie sich ein Kloß in meinem Hals bildete. Ich wollte den Blick abwenden, konnte aber nicht aufhören, ihn anzusehen. Plötzlich wurde mir heiß, meine Haut begann zu prickeln und meine Gedanken verlangsamten sich.

Wenn er mich jetzt küsste, würde ich es geschehen lassen.

Zu meinem Bedauern hatte Valentin Knight mehr Selbstbeherrschung als ich. Anstatt mich zu küssen, zog er mich in einem festen Tanzgriff so eng an sich, dass mein Gesicht über seiner Schulter schwebte und mein Körper auf ganzer Länge gegen ihn gepresst war. Schwungvoll änderte er unsere Richtung und führte mich über die Tanzfläche.

Ich kämpfte gegen die aphrodisierende Wirkung seines Parfüms und das Verlangen, meinen Kopf an seine Schulter zu schmiegen – oder meinen Unterleib gegen sein Bein.

»Warum hast du das vorhin getan?«, raunte er so nah an meinem Ohr, dass sich mein Innerstes kribbelnd zusammenzog. »Meinem Vater von meinen Noten erzählt.«

Ich schmunzelte. »Genau genommen habe ich Anastasias Mutter davon erzählt. Ich wollte einfach ihre Reaktion sehen.« Jetzt lehnte ich doch den Oberkörper leicht zurück, um ihn anzusehen. »Und ich finde, dass dein Vater unrecht hat, was dich angeht.«

Er hielt kaum merklich inne, musterte mich stumm. Sein Blick jagte diesen bittersüßen Schauer durch meine Glieder, von dem ich nicht genau sagen konnte, ob er angenehm oder angsteinflößend war.

Ich ertrug die Stille nicht. »Du spielst deine Spielchen, ja. Aber ich halte dich nicht für kindisch. Ich hasse es, das zuzugeben, aber du bist einer der erwachsensten und besonnensten Menschen, die ich kenne. Du...« Ich brach ab, ließ wieder den Blick wandern. »Ich weiß gar nicht, warum ich das gerade sage. Vergiss es einfach.«

Mein Herz machte einen kleinen Satz, als ich dem Blick eines anderen Augenpaars begegnete. Dann erkannte ich, dass es Charles Knights hellblaue Augen waren, und sah rasch wieder zu Valentin – genau in dem Augenblick, als der sich vorlehnte und seine Lippen auf meine legte.

Plötzlich schien der Saal in ein Vakuum gezogen. Es gab nur noch ihn und mich. Ich schloss die Augen, gab mich ganz dem Moment hin, spürte seinen Kuss mit allen Sinnen. Er war sanfter als sonst, voller, irgendwie ernster. Er war schön.

Als Valentin sich zurückziehen wollte, legte ich entschieden die Hand in seinen Nacken, noch nicht bereit, dieses Gefühl loszulassen. Noch nicht bereit, ihn loszulassen. Nie hatte ich mich so vollkommen gefühlt.

»Hier kann uns jeder sehen...«, flüsterte er gegen meine Lippen. Es klang wie eine Warnung, doch ich schlug sie in den Wind.

»War das etwa nicht dein Plan?«

Valentin lächelte undurchsichtig wie immer, doch diesmal hatte ich das Gefühl, ein Stück weit durch seine Maske hindurchblicken zu können.

Dann zog er mich wieder an sich und küsste mich mit einer Leidenschaft, die einen Vulkan der Gefühle in mir ausbrechen ließ.

Ich wollte mehr von ihm, wollte ihn überall spüren. Impulsiv vergrub ich die Hände in seinem dichten Haar und drängte mich gegen ihn, hob das Bein und schlang es um seine Hüfte. Er hielt mein Knie fest und zog mich enger an sich, als wäre das ein Teil einer einstudierten Tanzfigur. Seine Finger glitten in den aufklaffenden Kleidschlitz und strichen fest und warm über meine nackte Haut. Als sie den Ansatz meines Pos streiften, stöhnte ich leise an seinen Lippen.

»Verdammt, Felicia, was machst du mit mir …?«

Jäh ließ er mein Bein herunter und schob mich durch den Raum. Weg von der Tanzfläche, vorbei an den Tischen und die zwei Stufen hinab in den Vorraum, wo er mich wieder zu sich herumwirbelte und erneut küsste.

Plötzlich waren wir im marmornen Empfangsbereich des Hotels, konnten kaum lang genug voneinander lassen, um seinen Namen gegen eine schwarze Schlüsselkarte einzutauschen. Dann im Aufzug, der Spiegel war kalt in meinem Rücken, als er mich gegen die Wand drückte. Im zehnten Stock dämpfte schwerer Teppich unsere Schritte, als wir blind vorwärts taumelten. Valentin musste die Karte mit fahrigen Bewegungen zweimal umdrehen, bevor die Tür sie akzeptierte. Der kurze Moment der Überwältigung, als wir uns in der eleganten, durch Stufen in verschiedene Ebenen aufgeteilten Suite umsahen, während hinter uns die Tür mit einem satten Schmatzen ins Schloss fiel.

Und dann: Nur noch wir beide.

28
Was wirklich zählt

Felicia

Als eng umschlungenes Knäuel aus Händen, Lippen und Zähnen taumelten wir die zwei Stufen in den ausladenden Wohnbereich der Suite hinab und fielen auf die halbrunde Ledercouch, auf der eine ganze Fußballmannschaft Platz hätte.

»Das ist eine schlechte Idee«, raunte Valentin zwischen zwei Küssen, während seine Hände unablässig über meine Haut glitten und mit jedem Streichen versuchten, meinen Rock höherzuschieben.

Ja, das war es. Aber es fühlte sich so verdammt richtig an. Ich ließ meine Hand in seinen Nacken gleiten. »Wir sind die Elite, schon vergessen? Wir können keine schlechten Ideen haben«, wiederholte ich in Anlehnung an seine Worte von Anfang des Semesters.

»Was hat dich so verdammt selbstbewusst gemacht?«

Ich konnte mir ein Grinsen nicht verkneifen. »Du.«

Da packte mich Valentin um die Mitte und drehte mich auf den Rücken, sodass mir ein feuriges Kribbeln in den Leib fuhr, und verschloss meinen Mund mit einem stürmischen Kuss.

Meine Finger gruben sich in sein dichtes Haar und seine Hand schlüpfte in den Schlitz meines Kleides, strich in festen Kreisen über meine Hüfte, bis ich mich vor Lust wand. Ungeduldig zerrte ich sein Hemd aus seiner Hose, ließ die Finger unter den seidigen Stoff und über seine harte Brust gleiten. Er stöhnte gegen meine Haut, versenkte das Gesicht in meiner Halsbeuge und bedeckte meinen Hals mit hungrigen Küssen, bis seine Lippen mein Kinn überwanden und zu meinem Mund zurückfanden. Seine Zunge glitt in meinen Mund, während seine Finger brennende Spuren auf meinen Schenkeln hinterließen. Ich musste den Kuss lösen und nach Luft schnappen, als er mein Kleid hochschob und seine Finger meine empfindlichste Stelle fanden.

»Valentin...«, keuchte ich.

»Valentin, was?«, fragte er dicht an meinem Ohr, während seine Fingerspitze in mich eindrang. »Sag, was du willst, und du kriegst, was du willst.«

Ich war kurz davor, den Verstand zu verlieren. »Ich will mehr...«

»Mehr was?« Sein Finger glitt tiefer in mich. Stöhnend drängte ich mich gegen ihn. Aber es war nicht genug.

»Ich will dich!«, keuchte ich und zog ungeduldig an seiner Hand.

Er lachte leise, gehorchte jedoch. Ich sah ihm dabei zu, wie er sich aufrichtete, sich der Smokingjacke entledigte und das Krawattentuch löste. Mein Herzschlag beschleunigte sich, als er nach seinem Gürtel griff. Schon griff ich an meine Seite, um das Kleid zu öffnen.

»Lass es an«, sagte er mit rauer Stimme. »Es ist perfekt. Du bist perfekt.«

Ich hielt die Luft an, weil ich keine Worte fand. Folie knisterte. Mein Herz hämmerte. Und mein Atem stockte erneut, als er mich mit einem einzigen Stoß vollständig ausfüllte. Es fühlte sich unbeschreiblich gut an. Verboten. Intensiv. Echt.

Sofort verschloss er meinen Mund mit einem Kuss und winkelte mein Bein an wie zuvor auf der Tanzfläche, bis ich in Ekstase versank. Ich warf den Kopf in den Nacken und schob das Becken vor, doch er drückte meine Hüfte flach auf das Polster, und der veränderte Winkel schoss mich augenblicklich in noch höhere Sphären der Verzückung. Ich fühlte alles. Den Duft seiner Haut, die Vibration seines Atems, die Hitze seiner Lippen.

»Bitte...«

»Bitte was?« Er verlangsamte seine Bewegungen, um mich in die süßeste Verzweiflung zu stürzen.

»Hör nicht auf...«

»Niemals«, versprach er. Dann küsste er mich erneut leidenschaftlich und erhöhte sein Tempo, bis alle Schmetterlinge in meinem Bauch auf einmal explodierten. Ich klammerte mich an ihn, als sich alles in mir zusammenzog und wir gleichzeitig atemlos in die Tiefe stürzten.

Als ich die Augen wieder öffnete, entdeckte ich in der Spiegelung des Panoramafensters ein zufriedenes, erschöpftes Bündel Gliedmaßen auf einer sündhaft teuren Couch.

Überwältigt sah ich hoch zur vier Meter entfernten Decke, folgte den aufwendigen Deckenleisten und indirekten Lichtinstallationen. Mein Herzschlag pochte immer noch in meinem Ohr, während Valentins heißer Atem auf meiner Haut allmählich ruhiger wurde in dieser schwerelosen Zwischenwelt, in der keiner von uns Anstalten machte, aufzustehen. Seine Finger zeichneten träge Kreise auf meine nackte Schulter in dem trägerlosen Kleid, während ich gedankenverloren durch sein Haar strich und die nächtlichen Lichter von Zürich hinter dem Panoramafenster anstarrte.

»Was machst du wirklich?«, fragte ich leise. »Womit verdienst du Geld?«

Seine Hand hielt inne. Ich hatte nicht nur das Schweigen gebrochen, sondern auch den Zauber. Denn jetzt hob er den Kopf von meiner Brust und sah sich suchend um. Auf dem Beistelltisch fand er einen Kosmetiktuchspender und reichte mir eines, bevor er aufstand.

Ich blieb auf dem Sofa zurück, unschlüssig, was ich jetzt tun sollte. Gerade als ich mich dazu entschieden hatte, seinen Fahrer Lutz zu bitten, mich nach Hause zu bringen, kam Valentin zurück. Seine Hose war wieder geschlossen, das Hemd noch aufgeknöpft. Er sah verboten gut aus, vor allem weil man ihm nicht ansah, welche definierten Muskeln sich unter seinen Maßanzügen verbargen.

Eine Wirklichkeit, die nur ich kenne. Weil nur diese Wirklichkeit zählt.
Unwillkürlich musste ich lächeln.

»Woran denkst du?« Seine Stimme klang warm, beinahe amüsiert, als er sich mit seiner gottgegebenen Arroganz neben mich setzte und meinen Kopf an seine Schulter zog. Ich ließ es zu, rutschte tiefer und schmiegte den Kopf gegen seine Brust, atmete seinen mittlerweile vertrauten Duft tief ein.

»An nichts Bestimmtes«, log ich. »Also? Beantwortest du meine Frage?«

Wie von selbst fand seine Hand zurück zu meiner Schulter und begann wieder, träge Kreise zu malen.

»Immobilien«, sagte er dann.

»Immobilien? Ich dachte, der Boom wäre in den 1980ern gewesen.«

Er schüttelte den Kopf, sein Herz schlug kräftig und gleichmäßig unter meiner Brust. »In Europa und Amerika. Aber in den Entwicklungsländern ist der Bedarf jetzt da. Südasien, Subsahara-Afrika… Lateinamerika.«

Die letzte Region sprach er zögerlich aus, als koste es ihn Überwindung. Ich wollte mehr wissen, aber ich wollte ihn nicht drängen. Also grinste ich spitzbübisch.

»Ich verstehe. Du baust also Edelvillen für Unternehmer und Snobs in Entwicklungsländern? Passt zu dir.«

Ein kleines Lächeln brach durch seine Maske. »Ich bin kein Architekt. Ich kaufe brachliegendes Land von der Regierung, entwickle es zu Baugebieten und verkaufe es an Stadtentwickler und NGOs.« Er grinste. »Und die bauen dann Häuser für Unternehmer und Snobs.«

Ich kicherte, glücklich darüber, dass sein Humor zurück war. Dann sah ich, wie sein Blick ernst wurde.

»Und Schulen.«

Ich richtete mich auf. »Für Kinder?«

»Nein, für Rentner auf dem zweiten Bildungsweg«, kommentierte er sarkastisch. Ich stieß ihm gegen die Brust. Lachend nahm er meine Hand und zog mich wieder an sich. »Ja. Schulen, Kindergärten, Universitäten und Krankenhäuser. Dinge, in die eine Gesellschaft nur investieren kann, wenn die Wirtschaft stark genug ist. Was in der Mehrheit der Länder nicht der Fall ist. Bildung und Gesundheit sollten für alle zugänglich sein. Nicht nur für diejenigen, die es sich leisten können.«

Es fühlte sich an, als hätte mein Herz kurz vergessen, wie es schlagen musste. Valentin Knight baute Schulen und Krankenhäuser? »Dafür gibt es doch auch Spendenaktionen und Wohltätigkeitsorganisationen, oder nicht?«

Jetzt klang sein Schnauben verächtlich. »Spenden sind wie Pflaster – für das eigene Gewissen und für die Begünstigten. Kurzfristig effektiv, aber nicht nachhaltig. Nachhaltig ist nur, Menschen zu helfen, sich selbst zu helfen: ›Gib einem Mann einen Fisch, und du ernährst ihn einen Tag. Lehre ihn das Fischen, und du ernährst ihn ein ganzes Leben.‹«

Ich brauchte einen Moment, um diese simple und doch überwältigende Weisheit zu verarbeiten. Konnte man noch mehr Respekt für jemanden empfinden, den man eigentlich hassen sollte?

»Warum tust du das?«

Er starrte ins Leere. »Die oberen zehn Prozent der Weltbevölkerung besitzen fast neunzig Prozent des weltweiten Gesamtvermögens, während die Hälfte der Weltbevölkerung zusammen nur ein Prozent besitzt. Von den neun Prozent in absoluter Armut völlig zu schweigen. Und wenn diese neun Prozent nicht in Bildung und Gesundheit investieren können, werden sie der Armut niemals entkommen.«

Mein Hals war so rau, dass es wehtat, zu schlucken. Valentin Knight nutzte seinen unermesslichen Reichtum, um den ärmsten Landstrichen der Welt eine Zukunft zu schenken?

»Und Vegas?«

Seine Hand auf meiner Schulter hielt inne. »Vegas ist eine Lüge.«

»Erzähl es mir«, bat ich. Meine Stimme klang, als hätte ich mit Sand gegurgelt.

Wieder schwieg er. Doch diesmal harrte ich der Stille, bis Valentin hörbar einatmete und sich zurückfallen ließ, um an die hohe Decke zu blicken.

»Letztes Jahr habe ich in Syrien eine Menge Geld versenkt. Die Regierung ist so verflucht korrupt...«

Ein ungutes Gefühl überkam mich. »Wie viel?«

»Zu viel für das, was ich zur Verfügung hatte, ohne meinen Vater auf den Plan zu rufen. Offiziell bleibe ich unmündig, bis ich einen Universitätsabschluss habe.«

Das überraschte mich. »Wenn du offiziell unmündig bist, wie konntest du diese Geschäfte dann überhaupt anleiern?«

Valentins Hand hob sich zu einer wegwischenden Geste. »Wenn du den richtigen Nachnamen hast und die richtigen Leute kennst... Jedenfalls waren eine Reihe Banken bereit, mir einen Kredit zu gewähren. Aber die dafür notwendige Barsicherheit hatte ich nicht mehr.«

Ich begann zu verstehen. »Also hast du deinem Vater erzählt, du hättest Spielschulden und bräuchtest Geld von ihm.«

Seine Hand kehrte zu meiner Schulter zurück, streichelte anerkennend darüber. »Ich wusste, dass er mir glauben würde, und ich wusste auch, dass er es zahlen würde. Um den perfekten Schein zu wahren.«

Er schnaubte verächtlich. Ich betrachtete ihn, das dunkle Haar, das aus der perfekten Form geraten war und ihn irgendwie verwegen aussehen ließ.

»Warum hast du es ihm nicht erzählt? Er wäre sicherlich stolz auf dich.«

Jetzt verhärtete sich sein Blick, seine Hand erstarrte auf meiner Haut. Er schwieg.

»Sagst du mir irgendwann, was es mit Lateinamerika auf sich hat?«

Für den Bruchteil einer Sekunde flackerte sein Blick, bevor er seine überhebliche Maske aufsetzte und von der Couch aufstand. »Nein. Ich habe dir ohnehin in den letzten zehn Minuten mehr erzählt als jedem anderen Menschen. Soll ich Lutz Bescheid sagen, dass er dich nach Hause fährt?«

Ich verdrängte die leere Kälte, die seine fehlende Nähe hinterließ, und tat stattdessen, als müsste ich nachdenken. Ich wickelte betont geistesabwesend eine Strähne um den Finger. Eigentlich hatte ich meine Entscheidung längst getroffen, aber so sah es dramatischer aus.

»Felicia?«

Das kribbelnde Gefühl des Triumphes breitete sich in mir aus. »Ha!«, rief ich.

Valentin runzelte die Stirn.

Ich grinste. »Diesmal hast du die Stille gebrochen!«

29
Unberechenbar

Felicia

Als ich am nächsten Morgen aufwachte, stellte ich mir in dieser kurzen Schwerelosigkeit zwischen Traum und Wirklichkeit vor, wie ich mich in Valentins Arme kuschelte. Aber das Bett neben mir war leer. Mit aufflackerndem Schamgefühl und der innerlichen Memo, dass Valentin Knight trotz seines Weltretterdrangs ein unberechenbarer Mistkerl war, der sich keineswegs als Ziel romantischer Gefühle eignete, wälzte ich mich herum – und erstarrte.

Direkt neben dem Bett stand ein überladen gedeckter Tischwagen mit duftenden Croissants, einer kunstvoll arrangierten Obstplatte und einer großen Tasse Kaffee mit perfektem Milchschaumtopping. So viel zu meiner Erkenntnis. Dieser Kerl versaute es einem sogar, ihn zu hassen.

Gerade als ich mir eine Erdbeere in den Mund schob, tauchte Valentin auf, bereits fertig angezogen. Ich erkannte den silbergrauen Anzug von gestern Abend wieder, allerdings hatte er heute das Jackett weggelassen und trug bloß die Weste, was ihm einen legeren, aber nicht minder stilvollen Look verlieh, dazu einen auffälligen Krawattenschal aus senfgelber Seide.

»Wenn du glaubst, dass du mich mit Frühstück am Bett beeindrucken kannst, hast du dich getäuscht«, teilte ich ihm mit, obwohl das halb angebissene Croissant und die Tasse in meinen Händen meine Worte Lügen straften.

»Keine Sorge, ich wollte bloß Zeit sparen. Lieber Frühstück am Bett, als dass du noch zwanzig Minuten vor deinem Koffer verbringst, dann dreißig Minuten im Bad, wir nach unten in den Speisesaal fahren, essen und wieder nach oben. Ich wusste übrigens nicht, ob du Sojamilch einfach trinkst, weil du sie magst, oder weil du laktoseintolerant oder vegan bist, deswegen ist die Tasse mit Kakaopulver mit laktosefreier Milch und die andere mit Hafermilch.«

Ich erstarrte. Er hatte diesen Satz ganz beiläufig angefügt, aber er hatte sich gemerkt, dass ich morgens Sojamilch trank – obwohl er nur einmal mit mir am Tisch gesessen hatte. Ein ungebetenes warmes Gefühl überfiel mich, und es kam nicht von der Tasse in meinen Händen.

»Phytoöstrogen«, belehrte ich ihn.

»Wie bitte?«

»Sojamilch enthält pflanzliches Östrogen.« Fast hätte ich ihm auch gesagt, dass ich dadurch hoffte, meine weiblichen Kurven trotz Diät zu halten, aber das ließ ich lieber. »Ich bin nicht laktoseintolerant oder vegan. Aber danke, sehr aufmerksam von dir.« Ich betonte die letzten Worte extra zweideutig, um ihn zu triezen. Er ließ seinen Blick über meine von weißen Laken umhüllte Gestalt wandern und schien tatsächlich für einen Moment zu überlegen, ob ich ihn aufzog oder nicht. Ein kleiner Erfolg für mich. Dann sah er vielsagend auf seine Uhr.

»Das mit dem Zeitsparen war ernst gemeint. In einer halben Stunde werden wir unten zum Business Brunch erwartet.«

Ich atmete vor Überraschung einen Croissantkrümel ein und brach in Husten aus. »Wie?«, japste ich. »Der Business Brunch?«

Er kam näher und lehnte sich gegen die frei stehende Wand, die Hände in den Hosentaschen.

»Du hast gestern anscheinend einen guten Eindruck hinterlassen«, erwiderte er mit dieser süffisanten Überheblichkeit, für die ich ihn am liebsten mit der Traube beworfen hätte, die ich gerade abgezupft hatte. Stattdessen sah ich an mir herab – ich trug immer noch die Halbkorsage und... seine Boxershorts? – und dann zur Couch, auf der mein weiß-rotes Kleid lag.

»Tut mir leid, ich habe nichts zum Anziehen.«

Valentin, der immer noch belustigt von meiner Unterwäsche-Inspektion schien, löste sich von der Wand und trug eine bezaubernde Weekender Bag mit Rosenprint auf das Bett, öffnete den Reißverschluss und zog einen prall gefüllten Kleidersack heraus.

Wo hatte er die denn her?

»Ich habe eine Freundin gebeten, dir ein paar dem Anlass angemessene Outfits einzupacken. Lutz hat sie heute Morgen geholt. Die Tasche ist ein Geschenk.«

Ich blinzelte. Öffnete den Mund zum Protest. Rang vor Erstaunen um Worte. »Aber... du... kannst mich nicht einfach anziehen wie eine Schaufensterpuppe!« Wieder strafte mein Körper meine Worte Lügen, denn ich war schon aus dem Bett. Gott, die Tasche war wirklich atemberaubend. Ich musste standhaft bleiben. »Wer sagt überhaupt, dass ich mit dir zu diesem Brunch gehe?«

Valentin setzte sich auf die Bettkante und sah mich mit einem Blick an, den ich längst deuten konnte: *Müssen wir das wirklich erst durchspielen, bevor du am Ende doch wieder zusagst?*

Er hatte recht, verdammt noch mal, warum hatte er immer recht? Aber so leicht gab ich mich nicht geschlagen und verschränkte abschätzig die Arme vor der Brust. Seine Augen glitten kurz in mein Dekolleté ab.

»Und was ist für mich drin, wenn ich dich begleite?«

In seinen Augen flackerte Begeisterung. »Abgesehen davon, dass wir Anastasias Mutter den Tag verderben können und vermutlich vier unterschiedliche Zeitungen da sein werden, um über uns zu berichten, habe ich dir doch versprochen, dass du hier wichtige Persönlichkeiten treffen kannst.«

Unzufrieden musterte ich ihn. Ich wollte ihm nicht das Gefühl geben zu gewinnen, aber er hatte eindeutig die besseren Argumente.

»Also schön. Dreh dich um und gib mir fünfzehn Minuten.«

Zwanzig Minuten später betraten wir erneut den Versammlungsraum im Erdgeschoss, der im Tageslicht ungleich größer wirkte. Die runden Dinnertische hatten einem gigantischen Büfett und Stehtischen Platz gemacht, an denen sich gut dreihundert Damen und Herren tummelten, die trotz der durchfeierten Nacht wie aus dem Ei gepellt aussahen.

Wieder bot uns ein Kellner Champagner an, kaum dass wir den Raum betreten hatten, und Valentin prostete mir zu, bevor er einen Schluck nahm. Ein Blitzlicht zuckte, ich war nicht sicher, ob in unsere Richtung. Hatte ich daran gedacht zu lächeln, oder sah man mir meine Beklemmung an?

»Du meine Güte, wer ist dieser gut aussehende Herr?«, trällerte eine Stimme, bevor sich ein schmaler Mann mit Kinnbart und modischer Kappe wie ein Pfau aus der Menge hervortat und Valentin von oben bis unten betrachtete. »Valentin Knight, du siehst gut aus wie immer. Wer hat bloß diesen Anzug entworfen?«

Valentin hob lächelnd die Hand aus der Hosentasche, um uns einander vorzustellen. »Felicia, das ist Pascal Bos, der talentierteste Maßschneider südlich der Alpen. Pascal, Felicia de Vries.«

Der fröhliche Schneider, der bis vor einer Sekunde noch Valentins Lob mit einer geschmeichelten Geste weggewischt hatte, riss die Augen auf. »Hallöchen!« Er nahm sich mindestens doppelt so viel Zeit wie bei Valentin, um mich von oben bis unten zu mustern. »Ich habe mich ja eher auf die Herren spezialisiert, aber Schätzchen, dieses Figürchen ist ja ein Traum. Und das Kleid erst – Valentino?«

Mit einem Seitenblick zu Valentin verkniff er sich ein Grinsen, und erst jetzt fiel mir die Doppeldeutigkeit dieser Kleiderwahl auf. Na warte …

Zielsicher hatte ich aus seinem magischen Wunscherfüllungskleidersack ein cremefarbenes Etuikleid von Chanel herausgezogen und dazu ein zitronenkuchengelbes Seidenkleid von Hermès mit passendem Haarband, aber Valentin hatte mich zu diesem karmesinroten – und hautengen – Bodycon-Kleid mit dem eleganten Wasserfallausschnitt überredet mit der Begründung, dass es mehr auffallen würde. Wenn ich die anderen Damen hier so musterte, dann hatte er definitiv recht. Zwischen all den schwarzen und puderfarbenen Kostümen fiel der ein oder andere kräftige Blauton oder Floralprint auf, aber nichts so sehr wie meine knallrote Erscheinung. Fast fühlte ich mich overdressed. Aber nur fast, denn Valentins Zuspruch und Pascals Begeisterung gaben mir Halt.

»Es ist in der Tat ein Valentino«, antwortete ich, als hätte ich irgendeine Ahnung von Mode mit fünfstelligen Preisschildern. »Vielen Dank, ein solches Kompliment von einem Kenner wie Ihnen bekommt man nicht alle Tage.«

Pascal Bos verzog kichernd das Gesicht. »Gott, ist sie Zucker! Du musst mir bei Gelegenheit erzählen, wo du sie herhast. Aber ich muss weiter, die Pflicht ruft. Habt einen reizenden Vormittag, ihr Täubchen. Tüdelü!«

Und damit flatterte er an uns vorbei in Richtung Foyer, bevor ich ihn darüber informieren konnte, dass ich definitiv nicht mit Valentin Knight zusammen war.

Der kämpfte immer noch gegen dieses Grinsen an, das seine Augen viel zu sehr strahlen ließ. War das Champagner in meinem Bauch?

»Was?«, fauchte ich und ertränkte das peinliche Gefühl in einem großen Schluck aus meinem Glas.

»Du glaubst, dass Menschen dich mögen, wenn du ihnen sagst, was sie hören wollen. Du spielst ihnen etwas vor. Genau wie ich. Ob du es dir eingestehst oder nicht, wir sind gleich.«

»Wir sind uns kein bisschen ähnlich!« Energisch tauschte ich mein leeres Glas auf dem vorbeikommenden Tablett gegen ein volles.

In Valentins Augen blitzte Herausforderung. »Beweis es. Tu etwas Unerwartetes, überrasch mich. Sei unberechenbar.«

Er deutete auf den Raum voller einflussreicher Menschen, aber ich schüttelte bloß den Kopf.

»Ich lasse mich nicht auf deine Spielchen ein.«

Sein überlegenes Lächeln trieb mich in den Wahnsinn. »Siehst du. Du bleibst in deinen Mustern. Genau wie ich. Entschuldige mich bitte kurz.«

Mit diesen Worten folgte er dem auffordernden Winken eines älteren Herrn mit Schnäuzer und ließ mich einfach stehen. Allein, in einem Kleid, das geradezu nach Aufmerksamkeit schrie. Also gut! Ich atmete tief durch, dann straffte ich die Schultern und beschloss, meine Überforderung mit dieser neuen Situation bestmöglich zu meistern. Valentin hatte recht: Ich wollte an eine Elite-Uni, in einen Top-Job und mit den Großen und Reichen verkehren. Und ich wollte mir selbst beweisen, dass ich das konnte.

Als Erstes reihte ich mich am üppigen Büfett ein, das von lebensgroßen Butterskulpturen und zu Tierformen arrangierten Obststücken überragt wurde. Dekadenz hatte einen Namen.

Kaum hatte ich drei Häppchen auf meinen Teller gelegt, da sprach mich jemand an: »Guten Morgen.« Ich drehte mich zu einem hochgewachsenen Mittvierziger mit ergrauten Schläfen, aber wachen grauen Augen um. »Sie sind die Freundin von Valentin Knight, richtig?«

Ich spürte, wie zähneknirschend sich mein Lächeln anfühlte. Zum Teufel mit dir, Valentin Knight!

»Nein, bedaure«, erwiderte ich, so höflich ich konnte. »Ich bin nur seine Begleitung.«

Als die Worte zwischen uns in der Luft hingen, hatten sie plötzlich diesen Beigeschmack, der mich an Iryna Yurikovas Reaktion von gestern Abend erinnerte. Verdammt, jetzt dachte dieser wichtige Anzugträger womöglich ebenfalls, ich sei eine Escort Lady.

Andererseits…

Adrenalin schoss durch meine Glieder, als mir ein Gedanke kam. Valentin wollte, dass ich unberechenbar war? Bitte sehr. Hiermit hast du nicht gerechnet, Valentin Knight:

»Eigentlich studiere ich Jura an der Yale Law School. Aber manchmal begleite ich Milliardärssöhne auf wichtige Anlässe, um interessante Menschen kennenzulernen.« Ich nippte gespielt unschuldig an meinem Glas und grinste, stolz auf mich selbst für dieses schauspielerische Glanzstück.

Der Geschäftsmann schien einen Moment lang sprachlos angesichts meiner offenkundigen Ehrlichkeit. Dann lächelte er ebenfalls und lud sich Makrelenhäppchen auf. »Yale, ich bin sehr beeindruckt. Ich habe gleich gesehen, dass Sie eine gebildete junge Dame sind. Was ich allerdings nicht erwartet hätte, ist, dass Sie so erfrischend höflich sind. Das kennt man sonst gar nicht von Juristen. Sie auch?«

Er hob den Tortenheber und ich hielt ihm dankend meinen Teller hin.

»Danke für das Kompliment, das Erfrischende kann ich nur zurückgeben. Ich hatte Angst, dass Sie furchtbar spießig wären bei der Krawattennadel.«

Wow, diese ungenierte Direktheit funktionierte besser als gedacht. Kein Wunder, dass Valentin diese Art der Kommunikation so genoss: Wenn der Gesprächspartner mithalten konnte, versprach die Unterhaltung interessant zu werden und man lernte sich viel schneller kennen. Und wenn er nicht mithalten konnte, war er die Mühe vermutlich auch nicht wert.

Der Mann lachte. »Kein Prachtstück, oder? Die trage ich firmenbedingt.« Damit domptierte er seinen Teller in der Linken, um mit der Rechten eine Visitenkarte aus der Innentasche seines Sakkos zu fischen. Sie war dick und schwer, die goldenen Lettern waren in das Büttenpapier eingeprägt.

»Robert Wenzel, UBS Switzerland«, stellte er sich vor. Ich erkannte die drei Schlüssel im Logo des renommierten Bankhauses und hoffte, dass ich gerade nicht blass wurde. Vielleicht war dieses Spiel doch eine Nummer zu groß für mich. »Sollten Sie jemals einen Kredit brauchen...« Er lächelte gewinnend.

Ich lächelte schwach zurück. Die Kreditsummen, die es bei ihm gab, hatten wohl Abtragungsraten in Höhe von Monatsgehältern.

Bevor er mich nach meinem Semester und Professor fragen konnte, tat ich so, als sähe ich jemanden in der Menge, und entschuldigte mich höflich.

Ich war dankbar, einen unbesetzten Tisch etwas abseits zu finden. Doch gerade als ich eine filigrane Lachsquiche mit der Gabel zerteilte, stellte jemand anders seinen Teller neben meinen. Dieser Business-Brunch war ja wirklich Networking auf Steroiden. Ein arabisch aussehender Mann um die fünfzig mit rasiertem Gesicht und penibel frisiertem Haar lächelte mich an.

»Darf ich? Sie sind Valentin Knights Freundin, nicht?«

Halt suchend griff ich nach meinem Glas und lächelte bloß, um weder eine Bestätigung noch eine Verneinung geben zu müssen. Die Story mit dem Escort Girl ließ ich lieber wieder sein. Eine gute Entscheidung, wie sich herausstellte, als der Mann weitersprach: »Ja, man merkt, dass Ihre Mutter bei CCA Talents arbeitet. Valentin hat bereits viel von Ihnen und Ihrer Mutter erzählt. Richten Sie ihr bitte meinen herzlichsten Dank dafür aus, dass sie meine Tochter Ihnen und Valentin zuliebe unter Vertrag nimmt. Ich verspreche, sie wird sie nicht enttäuschen. Monique ist ein Naturtalent.«

Ich stellte das Glas ab, um mich nicht am Champagner zu verschlucken. Lähmendes Eis kroch mir in die Glieder. Valentin hatte ihm bitte was versprochen? Als ob meine Mutter irgendein Mitspracherecht darüber hätte, welche Talents die Agentur unter Vertrag nahm. Schlimmer noch: Sie riskierte ihren Job, wenn sie schlechte Empfehlungen abgab.

Ich zwang ein Lächeln auf mein Gesicht, das sich anfühlte wie erstarrtes Wachs. »Sie sind … ein Geschäftspartner von Valentin?«

Ich wusste selbst nicht, ob das eine Frage oder eine Aussage war, doch er nickte hoheitsvoll. »Richtig. Ernesto Perez Montilla. Ich freue mich sehr, dass wir uns erneut einig geworden sind.«

Ich lächelte immer noch dieses Wachsfigurenlächeln, während irgendetwas in mir zerbrach. War das der Grund, aus dem ich wirklich hier war? Ein Schachzug, um irgendein Geschäft ins Rollen zu bringen, ohne Rücksicht auf die gefährdete Karriere meiner Mutter?

Plötzlich fühlte sich mein Lächeln wie ein Zähnefletschen an, als ich all diesen Schmerz in Wut kanalisierte. »Nun denn, ich hoffe sehr, dass Ihre Geschäfte erfolgreich sind. Sie wissen ja, wie das ist: Mal gewinnt man, mal verliert man.« Aus dem Augenwinkel erhaschte ich ein senfgelbes Krawattentuch. Valentin stürmte auf mich zu, und sein Gesichtsausdruck verhieß nichts Gutes. Da konnte ich mithalten: »Manchmal überschätzt man sich sogar – nicht wahr, Liebster?«

»Könnte ich dich kurz sprechen? – Eine Sekunde, Ernesto.«

Ernesto entließ uns, und Valentin drängte mich wie beim Tango durch den Raum in einen abgeschiedenen Bereich.

»Was tust du?« Es klang fast wie eine Drohung.

Ich hob herausfordernd das Kinn. »Ich bin unberechenbar. Das wolltest du doch.«

Valentin blinzelte. Für einen Sekundenbruchteil huschte so etwas wie Anerkennung über seine Züge, dann schüttelte er den Kopf. »Herzlichen Glückwunsch, denn jetzt glaubt der Vorstandsvorsitzende von CBS Switzerland, dass du ein Escort Girl wärst, das Jura in Yale studiert.«

Ich schluckte gegen den Kloß in meiner Kehle an. »Du sagst doch immer, mir soll egal sein, was andere Leute von mir halten!«

Er hob eine Augenbraue. »Und? Ist es dir egal?«

Meine Unterlippe begann zu beben, trotzig verschränkte ich die Arme vor der Brust. Ich fröstelte in dem dünnen Kleid.

»Mir ist es mehr egal als dir!«, behauptete ich, weil ich die Selbstzweifel nicht mehr ertrug. Die gnadenlose Flucht nach vorn hatte heute schon einmal funktioniert: »Ich kenne diese Leute nicht, und du warst es, der mich hierher geschleppt hat. Dann halten sie mich eben für eine Escort! Aber viel wichtiger ist die Frage: Warum behauptest du, dass wir zusammen wären? Und wie –«

»Ich habe nie dergleichen behauptet. Die Leute ziehen nun einmal ihre eigenen Schlüsse aus Küssen auf der Tanzfläche«, unterbrach er mich, aber ich hörte ihm gar nicht zu:

»– und wie um alles in der Welt kommst du auf die Idee, dass meine Mutter irgendjemanden aus Gefälligkeit unter Vertrag nehmen würde?«

Kaum dass ich die Anschuldigung ausgesprochen hatte, erkannte ich die Wahrheit mit solcher Gewissheit, dass meine Knie weich wurden und mein Herz in die Tiefe sackte. Wie hatte ich so dumm sein können?

Irgendjemand rief nach Valentins Aufmerksamkeit, doch er ignorierte ihn.

»Gib es zu, Valentin. Deswegen wolltest du schon vor zwei Monaten, dass ich mit dir auf diesen Ball gehe. Du wolltest mit dem Namen meiner Mutter irgendein neues Geschäft mit diesem Ernesto einfädeln. Es ging überhaupt nie um den Ball. Es ging überhaupt nie um –«

Mich, wollte ich sagen, doch ich biss mir in letzter Sekunde auf die Unterlippe.

Das Desaster mit dem volltrunkenen Nicoley auf dem Wahlkampfball gestern, Valentins Kuss vor dem gesamten St. Gloria. Seine Kleiderauswahl, das aufmerksame Frühstück. Das, was gestern Abend auf der Tanzfläche zwischen uns gewesen war. Das ... was heute Nacht in seiner Suite passiert war.

Alles ... eine Lüge?

Oh Gott, war ich ernsthaft im Begriff zu weinen?

Ich musste hier raus.

»Felicia!«

Ich ignorierte Valentins Rufe, während ich ins Foyer floh, und wagte erst einen Blick zurück, als ich an der riesigen Marmorrezeption stand.

»Ich brauche bitte eine Schlüsselkarte für 1201, Knight. Ich habe meine oben vergessen.«

Die junge Frau mit der perfekt eingeschlagenen Banane musterte mich argwöhnisch. Klar, schließlich könnte das jeder behaupten, und sie war gestern Abend nicht im Dienst gewesen. Zumindest hatte ich sie nicht gesehen, weil ich zu sehr damit beschäftigt gewesen war, von Valentin »Mistkerl und Lügner« Knight bis zur Besinnungslosigkeit geküsst zu werden.

Zum Teufel mit ihm! Und zum Teufel mit dieser absolut nicht hilfreichen Concierge!

»Hören Sie zu, Miss ...«, ich warf einen Blick auf ihr Namensschild, »... Weiss. Sie können jetzt gern einen Aufstand machen und Valentins Vater hierher zitieren, um meine Aussage zu überprüfen, oder Sie können einfach Ihren verdammten Fünf-Sterne-Superior-Job tun und einer Gästin eine neue Schlüsselkarte geben, wenn sie in einem Valentino-Kleid für mehrere tausend Dollar vor Ihnen steht und Sie darum bittet. Falls es Ihnen entgangen ist: Wir sprechen hier von der Familie von Charles Knight, da heißt es nicht: ›Wer sind Sie denn?‹, sondern: ›Jawohl, sofort. Entschuldigung für die Unannehmlichkeiten, Miss.‹ Also, wird's bald?«

30
Neues Trimester, neues Ich

Felicia

Zehn Minuten später legte ich die Schlüsselkarte ausdruckslos zurück auf den Marmortresen der Rezeptionistin, die sich erneut tausendfach entschuldigte. Valentin wäre sicherlich stolz auf ...

Zum Teufel mit Valentin!

Bereits auf halbem Weg zur Schwingtür eilte mir ein Portier entgegen, der die hübsche Weekender Bag übernahm, die ich mitsamt den Kleidern als Kriegsbeute mitnahm, und mich durch die Drehtür ins Freie treten ließ.

»Darf ich Ihnen ein Shuttle rufen, Miss?«, fragte er, doch ich entdeckte bereits Lutz, der lachend bei einigen anderen Fahrern stand, und verneinte dankend. Als Valentins Fahrer mich sah, nahm er sofort Haltung an und eilte auf mich zu. »Guten Morgen, Miss Felicia. Sie wollen fahren? Kommt Mr Valentin auch?«

Ich ging stoisch an ihm vorbei. »Nein. Wir fahren alleine.« Sollte Valentin doch zusehen, wie er zurückkam. Ich schlug den Kragen des Mantels, der ebenfalls von Valentin war, gegen die Kälte hoch und wollte die Wagentür öffnen, doch Lutz schob sich elegant zwischen mich und die Limousine und öffnete sie für mich. Ich verdrehte die Augen. Natürlich, man musste ja den Schein wahren, selbst wenn bloß das Personal der hohen Herrschaften zusah.

»Felicia!«, erklang hinter mir die Stimme, die ich nie wieder hören wollte.

Ich ignorierte Valentin, doch Lutz war mitten in der Bewegung erstarrt, die Tür halb geöffnet, unschlüssig, ob er warten oder fortfahren sollte.

Starke Hände umfassten meine Taille und drehten mich um wie eine Schaufensterpuppe. Valentins Gesicht war viel zu nah, sein Duft überwältigend.

»Geh nicht.« Seine Stimme war weicher als sonst, fast ungekannt sanft. Mit einem leichten Schock erkannte ich: Er bat. Valentin Knight bat um etwas. Ich musterte ihn, ohne mich zu rühren. Er wirkte aufgewühlt, sein Blick flackerte unstet auf der Suche nach irgendetwas, das er nicht fand. Ich würde ihm nicht helfen, es zu finden.

Schließlich spannte er den Kiefermuskel an und senkte den Kopf.

»Du hast recht. Ja, es war mein Plan, durch deine Anwesenheit heute und den Namen deiner Mutter gewisse Dinge ... zu beschleunigen. Ernesto würde alles für seine Tochter tun. Aber das war, bevor ...«

Er brach ab. Ich sah ihn ausdruckslos an, darum bemüht, mir nicht anmerken zu lassen, wie sehr mich diese Bestätigung verletzte. Weil mir das zeigte, dass ich immer noch gehofft hatte, ich hätte unrecht. Valentin sah auf meinen Mantelkragen, nein, durch ihn hindurch, als spiele und verlöre er im Kopf eine Partie Schach gegen sich selbst. Dann hob er den Blick wieder und sah mir fest in die Augen.

»Das war mein Plan«, wiederholte er. »Seit du die Eröffnung des Wahlkampfballs als Wettgewinn eingefordert hast. Dein geändertes Kleid, Nicoleys Rausch und der demütigende Tanz, damit du auf keinen Fall dort bleiben willst. Alles.« Mir entging nicht, dass er ein nicht unerhebliches Detail aus dem Tanzsaal vergessen hatte. Seine Kuss-Attacke! »Aber alles andere…« Er streckte die Hand aus, hielt jedoch vor meinem Gesicht inne. Alles in mir drängte danach, die Wange in seine Hand zu schmiegen und seine Wärme auf der Haut zu spüren. Doch ich blieb eisern. »Alles mit uns…«, fuhr er fort und mein Atem stockte, als er so dicht vor mich trat, dass sich unsere Gesichter fast berührten. Ich verschloss die Augen vor den ungebetenen Gefühlsregungen. Valentin sah mich immer noch an. »All das gehörte nicht zum Plan.«

Eine bittersüße Sekunde lang gab sich mein vibrierendes Herz der Illusion hin, was diese Worte bedeuten könnten und was er gleich hinzufügen könnte. Ich verbot meinem Körper jede Reaktion, jede kleinste Bewegung. Ich verbot mir sogar zu atmen. Wenn er jetzt sagte, was ich dachte…

Sag es, Valentin.

Oh Gott, sag es nicht!

Valentin öffnete den Mund. Stockte. Schüttelte wieder den Kopf.

Ich nickte. Natürlich sagte er es nicht. Was hatte ich bloß erwartet?

Mit größter Beherrschung befreite mich aus seiner Nähe und trat einen Schritt zurück. Plötzlich brannte der Wind in meinen Augen und ließ mich blinzeln.

»Genieß deine Geschäfte, Valentin.«

Zurück im St. Gloria packte ich sofort meine Koffer und ließ mich umgehend von Lutz zum Flughafen fahren. Normalerweise fuhr ich über die einwöchigen Trimesterferien Ende November nicht nach Hause, aber ich wollte jetzt niemanden sehen, der mich unweigerlich auf Valentin ansprechen würde. Und vor allem wollte ich Valentin nicht sehen. Ich hasste ihn, hasste ihn aus tiefstem Herzen. Warum wollte ich dann am liebsten in Tränen ausbrechen?

Mit dem inbrünstigen Mantra, dass dieses beschissene Gefühl im

Magen vergehen würde wie ein Kater, warf ich mich zu Hause auf mein Bett und regte mich nicht mehr, bis ich irgendwann einschlief, ohne mich auch nur ausgezogen oder den Koffer ausgepackt zu haben.

Ich hatte nicht damit gerechnet, dass einer meiner Eltern im Haus war. Unser Haus war eine wunderschöne alte Mühle auf einem weitläufigen Landstück in der französischen Bretagne, die mein Vater vor zehn Jahren gekauft und saniert hatte. Seit ich aufs College ging, lebte meine Mutter die meiste Zeit in einer kleinen Wohnung in Los Angeles, wenn sie nicht von Festivals zu Filmmärkten in aller Welt jettete, und mein Vater beaufsichtigte entweder Baustellen oder hielt Vorlesungen in Amsterdam. Die Tage, in denen wir als Familie die raue Schönheit des nordfranzösischen Atlantiks bewundert hatten, waren längst vorbei.

Doch als ich am nächsten Morgen herunterkam, saß meine Mutter in dem als Glaskuppelbau angebauten Wintergarten am Esstisch, eine Tasse Tee in der Hand und über ihr iPad gebeugt. Ich lächelte beim Anblick ihrer karamellfarbenen Locken und zerbrach gleichzeitig innerlich, als ich mich an Valentins Worte erinnerte, wie atemberaubend er den Kontrast meiner eigenen Haare zu meinen Augen fand.

Mama bemerkte mich, machte große Augen und stand auf, um mich in die Arme zu schließen. »Li-Li!« Der Kosename, den nur sie mir gab, ihr sanfter Rosenduft und die weiche Wolle ihres Pullovers trösteten mich mehr, als es jede Badewanne oder Schokolade der Welt könnte. »Was machst du denn hier, ich habe gar nicht damit gerechnet, dass du ... ich glaube, wir haben nicht einmal Essen im Haus.«

Sie brach in das peinlich berührte Lachen aus, das ich so an ihr liebte und das ihr so viele Klienten einbrachte.

»Nicht so schlimm. Dann bestellen wir eben etwas.« Ich kuschelte mich auf die Bank mit den großen Kissen und schnupperte an ihrer Tasse. Grüner Tee. »Ich wusste bis gestern Mittag auch noch nicht, dass ich kommen würde. Aber ich musste einfach raus aus St. Gloria.«

»Wegen dieser Geschichte mit Valentin Knight?«

Ich zuckte zusammen. »Woher weißt du das?«

Meine Mutter schob das iPad zu mir herüber. »Seit Suzy mir heute das Presseclipping gebracht hat.« Suzy May war bei CCA für die PR zuständig, zu deren täglicher Aufgabe es gehörte, alle Medienmeldungen, in denen die Namen ihrer Klienten auftauchten, herauszusuchen und aufzubereiten. Offensichtlich überwachten sie nicht nur die Nennungen ihrer Klienten, sondern auch ihrer Agenten und deren Familien. »Tja, und plötzlich stand mein Name in der *Neuen Züricher Zeitung*.«

Entsetzt überflog ich die digital markierten Buchstaben. »*...Knights einundzwanzigjähriger Sohn Valentin, der mit seiner Freundin Felicia de Vries gekommen war, Tochter des Architekten Christian de Vries und der CCA-Agentin Cecilia Wagner, ...*«

»Wir sind nicht zusammen.«

Warum war ausgerechnet das das Erste, das ich klarstellen wollte?

»Das erleichtert mich tatsächlich. Ich meine, du kannst tun, was du willst, aber bei Charles Knight als Schwiegervater müsste ich dir vermutlich einen eigenen Publizisten zur Seite stellen. Und die sind verflucht teuer.« Sie klang unbeschwert, aber in ihrer Stimme schwang auch eine gewisse Ablehnung mit. Meine Mutter hatte schon mehrere Produktionsanfragen der Knight Media Corporation abgelehnt, sogenannte Packages, in denen sich namhafte Filmschaffende und Schauspieler an einen Film oder eine Serie banden, um vor Produktionsstart Budgets von Studios und Investoren freizuschalten.

»Er kam mir eigentlich sehr sympathisch vor«, gestand ich. »Was hast du gegen ihn?«

»Oh, ich habe nichts gegen Charles Knight als Person.« Mama schloss die App und nippte an ihrer Tasse. »Ich unterstütze es nur nicht, dass ein einzelner Mann fast vier Prozent der gesamtglobalen Medienlandschaft beherrscht.« Valentins Worte über die ungleiche

Verteilung von Reichtum auf der Welt kamen mir in den Sinn, und wieder wollte ich ihn bewundern für das, was er ...

Verdammt, konnte ich nicht eine Sekunde lang *nicht* an ihn denken? Ich fokussierte meine Aufmerksamkeit wieder auf meine Mutter, die sich zum Glück in ihre Argumentation hineinsteigerte.

»...das ist einfach zu viel Macht, gemessen daran, dass Medien die vierte Gewalt im Staat sind neben Exekutive, Legislative und Judikative, und die Neutralität der Presse in mehr als genug Ländern der Welt zu wünschen übrig lässt.« Sie machte eine wegwischende Handbewegung. »Aber das hat nichts mit ihm zu tun. Oder mit dir.« Sie sah mich mit dem aufmerksamen, liebevollen Blick an, mit dem nur eine Mutter ihr Kind ansehen kann. »Ich kann dir nicht oft genug sagen, wie stolz wir auf dich sind. Du kannst es wirklich schaffen. Und das wirst du. Meine Tochter wird wirklich in Yale studieren, ich kann es immer noch nicht glauben.«

Ihr hoffnungsvolles Lächeln zu sehen, tat weh. Noch mehr tat es weh, ihr gestehen zu müssen, dass ich nicht mehr mit dem vielversprechenden Altindustriellenspross Nicoley zusammen war. Dennoch erzählte ich von den Wochen, seit wir zuletzt telefoniert hatten, wobei ich die Intrigen und sexuellen Details wegließ, die kein Elternteil über sein Kind wissen sollte. Erstaunlich, wie viele dieser Details mit Valentin Knight zu tun hatten. Am Ende saßen wir beide mit dampfenden Tassen grünen Tees schweigend am Tisch.

»Warum tauschen Nicoley und Valentin nicht einfach das Haus?«, fragte Mama nach einigem Schweigen und brachte mich damit völlig aus dem Konzept. »Nicoley mag Anastasia. Du magst Valentin. Wo ist das Problem?«

»Amtierende und ehemalige Amtsinhaber können das Haus nicht wechseln. Außerdem mag ich Valentin nicht. Und ich würde ihn nicht einmal dann als meinen Präsidenten wollen, wenn die Apokalypse hereinbricht, ...«

»… die Hölle zufriert, ihr die letzten beiden Menschen wärt und Sex mit ihm Krebs heilen könnte?«

Mama grinste breit, woraufhin ich stöhnend den Kopf in die verschränkten Arme fallen ließ. Vielleicht hätte ich nicht gerade den Vergleich nutzen sollen, mit dem sie vielzitiert die frühen Avancen des Mannes abgeschmettert hatte, den sie letztlich geheiratet hatte.

»Du bist doof, Mama.«

»Und du bist verliebt, Li-Li.« Sie tätschelte meinen Kopf, bis ich ihn wieder hob. »Das *Gloria cum laude* ist nicht alles, weißt du? Wir finden einen anderen Weg.«

»Doch«, widersprach ich betrübt. »Für mich ist es alles. Es beweist, dass ich eine von ihnen sein kann.« Sie nahm meine Hand. Und dann brach es aus mir heraus. »Ich weiß auch nicht, warum mir das so wichtig ist. Ich mag die meisten von ihnen nicht einmal, weil sie alle so scheißoberflächlich sind. Aber ich will ihnen trotzdem beweisen, dass ich dazugehören kann!«

»Das tust du bereits, Li-Li. Sie haben dich zu ihrer Präsidentin gewählt«, erinnerte mich meine Mutter eindringlich.

Ich schnaubte. »Ja, weil es keine bessere Alternative gab.«

»Unsinn. Weißt du, wie viele Klienten von mir nur die Alternative waren? Oder die Alternative der Alternative? Aus solchen Alternativen wurden schon richtige Erfolge geschrieben.« Sie stupste mein Kinn an. »Und wenn Plan A nicht funktioniert, hat das Alphabet immer noch fünfundzwanzig andere Buchstaben.«

»Aber warum ist es so schwer? Warum fühlt sich jeder Schritt an wie ein Balanceakt am Abgrund? Warum fühlt es sich an, als würden sie nur darauf warten, mich in die Tiefe zu reißen?«

Mama lächelte mitfühlend. »Das ist der Preis, den die Elite dafür bezahlt, dass sie die Elite ist. Du darfst dir die Meinung der anderen nicht so zu Herzen nehmen.«

Kopfschüttelnd schwenkte ich den Teerest in meiner Tasse. Genau das hatte Valentin auch gesagt. Aber das tat ich nun einmal leider. Ich wünschte, es wäre anders, aber es war so.

Am nächsten Morgen flog Mama zu einem Set nach Marokko, um zwischen dem Regisseur und einer Klientin zu vermitteln, und ich blieb allein in dem viel zu großen Landhaus zurück, wo ich drei Serien beendete, vier Bücher las und sogar schon einmal meine Notizen für die nächsten Prüfungen vorsortierte. Immer wieder schielte ich auf meine Mailbox, ob Suzy May mir ein Presseclipping auf »Valentin Knight« geschickt hatte, aber er schien genau wie ich untergetaucht. Vermutlich hing er in irgendeiner verrauchten Shishabar in Abu Dhabi, einen ganzen Harem halb nackter Tänzerinnen um ihn herum.

Und wenn schon? Was interessierte es mich? Am vierten Tag löschte ich den Auftrag.

Dreimal hatte ich das Telefon in der Hand, um Hazel zurückzurufen, deren Nachrichten sich von schockiert über wütend bis zu besorgt gesteigert hatten, aber jedes Mal verließ mich der Mut. Ich musste persönlich mit ihr sprechen. Das war ich ihr schuldig.

Am neunundzwanzigsten November rollte ich meinen Reisetrolley zu den Taxis am Flughafenparkplatz und war so in Gedanken über den Adventskalender versunken, den ich für Hazel gebastelt hatte, dass ich zunächst gar nicht bemerkte, wie eine schwarze Limousine neben mir herfuhr.

Erst als das feine Geräusch eines elektrischen Fensterhebers ertönte, schaute ich zur Seite und sah – eine rosarote Explosion aus Lilien, Nelken und Pfingstrosen auf dem leeren rechten Rücksitz.

»Steig ein.«

31
Pfingstrosenkrieg

Felicia

Ich traute weder meinen Augen noch meinen Ohren. Hatte Valentin völlig den Verstand verloren?

Entschlossen richtete ich meinen Blick wieder nach vorne und ging weiter. Die Limousine blieb neben mir wie ein Begleithund.

»Felicia«, ertönte Valentins Stimme erneut aus dem Wageninneren. »Steig ein.«

»Danke, ich laufe. Mein Uber wartet da vorne auf mich.«

»Ich habe dein Uber abgesagt«, erwiderte er ruhig, was mir einen fassungslosen Laut entlockte. Entschuldigung?!

»Dann nehme ich eben ein Taxi!« Ich beschleunigte meinen Gang. Die Limousine hielt Schritt.

»Sei nicht albern, Felicia. Steig ein.«

»Du kannst mich mal, Valentin! Verschwinde und lass mich in Ruhe!«

Die Limousine hielt mit einem leichten Ruck an, die getönte Scheibe fuhr noch ein Stück weiter herunter und enthüllte Valentins Oberkörper, der sich über die Rückbank zu mir lehnte.

Viel zu spät fiel mir auf, dass ich ebenfalls stehen geblieben war.

»Die Tür ist offen«, sagte Valentin, während sich die Fahrertür öffnete und Lutz ausstieg, um meinen Koffer im Kofferraum zu verstauen.

Fein! Du gewinnst, Arschloch!

Wütend riss ich die Tür auf, hob den üppigen Blumenstrauß vom Sitz und stieg ein. »Wenn du glaubst, dass du mich herumkomm–«

Kaum dass ich auf dem schwarzen Leder saß, zog Valentin mich an sich und küsste mich leidenschaftlich.

Gefangen zwischen dem, was mein Kopf befahl, und dem, was mein Körper wollte, brauchte ich drei Anläufe, um mich von ihm zu lösen. Valentin drückte seine Stirn gegen meine.

»Sieben Tage ohne dich waren die Hölle auf Erden.« Ich starrte ihn fassungslos an, während ich all meine Konzentration aufwenden musste, um das Kribbeln in meinem Bauch zu unterbinden. Jetzt führte er auch noch die Hand zu meinem Nacken und jagte einen heißen Schauer mein Rückgrat hinab. »Ich weiß, dass es dir genauso geht. Sieh mich an und sag mir, dass du nicht jeden Tag an mich gedacht hast.«

Ich sah in seine Augen und konnte keinen klaren Gedanken fassen. Ich wollte verneinen, musste widersprechen, doch sein Blick war so aufrichtig, seine Worte so verletzlich. Seine Berührung prickelte an meiner Wange.

Zögerlich hob ich die Hand an sein Gesicht. Sofort küsste er mich erneut, seine Lippen heiß auf meinem Mund, seine Finger in meinem Haar vergraben, und für einen kurzen Augenblick war ich versucht, die Arme um seinen Hals zu schlingen und das, was auch immer zwischen uns war, einfach geschehen zu lassen.

Aber dann kam das feuerverzinkte Tor von Belmont-La-Fleur in Sicht, und die Limousine hielt neben dem kleinen Wachhäuschen. Ich schob Valentin bestimmt von mir. »Nein.« Ich wollte das nicht mehr, diese quälenden Gedanken zwischen Hoffnung und Wut lenkten mich nur von meinem Ziel ab. »Das hier kann nur auf eine einzige Art enden: Du gewinnst. Und ich verliere alles. Das kann ich nicht.«

Ich vermied es, Valentin in die Augen zu sehen, während ich nach der Tür tastete. Dann stieg ich aus, ohne den himmlischen Blumenstrauß mitzunehmen.

Valentin

Anastasia ließ sich selbst in meine Suite herein, um mir einem Vulkanausbruch gleich einen Vortrag zu halten, der meine ohnehin nur mäßige Laune weiter strapazierte. Ich hatte Schlafentzug, zu viel Apfeltabak geraucht und einen leichten Kater, den ich fest entschlossen war, weiter auszubauen, nachdem Felicia mich heute abgewiesen hatte.

»Bist du unter die Floristen gegangen?«, unterbrach sich Anastasia selbst und deutete auf den rosaroten Blumenstrauß auf dem Tisch. Ich folgte ihrem Blick träge.

»Der lag auf der Straße.«

Anastasia hob widerwillig anerkennend eine Augenbraue. »Hübsch. Wie dem auch sei: Es ist mir vollkommen egal, wen du in deiner Freizeit vögelst, und wenn du die perfekte Alpha-Präsidentin damit ruinieren kannst, verleihe ich dir sogar eine Medaille. Aber leider sieht es im Moment eher nach dem Gegenteil aus, während der ganze Campus davon spricht, dass ihr zusammen seid! Ist dir klar –«

»Wir sind nicht zusammen. Würdest du das wieder hinlegen?«, unterbrach ich sie leidenschaftslos, als sie die schwere Bronzekugel vom Kaminsims in die Hand nahm.

»Gut zu wissen.« Sie gehorchte und drehte sich zu mir um. Sie wirkte schrill in diesem schwarz-weiß gestreiften Minikleid von Balmain. Felicia würde so etwas niemals anziehen. »Ich werde dieses Jahr das *Gloria cum laude* gewinnen! Und du solltest dir besser bald überlegen, ob du mich dorthin begleitest oder mir im Weg stehen willst. Und wenn du vorhast, mir zu helfen, dann bitte in Zukunft weniger Aktionen wie auf dem Uni-Tag und mehr wie auf dem Wahlkampfball.« Sie unterbrach sich, weil sie grinsen musste. »Hat sie ganz schön in Erklärungsnot gebracht, so offenkundig vom Omega-Präsidenten umworben zu werden.«

Ich hob den Blick, als mir eine Idee kam.

Anastasia, manchmal bist du genial, ohne es zu wissen.

»Ich werde darüber nachdenken. Du darfst jetzt gehen. Mach die Tür hinter dir zu.«

Anastasia starrte mich eine Sekunde lang an, dann schnaubte sie und setzte sich endlich in Bewegung. Als sie an den Zeitungen auf meinem Tisch vorbeikam, sagte sie: »Ach, eine Sache noch.« Ich seufzte unhörbar. »Leg dich nicht mit meiner Mutter an. So etwas hier«, ich hörte das Papier der Klatschzeitschriften rascheln, die mir vermutlich jemand aus meinem Beraterteam auf den Konsolentisch hatte legen lassen, »wenn du das noch mal abziehst, macht sie dich fertig. Glaub mir, ich weiß, wovon ich spreche.«

Sie ließ ihre Stimme kalt wirken, doch ich sah, wie sehr sie gegen Wut, Trauer und Scham ankämpfte. Genau wie Felicia nach dem Brunch. Nie würde ich diesen Gesichtsausdruck vergessen, in dem ich ihre Gefühle so deutlich sehen konnte wie meine eigenen. Himmel, ich hätte ihr um ein Haar mein Herz zu Füßen gelegt. Und sie hatte mich abgewiesen. Zweimal. Obwohl ich wusste, dass es ihr genauso ging. Weil sie in ihrer verdammten Traumwelt lebte, in der es vor lauter Perfektion keinen Platz für echte Gefühle gab.

Wenn sie Krieg haben wollte, sollte sie Krieg bekommen. Aber ab jetzt würde ich mit anderen Mitteln kämpfen.

Ich wartete, bis Anastasia meine Suite verließ. Dann stand ich auf und ging zum Konsolentisch, um die Klatschzeitschrift zu lesen. Auf den Fotos fiel Felicia sofort ins Auge, beide Kleider standen ihr wirklich fantastisch. Mein Blick streifte die Überschrift: »Die nächste Generation Knight«. Ich überflog den Artikel, bis ich meinen eigenen Namen fand:

…*Neue Maßstäbe in Sachen Stil setzten Knights Sohn Valentin und dessen Freundin, Architektentochter Felicia de Vries. Das junge Paar stahl selbst der Dame des Abends die Show, Knights Ehefrau, der russischen Sängerin Iryna Yurikova, Witwe des verstorbenen Unternehmers Antonio Bianchi (wir berichteten). Besonders die hübsche de Vries wusste sich für ihr junges Alter erstaunlich stilvoll in Szene zu setzen, wobei Rot wohl ihre Signaturfarbe zu sein schien: Am Abend in einem exklusiven rosé-korallenroten Einzelstück der Luzerner Designerin Henrietta Stompa und auf dem alljährlichen Brunch in einem auffälligen Valentino. Zufall oder ein versteckter Hinweis auf ihre Beziehung? Ein Schelm, wer Böses bei der Markenwahl denkt.*

Felicia

»Ein Schelm, wer Böses bei der Markenwahl denkt?«

Misaki knallte mir die Illustrierte auf den Frühstückstisch, sodass mein Orangensaft gefährlich schwappte. Hinter ihr kam Hazel angelaufen. Ihr Blick schwankte zwischen Sorge und Enttäuschung, was meine Brust schmerzhaft zusammenzog.

»Ich hoffe, du hattest eine gute Zeit an der Seite von Valentin Knight«, fauchte Misaki. »Und danach hast du dich eine Woche nicht blicken lassen! Hast du eine Ahnung, was ich hier an Schadensbegrenzung betreiben musste? Du hättest mich wenigstens informieren können – oder Hazel! Ich bin nur deine PR-Beraterin, aber sie ist deine beste Freundin!« Ich wagte nicht, den Bissen herunterzuschlucken, der sich in meinem Mund in Asche zu verwandeln schien. Ebenso wenig wagte ich es, Hazel anzusehen, mit der ich noch nicht gesprochen hatte.

Doch wegzulaufen brachte nichts. Ich musste mich ihnen stellen. Entschlossen sah ich erst Misaki an, dann Hazel. »Misaki, es tut mir leid. Hazel, können wir gleich reden?«

Bevor Hazel nicken konnte, grätschte Misaki dazwischen: »Seid ihr wirklich zusammen?«

»Nein!«, rief ich im Brustton der Überzeugung. »Ich schwöre es!«

Sie kniff die mandelförmigen Augen zusammen. »Liebst du ihn?«

Diesmal wusste ich, dass ich log, als ich mich zwang, abermals den Kopf zu schütteln. »Nein.«

Hazels Blick wurde weich, während sich zwischen Misakis Brauen eine steile Falte bildete. »Warum steht das dann da? Warum ist da ein Foto davon, wie ihr euch küsst?«

Ich mied den Blick in die Fotostrecke der Illustrierten, in der eine extrovertierte Felicia aus ihrer Not eine Tugend gemacht und eine neue Seite an sich entdeckt hatte, um in dem Haifischbecken der Weltwirtschaftselite nicht zerfleischt zu werden. Diese Felicia übernahm auch jetzt das Steuer. Ich atmete tief durch.

»Ja, ich habe ihn geküsst. Aber nur, um ihm etwas vorzuspielen, weil ich unbedingt auf den Business Brunch seines Vaters wollte.«

Misaki sah nicht so aus, als würde sie mir glauben, aber ich beschloss, einfach die Valentin-Nummer zu fahren: absolut gelassen dasitzen und nüchtern resümieren. Souverän, selbstsicher, seelenlos.

Es funktionierte selbst bei der abgebrühten PR-Expertin.

Ich hasse dich, Valentin.

»Warum? Was wolltest du dort?«

»Die Wirtschaftselite der Schweiz kennenlernen.« Ich war schockiert, wie leicht mir die Lüge über die Lippen kam. »Den Vorstand von CBS, die Stadtpräsidentin von Zürich, Valentins Vater natürlich, alle! Starfotografen, Immobilienmakler, Modedesigner.«

Misaki schluckte sichtbar. »Okay«, räumte sie ein, »das klingt... wirklich toll. Tut mir leid, dass ich so misstrauisch war, aber... ich meine, es wäre okay, wenn... ich will nur... Sei einfach ehrlich zu uns. Wir müssen dir doch den Rücken frei halten.«

Ich fühlte mich schrecklich, als ich sie fest umarmte, und nahm mir fest vor, mein Haus nie wieder anzulügen.

»Ich bin froh, dass wir das geklärt haben«, wechselte Misaki dann in den Geschäftsmodus. »Kurzer Recap: Alpha hat vierzehn Bewerbungen auf das nächste Präsidentinnenamt und wir haben eine Top Fünf zusammengestellt, aber natürlich liegt die Entscheidung bei dir. In der Adventszeit gibt es traditionell eher weniger Intrigen, also kannst du dir auch bis Januar Zeit lassen, aber spätestens im Februar sollten wir...«

Misakis Stimme verblasste, als mir ein alarmierend vertrautes Männerparfüm in die Nase stieg. Ein grotesk gut gelaunter Valentin steuerte direkt auf unseren Tisch zu.

»Ja, bitte?« Betont gleichgültig hob ich den Kopf, um ihn zu fragen, was er hier wollte –

Da drückte er seine Lippen schwungvoll auf meine.

Misakis Stimme erstarb in derselben Sekunde wie mein Herzschlag, Hazel entwich ein Laut, der wie ein sterbender Vogel klang.

»Guten Morgen, meine Schöne«, raunte Valentin so dicht an meiner Wange, dass sich die feinen Härchen in meinem Nacken aufstellten, und legte den übertriebenen Strauß aus der Limousine mitten auf Misakis Unterlagen. »Sehen wir uns heute nach den Kursen?«

Bevor ich angemessen reagieren konnte – ihm zum Beispiel meinen Orangensaft ins Gesicht schütten oder vor meinen Beraterinnen um Gnade flehend auf die Knie fallen –, schob Misaki energisch ihren Stuhl zurück. Valentin hatte sich längst zwanglos zu ein paar Jungs von Omega gesellt, als wäre nichts geschehen.

»Hier, deine Pressemeldungen.« Sie knallte den Planer auf den Tisch und stand auf. »Von jetzt an kannst du die selbst verwalten.«

Atemlos sah ich Misaki zu, wie sie den Speisesaal verließ, dann huschte mein Blick zurück zu Hazel. Ich hatte Angst, dass sie ebenfalls gehen würde.

»Bitte sag mir, dass das gerade nur ein hinterhältiges Attentat von ihm war.«

Und von einer Sekunde auf die nächste schossen mir heiße Tränen in die Augen, die ich nur mühsam zurückblinzeln konnte. Hazel reagierte augenblicklich, zog mich hoch und führte mich aus dem Raum. Die opulente Treppe hinunter und rechts in den Gang zu den Doppelzimmern, den ich letztes Jahr so oft gelaufen war, dass ich ihn immer noch blind fand.

Als mich der Geruch unseres alten Zimmers und der Anblick von Hazels Post-it-Sammlung überfiel, brach der Damm vollends und ich sank mitten auf der Türschwelle zu Boden. Es war alles zu viel, die Sehnsucht nach unserer gemeinsamen Zeit, die wütende Trauer über Valentins Verrat, Misakis gerechtfertigter Zorn und das schlechte Gewissen über die Lüge meinem Haus gegenüber. Die alberne Hoffnung meines Herzens, dass der Kuss vorhin etwas anderes bedeutet hatte als eine öffentliche Kriegserklärung.

»Es ist okay, wenn du Valentin magst«, sagte Hazel, nachdem sie mich auf ihr Bett gezogen und mir mein Lieblingskissen in den Schoß gedrückt hatte, das gelbe mit Simbas Löwenkopf drauf, das man so flauschig in alle Richtungen streicheln konnte. Ihre Eltern hatten es ihr im Disneyland gekauft. Ich war noch nie da gewesen.

»Ich mag Valentin nicht!«, zischte ich durch tränennasse Lippen.

»Gut, sonst müsste ich auch dein Marvelhelden-Ranking infrage stellen«, schob sie ein, bevor sie ernst meine Hand nahm. »Aber selbst wenn: Es wäre okay. Du darfst das nur nicht vor uns verheimlichen, okay? Wir werden alles tun, um dir zu helfen, aber sei bitte einfach ehrlich zu uns. Immer. Wir stehen hinter dir.«

Ich verkniff mir den Kommentar, dass das bei Misaki gerade anders gewirkt hatte, und nickte. »Ich habe dich nicht verdient, Hazel.«

Grinsend quetschte sie sich neben mich gegen das Kopfteil ihres Betts und drückte einen Knopf auf der Fernbedienung des Mini-Beamers. »Natürlich hast du mich nicht verdient, ich bin schließlich unbezahlbar. Aber du hast das *Gloria cum laude* verdient, und ich weiß, dass wir es schaffen können. Also, *Aladdin* oder *König der Löwen?*«

»Wir gucken immer *König der Löwen!*«, beschwerte ich mich und warf das Simba-Beweiskissen nach ihr. Das war ihr Lieblingsfilm. »Und ich muss jedes Mal weinen, wenn Mufasa in den Wolken zu ihm spricht!«

»Erstens«, widersprach Hazel lachend, »gucken wir ja auch auf meinem Beamer. Und zweitens müsstest du in deiner jetzigen Verfassung vermutlich bei jedem Film weinen. Aber weil morgen der erste Advent ist, darfst du aussuchen.«

Empört nahm ich ihr die Fernbedienung aus der Hand und scrollte durch ihre Filmliste. »Ich habe meine Meinung geändert: Ich hasse dich.«

Sie lachte. »Nein, tust du nicht.«

»Nein, tue ich nicht«, bestätigte ich und kuschelte mich an sie, während die Intro-Melodie von *Arielle, die Meerjungfrau* lief. »Danke, Hazel.«

32
Advent, Advent, ein Krieg entbrennt

Felicia

Am nächsten Morgen fand ich einen rosaroten Blumenstrauß vor meiner Tür, der meinen Puls in die Höhe schnellen ließ. Eine Karte hing daran.

> *Türchen 1 – Einen wundervollen Dezember, Herzkönigin.*
> *Bis zum neuen Jahr.*
> *V.K.*

Hatte dieser Typ sie noch alle? War das seine kranke Art eines pseudoromantischen Adventskalenders? Bevor mich jemand sehen konnte, hob ich den Strauß auf und warf ihn in den Mülleimer meiner Suite.

Im Speisesaal traf mich der zweite Hammer, als auf meinem Tisch ein riesiges Rosenarrangement in Herzform prangte. Einige Mädchen blickten mir kichernd nach, während ich schnurstracks an meinem Stammtisch vorbeiging und mich einfach an einen anderen Tisch setzte, an den sich zu meiner großen Erleichterung bald auch Hazel und Stella gesellten. Misaki fehlte schmerzlich. Ich musste später unbedingt mit ihr reden.

»Valentin Knight und ich sind nicht zusammen«, wiederholte ich den Satz, den ich in den letzten vierundzwanzig Stunden gefühlte hundert Mal gesagt hatte.

»Habe ich mir schon gedacht«, nickte Stella und strich Butter auf ihr Schwarzbrot: »Wir sprechen hier immerhin vom Omega-Anführer und du bist die Alpha-Präsidentin. Erzählst du mir später, was wirklich in Zürich passiert ist? Wir könnten ein Token-Ratespiel in der nächsten Ausgabe draus machen.«

Ich verneinte ausweichend, während Hazel nachdenklich in ihrem Tee rührte. »Ich frage mich nur, warum er will, dass es so aussieht. Immerhin steht er doch wie der liebeskranke Dumme da.«

Unmerklich sah ich mich um. Eigentlich sah es eher so aus, als würde plötzlich jede Frau in St. Gloria, die auch nur einen winzigen Hang zur Romantik hatte, Valentin als neuen Traummann des Campus ansehen. Reich, intelligent, gut aussehend und romantisch? Was mehr sollte man sich wünschen?

Es war genau das eingetreten, weswegen ich meine Gefühle verleugnet und ihn in seiner Limousine zurückgewiesen hatte: Er gewann und ich verlor. Wieso schaffte er es immer, mich in die Zwickmühle zu navigieren?

Wenn ich auf seine romantischen Gesten einging, sah das aus wie ein öffentliches Bekenntnis zu unserer – nichtexistenten – Beziehung. Und wenn ich seine hingebungsvollen Liebesbekundungen ignorierte, porträtierte ich mich selbst als herzlos und ihn als den verschmähten Kavalier mit gebrochenem Herzen.

Verdammt seist du, Valentin Knight!

Die nächsten Tage verbrachte ich damit, Blumensträuße zu entsorgen und die Präsidentenvorentscheide vorzubereiten. Erneut wurde mir schmerzlich bewusst, wie sehr ich mich immer auf Misaki verlassen hatte und wie wichtig das Amt der PR-Beraterin war. Zweimal hatte ich versucht, mit ihr zu reden, aber sie war ebenso resolut in ihren Entscheidungen wie in ihren Statements. Was bedeutete, dass Hazel und ich noch mehr zu tun hatten als ohnehin schon.

Wenn ich gedacht hatte, ich könnte diese bizarre Balzphase von Valentin einfach aussitzen, wurde ich in den nächsten Wochen eines Besseren belehrt. Valentin Knight war sehr ausdauernd und sehr hartnäckig. Fünf Blumensträuße hatte ich weggeworfen, bis mir die Idee kam, sie nacheinander all meinen favorisierten Präsidentenbewerberinnen und ausgewählten Anhängerinnen zu schenken. Wer hätte das gedacht? Valentins Sträuße liefen besser als Tokens.

Erneut hob ich einen Strauß auf und zählte in Gedanken die Tage. Sechzehn. Wenn Valentin wirklich ernst machte und mich den ganzen Dezember über quälen wollte, bedeutete das noch fünfzehn weitere. Beinahe bedauernd blickte ich auf das hübsche Gesteck, das all meine Lieblingsblumen in den zartesten Rosétönen beherbergte und einen himmlischen Duft verströmte.

»Da bekommt der Begriff ›Rosenkrieg‹ eine ganz neue Bedeutung, was?«, gluckste Nicoley neben mir, als wir zusammen zum Kunsttrakt gingen. Ich musste gegen meinen Willen lachen und er sah zufrieden aus, dass sein Witz funktioniert hatte. »Vielleicht solltest du einfach mit ihm reden.«

Meine Heiterkeit verflog. »Reden ist bei Valentin zwecklos.« Außerdem wollte ich den Leuten nicht noch mehr Anlass für Gesprächsstoff geben.

Nicoley hob die Schultern. »Da wäre ich mir nicht so sicher. So lange ich Valentin kenne, gab es noch keinen Deal, für den man ihn nicht gewinnen konnte. Übrigens: Fröhlichen dritten Advent, Fee!« Unvermittelt umarmte er mich fest. Seine Umarmung fühlte sich gut an, geborgen wie die eines alten Freundes.

»Vielleicht hast du recht«, murmelte ich, während ich seinen sportlichen Duft einatmete, der mir früher Herzklopfen verursacht hatte. Alles war besser, wenn man mit offenen Karten spielte. Unsere Freundschaft war der beste Beweis dafür.

Und zum Glück hatte ich ja eine grobe Ahnung davon, was Valentin wollte.

Valentin

»Also, was willst du, Valentin?« Lucien, dem ich einige organisatorische Aufgaben von Omega anvertraut hatte, tippte zum wiederholten Male auf den Bildschirm des Tablets, auf dem die Bewerbermappen geöffnet waren.

Lucien da Silva war einer der wenigen vernünftigen Seniors von Omega, und hätte mein Vater nicht Anfang des Jahres Anastasias Mutter geheiratet und mich zu ihrem Stiefbruder gemacht, wäre die Wahl zwischen uns ein Kopf-an-Kopf-Rennen gewesen. Ich schuldete ihm nichts, denn die Regeln waren die Regeln, aber er verdiente das Teilstipendium, das den Beratern des Siegerhauses gewährt wurde. Und mir tat es nicht weh, ihm diesen kleinen Vorteil zu verschaffen. Gefallen kamen immer irgendwann zu einem zurück.

Außer, man tat sie Felicia de Vries.

Was ich wollte? Dass Felicia mich genauso ansah wie die verdammten Sträuße, wenn sie glaubte, dass niemand hinsah. Dass ihre Augen genauso leuchteten wie bei dem Ausblick über das nächtliche Zürich. Dass ihr Körper meinem entgegenschmolz, wenn ich sie küsste, und ihr Duft alles war, das mich umgab. Dass ihre Stimme genauso zitterte wie in dem Moment auf der Tanzfläche, als sie mir gesagt hatte, was sie in mir sah. Dass sie mir das für den Rest meines Lebens sagen würde.

Ich wollte, dass sie erkannte, dass ich ihr nicht jeden Morgen einen Blumenstrauß vor die Tür legen ließ, weil ich vorhatte, ein Floristikgeschäft aufzukaufen.

Doch natürlich würde ich das weder Lucien sagen noch sonst irgendjemandem. Stattdessen beobachtete ich stumm die Schneeflocken vor den alten Sprossenfenstern, die den Schlossgarten mit einer weißen Schneedecke überzogen. Wir saßen in einer der zurückgezogenen Sitzgruppen im südlichen Lesesaal, dessen dunkle Ledersessel und zwei protzigen Kamine eher an einen Herrensalon erinnerten. Irgendwann war dieser Salon inoffizielles Omega-Territorium geworden, während der Lesesaal auf der anderen Seite der Bibliothek vornehmlich von Alphas genutzt wurde. Außer uns waren nur vier weitere Studierende hier: drei Juniors, die gemeinsam lernten, und das wandelnde Buch mit sieben Siegeln namens Troy Jackson, das in der Fensternische lümmelte, die am weitesten von den anderen Sitzgruppen entfernt war, und im schwindenden Tageslicht auf einem Collegeblock kritzelte, schrieb, durchstrich und wieder schrieb. Sein Bein wippte im Takt der Musik aus dem obligatorischen Walkman.

»Warum hat er sich nicht beworben?«, fragte ich Lucien, obwohl ich keine Antwort erwartete.

»Jackson?« Luciens Blick ging ebenfalls zur Fensternische. »Weil ihm St. Gloria am Arsch vorbeigeht? Manchmal frage ich mich, was er überhaupt hier macht. Die meisten würden töten, um überhaupt einen Platz hier zu kriegen.« Er zuckte mit den Schultern. »Keine Ahnung. Kann's nicht ändern. Also, wen favorisierst du von den echten Kandidaten?«

»Keinen.« Nicht, dass es mir nicht völlig egal sein könnte, was nächstes Jahr am St. Gloria passierte, aber für mich bedeutete Verantwortung, langfristig zu denken. Genau wie bei den Bauprojekten. »Jessiah Hobbs ist ein Fähnchen im Wind, Parker McGill ist geeignet, aber ich mag seine Prinzipien nicht. Und bevor ich zulasse, dass es dieser selbstverliebte Hosenscheißer Grayson ›Baron‹ Bellington wird, bleibe ich lieber selbst noch ein Jahr.«

Jasper prustete. »Das geht?«

»Natürlich.« Es war ein paar Mal vorgekommen, dass Studierende das Abschlussjahr wiederholen mussten, aber die Entscheidungen waren so individuell gewesen, dass man sie kaum als Taktik nutzen konnte. Zumal ich nicht vorhatte, länger als nötig hier zu verbringen.

»Warten wir mal ab«, beschloss Lucien. »Je nachdem, wer die nächste Präsidentin wird, haben wir ohnehin keine große Handhabe.«

Das stimmte. Das St. Gloria war darauf ausgelegt, den historischen Nachteil, den Frauen leider immer noch in Spitzenpositionen hatten, auszugleichen, indem es den weiblichen Studierenden mehr Macht übertrug.

Gerade wollte ich das Thema abschließen, als mein Blick auf die Präsidentin fiel, die in dieser Sekunde alle Macht über meine Körperfunktionen zu haben schien.

Felicia marschierte durch den Omega-Lesesaal, als wäre es ihr eigener Palast, geradewegs auf mich zu. Die Absätze ihrer schleifenbesetzten High Heels irgendeiner No-Name-Marke hallten laut auf dem Parkett und sorgten dafür, dass sich alle zu ihr umdrehten.

Ich ignorierte mein schneller schlagendes Herz und die sinnliche Kurve ihrer Taille in diesem taillierten Rock, und sah ihr auffordernd in die Augen.

»Na, das hat ja gedauert, Prinzessin.«

Ich liebte die Millisekunde, in der ihre Augen beim Klang des Spitznamens aufleuchteten, bevor sie so tat, als hätte sie ihn nicht gehört.

»Valentin, wir müssen reden.«

Gegen meinen Willen bewunderte ich die neue Felicia, die einen Scheiß auf Höflichkeit gab und ohne Selbstzweifel ihren Willen durchsetzte. Ich würde nie vergessen, wie sie die Concierge im Hotel zusammengefaltet hatte, um eine neue Zimmerkarte zu erhalten. Fast wäre ich dazugekommen, um ihr zu helfen. Aber diese Felicia brauchte meine Hilfe nicht. Denn diese Felicia war keine makellose Prinzessin mehr. Sondern eine Königin.

Mein Blick fiel auf den Strauß in ihrer Hand, den sie offenbar noch nicht losgeworden war. »Die Blumen stehen dir.«

»Ich weiß. Deswegen sind es ja auch meine Lieblingsblumen«, antwortete sie mit erhobenem Kinn. Es sollte wohl überheblich wirken, aber für mich war es unendlich süß.

»Ich weiß.« Mein wissendes Lächeln ließ sie ihren Fehler erkennen: Deswegen lagen die Blumen jeden Morgen vor ihrer Tür.

Um die Niederlage zu kaschieren, legte sie den Strauß vor uns auf den Cognactisch. »Das muss aufhören, Valentin.«

Ich lehnte mich auf dem Ledersofa zurück, jetzt wurde es spannend. »Was gibst du mir dafür?«

Ihr Blick huschte zu Lucien, der sie weitaus intensiver anstarrte, als gesund für ihn war.

»Lucien«, knurrte ich, damit er den Blick von ihr nahm. »Sorg dafür, dass wir allein sind.«

Er reagierte sofort und stand auf. »Alle mal herhören, die Party ist vorbei. Macht, dass ihr rauskommt, sonst mache *ich*, dass ihr rauskommt.« Er hielt die linke der zweiflügeligen Türen auf, und die Mädels packten hastig ihre Sachen zusammen. Der einzige, der sich nicht rührte, war Troy Jackson. »Das gilt auch für hörgeschädigte Mr. Fuck Yous!«, ergänzte Lucien lauter. Troy sah nicht einmal auf. Seine einzige Reaktion war: ein erhobener Mittelfinger. Ich bedeutete Lucien mit einer Kopfbewegung, es gut sein zu lassen, und sah wieder zu Felicia hoch. Gott, sie war so heiß, wenn sie so sauer war.

»Zurück zu dem, was du mir dafür gibst, dass ich aufhöre, dein Haus in einen Blumenladen zu verwandeln.«

Sie kam langsam auf mich zu. Mein Mund wurde trocken, als sie sich so dicht neben mir auf die Sessellehne setzte, dass mich ihr Parfüm fast um den Verstand brachte. Ihre Augen waren so unendlich blau, ihre Lippen so weich. Und ihr Blick konnte einen Mann in die Knie zwingen, als sie sich die kastanienbraunen Haare über eine Schulter strich, um mir die sinnliche Kurve ihres Halses zu präsentieren. Ich war wie hypnotisiert. Und ich war absurderweise stolz darauf, wie energisch sie meinen Blick erwiderte. Sie ließ sich nicht mehr einschüchtern.

»Ich habe deine letzte Bitte nicht vergessen«, flüsterte sie so dicht an meinem Ohr, dass sich meine Nackenhaare aufstellten. »Und ich lege noch eins drauf: Achtundvierzig Stunden. Ein Wochenende mit mir. Zwei Tage. Zwei Nächte.«

Ich leckte mir unwillkürlich über die Lippen, bis ich merkte, was ich da tat, und meine Gedanken schnell unter Kontrolle brachte. Mein Blick schoss zu Troy. Er sah nicht aus, als würde er irgendetwas anderes außer seinem Collegeblock und seiner Musik wahrnehmen, aber seine bloße Anwesenheit verhinderte, dass ich Felicia an mich ziehen konnte.

Dennoch konnte ich nicht widerstehen, eine ihrer goldbraunen Strähnen um meinen Finger zu wickeln und leicht daran zu ziehen. Ich sah das lustvolle Flackern in ihren Augen, und es hätte nicht viel gefehlt, um sie gleich jetzt auf meinen Schoß zu ziehen und unser beider Fantasien in die Tat umzusetzen.

Verdammt, das waren keine Fantasien mehr. Das war mehr – und es ging zu weit. Es machte mich unkonzentriert, angreifbar, schwach.

Entschieden stand ich von dem Sofa auf. »Nein.«

»Was?« Sie brauchte einen Moment, um die Enttäuschung abzuschütteln. Dann stand sie ebenfalls auf. »Vor zwei Monaten hättest du dich noch darauf eingelassen.«

»Vor zwei Monaten wäre es für dich auch noch ein Opfer gewesen.« Ich konnte nicht widerstehen, ihr Kinn zu umfassen, strich mit dem Daumen über ihre Unterlippe und sah das Aufflackern in ihren Augen, diese Mischung aus Hoffnung und Angst. Sie hoffte und fürchtete dasselbe wie ich. Sie fühlte dasselbe wie ich.

Sag es, Felicia.

Ich sah ihr tief in die Augen. Ich spürte ihren Herzschlag an ihrem Hals. Ich hörte mich selbst die Luft anhalten.

Sie sagte es nicht.

Weil die Alpha-Präsidentin wahrlich gelernt hatte zu spielen.

Mit einer Mischung aus Enttäuschung und Respekt ließ ich sie los und lehnte mich gegen die marmorne Kamineinfassung. Alles oder nichts.

»Hast du noch einen anderen Vorschlag, Prinzessin?« Sie antwortete nicht. Ich nickte. »Dachte ich mir. Hier ist, was ich im Gegenzug dafür will, dass ich aufhöre: Sag mir, dass du mich liebst.«

Sie starrte mich an, als hätte ich von ihr verlangt, den Mount Everest zu besteigen. »Wie bitte? Du spinnst!«

Ich zwang mich zu absoluter Reglosigkeit und hob eine Braue. »Ist das so? Du bist in mich verliebt, Felicia. Du weißt es, ich weiß es. Ich will, dass du es sagst. Dann werden die Blumen verschwinden – vorausgesetzt, du willst, dass sie verschwinden.«

Eine Sekunde lang starrte sie mich an. Zwei Sekunden lang dehnte sich die Stille. Dann stürmte sie an mir vorbei. »Vergiss es!«

Ich ignorierte den winzigen Stich und alle noch sinnloseren Gefühle, die er hinterließ, und schob die Hände in die Hosentaschen, während ich ihr nachsah.

»Du weißt, wo du mich findest.«

Zur Antwort knallte Felicia die Tür hinter sich zu. Der Laut hallte lange in der Stille nach, während ich versuchte, all diese widersprüchlichen Gefühle in mir zu sortieren. Wie konnte man jemanden gleichzeitig bewundern und verabscheuen, begehren und beschützen wollen, hassen und...

Ich schüttelte den Kopf und stand auf.

»Wieso habe ich das Gefühl, dass das Semester mit einem Knall enden wird?«, meldete sich plötzlich Troys Stimme aus dem Hintergrund. Als ich zu ihm hinübersah, war seine Körperhaltung unverändert teilnahmslos, aber sein stechender Blick auf mich geheftet.

»Es ist nur ein Spiel!«, beharrte ich, mehr vor mir selbst als vor ihm.

Er schnaubte. »Dir ist klar, dass man bei dieser Art Spiel nicht gewinnen kann? Bei dieser Art Spiel gibt es nur Verlierer.«

33
Die vier Geschenke

Felicia

Heiligabend. Zum ersten Mal in meinem Leben war ich nicht wirklich in Weihnachtsstimmung. Was wohl hauptsächlich daran lag, dass diese Adventszeit kaum Platz für gemütliches Teetrinken bei Kerzenlicht und Kamin geboten hatte und ich zwischen all den Terminen, üblichen Intrigen von Omega und Valentins immer noch andauernder Brautwerbung neben – oh, richtig! Lernen! – einfach zu beschäftigt gewesen war, um mich auf die besinnliche Zeit einzustellen. Selbst meine Weihnachtsgeschenke hatte ich erst vorgestern in Luzern gekauft und in aller Eile verpackt, wofür ich sonst immer Stunden akribischer Perfektionsarbeit und haufenweise Schleifenband, Geschenkpapier und Dekoration aufgewendet hatte.

Als ich an diesem Morgen meine Zimmertür öffnete, hatte ich allerdings am meisten Angst davor, dass Valentin mir ein demütigendes Weihnachtsgeschenk gemacht hätte.

Ich wusste nicht, ob Erleichterung oder Enttäuschung überwogen, als ich erneut nur den täglichen Strauß vorfand, der heute zusätzlich eine leuchtend rote Weihnachtssternblüte enthielt.

Ich beschloss, ihn zur Feier des Tages mit zum Frühstück zu nehmen als Symbol dafür, dass ich seine Spielchen durchaus aussitzen konnte.

Siehst du, Valentin Knight: Der Einzige, der sich hier lächerlich macht, bist du.

Der Speisesaal war ruhiger als sonst, man spürte, dass ein Großteil der Studierenden über Weihnachten nach Hause fuhr. Von den Alpha-Seniors war allerdings fast jeder geblieben. Was zum Teil daran lag, dass wir die Ferien nutzen wollten, um gemeinsam für die Abschlussprüfungen zu lernen. Beide Häuser lagen ungefähr gleichauf, und gemäß Satzung gewann bei gleicher Anhängerzahl das Haus mit dem besseren Notendurchschnitt.

Aber der Hauptgrund war vermutlich eine Mischung aus Eltern, die sowieso nicht da wären, und Silvesterpartys, die hier deutlich freizügiger gefeiert werden konnten als zu Hause.

Sobald der letzte Kurs vor Weihnachten beendet war, verwandelte sich Belmont-la-Fleur in ein Winterschloss der elitären Dekadenz, beginnend mit dem extravaganten Brunch an Heiligabend und gipfelnd in der spektakulären Silvesterparty, die gleichsam den Halbzeit-Wettkampf beider Lager markierte. Entsprechend ausgelassen war die Stimmung an unserem Tisch, als schon um zehn Uhr morgens Champagner und Campari flossen.

Wir zogen reihum Lose, auf die jeder zuvor seinen Namen geschrieben hatte, und wer gezogen wurde, bekam unter jubelndem Applaus seine Geschenke gereicht. Ich liebte es, die Reaktion der anderen zu sehen, wenn sie meine Geschenke auspackten, den Moment, wenn sie die letzte Lage Papier entfernten und ihre Augen zu leuchten begannen. Ich gehörte definitiv zu den Menschen, die lieber schenkten als beschenkt zu werden.

Nicoley zu meiner Rechten hingegen war jemand, der sich ehrlich über jedes einzelne seiner gefühlten zweihundert Geschenke freute – sogar über selbst gemachte Lesezeichen mit Federn und Plüsch. Fröhlich streckte er das letzte Geschenk, eine kitschige Schneekugel, in die Luft, und alle klatschten.

»Danke, Leute!«, rief er, dann griff er seinerseits in das Buntglas mit den Zetteln. Ich erhaschte meine eigene Handschrift, noch bevor er laut vorlas: »Felicia de Vries«, und dann meinen Arm berührte. »Du bist dran, Fee!«

Schon wurden mir die ersten Geschenke gereicht.

Bitte, lieber Gott, lass keins von Valentin dabei sein.

Mit zunehmender Nervosität machte ich mich ans Auspacken. Ich bekam zahlreiche Bücher, zwei Serienstaffeln und ganze dreiundzwanzig Haarbänder und Schleifen geschenkt, die fantastisch zu den neuen Kleidern von Valentin passten – von denen ich heute das Chanel-Kleid trug.

Beim letzten Geschenk erkannte ich schon an der unsauberen Art, wie es eingepackt war, dass es von Nicoley stammte, und warf ihm einen aufgeregten Seitenblick zu, den er grinsend erwiderte. Es war das neue Parfüm von Marc Jacobs.

»Danke an euch alle!«, rief ich, als ich fertig war. »Das sind wirklich tolle Geschenke.« Und kein einziges von Valentin.

Gerade als ich erleichtert nach dem Buntglas griff, um den nächsten Namen zu ziehen, öffnete sich die Tür und ein Kurier kam herein, bis unters Kinn beladen mit vier unterschiedlich großen Boxen, obenauf ein Blumenstrauß von der Dimension eines Kronleuchters.

»Felicia de Vries?«, las er von seinem digitalen Klemmbrett ab. Ich wollte augenblicklich im Boden versinken.

»Da drüben!« Ein halbes Dutzend Finger zeigten auf mich, während ich beherrscht ein- und ausatmete und starr geradeaus schaute, bis er die Geschenkboxen vor mir auf dem Tisch abgeladen hatte, mir den überdimensionierten Blumenstrauß in die Hand drückte und ein quittierendes Autogramm von mir verlangte.

Nicoley war der Erste, der in Lachen ausbrach, während ich mit versteinerter Miene aufstand, den zum Sterben schönen Strauß zum Mülleimer trug und ihn demonstrativ hineinfallen ließ. Jetzt sah der Mülleimer aus wie ein exklusives Blumengesteck. Was für eine schreckliche Verschwendung...

Mein Blick streifte Hazel, die mich besorgt ansah. Dann setzte ich mich wieder, griff nach dem Buntglas und zog den nächsten Namen.

»Andrea Marshall!«

»Hey, jetzt wollen wir auch wissen, was da drin ist!«, beschwerte sich jemand. Ich schürzte unzufrieden die Lippen, während Nicoley sich gar nicht mehr einkriegte. Ungehalten boxte ich ihm in die Seite.

»Hör auf damit! Das ist nicht lustig.«

»Das ist total lustig!«, widersprach er. »Und ich würde echt gern wissen, was Valentin dir schenkt.«

»Die sind nicht von –«

»Das Unterste ist bestimmt ein Kleid aus einer Kollektion, an die nur Superreiche kommen«, begannen die ersten Spekulationen, bevor ich Valentins Namen dementieren konnte. Na toll. »Und das da oben ist vielleicht ein Ring?«

Wenn er mir einen Ring schenkte, würde ich ihn pfählen.

Also schön.

Ich griff nach dem obersten, kleinsten Päckchen, in dem sich der vermeintliche Ring befand. Eine goldene »4« prangte darauf.

Schreibst du mir jetzt etwa auch vor, in welcher Reihenfolge ich meine Geschenke zu öffnen habe?

Kurz war ich versucht, seinen Plan zu durchkreuzen, aber um ehrlich zu sein, hatte ich zu große Angst davor, dass sich darin wirklich ein Ring befinden könnte. Also griff ich doch nach der »1«, einer flachen, länglichen Schachtel. Nach kurzer Anspannung stellte sich heraus, dass es Pralinen waren.

»Sehr einfallsreich, Valentin«, höhnte ich laut, während mir still und heimlich ein Stein vom Herzen fiel.

Überlegen hob ich die Schachtel in die Höhe, woraufhin alle buhten. Ich warf die Schachtel in die Mitte des Tisches, wo sich die ersten darüber hermachten, und widmete mich der Nummer »2«, die glücklicherweise zu groß für Schmuck war. Sobald ich das schwere Geschenkpapier von dem Karton entfernt hatte und das Emblem sah, wusste ich, was er beinhaltete.

Oh Gott, lass sie hässlich sein.

Ängstlich hob ich den Deckel an, dann klappte mir der Mund auf. Eilig schlug ich die Hand davor, aber es war zu spät. Ich konnte nicht anders, ich *musste* diese Schuhe auspacken, sofort!

Verflucht seist du, Valentin Knight, für deinen unfehlbaren Sinn für Stil und Modegeschmack.

Die Ersten schnappten sprachlos nach Luft, als ich die glänzend roséfarbenen, perlenbesetzten High Heels aus dem Karton hob, die den Knöchel mit einem feinen Riemchen umschlossen, das sich zu einer elegant-verspielten Satinschleife erweiterte. Die typisch rote Sohle zeichnete sie als Christian Louboutins Kreation aus. Als die Mädchen in Kreischen ausbrachen, wollte ich am liebsten mitmachen.

»Darf ich sie mal halten?«

»Oh, mein Gott! Welche Schuhgröße hast du?«

Äußerst widerwillig gab ich die Schuhe nach links weiter. An meiner rechten Seite biss Nicoley in seine Faust, um nicht wieder loszuprusten.

»Was?«, fauchte ich ihn an.

Seine Schultern bebten vor unterdrücktem Lachen. »Willst du den Strauß nicht vielleicht wieder aus dem Müll holen? Komm schon, jeder hier kann sehen, wie sehr du dich freust.«

Augenblicklich setzte ich einen finsteren Gesichtsausdruck auf. Zwei geschafft, zwei fehlten noch. Und wie ich Valentin kannte, würde es nur schlimmer werden. Ich beschloss, die anderen beiden lieber in meiner Suite zu öffnen.

»Machst du jetzt weiter, oder was?«, krähte ausgerechnet Stella, die bereits eifrig mit ihrer Handykamera filmte. Wie viele Tokens würde mich die Entfernung dieses Videoclips aus dem *Morning Glory* kosten?

Alle, an denen die Louboutins bereits vorbeigewandert waren, waren heiß auf mehr: »Jetzt kommt das Kleid! Ich tippe auf Prada.«

»Ich wette auf das Kleid, das Taylor Swift neulich bei der Gala getragen hat!«

Seufzend beugte ich mich dem Willen meines Hauses. Die dritte Schachtel könnte tatsächlich ein Kleid enthalten. Mit vor Neugierde zitternden Händen klappte ich den Deckel auf, woraufhin sich die Nasen der Umsitzenden reckten, aber nur auf eingeschlagenes, schwarzes Seidenpapier blickten.

Okay. Ich atmete tief durch, dann löste ich das Siegel mit den verschnörkelten Initialen, das ich noch nie gesehen hatte. Die puderrosa Schachtel, die darunter zum Vorschein kam, sah aus wie für Gebäck.

Nicoley presste sich schon wieder eine Hand vor den Mund. Kannte er das Logo etwa?

Ich warf ihm einen finsteren Blick zu, bevor ich den Deckel anhob. Scheiße.

In der Schachtel lag kein Kleid, das stand fest. Das war – um Himmels willen! Ich verschluckte mich fast vor Empörung und klappte den Deckel zu.

Das hast du nicht ernsthaft gewagt, Valentin!

Ich musste es noch einmal anschauen. Aufgewühlt betastete ich den hauchzarten Stoff, befühlte die unfassbar weiche Spitze, die Goldketten, die unzähligen Bänder. In der Schachtel war nicht auszumachen, wie es aussehen würde, aber eines stand fest: Dieses Etwas würde ich niemals tragen.

»Was ist es?«, fragte irgendjemand, Lichtjahre entfernt, während Nicoley kaum noch an sich halten konnte: »Das ist wohl eine … ziemlich private Sache zwischen Valentin und Felicia.«

»Spinnst du?«, fauchte ich unterdrückt, doch es war zu spät.

»Er hat dir Unterwäsche geschenkt?«, erkannte die Erste.

»Na ja, Unterwäsche ist vielleicht ein bisschen zu ordinär für das da…«

Ich stieß Nicoley erneut an, klappte entschieden den Karton zu und stand auf. »Die Louboutins!«, forderte ich mit ausgestrecktem Arm, packte sie ebenfalls wieder ein, warf das noch verpackte kleine Geschenk mit in den Schuhkarton, klemmte mir beide unter den Arm und brauste davon.

»Was machst du?«, fragte Hazel, während die anderen in Lachen ausbrachen.

»Ich gehe Valentin Knight umbringen.«

34
Das Ultimatum

Felicia

Ich hämmerte dreißig Sekunden lang an Valentins Tür, bis er öffnete. Als er es endlich tat, war ich eine Sekunde lang wie vor den Kopf gestoßen. Er trug weder den weinroten Blazer der Schuluniform noch eines seiner üblichen Sakkos, sondern einen schlichten kamelfarbenen Rollkragenpullover, der sich so perfekt an seinen muskulösen Oberkörper schmiegte, als wäre er darin geboren worden, und obendrein das Olivgrün seiner Augen betonte.

»Dir auch einen guten Weihnachtsmorgen. Schönes Kleid.« Seine amüsiert erhobene Braue und sein wissender Blick bohrten sich mitten in meine Brust, während die Art, wie sein Blick über mein Kleid glitt, mir die beste Art von Ganzkörperkribbeln verursachte, wie in eine herrlich warme Badewanne zu steigen.

Ich brachte das Kribbeln zum Schweigen und marschierte an ihm vorbei in seine Suite. Unvermittelt blieb ich stehen, um die Einrichtung in mich aufzunehmen, die so völlig anders war als die in meiner Suite, obwohl beide Suiten vom Schnitt her gleich waren. Wenngleich ich noch nie hier war, könnte ich diese Suite unter hundert anderen als die von Valentin Knight identifizieren. Elegant, maskulin und unverkennbar hochwertig, ohne dabei protzig oder überladen zu wirken. Alles war in geraden Linien, kräftigen Farben und dunklen Hölzern gehalten.

»Suchst du etwas Bestimmtes?«, fragte er hinter mir. Zu dicht. Schnell trat ich zur Seite und ließ die auffällige Dessous-Schachtel auf den schweren Mahagonitisch fallen.

»Wie ich sehe, hast du deine Geschenke schon ausgepackt.«

»Deine Geschenke«, korrigierte ich, »kannst du zurückhaben.«

Er warf einen vielsagenden Blick auf den Karton unter meinem Arm. »Und die Schuhe?«

Unwillkürlich umklammerte ich die Box fester. »Das sind keine Schuhe, das sind Louboutins«, belehrte ich ihn, bevor ich mich erinnerte, dass er das sehr genau wusste, schließlich hatte er sie ja gekauft. »Die behalte ich, als Kriegsbeute. Den Rest kannst du zurückhaben. Was bringt dich überhaupt zu der absurden Annahme, dass du mich jemals in – dem da – sehen wirst?«

Sein verboten attraktives Lächeln umspielte seine Lippen, während er langsam auf mich zukam. »Die Chancen stehen gar nicht schlecht. Ich könnte immer noch meine Meinung ändern und auf dein Angebot eingehen.« Er blieb so dicht vor mir stehen, dass ich seinen heißen Atem auf der Haut spüren konnte. »Oder du auf meins.«

Ich wollte schnauben, aber mein Herz flatterte so sehr, dass mir nur ein atemloses Fiepen entwich. »Das bleibt wohl nur ein Produkt deiner Fantasie, Valentin.«

Er hob eine Schulter, was gleichermaßen bedeuten konnte, dass er mir zustimmte, dass es ihm völlig gleichgültig war, oder dass er auf einem völlig anderen Spielfeld spielte. »Willst du wissen, was ich da drin gerade mit dir mache?«

Hitze schoss mir in die Glieder. Ich wollte zurückweichen, damit mein verräterischer Körper mir nicht in den Rücken fallen konnte. Doch ich war wie festgewachsen, als er die Hand hob, um über mein Schlüsselbein zu streicheln. Die Berührung verschlug mir den Atem und ließ meinen Puls derart in die Höhe schießen, dass er es unter den Fingerspitzen spüren musste. Seine Mundwinkel hoben sich leicht, als er ...

Warte, sah ich etwa gerade seinen Mund an?

Ich rief mich zur Ordnung. Alles nur ein Spiel. Es war alles nur ein Spiel. Oder doch nicht? War das hier echt?

Ich wusste es nicht. Mein Herz und mein Kopf sagten widersprüchliche Dinge, aber alles in mir schrie mich an, auf keinen Fall nachzugeben. Es stand zu viel auf dem Spiel. Omega war im Rückstand, das wusste er. Seine einzige Chance zu gewinnen war, mich zu besiegen. Das würde ich nicht zulassen.

»Hör auf mit dem Spiel.«

Seine Falkenaugen verengten sich leicht. Warnung oder Einladung?
»Wer sagt, dass es ein Spiel ist?«

Valentin

Ihr Atem stockte. Schon wieder. Doch ihre blauen Augen schossen zornige Blitze. Ich hielt ihren Blick fest, sah nicht weg, und wünschte, ich wüsste, was in ihr vorging. War sie so wütend, wie sie vorgab? Wenn ja, auf mich? Auf sich selbst? War das nur eine Maske für ein anderes Gefühl? Hoffnung? Angst? Lust?

Zum Test ließ ich meine Hand höher wandern, strich über die sinnliche Kurve, an der ihr Hals in ihr Kinn überging, und sah, wie sich ihre Lippen leicht öffneten. Verdammt, ich wollte sie küssen. Aber ich würde nicht den ersten Schritt machen. Den ersten Schritt zu machen bedeutete, Schwäche zu zeigen.

Einen wilden Herzschlag lang flambierte sie mich mit dem blauen Feuer ihrer Augen. Dann warf sie die Arme um meinen Hals und presste ihre Lippen auf meine.

Jubel brandete durch meine Adern, stärker als jeder Siegesrausch oder Gewinn. Mein Körper reagierte instinktiv, nahm ihren Mund vollständig in Besitz und umfasste ihre Taille, um sie eng an mich zu ziehen.

Ich könnte diesen Kuss einfach als Beweis ansehen und in ihrem Kuss, ihrem Duft, ihrer Nähe versinken. Aber ein Deal war ein Deal. Eine Absichtserklärung ohne Handlung war nichts als ein Traum, und eine Handlung ohne Absichtserklärung war nichts als Aktionismus. Das hier war kein Aktionismus.

Es kostete mich all meine Willenskraft, doch ich schob sie auf Armeslänge von mir. »Hast du nicht etwas vergessen?«

Felicia starrte mich atemlos an. Es dauerte einen Moment, bis sie begriff: »Du verlangst nicht ernsthaft, dass ich das zu dir sage!«

»Doch. Genau das verlange ich.«

All in. Alles oder nichts, Felicia.

Sie schnaubte entgeistert, machte sich von mir los. »Das wird nie passieren.«

Ich überspielte den Stich der Enttäuschung mit einem lang gezogenen Seufzen und schob die Hände in die Hosentaschen. Gut, dass ich nicht den ersten Schritt gemacht und mich lächerlich gemacht hatte.

Hoffnung ist Schwäche.

»Ich werde langsam müde, unser kleines Spiel zu spielen. Ich gebe dir bis Ende der Woche Zeit. Sagen wir, bis es an Silvester dunkel ist, das dürfte so gegen achtzehn Uhr sein.«

Felicia klappte der Mund auf. »Und wenn ich es nicht tue?«

Ich verschloss meine Miene und sah sie mit einer Selbstgefälligkeit an, die ich nicht empfand. »Du lässt es besser nicht darauf ankommen.«

35
Liebt er dich, liebst du ihn nicht?

Felicia

Liebst du ihn? Liebt er dich nicht?

Liebt er dich? Liebst du ihn nicht?

Wenn er mich nicht liebte, warum sah er mich dann so an? Warum schenkte er mir jeden Tag diese atemberaubenden Blumen? Warum hatte er meinen Kuss so bedingungslos erwidert?

Aber wenn er mich liebte, warum sagte er das dann nicht einfach? Warum musste ich es sagen?

»Ich hoffe, du bist in Gedanken beim Silvesterball heute Abend und nicht immer noch bei den Probeaufgaben für Stochastik, die ich dir vorhin angestrichen habe.« Hazels Stimme klang fröhlich, doch ich merkte ihr den Stress an. Misaki war immer noch nicht auf den PR-Posten zurückgekehrt, was für uns beide doppelte Arbeit bedeutete, wovon das meiste an Hazel hängen blieb, weil ich als Präsidentin auch all die anderen Termine hatte. Ich wurde buchstäblich zu jeder Winterfeier eingeladen, egal, ob private Partys aus Wahlkampfgründen oder die von außercurriculären Kursen wie Theater, Poetry Slam,

Robotik, Campusgarten oder Stricken – ja, es gab einen Strick-Club am St. Gloria und ich war jetzt stolze Besitzerin einer wunderhübschen selbst gestrickten Buchhülle.

Aus diesem Grund hatte ich mich auch völlig aus der Organisation des Silvesterballs zurückgezogen. Jetzt allerdings, nur wenige Stunden vorher, verknotete der Gedanke daran meine Eingeweide fast so sehr wie die andere Sache, die ich seit einer Woche mit mir herumtrug.

Valentins Ultimatum.

»Ehrlich gesagt nicht«, gestand ich. Kurzerhand zog ich meine beste Freundin in eine Ecke des Prunkzimmers, durch das wir gerade in den Haupttrakt gingen. Der alte Kachelkamin gegenüber war angeheizt und verströmte angenehme Wärme, die einige Juniors genossen. Sie unterhielten sich, aber ich konnte sie nicht verstehen, also würden sie uns wohl auch nicht hören können. »Können wir kurz reden?«

Hazel blinzelte schockiert. »Klar, jederzeit! Worum geht's?«

Ich atmete tief durch. »Um Valentin.«

Sofort verfinsterte sich ihr Gesichtsausdruck. »Ich dachte, das Thema hätten wir durch.«

»Haben wir auch, aber –«

»Bitte sag mir nicht, dass er dich jetzt doch mit seinen Erpressungssträußen und Manipulationsgeschenken weichgekocht hat.«

»Nein, hat er nicht!« Zumindest nicht mit den Geschenken, dachte ich, doch wie sollte ich ihr das sagen, wenn sie allein bei der Erwähnung seines Namens so aufgebracht reagierte. »Ich weiß nur nicht, was ich glauben soll. Was, wenn...?«

Ich verstummte, als Hazel mich an beiden Schultern fasste und mir fest in die Augen sah. »Was du glauben sollst, ist, dass Alpha in Führung liegt. An Silvester. Das ist seit vier Jahren nicht mehr vorgekommen. Du wirst nicht auf sein Ultimatum eingehen. Denn wenn du das tust, werden wir verlieren. Und ich kann mir nicht leisten, dass wir verlieren, okay? Du kannst dir das nicht leisten. Wir können es uns nicht leisten. Wir haben zu hart dafür gekämpft, erst recht diesen Monat. Okay?«

Ich nickte, obwohl meine Unterlippe bebte. Hazels Blick wurde mitfühlender. »Lass dich nicht auf Valentins Spielchen ein. Versprich es mir, Feli.«

»Ich...« Ich nickte. »Ich versprech's.«

Sie zog mich in die Arme. »Wir schaffen das. Du bist so super als Präsidentin, und die Leute bewundern dich wirklich. Es gibt so viele Token-Aufgaben dafür,...«

Sie hielt inne, als hätte sie etwas gesagt, das sie eigentlich nicht sagen wollte. Ich wurde hellhörig. »Token-Aufgaben wofür?«

»Nichts. Vergiss es.«

Ich hielt sie zurück, als sie sich wieder in Bewegung setzen wollte. »Hazel.«

Jetzt seufzte sie. »Es gibt Token-Aufgaben dafür, an dein Handy und deine privaten Chats und Fotos zu kommen.« Ich blinzelte, unfähig, diese Information zu verarbeiten. Ich hatte gewusst, dass Token-Aufgaben fies sein konnten, aber gingen sie tatsächlich so weit, in die Privatsphäre einzudringen? Schon schnaubte ich. Das hier war die gelangweilte Elite, natürlich gingen sie so weit.

»Wieso weiß ich nichts davon?«

»Das wissen die amtierenden Amtsinhaber nie, weil ihr schon genug um die Ohren habt und euch auf andere Aufgaben konzentrieren sollt. Es ist die Aufgabe des Beraterteams, so etwas von euch fernzuhalten, also bitte sag niemandem, dass ich dir davon erzählt habe, okay?«

»Mache ich nicht, sei nicht albern, Hazel, du bist meine beste Freundin!«, versprach ich sofort. »Nur sag mir von jetzt an einfach alles, damit ich mich zumindest darauf vorbereiten kann, okay?«

In der Sekunde, in der ich das aussprach, erkannte ich Misakis exakten Wortlaut wieder. Sie hatte kein Problem damit gehabt, dass ich Zeit mit Valentin verbracht hatte. Ihr Problem war gewesen, dass ich sie nicht darauf vorbereitet hatte, sondern ins offene Messer hatte laufen lassen.

Hazel überlegte kurz, dann hielt sie mir feierlich die Hand hin. »Deal! Ich erzähle dir alles, was uns potenziell schaden könnte. Und du mir.«

Wir schlugen ein und sie begann sofort, mich auf den neuesten Stand über die Token-Aufgaben zu bringen. »Und von den harmloseren Sachen brauchen wir gar nicht erst zu sprechen. Chatverläufe, dein Browserverlauf, irgendetwas, das dich bloßstellt.« Sie zuckte mit den Schultern. »Meist stellen wir dann irgendwas zur Verfügung, das eher verpeilt als skandalös ist, damit die Leute ihre Tokens bekommen und das Thema vom Tisch ist. Also«, wechselte sie dann nahtlos das Thema, »was gibt es auf deiner Seite, wovon ich wissen sollte?«

Ich erstarrte unwillkürlich.

Nicht weil die Liste länger war als mein Arm und alles davon Valentin und die verschiedensten Körperteile von mir betraf – einschließlich meines Herzens.

Sondern weil sich im Korridor vor der Anschlagtafel eine enorme Traube Studierender gebildet hatte, die die Hälse und Handys nach oben reckten.

Siedend heiß fiel mir Valentins Ultimatum ein. Das hatte ich vor lauter Präsidentschaftspflichten zum Jahresende vollkommen vergessen! Hastig warf ich einen Blick auf die Uhr: kurz vor eins. Er hatte gesagt, das Ultimatum endete erst heute um achtzehn Uhr. Hielt er sich jetzt nicht einmal mehr an seine eigenen Regeln?

Vor Sorge, dass er einen neuen Klatschblattartikel ausgegraben hatte, der mich in irgendeiner verfänglichen Situation zeigte, beschleunigten sich meine Schritte. Verschwommene Bilder von stürmischen Küssen in Foyers und Fahrstühlen schossen mir durch den Kopf, aber das würde doch niemand festhalten – oder?

Es war schlimmer als ein Klatschartikel.

Neben der Anschlagtafel prangte ein neuer faszinierender, großflächiger Fotodruck auf Acrylglas, der auf locker zwei Metern Breite eine Art moderner Interpretation des Gemäldes *Geburt der Venus* von Sandro Botticelli zeigte. Nur dass die Venus nicht von vorn in einer Muschel stand, sondern in Rückenansicht in einem nächtlich illuminierten Pool. Und dass es nicht die römische Göttin der Liebe war, sondern ...

Mir entfuhr ein dermaßen entsetzter Aufschrei, dass sich ein Haufen Gesichter zu mir umdrehten. Das war ich! Diese zart beschienene, halb nackte Silhouette vor dem Pool, die wie inszeniert den Kopf gerade weit genug zur Seite neigte, um ihr Profil erkennen zu lassen. Meine Nase sah von der Seite ja furchtbar aus! Oh Gott, das war wirklich ich, in der Villa des Fotografen JJ, in der Nacht, in der ich ... zum ersten Mal mit Valentin Knight geschlafen hatte. Wie viele Bilder gab es noch aus dieser Serie? Die würde er doch nicht alle veröffentlichen?

»Scheiße, Feli! Bitte sag mir, dass das nicht du bist!«, keuchte Hazel.

»Felicia!« Sofort zückte Gina, die Omega-Vertreterin des *Morning Glory* – wo war Stella, wenn man sie brauchte? – ihr Handy. »Stammt dieses Foto wirklich aus Valentins Besitz? Und wenn ja, wie viele gibt es aus dieser Serie? Warum hat er sie? Und wo bitte ist dieser traumhafte Pool, damit wir alle ein Bad darin nehmen können?«

Ich spürte, wie Hazel mir einen fassungslosen Blick von der Seite zuwarf, und ihre Verletztheit und Wut traf mich, als wäre es meine eigene.

Ich warf ihr einen kurzen entschuldigenden Blick zu, bevor ich Gina mit einem »Kein Kommentar« abspeiste und mich zurück durch die Schneise drängte, die Hazel für mich freiräumte.

Mein vibrierendes Handy ließ mich zusammenzucken. Mit zitternden Händen zog ich es heraus. Eine Direktnachricht in der Glorious-App.

Valentin_Knight: Schönes Bild, oder? Ich habe einen ganzen

Stick voller Bilder. Du kannst sie haben. Sonderpreis: 0 Token.
3 Worte. 5 Stunden.

Mir entwich ein Keuchen, während mein gesamter Körper abwechselnd flammend heiß und eiskalt wurde.

»Von Valentin Knight, hm?«, sagte eine näselnde männliche Stimme, bei der sich all meine Nackenhaare aufstellten. Hastig drückte ich mein Handy gegen die Brust, damit mein Bildschirm nicht zu sehen war, doch der Blick des Typen war auf den Fotodruck hinter Acrylglas über uns gerichtet. Sein weißes Hemd war frisch gestärkt und sein schwarzes Haar so übertrieben zurückgegelt, dass es aussah, als hätte er eine ganze Tube Schuhcreme dafür benutzt. Unwillkürlich musste ich an Draco Malfoys Frisur in den ersten Filmen denken – nur in Schwarz. Ich kramte in meinem Gedächtnis. Er war ein Junior aus Omega, aber ich kam nicht auf seinen Namen.

»Das hat Gina gerade gesagt«, bestätigte der blonde Typ neben ihm, der ihn um eineinhalb Köpfe überragte, aber so dünn war, dass seine hohen Wangenknochen unangenehm hervortraten. »Soll ich sie zurückholen, Baron?«

Baron Bellington, fiel mir der Name wieder ein. Ich kannte seinen Steckbrief nicht auswendig wie den der Alphas, aber es war bekannt, dass er nächstes Jahr Omega-Präsident werden wollte. Wie gut, dass ich dann nicht mehr da sein würde.

»Nein«, widersprach Baron jetzt und zog sein Handy heraus. »Ich habe eine bessere Idee.« Er öffnete die Glorious-App und verzog die Mundwinkel zu einem dieser schmierigen Halblächeln, die ich früher allein Valentin Knight zugeschrieben hätte. Jetzt erkannte ich, dass Valentin niemals so gelächelt hatte, nicht einmal gegenüber seinen Feinden. Wenn Valentin lächelte, war es eine Herausforderung und intellektuelles Kräftemessen. Wenn Baron lächelte, war es pure Verachtung.

»Feli, kommst du?« Hazels Stimme klang gereizter als je zuvor. Ich betete, dass es an dem Zusatzstress lag, den dieser Tumult hier auf unseren ohnehin schon riesigen Stressberg schaufelte, denn die Alternative war, dass sie mir dieses Mal wirklich übelnahm, dass sie nichts von diesen Bildern gewusst hatte.

In dieser Sekunde bogen Nicoley und Constantin um die Ecke.

Mein Präsident in Trainingsjacke stockte mitten im Satz, als er das Bild sah. Sein Blick huschte von dem Motiv zu mir und wieder zu dem Motiv, während Constantin sich immerhin bemühte, die Contenance zu bewahren, und mich nicht anstarrte wie alle anderen.

»Geh weiter, Nicoley!« Hazel drehte ihn an den Schultern um und schob ihn zurück in die Richtung, aus der er gekommen war. Er verdrehte sich den Hals, um das Bild weiterhin anstarren zu können, während wir den Pulk endlich hinter uns ließen.

»Fee, bist…? Wie…? Woher…?«, stammelte Nicoley wie ein Kleinkind seine ersten Worte, »Sag mir nicht, dass Valentin dieses Bild gemacht hat.«

Mein Blick flog zu Hazel, die ebenso ungeduldig auf diese Antwort zu warten schien.

»Nein«, gab ich schließlich zu, »ein Fotografenfreund von ihm. Aber… es gibt noch mehr Bilder von diesem Abend.«

Ich verdrängte Hazels sengenden Blick und sah Nicoley flehend an, in der Hoffnung, dass er die Bedeutung dessen verstand, was ich nicht ausgesprochen hatte. Seine Augen wurden groß.

»Ach du Scheiße! Und Valentin hat sie?«

Ich wich seinem Blick aus und blieb stumm, mir der vielen Zuhörer überdeutlich bewusst, die nur auf eine falsche Äußerung von mir lauerten.

»Ach du Scheiße!«, wiederholte Nicoley und legte den Arm um meine Schulter. »Okay, komm mit. Hazel, ich bringe sie dir in dreißig Minuten zurück.«

Und damit brachte er mich weg von dem Skandalfoto, weg von

dem Klatschmob, und weg von meiner besten Freundin, deren enttäuschter Blick ein Loch in meine Brust riss. Nicoley führte mich in ein Doppelzimmer im Erdgeschoss des Nordflügels, in dem ich mich schniefend umsah. Es erinnerte mich schmerzlich an das Zimmer, das ich mit Hazel geteilt hatte.

»Wessen Zimmer ist das?«

»Meins.«

Mir fiel wieder ein, dass er kurz nach unserer Trennung in ein Doppelzimmer gezogen war. »Ich hätte die Suite schon viel früher eintauschen sollen. Viel zu groß, viel zu leer. Hier habe ich jeden Abend jemanden zum Quatschen. Und Constantin ist echt super.«

»Du teilst dir ein Zimmer mit Constantin?«, fragte ich, um den Schmerz darüber zu verdrängen, dass ich mich in meiner Suite genauso leer fühlte wie er.

Vorsichtig ließ ich mich neben ihm aufs Bett sinken und sah mich um. Es war faszinierend zu sehen, wie die komplett unterschiedlichen Stile der beiden aufeinandertrafen: Sportlich, lässig und jungenhaft auf Nicoleys Seite mit den signierten Mannschaftspostern, Fahnen, Bällen und seinen gewonnenen Pokalen; dagegen erwachsen, intellektuell und irgendwie aristokratisch auf Constantins Seite, auf der in schweres Leder gebundene Sonderausgaben von Büchern, ein Globus und – eine Violine! – ins Auge fielen.

Die Sehnsucht nach meinem alten Zimmer und Hazel begrub mich mit der Macht einer Lawine. Ich schluchzte auf und verbarg das Gesicht in den Händen.

Nicoley, der meine Traurigkeit falsch deutete, nahm mich unbeholfen in die Arme. »Ich werde mal mit Valentin reden und ihn fragen, was er dafür will, dass er aufhört.«

»Ich weiß, was er will. Und darum geht es auch gar nicht!«

»Echt?«, fragte er. »Und was?«

Ich seufzte tief. »Er will, dass ich ihm sage, dass ich ihn liebe.«

Nicoley glotzte mich einen Augenblick lang an wie ein Schaf. Dann kippte er vornüber und brach in schallendes Gelächter aus, bis ich ihm einen heftigen Klaps auf den Oberschenkel gab.

»Aua!« Er richtete sich wieder auf, immer noch kichernd. »Das ist alles? Warum sagst du es ihm nicht einfach? Es stimmt doch, oder nicht?«

Ich schoss hoch, erneut von dieser heißkalten Welle erfasst. »Nein?!« War das eine Frage oder eine Antwort? Ach Mist...

Selbst Nicoley wusste es, denn er hob vielsagend die Augenbrauen, sodass ich in mich zusammensank. »Höchstens ein ganz kleines bisschen.« Ich dachte darüber nach. »Nein!«, beharrte ich dann und stand auf, um wütend im Zimmer auf und ab zu gehen. »Nein. Er ist selbstverliebt, arrogant und eingebildet.«

»Das waren jetzt drei Worte für dieselbe Eigenschaft, oder?«

»Nico!«

Grinsend zog er die langen Beine in den Schneidersitz. »Na ja, wenn du ehrlich bist, musst du zugeben, dass ihr eigentlich ziemlich gut zusammenpasst. Ich meine, ihr seid wie Lady Macbeth und Macbeth... nur dass ihr irgendwie beide Lady Macbeth seid.«

Er zog eine verwirrte Grimasse, während ich zwischen Bücherregal und Violine stehen blieb und vor Empörung nach Luft schnappte. »Danke, dass du mich mit der manipulativsten Figur der Literatur vergleichst.«

Nicoley lachte. »Das war nicht so gemeint. Aber... ich meine, ihr spielt doch beide miteinander! Diese ganze Aktion auf dem Uni-Tag und der Wahlkampfball und dieser Rosenkrieg –«

»Mag sein«, fiel ich ihm ins Wort, »aber Valentin ist dabei der Einzige von uns beiden, der am Ende gewinnt, weil er weder ein Gewissen hat noch sich um seinen Ruf schert. Ich kann ihn nicht noch mal gewinnen lassen.«

Nicoleys blaue Augen musterten mich seltsam tiefgründig. »Also, ich will dir nicht zu nahe treten, aber so, wie ich das sehe, gewinnt ihr beide. Wenn es nicht stimmt und du ihn nicht liebst, dann bedeutet es dir auch nichts, und du kannst es ihm ruhig sagen. Dann gewinnt er, weil du es ihm gesagt hast, und du, weil der Rosenkrieg aufhört. Und wenn es stimmt…«, er sah mir wieder direkt in die Augen, als warte er auf irgendeine Art Bestätigung, die ich ihm nicht geben würde. Ich war ja nicht einmal bereit, das vor mir selbst zuzugeben! »… dann gewinnt ihr ebenfalls beide.« Als ich ihn sprachlos anstarrte, zuckte er mit den Schultern. »Er liebt dich, du liebst ihn. Ihr sagt es euch und werdet glücklich bis an euer Lebensende. Oder so was in der Art. Was sagt Sebastian, die Krabbe, nochmal?«

Ich musste lächeln, weil er meinen Lieblingsfilm zitieren wollte. »So was in der Art«, bestätigte ich, während mein Kopf schon weiter war und sich mein Magen bei dem Versuch verknotete, mir vorzustellen, wie es wäre, eine Beziehung mit Valentin Knight zu führen.

Es wollte mir nicht gelingen. Schließlich gab ich es auf und floh in die einfache Wahl: Zaudern.

Entschieden schüttelte ich den Kopf und ließ mich neben Nicoley auf sein Bett plumpsen, sodass die Federung leicht wippte. »Du vergisst eine entscheidende Sache: Wir reden hier von Valentin Knight. Wer sagt überhaupt, dass er mich auch liebt?«

Nicoley legte mit einem vielsagenden Grinsen den Kopf schief, wodurch mir auffiel: »Verdammt… Ich habe gerade ›auch‹ gesagt, oder?«

Das durfte doch nicht wahr sein. Wie konnte das passieren?

Während ich noch auf der Suche nach dem Ursprung meiner Gefühle war, zog Nicoley mich in eine feste Umarmung.

»Schätze, das hätten wir geklärt, Fee. Ich bin froh, dass ich helfen konnte.«

35
Die wahre Lady Macbeth

Felicia

Obwohl um sechs Uhr traditionell das Abendessen serviert wurde, war das St. Gloria um halb sechs an Silvester wie ausgestorben. Natürlich machten sich alle bereits für die große Silvesterparty fertig, die um acht Uhr starten sollte. Die legendärsten Partys waren stets von Omega ausgerichtet worden, was hauptsächlich daran lag, dass Omega um diese Jahreszeit meist vorne lag. In diesem Jahr lag jedoch endlich Alpha vorn. Da ich selbst absolut keine Erfahrung darin hatte, wie man eine Party organisiert, deren einziges Ziel ist, dass sich alle zu viel zu lauter Musik in viel zu knappen Kleidern betrinken und am Ende wild herumknutschen, hatte ich diese Aufgabe für den Spottpreis von nur zwanzig Tokens an das Partykomitee von Omega übertragen.

Ich erhaschte einen kurzen Blick auf die reich verzierte Uhr über dem Treppenabsatz, der die Flügel miteinander verband. Noch eine halbe Stunde. Mein Herz begann wild zu pochen, als ich meinen Rock glättete und den Weg zum Nordflügel einschlug, in dem die männlichen Studierenden untergebracht waren.

In der Sekunde kam Desirée d'Orsay um die Kurve, in einen wütenden Videocall auf ihrem Handy vertieft. »Wie kann es sein, dass

Alpha führt, aber Omega die Party schmeißt? Hat irgendjemand diese unfähige Präsidentin gesehen und warum ist sie nicht – Felicia…! Du… wow!« Mein Anblick schien ihr kurz die Sprache zu verschlagen, und die Genugtuung darüber, wie verblüfft sie mein Kleid, meine Schuhe und wieder mein Kleid musterte, überwog fast den Ärger, den ihre harschen Worte in meinem Bauch hochblubbern ließen wie heiße Säure.

Sie steckte das Handy weg, ohne sich aus ihrem Videocall zu verabschieden. »Hast du noch was vor? Ich suche dich schon die ganze Zeit, wo warst du denn?«

»Nicht, dass ich dir eine Erklärung schuldig wäre, aber ich war in meiner Suite, mich fertig machen«, antwortete ich, so würdevoll ich konnte.

Was nur drei Stunden gedauert hatte, weil ich übertrieben viel Zeit im Bad und vor meinem Kleiderschrank verschwendet hatte, weil ich noch nie in meinem ganzen Leben so nervös und unsicher gewesen war. Am Ende hatte ich mich doch für den Look entschieden, den ich von Anfang an im Kopf gehabt hatte: Valentins Louboutins von Weihnachten und das karmesinrote Valentino. Ein Schelm, wer Böses bei der Markenwahl dachte…

Mit dem Selbstbewusstsein, dass selbst die *Neue Züricher Zeitung* dieses Kleid gefeiert hatte, hob ich das Kinn und sah Desirée fest in die Augen. »Wenn du mich gesucht hast, hättest du mich einfach anrufen können. Dann hättest du mir auch gleich ins Gesicht sagen können, was du von meiner Unfähigkeit hältst. Vielleicht wenn die Tokens, die uns diese Party eingebracht hat, dir am Jahresende in einem Fach den Arsch retten? Nicht alles im Leben ist schwarz und weiß, Desirée. Wenn du mich jetzt entschuldigst, ich habe zu tun.«

Desirée schien überrumpelt von meiner Schlagfertigkeit – kein Wunder, ich war ja selbst überrascht –, sodass sie geschlagene fünf Sekunden bloß dastand und mit den viel zu langen Fake Lashes klimperte. Ein bisschen erinnerte sie mich an eine dieser Porzellanpuppen, die in gruseligen Kleidchen auf Regalbrettern saßen. Wie Anabelle, nur mit roten Haaren.

»Tja, dann sprichst du besser noch einmal mit deiner Konkurrentin. Anastasia erzählt nämlich eine ganz andere Version. Am besten, bevor sie damit fertig ist, den Tanzsaal zu verunstalten.«

Damit rauschte sie an mir vorbei und stampfte die Treppen hinauf. Auf dem flauschigen Teppich verfehlte das Klacken ihrer Absätze ein wenig seine Wirkung. Ich sah ihr nach und überlegte, wie hoch die Wahrscheinlichkeit war, dass sie bloß Mist erzählt hatte.

Andererseits ... was, wenn Anastasia wirklich etwas im Schilde führte? Ich warf noch einen Blick zur Uhr. Kurz nach halb sechs. Ein kurzer Umweg zum Tanzsaal war drin, damit ich mein Gewissen beruhigen konnte.

Auf dem Weg in den Tanzsaal überschlug ich die Zeit, die ich zurück in den dritten Stock zu Valentins Suite brauchte, und legte mir gleichzeitig hundert Phrasen zurecht, die ich Anastasia an den Kopf werfen konnte, falls sie die Party wirklich sabotierte.

Aber als ich dort ankam, machten sowohl mein Körper als auch meine Vorsätze eine Vollbremsung. Sprachlos starrte ich auf den weitläufigen Spiegelsaal, der sich in eine silbern funkelnde Eiskristallhöhle verwandelt hatte. Überall blitzte und blinkte es, die Decke war von einem dunklen, silbern durchwirkten Sternenstoff verhüllt, die Kronleuchter mit zapfenförmigen Kristallen behangen. Geschickt platzierte Scheinwerfer beleuchteten die Wände in mystischem Blau und Violett, Nebel waberte über den Boden. Der Raum war menschenleer.

Ich würde es gerne hassen, aber ... ich konnte nicht! Es war umwerfend.

Eilig zog ich mein Handy aus meiner Handtasche, in die ich nur das Nötigste für die Nacht gepackt hatte, und schrieb einen öffentlichen Kommentar auf Desirées Profil, um eventuellen Verleumdungen zuvorzukommen. In der Sekunde entdeckte ich eine platinblonde Gestalt in Leggins und bauchfreiem Yoga-Top auf dem Boden.

Sie lag da wie in Meditation, die nackten Fußsohlen gegeneinander gelegt, die Arme über den Kopf ausgestreckt. Es hätte friedlich ausgesehen, wenn ihr nackter Bauch nicht vor stummen Schluchzern beben würde.

»Anastasia?«

Ein aufgeschreckter Laut, dann kam Anastasia mit der beneidenswerten Eleganz einer Ballerina auf die Füße und wischte sich hastig über die Augen. Als sie mich erkannte, schnaubte sie. Ihre Wimperntusche hatte dunkle Striemen auf ihren Wangen hinterlassen. Sie hatte geweint? Warum?

»Ist... alles in Ordnung?«, hörte ich mich selbst fragen. Unwillkürlich hatte ich Mitleid mit meiner Konkurrentin.

»Was willst du hier?«, blaffte Anastasia statt einer Antwort. »Umdekorieren? Viel Spaß! Eure Sachen sind im Keller. Hier!«

Sie zog den schweren Schlüssel aus dem Bund ihrer Leggins, aber ich schüttelte den Kopf. »Nein. Ich hasse es, das zuzugeben, aber es ist mindestens genauso beeindruckend wie letztes und vorletztes Jahr.«

Anastasia starrte eine Sekunde lang durch mich hindurch. Ihre dunkelbraunen Augen blickten ausdruckslos, beinahe herausfordernd. Ein bisschen wie bei Valentin: augenscheinlich gleichgültig, doch darunter verletzlich. Also entschied ich mich dafür, meinen Stolz hinunterzuschlucken und anerkennend zu nicken.

»Das war ein echter Bitch-Move, aber eine gute Entscheidung. Du hast wirklich Talent für so was.« Ich deutete auf den verzauberten Raum, wobei mein Blick die Uhr über der Tür streifte. Mein Herz machte einen Satz, als der große Zeiger die letzten zwanzig Minuten anbrechen ließ. »Und ich muss jetzt auch los, also... Tolle Arbeit, Anastasia. Wirklich. Das wird sicher umwerfend heute.«

Ich warf ihr noch ein kurzes Lächeln zu, dann ging ich.

»Felicia?« Plötzlich klang Anastasia zögerlich, beinahe ängstlich. Widerstrebend blieb ich stehen. Meine Erzfeindin sah irgendwie klein und verloren aus, wie sie da in Yogaklamotten inmitten dieses riesigen Saals stand. »Kann ich dich mal was fragen?«

Ich atmete beherrscht tief ein. Noch fast eine halbe Stunde für einen Weg von drei Minuten. »Klar.«

Anastasia schien mit sich zu ringen, verknotete ihre schlanken Finger, öffnete den Mund und schloss ihn wieder. »Wegen Nicoley«, presste sie schließlich hervor.

Ich stöhnte auf. Jetzt? »Ja, ich weiß, was du getan hast. Und ich bin drüber weg. Es bedeutet mir nichts, aber nett, dass du –«

»Mir aber.« Anastasia hob den Blick. »Ich mag ihn«, gestand sie beinahe kleinlaut. »Sehr sogar.«

Mir entwich ein fassungsloser Laut. »Ich hoffe, du erwartest jetzt nicht von mir, dass ich dir ein Date mit ihm arrangiere.«

»Nein, das habe ich schon selbst gemacht«, murmelte sie, was mich einem Vulkanausbruch gleich mit einem Gemisch aus Überraschung, Unglauben und Eifersucht überschwemmte. Nicoley und Anastasia hatten ein Date? Und Hazel sorgte sich, dass Valentin und ich unser Haus ins Chaos stürzten? Ein wenig beneidete ich sie dafür, dass ihr Haus überhaupt keine Probleme damit zu haben schien, dass sie den gegnerischen Präsidenten datete. »Ich dachte nur ... vielleicht könntest du ... einen Blick auf mein Kleid werfen und mir sagen, ob es ihm gefallen würde?«

Ich lachte lahm. Stand meine Widersacherin gerade wirklich unsicher wie ein kleines Mädchen vor mir und fragte mich nach Tipps, um das Herz meines Ex-Freunds zu gewinnen?

»Bitte?«, fragte Anastasia. »Meinetwegen hast du dann auch etwas bei mir gut. Oder willst du einen Token?«

Ich überlegte kurz. Ich wollte eigentlich nicht meinen Alpha-Präsidenten mit meiner Erzfeindin zusammen sehen, aber verhindern konnte ich es auch nicht wirklich, oder? Wenn die beiden zusammenfanden, dann würden sie das so oder so. Genau wie Valentin und ich. Aber wenn die Omega-Präsidentin mir etwas schuldete... das konnte nie schaden.

»Also gut«, seufzte ich, »wenn es schnell geht.«

Leben schoss in Anastasias Körper wie Wasser in eine schlaffe Pflanze. »Versprochen! Wir flitzen kurz rauf in meine Suite, du sagst Ja oder Nein, und dann war's das auch schon und du kannst machen, was auch immer du noch Wichtiges vorhast.« Sie ließ den Blick vielsagend über meine Erscheinung wandern. »Das sieht übrigens echt heiß aus, aber du weißt schon, dass heute Abend das Motto ›Glam & Glitter‹ herrscht, oder?«

Ich lächelte bloß, verzichtete jedoch darauf, ihr zu sagen, dass ich nicht vorhatte, den Abend auf dem Ball zu verbringen. »Ich will den Gefallen. Tokens habe ich genug.«

»Oh mein Gott, JA, ODER?« Sie machte vor Begeisterung riesige Augen, während sie mir die schwere Saaltür aufhielt. »Ich dachte, ich sehe nicht richtig, als ich am ersten Tag nach den Semesterferien meine App geöffnet habe.«

Ich musste lachen. »Genauso ging es mir auch. Vorher hatte ich nur zwei.«

»Ich hatte null!« Sie grinste verschwörerisch. »Ich musste letztes Jahr zu viele Leute bestechen.«

Das brachte mich vollends zum Lachen. Ein Lächeln zwischen Scham und Schalk huschte über ihr ebenmäßiges Gesicht, und ich stellte fest, dass ich diese ungezwungene Anastasia beinahe sympathisch fand. In einem Paralleluniversum könnten wir vielleicht Freundinnen sein.

Schnell schüttelte ich den Gedanken ab. Gefühle für meinen Erzfeind waren das eine, Sympathie für meine Erzfeindin etwas völlig anderes.

»Warum heißt du eigentlich Bianchi?«, fragte ich auf dem Weg in den dritten Stock. Gar nicht so leicht mit Zehn-Zentimeter-Absätzen auf dicken Stufenteppichen. »Du bist doch als Yurikova geboren, oder nicht?«

Ich hörte Anastasia vor mir schnauben. »Weil ich heißen wollte wie Toni. Er war der erste, einzige und beste Vater, den ich jemals hatte.« Damit meinte sie wohl Antonio Bianchi, den Schweizer Milliardär und dritten Ehemann ihrer Mutter. »Meinen Erzeuger habe ich nie kennengelernt, und das will ich auch nicht. Viktor war einfach nur ein Arschloch, das nie zu Hause war, als ich noch ein Kind war, und viel zu oft, als ich älter wurde.« Eine Pause trat ein, in der ich nicht sicher war, ob ich mehr hören wollte. Aber Anastasia schüttelte das Thema bereits ab und fuhr verächtlich fort: »Geschieht ihm ganz recht, dass er bankrott ist. Tja, und dann kam Toni, und er war der erste Mensch, der wirklich ... nett zu mir war. Er selbst hatte keine Kinder, und so wurde ich die Tochter, die er nie gehabt hatte. Und er wurde der Vater, den ich nie gehabt hatte. Er wurde mein bester Freund.« Trauer schwang in ihrer Stimme mit, die sie rasch unterband. »Ich wette, deswegen hat sie ihn umgebracht.«

Ich musste mich am Treppengeländer festhalten, um nicht zu stolpern. »Was?« Die Iryna Yurikova, die ich kennengelernt hatte, war zwar eine neidische und hinterhältige Person, aber sie konnte doch nicht so skrupellos sein, oder?

Anastasia zuckte bloß mit den Schultern. »Ich kann es ihr natürlich nicht nachweisen. Aber Herzinfarkt? Er war zwar vierundsechzig, aber top in Form! War jeden Morgen im Fitnessstudio, hat die meisten Jüngeren in die Tasche gesteckt. Iryna war schon immer neidisch, dass er mich mehr geliebt hat als sie. Nachdem er mich adoptiert hatte, wollte er sein Testament zu meinen Gunsten ändern. Tja, und dann hätte sie natürlich nicht so viel geerbt, dass sie sich einen derart großen Fisch wie Charles Knight angeln kann.« Um ein Haar wäre ich auf der Treppenstufe abgerutscht. Das Geländer war mein einziger Halt, während ich dieser erschütternden Geschichte eines traurigen Lebens lauschte. Mir war nicht entgangen, dass Anastasia ihre Mutter bei ihrem Namen nannte. »In den Sphären, zu denen Iryna so verzweifelt gehören will, läuft natürlich nichts ohne Ehevertrag mit Gütertrennung, da kommt man gar nicht erst rein, wenn man nicht ähnlich viel besitzt. Geschichten wie Aschenputtel und ›Pretty Woman‹ sind eben nur das: Geschichten. Aber das weißt du sicher und ich will dich nicht langweilen. Schließlich will keiner von uns zur Familie Knight gehören, richtig?«

Ich setzte ein maskenartiges Lächeln auf, dann öffnete Anastasia die Tür zu ihrer Suite. Sie war modern und mit einer kühlen Eleganz in Schwarz, Weiß und Silber eingerichtet. Das silbern glitzernde, asymmetrisch geschnittene Kleid, das vor der verspiegelten Wand hing, wirkte fast wie ein Einrichtungs-Accessoire. Ich legte den Kopf schief und versuchte mir vorzustellen, ich wäre Nicoley.

»Also, mir persönlich wäre es zu freizügig, aber ich glaube, Nicoley könnte es gefallen«, sagte ich, um einen neutralen Ton bemüht. »War's das?«

»Ich weiß nicht, meinst du wirklich?«, rief Anastasia, die kurz im Bad verschwunden war. Ich hörte, wie etwas aus der Wand gezogen wurde, vielleicht ein Föhn. »Und der Stoff? Fühlt der sich nicht zu billig an?«

Seufzend durchquerte ich die Suite und befühlte den Stoff. Oh, wow! Das Material fühlte sich großartig an, fließend weich und glatt, fast wie eine Flüssigkeit. »Hey, das ist ja irre! Was ist das?«

Anastasia huschte an mir vorbei ins Schlafzimmer. »Keine Ahnung, eine Art Viskose-Seide-Gemisch, denke ich. Das ist aus so einer kleinen Boutique in London«, rief sie, dann tauchte sie endlich wieder auf, griff nach dem Kleiderbügel und der Fernbedienung auf dem gläsernen Wohnzimmertisch und lächelte mich ehrlich an.

»Danke, du hast mir sehr geholfen… Oh mein Gott, haben die gegenüber gerade einen Dreier?«

Zwischen Schock und Neugierde drehte ich mich um und suchte die gegenüberliegenden Fenster ab. In den allermeisten brannte Licht, aber ich sah nichts Auffälliges.

In der Sekunde hörte ich hinter mir die Tür ins Schloss fallen. Wie von der Wespe gestochen sprang ich auf, während ein schabendes Geräusch alarmierend wie ein herumgedrehter Schlüssel klang. Panisch drückte ich die Klinke.

Abgeschlossen.

Ich hämmerte gegen die Tür. »Anastasia!!! Was soll das?«

Wieder drückte ich die Klinke, wieder vergeblich. Anastasia hatte mich eingeschlossen! »Spinnst du? Lass mich raus!«

»Es tut mir leid, Felicia, aber ich kann nicht zulassen, dass du mit Valentin zusammenkommst«, erklärte Anastasia auf der anderen Seite der schweren Kassettentür.

»Was?« Woher wusste sie das? »Selbst wenn es so wäre – was es nicht ist! –, was hätte das mit dir zu tun?«

»Schon süß, wie du es immer noch leugnest. Deine Lügen ziehen vielleicht bei deinem bis zur Verblödung loyalen Haus, aber nicht bei mir. Ich bin nicht blind!«, fauchte Anastasia zurück. »Du weißt genauso gut wie ich, dass ich das *Gloria cum laude* vergessen kann, wenn ihr beide zusammenarbeitet. Und dann werde ich niemals frei sein.« Frei? Was meinte sie damit? Sie hatte doch alles, was sich ein Mensch nur wünschen konnte! »Deswegen, um deine Frage zu beantworten, Felicia: Eure Beziehung hat einfach alles mit mir zu tun. Aber weil du im Ballsaal so nett zu mir warst und ernsthaft so dämlich, auf meine Frage mit der Kleiderwahl reinzufallen – Desirée verdient wirklich einen Oscar für ihre schauspielerische Leistung! –, gebe ich dir die großzügige Wahl: Valentin oder das *Gloria cum laude*.«

»Was?!« Ich verschluckte mich, als ich entsetzt nach Luft schnappte, und hustete heftig. Anastasia ignorierte mein Röcheln.

»Auf der Küchentheke liegt ein vorformuliertes Schreiben, dass du mit sofortiger Wirkung als Alpha-Präsidentin zurücktrittst und nicht mehr für das Amt zur Verfügung stehst. Unterschreib, schieb mir den Zettel unter der Tür durch, und ich lasse dich raus. Dann kannst du für immer mit Valentin glücklich werden – oder so lange, wie man mit jemandem wie ihm eben glücklich sein kann. Zwei Nächte in Vegas oder so. Also?«

»Du bist krank, Anastasia!«

Eine kurze Pause, in der ich fürchtete, dass sie gegangen war. Dann: »Nein. Ich bin zielstrebig und weiß, was ich will. Und du offenbar auch. Ich meine, wenn du ganz ehrlich bist: Wenn du es wirklich gewollt hättest, hättest du nicht bis zum allerletzten Moment gewartet. Wie dem auch sei, ich muss mich jetzt für meine Party fertig machen, also... Mach's dir einfach bequem! Ich schicke in einer Stunde jemanden hoch.«

»Nein!« Ich schlug erneut gegen die Tür. »Anastasia! Anastasia!!!« Atemlos legte ich das Ohr gegen die Tür.

Nichts.

»ANASTASIA!!!«

36
Was ist ein weißes Häschen im Wunderland?

Valentin

Zu spät.

Ich spürte Anastasias dunkle Augen auf mir wie den Blick eines Hundes, dessen Herrchen an Krebs erkrankt war. Es kostete mich jeden Funken Selbstbeherrschung, eine gleichgültige Miene aufzusetzen und mich auf mein Glas zu konzentrieren, dessen Inhalt ich schon vor einer halben Stunde durch Gin ersetzt hatte. Whiskey eignete sich nicht dazu, sich zu betrinken.

»Es tut mir so leid«, wiederholte Anastasia bestimmt zum vierten Mal, seit mein Handywecker vor sechs Minuten geklingelt hatte. »Ich hab dir gleich gesagt, dass sie nicht kommt.«

Ich hatte Felicia wirklich zugetraut, nein, hatte sogar fest damit gerechnet, dass sie bis exakt eine Minute vor sechs warten würde, weil sie stolz und stur war und ich genau das an ihr bewunderte.

Aber ich hatte ebenso fest damit gerechnet, dass sie kommen würde.

Wie hatte ich mich so täuschen können? War alles nur ein kalkulierter Plan von ihr gewesen, um mich zu Fall zu bringen und sich das *Gloria cum laude* zu sichern? So wie meine Mutter meinen Vater umgarnt und sogar ein Kind ausgetragen hatte, um sich ihren Traum vom Pulitzer-Preis zu erfüllen und obendrein eine fette Abfindung einzustreichen?

Ich konnte mir nicht vorstellen, dass Felicia genauso herzlos war wie die Frau, die mich geboren hatte.

Aber warum war sie nicht hier?

Warum wünschte ich mir ihre Liebe genauso sehr? Und warum tat es so verflucht weh, dass sie mir verwehrt blieb?

Ich nahm noch einen brennenden Schluck aus dem Glas und ließ betont gleichgültig die Augen zu Anastasia wandern. »Musst du nicht eine Party vorbereiten?«

Sie kniff die glossy rosa Lippen zusammen, schon zu dem Glamour Girl herausgeputzt, das sie der Öffentlichkeit präsentierte. Heute in einem knappen, silbernen One-Shoulder-Kleid von Yves Saint Laurent und mit hochtoupiertem Pferdeschwanz. »Oh, das hat Felicia vor knapp zwei Stunden wieder an sich gerissen. Wie du zu Jahresbeginn richtig erkannt hast: Sie muss immer über alles die Kontrolle haben.«

Ja, und genau das liebte ich an ihr.

Scheiße.

Ich stemmte mich gegen diese Formulierung, aber einmal gedacht, konnte ich den Gedanken nicht zurücknehmen. Schlimmer noch, als hätte sich eine Schleuse geöffnet, strömten mehr Erinnerungen an Felicia hinzu. Ihre Art, immer das letzte Wort behalten zu müssen. Ihr kämpferisch gerecktes Kinn und das entschlossene Funkeln in ihren Augen. Das Lächeln auf ihren Lippen, wenn sie den Schlossgarten oder einen Strauß ihrer Lieblingsblumen betrachtete. Die unbändige Freude, mit der sie auf meinem Beifahrersitz zu dem Disney-Song gesungen hatte. Die Wärme in ihren Augen, als sie mich auf dem Wirtschaftsball meines Vaters angesehen hatte, als wäre ich der einzige Mensch auf der Welt.

Die Grabeskälte in meinem Herzen, als mir bewusst wurde, dass ich das offenbar nicht war. Denn sie war nicht hier.

Wie um noch einmal sicherzugehen, warf ich einen weiteren Blick auf die aus Nepal importierte Wanduhr und danach auf den unscheinbaren USB-Stick auf meinem Couchtisch, den ich Felicia als letztes Geschenk angeboten hatte, das sie gleichzeitig an die Nacht erinnern sollte, in der alles angefangen hatte. Wieso zur Hölle war sie nicht hier?

»Im Grunde genommen ist das doch ganz gut so«, schnatterte Anastasia weiter, als würde ich gerade irgendetwas auf ihre Meinung geben. Ich hatte genug damit zu tun, die gehässige Stimme in der Eisenzelle zu halten, die sich mit der Stimme der Vernunft stritt. Die Vernunft beharrte darauf, dass Felicia immer noch zu perfektionistisch war und sich einredete, dass ich – dass wir – nicht in ihre perfekte Welt passten.

Oder vielleicht liebt sie dich genauso wenig wie jeder andere. Dein Vater, der zu sehr damit beschäftigt ist, die ganze Welt zu retten, um seinen eigenen Sohn zu retten. Deine Mutter, die dich zum Spottpreis eines Pulitzer-Preises verscherbelt hat. Du könntest die halbe Welt kaufen, aber wie viele Freunde hast du wirklich? Wer könnte dich lieb–

Ich knallte das leere Glas so hart auf die Tischplatte, dass Anastasia ein erschrockener Laut entfuhr. Nein, ich brauchte keinen *Morning Glory*, um Scheiße über mich zu hören. Ich musste nur die schalldichte Tür in meinem Innersten einen Spaltbreit öffnen. Um mich zu erden, rief ich mir Anamarias Worte ins Gedächtnis.

Lass es nicht an dich heran. Ihre kräftige Stimme und ihren Duft nach Orangen und Waschpulver.

Sieh es wie ein Spiel. Wenn du es an dich heranlässt, verlierst du. Wenn du die Kontrolle verlierst, verlierst du. Aber wenn du stark bleibst, verlieren sie.

Ihre Hände an meinem Gesicht, rau von zu viel Handarbeit. Und im Hintergrund diese leidige Kuschelrock-CD, die sie immer beim Kochen hörte. Ich wünschte, ich könnte jetzt diese CD anmachen.

Aber es gab noch dieses platinblonde Problem, das meine Couch belagerte und immer noch Pläne spann, die mir gerade völlig egal waren.

»…Sieh es positiv! Wenn sie wirklich gekommen wäre, hättest du ihr die Bilder zurückgeben müssen. So haben wir genug Munition für das restliche Jahr.«

Ich drehte den Kopf und sah Anastasia ausdruckslos an. Sie hatte die Bilder auf dem Stick nicht gesehen, niemand außer mir hatte das, und ich hatte mehrfach vorgesorgt, dass es so blieb. Deswegen wusste auch niemand außer mir, dass die Veröffentlichung dieser Bilder Alpha viel mehr Aufmerksamkeit als Verachtung verschaffen würde. Selbst die, die uns beide in kompromittierend inniger Pose zeigten, Wasserperlen auf unserer Haut wie auf einem lächerlichen Werbeplakat für Davidoff Cool Water.

JJ war eben ein Kamerakünstler. Und Felicia war perfekt.

Doch ich sah keine Notwendigkeit dafür, Anastasia darüber in Kenntnis zu setzen. »In der Tat.«

Anastasia sah mich noch einen Moment lang an, dann stand sie endlich auf.

In dieser Sekunde klopfte es mit verhaltener Eindringlichkeit an die Tür. Schlagartig war mein Körper in Aufruhr, den ich entschieden niederkämpfte. Anastasia durchfuhr ein Ruck, während sie fassungslos auf die Uhr und dann zur Tür starrte.

»Erwartest du … Post?«

Ich befahl ihr mit einem stummen Blick, sich wieder hinzusetzen und keinen Laut von sich zu geben, während ich vorsichtshalber den USB-Stick einsteckte. Wir befanden uns im zweiten Trimester und ich traute nicht einmal meiner Stiefschwester.

Vor der Tür stand – was zum Teufel?!

Eine von Kopf bis Fuß durchnässte Felicia in einem ehemals roten Valentino-Kleid. Die in ihrer Hand baumelnden Louboutins – *die* Louboutins – waren das einzig Trockene an ihr.

Felicia

Atemlos kam ich vor Valentins Tür an, bebend vor Kälte und Anspannung. Ich zitterte, während ich den Boden vor seiner Tür volltropfte und mit mir haderte, die Hand schon erhoben.

Tropf. Tropf. Tropf.

Schnell klopfte ich, bevor ich es mir anders überlegen konnte.

Tropf. Tropf. Tropf.

Endlose Sekunden verstrichen. Einundzwanzig. Zweiundzwanzig. Dreiund –

Oh Gott! Er öffnete tatsächlich. Oh Gott, und er sah wütend aus, nein, schlimmer als wütend, er hatte diesen gleichgültigen Knight'schen Gesichtsausdruck, dessen dunkle Brauen sich bei meinem Anblick kurz irritiert zusammenzogen. Ich hielt die Luft an, während sein Blick über meine tropfnasse Erscheinung wanderte. Ausweglos und ohne Möglichkeit, den Hausmeister anzurufen – diese Psychopathin hatte selbst die Wandtelefone abgeschnitten! – hatte ich in Anastasias Suite den Feueralarm ausgelöst, indem ich auf einen Barhocker gestiegen war und direkt unter dem Rauchmelder ihren Weltatlas angezündet hatte. Sofort hatte mich die automatische Sprinkleranlage mit Eiswasser übergossen, acht Minuten später war ich gerettet worden. Vier Minuten zu spät.

Valentins Falkenaugen erfassten jedes Detail, und ich verlor alle Hoffnung, als sie wieder bei meinem Gesicht ankamen und mich gnadenlos fixierten.

»Was ist ein kleines weißes Häschen im Wunderland?«, fragte er statt einer Begrüßung. Seine Stimme klang schmerzhaft gleichgültig, während er sich in den Türrahmen lehnte, die Hände tief in den Hosentaschen vergraben. Abermals bewunderte ich seine makellose Erscheinung, auch wenn sein Haar ein klein wenig zerzaust war und ein seltsamer Schatten auf seinem Gesicht lag. Er sah einfach immer so verdammt gut aus, selbst wenn er nur eine legere Weste trug und sein oberster Hemdknopf offen stand. Die stumme Aufforderung in seinen Falkenaugen rief mir in Erinnerung, warum ich hier war.

»Zu spät«, erkannte ich niedergeschlagen. Das anerkennende Zucken seiner Mundwinkel erreichte seine Augen nicht. »Ich weiß, aber ich kann das erklären! Anasta –«

»Exakt neun Minuten und dreiundzwanzig Sekunden«, schnitt er mir mit einem Blick auf seine Armbanduhr das Wort ab. Die Ablehnung in seiner Stimme schmerzte körperlich. »Also?«

Ich holte tief Luft. »Ich hoffe einfach, dass du kein Diktiergerät in der Tasche hast, um das hier gegen mich zu verwenden, aber...« Ich sah ihn an. »Ich liebe dich, Valentin Knight. Du hattest von Anfang an recht. Ich wollte es bloß nicht aussprechen, weil ich zu stolz war, zu stur und zu eitel. Und weil ich nicht wollte, dass du gewinnst. Aber die Wahrheit ist... du hattest längst gewonnen. Unser Spiel. Und mein Herz.«

Er sah mich immer noch ausdruckslos an, also schüttelte ich den Kopf und redete einfach weiter, während mir Tränen in die Augen stiegen.

»Du bist der Einzige, der weiß, wie ich wirklich bin. Du machst mich zu einer besseren Version meiner selbst, zu einer stärkeren Version, weil du mich dazu bringst, über mich hinauszuwachsen und Dinge zu tun, die ich sonst niemals getan hätte. Von Anfang an, mit jedem Wort und jedem Blick und einfach allem, was du bist. Ich liebe dich, und ich hasse dich dafür, aber ich kann es nicht ändern, und ich will es nicht länger leugnen.« Ich hob hilflos die Schultern. »Also, hier bin ich. Ein verspätetes, durchnässtes Häschen, das darum bittet, Einlass ins Wunderland zu erhalten.«

Sein Kiefermuskel zuckte so heftig, dass er den Kopf wegdrehen musste. Offenbar ertrug er nicht einmal meinen Anblick.

Stille, die mein Herz zerriss.

Stille, in der ich vorsichtig den Blick hob.

Sein kantiges Gesicht war wie zu Stein erstarrt. Eine quälende Ewigkeit lang regte er sich gar nicht. Dann öffnete er endlich den Mund.

»Baby, wo bleibst du?«, gurrte da eine weibliche Stimme aus seiner Suite. Ein knallender Champagnerkorken jagte flüssiges Eis durch meine Glieder. »Der Champagner wird warm und das Bett kalt. Wer ist da?«

Valentin erstarrte. Härte vertrieb den weichen Ausdruck, der sich in seine Augen geschlichen hatte. Mein Blick wanderte erneut von seiner durcheinandergebrachten Frisur zu seinem offenen Hemdknopf. Als ich einen Blick an ihm vorbei in die Suite werfen wollte, versperrte er mir die Sicht.

»Du bist fast zehn Minuten zu spät«, wiederholte er nüchtern, »aber du hast Glück: Ich habe keine Lust mehr auf unser Spielchen.« Damit zog er einen schwarzen Stick aus der Tasche und reichte ihn mir. »Hier, wie vereinbart. Ich habe keine Kopien.«

Fassungslos starrte ich auf das schwarze Plastik in meiner Hand, dann wieder in seine unergründlichen Augen. »Das war's?« Meine Stimme klang wie die eines besonders hässlichen Vogels.

Er griff nach der Tür. »Das war's. Wenn du mich jetzt entschuldigst, ich habe Besuch.«

Und damit schloss er die Tür direkt vor meinem Gesicht. Die Erkenntnis versetzte mir einen derartigen Schlag, dass ich mich an der Wand festhalten musste, um nicht in Ohnmacht zu fallen.

Ich wollte weinen, schreien, zusammenbrechen. Aber nicht hier. Nicht vor seiner Tür. Also presste ich beide Hände vor den Mund, was dazu führte, dass ich erneut das Gefühl hatte zu ersticken.

Ich hätte es wissen müssen. Es war nichts weiter als ein Spiel. Und ich hatte verloren. Ich hatte Valentin Knight mein Herz zu Füßen gelegt und er hatte mich abgewiesen. Schlimmer noch, er hatte sich längst mit einer anderen vergnügt. Ich konnte nicht glauben, dass ich tatsächlich gedacht hatte, ich könnte gegen ihn gewinnen, womöglich mit ihm gewinnen.

Er war es, der mit mir gespielt hatte.

Und er war es, der gewonnen hatte.

37
Aufstehen, Krönchen richten, die Welt erobern

Felicia

»Nix da Trübsalblasen, ich glaube, du spinnst, Fräulein. Aufstehen, Krönchen richten, die Welt erobern.«

Mit offenem Mund starrte ich Misaki an, die mit Hazel im Schlepptau wild an meine Tür gehämmert hatte, bis ich mich aus meinem vollgeheulten Kissenberg geschält hatte. Und ich war so überwältigt, sie zu sehen, dass ich meiner ehemaligen PR-Beraterin trotz verquollener Augen, nasser Haare und Pyjama erst einmal um den Hals fiel. Zum Glück trug sie ein schwarz-weiß gestreiftes Kleid im Zebra-Stil, auf dem das nicht weiter auffiel.

Die zwei stellten keine Fragen über mein Aussehen, sondern steckten mich unter die Dusche und in ein Kleid, und zerrten mich in den Tanzsaal.

Und sie hatten recht. Ich war eine Präsidentin von St. Gloria. Und eine Präsidentin vernachlässigte ihre Pflichten nicht wegen persönlicher Befindlichkeiten.

Aufstehen, Krönchen richten, die Welt erobern.

Die Party war bereits in vollem Gang und so laut, dass wir sie schon im Treppenhaus des Haupttrakts gehört hatten. Kaum dass ich den Saal aus blauem Glitzernebel und wummerndem Bass betrat, flog mein Blick durch den Raum auf der Suche nach ausgesuchtem Modegeschmack. Valentin schien nicht hier zu sein. Offenbar vergnügte er sich noch mit »Baby« in seiner Suite.

»Felicia braucht etwas zu trinken, lasst uns einen Kellner suchen«, beschloss Misaki über die Musik hinweg, als hätte nie etwas zwischen uns gestanden, und verschwand zwischen den tanzenden Leuten, ohne auf uns zu warten.

Hazel warf mir einen Blick zu, der Aufklärung forderte, wenn dieser Tag vorbei war, dann folgte sie der Japanerin. Ich wollte es ihr gerade gleich tun, da erhaschte ich aus dem Augenwinkel eine Silhouette, die meinen Körper augenblicklich in Aufruhr versetzte. Obwohl ich sein Gesicht im Glitzerschein der tief hängenden Kristalle nicht erkannte, würde ich seine Körperhaltung, seinen Gang und seinen Kleidungsstil unter tausend Menschen erkennen, selbst wenn er nicht diesen vor Arroganz strotzenden Anzug mit silbrig schimmerndem Hemd tragen würde. Ich ärgerte mich, dass mein Herz flatterte wie ein liebestoller Kolibri.

Es dauerte keine Sekunde, bis Valentins Falkenaugen mich gefunden hatten. Er hielt kurz inne, um meine Erscheinung von Kopf bis Fuß in sich aufzunehmen, aber sein Gesicht ließ keine Gefühlsregung erahnen. Wie immer. Wie vorhin.

Ich schüttelte die Erinnerung ab, zusammen mit der Erkenntnis, dass ich wegen ihm dieses eng anliegende, weiße Versace-Kleid aus seiner Brunch-Kollektion trug, in dem ich Kurven hatte wie ein Topmodel.

Jetzt kam er auf mich zu. Sofort drückte ich meine Clutch – diesmal war sie von Misaki, weil Hazels Garderobe kaum Glitzer beherbergte – an die Brust und floh, so schnell ich auf den goldenen Heels konnte.

Er holte mich ein. Klar, er trug ja auch keine verdammten Zehn-

Zentimeter-Absätze! Als seine Finger mein Handgelenk umfassten, überlagerte das herzzerreißend bittersüße Prickeln alles andere.

»Felicia.« Seine Stimme jagte einen verhasst-verzückten Schauder durch meinen Körper. Mit einem Lächeln, das ich sonst nur für Desirée reserviert hatte, drehte ich mich zu ihm um. Seine olivgrünen Augen bohrten sich in meine. »Hör auf, vor mir wegzulaufen.«

»Tue ich nicht! Ich muss bloß dringend zur Toilette.«

Valentin hob wissend einen Mundwinkel. »Wir müssen reden.«

»Oh, wirklich?« Ruckartig entzog ich meinen Unterarm seinem Griff. »Ich hatte nämlich das Gefühl, dass wir um kurz nach sechs geredet hätten und du nicht so viel zu sagen hattest.«

Der amüsierte Zug um seine Mundwinkel wich einem verkniffenen Ausdruck. War das etwa… Reue? Und wieso sprang mir mein masochistisches Herz bei der Vorstellung wieder in den Hals? Hatte es seine Lektion denn nicht gelernt?

»Aber verständlich, du warst schließlich nicht allein in deiner Suite, während du angeblich darauf gehofft hast, dass ich dich besuche«, floh ich weiter in den Angriff.

Da wurde Valentins Miene ernst. »Das war Anastasia und es war nicht, wonach es aussah. Falls es dich beruhigt: Ich habe ihr gesagt, wenn sie mich noch einmal ›Baby‹ nennt, werde ich sie eigenhändig entthronen.«

Ich konnte die Flut der Gefühle nicht unterdrücken, die mich jetzt überschwemmte. »Anast…«, der Rest des Namens ging in einem hysterischen Laut unter. »Weißt du eigentlich, was ich heute Abend durchgemacht habe? Anastasia war doch erst der Grund daf–«

Seine Lippen erstickten jedes weitere Wort, warm und weich auf meinen. Mein Herz setzte kurz aus, dann schlug es in doppelter Geschwindigkeit weiter, als seine Hände meine Taille umfassten und mich gegen seinen Körper zogen. Sein Parfüm umhüllte mich, und mir wurde vollends klar, wie sehr mein Herz ihm verfallen war.

Vor allem wurde mir klar, dass Valentin mit mir spielte. Dass sein ganzes Leben ein Spiel war. Und dass ich ihn besiegen musste, sonst würde es niemals aufhören.

Und obwohl ich nichts sehnlicher wollte, als seinen Kuss zu erwidern, schob ich ihn von mir.

»Hast du nicht etwas vergessen?«, wiederholte ich seine Worte von neulich. Es sollte souverän klingen, aber meine Stimme bebte vor Angst und Anspannung.

Valentin zuckte zurück, als hätte ich ihn geschlagen. Wenn ich jemals eine Antwort gebraucht hatte: Hier war sie. Nur ein Spiel.

Ich schluckte gegen den Kloß der Enttäuschung an.

Du wirst nicht noch einmal verlieren, Felicia.

Endlich regte sich Erkennen in seinem Gesicht. »Warte ... Du willst nicht ernsthaft, dass ich das zu dir sage.«

Ich stopfte all meine Gefühle in eine Kiste, schob sie in die Ecke meines Bewusstseins und hob das Kinn, so hoch ich konnte.

»Doch«, antwortete ich ernst. »Genau das will ich.«

Stille.

Ich wartete.

Stille.

Er schluckte.

Stille.

Ich nickte.

Mit leisem Bedauern ließ ich den Blick ein letztes Mal über seine vollendete Gestalt wandern, dann drehte ich mich um und gesellte mich zu der ersten Gruppe Alphas, die ich entdeckte: Liam Armstrong und Steve Harper, die sich lautstark an einem der Stehtische unterhielten.

»Unsere Alpha-Präsidentin beglückt uns mit ihrer Anwesenheit!«, frohlockte Steve, der braun gebrannte Star des Tennisteams. »Dieses Kleid sieht wirklich fantastisch aus, richtig sexy! Versace?«

»Wow, da hat jemand Ahnung!« Strahlend bedankte ich mich und nahm das Cocktailglas mit granatapfelrotem Inhalt und übertriebener Dekoration entgegen, das er mir anbot. Ich hatte Steve nie wirklich wahrgenommen, aber als er mir so entwaffnend zuzwinkerte, verstand ich plötzlich, warum Stella, Hazel und einige andere Mädels so sehr für den blonden Athleten mit dem gepflegten Erscheinungsbild schwärmten. Leider stand er auf Männer.

Dennoch spürte ich Valentins Blick so deutlich im Nacken, dass ich mich etwas weiter als notwendig zu ihm lehnte. »Steve Harper! Du siehst aber auch gut aus.« Ich strich bewundernd über sein paillettenbesticktes Revers, bevor ich mich dem anderen jungen Mann zuwandte. »Hi, ich glaube, wir hatten noch nicht persönlich die Ehre. Du bist Liam, oder? Willkommen in Alpha. Du bist definitiv ins Siegerhaus gewechselt.« Ich stieß mein Cocktailglas gegen seins.

»Danke. Ja, Steve und Nico haben mich lang genug bequatscht, dass ich wechseln soll, bevor es zu spät ist.«

»Gute Entscheidung!« Streng genommen hatten die Seniors dafür noch zwei Monate Zeit, denn bis zum Ende des zweiten Trimesters durfte noch gewechselt werden. Aber besser früher als später.

»Liiaaaam!« Ein ausgelassener Blondschopf sprang auf Liams Rücken, in dem ich erst auf den zweiten Blick Nicoley erkannte. Er war eindeutig nicht mehr nüchtern, als er jetzt überschwänglich den Arm um Steves Schulter legte und sein Longdrink-Glas auf den Tisch krachen ließ, sodass der Inhalt beinahe überschwappte. Mir entging nicht, wie sich augenblicklich Steves gesamte Aufmerksamkeit auf meinen Ex-Freund verlagerte, und ich musste mein erstauntes Grinsen in einem großen Schluck aus meinem Cocktail verbergen.

Als die drei Tennisjungs allerdings anfingen, zu Shanty-Sprechgesängen auf und ab zu hüpfen, wurde es mir zu bunt. Auf der Suche nach meinen Mädels sah ich mich im Raum um, da trat mir ein vertrauter junger Mann in den Weg.

»Möchtest du tanzen?«, fragte Constantin.

»Tanz mit ihm!«, jubelte Nicoley augenblicklich, obwohl ich eigentlich höflich verneinen wollte. Dann zog mich mein Ex-Freund an sich und flüsterte in mein Ohr: »Ich wette, Constantin ist der Einzige auf dem ganzen Campus, auf den Valentin wirklich eifersüchtig wäre.«

Ein Stromschlag der Begeisterung erfasste mich. »Wirklich? Warum?«

Mein bester Freund grinste sein jungenhaftes Grinsen. »Das muss er dir schon selbst sagen.«

Wer von beiden?

Bevor ich die Frage gestellt hatte, schob Nicoley mich in Constantins Richtung, und ich gab mich geschlagen. Wenn ich Valentin eifersüchtig machen konnte, dann würde ich das tun.

Morning Glory Chronicles

Mittwoch, 01. Januar

Scandalous New Year, bitches!
Ihr schamlosen Scheinheiligen startet das neue Jahr mit einem kolossalen Knall an Skandalen! (Best of hier)
Wer sagt die Wahrheit und wer spielt ein falsches Spiel?
Alpha gaukelt uns eitel Sonnenschein (Felicias Versace-Dress hier), die größte Silvesterparty des Jahrzehnts (Aftermovie hier) und die Führung nach Punkten und Noten vor (54,3 % / +35 P.). Aber hinter der Fassade brodelt es. (Schock: War die Party Omegas Verdienst? 5 Gründe hier)
Warum bekommt Felicia exklusive Weihnachtsgeschenke von Valentin Knight? (zur Louboutin-Sonderkollektion (Affiliate-Link*))
Und von wem stammt der auffällige Diamant-Anhänger, den sie neuerdings trägt? (Wette (doppelte Tokens!): Tiffany, Cartier oder Bvlgari?)

Hier ist unsere Theorie: Felicia rächt sich nun an Anastasia dafür, dass Nicoley ihr Anfang des Jahres fremdgegangen ist. (Das habt ihr für ein Gerücht gehalten? Sorry, not sorry, wir haben sehr bildliche Beweise. (Gegen 1 Token schalten wir euch die Fotogalerie frei – hier klicken*)

Bei diesen Bildern würden wir auch Rachegelüste bekommen. Oder wie erklärt ihr euch, dass Felicia buchstäblich Anastasias Suite in Brand gesteckt hat? (Richtig gelesen, Brandstiftung! Unsere Omega-Königin schläft derzeit in einem schäbigen Einzelzimmer, weil ihre Suite unbewohnbar ist. Die Feuerwehr musste sogar ihre Tür aufbrechen!)

Und als wäre das nicht genug, haben Zeugen Felicia kurz darauf im dritten Stock der Herren gesehen, wie sie sich barfuß und pitschnass aus Valentins Suite geschlichen hat. Nächtliche heiße Dusche zu zweit?

Bleibt nur die Frage aller Fragen: Wenn wirklich etwas zwischen unseren Erzfeinden läuft, warum hat Felicia dann vor aller Augen mit dem Junior-Alpha Constantin Bellini geknutscht wie Sissi mit ihrem Franz? (Ausführliches Porträt über den adretten Spanier, der unser Herz im Sturm erobert hat, hier)

Spielt sie nur mit dem Herzen unseres armen Omega-Präsidenten, der ihr einunddreißig Tage lang buchstäblich sein Rosenherz zu Füßen gelegt hat?

Und können wir BITTE ÜBER NICOLEY UND STEVE HARPER SPRECHEN? (Diese Fotos von heißen Zungenküssen werden alle weiblichen Herzen brechen!)

Kleiner Reminder für eure verkaterten Hirne: In 2 Monaten endet die Möglichkeit zum Hauswechsel, Token-Einsätze werden ab sofort verdoppelt.

Keep up the scandals, bitches!

38
Der König und der Ritter

Felicia

Liebst du ihn?«

Valentin trat unvermittelt zwischen den deckenhohen Bücherregalen der Bibliothek hervor und lehnte sich ungeniert gegen das antiquierte Regal für Kunstgeschichte.

Ausgerechnet er, während ich mit dickem Schal und roter Schniefnase in der Bibliothek saß, um ja niemandem zu begegnen. Demonstrativ widmete ich mich dem Buch auf meinem Schoß und dem dampfenden Thermobecher in meiner Hand. Natürlich gab er nicht auf, setzte sich auf den Stuhl gegenüber und sah mich mit der stoischen Geduld eines Panthers an, bis ich es nicht mehr ertrug. Mit so viel Gleichmut, wie ich aufbringen konnte, hob ich den Blick. Mein Herz teilte mir begeistert mit, wie gut ihm das kirschrote Hemd und die dunkle Weste standen, doch ich brachte es zum Schweigen.

»Wir haben uns geküsst«, bestätigte ich ihm, was er bereits wusste, weil der ganze Campus seit drei Tagen von nichts anderem sprach.

An Silvester, angetrunken, unter einem Mistelzweig. Das zählte nicht so ganz, aber ich würde den Teufel tun, die Begeisterung in der Glorious-App zu Alphas Gunsten zu trüben.

Constantin war die Aufmerksamkeit zwar sichtlich unangenehm, dennoch hatte er mich seit Silvester jeden Tag besucht. Ich hatte mir eine dicke Erkältung eingefangen – wer hätte gedacht, dass eine Dusche in eiskaltem Sprinklerwasser und ein anschließender Marsch durch altes Gemäuer zu Valentins Suite schlecht für die Gesundheit waren? Dieser ganze Mann war schlecht für meine Gesundheit.

Heiße Dusche zu zweit, dass ich nicht lache! Seltsamerweise berührten mich die Lügen dieser Woche nicht annähernd so sehr wie sonst. Obwohl es eindeutig die bisher schlimmsten waren, die mich hinstellten, als wäre ich eine hinterhältige und herzlose Schlange.

Valentins Mundwinkel hob sich unbeirrt. »Das war nicht die Frage.«

»Aber das ist die einzige Antwort, die du von mir bekommst!« Energisch schlug ich das Buch zu, nahm meinen Bibliotheksausweis und stand auf. Mir wurde ein bisschen schwindelig, aber das lag sicher an meinem geschwächten Kreislauf und ganz sicher nicht an seiner Nähe.

Er folgte mir gelassen. »Ich habe nur Schwierigkeiten zu verstehen, weshalb du mir sagst, dass du mich liebst, und keine sechs Stunden später Constantin Bellini küsst.«

Noch lauter, ja?

Ich war heilfroh, dass zu dieser frühen Stunde kaum Studierende in der Bibliothek waren, als ich ungehalten zu ihm herumwirbelte. Noch mehr Sternchen. Kurzatmiger Krankheits-Kreislauf mit selbstgefälligem Milliardärssohn war keine gute Kombination.

»Abgesehen davon, dass ich das nur zu dir gesagt habe, um nicht noch mehr unschuldige Blumensträuße in den Müll werfen zu müssen –«

»Wir wissen beide, dass das nicht der Grund ist«, unterbrach er mich. Sein Körper war meinem so nah, dass ich nicht mehr klar denken konnte. Ich roch sein Parfüm sogar durch meine verstopfte Nase hindurch.

Ich schloss die Augen, um mich zu beherrschen. »Sagen wir, ich verhalte mich einfach wie eine echte Königin. Vielleicht findest du es irgendwann heraus, und dann wärst du vermutlich sogar stolz auf mich.«

Seine Miene wurde hart. »Ich wusste es. Du willst nur mit ihm zusammenkommen, weil seine Chancen gut stehen, der nächste König von Spanien zu werden.«

Mir wich alles Blut aus dem Gesicht. Reflexartig klammerte ich mich fester an Buch und Thermobecher und sah mich unmerklich um.

»Woher weißt du davon?«

Was für eine dämliche Frage, Felicia!

Weil er verdammt nochmal Valentin Knight war, der schon wieder dieses selbstgefällige Halbgrinsen im Gesicht hatte.

»Habe ich recht?«

»Ich hasse dich ...«

Und wie recht er hatte. Ich wäre fast auf meinem Krankenbett an Kreislaufkollaps gestorben, als Constantin mir das vorgestern im Vertrauen eröffnet hatte. Sein Onkel war der amtierende König, allerdings bislang kinderlos. Da es immer einen Thronfolger geben musste, trug derzeit Constantin diesen Titel. Um in Vorbereitung auf das Amt zwei Jahre von der Bildfläche verschwinden zu können, hatte er sich hier im St. Gloria eingeschrieben, als einfacher Diplomatensohn aus der Nähe von Cannes – denn von dort stammte seine französische Mutter – der in einem bescheidenen Doppelzimmer wohnte: der Inbegriff von wahrhaft aristokratischer Tugendhaftigkeit. Ganz im Gegensatz zu der verschwenderischen Arroganz dieses Mannes vor mir. Plötzlich war mir klar gewesen, warum Constantin so grazil Walzer tanzte und stets so ausgesucht höflich war. Er war in der Tat der strahlende Held, den Alpha gerade brauchte.

»Wir beide wissen, dass du alles andere tust als mich zu hassen«, antwortete Valentin auf meine Verwünschung. »Genauso wie wir beide wissen, dass du ihn nicht liebst. Hast du es wirklich wieder nötig, der

Welt eine perfekte Lüge vorzuspielen? Darüber bist du doch längst hinausgewachsen.«

»Wie bitte?« Ich schnappte nach Luft, fing mich aber gleich wieder und ging zum Gegenangriff über: »Immerhin sind Constantin und ich nicht zu feige, unsere Gefühle auszudrücken. Es mag dir fremd sein, aber für eine funktionierende Beziehung müssen beide ›Ich liebe dich‹ sagen.«

Ich sah ihm fest in die Augen in der Hoffnung, dass dieser Wink mit dem Zaunpfahl ihn aus seinem Schneckenhaus lockte, aber sein Gesicht zeigte wie immer keine Regung. Desillusioniert schüttelte ich den Kopf. Ich wollte gerade an ihm vorbeigehen, da hielt er mich am Handgelenk fest und hob es vor mein Gesicht.

Valentin Knight, dir entgeht auch nichts, oder?

Demonstrativ blickte er auf mein Charm-Armband, das seit ein paar Tagen von einem etwas zu großen Anhänger in Form einer offenen Rosenblüte ergänzt wurde. Sie war von Cartier, und ich hatte meinen Beraterinnen und einigen Alpha-Juniors einen Tipp gegeben, damit sie bei der *Morning-Glory*-Wette Tokens gewinnen konnten.

»Ist das so? Und weiß er auch, was das hier bedeutet?«

Ich schloss die Augen, schlagartig zurückversetzt an den einsamen, tristgrauen Neujahrsmorgen vor zwei Tagen, an dem mir das vierte Geschenk wieder eingefallen war, das ich an Heiligabend achtlos in die Louboutin-Schachtel geworfen hatte. Die filigran gearbeitete und mit winzigen Brillanten besetzte Rose gehörte in ihrer schlichten Eleganz und atemberaubenden Schönheit zu den hübschesten Schmuckstücken, die ich jemals gesehen hatte, geschweige denn besessen. Noch schöner waren nur die mit echter Tinte auf Büttenpapier geschriebenen Zeilen gewesen, die zusammengerollt in dem Schächtelchen gelegen hatte:

Die einzige Wahrheit, die zählt,
ist die, die du in deinem Herzen trägst.

Oder an deinem Handgelenk.
Weil du weißt, dass es wahr ist.
Merry Christmas
V. K.

Ich entzog Valentin meinen Arm, bevor ich wieder in Tränen ausbrechen konnte. »Es bedeutet gar nichts. Das ist nur ein Anhänger, der zu hübsch und zu teuer ist, um in einer Schatulle zu verstauben.«

»Nur ein Anhänger, ja?«

Ich versuchte, meine irrsinnige Hoffnung hinunterzuschlucken. »Ist es für dich etwa mehr?«

Die Frage klang nicht so gleichgültig, wie ich gehofft hatte. Widerstrebend suchte ich seinen Blick, fand jedoch nichts darin. Kein Flehen, keine Reue, keine Entschuldigung. Bloß seine undurchdringliche Maske, mit der er sich selbst schützte, indem er mich ausschloss. Mochte sein, dass er nie gelernt hatte zu lieben. Aber ich hatte nicht die Kraft, ihm das beizubringen. Ich musste mich auf mein Ziel konzentrieren. Mein Herz würde schon überleben.

Wenn er in Kauf nahm, mich zu verletzen, um sich selbst zu schützen, dann tat ich eben dasselbe: Entschieden machte ich einen Schritt zurück und sah ihm eisig in die Augen.

»Seien wir doch realistisch, Valentin. Welche Frau auf der Welt entscheidet sich für den Ritter, wenn sie einen König haben kann?«

Valentin

Bitte sag mir, dass das mit Nicoley und Steve Harper eine Lüge ist!« Anastasia wartete weder ab, bis ich in annehmbarer Hörweite war, noch, bis ihre sogenannten Beraterinnen ihr Geschnatter eingestellt hatten, als sie mir auf der breiten Treppe entgegenrauschte.

Ich löste meinen Blick nur mit Mühe von Violetta Sanchez' nervtötender Kaugummiblase. Sie war ein Jungmodel, das von ihren Eltern schon mit sieben von Shooting zu Shooting kutschiert worden war, um nach dem Durchbruch mit eigenem Youtube-Kanal, Instagram und TikTok zur jüngsten Social-Media-Millionärin ihrer Generation aufzusteigen. Natürlich sah sie selbst nichts von dem Geld, weil ihre Eltern alles verwalteten. Aber hey: Fame!

»Wenn du es so dringend wissen willst, warum fragst du Nicoley dann nicht selbst?«, fragte ich meine Stiefschwester statt einer Antwort. »Abgesehen davon, dass es dich und jeden anderen einen Dreck angeht, mit wem Nicoley die Nächte verbringt.«

Anastasia ließ nicht locker. Wie ein Terrier heftete sie sich an meine Fersen, als ich im dritten Stock nach rechts zu meiner Suite abbog. »Du bist sein bester Freund, du musst es doch wissen!«

»Du bist meine Stiefschwester, trotzdem weiß ich nicht, welche Unterwäsche du gerade trägst und wann du dir das letzte Mal die Zähne geputzt hast, denn ich bin nicht deine Nanny!«, schoss ich zurück.

»Uuuh«, feixte Violetta. »Sexy.«

Ich blieb abrupt stehen und drehte mich eisig um. Sie erstarrte wie angewurzelt.

»Du solltest dich jetzt lieber zurückziehen und deine Maniküre überprüfen, bevor es ein paar hässliche Wahrheiten regnet.«

Violetta musterte allen Ernstes ihre knallpinken Krallen.

Fassungslos sah ich Anastasia an. »Gab es in ganz Omega keine bessere Auswahl?«

Statt einer Antwort schickte sie Violetta mit einer Kopfbewegung weg wie ein dressiertes Hündchen. Kein Wunder, dass wir in diesem Jahr auf keinen grünen Zweig kamen.

»Kein Wunder?«, echote Anastasia, was mir sagte, dass ich meine Gedanken wohl laut ausgesprochen hatte. Ich musste mich wirklich mehr zusammenreißen. »Du hast uns doch erst in diesen Schlamassel gebracht! Hättest du Felicia nicht mit deinen Intrigen indoktriniert, wäre sie niemals so bissig geworden. Dann wäre sie die unschuldige Jungfrau Maria geblieben, und wir hätten leichtes Spiel gehabt!«

Mein Kiefer knackte, weil ich ihn so sehr anspannte.

Hatte ich die kämpferische Felicia erschaffen? Ja.

Bereute ich es?

Auf der Suche nach der Antwort verlor ich mich in einem Strudel aus Schuldgefühlen, Scham und Selbsthass. Frust, Fehler und Verlust. Und Gedanken, Gefühle und Ängste, die ich mir geschworen hatte, nie wieder an mich heranzulassen.

»…und hättest du sie an Silvester nicht gedemütigt, hätte sie sich niemals diesem Goldesel Constantin an den Hals geworfen!« Ich setzte zu einer deftigen Gegenrede an, als sie mich beiseitezog und die Stimme senkte: »Stimmt es, dass er ein Nachfahre von Kaiser Franz von Österreich ist?«

Mein Zorn verpuffte zu einem verächtlichen Schnauben. Spekulationen von gelangweilten Reichen waren schlimmer als jedes Flüsterpost-Spiel.

»Über die richtigen Ecken ist vermutlich der halbe Campus mit irgendeinem Kaiser verwandt«, antwortete ich, ohne ihre Frage wirklich zu beantworten. Stattdessen wechselte ich nahtlos in einen geschäftlichen Tonfall. »Ich fordere übrigens meinen Gefallen von dir ein.«

Anastasia zuckte zurück, ihre Augen geweitet aus Angst vor was auch immer Grausames ich mir für sie ausgedacht haben mochte. Dann fing sich meine Stiefschwester wieder und setzte ihre überhebliche Miene auf.

»Was, soll *ich* Felicia etwa dazu bringen, mit dir zu gehen?«

Ich quittierte ihren Hohn nicht einmal mit einem müde erhobenen Mundwinkel. »Nein. Es reicht schon, wenn du dafür sorgst, dass sie nicht mit Constantin zusammenkommt.«

Irritiert verschränkte sie die Arme. »Warum sollte ich das tun?«

Ich ließ den Blick ungeduldig, aber beherrscht schweifen. Wir waren allein im Korridor des dritten Stocks. »Erstens, weil du in meiner Schuld stehst und ich es von dir verlange.« Unmissverständlich, unerbittlich, kühl. »Und zweitens, weil wir uns sonst in spätestens einem Monat glücklich schätzen können, wenn Omega überhaupt noch auf eine zweistellige Prozentzahl kommt.«

Anastasia erkannte den Ernst in meiner Miene, überspielte ihr Erbleichen aber mit ihrer üblichen Überheblichkeit. »Ich nehme an, du wirst mir nicht sagen, worauf du deine Annahme begründest? Ich plane nämlich, Nicoley auf unsere Seite zu ziehen. Egal, ob mit oder ohne Steve.«

Ich lachte hohl und zog meinen Zimmerschlüssel aus meiner Hosentasche. »Glaub mir, nicht einmal zehn Nicoley Debois-Cartells könnten einen Constantin Bellini schlagen. Sind wir fertig?«

Anastasia stand immer noch reglos im Flur, ihre schmalen Brauen zu einer grimmigen Miene zusammengezogen, die nichts Gutes verhieß. »Ja, wir sind fertig. Nur eine Frage noch: Hast du ein Kondom benutzt, als du Felicia gevögelt hast?«

39
Königliches Kuckucksei

Felicia

Endlich konnte ich Taschentücher und Hustensaft wieder aus meinem Alltag verbannen. Nachdem ich die ersten eineinhalb Wochen des neuen Jahres mehr tot als lebendig zwischen meiner Suite und der Bibliothek hin- und hergetaumelt war, war meine Erkältung pünktlich zur zweiten Kurswoche so weit abgeklungen, dass ich mich wieder unter Menschen traute. Außerdem war die Zeit der Universitätsbriefe angebrochen, und ich hätte fast die Zahnbürste fallen lassen, als ich heute Morgen gleich fünf Umschläge im Briefschlitz meiner Zimmertür stecken sah.

Die *Morning Glory Chronicles* der Vorjahre beschrieben diese Zeit als besonders nervenaufreibend, weil sich das gesamte Kräftegleichgewicht verschieben konnte, wenn vermeintlich aussichtslose Bewerbungen plötzlich akzeptiert wurden und Anhänger – oder gar Präsidenten – des führenden Hauses von heute auf morgen nicht mehr auf das *Gloria cum laude* angewiesen waren und sich keine Mühe mehr gaben. Oder wenn sich Mitglieder des zurückliegenden Hauses plötzlich besonders ins Zeug legten, weil die erhofften Zusagen ausblieben oder an Bedingungen geknüpft wurden, die sie ohne die Zusatzpunkte des St. Gloria nicht erfüllen konnten.

Den Umschlag der Princeton University öffnete ich als Erstes, weil es meine am wenigsten favorisierte Uni war, bei der ich mich nur für den Notfall beworben hatte. Sie hatten mich angenommen.

Die schriftliche Bestätigung in Händen zu halten, fühlte sich unglaublich gut an. Ebenso war ich an der Cornell und Columbia angenommen, deren Studiengebühren zwar humaner waren, aber ohne das Vollstipendium als Präsidentin *cum laude* trotzdem astronomisch. Bei meinen Favoriten Yale und Stanford war ich allerdings bloß auf der Warteliste, was meinem Stolz einen kleinen Stich versetzte und gleichzeitig meinen Ehrgeiz weckte. Noch keine Meldung von Penn, Oxford, Brown und Berkeley.

In Gedanken noch damit beschäftigt, wie ich die Entscheidung von Yale positiv beeinflussen konnte, deutete ich die neugierigen Blicke der Studierenden eher als Sorge um mein Befinden denn als Böswilligkeit. Aber als das Getuschel hinter mir auf den Korridoren losging, wurde ich hellhörig und kontrollierte kurz mein Aussehen in der verspiegelten Tür zum Speisesaal. Keine Augenringe mehr, keine zerzausten Haare oder knallrote Nase: Alles sah aus, wie es sollte. Also öffnete ich die Tür selbstsicher, sah gebieterisch in die Runde und schlug damit tatsächlich ein paar scheue Blicke in die Flucht. Ich war immerhin Alpha-Präsidentin.

So steuerte ich auf den langen Tisch zu, an dem mir meine Beraterinnen wie immer einen Platz frei gehalten hatten und gerade die Champagnergläser klirren ließen.

»Hey, feiert ihr etwa ohne mich?« Ich stupste die Mädels grinsend an, die bei meinem Anblick in Freude ausbrachen und von ihren gepolsterten Stühlen aufsprangen, um mir nacheinander um den Hals zu fallen.

»Willkommen zurück unter den Lebenden! Wie fühlst du dich?«, rief Hazel, während Misaki mir ebenfalls ein Glas Champagner einschenkte.

»Wir feiern die Zusagen unserer Favoriten-Unis und den Endspurt auf den Sieg, Baby!«

Bevor ich nachfragen konnte, beäugte Stella irritiert mein Champagnerglas. »Ähm, darfst du das überhaupt trinken?«

»Wieso nicht? Ich hatte doch keine Antibiotika. Reine Naturkraft – und ganz viel Zuneigung von Constantin«, strahlte ich. Zugegeben, das war ein bisschen dick aufgetragen, aber es tröstete mein gebrochenes Herz ein wenig – und wenn Valentin eine Romanze aus unserer Freundschaft deuten wollte, umso besser. Mit einem kollektiv verträumten »Oooh« stießen die drei mit mir an.

»Außerdem ist das sowieso nur ein Gerücht – das du gefälligst schnell aus der Welt schaffst, du Gossipgirl«, rügte Misaki.

Alarmiert hob ich den Kopf. »Was für ein Gerücht?«

Die drei tauschten einen unsicheren Blick. »Dass du schwanger bist und die ganze Woche nur gekotzt hast«, ließ Misaki die Katze aus dem Sack.

Ich hätte um ein Haar meinen Champagner wieder ausgespuckt.

»Oh Gott, also stimmt es wirklich!« Wäre Stella eine Comicfigur, würden in ihren weit aufgerissenen Augen jetzt Like-Blasen aufploppen.

»Natürlich stimmt das *nicht*«, sagte ich schnell und sah mich unmerklich um. Na toll, die Ersten drehten sich bereits schnell weg und tuschelten miteinander. »Ich bin nicht schwanger, ich war einfach krank! Was für ein lächerliches Gerücht ist das denn? Von wem bitte? Constantin? Innerhalb von drei Tagen? Macht euch nicht lächerlich.«

Ich verdrängte den Gedanken an den Mann, mit dem ich zuletzt Sex gehabt hatte. Jacques brachte mir wie üblich ein Croissant mit einer Schale frischer Heidelbeeren, einen Milchkaffee und ein Glas Sojamilch, wofür ich ihm mit einem strahlenden Lächeln dankte.

»So, und jetzt erzählt: Habt ihr schon Post bekommen?«, lenkte ich das Gespräch von mir selbst weg und trank demonstrativ meinen halben Kaffee auf einmal leer. Danach ergriff ich wieder meine Champagnerflöte und sah mich provozierend im Raum um.

Seht her, Leute! Ich trinke Alkohol und Koffein, weil ich nicht schwanger bin.

Wer fiel denn bitte auf der Uni noch auf diesen billigen Streich aus der Middle School herein? Was kam als Nächstes? Rot angemalte Tampons auf meinem Stuhl?

Leider stellte ich fest, dass mir der erste Milchkaffee seit meiner Krankheit nicht so gut schmeckte wie sonst. Unzufrieden stellte ich die Tasse zurück auf die Untertasse und widmete mich den Heidelbeeren.

»M.I.T., Baby!«, jubelte Stella, woraufhin ich mich fast schon wieder verschluckte.

»Du bist am Massachusetts Institute of Technology angenommen?« Da liefen doch nur Hyperintelligente und Computernerds herum. Ich wusste gar nicht, dass sich unsere rasende Reporterin dort beworben hatte. Aber die hochgewachsene Blondine kicherte sofort.

»Ich? Ich bin bisher nur an der NYU angenommen. Nein, Hazel!«

Jetzt hellte sich mein Gesicht auf. »Hazel!« Ich umarmte sie überschwänglich. »Das ist ja großartig!«

Sie lächelte, und ich konnte sehen, dass sie sich freute. Aber nicht völlig.

»Noch keine Rückmeldung von Oxford?«, fragte ich, weil ich wusste, wie sehr sie dorthin wollte.

Sie schüttelte den Kopf. »Du?«

Ich verneinte ebenfalls.

»Wir auch noch nicht«, verkündete Misaki. »Vermutlich gehören sie einfach zu den Letzten, die die Briefe rausschicken. Wir sprechen hier immerhin von den Top Five der Welt! Kein Wunder, dass die sich Zeit lassen. Ist ja, als würde man sich bei der Knight Media Corporation für seinen ersten Job bewerben.«

»Themawechsel!«, forderte Hazel laut, was mich daran erinnerte, dass ich ihr immer noch nicht erzählt hatte, was es mit dem Acryldruck auf sich hatte, der übrigens wieder aus dem Kabinettskorridor verschwunden war. Nach Silvester, mit dem neuen Jahr und meiner Krankheit waren irgendwie immer andere Dinge wichtiger gewesen.

»Außer, du willst uns mehr von der heißen Dusche zu zweit erzählen«, widersprach Stella.

Ich schüttelte den Kopf. »Auf gar keinen Fall. Hazel hat recht, wir wechseln das –«

Plötzlich rebellierte mein Magen. Hitze schoss durch meinen Körper, mein Schluckreflex setzte ein.

»Feli?«, fragte Hazel noch, da wusste ich, dass ich es nicht mehr zurückhalten konnte. Die Hand vor den Mund gepresst, sprang ich auf und stürzte auf die Flügeltür zu.

Egal, was du tust, Felicia, übergib dich nicht vor dem versammelten Campus!

Übergib dich auf keinen Fall im –

Ich konnte mich gerade noch über die Blumenvase neben dem Eingang beugen, bevor sich mein Mageninhalt krampfend entleerte.

Sofort waren meine Freundinnen da, aber alles, woran ich denken konnte, während sie mich aus dem Speisesaal führten, war, dass ich die brodelnde Gerüchteküche soeben mit einer meterhohen Stichflamme zum Überkochen gebracht hatte.

»Felicia, ich muss Sie das fragen: Sind Sie schwanger?« Zwanzig Minuten später sah mich die Campusärztin Dr. Paisley nach der Untersuchung mitfühlend, aber eindringlich an, während sie meinen Arm auf der Suche nach einer Vene abklopfte, um mir Blut abzunehmen.

Ich tauschte einen Hilfe suchenden Blick mit Hazel und Stella, die – Hatte sie gerade ernsthaft ihr Handy in der Hand?

»Steck sofort das Ding weg«, fuhr Hazel sie an. Misaki hätte wohl bessere Worte gefunden, aber die hatte ich vorausgeschickt, um den Küchenbrand zu löschen, bevor er mein Alpha-Haus abfackelte.

»Nein, natürlich bin ich nicht schwanger«, antwortete ich also betont deutlich und mit pressetauglich erhobenem Haupt.

»Wann hatten Sie das letzte Mal Sex?«

Ich zögerte. »Ende November...«

»Mit wem?«, quäkte Stella dazwischen. Ich ignorierte sie, was sie mit Humor nahm. »War einen Versuch wert.«

Zum Glück konnte sie nicht in meinen Kopf sehen, denn der spielte gerade einen überhaupt nicht jugendfreien Filmstreifen mit Valentins Körper in der Hauptrolle ab. Mein Innerstes zog sich vor Verlangen zusammen.

»Haben Sie verhütet?« Das war wieder Dr. Paisley.

Schlagartig riss der Filmstreifen – und mein Geduldsfaden. »Um Himmels willen, natürlich!« Konnte diese Inquisition bitte endlich vorüber sein? »Können wir nicht einfach feststellen, dass die Milch in meinem Kaffee verdorben war?«

»Es tut mir leid, ich muss diese Fragen stellen. Hatten Sie seitdem Ihre Periode?«

Ich erstarrte. Rechnete. Heiß-kalte Schauder überkamen mich, weil meine Mathe-Kapazitäten völlig überfordert damit waren, die Wahrscheinlichkeit auszurechnen, dass ich von Valentin Knight schwanger –

Ich sprang auf und stürzte zum Waschbecken, um mich noch einmal zu übergeben. Ich betete inständig, dass Stella wenigstens den Ton ausschalten würde.

»Mitte Dezember«, erklärte ich mit zittriger Stimme, nachdem Dr. Paisley mir ein Tuch gereicht und ich mir den Mund ausgewaschen hatte.

»Also rund vierzehn Tage nach dem Akt?«, vergewisserte sie sich sachlich und stach die Kanüle zum Blutabnehmen in meine Armbeuge. Ich zuckte bei dem Einstich zusammen, nickte aber erleichtert.

»Das war danach! Also habe ich mir doch nur etwas eingefangen. Eine Magen-Darm-Grippe gleich nach der Erkältung?«

»Möglich. Es könnte aber auch eine Einnistungsblutung gewesen sein«, ließ Dr. Paisley meine Wunschträume zerplatzen und drückte Zellstoff auf den Einstich.

Eine ... was?

Mein Hirn hatte Schwierigkeiten, ihre Worte zu verstehen.

»Ich schicke Ihre Blutprobe ein, aber wenn Sie schnell Sicherheit haben wollen, empfehle ich Ihnen einen Schwangerschaftstest.«

Stella presste sich begeistert eine Hand auf den Mund.

Ich starrte die Ärztin an wie ein Auto. Das konnte sie doch nicht ernst meinen. »Ich. Bin. Nicht. Schwanger!«, wiederholte ich eisern.

Dr. Paisley klebte den Wattebausch mit einem Pflaster ab und sah mich aufrichtig an. »Ich gebe Ihnen Bescheid, sobald ich die Ergebnisse habe. Soll ich Sie noch eine Woche krankschreiben?«

»Nein!«, rief ich schnell. Die Leute redeten sowieso schon. Also ließ ich mir und Hazel lediglich ein Attest für die verpasste Kursstunde und einen Liter Fruchtschorle mitgeben.

40
Liebe ist kein Spiel

Felicia

Also, zum ersten Advent war Alpha auf dem höchsten Stand seit fünfzehn Jahren«, resümierte Hazel, als wir eine Woche später in meiner Suite saßen und die Zahlen analysierten, um einen Schlachtplan für die heiße Phase zu entwickeln. Bisher hatten sich weder Yale noch Oxford gemeldet, also brauchten wir beide das *Gloria cum laude* dringender denn je.

Obwohl Misaki zurück im Team war, behielten wir unsere Treffen zu zweit bei, um einiges vorzubesprechen. Und ich liebte sie: Ungeschminkt. Ungekünstelt. Unförmig mit Kissen und Snacks auf dem Teppich anstatt adrett auf dem französischen Sofa.

Hazel schob sich eine Handvoll Popcorn in den Mund. »Aber Weihnachten hatte Omega fast aufgeholt. Ich schätze, das lag an Valentins wundersamer Entdeckung einer romantischen Ader. Silvester war dann eine biblische Katastrophe für Alpha, weil … Alles in Ordnung, Feli?«

Ich blinzelte halbmondförmige Sofas in Golfsuiten, zartrosa Bouquets und die Leere in meiner Brust weg. »Silvester«, wiederholte ich nickend, um ihr zu zeigen, dass ich aufpasste.

»Ja. Die Causa Steve Harper.«

Ich rollte mich auf den Rücken, das Kissen wie eine Wärmflasche vor der Brust, und starrte an die Decke. Ich gönnte Nicoley sein neues Liebesglück. Liebe war Liebe. Aber er hätte sich keinen schlechteren Zeitpunkt aussuchen können als den Jahreswechsel, in dem ohnehin die Gemüter angesichts der Uni-Briefe hochkochten und gern Sündenböcke gesucht und Köpfe gefordert wurden. »Ja, das war vielleicht nicht so klug...«

»Nicht so klug?«, echote Hazel. »Ich finde die zwei unfassbar süß zusammen, aber jetzt wirkt ihr natürlich noch entzweiter. Das einstige Traumpaar ›Feli & Nico‹ ist jetzt so undenkbar wie, keine Ahnung, dass er etwas mit einer Professorin anfangen würde, oder so!«

»Oh Gott, Bilder aus meinem Kopf!« Ich presste mir das Kissen vors Gesicht, woraufhin Hazel einen Kicheranfall bekam.

»Oh Gott, Feli, jetzt sehe ich dieselben Bilder. Nico mit der Loredano!«

Wir prusteten beide angesichts dieser absurden Vorstellung. Und dann prusteten wir, weil es so befreiend war zu lachen. Wir lachten, bis uns die Tränen kamen und mein Bauch wehtat. Bis wir nicht mehr konnten.

Hazel fing sich als Erste und räusperte sich. »Aber entgegen Misakis Behauptungen glaube ich nicht, dass unser Abstieg nur an Nicoley lag. Ich glaube, dass es den Leuten sauer aufgestoßen ist, was der *Morning Glory* über dich geschrieben hat.« Daran hatte ich noch gar nicht gedacht! »Außerdem...«, Hazel zögerte, »ich sage es nicht gern, aber... es könnte sein, dass ein paar Leute gehofft haben, dass ihr, du und Valentin, ein Paar werdet.«

Ich stockte, plötzlich gefangen in der überwältigenden Vorstellung einer Parallelwelt, in der ich und Valentin Seite an Seite das St. Gloria regierten.

Jetzt lachte ich nicht mehr.

Jetzt blinzelte ich Tränen weg.

»Es stimmt, oder?«, fragte Hazel vorsichtig. »Das mit der heißen Dusche zu zweit?«

Ich riss die Augen auf. »Nein!«, rief ich sofort. »Hazel, ich schwöre es!«

Sie lächelte, aber es sah aus wie eine Grimasse. »Ich habe dich an Silvester gesehen, schon vergessen? Du hattest nasse Haare, als wir dich abgeholt haben.«

»Weil ich Anastasias Feuermelder ausgelöst habe!«, beharrte ich.

Jetzt war sie es, die die Augen aufriss. »Du hast wirklich ihre Suite angezündet?«

»Nein! Ich habe nur den Feuermelder ausgelöst, weil sie mich eingesperrt hatte!«

Ihr klappte der Mund auf, dann runzelte sie die Stirn. »Warum sollte sie das tun?«

Damit ich ihrem Stiefbruder nicht meine Liebe gestehen kann, dachte ich. Ich öffnete den Mund, aber die Worte wollten nicht herauskommen. Hilflos hob ich die Schultern.

Ich war erleichtert, als sie nickte, und fühlte mich gleichzeitig beschissen. Dann stellte sie die eine Frage, vor der ich so lange Angst gehabt hatte.

»Was war mit dem Acrylglasfoto?«

Ohne dass ich es wollte, flog mein Blick zu der Schreibtischschublade, in die ich den Stick verbannt hatte. Ich hatte es noch nicht über mich gebracht, die Fotos darauf anzusehen. Die Erinnerung an den Abend in der Villa schmerzte noch zu sehr.

»Nachdem Nicoley und ich Schluss gemacht hatten, hat Valentin mich auf eine Party bei einem befreundeten Fotografen mitgenommen«, gestand ich schließlich. Hazel reagierte nicht, und das war wohl die schlimmste Reaktion von allen. Sie schluckte bloß, blinzelte gegen die Tränen an und sah mich abwartend an. Mich verließ der Mut.

»Die *Morning-Glory*-Gerüchte darüber, dass ihr …« Sie brachte es nicht über sich, es auszusprechen. Ich hielt die Luft an, weil ich ihr die Wahrheit sagen konnte, ohne unsere Freundschaft zu zerstören. Ich hatte diese Lüge so lange mit mir herumgetragen, dass sie zu groß war, um ignoriert zu werden. Sogar von Hazel, die immer zu mir gehalten hatte. »Ist das auf den restlichen Fotos?«

»Nein«, beteuerte ich, gleichzeitig erleichtert, dass sie mich nicht direkt danach fragte, ob wir Sex gehabt hatten, sodass ich nicht lügen musste. Ich hatte die Fotos nicht gesehen, aber ich war sehr sicher, dass sie nur unseren Kuss im Pool zeigten. Obwohl das schon schlimm genug war.

»Und der Schwangerschaftstest?«, hakte Hazel nach.

»Du weißt, dass der negativ war und Mrs. Paisleys Blutergebnisse Emetika ergeben haben!« Wie ich es mir gedacht hatte: Irgendjemand hatte mir Brechmittel in den Kaffee getan, und ich hatte stark meine Widersacherin im Verdacht.

Hazel schluckte wieder. »Das war nicht die Frage, Feli.«

Jetzt war ich es, die schluckte. Da warf Hazel frustriert die Hände in die Luft. »Ich weiß einfach nicht, was ich noch glauben soll. Du sagst mir, dass du nichts für ihn empfindest, aber du fängst jedes Mal an zu weinen, wenn das Gespräch auf ihn fällt. Der *Morning Glory* schreibt die krassesten Lügen, aber irgendwie scheint immer ein Fünkchen Wahrheit drinzustecken. Und du hast mir das mit dieser Party und den Bildern verheimlicht und…« Jetzt liefen die Tränen in ihren Augen über. »Ich will das *Gloria cum laude* nicht verlieren, Feli. Ich will nicht ein Wartesemester einlegen müssen, um nach Oxford zu können.«

Schon war ich bei ihr, wiegte sie, hielt sie, tröstete sie. So wie sie nach den Trimesterferien mich getröstet hatte.

Ja, ich hatte meine Gefühle für Valentin vor ihr verheimlicht. Dass er mit mir gespielt hatte, dass er mit mir geschlafen hatte, dass er mir das Herz gebrochen hatte. Aber das war jetzt vorbei. Es gab nichts mehr zu verheimlichen. Es gab nur noch das Spiel – und den Sieg vor Augen.

»Wir werden das Jahr gewinnen. Und du wirst in Oxford studieren. Das verspreche ich dir!«

Hazel nickte an meiner Schulter, schluchzte in meinen Pullover. Abermals wurde mir bewusst, wie viel Druck auch auf ihren Schultern lastete. Ich durfte sie nicht im Stich lassen.

Hazel hielt mich fest und ich sie. Sekunden. Minuten. Stunden.

Dann ließ uns ein Klopfen an der Tür hochschrecken. Kurz darauf trat Susanne ein, mein Zimmermädchen. Als sie uns auf dem Boden sah, wie wir aus der engen Umarmung rasch auseinanderstoben, errötete sie sofort und erbleichte kurz darauf, als sie unsere nassen Wangen sah.

»Miss Felicia, Miss Hazel, geht es Ihnen gut?«

Ich nickte, zog uns auf das Sofa hoch und griff nach den Taschentüchern, von denen ich eins sofort an Hazel weiterreichte. »Ja. Was gibt es?«

Sie hielt mir eine Pergamentrolle hin, an der ein alter Messingschlüssel hing. Mein Herzschlag beschleunigte sich.

»Eine Einladung, für diesen Freitag.«

Übermorgen? »Von wem?«

Ich wollte es eigentlich gar nicht wissen. Zu sehr erinnerte mich die Situation daran, wie Valentin mir damals die Nacht mit Nicoley im Château gestohlen hatte.

Susanne lächelte stolz. Mein Herz hoffte.

»Von Ihrem Freund natürlich. Ich lese schließlich auch den *Morning Glory*.«

Mein... Freund?

»Constantin!«, keuchte Hazel.

»Constantin«, wiederholte ich matt.

Wieso war ich darüber traurig? Ich müsste mich freuen! Constantin war das Beste, was mir – was Alpha! – jemals passiert war. Er war ein echter Royal, er war großzügig, warmherzig und charmant. Er war alles, was Valentin Knight nicht war. Und vor allem war er meine beste Chance auf das *Gloria cum laude*.

Entschlossen wischte ich mir die restlichen Tränen weg. In St. Gloria war kein Platz für die Liebe. Liebe war kein Spiel. Das Spiel war vorbei. »Bitte richte aus, dass ich da sein werde, Susanne.«

Der Himmel war nachtschwarz und sternfunkelnd, die Luft kristallklar, als ich am Freitagabend die Marmorstufen zur Gartenanlage hinabstieg. Wie immer erleuchteten indirekte Bodenleuchten zwischen den zurückgeschnittenen Blumenrabatten die Gehwege, auf denen sich natürlich bei diesen Januartemperaturen niemand aufhielt. Die Fensterläden des Schlösschens waren geschlossen, aber ich glaubte schwaches Licht dahinter zu erkennen. Auf dem kunstvollen Türknauf wartete eine langstielige, purpurrote Rose auf mich, das kleine Pergamentschildchen daran zeigte in goldgeprägten Lettern »1/14«. Lächelnd streichelte ich über die samtigen Blütenblätter und musste unwillkürlich daran denken, wie Valentin seine Weihnachtsgeschenke für mich nummeriert hatte. Den Rosenanhänger hatte ich mittlerweile doch in die Schatulle meines Schminktischs verbannt.

Genauso verbannte ich diese Gedanken. Hier ging es nicht um Valentin! Entschieden durchatmend drehte ich den Messingschlüssel im Schloss.

Der Anblick im Inneren verschlug mir für einen Moment die Sprache: Die polierten Holzdielen waren mit einem rubinroten Meer von Rosenblüten überzogen, unterschiedlich hohe Stumpenkerzen in kleinen Grüppchen und Windlichter in den Ecken tauchten die stuckverzierten Wände und Decken in traumhaft weiches Licht. Es duftete nach der Geborgenheit von Wachs und brennendem Docht. Etwa zwei Meter vor mir lag eine zweite Rose auf dem Boden. »2/14«. Ich hob sie auf.

Begeistert hielt ich nach der nächsten Rose Ausschau, während ich überlegte, was die Zahlen bedeuten könnten. Welche Bedeutung hatte die Vierzehn? Heute war der dreizehnte Januar, also war es nicht das Datum.

Denk nach, Felicia!

Hatte die Vierzehn in Spanien eine besondere Bedeutung?

Rose Nummer drei lag vor dem offenen Kamin, dessen sanft glimmende Holzscheite den hohen Raum wärmten, Nummer vier auf dem Sofa mit den geschwungenen Füßen. Die Fünf auf einem Beistelltisch, der normalerweise ein mannshohes Bouquet trug. Nummer sechs, sieben und acht in dem angrenzenden Raum, in dem bei Partys das Büfett aufgebaut war. Neun auf der ersten Treppenstufe ins Obergeschoss.

Mein Bauch schlug Purzelbäume, während ich vorsichtig die mit Rosenblättern bestreuten und mit Kerzen ausgeleuchteten Stufen hinaufstieg. Am Treppenabsatz wartete Nummer zehn auf mich, die Tür zum Badezimmer stand offen. Es hätte mich nicht gewundert, wenn ein Schaumbad eingelassen wäre, aber andererseits wäre es sicherlich kalt, bis es benutzt werden würde. Trotzdem wartete hier Rose Nummer elf auf mich. Die zweite offen stehende Tür führte in das Zimmer, in dem wohl ein Großteil derjenigen, die wie ich noch als Jungfrau nach St. Glorias gekommen waren, ihre Unschuld verloren hatten. Mein kribbelnder Unterleib war halb erleichtert, halb enttäuscht, als ich ihn ebenfalls leer vorfand, nur bevölkert von einer samtenen Armee Rosenblätter und sanft leuchtenden Kerzen. Die Nummer zwölf lag auf dem Bett. Blieb nur noch ein Raum, vor dessen geschlossener Tür die Rose mit der Notiz »13/14« lag.

Mit klopfendem Herzen drückte ich die Türklinke.

Vor dem deckenhohen Sprossenfenster mit den schweren Brokatvorhängen stand nicht Constantin.

41
Der König kapituliert

Felicia

Er hob die Hand aus der Hosentasche des Maßanzugs, um auf seine Armbanduhr zu sehen. Sein anerkennendes Lächeln war süßes Gift.

»Du bist pünktlich«, erkannte Valentin.

Ich war vollständig damit beschäftigt, mein Herz wieder herunterzuschlucken, das mir in den Hals gehüpft war und die Luft abschnürte.

Sag etwas, Felicia. SAG ETWAS!

»Du bist ... hier«, brachte ich mühsam hervor und hob eine Augenbraue, um möglichst abweisend zu wirken. Lächerlich, mit einem Strauß voller Rosen im Arm und vor Aufregung geröteten Wangen.

Er neigte den Kopf minimal zur Seite. »Du hast wirklich gedacht, dass das hier Constantin gewesen wäre?« Er deutete auf den ebenfalls mit Rosenblüten und Kerzen geschmückten Raum, den die Studierenden auch »Herrensalon« nannten. Wegen der schweren Bücherregale und goldgefassten Gemälde an den Wänden und der smaragdgrünen Ohrensessel, die sich vor dem Kamin um das elegante Sofa gruppierten.

Ich sah eine Champagnerflasche aus dem Kühler auf dem Mahagonitisch ragen und fühlte mich zum ersten Mal in meinem Leben wahrhaftig ohnmächtig. Ich wusste nicht, was ich tun sollte, ich wusste nicht, was ich sagen sollte. Ich wusste noch nicht einmal, was ich denken sollte. Ich konnte nur die Augen vor all dem hier verschließen und mit dem Kopf schütteln, bis es vorbei war. Aber es ging nicht vorbei. Als ich die Augen öffnete, stand Valentin immer noch dort und ich hielt immer noch einen Strauß Rosen in den Händen.

»Valentin, ich…« Ich musste noch einmal ansetzen, schüttelte immer noch den Kopf. »Was soll das? Was ist das hier?«

»Das…«, sagte Valentin und nahm die letzte Rose vom Tisch. Ich machte unwillkürlich einen Schritt zurück, als er auf mich zukam. »… ist die Anzahl der Tage, für die ich mich hasse, weil ich zu feige war, die Wahrheit zu sagen. Und diese Wahrheit ist, dass ich dich liebe, Felicia.«

Ich fühlte mich, als ob mir gleich das Herz aus der Brust springen würde. Entweder das, oder es würde mitten in meinem Körper zerbrechen. Ich spürte, wie meine Unterlippe zitterte, und biss energisch darauf, um keine Schwäche zu zeigen. Dann stand er vor mir, sein verhasst vertrautes Parfüm hüllte mich ein, seine olivgrünen Augen sahen mich direkt an.

»Ich liebe dich, Felicia«, wiederholte Valentin ernst. »Und ich war ein erbärmlicher Feigling, es dir nicht viel früher zu sagen.«

Ich musste hier raus. Ich würde gleich ersticken. Und ich war nur Sekundenbruchteile davon entfernt, loszuheulen wie ein Schlosshund. Aber diese Genugtuung würde ich ihm nicht verschaffen.

»Nein…« Ich wollte irgendetwas Kluges, Überlegenes, Abweisendes sagen, aber ich brachte nichts außer »Nein« und immer wieder »Nein« hervor, während ich mich umdrehte und Valentin zurückließ. Ich musste mich am Treppengeländer festhalten, um nicht auf meinen zitternden Knien zu straucheln.

»Felicia«, hörte ich ihn hinter mir, »Felicia, bleib stehen!« Ich schluckte gegen den Kloß in meinem Hals an und verschloss mein Herz vor seiner Stimme, während ich endlich die kerzenlichtbeschienenen Holzdielen im Erdgeschoss erreichte. »Bitte.«

Das Wort stoppte mich wie eine unsichtbare Mauer. Das Wort und der Widerhall seiner Bedeutung in Valentins Stimme. Er bat. Valentin Knight bat um etwas. Allein diese Tatsache ließ mich innehalten.

»Ich verstehe deinen Argwohn, aber das hier ist kein Teil eines hinterhältigen Plans. Das hat nichts mit Omega oder Alpha zu tun, nicht einmal mit St. Gloria.« Ich beobachtete ihn weiterhin, darum bemüht, keine Gefühlsregung zu offenbaren, während er auf mich zukam. »Das hier hat nur etwas mit dir zu tun. Und mit mir. Es tut mir leid, was ich an Silvester zu dir gesagt habe, und es tut mir noch mehr leid, was ich nicht gesagt habe. Aber das ändert nichts an meinen Gefühlen für dich. Ich liebe dich, Felicia. Ich liebe deinen Starrsinn und deinen Ehrgeiz. Ich liebe diese winzige Falte zwischen deinen Brauen, wenn du dich über etwas ärgerst, und die Art, wie du das Kinn hebst, um es zu verstecken. Ich liebe es, dass du in einer rosaroten Blase lebst und alles dafür tust, dass sie intakt bleibt, egal, wie schwarz und verdorben die Welt dahinter ist. So sehr, dass du sogar jemanden wie mich liebst.«

Mein Blick flackerte. Mein Mund war trocken, meine Eingeweide ein einziger verknoteter Haufen. Emotionaler Overload. Wie sollte ich das verkraften? Ich wog seine Worte ab, warf sie in meinem Kopf herum, konnte keinen klaren Gedanken fassen. Und kehrte immer wieder zu der Vorstellung zurück, was wäre, wenn wir tatsächlich ein Paar wären. Was alle anderen sagen würden. Was Hazel sagen würde.

»Wie stellst du dir das vor? Wir beide... wir sind wie Feuer und Wasser...«

»Nein«, widersprach Valentin. »Wir sind wie zwei Flammen, wir entzünden uns gegenseitig.« Mein Atem stockte, und es lag nicht nur daran, dass er behutsam die Hände an meine Taille legte. »Lass uns gemeinsam verbrennen, Felicia.«

Einen Herzschlag lang sahen wir uns stumm an, dann senkte er den Kopf, um mich zu küssen. Mein klopfendes Herz sprang mir beinahe vor Glück aus der Brust, doch ich stemmte mich entschieden gegen ihn. »Nein… Liebe ist kein Spiel, Valentin.«

Er wich sofort zurück, ohne zu viel Distanz zwischen uns zu bringen. Wie ein unbeirrbarer Fels in der Brandung. »Liebe ist das einzige Spiel, bei dem es zwei Gewinner gibt.«

Verdammt. Wieso brannten meine Augen vor Rührung, weil seine Worte alles waren, wovon ich seit zwei Wochen träumte?

Und wieso blieb er so respektvoll einen Schritt von mir entfernt stehen, ohne diesen warmen Blick von mir zu nehmen?

Mir wurde bewusst, dass Valentin mir buchstäblich alles zu Füßen gelegt hatte. Er hatte seinen Zug gemacht, jetzt war ich an der Reihe.

Vielleicht war es dumm, seine dargebotene Hand zu ergreifen. Und vielleicht war es das Mutigste, das ich jemals getan hatte.

Ich ignorierte die Angst und alle Zweifel, und stürzte mich kopfüber in die Fluten, die mich in den Himmel tragen mochten oder in die Hölle.

Es fühlte sich an, als würden zwei Sterne kollidieren. Ich warf ihn beinahe um, aber Valentins Arme hielten mich fest und sicher. Sein Duft hüllte mich ein wie eine wohlige Decke, seine Nähe war alles, was ich wollte. Dann trafen sich unsere Lippen, verschmolzen miteinander, lechzend wie zwei Verdurstende in der Wüste. Valentin griff in mein Haar und küsste mich ungestüm, zerstörte dabei meine Frisur, aber das war mir egal. Ich presste mich gegen ihn, bekam nicht genug von seinen weichen, fordernden, einnehmenden Lippen, von seinen starken Armen, von seiner selbstsicheren Nähe. Der stuckverzierte Raum verschwamm zu einem Wirbel aus Purpurrot und Wachsweiß.

»Dir ist hoffentlich klar«, japste ich atemlos, »dass ich dich immer noch hasse.« Er grinste selbstgefällig und wollte mich erneut küssen, doch ich hielt ihn mit ausgestreckter Hand zurück. Ich strich über den glatten Stoff seines Kragens, berührte seinen Hals. Seine Haut war heiß unter meinen Fingern. »Du bist ein narzisstischer Egoist, und ich kann es kaum ertragen, dass du damit durchkommst. Aber ich würde mich selbst noch mehr hassen als dich, wenn ich jetzt ginge.«

Die Worte hingen eine Sekunde lang zwischen uns in der Luft. Dann riss Valentin mich wieder an sich und küsste mich mit einer ungezähmten Leidenschaft, die die Schmetterlinge in meinem Bauch zum Flattern brachte, wie nur er es konnte.

Augenblicklich stand mein Körper in Flammen. Ich drängte mich gegen ihn und hielt seinen Kopf mit beiden Händen fest, um sicherzugehen, dass er nicht aufhören würde, mich zu küssen. Als seine Lippen die meinen trotzdem verließen, wollte ich protestieren, aber dann spürte ich seinen heißen Atem an meinem Kinn, an meinem Hals, und ergab mich seinen Liebkosungen. Mein Unterleib zog sich heftig kribbelnd zusammen, während Valentins Zunge meine Haut mit flüssigem Feuer benetzte, mein Schlüsselbein entlang bis zum weichen Saum meines Cardigans. Schon wanderten seine Hände von meiner Taille hinauf zu meinem Gesicht und seine Lippen zurück zu meinen. Sein Kuss raubte mir den Verstand, seine Finger hinterließen eine begehrliche Spur auf meinem Dekolleté. In einer einzelnen Bewegung streifte er die feine Wolle von meinen Schultern, bedeckte die freigelegte Haut mit seinen Lippen. Seine Hände wanderten meine Arme entlang, strichen fest und sanft zugleich über meinen Körper, wanderten zu den Wölbungen meiner –

»Halt.« Ich bebte vor Anspannung. Ich wollte ihn. Ich wusste, dass er das wusste, aber ich schob ihn trotzdem auf Armeslänge von mir. »Kein Sex beim ersten Date.«

Er hielt überrascht inne, grinste dann. »Da wir das leider schon verpasst –«

»Valentin!«, unterbrach ich ihn. »Ich meine das ernst. Ich will nicht, dass einer von uns denkt, dass Liebe und Leidenschaft dasselbe wären. Kein Sex.«

Es dauerte einen Moment, bis er sich weit genug unter Kontrolle hatte, um interessiert eine Augenbraue zu heben. »Was bekomme ich dafür?«

Ich konnte nicht leugnen, dass dieser herausfordernde Tonfall einen Schauer kribbelnder Vorfreude durch meine Glieder jagte. Möglichst verführerisch schlug ich die Lider auf. »Mich.«

Einen Augenblick lang sah es so aus, als wolle er mich wieder an sich reißen. Dann lächelte er anerkennend. »Also gut. Und wie lange soll unser Abstinenzgelübde anhalten?«

»So lange, wie es eben dauert.«

Sein Lächeln wurde zu einem Grinsen. »Einverstanden. Wer zuerst schwach wird, hat verloren. Ich gebe uns keine drei Tage.« Wie zur Bestätigung seiner Worte küsste er wieder meine Halsbeuge. Ich genoss das Gefühl eine Sekunde lang, dann hielt ich ihn erneut zurück.

»Damit komme ich zu Regel Nummer zwei: Nicht in der Öffentlichkeit.« Sein Unmut wich Verständnislosigkeit, die mir beinahe ein schlechtes Gewissen einjagte. »Ich muss mir sicher sein«, bat ich. »Außerdem wäre es doch sonst zu leicht, nicht wahr?«

Er nickte widerwillig. »Wie du willst, Felicia.«

Ich nickte auch. Eine seltsame Stille entstand, das leidenschaftliche Knistern lag immer noch in der Luft.

»Bleibt nur die Frage: Wer von uns räumt jetzt für den anderen das Château?« Valentins zurückgekehrtes Spielergrinsen war geradezu diabolisch, als er mit dem Zeigefinger über meinen Hals zu meinem Kinn fuhr und dann überlegen einen Schritt zurücktrat.

Ich lächelte, als ich begriff, dass er unser Spiel fortführte und auf eine neue, tiefere Ebene führte. »Warum teilen wir nicht? Habe ich oben nicht Champagner gesehen?«

Seine Mundwinkel zuckten amüsiert. »Kein Sex, Miss de Vries«, erinnerte er mich.

Erhobenen Hauptes ging ich an ihm vorbei zur Treppe. »Kein Sex, Mr Knight«, bestätigte ich.

42
Spiel mit dem Feuer

Valentin

Felicia und ich konnten unserer gegenseitigen Wette genau drei Tage widerstehen. Es fing am Montag nach dem Sportkurs an. Die Männer hatten früher Schluss und kamen deswegen schon beim Sporttrakt an, während sich die Frauen noch dehnten.

Gemeinsam mit meinem Omega-Berater Lucien blieb ich vor der Fensterfront des Glasbaus stehen, der inmitten der grünen Ländereien des Schlossgrundstücks prangte und mit einer Mehrfachturnhalle samt Zuschauertribüne, modernster Geräteausstattung und einem Schwimmbad alle Anforderungen an universitäre Sporterziehung erfüllte.

Was sich der Architekt dabei gedacht hat, diesen Bau inmitten einer herrschaftlichen Schlossanlage aus dem Hochbarock komplett aus Glas umzusetzen, würde ich wohl nie verstehen. Aber der Ausblick war durchaus lohnenswert, wie sich die Frau, die ich liebte, zwischen zwei Dutzend Frauen auf Yogamatten räkelte.

»Nur der Vollständigkeit halber: Was sagst du zu Baron?«, fragte Lucien, gegen einen der Laternenmasten gelehnt und seinen obligatorischen Thermobecher mit Matcha Latte in der Hand, den Blick zwischen Faszination und Mitleid auf die Gruppe Hintern gerichtet, die sich gerade mehr oder weniger synchron in die Luft reckten. Ich hatte nur Augen für Felicia.

»Ich sage immer noch Nein«, antwortete ich genauso geradeheraus, wie er gefragt hatte. Was ich besonders an Lucien schätzte, war, dass er nie um den heißen Brei herumredete. »Baron« war ein besonders penetranter Omega Junior. Seines Zeichens neureicher Anwaltssohn mit dem großkotzigen Namen Grayson Baron Bellington, bestand er darauf, von allen Baron genannt zu werden, weil das erhabener klang. Und er sammelte gerade eifrig Unterstützer für sich als mein Nachfolger der Omega-Präsidentschaft.

Luciens Mundwinkel zuckten. »Gut, sehe ich genauso. Hat er etwas gegen dich in der Hand, womit er dich erpressen könnte, ihn zu wählen?«

Ich löste meinen Blick widerwillig von Felicias flexiblem Körper. Wie immer fiel sie inmitten der schreienden Farben, knalligen Pantys und bauchfrei geknoteten Tops durch schlichte Eleganz auf. Mode kann man kaufen, Stil besitzt man eben.

»Mich kann man nicht erpressen«, behauptete ich, obwohl ich mir da nicht so sicher war, und nicht erst, seit ich mein Herz vor drei Tagen unwiderruflich an die Alpha-Präsidentin verschenkt hatte. Schon in den paar Wochen seit Silvester hatte ich von drei Token-Aufgaben gehört, an mein Handy oder ein anderes meiner Geräte zu kommen. Gestern hatte die Brasilianerin Isabella – die übrigens mittlerweile eine Zusage vom M.I.T. erhalten hatte – mir eine doppelte Sperre eingebaut. Jetzt war es ätzend, mich in meine eigenen Geräte einzuloggen, aber Vorsicht war besser als Nachsicht.

Aus Felicias strengen Dutt hatten sich mehrere Strähnen gelöst. Die leichte Röte der Anstrengung im Gesicht stand ihr gut. Unsere Wette war simpel: Wer den anderen zuerst küsste oder berührte, verlor. Wir hatten vielleicht aufgehört, gegeneinander zu spielen. Aber ganz sicher nicht, miteinander.

»Was ist mit den Schwangerschaftsgerüchten?«, fragte Lucien.

»Sind, wie du richtig erkennst, Gerüchte. Von Anastasia gestreut.« Ich sah ihm fest in die Augen, um meinen nächsten Satz zu zementieren: »Und haben nicht das Geringste mit mir zu tun.«

Lucien blieb abwartend skeptisch. Eine weitere Eigenschaft, die ich an ihm schätzte. Es gab nicht viele Menschen, die ihren Verstand benutzten, um sich eine eigene Meinung zu bilden, wenn es so viel bequemer war, die Meinung anderer blind zu übernehmen.

»Also war alles zwischen dem Wahlkampfball und Silvester wirklich nur ein Spiel, um die Zahlen hochzutreiben?«

»Die Zahlen sind oben, oder nicht?«, erwiderte ich, ohne auf seine Frage zu antworten. Ich würde weder Felicia noch unsere Beziehung ans Messer liefern, nicht einmal vor meinem engsten Berater.

Als könnte Felicia meinen Blick auf sich spüren, drehte sie den Kopf. Ich sah das Aufblitzen in ihren Augen, dann ihr Grinsen. Gott, diese Lippen! Kam es mir nur so vor, oder bog sie den Rücken plötzlich ein wenig weiter durch, schob das Becken weiter vor? Als sie sich reckte, blitzte ihre schlanke Taille unter dem Saum ihres Tops hervor.

Verdammt, wenn ich ihr noch länger zusah, würde ich unsere Wette garantiert verlieren. Trotzdem konnte ich den Blick nicht abwenden.

Es klingelte, und während sich die Mädchentraube in Richtung Umkleidekabine auflöste, blieb sie zurück und warf mir einen langen, wissenden Blick zu. Ich hielt ihn fest, ohne zu blinzeln, bis sie sich abwandte und mit dem sinnlichen Hüftschwung einer Katze davonging.

Nein, das zwischen dem Wahlkampfball und Silvester war kein Spiel gewesen, sondern nur ein unverbindliches Vorgeplänkel. Das eigentliche Spiel begann jetzt. Und es war ein Spiel mit dem Feuer.

Felicia

Valentin wartete auf mich, als ich die gläserne Sporthalle verließ. Ich sah mich unmerklich nach den hinter mir herausströmenden Alpha-Seniors um, bevor ich wie zufällig bei ihm stehen blieb, um meinen Mantel anzuziehen. Dabei gab ich mir besondere Mühe, dass mein nackter Bauch kurz hervorblitzte, obwohl es hier draußen klirrend kalt war.

»Na sieh einer an, Omega beherbergt Spanner.« Ich richtete meine Aufmerksamkeit auf den blassen jungen Mann neben ihm, um ihn in die Flucht zu schlagen. »Hi! Lucius, richtig? Ich bin Felicia, das Gesicht zu dem Hintern, den du gerade begafft hast.«

»Lucien«, korrigierte er. »Ich weiß. Und … sorry.« Ein kurzer Blick zu Valentin. »Ich, ähm, muss noch kurz zu Dr. Hall.«

Er floh. Valentins Mundwinkel zuckten. »Respekt. Ich mag das neue Gesicht der Alpha-Präsidentin. Das der echten Felicia. Und ich mag den Hintern dazu.«

Mir wurde so heiß, dass ich mir den Mantel, kaum zugeknöpft, vom Leib reißen wollte. Ich überspielte es, indem ich meine Haare aus dem Dutt löste und mit allen zehn Fingern betörend langsam hindurchfuhr. Direkt vor Valentins Gesicht. Er gab sich gelassen, doch ich sah, wie sich seine Nasenflügel geringfügig blähten. Untrügerisches Zeichen für seine bröckelnde Selbstbeherrschung.

»Hat dir die Aussicht gefallen?«, säuselte ich weiter und warf meine Haare über die Schulter.

Sein Blick fand zurück zu meinem Gesicht. »Ich hatte schon bessere.« Er lehnte sich zu mir, bis sein heißer Atem die feinen Härchen hinter meinem Ohr streifte. »In denen du weniger anhattest.« Ich hielt die Luft an, um ein lustvolles Schaudern zu unterdrücken. »Du wirst unsere Wette verlieren, Felicia.«

Jetzt war ich es, die so nah an ihn herantrat, bis ich den dezenten Duft seiner Rasierseife wahrnahm. Den Duft, der mir weiche Knie verursachte. »Das werden wir sehen.«

Unsere Lippen waren einander so nah, dass sich unsere Atemwölkchen vermischten. Mein Körper vibrierte bis in die Fingerspitzen vor freudiger Erwartung, wer von uns zuerst einknicken würde. Valentin ließ mich keine Sekunde aus den Augen. Ich erwiderte seinen Blick, ohne zu blinzeln.

»Hier kann uns jeder sehen.« Seine geraunte Warnung klang wie ein sündiges Versprechen.

Doch ich beherrschte mich, trat einen Schritt zurück und nickte hoheitsvoll. »Du hast recht. Lass uns schwimmen gehen.«

Er durchschaute mich sofort. Natürlich tat er das, er spielte diese Spiele immerhin schon ein paar Jahre länger als ich. Aber er ging trotzdem darauf ein: »Von mir aus.« Ein verschlagenes Lächeln. »Morgen früh um fünf Uhr.«

Wie bitte? Um die Uhrzeit hielt ich noch mindestens zwei Stunden Schönheitsschlaf! »Vor dem Unterricht?«

Er sah mich unverwandt an. »Ich bin jeden Morgen um die Uhrzeit dort. Keine Menschenseele. Das entspricht genau der Art von Nichtöffentlichkeit, die du willst.«

In dem Augenblick kamen Hazel und Misaki an, die noch geduscht hatten, und ich ließ Valentin wortlos, aber mit einem letzten, fesselnden Blick stehen, um mich zu ihnen zu gesellen.

Wir hatten einen Deal. Nein, wir hatten ein Date. Und ich war fest entschlossen, mit diesem Date unsere Wette für mich zu entscheiden. Der Anfang konnte allerdings nicht schlechter laufen: Am Abend war ich so aufgeregt, dass ich kaum einschlafen konnte, und am nächsten Morgen verschlief ich prompt. Acht Minuten zu spät kam ich in der Schwimmhalle an, mein flauschiges Handtuch wie einen Schild vor den nackten Bauch gedrückt. Valentin hatte recht: Um diese Uhrzeit war keine Menschenseele hier, die bläulich schimmernde Glashalle war vollkommen leer. Bis auf den Körper, der seine Bahnen im azurblauen Wasser zog, geschmeidig wie ein Hai durchs Becken glitt. Als Valentin mich erkannte, machte er zwei große Züge zum Beckenrand und stemmte sich aus dem Wasser.

Oh Mann, das hier war eine ganz miese Idee gewesen. Eigentlich wollte ich ihn in diesem sexy Bikini verrückt machen. Aber wie er so am Beckenrand saß, mit nass glänzenden und ultradefinierten Muskeln an Brust, Schultern und Oberarmen, war wohl ich diejenige, die den Verstand und unsere Wette zuerst verlieren würde. Jetzt erkannte ich auch, warum seine Arme so stark waren und seine Brust so hart, obwohl Valentin Knight nie als Sportler aufgefallen war: Er schwamm. Jeden Morgen.

Verflucht seist du, Valentin Knight.

»An deiner Pünktlichkeit müssen wir wirklich arbeiten«, sagte er.

Ich überging die beglückende Tatsache, dass er »wir« gesagt hatte, und streckte mich zur Antwort ausgiebig gähnend, um ihm einerseits meine Müdigkeit und andererseits meine halb nackten Kurven zu präsentieren. Sein Blick glitt tatsächlich genauso intensiv wie gestern über meinen kaum bedeckten Körper, dann ließ er sich lächelnd zurück ins Wasser gleiten.

»Die Unterwäsche bei JJ hat mir besser gefallen.«

Damit hatte ich gerechnet. Obwohl dieser ultraknappe Bikini mit den Goldkettchen an Hüfte und Dekolleté zu den atemberaubendsten gehörte, die ich besaß.

Mit sinnlichem Hüftschwung setzte ich mich in Bewegung.

»Bist du ganz sicher?«

Die Augen fest auf ihn geheftet, stieg ich die Stufen hinab ins Wasser. Langsam, sinnlich. Er beobachtete mich gebannt, und ich fühlte mich absolut begehrenswert. Als das unerwartet kalte Nass meine Mitte umfing, schnappte ich kurz nach Luft, watete aber tapfer weiter, bis ich einen Meter von ihm entfernt stehen blieb. Das Wasser reichte mir bis knapp über die Brust.

An dem Blick, den er über mein Dekolleté wandern ließ, konnte ich sehen, wie sein Widerstand bröckelte. Er sah mir wieder in die Augen.

»Sehr sicher«, bestätigte er, gab sich gelassener, als er war.

Na warte, Valentin Knight.

Ich hielt seinen Blick fest und kämpfte mein wild pochendes Herz nieder, während ich hinter meinen Rücken griff.

»Immer noch?«

In einer langsamen Bewegung löste ich die Verschnürung, streifte das Oberteil ab und warf es von mir. Valentins Augen verdunkelten sich. Ich sah, wie er schluckte, etwas sagen wollte, aber nicht konnte. Ich zitterte, vor Aufregung und Kälte, vor allem aber vor Anspannung, während ich mich ihm weiter näherte und das kühle Wasser über meine nackte Brust schwappte, bis sich meine Brustwarzen aufrichteten.

Valentin war es, der den letzten Meter zwischen uns überwand.

Das Kribbeln in meinem Bauch rührte nicht allein daher, dass ich gewonnen hatte, als unsere Lippen endlich aufeinandertrafen. Es war pure Ekstase.

Valentin küsste mich begierig, schob die Hände in meine Haare und die Hüfte gegen mein Becken. Ein Hitzestoß durchzuckte mich. Wie von selbst schlang ich die Beine um seine Hüfte wie damals in JJs Pool, jedoch glitten meine Finger heute viel unkeuscher als damals über seine Schultern, während ich meine nackten Brüste eng an seine harten Muskeln schmiegte.

Er stöhnte leise und vergrub gleich darauf sein Gesicht in meiner Halsbeuge. Seine Hand wanderte mein Rückgrat hinab zu meinem

Hintern, zog mich enger gegen ihn, bis ich seine Härte spürte. Langsam bewegte er uns vorwärts, und ich schnappte kurz nach Luft, als ich die kühlen Fliesen des Beckenrands im Rücken spürte. Valentins Nähe war berauschend, sein heißer Körper im kühlen Wasser ein prickelnder Kontrast. Schon fanden sich unsere Lippen wieder, umspielten, liebkosten, bezwangen sich, bekamen gar nicht genug voneinander, während er sich gegen mich drängte. Ich löste meine Hand von seinem Hals und ließ sie über seinen Rücken wandern, bis er erschauderte.

»Wie kommen wir je wieder aus diesem Becken raus?«, fluchte er lachend.

»Müssen wir das?« Ich schlang Arme und Beine fester um ihn, biss ihn sanft in die Unterlippe.

Seine Augen fokussierten sich auf meine. »Verhütest du? Oder legst du es auf ein echtes Gerücht an?«

Schlagartig verebbte meine Lust. Gott, wie dumm ich war. Verdammt, wie besonnen er war.

»Ich hasse dich, Valentin Knight.«

Er lachte. Doch bevor er etwas erwidern konnte, ließ mich eine Stimme bis ins Mark erstarren:

»He, Miss! Ist das Ihr Obert–? Sind Sie etwa…? Raus da, aber schnell!«

43
Inquisition und Eifersucht

Valentin

Großartig. Fünfzehn Minuten später saßen Felicia und ich mit nassen Haaren und feuchten Handtuchbündeln auf dem Schoß vor dem Kabinett der Loredano. Felicia blickte mit durchgestrecktem Rücken starr geradeaus auf die Anschlagtafel und schwieg. Ich beschloss, über meinen Schatten zu springen und die Stille zu brechen.

»War das ein Plan von dir?«

Ihre blauen Augen funkelten, als sie mir das Gesicht zuwandte. »Es war sicherlich nicht mein Plan, dass mich Hausmeister Brunner oben ohne sieht!«

Ich öffnete den Mund, aber jede Bemerkung wurde von der lebhaften Erinnerung an ihre nackten Brüste erstickt. Ich würde den heutigen Tag niemals überstehen.

»Sieh das Positive, immerhin hat dich Herr Brunner davor bewahrt, eine Wette zu verlieren.«

Felicia hob eine Augenbraue auf die bezauberndste Art und Weise. »Du hast die Wette verloren, mein Lieber.«

»Ich habe lediglich den Einsatz erhöht. Du bist die, die gleich All-In gehen wollte.«

Ihr Gesichtsausdruck wurde so herausfordernd, dass ich sie auf der Stelle küssen wollte. »Gibst du etwa auf?«

»Nicht wenn du noch mehr solcher Aktionen auf Lager hast.«

Felicia konnte ihr Grinsen kaum verbergen. Ich wusste nicht, was diese kämpferische, selbstbewusste Art an ihr hervorgerufen hatte, aber es gefiel mir. Erneut ließ ich den Blick über ihre helle Chiffonbluse wandern. Ich würde den Tag definitiv nicht überleben.

In diesem Augenblick öffnete sich die Tür zum Büro der Dekanin, aber heraus trat nicht die herrschaftliche Lucrezia Loredano, sondern eine ungefähr dreißig Jahre jüngere Version, mit pechschwarz glänzendem Dutt, streng erhobenen Augenbrauen und blutrot manikürten Fingernägeln.

Ich erfasste ihre eindrucksvolle Erscheinung, die Rundung ihrer Hüften in dem anliegenden Bleistiftrock, ihre schwarz bestrumpften Beine und ihr strenges, schönes Gesicht mit der erhobenen schwarzen Augenbraue. Sie könnte ebenso gut in einer Burlesque Show arbeiten.

Aus jahrelanger Gewohnheit kehrte ich mein kalkuliertes Siegerlächeln hervor, während sich die Frau als Lucrezia Loredanos Tochter Beatrice vorstellte.

»Sie beide waren also vor dem Unterricht eine Runde schwimmen«, stellte sie fest, als sie fünf Minuten später hinter dem Schreibtisch ihrer Mutter saß. Eine Pause, in der Felicia ihre Worte beschämt bestätigte. Die betongrauen Augen der neuen Loredano hefteten sich wieder auf mich, musterten mich von oben bis unten mit einem Interesse, das ich lieber nicht weiter erkunden wollte. »Sie wissen, dass Sex außerhalb der Privatzimmer gegen die Schulregeln –«

»Wir hatten keinen Sex«, stellte ich nüchtern klar und zwang mich, ihrem Blick standzuhalten. Natürlich hielt sich niemand wirklich an diese Regel, aber je öffentlicher der Ort, desto besser war man beraten, sich nicht dabei erwischen zu lassen.

Beatrice Loredanos linke Augenbraue zuckte verdächtig. Ihr gesteigertes Interesse an mir entging selbst Felicia nicht, die sofort den Rücken streckte und mit ihrem ausschließlich Feinden vorbehaltenen Lächeln ihrerseits korrigierte: »Heute Morgen jedenfalls noch nicht.«

Meine Mundwinkel zuckten. Ihre plötzlichen Besitzansprüche schmeichelten mir, aber sie versauten auch meinen Plan. »Dieses Jahr noch nicht«, setzte ich obenauf. Ich spürte den empörten Blick, mit dem Felicia mich von der Seite anstarrte.

Die neue Loredano musterte uns beide mit neuem Interesse. »Wenn ich recht informiert bin, sind Sie«, sie blickte zu Felicia, die zwei Zentimeter zu wachsen schien, »die Präsidentin von Alpha und Sie«, sie sah mich an, »der Präsident von Omega.« Es war überflüssig, das Offensichtliche zu bestätigen, also blieb ich stumm, bis ihr Blick wieder zu Felicia wanderte. »Was sagen denn Ihre Häuser dazu?«

Falsches Thema! Bevor die neue Felicia wieder von Statuszweifeln gepackt und zurück in die alte perfektionistische Schwanenprinzessin verwandelt würde, gab ich lieber dieses Gefecht auf und antwortete:

»Gar nichts, denn sie wissen es nicht. Gemäß jüngster Umfragen wären in beiden Häusern jeweils ungefähr gleich viele begeistert wie empört, wodurch sich die Wechselwirkungen die Waage halten würden. Es ist rechnerisch also völlig egal, was wir tun oder nicht tun.«

Felicia sah mich mit offenem Mund an. Eigentlich hatte ich mir diesen Fakt als finales Argument dafür aufbewahren wollen, dass wir unsere Beziehung auch gleich öffentlich machen könnten. Aber sei's drum. Offenbar brachte mich Felicias Nähe innerhalb kürzester Zeit öfter zur Kapitulation, als mir lieb war.

Die beiden Frauen sahen mich an, als sei ich nicht ganz bei Verstand. Ich verdrehte die Augen.

»Das hier ist schließlich nur ein Prep-College und keine Nachstellung von ›Romeo und Julia‹.«

Felicia

»Was war das denn?«, fauchte ich, als wir in dem roten Korridor weit genug vom Kabinett der Loredano entfernt waren.

»Das war die Wahrheit«, antwortete Valentin schlicht. Er schien leicht zerknirscht und tief in Gedanken versunken. Das sollte er auch besser sein!

»Du hast total mit ihr geflirtet!«

Er blieb stehen, schien einen Augenblick lang verwirrt. »Bist du etwa eifersüchtig?«

»Nein!«, rief ich sofort. »Sei nicht albern, Valentin.«

»Auf eine Frau, die unsere Mutter sein könnte?«, stichelte er weiter.

»Ich bin nicht eifersüchtig«, beharrte ich, obwohl er mir sowieso nicht glauben würde. »Du hast mich bloßgestellt!«

Valentin lachte erneut, während wir die Stufen der Haupttreppe hochstiegen. Um kurz vor sechs Uhr war das Schloss noch völlig ausgestorben, nur einzelne Wäschewagen wurden vorbeigeschoben. Der süße Duft von Gebäck drang aus der Küche zu uns.

»Wenn ich mich richtig erinnere, warst du diejenige, die zwanghaft damit prahlen wollte, dass wir schon einmal Sex hatten. Ich habe lediglich wahrheitsgemäß erklärt, dass es heute und dieses Jahr noch nicht passiert ist.« Sein Blick wurde intensiver. »Was nicht heißt, dass wir das nicht jederzeit ändern könnten. Jetzt gleich, zum Beispiel.«

Ich schnaubte, obwohl die Vorstellung elektrisierend war. »Träum weiter!«

Als ich nach links in den Damentrakt abbog, blieb er mit ausgebreiteten Armen stehen. »Du ziehst dich allen Ernstes vor mir aus und erwartest, dass ich danach ganz normal zum Unterricht gehe?«

Ich konnte nicht leugnen, dass diese Worte mich innerlich aufjubeln ließen. Ich warf einen verführerischen Blick über die Schulter zurück und lächelte unschuldig.

»Du wirst es überleben, Valentin.«

In meiner Suite ließ ich als erstes das nasse Handtuch mit dem darin eingewickelten Bikini fallen und stellte die begehbare Dusche an. Während heißer Dampf den großzügigen Duschbereich erfüllte und allmählich ins Bad waberte, versuchte ich, meine chlorgetränkten Haare über dem Waschbecken mit viel Conditioner möglichst schonend auszukämmen. Es dauerte eine halbe Ewigkeit. Dann öffnete ich den Reißverschluss meines Rocks, streifte ihn samt Strumpfhose ab und wollte gerade die Bluse über den Kopf ziehen, als ich meine Zimmertür hörte. Susanne? Es hatte nicht geklopft, oder?

Argwöhnisch spähte ich aus dem Bad hinaus in meinen Windfang – und verlor vor Schreck beinahe das Gleichgewicht.

»Du kannst doch nicht einfach so in mein Zimmer kommen!«, japste ich, aber Valentin drückte bereits die Tür ins Schloss. Er stockte kurz, als ihm auffiel, dass ich halb ausgezogen war. Sein Blick wanderte wie in Zeitlupe über meine nackten Beine und meinen halb entblößten Oberkörper.

Dann streifte er unvermittelt seinen Pullover ab, kam auf mich zu und zog meinen Kopf zu sich, um mich begierig zu küssen. Ich zuckte kurz zusammen, presste mich dann ebenso heftig gegen ihn.

»Du weißt, dass du im Begriff bist, unsere Wette zu verlieren?«, raunte ich dicht vor seinen Lippen.

»Du kannst den Sieg haben, du hast ihn verdient«, antwortete er, die Hand begehrlich an meiner Seite entlangstreichend. Die Berührung trieb mich in den Wahnsinn. »Nächstes Spiel: Wer zuerst kommt, verliert.«

Empört schnappte ich nach Luft. Ich versuchte, meine wie eine Zwangsjacke einschränkende Bluse ganz auszuziehen, aber Valentin hob meine gefangenen Arme über meinen Kopf und drängte mich gegen die Wand, sodass mir ein Keuchen entwich, das er sofort mit seinem Mund erstickte. Seine Hände wanderten von meinen erhobenen Armen hinab zu meinen Brüsten in dem weinroten Spitzen-BH, strichen sanft und fest über meine Brustwarzen, was meinen Unterleib in kribbelnde Aufruhr versetzte. Meine Hände gefangen, bog ich ihm den Oberkörper entgegen und gab dem Kribbeln nach, als er genussvoll meinen Körper erforschte.

Es war heiß, und das lag nicht allein an Valentins Nähe. Der Wasserdampf der laufenden Dusche hüllte uns zunehmend ein, an der Wand hinter mir sammelte sich die Feuchtigkeit und sickerte in meine Bluse. Noch einmal senkte ich die Arme und streifte sie rasch ab, bevor Valentin meine Handgelenke wieder zu fassen bekam.

»Nächstes Mal binde ich sie dir fest«, schwor er dicht vor meinen Lippen, bevor er seinen Mund auf meinen drückte.

Ich wusste nicht, ob seine Worte oder sein Kuss meinen Körper endgültig in Flammen setzten. Doch ich erwiderte seine Küsse heftig, vergrub die Finger in seinem Haar und hob ein Bein, um es um seine Hüfte zu schlingen. Augenblicklich umfasste er meinen Po, zog mich enger an sich, presste sich gegen mich. Ich konnte kaum noch atmen, was auch an der besorgniserregenden Dampfdichte in meinem Bad liegen mochte. Während Valentin meinen Hals küsste, streckte ich mich, um den Wasserhahn zu schließen.

Er zog mich ungestüm zurück. »Vergiss die Dusche.«

Mit diesen Worten ging er vor mir auf die Knie, um mir den Slip bis zu den Knöcheln herunterzuziehen und sich mit Zunge und Lippen wieder nach oben zu arbeiten. Ich verlor fast den Verstand, als er meine intimste Stelle erreichte, sich mein Bein über die Schulter legte und leckte, saugte, knabberte, bis ich lauter stöhnte, als die Dusche prasselte. Das Kribbeln wurde schier unerträglich, als sich mein Orgasmus aufbaute. Doch bevor es mich verschlingen konnte, stieß ich Valentin weg, zog ihn wieder zu mir hoch.

Valentin lächelte wissend, seine Brust hob und senkte sich ebenso stark wie meine. Aber er ließ nicht zu, dass ich mich erholte: Schon riss er mich wieder an sich, hob mein Bein an und umfasste meine Hüfte, während seine Zunge über meinen Hals glitt. Ich kapitulierte. Ungeduldig ließ ich meine Finger seinen Oberkörper hinabgleiten, öffnete seinen Gürtel, streifte seine Hose ab. Er half mir dabei, seinen Blick fest auf mich gerichtet, während er ein Kondom überstreifte.

Wir stöhnten beide auf, als er in mich glitt. Ich bemühte mich, ruhig zu bleiben, aber ich konnte nicht. Mein Körper stand in Flammen, mein Geist gehorchte mir nicht mehr. Schon schlang ich die Arme fester um seinen Hals, hielt mich an ihm fest, um auch das andere Bein anzuwinkeln. Er drückte mich stärker gegen die Wand, drang tiefer in mich ein. Ich stöhnte lauter. Ich wollte ihn küssen, aber ich würde ersticken, wenn ich es tat. Alles, was ich tun konnte, war, mich stärker an ihn zu klammern, in seinem Rhythmus aufzugehen und meine Lust in seine Halsbeuge zu stöhnen. Gut, dass die Dusche lief.

Ich verlor unsere Wette.

Mein Orgasmus war so intensiv, dass ich aufschrie, woraufhin er rasch eine Hand auf meinen Mund legte, die ich sofort entfernen musste, um atmen zu können, während ich die Ausläufer der Lust ritt wie eine Welle.

Valentin lächelte zufrieden, als er mich vorsichtig herunterließ.

»Warte«, hauchte ich verwirrt. »Bist du …?«

»Gekommen?« Er gluckste. »Du warst ziemlich viel mit dir selbst beschäftigt, aber: Ja. Trotzdem hast du verloren.« Er drückte einen letzten Kuss auf meine Lippen, bevor er ungeniert unter den Duschstrahl trat, bis seine Haare vollständig durchnässt waren. In meiner Dusche!

»Und du hast mit unfairen Mitteln gekämpft«, widersprach ich, während ich meinen BH öffnete und meine durchweichte Bluse aufhob, um sie zu meinem mittlerweile ebenfalls nassen Rock zu werfen. Mein Unterleib begann schon wieder zu kribbeln, als ich an Valentins Drohung dachte, meine Hände beim nächsten Mal festzubinden. Aber ich schüttelte den Gedanken schnell ab und schlüpfte ebenfalls unter den heißen Strahl der Dusche.

Valentins Lächeln war betörend, als er mich an sich zog.

»Ich habe noch nicht einmal angefangen.«

44
Erpressbar

Valentin

»Valentin, ich brauche deine Hilfe!« Nicoley sah höchst verzweifelt aus, aber ich hatte gerade keine Zeit für ihn.

»Kauf Anastasia einfach etwas von Tiffany's zum Valentinstag und sie wird glücklich sein. Oder geht es um Steve? Sorry, man verliert bei dir leicht den Überblick.«

Ich hob den Blick von den Flächenberechnungen und Bebauungsplanskizzen auf meinem Laptop, die mir das Bauunternehmen aus Jamaica zugeschickt hatte. Ich traute keiner einzigen Summe, aber mein Anwalt hatte mich noch nicht zurückgerufen.

»Was? Nein, das meine ich nicht. Also, danke für den Tipp, aber darum geht es nicht.« Er holte tief Luft. »Steve will, dass wir offiziell bekanntgeben, zusammen zu sein.«

Ich blinzelte, weil sich dieser Satz wie ein Schlag in die Magengrube anfühlte. Ein Teil von mir beneidete meinen besten Freund, denn die Person, mit der er schlief, wollte offiziell mit ihm zusammen sein.

»Glückwunsch«, brachte ich hervor. Das mit ihm und Steve Harper schien durchaus zukunftsfähig. »Weiß er auch von dir und der neuen Loredano?«

Mein bester Freund zuckte zusammen. Ich stöhnte innerlich auf. Eigentlich war das nur ein Schuss ins Blaue gewesen, basierend auf den Blicken, die Nicoley und die junge Loredano in letzter Zeit tauschten.

Mittlerweile hatte ich übrigens herausgefunden, welchem Umstand wir den überraschenden Dekanatswechsel zu verdanken hatten: Lucrezia Loredano schien ernsthaft erkrankt zu sein und hatte sich auf unbestimmte Zeit in einen Kurort zurückgezogen. Wir mussten wohl bis auf Weiteres mit ihrer Tochter Beatrice vorliebnehmen.

Nicoley fuhr sich mit beiden Händen übers Gesicht. »Sie will mich zum Omega-Präsidenten wählen lassen, sobald du zurücktrittst.«

Wer jetzt, die Loredano oder Anastasia? Egal.

»Tja, eigentlich müsste sie es besser wissen: Ein Studierender, der ein Präsidentenamt innehatte, kann nicht zum Präsidenten des anderen Hauses gewählt werden. Er kann noch nicht einmal das Haus wechseln. Du kannst dich also entspannen, was das Präsidentenamt angeht. Was allerdings eure Beziehung angeht, rate ich dir davon ab, gemessen an den –«

»Sprechen wir gerade vom Präsidentenamt? Perfektes Timing!«, zerschnitt eine schmierige Stimme unsere Unterhaltung.

Mein Blick schoss zu dem Muttersöhnchen im Maßanzug, der gerade ungeniert an meine Tür klopfte, die Nicoley bedauerlicherweise offen gelassen hatte. Grayson »Baron« Bellington zupfte an seinem etwas zu eng geratenen Sakkoärmel, um die Arme vor der Brust zu verschränken und sich lässig gegen meinen Konsolentisch zu lehnen. »Ich hätte da nämlich einen Vorschlag.«

Ich stand auf, um mich zu meiner gesamten Größe aufzurichten.

Hinter ihm stürzte Lucien herein. »Sorry, war nicht schnell genug.«

Der Reihe nach musterte ich die zwei überzähligen Leute in meiner Suite, ließ jeden einzelnen von ihnen deutlich spüren, was ich von ihrem ungebetenen Auftauchen hielt. Dann schob ich die Hände in die Hosentaschen und setzte eine gleichgültige Miene auf, um mich dem größten Problem zuerst zu widmen.

»Und was lässt dich glauben, dass ich einen Vorschlag von dir hören will?« Ich musterte Grayson Bellington wie ein Insekt. Schillernder Pseudopanzer in diesem zweireihigen Maßanzug, aber trotzdem nur eine lästige Schmeißfliege, die sich jetzt in die Brust warf, als wäre sie ein Mantikor.

»Weil du mich zu deinem Nachfolger ernennen wirst.«

Ich gab mir nicht einmal Mühe, meine Belustigung zu verbergen, was auch Lucien ein Glucksen entlockte. Das wiederum malte hervortretende Wutadern auf Bellingtons Stirn. Ein kleiner Choleriker also? Da hatte wohl jemand in der Erziehung versäumt, dem verzogenen Treuhandfondbaby das Wort »Nein« beizubringen. In einem seltenen Anflug von Selbsterkenntnis dankte ich dem Schicksal dafür, dass mein Vater in meinem Erziehungsprozess – so miserabel er auch gewesen war – irgendwo offenbar doch die richtige Abzweigung genommen hatte beziehungsweise die richtigen Personalentscheidungen getroffen hatte. Ungebetene Erinnerungen an die alte Anamaria fraßen sich durch meine Brust, die ich schnell unterdrückte und mich demonstrativ von Bellington ab und Nicoley zuwandte.

»War's das?«

»Nein«, rief der schnell. »Du musst mir helfen, das unter den Teppich zu kehren.« War das sein Ernst? Es befanden sich gerade zwei ungebetene Zuhörer im Raum.

»Das musst du wohl selbst tun.«

»Du weißt, dass ich das nicht kann.«

»Nicht will«, korrigierte ich kühl. Nicoley war schon immer ein gutgläubiger Träumer gewesen. Aber er war nicht immer so ein Egoist gewesen wie in den letzten Monaten. Erstaunlich, dass überhaupt noch etwas von Alpha übrig war. Erschreckend, dass sich das stille Ungleichgewicht der Gesellschaft selbst hier am St. Gloria durchsetzte, wo der

Fokus auf die weiblichen Präsidentinnen scheinheilige Gleichberechtigung versprach. Das Gegenteil war der Fall: Leistete sich die Präsidentin nur einen kleinen Fehltritt, jagte ihr Haus sie in Schimpf und Schande davon. Vögelte sich ihr Präsident durch den halben Campus, rümpfte man bloß die Nase, stellte sich aber heimlich in der imaginären Schlange an.

Der Klang von Felicias Namen holte mich aus meinen Gedanken, die ohnehin um sie kreisten. »Und was ist mit Felicia? Wenn sie davon erfährt, … Das kann ich ihr nicht antun!«

Ich schnaubte, ignorierte sogar die Tatsache, dass sich gerade zwei weitere Menschen im Raum befanden. »Tu mir den Gefallen und verschone uns beide mit der Heuchelei. Wenn du dich so um deine Ex-Freundin sorgen würdest, hättest du ein bisschen mehr Integrität bewiesen und nicht den halben Campus flachgelegt.«

»Ich bin immerhin noch ihr Präsident«, widersprach Nicoley.

»Weil Felicias guter Ruf vermutlich der einzige Grund dafür ist, dass du noch nicht vom College geflogen bist«, legte ich die Tatsachen auf den Tisch und bohrte meine Augen geradezu in seine, damit er endlich aufgab und wir unser Gespräch später unter vier Augen weiterführen konnten. »Wir wissen beide, dass Felicia dir längst nichts mehr bedeutet.«

Am Rande meines Blickfelds regte sich etwas. »Anders als dir, hm?«

Wie in Zeitlupe wanderte mein Blick von Nicoleys Gesicht zu Babyface Bellington, der herausfordernd das Kinn hob.

Ich hob eine Braue. »Ich weiß nicht, worauf du hinauswillst.«

Bellington schnalzte mit der Zunge. »Tu uns bitte allen einen Gefallen und verschone uns mit deiner Heuchelei.«

Wie bitte? Hatte er ernsthaft gerade meine eigenen Worte gegen mich verwendet? Dieser Typ meinte es wirklich ernst.

»Imitation ist die höchste Form der Anerkennung, nicht wahr? Traurig. Ich hatte mehr von dir erwartet.«

Bellington blinzelte, fing sich aber gefährlich schnell. »Lenkst du ab, Knight? Ich weiß nämlich aus erster Hand, dass ihr etwas miteinander habt. Ich habe sogar Beweise.«

Meine Miene blieb dank jahrelanger Übung ausdruckslos, doch mein Herz machte einen Satz, bis mein Hirn zum einzigen Schluss kam: Er bluffte. Er hatte nichts. Niemand hatte Beweise, außer mir selbst. In Form von einem Haufen Bildern, Textnachrichten, Kassenbons und Kalendereinträgen auf meinem Laptop. Doppelt gesichert.

Betont desinteressiert sah ich Bellington direkt ins Gesicht.

»Kommt da noch was von diesen angeblichen ›Beweisen‹ oder können wir uns alle wieder wichtigeren Aufgaben widmen?«

Jetzt verzog er das Gesicht zu einem hämischen Lächeln. »Ich sitze seit einem halben Jahr mit ihr zusammen im Literaturkurs. Meinst du nicht, ich erkenne ihr Parfüm nicht, wenn du an mir vorbeigehst? Oder wenn ich durch deine Tür komme?«

Er deutete halb hinter sich zur immer noch offen stehenden Tür, in der immer noch Lucien stand und vollkommen überrumpelt aussah.

Verflucht.

Ich lehnte mich gegen meinen Arbeitstisch und musterte Grayson »Bastard« Bellington, ohne eine Miene zu verziehen. Dieser Scheißer hatte sich augenblicklich an die Spitze meiner Abschussliste katapultiert.

»Nur fürs Protokoll, Bellington: Felicia und ich sind beide Präsidenten von St. Gloria. Es ist völlig normal, dass wir –«

»Es ist mir völlig egal, was du jetzt behauptest und von mir aus als Fake News über die Medienmacht deines Daddys verbreiten lässt«, fiel er mir ins Wort.

»War das eine Unterstellung der Knight Media Corporation?«, unterbrach ich ihn meinerseits. Meine Stimme war bedrohlich leise geworden, mein Blick unerbittlich.

»Leute?«, mischte sich Lucien ein. »Wollen wir das nicht –«

»Nein!«, herrschten Bellington und ich gleichzeitig, ohne uns aus den Augen zu lassen.

Er lächelte ein beschissenes Zahnkorrekturlächeln. »Aber keine Sorge, von mir muss es keiner erfahren. Alles, was es dafür braucht, ist mein Name in einem kleinen anthrazitfarbenen Kuvert, mehr nicht. Vielleicht überlegst du dir meinen Vorschlag ja noch einmal. Und wenn du dabei bist, Nicoleys vielleicht auch. Scheint ja wirklich brenzlig für die kleine Felicia werden zu können.«

Ich ignorierte Nicoleys entsetzten Gesichtsausdruck und fixierte Bellington warnend. »Du denkst, du kannst mich erpressen?«

Er hob gleichgültig die Schultern und stieß sich von meinem Konsolentisch ab, sodass die Metallskulpturen darauf leicht schwankten. »Weißt du, ich bin eher der Macher. Nicht der Denker. Du kannst über mein Angebot nachdenken. Du kannst es natürlich auch einfach drauf ankommen lassen und abwarten, was passiert.«

Ich umrundete meinen Schreibtisch, aber da war Bellington schon an dem fassungslosen Lucien vorbei an der Tür und hob die Hand zum Gruß.

»Freut mich, mit dir Geschäfte zu machen, Valentin.«

Ich starrte ins Leere. Ausgespielt von einem beschissenen Treuhandfondbaby mit reichem Daddy.

Eines stand fest: Die Zeit tickte. Ich brauchte einen Plan, besser noch, ich brauchte einen Maulwurf bei den Omega-Juniors, um diesen Kerl zu beobachten. Ungeachtet der beiden Männer, die mich immer noch anstarrten, als wären sie gerade Zeugen der Auferstehung Christi geworden, hatte ich mein Handy herausgeholt und tippte eine Nachricht an die einzige Person, der ich so etwas anvertrauen würde: Evangeline.

»Evangeline Astor ist zu Omega gewechselt und noch dazu die neue Favoritin von Anastasia?«, eiferte sich Felicia zwei Tage später, kaum dass sie in meine Suite gestürmt kam. »Weißt du etwas davon?«

Ich klappte den Laptop zu und stand auf. »Nein«, log ich.

Ich konnte ihr nicht sagen, dass Evangeline auf meine Anweisung hin handelte. Je weniger Felicia von Grayson Bellingtons Plänen wusste, desto sicherer für sie. Für uns. Er wollte meinen Posten, nicht ihren. Ich würde es mir nie verzeihen, wenn Felicia mit in ein Kräftemessen zwischen zwei Omegas gezogen wurde, für das allein ich die Verantwortung trug.

»Das ist ein freies Land«, fügte ich mit halbem Lächeln hinzu, woraufhin sie sich trotzig auf die Ledercouch warf, was mich unwillkürlich an gestern Abend denken ließ, als sie mich gezwungen hatte, mit ihr *Arielle, die Meerjungfrau* anzusehen. Der Film war mir egal, aber das Leuchten in ihren Augen zu sehen, während die kleine Meerjungfrau durchs Wasser tollte, Felicias frustriertes Mitleid, als Triton ihre Höhle zerstört hatte, und ihr seliges Lächeln, als Arielle ihren Prinzen geheiratet hatte, waren besser als alles, was ich jemals gefühlt hatte. Besser als jedes Geld der Welt. Besser, als alles.

»Wo wir gerade von Entscheidungen sprechen«, lenkte ich mich selbst und sie ab, »Anastasia ist nicht die zweite Yale-Anwärterin. Sie wurde abgelehnt.«

Felicias Temperament erlosch. »Wirklich? Woher weißt du das?«

Ich setzte mich neben sie. Von Evangeline Astor, dachte ich. Aber ich sagte: »Ich weiß es eben.«

Sie lächelte. Ihre Augen wurden zu leuchtenden Saphiren, umrahmt vom warmblonden Bernstein ihrer Haare. Ein Anblick, der mich mehr faszinierte als alle Kunst der Welt. Ein Anblick, bei dem ich nichts dagegen hätte, ihn für den Rest meines Lebens zu sehen.

Natürlich entging ihr mein Blick nicht. Sie hatte dazugelernt in den letzten Wochen. Auch wenn sie unsere jüngste Wette immer noch jedes Mal verlor.

»Was denkst du gerade, Valentin Knight?«

Ich hob die Mundwinkel. Warum eigentlich nicht?

»Ich will mit dir zusammen sein, Felicia de Vries.«

Sie blinzelte kurz, dann nahm sie meine Hand und lehnte die Stirn gegen meine. »Wir *sind* zusammen. Jetzt gerade, in diesem Moment.«

»Nein.« Das war nicht genug. »Was wir haben, ist bestenfalls eine Affäre. Keine Beziehung. Du bist die beste Frau von St. Gloria und ich der beste Mann.« Sie kicherte kurz, aber ich sprach einfach weiter: »Ich will, dass jeder weiß, dass du zu mir gehörst.«

Jetzt sprang sie empört auf. »Damit du dich mit mir schmücken kannst wie mit deinen exklusiven Ausstellungsstücken? Ich bin kein Besitz, Valentin.«

»Hör auf, Dinge zu verstehen, die ich nie gesagt habe. Du weißt genau, dass ich das nicht meine.«

»Und du weißt genau, dass es nicht geht! Mein Haus würde mir das nie verzeihen. Und Hazel …« Sie hielt kurz inne, ihr Blick wurde glasig und wehmütig, als wäre sie an einem anderen Ort. Dann blinzelte sie und Entschlossenheit trat an Stelle der Sorge. »Du hast die neue Loredano gehört: Ich bin die Präsidentin von Alpha, du der Präsident von Omega.«

»Es steht in keinem Regelwerk, dass die verfeindeten Präsidenten nicht zusammen sein dürfen. Worum geht es wirklich, Felicia?«

»Weil du das Regelwerk von St. Gloria auswendig kennst, ja?«, schoss sie zurück und überging meine Frage dabei einfach.

Wortlos öffnete ich die Schreibtischschublade und zog das in Schmuckleder gebundene Büchlein heraus, das in jeder Suite wie eine Bibel lag. Felicia blinzelte überrascht.

»Du hast wirklich das gesamte Regelwerk gelesen?« Sie war einen Moment sprachlos, dann verdrehte sie die Augen. »Natürlich hast du das. Na schön, mag sein, dass es keine offizielle Regel gibt. Aber es gibt Kodexe.«

»Kodizes«, verbesserte ich.

»Beide Schreibweisen sind legitim. Hör auf, klugzuscheißen!«, fuhr

sie auf. Ich musste mir ein Lächeln verkneifen. Ich liebte ihren Kampfgeist. »Fakt ist: Ich kann nicht riskieren, dass mein Haus mich hasst.«

Mein Lächeln zerfiel zu Staub. »Dein Ruf ist dir nach wie vor wichtiger als alles andere.«

Wichtiger als ich, flüsterte die gehässige Stimme. Aber es war erbärmlich, das auszusprechen.

»Nein! Darum geht es nicht«, widersprach Felicia sofort und ließ sich frustriert auf die Couch sinken. »Yale hat immer noch nicht zugesagt.«

Schlagartig wurde mir bewusst, warum sie so gereizt war. Anders als die meisten hier spielte Felicia nicht aus Prinzip um das *Gloria cum laude*, sondern weil sie es wirklich brauchte.

Verdammt, ich könnte ihr den Platz einfach kaufen.

Aber ich wusste, dass sie ihn niemals annehmen würde, wenn sie ihn sich nicht selbst verdient hatte. Noch etwas, das ich so an ihr bewunderte.

Widerwillig nickte ich, als sie leidenschaftlich fortfuhr: »Ich habe so lange und so hart dafür gearbeitet, das *Gloria cum laude* und diesen Platz in Yale zu bekommen. Und ich bin so kurz davor! Bitte, Valentin … Wenigstens, bis das zweite Trimester in zwei Wochen vorbei ist und ich nicht mehr abgewählt werden kann.«

Ich sah das Flehen in ihren Augen, spürte ihre bittende Hand auf meinem Bein. Und zum ersten Mal spürte ich den vielbesungenen Konflikt zwischen Kopf und Herz.

Mein Kopf wusste, dass ihre Bitte vernünftig war.

Aber mein Herz wusste, dass es das nicht ertragen konnte.

Dass es schon zu viel von mir gegeben hatte.

Zu viel gehofft.

Zu viel verloren.

Lass es nicht an dich heran, hörte ich Anamarias alte Stimme in meinem Kopf. *Lass es an dir abprallen wie Wasser von einem Schiff. Auch wenn du glaubst, dass du darin ertrinkst, vertrau dir selbst. Nur das Wasser, das in das Schiff eindringt, bringt es zum Sinken. Nicht das Wasser, auf dem es schwimmt.*

Als hätte sie meine Gedanken gelesen, rutschte Felicia nahe an mich heran und legte die Arme um meinen Hals. Ihr sanfter Duft umwehte mich, als sie mir fest in die Augen sah. »Ich will das hier. Ich will dich. Und ich habe mich verändert! Du weißt, dass ich das habe.«

Ich fuhr die weiche Linie ihres Gesichts nach, betrachtete ihr schmerzhaft schönes Gesicht. Dann löste ich ihre Hände von meinem Nacken und trat einen Schritt zurück.

»Ich bin bereit, bis zum nächsten Trimester zu warten, damit du nicht abgewählt werden kannst. Bist du bereit, mir zu beweisen, dass es dir wirklich nur um das *Gloria cum laude* geht und nicht um die Meinung der anderen?«

45
Ohne dich ist alles nichts

Felicia

Drei Tage lang rang ich mit mir. Ich wollte mit Valentin zusammen sein und ich wollte, dass es jeder wusste. Keine heimlichen Treffen in verlassenen Nischen und gestohlene Küsse zwischen den Kursen mehr. Aber dank Nicoleys Wankelmut war Alpha seit Silvester ein einziger Scherbenhaufen, den ich nur dadurch zusammenhalten konnte, dass ich ihnen die perfekte Präsidentin vorspielte: vollkommen wie eine Lady, elegant wie ein Schwan, makellos wie eine Anführerin. Und manchmal musste eine Anführerin Opfer bringen.

Wie konnte ich Valentin beweisen, dass es mir nicht um die Meinung der anderen ging? Seufzend ließ ich meinen Blick über die stuckverzierten Wände meiner Suite gleiten.

Da kam mir eine Idee.

Ein Gespräch im Dekanat, ein Videocall mit meiner besten Freundin, bei dem wir beide erst in Kreischen, dann in glückliches Weinen ausbrachen. Am selben Abend noch überfiel ich Valentin auf der Schwelle zu seiner Suite. Ineinander verschlungen taumelten wir zurück in sein Wohnzimmer, wie immer völlig berauscht voneinander und süchtig nach mehr. Nach allem. Es dauerte lange, bis ich mich von seinen Lippen lösen konnte.

»Ich habe es getan!«

Valentin, meine Taille immer noch umschlungen, ließ den Blick über meinen Körper wandern. »Du hast endlich dein Weihnachtsgeschenk von Agent Provocateur ausgepackt?«

Ich versetzte ihm einen tadelnden Stoß, mit dem er auf sein Sofa plumpste. Nein, das hatte ich tatsächlich noch nicht. Auch weil ich allein in den letzten Wochen bei unseren gemeinsamen Shopping-Trips mehr Geld für Unterwäsche ausgegeben hatte als in meinem ganzen bisherigen Leben. Jedes Wochenende hatten wir genutzt, um eine andere Stadt zu bereisen. Prag, Wien, Budapest, Dresden. Als Nächstes stand Paris auf dem Plan, obwohl ich erst im Sommer dort gewesen war. Valentin hatte mir versprochen, mir Orte zu zeigen, an denen ich noch nicht gewesen war. Die südlicheren Städte wollten wir uns für den Frühling aufheben, wenn die Natur zum Leben erwachte, und für längere Reisen, zum Beispiel nach Los Angeles, wo er aufgewachsen war, war während der Vorlesungszeit keine Zeit.

»Nein«, erklärte ich feierlich. »Ich habe meine Suite zurückgegeben. Ich bin wieder in mein altes Zimmer gezogen. Zu Hazel!«

Erwartungsvoll sah ich ihn an. Immerhin war er derjenige gewesen, der mir zu Jahresbeginn klargemacht hatte, wie albern dieses Statussymbol war, wenn auch damals aus anderen Motiven als heute.

Valentin hob den Blick. Seine Augen waren so voller Zuneigung, dass mein Herz platzen wollte. »Ein einfaches Zimmer gebührt sich nicht gerade für eine Präsidentin.« Sein Tonfall war halb spöttisch, halb anerkennend. Aber sein Lächeln war der Himmel auf Erden.

»Ich weiß. Aber manchmal muss eine Präsidentin eben Opfer bringen für diejenigen, die sie liebt.«

Valentins Augen hielten meine fest, während er mich an sich zog. »Diejenigen, von denen sie zurückgeliebt wird.«

Mein Herz schmolz ein bisschen, so warm wurde es in meiner Brust.

»Also gut«, bekannte Valentin, »du hast deine zwei Wochen Aufschub. Oder wie lang auch immer du brauchst.«

Glücklich schmiegte ich die Nase gegen seine, atmete seinen vertrauten, maskulinen Duft tief ein. »Danke«, hauchte ich.

Dann trafen sich unsere Lippen zu einem verheißungsvollen, allumfassenden Kuss. Wir verschmolzen miteinander, sperrten die Welt und alle Verpflichtungen aus und gingen völlig im Hier und Jetzt auf, in dem es nur uns beide gab.

Valentin hob mich hoch, und ich schlang Arme und Beine enger um ihn, ohne auch nur eine Sekunde von seinen Lippen zu lassen. Es gab keine Oberfläche im Wohnbereich seiner Suite, auf der wir noch keinen Sex gehabt hatten.

Diesmal öffnete er die Tür zu seinem Schlafzimmer. Augenblicklich beschleunigte sich mein Puls. Ich war nie hier gewesen. Das Bett, auf dem er mich ablegte, war größer als meins und thronte wie ein Tempel aus Satin und Brokat im Zentrum des Raums. Die seidige Bettdecke schmiegte sich glatt und kühl gegen meine Haut. Ich strich unbewusst darüber, bis Valentin die Lippen über mein Kinn zu meinem Hals gleiten ließ.

Ich ließ ihn gewähren, bis er meinen Cardigan aufgeknöpft hatte und mein Dekolleté, meinen Brustansatz, meinen Bauch küsste. Dann übernahm ich die Führung.

»Erzähl mir von Südamerika«, bat ich, als ich vierzig Minuten später auf seiner Brust lag und seinem gleichmäßigen Herzschlag lauschte, während mein Blick über die geschmackvollen Kunstgegenstände und Gemälde an den Wänden glitt. Es gab keine persönlichen Fotos von ihm, nichts, was auf ein anderes Hobby als Kunstsammeln, Reisen und Lesen hinwies. Nur ein einziges Bild zeigte ihn als Jungen, wie er lachend auf dem Schoß einer Frau saß, die zu alt war, um seine Mutter zu sein.

Seine Finger hielten inne, träge Kreise auf meiner nackten Schulter zu ziehen, sein Blick huschte ebenfalls zu dem Foto.

»Ihr Name war Anamaria.«

War. Sie war also tot. Ich wollte wissen, was passiert war, aber ich wollte ihn nicht drängen. Also ließ ich ihm die Zeit, die er brauchte, um weiterzusprechen.

»Sie war meine Nanny, während mein Vater eine Zeit in Brasilien war. In den späten 2000ern wurde Brasilien als nächstes Technologie- und Medienzentrum der Welt gehandelt. Von ihr stammt der Spruch in meinem Profil, nach dem du einmal gefragt hast.«

Ich blinzelte. »*Nicht das Wasser um das Schiff herum bringt es zum Sinken. Sondern das Wasser, das in das Schiff eindringt.*«

Ich hatte oft über diesen Spruch nachgedacht in den letzten Monaten, und allmählich glaubte ich zu begreifen, was er bedeutete: Dass einem die Meinung der anderen erst dann etwas anhaben konnte, wenn man sie sich zu sehr zu Herzen nahm. Ein Grundsatz, nach dem Valentin fast zu viel lebte – und ich viel zu wenig.

»Das verstehe ich nicht. Was nimmst du dir zu Herzen?«

Unwillkürlich drückten seine Finger meine Schulter fester. »Dich.«

Ich hob den Kopf. Ich hatte mit allem gerechnet, aber nicht damit.

»Valentin…« Ich wusste nicht, was ich sagen sollte, also küsste ich ihn mit allem, was ich hatte. Das schlechte Gewissen überfiel mich, weil ich mich nicht öffentlich zu ihm bekennen konnte. Noch konnten wir gewinnen, noch lagen wir in Führung. Und noch waren die Briefe von Yale und Oxford nicht da.

Ich vermied den Gedanken, dass ich nicht einmal Hazel von unserer Beziehung erzählt hatte, bevor mich das schlechte Gewissen zerreißen konnte, hälftig gespalten in meine Liebe zu Valentin und mein Versprechen gegenüber meiner besten Freundin.

»Wegen Anamaria investiere ich in die Bildung und Infrastruktur von Schwellenländern«, sagte Valentin dann. Er sprach langsam, als müsste er jedes Wort erst entdecken. Hatte er das noch nie irgendjemandem erzählt?

»Ist sie gestorben, während sie noch deine Nanny war?«, fragte ich vorsichtig, obwohl ich fürchtete, dass ein Ja mein Herz zerbrechen würde. Wenn es in den späten 2000ern gewesen war, konnte er höchstens sieben gewesen sein.

Valentin schüttelte den Kopf. »Nein.« Erleichterung. »Ihr Sohn wurde beim Einkaufen überfallen und angeschossen.« Mein Herz sank. »Er hat überlebt, aber im Krankenhaus konnten sie die Kugel nicht entfernen. Also hat sie den Job bei uns aufgegeben, um ihn zu pflegen. Ihren echten Sohn.«

Erst da begriff ich, dass sie für ihn ein Mutterersatz gewesen sein musste. Ich hatte nie darüber nachgedacht, wie es war, mit einer Nanny aufwachsen zu müssen. Dass es bedeutete, dass man nicht mit seinen eigenen Eltern aufwuchs, nicht mit ihnen laufen, schreiben und lieben lernte, nicht von ihnen in den Schlaf gewiegt wurde. Ich wagte nicht, nach Valentins Mutter zu fragen. Sie war in den Artikeln über Charles Knight nur als Journalistin erwähnt worden, die kurz nach der Scheidung ein eigenes Enthüllungsblatt gegründet und ein Jahr später einen Pulitzer-Preis gewonnen hatte.

»Hat er überlebt? Anamarias Sohn, meine ich.«

Valentin schluckte, schüttelte den Kopf. Dann entkam ein hohles Krächzen seiner Kehle. »Sie war bei einem der reichsten Männer der Welt angestellt und hat mehr Geld verdient als die meisten, die sie kannte. Aber sie konnte ihren eigenen Sohn nicht retten, weil er im falschen Land geboren worden war, in dem schlechte Bildung die Kriminalität so hochtrieb, dass man auf offener Straße angeschossen wurde, und schlechte Gesundheitsversorgung die Leute in schlimmerem Zustand aus dem Krankenhaus entließ, als sie eingeliefert worden waren. Und das ist so verdammt ungerecht.«

Ich streichelte Valentins Gesicht und küsste seine Wange, weil ich nicht wusste, was ich sagen konnte. »Konntest du nichts für sie tun?«

Noch ein hohles Schnauben. Er schüttelte den Kopf. »Du hast mich einmal gefragt, was ich JJ geantwortet habe auf seine Frage danach, worin wir gut und schlecht sind.« Ich nickte. »Erinnerst du dich, was ich zu dir gesagt habe.«

»Wie könnte ich das vergessen? ›Nichts.‹«

Valentin nickte. »Ganz genau. Er hat mich gefragt, was ich besonders gut kann. Und ich habe geantwortet: Nichts. Denn das ist die Wahrheit. Mein Vater hat aus zweihundert Dollar ein Weltimperium aufgebaut, das alles in den Schatten stellt. Alles, was ich bin, ist der Sohn in diesem Schatten, die Projektionsfläche der Erwartungen an die Wunder, die man wohl vom Sohn des übermenschlichen Charles Knight erwarten kann. Wird er ein neues Sonnensystem entdecken, das Heilmittel für Demenz oder die größte Sonate seit Beethoven? Nicoleys Vater mag ein Patriarch wie aus dem Bilderbuch sein, dessen persönliche Erwartungen nicht einmal Jesus und Superman in einer Person erfüllen können. Mein Vater *ist* dieser Super-Jesus, der vierfache Man of the Year, den buchstäblich die halbe Weltpresse verfolgt. Und ich bin die Enttäuschung in seinem Schatten. Denn ich kann absolut nichts. Ich kann kein Blut sehen, ich bin künstlerisch völlig talentfrei. Teufel, ich kann nicht einmal ein Instrument spielen. Das einzige, was ich kann, ist, in anderen Leuten Potenzial zu erkennen und zu fördern, damit sie eine Chance haben, zu erreichen, was ich niemals erreichen werde.«

Potenzial in Leuten wie mir, dachte ich, als mir plötzlich deutlich bewusst wurde, wie sehr Valentin mich von Anfang an gefördert, nein, gefordert hatte. Immer wieder. Ohne ihn wäre ich nicht die, die ich jetzt bin. Auf jeden Fall wäre ich nicht bereit für das Leben, das vor mir lag.

Und plötzlich sprachen die unzähligen Kunstgegenstände in seiner Suite, die Gemälde an seinen Wänden, selbst seine Freundschaft zu dem weltbekannten Fotografen aus Genf, eine völlig andere Sprache.

Er kaufte das alles nicht, weil er eitel oder materiell war, auch wenn es gleichermaßen seine gesellschaftliche Verpflichtung und sein Schutzpanzer war, es so aussehen zu lassen. Er kaufte es, weil er glaubte, dass sein Geld das Einzige war, das ihn ausmachte.

Wie unfassbar traurig es war, dass dieser erstaunliche junge Mann, dem die Weltspitze der Gesellschaft zu Füßen lag und der das gesamte St. Gloria mit Leichtigkeit beherrschte, glaubte, dass er nichts wert war.

Ich nahm sein Gesicht in beide Hände und zwang ihn, mich anzusehen. »Valentin Knight, ich habe es schon einmal gesagt und ich werde es so oft wiederholen, wie es notwendig ist: Du bist wertvoll. Du bist der intelligenteste, aufmerksamste und beeindruckendste Mensch, der mir jemals begegnet ist. Du hättest durch dein obszön gottgleiches Geburtsrecht allen Grund der Welt dazu, arrogant, eingebildet und egoistisch zu sein. Aber stattdessen bist du maßvoll und großzügig, mit deinem Wissen und deinem Besitz. Du bist loyal. Und du hast eine Eigenschaft, die nur sehr wenige besitzen: Du spornst deine Mitmenschen zu Größerem an – auch wenn deine Methoden dafür zuweilen fragwürdig sind. Du spornst mich zu Größerem an, jeden Tag. Und du hast aus mir eine Version von mir selbst gemacht, von der ich nicht einmal wusste, dass sie existiert. Und ich liebe dich für das, was du bist. Hörst du? Ich liebe dich, Valentin Knight.«

Er hatte schweigend zugehört, ohne zu blinzeln. Ohne zu atmen. Als er sich jetzt regte, hatten seine Augen zum ersten Mal nicht diesen undurchdringlichen Olivton, sondern ein schimmerndes Moosgrün. Seine Hand fand in mein Haar, strich mir eine Strähne zurück, sein Blick tanzte über mein Gesicht, als sähe er mich zum ersten Mal.

»Ich liebe dich auch, Felicia de Vries.«

Morning Glory Chronicles

Montag, 24. Februar

Breaking News!
Noch exakt fünf Tage bis zum Ende des zweiten Trimesters, und ihr bombardiert unser Postfach dermaßen mit Fragen, Hinweisen und Storys, dass wir nicht mehr denken können. Ist ja nicht so, als müssten wir für Prüfungen lernen.
Neue Regeln: Bis auf Weiteres gibt es von uns keine Tokens mehr. Für gar nichts. Außer vielleicht für Henry Cavills Handynummer.
Als Trostpflaster hier die heißesten Brandbomben, kurz und schmerzlos. Wie ein Waxing im Intimbereich:

Nein, Nicoley ist nicht mit Anastasia zusammen. Sonst wären diese Schnappschüsse mit Steve Harper nicht entstanden – und was bahnt sich da mit seiner alten Flamme Evangeline Astor an (#OhrfeigenGate – unsere tougheste Juniorin und heiße Präsidenten-Anwärterin, ehemals Alpha, derzeit bei Omega). Wer ist euer One True Pairing? Wählt hier aus unseren Top 10!

Ja, Felicia und Valentin haben eine gemeinsame Rüge von der Konrektorin erhalten (und Felicias Brüste haben die Hauptrolle gespielt). Offenbar stehen die zwei auf nassen Sex, nicht nur unter der Dusche an Silvester (hier geht's zum Artikel), jetzt wurden sie angeblich vor den Kursen im Schwimmbad gesehen!

Nein, Donna Lucrezia Loredano ist weder verstorben noch in einen geheimen Militärbeirat berufen worden. (Aber wir richten ihr eure Genesungswünsche aus. (Affiliate-Link*))

Ja, ihr könnt jederzeit das Haus wechseln. (Nach Ablauf des zweiten Trimesters (in fünf Tagen!) kostet ein Hauswechsel allerdings 10 Tokens. Wir empfehlen also, es bleiben zu lassen und für Notenverbesserungen einzusetzen.)

Nein, es sind noch nicht alle Universitätsbriefe angekommen. Ihr könnt also immer noch von der Uni eurer Wahl ausgewählt werden. (Wo wäre sonst der Kick für das letzte Trimester?)

Und JA: Wir veröffentlichen weiterhin all eure schmutzigen Insider-News.

Ach ja: Und natürlich hattet ihr recht: Constantin Bellini – oder korrekt Constantin García de Bórbon Bellini – ist in der Tat der Großcousin von König Fernando VIII. von Spanien, und es besteht die Möglichkeit, dass er nach dessen Tod die Krone Spaniens tragen wird. Ups, jetzt ist es raus. Wie das wohl das Gleichgewicht der Häuser ins Wanken bringt, so kurz vor Torschluss? Habt eine feine letzte Woche des zweiten Trimesters!

46
Hochmut kommt vor dem Fall

Valentin

Omega war in heller Aufruhr. Constantin Bellini war der zukünftige König von Spanien und würde womöglich Nicoleys Platz als Alpha-Präsident einnehmen. Kein Wunder, dass Anastasia kurz vor einem Tobsuchtsanfall stand und Lucien schon den sechsten Bleistift in der Hand kreisen ließ wie ein Wahnsinniger. Die vorherigen fünf waren ihm alle zerbrochen.

Selten hatte ich mich so maßlos verkalkuliert. Nie hatte ich etwas Vergleichbares gefühlt. Was war das bloß für ein miserables Gefühl in meiner Brust, in meinem Hals, in meinem Innersten?

»Das ist Eifersucht«, kommentierte Evangeline. Sie saß auf meiner breiten Ledercouch, trug eine demonstrativ gleichgültige Miene zur Schau und wippte genervt mit dem schwarzen Schnürstiefel. Sie hätte problemlos als Wednesday Addams im echten Leben gecastet werden können. Doch Evies mürrischer Blick lag nicht auf mir. Sondern auf Anastasia.

»Eifersucht?«, echote die. »Ich bin nicht eifersüchtig auf Steve Harper! Ich bin wütend, dass Felicia ihren BFF Nicoley für einen Royal abserviert!«

Ich schüttelte den Kopf. Im Gegensatz zu meiner Stiefschwester vertraute ich der Person, die ich liebte. »Sie wird Constantin nicht zu ihrem Präsidenten machen.«

»Ach ja? Was macht dich da so sicher?«

»Das ist Teil unseres Waffenstillstand-Abkommens.«

»Teil eures ... wie bitte?!« Anastasia machte einen Schritt auf mich zu. »Wir liegen zwölf Prozentpunkte zurück!«

»Wir werden aufholen«, antwortete ich ruhig, auch wenn ich nicht mehr vorhatte, die Führung zu übernehmen. Nur einen gesunden Wettbewerb aufrechtzuerhalten.

»Zwölf Prozent?«

»Nein, sechs Prozent. Die anderen sechs Prozent verlieren sie ja«, erkannte Evangeline meine Taktik. Anastasia schien Schwierigkeiten zu haben mitzukommen. Evangeline verdrehte die Augen. »Das nennt man Mathematik.«

Anastasia verschränkte die Arme. »Fein. Dann haben wir eben Gleichstand. Und dann?«

Evangeline lächelte wie das kleine Monster, das sie eben war: »Dann gewinnt das Haus mit den besseren Noten.«

Anastasia verengte die Augen. Wie jeder andere hatte sie sich nicht die Mühe gemacht, die Notendurchschnitte zusammenzuzählen. Damit hatte ich gerechnet. Womit ich nicht gerechnet hatte, war, dass Evangeline sich jetzt offenbar als Vollblut-Omega betrachtete und ebenfalls mitrechnete. Also musste ich wohl oder übel mitspielen.

»Evie hat recht. Wir haben den höheren Notenschnitt. Ein Gleichstand an Anhängern ist alles, was wir brauchen.«

»Woher willst du das wissen?«

»Weil ich das hier habe, und weil ich es im Gegensatz zu allen anderen auch gelesen habe.« Zum zweiten Mal innerhalb weniger Tage zog ich das ledergebundene Regelbüchlein aus meiner Schreibtischschublade. Anastasia öffnete überrascht den Mund.

»Und wenn deine Alpha-Prinzessin ihren Vorsprung weiter ausbaut? Eine Woche hat sie noch.«

»Sie wird Constantin nicht zum Präsidenten machen«, wiederholte ich eisern.

Ein Erinnerungston lenkte unser beider Aufmerksamkeit auf meinen Laptop, dessen Bildschirm bei der Meldung zum Leben erwachte. Eine schulinterne Mitteilung ploppte auf.

18:00 Uhr: Versammlung Alpha, kleiner Saal

»Wird sie nicht, ja? Wozu sollte Alpha sonst eine Versammlung einberufen?« Anastasias Stimme war Gift in meinen Adern.

Doch viel schlimmer war der Anblick meines Laptopbildschirms. Darauf war das private Fotoalbum zu sehen, das ich für Felicia und mich angelegt hatte. Und *ich* hatte es nicht geöffnet.

»Ich brauche Tokens«, eröffnete ich Troy Jackson eine Stunde später ohne Umschweife. Es war schwierig genug, diesen Typen ausfindig zu machen, und hatte mich wertvolle Zeit gekostet. Er saß in einer der barocken Fensternischen im zweiten Stock des Südflügels, in dem die künstlerischen und musikalischen Fächer unterrichtet wurden. Einen Fuß aufgestellt, schrieb er wild auf einem Papierblock, die obligatorischen Stöpsel im Ohr. Das Bein am Boden wippte in einem nervösen Tick – oder, vermutlich eher, in einem schnellen Takt.

»Schade für dich.« Der Junior hob den Blick von seinem vollgekritzelten Blatt. Die Hälfte aller Wörter war durchgestrichen. »Wie fühlt sich das an, ausnahmsweise nicht im Überfluss zu leben?«

Ich belächelte seinen lahmen Versuch, mich zu provozieren, und beschloss, mit einer Gegenfrage zu kontern: »Deine Eltern leben noch, oder?«

Seine Miene blieb unbewegt, bloß seine sturmgrauen Augen flackerten für den Bruchteil einer Sekunde. Nicht vor Trauer und Schmerz. Sondern vor Wut und Enttäuschung. Interessant.

»Du brauchst Tokens. Warum sollte ich dir welche geben?«

»Damit ich dich nicht in meinen Beraterstab aufnehme und in drei Monaten als meinen Nachfolger vorschlage.«

Wieder blieb sein Gesicht unbewegt. Doch wieder flackerte eine verräterische Flut von Emotionen in seinen Augen auf: Empörung. Sorge. Wut. Skepsis. Da half auch sein verächtlich erhobener Mundwinkel nicht mehr.

Zum Beweis meines Vorhabens warf ich den anthrazitfarbenen Umschlag auf den vollgekritzelten Block in seinem Schoß. Er zog die Karte heraus und las widerstrebend seinen Namen.

»Und wieso solltest du deinem Haus das antun?« Seine Stimme klang gelangweilt, im Gegensatz zu seinem Blick hatte er sie meisterlich unter Kontrolle. Sein Englisch ließ sich weder einem amerikanischen noch britischen oder australischen Akzent zuordnen, seine Aussprache war makellos, als wäre sie ihm von Kindesbeinen an anerzogen worden.

»Weil der erschreckende Großteil von Omega aus überbewerteten und unterqualifizierten Idioten besteht, die nicht mal halb so viel Grips haben wie du vor dem Frühstück.«

Jetzt schnaubte Troy belustigt und nahm den Fuß vom Fensterbrett, um sich aufrechter hinzusetzen. »Vorsicht, ich könnte noch denken, dass du mich anbaggern willst.«

»Als ob dein Ego das nötig hätte. Du weißt, wie gut du bist. Du hast nur ein Problem: dasselbe wie alle Künstler.«

»Ich bringe dich zu sehr auf die Palme, als dass du mehr Zeit als nötig in meiner Nähe verbringen willst und endlich aufhörst, mich vollzuquatschen?«

Er bestritt also nicht, ein Künstler zu sein. Endlich füllte sich meine Blanko-Akte dieses Geists ein wenig. »Du bist zu emphatisch und lässt jeden Scheiß zu nah an dich heran«, entgegnete ich.

Wie um mir das Gegenteil zu beweisen, rutschte Troy mit dem Becken nach vorn in eine abweisende »Leck mich«-Pose und legte den Kopf schief.

Ich schüttelte den Kopf. »Glaub mir, es ist nicht deine Körperhaltung, die dich verrät. An der ist nichts auszusetzen.«

»Freut mich, dass du an meinem Körper nichts auszusetzen hast, Knight. Muss ich mir Sorgen machen, dass du mich gleich begatten willst?« Verdammt, mit Worten war er wirklich schnell.

Ich war unschlüssig, ob mich seine Art amüsierte oder an meinen Nerven zehrte. »Es sind deine Augen«, sagte ich ernst. »Egal, wie viel Körperbeherrschung du hast oder wie gelangweilt du deine Stimme klingen lässt: Du kannst mir nicht den harten Kerl vorspielen, wenn du mich ansiehst wie ein Welpe, der von der Straße gerettet werden will. Wobei ich darauf tippe, dass es in deinem Fall eher ein Zuchtrüde ist, der seinen edlen Stammbaum unter den Tisch kehren will, Troy Jackson. Ist das überhaupt ein echter Name?«

Troy musterte mich spöttisch, beinahe mitleidig, und fast hätte ich es ihm geglaubt. Als ich seinem Blick standhielt, sah er stattdessen auf sein bekritzeltes Blatt Papier.

»Regel Nummer eins, wenn du deinen Standpunkt klarmachen willst: Sei nie der erste, der den Blick abwendet.«

Seine Augen schossen zurück zu mir, und ich konnte den Inbegriff von trotzigem Unwillen so deutlich darin lesen wie in einem aufgeschlagenen Wörterbuch. Dieser Typ würde mehr als nur ein bisschen Arbeit investieren müssen, wenn er das nächste Jahr am St. Gloria überleben wollte. Egal, in welcher Position.

»Und leg dir vielleicht bis dahin eine Sonnenbrille zu.«

Jetzt schnalzte Troy mit der Zunge und kratzte sich mit dem Mittelfinger am kantigen Kinn. Ich lachte.

»Dann tu's halt nicht, versteck dich weiter in deinem Mülleimer und hoff, dass niemand deine goldene Hundemarke in die Hände bekommt. Regel Nummer zwei: Sei stets bereit, den Tisch zu verlassen.« Ich stand auf und griff ungeniert nach dem anthrazitfarbenen Umschlag in seinem Schoß. »Überleg dir das mit dem Beraterstab trotzdem. Es schadet nie, bei den richtigen Leuten einen Gefallen offen zu haben.«

Ich war noch nicht am nächsten Fenster angekommen, als er mir nachrief. »Wie viele Tokens brauchst du?«

Lächelnd blieb ich stehen und schob den Umschlag zurück zwischen die Blätter seines Collegeblocks. »Eine Menge. Wie viele hast du?«

Troy grinste. »Eine Menge.«

Felicia

Rund einhundertfünfzig Studierende warteten wie ein summender Bienenschwarm auf mich. Ein Bienenschwarm, der sich gleich in stechwütige Hornissen verwandeln könnte.

Als ich den kleinen Saal betrat, verstummte der Insektenschwarm schlagartig. Alle Augen richteten sich auf mich, schielten auf meine Hände. Dann schlug die Standuhr sechs Mal, und ich betrat das kleine Podest, hinter dem eine übereifrige Alpha-Fee eine Dauerschleifen-Diashow über Constantin zusammengestellt hatte. Mein Herz klopfte wie nach einem Dauerlauf, pochte bis in meine Ohren, schnürte mir beinahe die Luft ab.

Mut und Ehrlichkeit.
Mut und Ehrlichkeit.

Ich würde den Mut haben, ehrlich zu sein.

Nach einem letzten tiefen Durchatmen zwang ich ein Lächeln auf meine Lippen. »Es ist wunderbar, Alpha heute so zahlreich vertreten zu sehen«, startete ich. »Über fünfzig Prozent am Ende des zweiten Trimesters! Ihr könnt wahnsinnig stolz auf euch sein. An alle, die schon von Anfang an dabei waren: Danke für eure Treue. An alle Neuen: Danke für euer Vertrauen.«

Diese Worte hatte ich mir schon vor einiger Zeit für meine Abschlussballrede zurechtgelegt, wenn ich das *Gloria cum laude* in Empfang nehmen würde. Don't judge! Wir üben doch alle insgeheim unsere Oscar-Reden vor dem Spiegel, oder?

Ein paar wenige jubelten auf und klatschten, woraufhin sich die Menge widerwillig zu einem kleinen, ungeduldigen Applaus hinreißen ließ. Ich wünschte, Valentin wäre hier, um mir bloß mit seinem Blick Ruhe und Selbstvertrauen einzuflößen. Es musste ohne ihn gehen.

»Ich weiß, dass ihr heute Abend nicht hier seid, um unser Haus zu feiern. Ich habe diese Versammlung einberufen, weil ich euch eine Erklärung schuldig bin.« Ich deutete halb auf die Leinwand hinter mir, auch wenn ich wünschte, sie wäre leer. Die Spannung war fast mit Händen greifbar. Einige hielten sich gegenseitig an den Händen, andere hüpften erwartungsvoll auf und ab. Wieder andere sahen mich einfach nur an. Ich ließ den Blick schnell weiterschweifen, während ich tief Luft holte. »Constantin wird nicht unser neuer Präsident werden.«

Kollektives Nach-Luft-Schnappen. Ein paar stöhnten sogar, irgendjemand schluchzte auf.

»Ich weiß, dass sich einige von euch gewünscht haben, dass er unser Präsident wird, und vielleicht auch, dass wir zusammenkommen – immerhin war Silvester ja kaum zu übersehen. Ich möchte an dieser Stelle sehr deutlich sagen: Constantin Bellini ist ein fantastischer Mann, und die Frau, der einmal sein Herz gehören wird, kann sich überaus glücklich schätzen. Ich schätze ihn sehr. Als Freund und als Menschen. Und genau deswegen ist es mir wichtig, seine Wünsche zu respektieren. Er ist nach St. Gloria gekommen, um nicht im Rampenlicht zu stehen. Um der Bürde von Politik und Machtspielen und Öffentlichkeit für eine kurze Zeit zu entfliehen. Es wäre falsch von mir – und von uns als dem Haus, das er gewählt hat –, ihn dazu zu zwingen.«

Ich machte eine Pause, um kurz durchzuatmen. Hazels Augen leuchteten ermutigend, Misaki reckte beide Daumen in die Höhe. Das hier lief tatsächlich besser als befürchtet.

»Mir ist bewusst, dass einige von euch noch nichts von ihren favorisierten Unis gehört haben, auf das *Gloria cum laude* angewiesen sind und um jeden Preis wollen, dass Alpha gewinnt. Wie ihr alle wisst, brauche ich dieses Stipendium wohl mit am meisten.« Ich lachte leise, spürte jedoch im selben Moment, dass ich einen Fehler begangen hatte. Es war als selbstironischer Scherz gemeint, aber die Stimmung der Menge kippte.

»Du hast doch schon fünf Zusagen!«, rief irgendjemand.

Von anderswo kam ein gehüsteltes »Hast du nicht längst einen reichen Gönner, der dir jedes Studium kaufen kann?«.

Mein Blick flog zu Hazel, deren aufgerissene Augen mir wohl Mut zusprechen sollten, aber das Gegenteil bewirkten.

Misaki reckte den Hals. »Haltet doch mal die Klappe.«

Ich beschloss, den Kurs zu ändern. »Ihr habt recht. Ein Teil von mir …« Ich kam aus dem Konzept, als vielstimmiges Gemurmel laut wurde, während alle wie gebannt auf die Leinwand starrten. Ich widerstand dem Drang, mich umzudrehen. Ich wusste, dass die Leinwand leer war..

»Ein Teil von mir hat ernsthaft überlegt, Constantin dennoch zu bitten, den Titel zu übernehmen. Aber ein viel größerer Teil von mir …« Meine Augen blieben auf Hazel hängen, die beide Hände vor den Mund geschlagen hatte. Stella stand mit offenem Mund daneben und filmte plötzlich mit dem Handy die Bühne, Misaki hatte das Gesicht in der Handfläche vergraben. »…ein größerer Teil von mir…«, wiederholte ich irritiert.

»… ist mit Valentin Knight zusammen?«, fiel mir irgendjemand ins Wort.

Mein Blut verwandelte sich in Eis, kam klirrend in meinem Körper zum Stillstand, schoss mir in den Kopf und explodierte in Millionen winziger Splitter. Ich taumelte.

»Was?« Es war nicht mehr als ein atemloses Japsen, während ich eine schreckliche Ahnung überkam.

Bitte, lieber Gott…

Ich traute mich kaum, mich zur Leinwand umzudrehen, auf der – das gefrorene Blut erhitzte sich auf einen Schlag und sackte mitsamt meinem Herzen zu Boden – zwei Gestalten in einem nächtlich illuminierten Pool standen. Erst in Halbtotale, dann aus einem anderen Winkel im Porträt, schließlich in Nahaufnahme. Ich in golddurchwirkter Unterwäsche und Valentin mit entblößtem Oberkörper. Gott, er sah gut aus. *Wir* sahen gut aus.

»Okay, das kann ich erklären. Das Bild stammt von einem professionellen Fotografen, es war nur ein…« *Fotoshooting*, hatte ich sagen wollen, aber dann wechselte das Bild erneut, und ein Aufschrei ging durch die Menge.

Okay. Das konnte ich nicht erklären…

Unser Kuss sah höchst ungezügelt aus. Und ziemlich erotisch. Ich erinnerte mich genau an meine verzweifelte Leidenschaft an diesem Tag, an dem Nicoley mich verlassen hatte, nachdem ich ihn mit einer anderen erwischt hatte. Die Erinnerung trieb mir die Tränen in die Augen. Die Erinnerung oder die Demütigung im Hier und Jetzt. Ich öffnete den Mund, aber mir wollte kein Wort über die Lippen kommen, nicht einmal in den Sinn. Mein Kopf war wie leer gefegt. Konnte sich nicht einfach der Boden auftun und mich verschlingen? Bitte.

Wer hatte diese Bilder in die Finger bekommen? Valentin hatte mir den Stick an Silvester gegeben, er hatte gesagt, er hätte keine Kopien. Ich glaubte ihm. Glaubte ich ihm? Hatte er gelogen? Würde er das tun?

»Wer hat die Präsentation gemacht?«, fragte ich laut. Natürlich bekam ich keine Antwort. Als ob es jetzt noch irgendeine Rolle spielte, wer mich manipuliert hatte.

Endlich endeten die Bilder vom Pool – und mündeten in eine noch viel schlimmere Bilderserie. Ich stieß einen unterdrückten Schrei aus, als ich die nächtlich illuminierte Semperoper erkannte.

»Hazel? Können wir das –«

»Ist das… Dresden?«, empörte sich jemand, gerade als das Bild wechselte und eine ziemlich begeistert aussehende Felicia zeigte, die sich auf der Aussichtsplattform der Frauenkirche gegen einen selbstgefällig Knight'schen Valentin lehnte. Einige ächzten desillusioniert.

»Wieso grinst du so?«

Entschuldigung, hatten die die Dresdner Frauenkirche mal gesehen? Die mit Abstand bezauberndste Kirche, in der ich jemals gewesen war?

»Wie lange läuft das schon mit euch?«

»Willst du uns eigentlich verarschen?!«, zürnte jemand.

Jetzt wurden auch andere lauter. »Seid ihr zusammen?« wurde abgelöst von »Habt ihr Sex?« und übertönt von »Schämst du dich nicht?«.

Und ehe ich mich's versah, stand ich einem tobenden Sturm der Vorwürfe und Verleumdungen gegenüber. Der Hornissenschwarm war da, und er war unerbittlich. Heuchlerin. Verräterin. Lügnerin. Schlampe.

»Okay, okay«, rief ich, die Arme beschwichtigend erhoben. Niemand hörte mir zu. Zornige Tränen der Verzweiflung stiegen mir in die Augen, drohten mich zu überschwemmen, aber ich würde jetzt nicht nachgeben. Nicht die Fassung verlieren. Nicht wegen Valentin Knight!

»OKAY!«, brüllte ich.

Endlich ebbten die zornigen Stimmen ab, starben wie Blumen in einem Pesthauch. Ich ließ den Blick schweifen, stieß nur auf Ablehnung. Selbst Hazels Augen waren dunkel vor Enttäuschung. *Vor allem Hazels Augen.* Denn sie war die Einzige bei der es mir etwas bedeutete. Sie war die Einzige, die immer zu mir gehalten hatte. Und die Einzige, die ich die ganze Zeit belogen hatte.

Ich schloss die Augen. Ich hätte es ihr früher sagen müssen. Ich hätte es ihnen allen sagen müssen.

»Es ist wahr«, gestand ich. Augenblicklich ging das Geschrei wieder los, aber das herrische Zischen Einzelner ließ es verstummen. »Valentin und ich…« Ich überlegte. Ich könnte es herunterspielen, könnte sagen, es sei nur Sex gewesen, nur eine Affäre. Aber das wäre ein Verrat an ihm, an der Wahrheit, an mir selbst. Und jetzt machte es ohnehin keinen Unterschied mehr. »…, wir sind zusammen.«

Kollektives Ächzen. Stöhnen. Schnauben. Schmährufe.

»Aber was ist daran so verwerflich?«, flehte ich, obwohl meine Stimme versagte. Mir fielen Valentins Worte wieder ein. »Laut Studienordnung ist es nicht verboten, dass Alpha und Omega untereinander Beziehungen haben. Und schließlich sind wir hier auf einem College und nicht bei den Capulets und Montagues.«

Irgendjemand lachte höhnisch. Er hätte mir auch genauso gut ins Gesicht schlagen können.

Rote Locken schälten sich aus der Menge. »Nein, sind wir nicht«, bestätigte Desirée d'Orsay mit erhobener Stimme, während sie die drei Stufen auf das Podest zu mir stieg und das Mikrofon aus der Halterung nahm. Es übersteuerte kurz, was den Unmut der Menge nur schürte. »Aber wir sind hier im St. Gloria. Und Alpha und Omega mischen sich nicht!« Energische Zustimmung. »Sie reden nicht miteinander, sie essen nicht miteinander, und ganz gewiss *gehen* sie nicht miteinander!«, stachelte Desirée die Menge weiter an, bevor sie sich mir zuwandte: »Erst recht nicht die Präsidenten! Und wenn sie es tun, dann sind sie besser von vornherein ehrlich, so wie Anastasia und Nicoley. Dann wissen wir wenigstens, woran wir sind. *Mut und Ehrlichkeit,* schon vergessen, wofür du stehst, Felicia? Wie sollen wir dir je wieder vertrauen, dass du das Beste für dein Haus im Sinn hast?«

Ich starrte sie fassungslos an, unfähig, irgendetwas zu sagen, während mein Haus Desirées Worte lautstark bekräftigte.

»Ich hasse es, dass ich diejenige sein muss, die das tut«, verkündete Desirée, »aber: Holt eure Handys raus und startet die App! Ich beantrage die Abwahl von Felicia de Vries als Präsidentin von Alpha.«

Ein erstickter Schrei ertönte. Mir fiel erst später auf, dass er von mir stammte.

»Desirée!«, krächzte ich, während sich bereits alle in ihre Apps einloggten und auf die Freigabe der Abstimmung warteten. Jeder Studierende war automatisch angemeldet und konnte seine Stimme auf eine von drei Optionen setzen, die bereits auf dem Bildschirm aufleuchteten, während die Hintergrundprozesse für den Antrag geladen wurden: »Ja«, »Nein« und »Enthaltung«.

»Das kannst du nicht tun!«

Die Kanadierin lächelte boshaft. »Doch, das kann ich.« Sie hielt ihr Handy in die Luft. »Und sobald dieser Button hier leuchtet, werde ich es tun.«

Gemeint war das kreisrunde Porträt einer strahlenden Felicia mit einer stilisierten Krone darüber als Zeichen meiner aktuellen Regentschaft, ausgegraut hinter einem ablaufenden Timer. Knapp drei Minuten bis zu meiner Entthronung – oder Desirées Verbannung wegen Hochverrats. Die Zeit bis zur Freigabe diente den Kandidatinnen üblicherweise dazu, sich vorzustellen und für sich zu werben, oder die Neuwahl abzubrechen.

»Du brauchst sechzig Prozent aller Alphas!«, erinnerte ich sie, doch Desirées unheilvolles Lächeln blieb.

»Was glaubst du, warum wir in den letzten Monaten so viel Zuwachs bekommen haben?«

Ich erblasste kurz, ließ den Blick abermals über mein Haus gleiten, das sich selten so stabil gehalten hatte. Meine Augen weiteten sich, als ich einige von ihnen erkannte. »Das sind Omegas!«

Desirée lächelte immer noch. »Heute nicht.«

Ich schnappte nach Luft. Ruhe bewahren! Jetzt war ich an der Reihe, meine Widersacherin höhnisch anzulächeln: »Tja, tut mir leid, deinen kleinen Putschversuch scheitern zu sehen, aber dir ist hoffentlich klar, dass man genau aus diesem Grund nicht sofort Wahlrecht hat.«

Nachdem Valentin mir neulich von seiner Entdeckung erzählt hatte, hatte ich das Regelbuch selbst durchgearbeitet. Wäre ich doch auch nur früher darauf gekommen, hätte ich einiges besser machen können.

»Vier Wochen«, bestätigte Desirée. »Ein paar der jüngst gewechselten Royal-Fanatiker aus dem Constantin-Fanclub dürfen halt nicht mitwählen. Aber die würden sowieso die falsche Wahl treffen, nicht wahr?«

Ich konnte es immer noch nicht glauben. Eineinhalb Minuten.

»Warum, Desirée?« Mein Herz blutete bei dieser Frage.

Die Kanadierin legte den Kopf schief. »Einerseits, weil Yale mich sicherlich gegenüber dir bevorzugen wird, wenn ich Alpha-Präsidentin von St. Gloria bin und du nicht.« Ich zuckte zusammen wie von einem elektrischen Stoß getroffen. Desirée war die zweite Yale-Anwärterin? »Tja, ich habe mein letztes Jahr sinnvoll genutzt und haufenweise freiwillige Clubs belegt. Unsere Charity-Gala hat richtig viel Geld generiert, aber davon hast du wohl in Valentins Bett nichts mitbekommen.«

»Das hat nichts mit Valen–«, zischte ich wütend, aber Desirée plapperte einfach über mich hinweg:

»Nicht, dass das eine Rolle spielen würde, wenn ich Alpha zum *Gloria cum laude* führe, das du ja bestens vorbereitet hast. Weißt du, Felicia, du hättest dir deine Freunde – und deine Feinde – einfach besser aussuchen müssen. Ich hoffe, der Sex war wenigstens gut.«

Klatsch.

Ich zuckte selbst zusammen bei dem Geräusch, obwohl es Desirée war, die sich erschrocken die Wange hielt. Meine Handfläche kribbelte. Die atemlose Stille der Menge überlagerte das Rauschen in meinen Ohren.

Oh mein Gott. Oh mein Gott.

Oh.

Mein.

Gott.

Ich hatte Desirée geohrfeigt – vor meinem versammelten Haus und während des Timers zu meiner Abwahl. Geht's eigentlich noch, Felicia? Wollte ich mir vielleicht gleich ein Grab schaufeln?

Desirée jedenfalls grinste gehässig, als sie die Hand von ihrer geröteten Wange nahm. »Wow.« Ein kurzer Signalton erklang aus der App, und sie hob das Handy. »Irgendwelche letzten Worte vielleicht?«

Ich erstarrte, als der Kreis mit meinem Gesicht nicht mehr ausgegraut war und gleich darauf der dreifarbige Balken darum herum wuchs. Sofort holte ich mein eigenes Handy hervor und startete die App.

»*Abwählen?*«, stand dort über meinem Gesicht.

Ich tippte auf »Nein« und sah zu, wie der rote Balken um eine Ziffer wuchs. Eilig aktualisierte ich.

58/153 Stimmen   Ja: 37   Nein: 19   Enth.: 2

Ein entsetzter Laut entwich mir. Sofort trat ich wieder in die Mitte des Podests.

»Zählt für euch denn nicht, was das bisher für ein fantastisches Jahr für Alpha war?« Mein Blick blieb auf Celine hängen. »Celine, hast du nicht noch letzte Woche festgestellt, dass wir fast durchgängig in Führung lagen?«

Sie senkte eilig den Blick. Ich sah meine Mitstudierenden der Reihe nach an, ermahnend, beschwörend, flehend.

86/153 Stimmen   Ja: 53   Nein: 24   Enth.: 9

»Magdalena, hat deine Bewerbungsmappe nicht dazu beigetragen, dass du jetzt den Platz an der Brown hast? Christine, das Beauty Event? Georgina? Renée?«

»Ich denke, wir sind uns alle einig, dass wir Felicia nie wieder vertrauen können«, mahnte Desirée die ersten Zweifler. »Alpha steht buchstäblich für Ehrlichkeit. Und sie hat uns die ganze Zeit über belogen.«

Mein Blick streifte Hazel, und meine Augen füllten sich mit Tränen, als sich selbst meine beste Freundin von mir abwandte und die Augen schloss, um mich nicht weiter ansehen zu müssen.

124/153 Stimmen   Ja: 74   Nein: 31   Enth.: 19

Noch 29 Stimmen ausstehend, von denen nur zwölf auf »Nein« oder »Enthaltung« fallen mussten, um die notwendigen sechzig Prozent zu verhindern. Ich aktualisierte im Sekundentakt. Jede weitere Ja-Stimme ein Messerstich in meinem Herzen.

47
Marie Antoinette

Valentin

F_{uck.}

Was war denn jetzt passiert?

Ganz Omega starrte mit angehaltenem Atem auf die eigenen Handys. 92 Stimmen waren für die Abwahl nötig, noch eine fehlte. Mit tauben Fingern aktualisierte ich erneut, aber das Siegesgeschrei von Anastasia ließ mir bereits die Ohren klingeln und das Herz brechen, bevor mein Bildschirm das Endresultat zeigte:

153/153 Stimmen	Ja: 93	Nein: 35	Enth.: 25
153/153 Stimmen	Ja: 60,8 %	Nein: 22,9 %	Enth.: 16,3 %

Felicia de Vries war als Alpha-Präsidentin von St. Gloria abgewählt.

Anastasia fiel mir jubelnd um den Hals, während bereits die nächste Wahl vorbereitet wurde und Desirée d'Orsays Gesicht in dem ausgegrauten Avatar erschien. »*Gloria cum laude,* wir kommen!«

Ich spürte zwei Dutzend Blicke auf mir, in den unterschiedlichsten Schattierungen von Hohn, Schock und Mitgefühl. Ersteres aus Grayson Bellingtons Richtung, Zweiteres von Evangeline. Und Letzteres ausgerechnet von dem verfluchten Troy Jackson, der zu viel sah und zu wenig sagte. Ich brauchte meine gesamte Konzentration, um eine ausdruckslose Miene zu bewahren. Es nützte Felicia gar nichts, wenn mein Haus mich jetzt ebenfalls absägte.

»Hast du das echt von Anfang an geplant, Knight?« und »Das war ja genial, Valentin!« überlagerten einander. »Ich wusste, dir kann man nicht trauen« wurde abgelöst von »Bin ich froh, dass du nicht für die andere Seite spielst!«

Ich wollte mich übergeben.

Und über all dem prangte das widerwillig anerkennende Lächeln von Grayson Bellington, der mir über ein paar Köpfe hinweg zuprostete.

Angewidert wandte ich den Blick ab.

Verdammt… ich hatte den Blick abgewandt. Schnell sah ich wieder hin, doch der Junior hatte sich bereits seinen Freunden zugedreht.

Jemand drückte mir ein Glas in die Hand, Champagner klebte an der Außenseite. Alle starrten mich an wie das achte Weltwunder. Widerwillig hob ich das Glas zum Prosit. Ich hasste mich, ich hasste das St. Gloria. Ich hasste die ganze Welt.

»Auf Omegas Sieg!«, jubelte irgendjemand.

Nie hatte Champagner so widerwärtig geschmeckt.

Als sich der Pulk endlich auflöste, schnipste jemand vor meinem Gesicht. »Erde an Valentin!« Troy Jacksons gewitterblaue Augen schoben sich in mein Blickfeld. »Sie sind weg. Hast du das wirklich getan?«

Er flüsterte, und es war niemand mehr in Sichtweite. Trotzdem würde ich nicht riskieren, ihm zu antworten. Ich bohrte meinen Blick in seinen und hoffte einfach, dass der verfluchte Troy verfluchte Gedanken lesen konnte.

Offenbar konnte er das. »Was brauchst du?«

Ich hob eine Braue. »Warum?«

»Weil du aussiehst, als würdest du dich gleich übergeben oder irgendwas zusammenschlagen. Vielleicht beides.«

»Ich schlage nichts zusammen«, entgegnete ich, sah mich um und fügte dann leiser hinzu: »Ich meine, warum willst du mir helfen?«

Jetzt grinste Troy auf eine höllisch verschlagene Art. »Weil es nicht schadet, wenn einem die richtigen Leute einen Gefallen schulden. Oder zwei.«

»Kannst du mir ein Alibi verschaffen, während ich mit ihr rede?«

Er zeigte mit dem Daumen hinter sich. »Klare Kommunikation in allen Ehren, aber jetzt gerade? Keine gute Idee. Wenn die rauskriegen, dass das mit euch echt war ... ciao!«

»Ach ja? Weil du so viel von Geheimhaltung weißt, oder was?«

Troys Gletscheraugen verrieten wieder mehr, als ihm wohl bewusst war. »Ich weiß nur, dass es eine Scheißidee ist. Was du daraus machst, ist deine eigene Sache, Knight.«

Ich entschied im Bruchteil einer Sekunde. »Wie stehen die Chancen, dass du zu Alpha wechselst? Ich brauche jemanden in ihrer Nähe, dem ich vertrauen kann – wenn ich es schon nicht sein kann«, fügte ich grimmig hinzu.

Er ignorierte den Seitenhieb und fuhr sich durch die dunkelblonden Haare. An seinem Daumen prangte ein breiter Ring aus Titan, sein Ringfinger war ringförmig tätowiert. »Der Wechsel ist nicht das Problem ... Aber ich weiß auch nicht, irgendwer hat meine Tokens.«

»Ich gebe dir die Tokens. Auch die zehn, falls du vor Jahresende zurückwechseln willst.«

Troy lachte. »Reich müsste man sein.«

Ich blähte die Nasenflügel. Geld war so ziemlich das Einzige, womit man am St. Gloria nichts kaufen konnte. Wie ich gerade wieder einmal festgestellt hatte.

Felicia

Ich war am Ende. Nicht nur im übertragenen Sinne, weil gerade ein Tsunami meine Alpha-Existenz hinweggespült hatte, sondern buchstäblich körperlich. Ich wusste nicht, wie ich es angestellt hatte, mit erhobenem Kopf und gestrafften Schultern durch die Nebentür zu schreiten, aber in der Sekunde, in der die Tür hinter mir ins Schloss fiel und die hohle Stille des alten Gemäuers mich empfing wie eine tröstende Mutter mit einer warmen Decke, knickten meine Beine unter mir weg. Ich krallte die Finger in den dicken Teppich, dessen alte Fasern Staub aufwirbelten, und kämpfte mit aller Kraft dagegen an, zu weinen. Nicht jetzt. Nicht hier, wo jederzeit jemand aus meinem Haus vorbeikommen könnte.

Aus Desirées Haus, korrigierte ich mich – und brach nun doch in Tränen aus. Rasch presste ich mir eine Hand vor den Mund und erstickte mein Schluchzen, aber die Tränen konnte ich nicht aufhalten, als sie auf die burgunderroten Teppichfasern fielen und sofort einsickerten, als wäre mein Leben nur Schall und Rauch, unbedeutend angesichts der Erhabenheit dieses altehrwürdigen Schlosses und der Elite, die es beherbergte. Eine Elite, zu der ich nie gehören würde.

Wie hatte das nur passieren können? War ich als Präsidentin nicht gut genug gewesen? Zu egoistisch? Zu blind? Und war es so falsch, auf mein Herz zu hören?

All diese Fragen in ihrer masochistischen, selbstbemitleidenden, wütenden Vielfalt führten dazu, dass ich erneut aufheulte, die Stirn gegen den muffigen Teppich presste und mich auf dem Boden zusammenkrümmte wie eine Sterbende. Sterben fühlte sich in diesem Augenblick an wie ein willkommener Ausweg.

Ich würde hier einfach liegen bleiben. Bis ein Wunder geschah. Bis jemand die Zeit zurückdrehte. Bis mein Körper zu Staub zerfiel…

Oder bis der Bewegungsmelder ansprang, als jemand um die Ecke bog. Ich erstarrte so vollkommen, dass mein Körper für zwei volle Sekunden sogar vergaß zu schluchzen.

Dann brach der Sturm mit solcher Wucht über mich herein, dass mir die Luft wegblieb. Es war Valentin. Natürlich war es Valentin. Wieso ausgerechnet er? Und wieso blieb er am Ende des Korridors stehen, anstatt mich in die Arme zu nehmen?

»Ich hoffe, du bist jetzt glücklich«, sagte ich matt. »Du hast gewonnen.«

Er antwortete nicht. Ich konnte ihn nicht ansehen. Stumme Tränen tropften auf den geduldigen Teppich.

Stille.

Schließlich: »Steh auf, Felicia.«

Ich regte mich nicht. »Warum?«

Er kam näher. »Weil du eine Kämpferin bist.«

Ein Schluchzen brach sich Bahn. »Wofür soll ich noch kämpfen? Du hast doch sicherlich alles davon mitbekommen!« Ich zeigte in die vage Richtung des Versammlungsraums. »Es gibt nichts mehr für mich zu gewinnen. Ich habe verloren.«

Und er hatte gewonnen. Wie immer. Ich hätte mich niemals auf dieses Spiel mit ihm einlassen dürfen. Niemals.

Valentin kam noch näher, zog die Hand aus der Hosentasche und hielt sie mir hin. Ich ignorierte sie, starrte wieder auf meinen cremefarbenen Rock, auf dem sich vereinzelte dunkle Tränenflecken gebildet hatten.

»Das Leben ist kein Spiel, Felicia. Es gibt kein Gewinnen oder Verlieren.« Er ging vor mir in die Hocke, um mir in die Augen zu sehen. Ich konnte ihn nicht ansehen. »Es gibt nur Lernen oder Aufgeben.«

Ich schluckte. Zwang den Blick weg von seinen schönen Händen. Valentin umfasste sanft mein Kinn und hob es an. Seine Miene war unerbittlich, aber seine Augen waren in Aufruhr. »Bitte sag mir, dass du daraus gelernt hast. Denn ich verbiete dir, dass du aufgibst, hörst du? Du bist zu stark, um aufzugeben.«

Ich erstarrte, weil mich eine so ungeheure Erkenntnis überfiel, dass ein unartikulierter Laut aus mir herausbrach.

»Du warst das!«

Er zuckte zurück, als hätte ich ihm eine Ohrfeige verpasst. Seine Miene wurde ungläubig. »Du denkst ernsthaft, ich hätte dir das angetan.«

Es war keine Frage. Also gab ich keine Antwort. Meine Unterlippe begann zu zittern.

»Du bist der Einzige, der die Fotos hatte.«

»So wie du«, erinnerte er mich, doch ich hörte ihn gar nicht. Ich war zu paralysiert von dem Puzzle, das mein Verstand in Rekordschnelle zusammensetzte. Wie blind ich gewesen war!

Von Anfang an war er wie zufällig dagewesen, wenn ich mich in einem emotionalen Ausnahmezustand befunden hatte. Stets hatte er ausgenutzt, wenn ich schwach gewesen war. Mein katastrophaler Geburtstag und die Party bei JJ. Der gescheiterte Wahlkampfball und dieser Wirtschaftsbrunch. Die Blumen. Die Geschenke. Die Wetten. Und jetzt das hier.

Valentin hatte von Anfang an mit mir gespielt. Und ich war dumm genug gewesen, mitzuspielen.

»Du hast das alles von Anfang an geplant …«

»Felicia –«

»Nein!« Ich streckte die Hand aus, als könnte ich ihn damit körperlich auf Abstand halten. Mühsam kam ich auf die Beine und bemühte mich um eine aufrechte Haltung, obwohl mich die Last der Trauer fast zu Boden warf. »Du hast gewonnen. Und ich habe verloren. Weil ich dumm genug war, mitzuspielen. Das wird mir nicht noch mal passieren. Also ja, Valentin. Ich habe gelernt.« Ich sah, wie seine Silhouette hinter einem Tränenschleier verschwamm, und drehte rasch den Kopf weg. »Danke für die Lektion.«

Langsam kam er ebenfalls auf die Beine.

»Ich verstehe. Es tut mir leid, dass du das so siehst.«

Perplex sah ich ihn an. Warum widersprach er nicht, diskutierte mit mir und widerlegte meine Vorurteile wie so oft zuvor? Und warum blieb er einfach nur dort stehen, die Hände in den Hosentaschen des Maßanzugs, als wäre ihm das alles egal?

Ich wollte ihn anschreien, aber ich wollte auch, dass er mich in die Arme nahm und nie wieder losließ. Ich wollte alles, nur nicht, dass er einfach dastand wie eine unbeteiligte Marmorstatue. Konnte man an einem gebrochenen Herzen sterben?

»Du hast endgültig gewonnen. Ich hoffe, du bist jetzt zufrieden«, krächzte ich mit brüchiger Stimme. Dann drehte ich mich um, bevor er meine neuen Tränenfluten sehen konnte. »Leb wohl, Valentin.«

Morning Glory Chronicles

Montag, 03. März

Guillotinen sind so was von out, Leute. (Stella)

Ernsthaft. Ich sitze hier seit geschlagenen zwei Stunden an diesem Editorial und finde keine Worte.

Edit – Gina: Girl, I feel you. Als Omega müsste ich mich eigentlich freuen, aber... uff. Wie hast du abgestimmt?

Stella: Äh, Wahlgeheimnis? Ich sage nur: Ich liebe Felicia. Ich stehe auf Valentin. Und ich finde, die zwei sind Next Level Endgame. Sorry Not Sorry. Haters Gonna Hate. Außerdem – Zufall oder Absicht, dass während der Hexenverfolgung bevorzugt Rothaarige im Fokus standen? (Wir entschuldigen uns ausdrücklich nicht für etwaige Befindlichkeiten und stellen hiermit klar, dass wir uns auf unsere Allgemeinen Lesebedingungen in Sachen Meinungs- und Pressefreiheit und Recht auf Satire berufen, die ihr alle beim Installieren der App akzeptiert habt. Nicht unser Problem, wenn ihr so was nie durchlest. Auf Anraten unserer Anwälte: Die Ähnlichkeit zu lebendigen oder toten Personen ist rein zufällig.)

Edit – Stella: Ich hätte große Lust, das einfach so stehen zu lassen.

Gina: Dein Call, ist deine Präsidentin.

Ach, zum Teufel. Wir meinen natürlich, zur Hexe.
Fröhlichen Start ins letzte Trimester. Lasst ja nichts (an)brennen!

Morning Glory Chronicles

Montag, 10. März

Ihr wollt Neutralität?
Am Arsch!

Ihr wollt Skandal-News?
Schreibt doch eure eigenen.

Hier sind unsere Top 3 Bilder aus der Diashow, die bei Alpha für BOMBEN-Stimmung gesorgt hat. Schickt mir gern mehr. Ich sammle die.

Außerdem:
<u>How Not To Rule – 5 Eigenschaften zum Abdanken</u>
<u>Mit diesen Beauty-Tricks siehst sogar du aus wie eine echte Präsidentin</u>

Und hier Nützliches, damit die uns nicht die Finanzierung streichen:
<u>Übersicht der Abschlussprüfungen</u>
<u>Wiki: Tokens gegen Noten eintauschen</u>

Notentabelle – Auszug:
1. Valentin Knight (O)
2. Mercedes Adelstein (A)
3. Benedict Chamberlain (O)
4. Constantin Bellini (A)
5. Diane Richmond (O)
6. Isolde Herzog (O)
7. Riccarda Wellington-Plasse (A)
8. Daphne du Perrier (A)
9. Felicia de Vries (A)
10. Hazel Baker (A)

48
Der Dolchstoß

Felicia

Was sagst du, was sagst du, was sagst du?« Stella platzte fast vor Begeisterung, als sie mit der Energie eines Duracell-Häschens auf den Stuhl neben mir plumpste. Freie Plätze hatte ich nun jede Menge an meinem Tisch.

Ich musste lächeln, auch wenn es sich hölzern anfühlte. Wie ein Muskel, der zu lange nicht benutzt worden war. Nickend schob ich ihr das Tablet zu, auf dem sie mir ihre Editorials neuerdings vorab zeigte. »Ich hätte nicht gedacht, dass ich das mal sage, aber der *Morning Glory* wird langsam zum Highlight meiner Woche.«

Stellas Lächeln wirkte ebenfalls schief. »Weil du jetzt nicht mehr im Mittelpunkt stehst?«

»Vielleicht.« Ich nickte, zuckte mit den Schultern.

Drei Wochen lang war ich von der Bildfläche verschwunden gewesen. Nicht, dass ich nicht dagewesen wäre, denn ich besuchte nach wie vor die Kurse, aß im Speisesaal mit den anderen und ging meinen außerschulischen Aktivitäten und Hobbys nach wie jedes andere Mädchen am St. Gloria, das nicht im Mittelpunkt stand.

In diesen drei Wochen hatte ich drei Dinge über mich selbst gelernt.

Erstens: Valentin hatte recht, ich liebte das Rampenlicht, und ich vermisste es. Wenigstens wusste ich jetzt, dass ich für einen Job in der Öffentlichkeit bereit war, sobald ich aus dem St. Gloria raus war.

Zweitens: Valentin hatte recht, ich war eine Kämpferin. Denn für das moderne Äquivalent der enthaupteten Anne Boleyn hielt ich mich ziemlich hartnäckig, und ich war fest entschlossen, Desirée den Sieg nicht kampflos zu überlassen – beziehungsweise die Niederlage. Denn leider war von Alpha nicht mehr so viel übrig.

Drittens: Ich hasste es, dass Valentin Knight immer recht behielt. Mit den Punkten eins und zwei, und damit, dass ich etwas aus dieser Sache gelernt hatte.

Ich hasste es auch, dass ich ihn genauso schrecklich vermisste wie Hazel. Und am allermeisten hasste ich es, dass von meinem Herzen immer noch Splitter abplatzten, wenn ich ihn oder meine beste Freundin in den Korridoren des Schlosses oder draußen im Schlossgarten sah.

Nur noch zwei Monate. Dann würde ich das St. Gloria für immer verlassen und nie wieder zurücksehen. Ich würde den Krieg zwischen Omega und Alpha zurücklassen, den ich so lange tapfer gefochten hatte. Um dann aus den eigenen Reihen erdolcht zu werden. Ich würde die prunkvollen Zimmer und herrschaftlichen Bälle und die viel zu eingebildete Elite von morgen zurücklassen. Und ich würde Valentin Knight und jede Erinnerung an ihn zurücklassen. Ich ertrug es jeden Tag ein wenig besser, dass er tat, als gäbe es mich nicht, als wäre nie etwas zwischen uns gewesen. Vielleicht war da auch nie etwas, und ich hatte mir nur etwas vorgemacht. Konnte jemand mit einer so kaputten Kindheit, mit einem solch übersteigerten Selbstbewusstsein und einer so gefühlskalten Arroganz überhaupt jemand anderen lieben als sich selbst?

Ich hatte schon vor Wochen beschlossen, mich nicht weiter mit diesen Fragen zu quälen. Ich hatte gegen ihn gespielt, und ich hatte verloren. Aber das hieß nicht, dass ich mich unterkriegen ließ, und erst recht nicht, dass ich mich mit einer zweitklassigen Uni zufriedengab. Ich wollte Yale, jetzt mehr denn je. Und sei es nur, um Desirée eins auszuwischen. Sie dachte vielleicht, sie hätte mein Leben zerstört. Aber das St. Gloria war nichts im Vergleich zu dem, was da draußen auf uns wartete. Und das würde ich Desirée zeigen.

Nicht nur lernte ich wie eine Besessene – ob die Leute mich hinter meinem Rücken nun Schlampe oder Streberin nannten, spielte auch keine Rolle mehr –, ich hatte auch jede Universität, von der Desirée akzeptiert worden war, über den hinterhältigen Dolchstoß informiert. Das war insofern relativ leicht, als dass ich vom Großteil der entsprechenden Dekane nach dem Uni-Tag eine persönlich unterzeichnete Zuschrift erhalten hatte und lediglich den entsprechenden *Morning-Glory*-Artikel an die angegebene E-Mail-Adresse der Sekretärin im Vorzimmer verschicken musste. Streng genommen war das illegal, denn was in St. Gloria geschah, musste in St. Gloria bleiben. Aber wann hatte Fairness jemals einen Krieg gewonnen?

Das Einzige, was mir den Tag immer noch so richtig vermiesen konnte, war Desirée d'Orsays falsches Puppenlächeln und ihr aufgesetztes Kichern im Kreise ihrer Hofdamen, wenn sie mich in der Nähe wähnte. Deswegen verbrachte ich die meiste Zeit in der Bibliothek oder, wenn es das Wetter zuließ wie heute, im Garten. Hauptsache, ich konnte allein sein. Nicht, dass viele Leute meine Gesellschaft suchten.

Es schien, als wäre ich nicht einmal hier vor der neuen Alpha-Präsidentin sicher. Schicksalsergeben schlug ich das Buch zu und wappnete mich innerlich, als eine breit lächelnde Desirée mit drei bonbonfarbenen Hofdamen im Schlepptau auf mich zukam.

»Felicia, Liebes, habe ich dir nicht gesagt, du sollst dich da aufhalten, wo ich dich finden kann?«

Ich schluckte drei bissige Erwiderungen herunter, bis ich sicher war, dass ich gelassen genug war, um zu antworten. »Tue ich offenbar. Du hast mich schließlich gefunden.«

»Meine Präsidentin«, ergänzte Desirée mit auffordendem Lächeln und machte eine auffordernde vertikale Handbewegung. Ich kämpfte gegen den Drang an, die Augen zu verdrehen, und stand auf. Ich überragte Desirée um eine Handbreit, wobei ich nicht sicher war, ob es an meinen hohen Absätzen lag. »Du hast mich gefunden, meine Präsidentin«, wiederholte ich gedehnt. »Wie kann ich dir helfen?«

»Du? Mir helfen?« Desirée und ihr herausgeputzter Hühnerstall begannen zu gackern. »Liebes, du bist so amüsant. Natürlich kannst du mir nicht helfen. Ich wollte dich nur etwas wissen lassen.«

Bevor ich genug geheucheltes Interesse aufbringen konnte, um danach zu fragen, landete schon ein Handy auf dem filigranen Glastisch vor mir. Ein kurzes Video lief in Dauerschleife. Ich brauchte keine zwei Sekunden, um Valentin zu erkennen, wie er Anastasia gegen die Wand drängte und hungrig küsste. Noch mal. Und noch mal. Und noch mal.

Ich spürte, wie noch ein Stück von meinem Herzen abplatzte, doch ich hielt dem Handy stand, bis Desirée es wieder einsteckte. Noch etwas, das ich von Valentin gelernt hatte. Dieser Mistkerl ...

Mit gefasster Miene erhob ich mich. »War es das?«

»Ja.« Sofort machte ich auf dem Absatz kehrt, als Desirée mir nachrief: »Übrigens: Ab morgen darf niemand außer der Präsidentin und ihren Beraterinnen mehr hohe Absätze tragen.«

Abrupt blieb ich stehen, starrte sie entgeistert an. Öffnete den Mund, erkannte, dass jede Widerrede sinnlos wäre, und setzte meinen Weg fort.

Wütend stakste ich über die bunten Kieselsteinchen der verschlungenen Wege, um den Weg über die ausladende Terrasse ins Schloss zu meiden. Fehlte gerade noch, dass ich einem Haufen Omegas in die Arme –

Ein Ruck ging durch meinen Körper, als ich im nächsten Aufenthaltsplateau ausgerechnet Valentin und Nicoley in der lauen Frühlingssonne sitzen sah. Das durfte doch nicht wahr sein!

Schon hatte ich abgedreht und wollte die nächste Abzweigung der Buchshecken nehmen, doch Valentin hatte mich bereits gesehen. Natürlich hatte er das. Schlimmer noch, er bedeutete Nicoley, ihn kurz zu entschuldigen, und stand auf, um auf mich zuzukommen.

Oh nein, das kannst du vergessen!

Valentin war schneller als ich, versperrte mir den Weg. Ich wollte mich an ihm vorbeidrängen, aber ich wollte ihn unter keinen Umständen berühren, weil ich sonst für nichts garantieren konnte.

»Geh mir aus dem Weg oder ich schlage irgendetwas zusammen. Wahrscheinlich sogar dich«, fauchte ich aus dem sicheren Abstand eines halben Meters.

Er hob kurz amüsiert die Mundwinkel, wurde aber sofort ernst, versuchte, meinen Blick aufzufangen. »Was ist passiert?«

Mir entwich ein fassungsloser Laut. »Fragst du mich das im Ernst? Willst du die ganze Liste oder reicht dir eine Zusammenfassung?«

»Gerade eben«, präzisierte er in seiner gottverdammten ruhigen Bassstimme, die mich in den Wahnsinn trieb. »Warum bist du so geladen?«

Ich schnaubte. »Beleidige uns beide nicht, indem du so tust, als ob es dich interessieren würde, okay? Und jetzt lass mich vorbei. Ich meine es ernst, Valentin!«

Damit wollte ich mich an ihm vorbeischieben, aber er hielt mich an den Armen fest. »Wir müssen reden.«

Ich schüttelte ihn ab. »Lass mich los. Wir müssen gar nichts. Ich habe dir nichts zu sagen, und so, wie es die letzten Wochen aussah, du mir auch nicht.«

»Ich hatte keine Wahl.«

»Du hattest keine Wahl? Du bist Valentin verflucht nochmal Knight! Du bist der König dieses gottverdammten Colleges!« Ich schnaubte und sah ihm fest in die Augen. »Nein, Valentin. Wir haben immer eine Wahl.«

»Felicia«, versuchte er das Gespräch wieder unter Kontrolle zu bringen, mit seiner ruhigen, einnehmenden Stimme und seinem eindringlichen Blick. Aber das würde er nicht schaffen.

»Hattest du auch keine Wahl, als du Anastasia neulich gegen die Kapellenwand gepresst und die Zunge in den Hals gesteckt hast?«

Begreifen huschte über sein Gesicht. »Desirée.«

»Sicher nicht Mutter Teresa.«

»Das Video ist ein Jahr alt.«

Ich blinzelte, völlig aus dem Konzept gebracht. Ich hasste es, dass mein Herz wieder hoffte. Ich hasste es, dass ich nicht wusste, was ich tun sollte. Ich hasste es, dass ich wieder am Anfang stand.

»Hast du die Fotos veröffentlicht?«

»Nein.« Seine Stimme klang so bestimmt, sein Blick war so ernst, aber mein Herz war so ängstlich.

»Wer dann?«

»Ich weiß es nicht.«

Mir entwich ein atemloser Laut. Es gab nichts am St. Gloria, das Valentin Knight nicht wusste. »Ich glaube dir nicht.«

Da tat der makellose Omega-Präsident etwas zutiefst Menschliches. Er ließ die Schultern hängen und schob mit der Spitze seiner handgefertigten Lederschuhe ein paar Kiesel zur Seite. Als seine olivgrünen Augen wieder aufblickten, waren sie beinahe weich.

»Tust du das wirklich nicht?«

Ich spürte, wie sich ein Kloß in meiner Kehle bildete, schluckte und hob hilflos die Schultern. »Ich weiß nicht, was ich glauben soll.« Ich wich seinem Blick aus, aber er hob mein Kinn an, damit ich ihn wieder ansah.

»Wie viele Geschichten hast du schon über mich gelesen?«

Ich schnaubte. »Ich habe keine Zeit für deine –«

»Dutzende, vielleicht Hunderte«, beantwortete Valentin seine eigene Frage für mich. »Wie viele Affären hatte ich schon?«

Jetzt schnaubte ich endgültig und schlug seine Hand weg. Er war einfach der selbstherrlichste Mensch auf diesem Planeten!

»Keine Ahnung, genauso viele? Mir egal! Ich will nicht –«

»Und wie oft hast du schon gehört, dass ich zu jemandem ›Ich liebe dich‹ gesagt habe?«

Ich spürte, wie mein Herz einen Schlag aussetzte.

Ich ertrug es einfach nicht. Wenn ich nicht endlich abschloss, würde ich daran zerbrechen.

»Du sagst mir, dass du mich liebst, aber deine Taten sagen etwas anderes.«

Er schüttelte den Kopf. »Du hast keine Ahnung, Felicia.«

»Dann klär mich auf!« Ich schrie fast.

Er sah sich erneut um, blieb stumm. Leckte sich über die Lippen. Dann hob er den Blick wieder und sah mich an. »Ich habe die Bilder nicht veröffentlicht. Ich würde nichts tun, das dir schaden könnte. Niemals.«

Meine Unterlippe zitterte. »Wenn du mir nicht schaden willst, dann lass mich vorbei ... und sprich nie wieder mit mir.« Meine Augen wurden feucht, als ich ihn ansah. »Vielleicht hast du den Dolch nicht geführt, der mich gestürzt hat. Aber du warst der Dolch.«

Morning Glory Chronicles

Montag, 28. April

Back to business, bitches!
Wir sind wieder da und wir hoffen, ihr habt fromm zur Ostermesse eure Sünden gebeichtet und den Leib Christi empfangen (nein, nicht auf diese Weise!).
Denn die letzten vier Wochen dieses Jahres am St. Gloria sind angebrochen. Ihr glaubt, es sei schon jede Schlacht geschlagen und jede Sünde gesühnt?
Dann schnallt die Strapsgürtel enger und packt die High Heels aus, Mädels, denn am Ende der Schlacht werden die Toten gezählt.

Herzlichen Glückwunsch, Desirée d'Orsay, du wirst in die Geschichte eingehen: Alpha hat ein neues historisches Tief erreicht. Nach dem Ende der Osterpause gehören noch ganze achtundneunzig Studierende dem weißen Haus von St. Gloria an, das für »Mut und Ehrlichkeit« steht. (Für Rechenfaule: das sind 35,7 %.)
Mag sein, dass ihr es eurer für ihre Tugendhaftigkeit geliebten Ex-Präsidentin übelnehmt, dass sie letztlich auch nur eine Lö-

win im Schafspelz war (seien wir ehrlich, niemand will ein Schaf sein, und wir sind doch alle insgeheim sexy Miezen!).
Dass eine hinterhältige Thronräuberin ebenfalls kein gutes Leitbild abgibt, versteht sich wohl von selbst, und angesichts dieser Optionen erscheinen »Ehre und Loyalität« von Omega doch um Längen ansprechender. Dort steht man wenigstens dazu, dass es erst dann Spaß macht, wenn es so richtig schmutzig wird. Genießt die letzten vier Wochen, ihr süßen Sünder.

49
Mut & Ehrlichkeit

Felicia

Selbst Misaki war jetzt bei Omega.

Meine ehemalige PR-Beraterin war als Letzte gewechselt, nachdem ich lange auf sie eingeredet hatte. Ihren Beraterposten war sie los, seit ich nicht mehr Präsidentin war, und auch wenn sie bereits bei ihrer Wunsch-Universität angenommen war, war ein *Gloria cum laude* immer noch besser als kein *Gloria cum laude*. Zum Glück hieß das nicht, dass wir uns weniger sahen, denn seit Desirées Putsch herrschte am St. Gloria das pure Chaos: Omegas verbündeten sich mit Alphas, Alphas machten Alphas fertig, Juniors erpressten Seniors, um sich bestmöglich für ihr eigenes Abschlussjahr nach dem Sommer aufzustellen.

»Wen hättest du zu deiner Nachfolgerin gewählt?«, fragte Evangeline an diesem Morgen am Frühstückstisch. Sie war zusammen mit diesem verstörend attraktiven Typ namens Troy Jackson einen Tag nach meiner Abwahl zurück zu Alpha gewechselt – gerade noch rechtzeitig, um nicht zehn Tokens dafür zahlen zu müssen – und seitdem waren beide tatsächlich so etwas wie meine Freunde geworden. Nicht, dass ich gerade eine große Auswahl hätte. Aber ich glaubte Evangeline, dass sie auf Valentins Bitte hin zu Omega gewechselt war, um einen arroganten Junior zu beschatten, der sich wohl einbildete, Valentin würde ihn zu seinem Nachfolger machen.

Stella blickte interessiert von ihrem Handy auf und wartete auf meine Antwort. Sie war ebenfalls noch bei Alpha, weil sie ihren Redaktionsposten beim *Morning Glory* – und die damit verbundenen Extra-Credits – verlieren würde, wenn sie wechselte. Ansonsten war von meinen früheren Vertrauten bloß noch Hazel bei Alpha, die sich eher eine Hand abhacken würde, als Anastasia und Valentin zu unterstützen. Das hieß jedoch leider nicht, dass wir seit meiner Abwahl noch einmal geredet hätten. Ich konnte ihr einfach nicht unter die Augen treten. Nicht bevor ich es wiedergutgemacht hatte, dass ich sie so lange belogen hatte.

Tja, und ich war noch da. Ehemalige Präsidenten und Präsidentinnen durften das Lager nicht wechseln.

»Ehrlich gesagt, hätte ich dich gewählt«, sagte ich zu Evangeline.

Sie würgte die Traube wieder heraus, die sie sich gerade in den Mund geschoben hatte. »Im Ernst? Du hast mich gehasst.«

Ich zuckte mit den Schultern. »Ich muss dich ja nicht mögen, um zu wissen, dass du die am besten geeignete Person für den Job wärst.«

Troy gab ein Ächzen von sich. »Ihr seid echt das Paar aus der Hölle, oder?«

Evangeline hob eine Augenbraue. »Felicia und ich?«

Er antwortete nicht, doch die Art, wie mich seine verstörend blaugrauen Augen ansahen, sagte mir, dass er von Valentin sprach.

Ich lächelte, um mein Herz zu schützen. »Ja. Hölle trifft es gut.«

Stella lachte. Evangeline hingegen musterte mich immer noch eindringlich. »Ich hätte nicht gedacht, dass ich mal jemanden treffen würde, der Valentin Knight wirklich ebenbürtig ist. Er hätte genau dieselbe Begründung abgegeben, weißt du?«

Troy lehnte sich bloß vielsagend auf seinem Stuhl zurück und vergrub die Hände in den Taschen seines Hoodies. Ich ertrug seinen stechenden Blick nicht.

Ich schob meinen Teller von mir, weil mir plötzlich der Appetit vergangen war. »Ja... Können wir bitte nicht über Valentin sprechen?«

»Nur eine Frage!« Mein Blick flog zu Stella, die wie ein Schießhund jede Gelegenheit nutzte, um ihre journalistische Sensationslust zu stillen. »Hat er dich wirklich ins Disneyland...?« Sie brach mitten im Satz ab, als sie meinen warnenden Blick sah. »Okay.«

Denn ja. Das hatte er. Wir waren nie dort gewesen, weil vorher die Apokalypse hereingebrochen war. Aber ich hatte die Buchungsbestätigung zufällig auf seinem Handy gesehen.

In dem Moment kam die Post an. Dass die Post so früh kam, dass wir noch beim Frühstück saßen, war in den letzten Wochen vor dem Abschluss keine Seltenheit, denn immer noch kamen Universitätsbriefe an.

»Aus Oxford?« Augenblicklich richtete sich Evangeline auf, die das Siegel schon von Weitem erkannt hatte. Sofort griff sie nach dem Umschlag. »No Shit? Oh mein Gott, darf ich ihn aufmachen? Oxford ist mein Traum!«

Ich lächelte matt, während Evangeline das Siegel brach. »Wenn deine Noten weiterhin so gut sind, bin ich sicher, dass du auf dem Uni-Tag nächstes Jahr die Dekanin der Medical School, Dr. Clerk, leicht beeindrucken kannst. Überleg dir am besten schon einmal fünf Dinge, die man mit einem Kugelschreiber tun kann, außer zu schreiben.«

Evangeline sah kurz irritiert aus und zählte dann auf: »Ihn als Pendel an einer Schnur benutzen, ihn als Lineal benutzen, ihn aufschrauben und als Strohhalm benutzen...«

Entgeistert starrte ich sie an. Ich erinnerte mich noch deutlich daran, wie sehr ich mit den Antworten kämpfen musste, und keine davon war so... *sinnvoll* wie Evangelines!

»Okay, okay. Sie wird dich auf jeden Fall nehmen.« Ich überflog das Anschreiben, das Evangeline mir gereicht hatte.

Mein Lächeln verblasste, als ich den Text las.

»Oh shit«, murmelte Evangeline, »haben sie dich nicht genommen?«

»Doch«, widersprach ich matt, »sie haben mich genommen.«

»Das ist doch großartig! Ich würde töten, um nach Oxford zu kommen.«

Ich seufzte tief. »Hazel Baker auch.«

Troy blickte von seinem Block auf, Stellas mitfühlende Augen wanderten zu mir. »Habt ihr immer noch nicht geredet?«

Ich presste die Lippen aufeinander und schüttelte den Kopf, während meine Augen über das Leinenpapier wanderten. Prüfend hielt ich die Unterschrift gegen das Licht, um zu sehen, ob sie echt oder nur aufgedruckt war. Sie war echt. Mein Blick wanderte zur Adresszeile.

»Kannst du mir mal mein Handy geben?«

Evangeline sah verwirrt aus, tat aber wie geheißen. Ich wählte die Nummer aus dem Briefkopf.

»*The Queen's College*, Vorzimmer von Professor Franklin«, meldete sich eine gestochen hohe Stimme mit britischem Akzent.

»Guten Tag, mein Name ist Felicia de Vries, ich besuche zurzeit das St. Gloria College und habe heute meine Zusage von Professor Franklin erhalten. Ist er zu sprechen?«

Es dauerte sechs Minuten, bis ich den sympathischen Herrn mit der Brummstimme davon überzeugen konnte, mich mit der Leiterin der Medical School, Dr. Clerk, zu verbinden.

»Dr. Clerk, hier ist Felicia de Vries vom St. Gloria College in –«

»Miss de Vries!«, erinnerte sich die ältere Frau sofort. »Wie geht es Ihnen? Haben Sie Ihre Zusage schon erhalten? Ich habe Sie empfohlen.«

Mein Herz wollte schier brechen. »Ja. Darüber wollte ich mit Ihnen sprechen.« Ich zögerte kurz. »Haben Sie auch Hazel Baker empfohlen?«

»Hazel Baker? Wer ist das? Ich glaube nicht, dass wir diesen Namen auf der Liste haben.«

Ich biss mir auf die Unterlippe. »Könnten Sie vielleicht einmal nachschauen?«

Die ältere Frau atmete tief durch. »Miss de Vries. Es ehrt Sie, dass Sie sich für Ihre Freundin einsetzen, aber wenn sie ihre Zusage nicht erhalten hat, wird das seinen Grund haben.«

»Könnten Sie trotzdem einmal nachschauen? Bitte. Es kostet Sie nur eine Minute Ihrer kostbaren Zeit, aber es würde mir wahnsinnig viel bedeuten.«

Eine Pause, in der ich nervös die Beine übereinanderschlug.

»Ich tue das nur, weil ich Ihren Einsatz bewundere. Als Ausnahme.«

»Meinen ... Einsatz?«, fragte ich.

»Sich auf dem Universitäts-Tag so für ihr Haus einzusetzen. Sie sind eine Kämpferin, bleiben Sie dabei. Wie war der Name?«

»W-was?« Einen Moment war ich wie weggetreten, als die Erinnerung an den Uni-Tag zurückkam. Der Tag, an dem das Spiel zwischen Valentin und mir wirklich begonnen hatte. Der Tag, an dem er ebenfalls die Kämpferin in mir erkannt hatte. »Äh ... Baker. Hazel Baker.«

»Baker«, wiederholte Dr. Clerk, und ich hörte eine Tastatur klicken. »Da haben wir sie. Warteliste St. Gloria. Platz 1. Sollten Sie dieses Jahr das *Gloria cum laude* holen, ist sie automatisch angenommen. Das haben Sie doch vor, oder nicht?«

»Ich ... bin nicht mehr die Alpha-Präsidentin von St. Gloria.«

Eine schier endlose Pause.

»Ich verstehe. Nun, dann fürchte ich, kann ich Ihnen nicht helfen.«

Ich schluckte, während ich meinem hämmernden Herzen lauschte.

»Dr. Clerk? Ich möchte meine Bewerbung für Oxford zurückziehen.«

»Wie bitte?«

»Ich ziehe meine Bewerbung zurück«, wiederholte ich. »Ich danke Ihnen für Ihren Einsatz ... und für Ihr Kompliment, das bedeutet mir sehr viel. Aber ich … ich habe mich für eine andere Uni entschieden. Bitte machen Sie meinen Platz wieder frei.«

Eine kurze Pause, in der ich nicht sicher war, ob die Dekanin nicht einfach aufgelegt hatte.

»Ihre Freunde können sich glücklich schätzen, Sie zu haben, Miss de Vries. Ich werde Ihre Bitte weiterleiten. Ich wünsche Ihnen alles Gute.«

»Danke für Ihr Verständnis, Dr. Clerk. Das wünsche ich Ihnen auch.«

Die Leitung wurde getrennt. Evangeline starrte mich aus ehrfürchtigen Augen an, Stella hielt schamlos ihre Handykamera auf mich gerichtet.

»Filmst du mich etwa gerade?«

Sie nickte und speicherte das Video ab. Dann brüllte sie quer durch den Raum: »HAZEL? Beweg deinen hübschen Hintern mal zu Tisch dr–!«

Ich hielt ihr den Mund zu. »Was tust du? Spinnst du?«

»Ich sorge dafür, dass ihr zwei endlich miteinander redet! Du kannst nicht alle Leute auf Abstand halten, die du liebst und die dich lieben. Mein innerer Glücksbärchi-Monk kommt damit einfach nicht klar, verstehst du? Also, ich werde dich jetzt verglücksbärchikuppeln, und zwar entweder mit Hazel oder mit Valentin.«

Ich sprang auf. Diese Wahl konnte ich nicht treffen.

Während ich überstürzt aus dem Speisesaal stürmte, rief sie mir nach: »Wann hörst du endlich auf wegzulaufen, wenn du Angst vor etwas hast, Felicia de Vries?«

Wieso hörten sich Stellas Worte so verdammt sehr nach dem an, was Valentin mir zu Beginn des Schuljahres gesagt hatte?

Wirst du immer weglaufen, wenn ich dir zu nahe komme?

Ja, verdammt! Ich wünschte, ich hätte es getan.

Ich wünschte, all das wäre nie passiert. Dann wäre ich jetzt nicht die gefallene Alpha-Königin. Dann wäre ich …

Meine Schritte verlangsamten sich auf der Treppe in den zweiten Stock, wo man auf die kleinen Fensterbalkone hinaustreten konnte.

Dann wäre ich immer noch die unsichere Prinzessin hinter der perfekten Maske, die Angst davor hat, der Welt zu zeigen, wer sie wirklich ist.

Ohne das Klackern meiner Absätze am Rand der Marmortreppe fühlte ich mich irgendwie klein, und es lag nicht nur daran, dass ich in den Ballerinas tatsächlich acht Zentimeter kleiner war als sonst. Laut Desirées albernem Erlass durfte Alpha keine hohen Absätze mehr tragen.

»Felicia?«

Hazels Stimme hallte vielfach im Treppenhaus wider.

Ich drehte mich um. Meine ehemalige beste Freundin stand am Fuß der herrschaftlichen Treppe und schaute zu mir hoch. Langsam stieg ich die Stufen hinab, auf halbem Weg trafen wir uns. Einen Moment lang standen wir stumm voreinander, wussten nicht, wie wir anfangen sollten.

»Hast du kurz Zeit, Feli?«

Ich nickte und stieg noch eine Stufe tiefer neben sie, damit wir gleich groß waren.

Und dann brach es einfach aus mir heraus: »Es tut mir so leid, Hazel. Ich hätte es dir von Anfang an sagen sollen. Ich wollte es dir sagen, so oft! Aber ich hatte Angst, dass du schlecht von mir denkst und mich dafür verachtest. Ich hatte Angst, dass du mich hasst. Stattdessen habe ich dir keine andere Wahl gelassen, als mich zu hassen.«

»Oh Feli...« In ihren Augen schimmerten Tränen, als sie mich unvermittelt in die Arme zog. »Nein, *mir* tut es leid. Ich hätte für dich da sein müssen. Ich hätte mich für dich freuen sollen, als du verliebt warst. Ich hätte dir eine Freundin sein müssen, als du mit deinen Gefühlen überfordert warst. Ich hätte dein Schild sein müssen, als Desirée dich abwählen wollte. Stattdessen habe ich... habe ich...« Sie brachte es nicht über sich.

Ich schluchzte in ihre Haare. »Ist okay. Ich kann es dir nicht verübeln, dass du gegen mich gestimmt hast.«

Der Schmerz in ihrem Gesicht war überwältigend. »Ich habe nicht gegen dich gestimmt... aber ich hätte *für* dich stimmen müssen. Und es... Feli, es tut mir so, so leid! Es bricht mir das Herz, wenn ich nur daran denke, was passiert ist und wie es dir dabei gehen muss und...« Sie musste innehalten, weil das Schluchzen ihre Stimme erstickte.

»Hey«, machte ich behutsam, »es ist okay. Ich hatte es verdient, und ich habe es auch verdient, dass du sauer auf mich bist. Ich hätte dir das mit Valentin sagen müssen, dir vor allen anderen. Aber ich... ich war zu feige. Ich hatte Angst, dass du dich von mir abwendest, dass du enttäuscht wärst. Oder wütend. Oder alles zusammen.«

Hazel lachte tränenreich wie in einem Schluckauf. »Vermutlich wäre ich auch alles zusammen gewesen. Und genau deswegen bin ich die schlimmste Freundin, die man sich vorstellen kann. Ich meine, es gibt wohl niemanden, der diese Bilder gesehen hat und nicht erkannt hat, wie glücklich du bist. Also... warst. Und ich... oh Gott, verzeih mir!«

Ich konnte nicht anders, die Tränen liefen über meine Wangen, bevor ich auch nur nach Luft schnappen konnte. Und dann liefen sie immer schneller, immer zahlreicher, überschwemmten uns regelrecht. Ich hielt mich schluchzend an Hazel fest, und gemeinsam sanken wir eng umschlungen auf die Treppenstufen der majestätischen Treppe, und weinten gemeinsam, während die aus dem Speisesaal kommenden Studierenden einen weiten Bogen um uns machten.

»Weißt du, woran mich das hier erinnert?«, schluchzte ich in ihre Haare. »An die Szene in *König der Löwen*, in der Simba ganz allein auf dem Felsvorsprung zwischen der Gnuherde sitzt.«

Hazels Schluchzen wurde zu einem Lachen, als sie mich noch fester umarmte. »Nur, dass wir nicht allein sind, Feli. Ich habe dich und du hast mich. Und keiner kann uns das nehmen.«

50
Ein hübsches Kleid

Felicia

Ich werde nicht zum Abschlussball gehen.«

Einen Augenblick lang sahen die drei – Hazel, Stella und Evangeline – aus wie Rehe im Scheinwerferlicht. Dann redeten sie auf mich ein, aber meine Entscheidung war gefällt und unumstößlich.

»Du kneifst«, brachte Evangeline die Diskussion auf den Punkt.

»Nein! Ich werde nur nicht dabei zusehen, wie Desirée mit Nicoley diesen Tanz eröffnet – oder wahrscheinlicher, und viel schlimmer: Anastasia mit Valentin, bevor dann auch noch eines der beiden Paare zum Abschlussballpaar gekrönt wird.«

»Du weißt, dass das Abschlussballpaar nicht automatisch ein Präsidentenpaar ist«, widersprach Hazel.

»Ich bin so was von für Nicoley und Steve Harper!«, rief Stella, ohne von ihrem Handy aufzublicken, mit dem sie mittlerweile verwachsen zu sein schien.

»Wir müssen trotzdem zusammen shoppen!«, beharrte Hazel diplomatisch. »Selbst wenn du nicht gehst: Ich werde gehen, und ich brauche ein Kleid. Und ich kenne niemanden, der einen besseren Modegeschmack hat als du.«

Ich konnte mir ein Grinsen nicht verkneifen. »Na ja, ich schon, aber du würdest vermutlich eher in einem Kartoffelsack gehen, als dich von ihm beraten zu lassen.«

Stella grinste breit, und auch Hazel kämpfte machtlos gegen ein wohlwollendes Kopfschütteln. Sie schien ihren Frieden mit Valentin gemacht zu haben, auch wenn er es wahrscheinlich nie erfahren würde. Vor ein paar Tagen hatte Hazel endlich zugegeben, dass sie es als Alpha mit Haut und Haar einfach nie ertragen konnte, dass Omega über einen so harten Gegner verfügte, der uns quasi im Alleingang den Sieg rauben könnte. Und letztlich geraubt hatte. Erst jetzt konnte sie sich eingestehen, dass es doch mehr mit Respekt als mit Hass zu tun hatte.

»Also, Freitag nach dem Literaturkurs? Bitte, sei meine Modeberaterin.«

Ich gab mich geschlagen. »Na schön. Aber keine faulen Tricks! Egal, welche Kleider wir finden, ich werde nicht zum Abschlussball gehen.«

Wir gingen zu viert. Nach drei erfolglosen Boutiquen fanden wir ein neues Geschäft in einer eleganten Jugendstil-Stadtvilla, eingezwängt zwischen den anderen Geschäftshäusern der verwinkelten Gassen. Eine frei stehende Treppe mit kunstvoll geschmiedetem Geländer führte ins offene zweite Stockwerk, von dessen Decke ein fulminanter Kronleuchter bis ins Erdgeschoss hing.

»Oh Mann, wir hätten viel früher hierher kommen sollen.« Hazel blieb sofort an einem hellblauen Traum aus Seide stehen, woraufhin Stella sie förmlich mitschleifen musste, als uns der gut aussehende Doorman die Tür aufhielt.

Augenblicklich kam eine perfekt geschminkte Dame im eleganten Kostüm auf uns zu, ihr mintfarbenes Halstuch wie das einer Stewardess gebunden. »Guten Tag, die Damen. Darf ich Ihnen helfen? Soll es etwas Bestimmtes sein? Hochzeit oder Abschlussball?«

Aus Gewohnheit warteten alle darauf, dass ich das Sprechen übernahm, aber meine Gedanken waren irgendwie beim Wort »Hochzeit« stecken geblieben, weswegen Hazel an meiner Stelle antwortete.

»Abschlussball, St. Gloria. Aber wir würden uns gern erst einmal umsehen.«

Die Dame nickte professionell. »Natürlich. Abendgarderobe ist hier unten, Hochzeitskleider oben. Junge Mode hier vorne, nach hinten durch klassischer. Darf ich etwas zu trinken bringen? Cappuccino? Champagner?«

Wir bestellten Latte Macchiato und stilles Wasser und begannen unseren Streifzug. Zaghaft zupfte Hazel an einem bonbonrosa Kleid auf einem der Ständer, von denen jeder lediglich eine Handvoll Kleider beherbergte, anstatt zum Überquellen vollgestopft zu sein wie in den Läden, in denen wir im letzten Jahr immer eingekauft hatten, bevor mich die präsidiale Pflicht gezwungen hatte, tiefer in die Tasche zu greifen und maßgeschneiderte Kleider von Henrietta zu kaufen. Hier bekam jedes Stück den Raum, seine Schönheit in Gänze präsentieren zu können. Beim Blick auf das Preisschild hängte Hazel das Kleid allerdings ganz schnell wieder zurück.

»Vielleicht sollte ich lieber noch mal am Wochenende fahren«, krächzte sie, aber Stella hielt ihr bereits ein beerenfarbenes Cocktailkleid hin. »Das hier passt besser zu dir. Wenn es dir steht, kaufe ich es dir.«

»Stella!« Hazel war sprachlos. »Das kann ich nicht annehmen.«

Sie drapierte das Kleid über Hazels Arm. »Natürlich kannst du, ich bestehe darauf. Es ist ohnehin rabattiert.«

Stella, die bereits drei Kleider über dem Arm hängen hatte, zog sie zur Umkleide. »Komm, lass uns die mal anprobieren.«

Die beiden verschwanden in den stilvoll beleuchteten Umkleidekabinen bei der Sitzecke, in der bereits ihre Getränke auf sie warteten. Evangeline und ich arbeiteten uns in den hinteren Bereich vor.

»Warum gibst du nicht einfach ein Kleid in Auftrag?«, fragte ich, während ich halbherzig an den weichen Stoffen der verschiedenen Kleider entlangstreifte. Auf Anhieb könnte ich drei davon anziehen. Aber ich war nicht für mich hier. »Ich kenne da eine super Schneiderin.«

»Weil ich diesen ganzen Schnickschnack noch nie leiden konnte. Außerdem ist das jetzt viel zu kurzfristig.« Sie zog ein schwarzes Miederkleid heraus, checkte die Größe und nickte knapp. Dann fiel ihr Blick auf ein anderes Kleid. »Also wenn das hier nicht genau dein Stil ist, weiß ich auch nicht.«

Ich warf einen gleichgültigen Blick auf den fließenden Stoff in Evangelines Hand, aber ich konnte nicht verhindern, dass meine Knie ein bisschen weich wurden angesichts des mauvefarbenen Chiffonkleids mit aufwendiger Raffung und seitlicher Perlenstickerei.

»Leugnen ist zwecklos, du hast förmlich Sabber am Mund.« Sie machte eine Kopfbewegung zu den Umkleiden. »Los, ich will sehen, wie es an dir aussieht. Du musst es ja nicht kaufen.«

Ich seufzte. Warum nicht? »Nur anprobieren!«, warnte ich, bevor ich den schweren Brokatvorhang zuzog.

Während ich meine Bluse aufknöpfte und mein Profil beim Ausziehen im Spiegel betrachtete, hörte ich auch den Vorhang nebenan zurückgleiten.

»Welche Frisur machst du dir denn?«, fragte ich Evangeline, um etwas zu tun zu haben, während ich den weichen Stoff überstreifte. Das Kleid war wirklich schön. Keine Antwort. »Evie?«

Die Hände am Reißverschluss, steckte ich den Kopf durch den Vorhangschlitz. Aber statt meiner Freundin sah ich:

»Valentin.«

Augenblicklich schoss mir mein Herz in den Hals und das Blut in den Kopf.

»Was machst *du* denn hier?«

Und wo war Evangeline?

Sein Blick wanderte über den dunkelroséfarbenen Chiffonstoff. Ich spürte ihn förmlich wie eine sanfte Liebkosung auf der Haut, fühlte der Erinnerung nach, wie er meine Beine entlangstreifte und dann an meinen Seiten hinauf und zurück zu meinen Augen, bevor sich seine Lippen öffneten.

»Mit dir reden.«

Ich zog den losen Kleidträger über die Schulter. »Dann rede.«

»Du hast aufgegeben.« Sollte das eine Feststellung oder eine Frage sein? »Wieso?«

Ich feuerte schier Blitze auf ihn ab, beschloss dann aber, ihm die Wahrheit zu sagen, während ich aus der Kabine trat, um mich in Gänze zu betrachten, eine Hand immer noch am halb geschlossenen Reißverschluss. War ja nicht so, als hätte er mich noch nie beim Umziehen gesehen. Oder komplett ohne Kleidung. Ich verdrängte die Gedanken an unsere gemeinsamen Shopping-Trips. Und an alles andere.

»Es sind weniger als vier Wochen bis zum Abschlussball, und Alpha ist auf dem schlechtesten Stand der Geschichte –«

»Was nicht mehr dein Problem sein sollte. Du spielst jetzt nach neuen Regeln: deinen eigenen. Du brauchst keinen Adelstitel, um eine Königin zu sein.«

»Und dann was?«, fauchte ich. »Ohne den Titel habe ich nichts vorzuweisen. Yale hat mich nicht genommen. Also kann ich auch einfach den Tatsachen ins Gesicht sehen und zufrieden mein bescheidenes Leben weiterleben.«

Ich drehte mich wieder dem Spiegel zu. Das Kleid war wirklich hübsch, aber für meinen Geschmack betonte es meine Taille nicht genug. Unwillkürlich zog ich es im Rücken enger zusammen.

Valentin trat hinter mich. Seine starken, warmen Hände jagten ein wohliges Schaudern über mein Rückgrat, als er meine Finger vom Reißverschluss löste und ihn langsam zuzog. Gemeinsam sahen wir im Spiegel zu, wie meine Kurven in dem Kleid sichtbar wurden. Ich strich mir die Haare nach vorn, damit er die letzten Zentimeter schließen konnte. Dabei spürte ich seinen Atem auf meiner Schulter und legte beinahe automatisch den Kopf zur Seite, um ihm meinen nackten Hals darzubieten, wohl wissend, welche Wirkung das immer auf ihn hatte.

Seine Lippen verharrten nur Millimeter vor meiner Haut, ließen die feinen Härchen sich aufrichten und jagten ein Prickeln durch meinen Körper. Das Verlangen, mich umzudrehen und meinen Körper gegen seinen zu pressen, war überwältigend. Unsere Blicke trafen sich im Spiegel.

»Du unterschätzt dich«, raunte er. »Vergiss nicht, wer du bist, Felicia.« Widerwillig trat er einen Schritt zurück.

Betrübt ließ ich meine Haare wieder fallen. Vorbei der Moment. »Ich weiß genau, wer ich bin.« Ich drehte mich zu ihm um, um ihm direkt ins Gesicht zu sehen. »Ich bin das bemitleidenswerte, von mangelndem Selbstbewusstsein und Egoismus getriebene, erbärmliche Mädchen hinter der perfekten Fassade.«

Etwas in seinem Blick brach, während er den Kopf schütteln wollte, aber nicht konnte. Der Schmerz in seinen Augen zerriss mir fast das Herz.

»Wer das gesagt hat, war ein dummer kleiner Junge, der Angst davor hat, allein zu sein.«

Ich versank einen Moment lang in seinen olivgrünen Augen, kämpfte mit dem Rausch, den sein Geständnis in mir ausgelöst hatte, und gegen die wieder aufgerissene Wunde seiner Worte. Schließlich löste ich den Blick mit einem halben Wimpernschlag und hob die Schultern, während ich einen Schritt zurücktrat.

»Wie heißt es? Kindermund tut Wahrheit kund.«

»Nein.« Er überwand die Distanz wieder, streckte die Hand nach meinem Gesicht aus, hielt sich jedoch respektvoll zurück, bevor seine Finger meine Wange erreichen konnten. »Nein. Die Felicia, die ich kenne, ist eine stolze Frau, die weiß, was sie wert ist. Eine starke Frau, die stärkste, die ich kenne. Die zielstrebig ist. Und großzügig. Die ihre Freunde und Mitmenschen liebt, selbst die, die ihre Liebe nicht verdient haben.« Er hielt kurz inne. »Selbst mich.«

Ich musste seinem Blick ausweichen und an die Decke blinzeln, um nicht zu weinen. »Vielleicht kennst du mich am Ende doch nicht so gut.«

Er schüttelte kaum merklich den Kopf.

»Vergiss einfach nicht, wer du bist.« Er nahm meine Hand in seine und drückte einen Kuss auf meinen Handrücken, streifte dabei wie zufällig mein Armband, an dem immer noch die rotgoldene Rose hing. Dann ließ er den Blick erneut über meine Gestalt wandern. »Das ist ein wirklich bezauberndes Kleid«, gestand er. »Aber ich habe schon bessere an dir gesehen.«

Meine Emotionen lösten sich mit einem Schnauben, halb abfällig, halb belustigt. Und vollkommen geschmeichelt. Valentin hob einen Mundwinkel zu jenem selbstsicheren Halblächeln, das nur er beherrschte. Seine Augen hielten meine noch einen Herzschlag lang fest, dann löste er seine Hand von meiner, drehte sich um und verließ die Boutique.

Als drei scheinheilige Freundinnen um die Ecke lugten, kaum dass das Türglöckchen verklungen war, konnte ich ihnen nicht böse sein.

»Also, was sagst du?«, fragte Hazel grinsend. »Gehen wir auf den Abschlussball? Du wirst vielleicht nicht die Ballkönigin, aber wir werden dafür sorgen, dass du als wahre Alpha-Präsidentin von St. Gloria in Erinnerung bleibst.«

Stella nickte. »Manchmal muss man einfach seine Krone rausholen, um die Bitches daran zu erinnern, mit wem sie es zu tun haben.«

Ein Prusten brach aus mir heraus. »Ihr seid verrückt.«

»Nein«, widersprach Evangeline. »Wir sind Alpha.«

Morning Glory Chronicles

Montag, 12. Mai

Breaking News!
Valentin Knight ist als Omega-Präsident zurückgetreten.

Falls ihr genauso schockiert seid wie wir, haben wir für euch das schlaue Büchlein gewälzt, das jeder von euch in seiner Nachttischschublade hat. Schiebt einfach das Sexspielzeug beiseite – und werft eure gebrauchten Taschentücher weg, das ist ja eklig.

Hier, was das für euch bedeutet:
Nichts.

Denn an diesem wundersamen Ort fernab jeglicher Realität haben die Herren der Schöpfung zur Abwechslung nicht das Geringste zu sagen.

Regelwerk St. Gloria, 4. Änderung, gültig seit 01.01.2002
§ 3 »Di-Präsidiales System«
Abs. 4 Präsident (m.): Wahl: Selbes Verfahren wie bei der Präsidentin (vgl. § 3 Abs. 3) per Ernennung durch den Vorgänger.

Äußert eine neu gewählte Präsidentin innerhalb von 24 Stunden nach ihrer Ernennung einen Wunsch, so ist diesem Folge zu leisten (insb. bei Lebensgefährten, Verwandten), sofern keine schwerwiegenden Gründe dagegen sprechen (vgl. § 7 »Regelbrüche«, Abs. 2-29 oder § 13 »Ausschlussgründe«, Abs. 2-7). Im Gegensatz zur Präsidentin kann der Präsident nicht abgewählt werden, sondern nur permanent vom Amt zurücktreten. Damit verliert er gleichzeitig seine Hauszugehörigkeit und Errungenschaften und scheidet im Spiel um das *Gloria cum laude* aus.
Ein Ersatzpräsident kann per Neuwahl gemäß § 4 »Wahlen« Abs. 4 gewählt werden.

Der König ist tot, lang lebe der König?
Tja, wisst ihr, die Sache ist die: Die Gültigkeit von § 4 »Wahlen« unserer Campus-Ordnung endet mit dem zweiten Trimester.
Das bedeutet, dass Omega nun keinen Präsidenten hat und keinen neuen wählen kann.
Was dahinter steckt, weiß wohl nur Mastermind Valentin selbst.
Wird er uns erleuchten?

51
Girl. Goddess. Glorious.

Felicia

»Was glaubst du, hat er vor?« Hazel ließ die Frage beiläufig klingen, während sie meine Universitätsbriefe sorgsam zurechtrückte, doch ich sah die Sorgenfalte auf ihrer Stirn.

»Ich weiß es nicht«, antwortete ich ehrlich. »Ich kann nur hoffen, dass es nicht Alpha betrifft.«

Mit Hazel zurück an meiner Seite fühlte ich mich ein bisschen so wie früher. Wenn ich morgens aufstand, freute ich mich beinahe wieder auf den Tag. Aber eben nur beinahe. Denn ich war nicht mehr die Alpha-Präsidentin, Alpha hatte keine Chance auf das *Gloria cum laude*, und ich hatte keine Zusage von Yale bekommen.

Das Einzige, das mir blieb, war, möglichst viele Tokens zu sammeln, um so viele Noten zu verbessern, wie ich noch konnte. Es gab Gerüchte, dass die besten Studierenden, ähnlich wie die vier Präsidenten und andere Würdenträger wie die Redakteure, ebenfalls auf interne Sonderlisten bei den Universitäten kamen. Aktuell stand ich auf Platz sieben. Aber die Differenz zu den oberen Plätzen war so hoch, dass ich bezweifelte, dass es genug Tokens in St. Gloria – geschweige denn in meinem Besitz – gab, um mir einen davon zu sichern.

Nachdem Hazel ihren Oxford-Platz durch meinen Verzicht bekommen hatte, hatte sie vorgeschlagen, meine übrigen Zusagen an andere zu versteigern. So kam ich immerhin ein paar Plätze nach vorn, vor allem wenn ich sie bei denen einsetzte, die auf der Rangliste vor mir waren.

»Acht Tokens? Du spinnst ja wohl.«

Ich begegnete Daphne du Perriers Blick. Sie war aktuell sieben Punkte vor mir, und würde mich mit acht Tokens dafür bezahlen, dass ich punktemäßig an ihr vorbeizog. »Das sind zwei weniger als dich ein Hauswechsel kosten würde«, verhandelte ich mit gleichgültiger Miene, so wie ich es von Valentin gelernt hatte.

Sie ging darauf ein. Als Nächstes war Riccarda Wellington-Plasse an der Reihe, zwölf Punkte vor mir. Sie bot von sich aus alle Tokens, die sie hatte, für eine Chance, an der Princeton University aufgenommen zu werden. Zum Glück hatte ich meine Princeton Zusage noch frei.

So versteigerte ich all meine Zusagen, bis auf die von Stanford. Das war mein Plan B. Kalifornien sei schön, sagte man.

Freitag. Der letzte Vorlesungstag für die Seniors. Alle Prüfungen waren abgelegt, alle Schlachten geschlagen. Das Schuljahr und meine Regierungszeit waren vorbei. Ab jetzt wurden die Überlebenden gezählt – oder die Toten. In einer Woche würden die Zeugnisse vergeben, und nächsten Samstag war der Tag, auf den alle Seniors von St. Gloria zwei Jahre lang hingearbeitet hatten.

Meine Freundinnen hatten recht: Ich würde vielleicht nicht die Abschlussballkrone tragen, aber mit dem Kleid, das Henrietta in aller Eile für mich entwarf, würde ich zumindest wie eine Königin aussehen. Mein Bauch kribbelte immer noch beim Gedanken an die erste Anprobe gestern, während ich das einstecktuchgroße Stoffmuster von der Kommode nahm und in Valentins Louboutins schlüpfte. Im Spiegel überprüfte ich noch einmal meine Erscheinung, stupste meine seitlich festgesteckten Locken an und strich meine Seidenbluse glatt. Ich konnte nicht glauben, dass ich tatsächlich im Begriff war zu tun, was ich vorhatte.

Ich fing Valentin vor dem Schwarzen Brett ab, als er gerade einen anthrazitfarbenen Umschlag aus der Sakkotasche nahm. »Guten Morgen!«

Er hielt überrascht inne und ließ den Blick über mich wandern. »Guten Morgen«, antwortete er. »Schöne Schuhe.«

»Ich weiß. Was ist das?« Ich deutete auf den Umschlag, der aussah wie ein Wahlzettel.

»Nichts von Bedeutung. Was verschafft mir die Ehre deiner Anwesenheit?«

Statt einer Antwort ersetzte ich das Einstecktuch in der Brusttasche seines Schuluniformsakkos mit dem Stoffmuster meines Kleids. Er befühlte den hellen Stoff. »Was ist das?«

Ich grinste. »Das sind die Farben von meinem Abschlussballkleid. Mit Akzenten in Altrosé.«

Er sah mich einen Moment lang forschend an. Dann hoben sich seine Mundwinkel. »Du gehst zum Abschlussball. Gut.«

Ich spürte, dass ich immer noch lächelte wie ein frisch verliebtes vierzehnjähriges Mädchen, aber ich konnte nicht anders. »Vielleicht«, bestätigte ich mit einem Blick, der ihm zeigte, dass er nicht ganz unschuldig an dieser Entscheidung war. »Unter einer Bedingung.«

Ich blickte erneut vielsagend auf das helle Stoffstück in seiner Brusttasche. Valentin schien einen Moment zu brauchen, um zu verstehen. Dann blinzelte er und... zuckte leicht zurück? Wenn ich es nicht besser wüsste, würde ich glauben, Valentin Knight erbleichte.

Um sicherzustellen, dass er mich nicht falsch verstand, ergänzte ich: »Begleite mich zum Abschlussball.«

»Nein.«

Ich blinzelte überrumpelt. Hatte er wirklich Nein gesagt?

Valentin sah immer noch aus, als hätte ich ihm seinen nahenden Tod prophezeit. »Das geht nicht.«

Fassungslos klappte ich den Mund auf, gab seltsame Laute von mir, versuchte meine Gedanken zu sortieren. »Du willst nicht mit mir zum Ball gehen?«

»Es geht nicht darum, was ich will«, antwortete er ernst. »Es geht darum, dass ich nicht…«

»FELICIA DE VRIES!«, schrillte eine Stimme durch die hohen Hallen. Kurz darauf klackerten Pfennigabsätze über die Marmorfliesen. Desirée d'Orsay und ihr mickriger verbliebener Hofstaat. »Du dachtest wohl, ich kriege nichts davon mit, dass du trotz verlorener Präsidentschaft beim Abschlussball auf der verdammten Bühne stehen willst, was? Ich weiß nicht, wie du es angestellt hast, aber –« Sie unterbrach sich selbst und starrte an mir hinab. »Was ist das?!« Sie zeigte auf meine Louboutins. Hohe Absätze waren in Alpha immer noch für alle außer den vier vor ihr stehenden Grazien verboten.

»Schuhe«, antwortete ich betont gleichgültig, während ich noch versuchte, einen Sinn in ihrer vorherigen Aussage zu finden. Ich wollte auf überhaupt keiner Bühne stehen.

Valentin gluckste. »Das sind nicht nur Schuhe«, belehrte er – nicht mich, sondern Desirée, »das sind exklusive Christian Louboutins aus der letzten Sonderkollektion, und ein einziger Blick sagt mir, dass sie mehr wert sind als alles, was du gerade trägst. Ziemlich armselig für eine Präsidentin, findest du nicht?«

Innerlich triumphierte ich. Es fühlte sich gut an, dass Valentin gegen andere schoss, besonders wenn es sich dabei um meine Feindin handelte. Das hieß aber nicht, dass ich nicht weiterhin wütend auf ihn sein durfte.

Desirée glotzte ihn einen Moment lang an wie ein Schaf, die rosa Streifen auf ihrem Gesicht bissen sich furchtbar mit ihren kupferroten Haaren. »Wie gut, dass Mode nicht alles ersetzen kann«, gab sie überheblich zurück, aber Valentin lächelte bloß.

»Stimmt«, bestätigte er. »Stil zum Beispiel. Aber den hast du leider auch nicht. Wenn es dir also nichts ausmacht, dann beleidige meine Augen nicht länger mit deiner Anwesenheit. In zwei Minuten klingelt es ohnehin, und du willst doch sicher nicht zu spät zu deiner Nominierung kommen.«

Sein Lächeln war kalt, und es erinnerte mich daran, dass ich noch nicht fertig mit ihm war. In dem Moment kamen schon die nächsten Studierenden die Treppen herunter, um im Tanzsaal Platz zu nehmen, der heute zur Nominierung wieder Bankbestuhlung hatte.

»Felicia!« Hazel und Stella stießen zu uns und hakten sich wie Stützelemente bei mir unter. »Alles in Ordnung?«

Valentin sah auf seine Armbanduhr und stieß einen leisen Fluch aus. »Ich muss das hier noch abgeben. Kommt ihr klar?« Ich nickte, obwohl die Frage offensichtlich an Hazel und Stella gerichtet gewesen war. War etwas an mir vorbeigegangen?

»Lass dich von ihr nicht unterkriegen«, wisperte Hazel, während wir den Tanzsaal betraten.

»Tue ich nicht. Soll sie die Krone doch haben«, entgegnete ich. »Aber warum glaubt sie, dass ich sie ihr wegnehmen will?«

Hazel zuckte mit den Schultern. »Bestimmt weiß sie einfach, dass du das schönste Kleid von allen hast.«

Kopfschüttelnd ließ ich mich auf eine Bank im hinteren Drittel fallen. Lächerlich, wie wichtig mir früher gewesen war, wo ich saß. Jetzt wollte ich einfach nur die nächste halbe Stunde überstehen.

Als auch die Letzten Platz genommen hatten, wurden die Briefumschläge verteilt. Die Wahlzettel für das Abschlussballpaar waren, genau wie die Lagerwechselbriefe, ausschließlich in Papierform auf dickem Leinenkarton erhältlich. Meine Hände bebten, als ich den verschlossenen Umschlag befühlte, während die junge Loredano das Prozedere erklärte: »Sie werden auf den Wahlzetteln die Nominierten für die Abschlussballkrone vorgedruckt finden. Natürlich steht es jedem von Ihnen frei, einen weiteren Namen einzutragen und zu wählen.«

Ich schnaubte. Das waren die Verzweifelten, die dann jeweils nur eine Stimme hatten – zwei, wenn sie ihre beste Freundin überreden konnten. »Sie haben eine Woche Zeit, um Ihren Wahlzettel abzugeben, obwohl ich Ihnen empfehle, nicht so lange damit zu warten. Sie dürfen die Umschläge jetzt öffnen.«

Augenblicklich war der Saal erfüllt von Papiergeraschel. Ich zögerte. Erst als die ersten erschrockenen Ausrufe laut wurden und sich die ersten Köpfe nach mir umdrehten, zog ich das Leinenpapier mit zitternden Fingern heraus.

Die aufwendig kalligrafierte Karte bestand aus sechs Feldern, schachbrettartig dunkel und hell schraffiert, vier davon mit jeweils einem Namen gefüllt, zwei leer – für die Verzweifelten, die Verweigerer, die Alternativlosen. »Anastasia Bianchi« stand im ersten, dunklen Feld. Ich nickte. Das helle Feld daneben ... ich nickte verbissener ... »Desirée d'Orsay«. Pest oder Cholera. Ich zwang ein Lächeln auf mein Gesicht.

In der zweiten Zeile standen die Herren. »Nicoley Debois-Cartell« im hellen Feld. Mein Lächeln wurde ein wenig sanfter. Meine Augen verweilten einen Moment auf den geschwungenen Buchstaben seines schönen Namens, während ich mich in Erinnerungen an meine früheren Träumereien verlor, wie hübsch diese Buchstaben neben denen meines Namens aussehen würden. Nicoley war nicht mehr Teil meines Lebens, und es war gut so. Trotzdem freute ich mich. Er war nun einmal der beliebteste Junge des Campus. Und er würde an diesem Abend dort oben stehen, das hatte ich schon immer gewusst. Ich jedenfalls würde ihn wählen, denn er stand im hellen Feld, und ich hatte noch nie das dunkle Feld angekreuzt, in dem –

Obwohl ich es geahnt hatte, wurde meine Brust eng, als ich den Namen las. »Valentin Knight«. Ein gequälter Laut entwich mir. Mehr noch, ich war mir sicher, dass man mein Herz brechen hören konnte.

Jedenfalls fühlte es sich an, als ob meine Brust mit Splittern übersät wäre.

Hazels Hand tastete nach meinem Knie und drückte es mitfühlend. Stella wollte einen Arm um mich legen.

»Nicht«, bat ich. Wenn mich jetzt jemand umarmte, würde der Damm brechen.

Ich war so sehr mit mir selbst beschäftigt, dass ich nicht sah, dass sich auch Anastasia nicht freute, sondern mit ausgesucht ausdruckslosem Gesicht gerade so um ihre Beherrschung rang.

Ich sah auch nicht, wie Valentin sich vorlehnte, um seine Stiefschwester mit unergründlicher Miene zu mustern und dann seinem besten Freund einen eindringlichen Blick zuwarf.

Ich sah nicht, dass in diesem Jahr offenbar niemand bekam, was er sich gewünscht hatte.

Bis ein paar Reihen vor mir ein hochgewachsener Blondschopf aufstand. »Bea… Miss Loredano, das muss ein Missverständnis sein! Ich will nicht kandidieren.«

Nicoley?

Morning Glory
Chronicles

Samstag, 24. Mai

Eilmeldung: Dieses Video willst du dir sofort ansehen!

(Selbstlöschende Videodatei: Automatisch generierte Untertitel mit Bildbeschreibung aktiviert)

St. Gloria, Samstag, 10. Mai, 01:58 Uhr.
Der nächtliche Korridor liegt still und verlassen da, als sich Nicoley Debois-Cartell dem Kabinett der Dekanin nähert, das während deren Kuraufenthalts von ihrer attraktiven Tochter verwaltet wird. Doch der gefallene Goldjunge des Campus ist nicht wegen Beatrice Loredano hier. Nicht heute. Heute ist er hier, um den perlmuttschimmernden Umschlag in die helle Urne unter der Anschlagtafel zu werfen. Sie klingt hohl, als das dicke Papier auf dem Boden aufkommt. Nicoley hebt den Blick auf die altmodischen Zahlen, die ihn schon immer an die Liedanzeigen in Kirchen erinnert haben. Gottesdienste. Noch etwas, zu dem er sein Leben lang gezwungen wurde.
Alpha steht bei fünfunddreißig Prozent. Es macht ihn wütend. Noch wütender macht ihn, dass er selbst nicht unerheblichen

Anteil an diesem Absturz hatte. So viele Fehlentscheidungen. So vieles, das er niemals hätte tun sollen.

Frauenstimme: »Nicoley.«

Noch etwas, das er niemals hätte tun sollen. Langsam löst er den Blick von der Anschlagtafel und sieht Beatrice Loredano an, die Prodekanin des Colleges.

Beatrice (lächelnd): »Du wechselst das Lager?«

Nicoley: »Nicht wirklich.«

Die hochgewachsene Frau hebt skeptisch eine Augenbraue angesichts dieser kryptischen Antwort, dann schließt sie die Kabinetttür des meistgehassten Raums in ganz St. Gloria ab und streift den Korridor entlang wie ein Panther. Die schummrigen Bewegungsmelder erleuchten ihre sinnliche Gestalt, malen weiche Schatten in ihr strenges Gesicht.

Beatrice: »Ich wusste, dass deine Beziehung mit Anastasia nicht von Dauer sein würde.«

Nicoley: (unhörbar)

Beatrice: »Willst du doch nicht mehr Abschlussballkönig werden? Ich habe gerade noch die Formalien vorbereitet.«

Ein Ruck geht durch Nicoleys Körper, so heftig, dass er einen Satz macht.

Nicoley: »Ganz sicher nicht! Glaub mir, es gibt wohl nichts auf der Welt, was ich weniger will. Wie kommst du darauf?«

Beatrice mustert ihn kurz. Dann lächelt sie und streckt die Hand aus, um durch seine herrlichen Haare zu fahren. Er zieht den Kopf zur Seite.

Beatrice: »Manchmal verstehe ich dich nicht. Du bist so ein hübscher Junge, dein Lebenslauf ist perfekt und die Welt liegt dir zu Füßen. Dein Leben wird nie besser sein als jetzt, dein Körper nie kräftiger und deine Sorgen nie kleiner. Also warum genießt du es nicht?«

Ihre Hand kommt auf seiner Brust zum Liegen. Nicoley tritt ungehalten einen Schritt zurück.
Nicoley: »Verstehst du es nicht? Ich will das nicht, ich habe nie danach gefragt, beliebt zu sein. Und ich will erst recht nicht das sein, was alle in mir zu sehen glauben. Das mit uns – warum glaubst du, habe ich überhaupt damit angefangen? Weil es das genaue Gegenteil von dem ist, was alle von mir erwarten. Weil ein ›perfekter Student‹ keine Beziehung mit seiner Prodekanin anfangen würde.«
Beatrices Hand zuckt zurück, als hätte er ihr einen Stromschlag versetzt, ihre stahlgrauen Augen verengen sich. Dann hebt sich lediglich eine dunkle Augenbraue in ihrem Gesicht.
Beatrice: »Ich denke, Sie gehen jetzt besser auf Ihr Zimmer, Mr Debois-Cartell. Es ist spät.«
Nicoley erstarrt. Zu spät fällt ihm auf, was er gesagt hat.
Nicoley: »Hör zu, das habe ich nicht so gemeint. Ich meine, es war toll und du bist toll –«
Zu spät. Er hat den Kardinalsfehler begangen: Er hat den Stolz einer Frau gekränkt.
Beatrice: »Ich versichere Ihnen, es ist alles gesagt. Gute Nacht.«
Damit schiebt sie sich an ihm vorbei und stolziert mit hallenden Absätzen davon.
Nicoley: »Beatrice!«
Sie wirft ihm einen unterkühlten Blick zu, der dem ihrer Mutter gefährlich nahe kommt.
Beatrice: »Für Sie immer noch Miss Loredano.«
Nicoley senkt den Blick.
Nicoley: »Miss Loredano. Bitte setzen Sie mich nicht auf die Wahlliste.«
Die Prodekanin verzieht keine Miene. Stolz und aufrecht steht sie da, wie die Königin der Nacht.

Beatrice: »Nicht die Studierenden entscheiden, wer auf die Wahlliste kommt, sondern die Campusleitung. Gute Nacht, Mr Debois-Cartell.«

⟵――――――――――⟶

52
Der Abschlussball

Valentin

Bitte töte mich einfach.« Anastasia ertränkte ihre unverkennbare Nervosität in einem großen Schluck aus ihrer mittlerweile dritten Champagnerflöte, als unsere Eltern aus der Limousine stiegen.

»Nicht bevor du dein verdientes *Gloria cum laude* abgeholt hast«, entgegnete ich schmunzelnd und nahm ihr das Glas aus der Hand, damit sie sich nicht den Abend ruinierte, weil ihr der Alkohol zu Kopf stieg. »Wann hast du zuletzt etwas gegessen?«

»Hast du Angst, dass ich meiner Mutter in den Ausschnitt kotze?«

»Im Gegenteil, das würde mir den Abend versüßen.«

Anastasias Lächeln war beinahe scheu, als sie mich von der Seite ansah. Nervosität und Alkohol, gepaart mit den aufreibenden letzten Wochen, hatten selbst die meterdicke Maske meiner unantastbaren Stiefschwester bröckeln lassen.

Eigentlich müsste sie auf Wolke sieben schweben. Wir beide. Unter unserer Führung hatte Omega das überragendste *Gloria cum laude* seit Gründung geholt – einschließlich des Rekordjahres, das Lucrezia Loredano angeführt hatte. Aber es war kein fairer Kampf gewesen. Desirée war keine würdige Gegnerin gewesen. Nicht so wie Felicia.

Ich beobachtete weiter die Elternpaare, Geschwister und wichtigen Persönlichkeiten, die im trägen Takt von schwarzen Limousinen auf das Rondell gespuckt wurden. Der auf dem Schotter verlegte rote Teppich wies vereinzelte Wasserspritzer des opulenten Springbrunnens auf. Wie immer wurde mein Vater minutenlang vom Blitzlichtgewitter aufgehalten. Anastasia musterte mich immer noch von der Seite.

»Danke für das, was du in den letzten Wochen getan hast«, hauchte Anastasia. »Auch wenn du das nicht für mich getan hast. Ich weiß dein Opfer zu schätzen.«

Ich hob einen Mundwinkel. »Ich glaube, du bringst das größere Opfer von uns beiden. Auch wenn ich immer noch nicht verstehe, was du mit der schrecklichen Wahl deines Begleiters bezweckst.«

Ich vermied es, einen Blick zu Grayson Bellington zu werfen, der sich als Begleiter der *Gloria-cum-laude*-Trägerin aufplusterte, als wäre er heute schon Omega-Präsident und nicht erst am Ende des Sommers.

Alles im Leben war ein Tauschgeschäft. Und wenn ich Felicias Zukunft dafür eintauschen musste, diesem Scheißkerl einen Titel zu geben, den er binnen zwei Monaten wieder verlieren würde, dann war das ein Opfer, das ich mehr als bereit war zu bringen.

Jetzt blitzte jenes verschlagene Lächeln im Gesicht meiner Stiefschwester auf, für das Anastasia Bianchi bekannt war. »Du bist eben nicht der Einzige, der weiß, wie man andere das Fürchten lehrt, und ich habe ein besonderes…« Sie verstummte und versteifte sich unwillkürlich, als das penetranteste Parfüm der Weltgeschichte zu uns heranwehte.

»Anastasia, mein Kind!« Im immer noch andauernden Blitzlichtgewitter drückte Iryna Yurikova ihre Tochter inniger an ihre Brust als vermutlich in den gesamten einundzwanzig Jahren ihres Lebens, gemessen an dem überrumpelten Ausdruck, der über Anastasias Gesicht huschte. Ich versicherte ihr stumm, dass ich hier war und nicht weggehen würde, solange sie mich brauchte, während meine Stiefmutter ihr Gesicht in beide Hände nahm wie eine Großtante einen Cockerspaniel. »Ich bin so stolz auf dich! Lass dich ansehen.«

Anastasias Blick flog zu mir, ihre Unsicherheit wurde geschluckt von dem meisterhaften Make-up, das sie wie eine unantastbare Eiskönigin wirken ließ. Dann knipste meine Stiefschwester ein Lächeln an und spielte mit, präsentierte freudestrahlend ihr königsblaues Neckholderkleid, dessen Rock vorne verboten kurz war und nach hinten in einer wahren Kaskade aus Tüllrüschen bodenlang auslief. Wie immer trugen die meisten anderen Frauen Schwarz oder helle Pastellfarben. In ihrem satten Blau und mit der extravaganten Rockform stach Anastasia heraus wie eine dornige Rose in der Felswüste. Das erste Blitzlicht des Abends zuckte direkt in mein Gesicht, und wie auf Knopfdruck setzten Mutter und Tochter ein strahlendes Lächeln auf.

Endlich konnten sich die anderen ankommenden Gäste an ihnen vorbei durch das herrschaftliche Portal schieben, dessen Flügel heute weit offen standen und den Blick in die stimmungsvoll beleuchtete Eingangshalle und die dahinterliegende Treppe freigaben. Eltern mit stolzgeschwellter Brust und herausgeputzte Geschwisterkinder stiegen aus der schier endlosen Reihe Limousinen, die im Schneckentempo die Schlosszufahrt heraufkamen und auf dem Ehrenhof im Kreis fuhren.

»Du siehst einfach großartig aus, mein Kind. Und du hast das *Gloria cum laude* geholt. Ich bin so stolz auf dich!«, wiederholte Iryna, damit es auch wirklich jeder verstand. Ich bedauerte meine Stiefschwester zutiefst. »Warum denn so nervös?«

Statt einer Antwort nahm Anastasia ihre Champagnerflöte wieder aus meiner Hand und stürzte den Rest herunter. Ich reichte ihr auch noch mein Glas, denn sie konnte es besser gebrauchen als ich.

Dann lenkte ich endlich die Aufmerksamkeit ihrer Mutter auf mich. »Stiefmutter. Schön dich zu sehen.« Wir tauschten flüchtige Wangenküsschen aus. »Was macht die Schwangerschaft?«

Neben mir erstarrte Anastasia. Mist, ich hatte vergessen, sie darauf vorzubereiten.

»Nicht so laut«, zischte Iryna mit unauffälligen Seitenblicken. Es dauerte einen Moment, bis sie mir grimmig den Sieg schenkte: »Ich hatte mich wohl geirrt.«

Bevor oder nachdem sie meinen Vater diesbezüglich belogen hatte? Ich schnaubte, sagte aber nichts mehr dazu, zumal sich mein Vater jetzt endlich in Bewegung setzte und mit weit geöffneten Armen auf uns drei zukam. Erneut zuckte ein Fotoblitz, aber daran musste man sich in Charles Knights Nähe gewöhnen.

»Ihr seht einfach großartig aus«, wiederholte er Irynas Worte, aber im Gegensatz zu ihr leuchteten seine blaugrauen Augen dabei aufrichtig. Weil dieser Mann einfach stets den richtigen Ton und die perfekten Worte fand. Beinahe neidisch sah ich dabei zu, wie sich seine Hand um Irynas Taille legte. »Wollen wir?«

In diesem Augenblick betrat ein weiteres Elternpaar den Absatz der kurzen Außentreppe mit der Grazie von Hollywoodstars. Zwei Kamerablitze zuckten, woraufhin Charles sich zur Seite drehte. Lächelnd neigte er den Kopf, als die Frau ihm im Vorbeigehen würdevoll zunickte.

»Charles.« Ihre karamellbraun schimmernde Hochsteckfrisur glänzte im Scheinwerferlicht.

»Cecilia.«

Mein Kopf ruckte zur Seite. »Cecilia Wagner?«, fragte ich erstaunt, während ich ihr nachsah. Felicias Mutter?

Mein Vater legte eine Hand auf meine Schulter und führte uns drei endlich durch das Portal in die Eingangshalle. Schon wieder wurde uns Champagner angeboten, und Anastasia griff sofort zu.

»Die sturste Frau im Mediengeschäft. Ich bewundere ihren Stolz und Starrsinn gleichermaßen. Nicht viele sagen Nein zu dem Namen Knight.«

Ich fragte mich, ob so etwas vererbbar war, und musste unwillkürlich schmunzeln.

Ein Eilbote stürmte an uns vorbei die Treppe hinauf, einen bordeauxroten Kleidersack über der Schulter. Iryna brach in Prusten aus. »Da ist offensichtlich jemand spät dran.«

»Hoffentlich ist es Desirée«, zischte Anastasia. Wie wir gehört hatten, hatte die Alpha-Präsidentin allerhand Studierende bestochen, um heute Abend zur Abschlussballkönigin gewählt zu werden.

»Wir werden es schon erfahren«, glättete Charles die Wogen. »Warten wir noch auf etwas?«

»Ja«, antwortete ich. »Auf Anastasias und meine Begleitung. Obwohl ich nicht sagen kann, wer länger im Bad *gebraucht hat*.«

Anastasia rammt mir den Ellenbogen in die Seite. »Keine Witze, Knight. Am Ende des Tages werden die Toten gezählt. Außerdem weiß ich längst, dass du mit Felicia gehst.«

Mein Blick wanderte die Treppe hinauf. »Dann bist du falsch informiert.«

Damit empfing ich ein Gothic-Schneewittchen im Rockabilly Miederkleid mit roter Schleife im Haar.

»Evangeline Astor?« Anastasias Kiefer klappte herunter.

Ich zwinkerte meiner Stiefschwester zu, während ich Evangeline meinen Arm reichte. »Ich hatte noch eine Schuld zu begleichen. Außerdem würde es meinen Plan ruinieren, Felicias Begleitung zu sein.«

»Spar dir das Geraspel, Valentin. Ich tue das hier nicht für dich«, ruinierte Evangelines vorlautes Mundwerk meinen Auftritt.

Anastasia verdrehte wohlwollend die Augen. »Du siehst gut aus, Astor. Für eine Wednesday Addams mit Zuckerglasur.«

Evangeline knickste humorvoll. »Danke. Du siehst auch gut aus, Bianchi – wenn man auf nicht jugendfreie Interpretationen von *Frozen* steht.«

»Danke.« Anastasia knickste würdevoll, und damit war wohl alles zwischen den Frenemies geklärt. »Ich glaube, ich werde es vermissen, dich nicht mehr foppen zu können, wenn ich nächstes Jahr nicht mehr da bin, Evie.«

»Ich nicht«, schoss Evangeline zurück und klopfte ungeduldig auf meinen Arm. »Können wir?«

Charles, der den Wortwechsel stumm verfolgt hatte, sah jetzt zwischen Anastasias Kleid und meinem Einstecktuch hin und her und erkannte die farbliche Unstimmigkeit. »Ihr geht nicht gemeinsam? Als *Gloria-cum-laude*-Präsidentenpaar sowie sicherlich Ballkönigin und Ballkönig?«

Bevor ich den Mund öffnen konnte, um ihm mitzuteilen, dass wir weder das eine noch das andere waren, übernahm Anastasia die Führung. Mit einem charmanten Lächeln berührte sie meinen Vater am Arm. »Nein. Wir haben nämlich beide noch offene Rechnungen, die beglichen werden müssen. Was mich angeht, in Blut, Schweiß und Tränen.«

Und mit diesem unbeirrten Lächeln hakte sie sich bei dem jungen Mann unter, der jetzt neben sie getreten war und ihr eine grässliche Blumen-Corsage in die Hand drückte.

»Nicht wahr, Baron? Darf ich vorstellen? Mein Schwiegervater, Charles Knight. Ihr werdet am selben Tisch sitzen, und ich habe persönlich dafür gesorgt, dass ihr viel Zeit habt, euch auszutauschen.«

Bellington wurde so blass wie sein champagnerfarbenes Smokinghemd. Erst jetzt erkannte selbst ich die Falle, die die größte Intrigantin des St. Gloria meinem schlimmsten Feind gestellt hatte. »Wieso?«

Anastasia lächelte triumphierend, bevor sie auf ihren High Heels stolz voranschritt. »Weil ich weiß, dass du es warst, der die persönlichen Fotos meines Stiefbruders veröffentlicht hat. Und so etwas tut man einfach nicht – erst recht nicht unter meiner Herrschaft.«

Felicia

Es war metaphorisch fünf vor zwölf! Ich fühlte mich wie in einem Last-Minute-Styling am Flughafen. Drei Paar Hände werkelten an mir herum: Susanne fixierte die letzten Lockensträhnen mit Perlenspangen und frischen Pfingstrosen, Hazel schloss die gefühlten zweihundert Knöpfe in meinem Rücken, und Stella zog mir die ellenbogenlangen Handschuhe an. Evangeline hatte ich vor fünf Minuten schon runtergeschickt, damit sie ihr geheimnisvolles Date nicht versetzen musste.

»Wieso kriege ich das Bild nicht aus meinem Kopf, dass du zu spät zu deiner eigenen Hochzeit kommst?«, fiepte Stella, als sie eilig ihren Lippenstift nachzog und ihre Frisur im Spiegel überprüfte.

»Weil das ebenso gut ein Hochzeitskleid sein könnte, und wir aussehen wie ihre Brautjungfern?«, antwortete Hazel mit der gestressten Gereiztheit einer durchorganisierten Frau, deren Zeitplan zu platzen drohte. Das Kleid war wirklich in allerletzter Sekunde angekommen. Aber jeder Augenblick des Wartens hatte sich gelohnt.

Tatsächlich könnte ich als Braut durchgehen in dem champagnerweißen Kleid, dessen Bustieroberteil meine schmale Taille betonte und ab der Hüfte in aufwendig geraffte und von Perlen gehaltene Wellenberge aus schimmerndem Organza überging. Ein beerenfarbenes Satinband um meine Taille, an das Susanne die letzte Pfingstrose steckte, sorgte für einen erfrischenden Farbtupfer. Es war ein Kleid, das einer Alpha-Präsidentin würdig war. Das einzige, das mir die Aufmerksamkeit verschaffte, die ich Hazels Meinung nach verdiente. Die Aufmerksamkeit, die ich ein letztes Mal genießen wollte.

Endlich ließ meine beste Freundin von mir ab und seufzte erleichtert, als sie auch den letzten seidenbezogenen Knopf geschlossen hatte. »Beim Ausziehen helfe ich dir aber nicht mehr.«

Stella kicherte. »Das kann ja jemand anders tun. Sind wir so weit?«

Ich atmete tief durch. »Lasst uns erhobenen Hauptes untergehen.«

Die herrschaftlichen Korridore waren leer, als wir die Treppen hinabeilten. Fahrig tippte Hazel eine Direktnachricht in der App.

»Nicoley guckt mal wieder nicht auf sein Handy«, fluchte sie.

Wir erreichten die breite Treppe, von der aus wir in die Eingangshalle schauen konnten. Vereinzelte Herren tummelten sich hier noch, vermutlich Väter, denen die Eröffnungszeremonie zu pathetisch war. Dem Brauch von St. Gloria entsprechend versammelten sich alle Studierenden und Gäste im Spiegelsaal, woraufhin die beiden Präsidentinnen mit ihren Begleitern einziehen sollten.

»Wie machen sie es eigentlich dieses Jahr? Müssen Desirée und Anastasia allein einziehen?«, fragte Stella gehässig. »Sowohl Nicoley als auch Valentin sind schließlich zurückgetreten.«

»Nein, ich nehme schon an, mit Valentin und Nicoley. Es geht ja darum, dass alle sehen, welche Präsidentenpaare den diesjährigen Kampf ausgefochten haben«, antwortete Hazel. Niemand sprach an, dass ich es war, die den Großteil dieses Kampfes gefochten hatte, als Hazel sich schockiert an die Stirn fasste. »Scheiße! Das ist dann wohl auch der Grund dafür, dass Nico nicht antwortet. Die sind schon drin!«

Ein Feuerball, gefolgt von einem Eisblitz, schoss durch meine Glieder. Meine Absätze hallten laut in dem leeren Gewölbe wider, als wir auf den Tanzsaal zueilten. Väter mit Scotch-Tumblern drehten sich verwundert zu uns um.

»Ich raste aus, wenn wir die Bekanntgabe verpassen«, rief Stella.

In diesem Augenblick erhob sich Applaus hinter der schweren, zweiflügeligen Holztür. Mir wurde erneut heiß und kalt.

Hazel griff nach der Türklinke. »Bereit? Jetzt oder nie.«

53
Schachmatt

Valentin

»Kommen wir nun zur Vergabe des *Gloria cum laude* und zur Bekanntgabe des Abschlussballpaares«, verkündete die alte Loredano. Sie sah ein wenig ausgemergelter aus als früher und stützte sich hin und wieder an dem Podium ab, hinter dem sie stand. Aber ihre Stimme war fest und Respekt einflößend wie eh und je. »Dazu muss ich sagen, dass ich lange nicht mehr so viele Alternativen und so leidenschaftliches Kämpfen gesehen habe wie in diesem Jahr.«

Erneut Applaus. Ich stand neben Evangeline, nachdem ich trotz meines Rücktritts mit Anastasia gemeinsam eingezogen war. Indes löste sich Nicoley dezent aus der Menge, den Blick auf sein Handy gerichtet, und verließ den Raum. Ich schob den Anflug von Neid beiseite und lächelte stattdessen. Alles lief so, wie es laufen sollte.

»Herzlichen Glückwunsch zu diesem unglaublichen Sieg, an das Haus Omega, und ganz besonders an die Omega-Präsidentin Anastasia Bianchi: Voller Stolz verleihe ich Ihnen das *Gloria cum laude*.«

Ich spürte den Blick meines Vaters auf mir. Die Loredano hatte nicht meinen Namen genannt. Weil ich nicht mehr um das Gloria cum *laude* spielte, seit ich als Präsident zurückgetreten war. Ich spielte längst um weit mehr. Das hier war allein Anastasias Sieg.

Ich hob die applaudierenden Hände, als meine Stiefschwester mit bewegter Miene in die Menge winkte. Alle hielten sie für die selbstgefällige Siegerin. Niemand außer mir sah den Zweifel in ihrem Blick.

»Ich freue mich sehr auf Ihre Rede. Lassen Sie mich zuvor noch die weiteren Auszeichnungen des Abends vergeben: Die Wahl des Abschlussballpaares und die weiteren Gloria-Auszeichnungen dieses Jahres. Zur diesjährigen Abschlussballkönigin gewählt wurde …«, die zwei Beamer warfen animierte Folien an die Leinwände, auf denen sich nacheinander lächelnde Porträtfotos der Kandidaten und Kandidatinnen einblendeten, darunter animierte Balkendiagramme, deren hochzählende Stimmen die Anordnung der Fotos verschob, während die Dekanin sprach. Drei Einzelkämpfer mit je einer Stimme, eine mit immerhin sechs. Die amtierende Alpha-Präsidentin Desirée mit weniger als einhundert Stimmen, davor Anastasia als Zweitplatzierte.

Ich lächelte zufrieden, als ich das Gesamtergebnis sah.

»… Felicia de Vries!«

Tobender Applaus, in den Evangeline johlend und ich klatschend mit einfielen, hinderte die Dekanin für einen Moment am Weitersprechen, während Spotlights suchend über die Menge glitten. Getuschel setzte ein, als sich alle nach der früheren Alpha-Präsidentin umsahen, die offiziell nicht einmal zur Wahl gestanden hatte.

Unruhe rieselte in meine Glieder. Wo war sie? Sie hatte versprochen, dass sie kommen würde.

In dem Augenblick öffnete sich die hohe Tür zur Halle und Hazel Baker trat in einem hübschen rosa Kleid ein, den leicht gehetzten Blick auf die Menge gerichtet. Gleich hinter ihr folgte die hochgewachsene Blondine Stella van Houden in einem ganz ähnlichen Farbton, etwas mehr ins Lila. Und dahinter ... An meiner Seite schnappte Evangeline verzückt nach Luft. Ein Raunen ging durch die Menge. Mein Mund wurde trocken. Ich schluckte, aber meine Körperfunktionen schienen den Betrieb eingestellt zu haben.

Felicia sah aus wie eine Prinzessin. Nein. Wie eine Königin. In diesem Moment war sie die schönste Frau auf der Welt, und es lag nicht daran, dass dieses cremeweiße Kleid mit den langen Handschuhen ihre Figur atemberaubend in Szene setzte. Es lag daran, dass sie stolz wie eine Göttin den Saal betrat, erhaben wie ein Schwan über das Parkett glitt. Zum ersten Mal, seit ich sie kannte, ruhte sie in sich selbst, wusste, wer sie war und welchen Wert sie hatte. Zum ersten Mal war sie unperfekt perfekt. An Nicoleys Seite, wo sie hingehörte, um alle in St. Gloria daran zu erinnern, welches Traumpaar sie von Anfang an bewundert und angefeuert hatten.

Als die Spots Felicia fanden, brandete der Applaus erneut auf. Zwischen ihren Brauen bildete sich diese niedliche Furche, ihr Blick sprang hierhin und dorthin, während Felicia versuchte, die Situation zu erfassen. Irritiert sah sie zum Podest, zum Beamer.

Ihre Augen weiteten sich, ihre Lippen formten beim Ablesen stumm ihren eigenen Namen. Erneut sah sie sich um, sprachloser diesmal, überwältigt. Und dann, ganz plötzlich, brach sie vor Glück in Tränen aus und verbarg das Gesicht an Nicoleys Schulter. Der Beifall wurde energischer.

Jeder liebte Happy Ends fürs Herz.

»Kommen Sie, Miss de Vries.« Beatrice Loredano schob sich durch die Menge, winkte sie heran. Felicia wollte Nicoleys Hand gar nicht loslassen. Aber das musste sie auch nicht, dafür hatte ich gesorgt. »Da braucht man ja fast selbst ein Taschentuch«, kommentierte die alte Loredano wohlwollend. »So will ich Sie denn nicht weiter auf die Folter spannen. Zum diesjährigen Abschlussballkönig gewählt wurde ...«, eine zweite bebilderte Auflistung von drei Namen: Steve Harper weit abgeschlagen, Nicoley und … Nein. Ich schüttelte den Kopf, noch bevor die Dekanin meinen Namen ausrief.

»… Valentin Knight!«

Das war nicht der Plan gewesen.

Valentin

Vier Wochen zuvor

Ich hatte es gewusst, noch bevor Nicoley es mir eines Abends nach ein paar Gläsern Whiskey und einem schlechten Film erzählte.

»Ich glaube, ich habe eine Affäre mit unserer neuen Schulleiterin.«

Er glaubte?

»Ich weiß«, sagte ich bloß.

Nicoleys Kopf ruckte hoch. »Du weißt es? Woher?«

»Das spielt keine Rolle«, wiegelte ich ab. »Keine Sorge, ich habe es bis jetzt für mich behalten und das werde ich auch weiterhin.«

Nicoley schien völlig fertig, wie er sich gegen das Rückenpolster meiner Couch fallen ließ. »Ich weiß, ich vertraue dir. Ich will nur auf keinen Fall, dass Felicia es erfährt. Sie muss schon genug durchmachen.«

Ich unterdrückte ein verächtliches Lachen, aber das sarkastische »Wessen Schuld ist das wohl?« konnte ich mir nicht verkneifen.

Nicoley starrte mich an. »Willst du ernsthaft mir den Schwarzen Peter zuschieben?«

»Immerhin hast du deine große Liebe mit ihrer Erzfeindin betrogen – und später mit dem halben Campus.«

»Wie bitte? Das ist fast ein Jahr her!«, ereiferte sich Nicoley. »Und ich könnte mich irren, aber Felicia wurde nicht als Alpha-Präsidentin abgewählt, weil sie eine Affäre mit *mir* hatte!«

Ich zuckte innerlich zusammen bei dem Klang dieses hässlichen Worts, das nicht einmal annähernd die Wahrheit beschrieb. Affäre.

»Es bringt auch nichts, wenn wir uns streiten. Was passiert ist, ist passiert. Wir können nur ändern, was noch geschehen wird.« Ich sah Nicoley ernst an. »Du willst es wiedergutmachen? Dann sei ihr verdammt nochmal ein Freund!« Ich stellte fest, dass mein Glas leer war, und stand auf, um es nachzufüllen. »Ich verstehe beim besten Willen nicht, warum, aber du bist immer noch der beliebteste Junge des Campus. Das kann sie jetzt wirklich gebrauchen.«

Nicoley glotzte mich verwirrt an. »Und du?«

Ich bin das nicht, dachte ich, aber ich sprach es nicht aus.

»Ich sorge dafür, dass Felicia bekommt, was sie verdient. Einen Platz in Yale und den Titel als Abschlussballkönigin.«

»Ich finde ja auch, dass Feli das verdient. Aber das *Gloria cum laude*? Wie das denn? Hast du die Zahlen gesehen?«

Natürlich hatte ich das, ich war schließlich nicht blind. Entschieden schüttelte ich den Kopf. »Sie braucht kein *Gloria cum laude*. Sie braucht einen Platz in Yale.«

»Wofür sie zum Siegerhaus gehören muss«, beharrte Nicoley.

»Oder an der Spitze der Notentabelle stehen.«

Jedes Jahr wurden zwei Stipendien vergeben, in der Regel an das Präsidentenpaar des Siegerhauses. Für den unwahrscheinlichen Fall jedoch, dass es am Jahresende nur noch einen aktiven Präsidentschaftspart des Gewinnerhauses gab, wurde das zweite Stipendium automatisch an den oder die Studierende mit der höchsten Notenpunktzahl vergeben. Das war der leichte Teil meines Plans, denn alles, was ich dafür tun musste, war, Anastasia zu helfen, Omega zum Sieg zu führen, und dann als Präsident zurückzutreten.

Was mich zum schwierigen Part meines Plans brachte: Felicia auf Platz eins zu kriegen.

Nicoley hob den Kopf, nachdem ich ihm die betreffenden Paragrafen zusammengefasst hatte. Dann fischte er sein Handy aus seiner Hosentasche, um die Tabelle aufzurufen, die ich mittlerweile im Schlaf aufsagen konnte. Seit Wochen tat ich nichts anderes, als im Kopf Zahlen und Tokens hin und her zu schieben. Aktuell war Felicia auf Platz neun, mit mehr als einhundertzwanzig Punkten Differenz zu Platz zwei. Machbar, wenn man den richtigen Leuten genügend Tokens versprach, wofür ich einen kleinen Handel mit Troy Jackson eingegangen war. Nicht machbar waren hingegen die knapp zweihundert Punkte Differenz zu Platz eins. Zu mir.

Zum ersten Mal spielte ich gegen den härtesten Gegner, den ich je gehabt hatte. Mich selbst.

Eines stand fest: Auf legalem Weg würde ich das nicht schaffen. Ich brauchte sehr viel schmutzigere Strategien und musste jeden einzelnen Gefallen einfordern, den ich hier am St. Gloria gewährt hatte. Einschließlich meiner Stiefschwester und meinem besten Freund gegenüber.

Entschieden drehte ich mich zu Nicoley um. »Du hast nicht zufällig ein gemeinsames Foto mit Beatrice Loredano?«

Zwei Tage später legte ich dieses Foto – zusammen mit zwei anderen verfänglichen Schnappschüssen aus meinen anderen Quellen – auf den Schreibtisch der neuen Prodekanin. Sie fixierte mich wie eine Gottesanbeterin ihre Beute.

»Woher haben Sie das?«

Ich verdrehte die Augen. Warum nur musste jeder immer fragen, woher ich etwas wusste? Ich wusste alles, weil ich nun einmal verstanden hatte, dass Wissen Macht war, und weil ich bereit war, für dieses Wissen zu bezahlen.

»Das spielt keine Rolle«, antwortete ich also. »Wichtiger ist die Frage, was ich damit tun möchte.«

Sie schnaubte. »Und was?«

»Ihnen einen Handel vorschlagen.«

Jetzt lachte sie unverhohlen. »Sie wollen mich erpressen.«

Ich blickte sie finster an. »Wenn ich das wollte, würde ich es tun. Aber Sie haben Glück, dass ich das nicht will.«

»Was wollen Sie dann?«

»Dass Felicia de Vries das *Gloria cum laude* erhält und Abschlussballkönigin wird.«

Beatrice Loredano blinzelte überrumpelt, damit hatte sie nicht gerechnet. »Das ist unmöglich. Wir befinden uns im dritten Trimester. Sie kann nicht wiedergewählt werden und als Ex-Präsidentin nicht das Haus wechseln.« Ich verzichtete darauf, ihr zu sagen, dass Felicia niemals das Haus wechseln würde. Selbst an ihrem Tiefpunkt besaß sie genügend Rückgrat, um nicht das zu verkaufen, woran sie glaubte.

»Und selbst wenn sie erneut gewählt werden könnte«, die attraktive Schulleiterin lächelte mitleidig, »wissen Sie, dass Alpha gerade denkbar schlecht dasteht. Ich bezweifle, dass gerade überhaupt genügend Tokens im Umlauf sind, damit genügend Studierende das Haus wechseln könnten, jetzt, da der Dritttrimester-Faktor in Kraft ist. Von daher: Das ist unmöglich.«

Ich nickte. Damit hatte ich gerechnet, aber es war ein Versuch gewesen. Außerdem minderte es ihren Widerstand gegen das, was ich eigentlich vorhatte:

»Ja«, bestätigte ich. »Hier ist mein Vorschlag. Sie schicken eine Nachricht an alle Studierenden – außer an Felicia selbst und die beiden königlichen Hofstaaten. Diese Nachricht wird nach dem Lesen für genau eine Stunde auf den Handys gespeichert und dann gelöscht.«

»Eine solche Nachricht mit begrenztem Haltbarkeitsdatum können Sie auch selbst verschicken«, fiel sie mir ins Wort.

Ich lächelte. »Aber nicht mit dem Inhalt, den ich im Sinn habe.«

»Und welcher Inhalt soll das sein?«

Ich lehnte mich zurück. »Jeder, der Felicia einen Token überträgt, wird im Abschlusszeugnis um eine halbe Kommastelle aufgerundet. Wer sie auch zur Abschlussballkönigin wählt, um eine ganze.«

»Wie bitte?« Ihre Augen wollten sich schier durch meine hindurch in meinen Schädel bohren, aber ich hielt ihr stand.

»Dafür überlasse ich Ihnen diese schönen Fotos und alle Kopien«, schloss ich mein Angebot.

»Das ist indiskutabel! Ich könnte Sie allein für diesen unverfrorenen Vorschlag auf der Stelle suspendieren.« Ich hob eine Augenbraue. Es war nicht nötig, sie darauf hinzuweisen, dass ich mit diesen Bildern dasselbe bei ihr tun konnte. »Das kann ich nicht tun«, änderte sie also ihre Argumentation, speiste mich mit Paragrafen ab, die ich längst auswendig kannte.

Mein Lächeln wurde breiter. »Doch, das können Sie als amtierende Schulleiterin. Ich habe es nachgeschlagen.«

Beatrice Loredano schüttelte schnaubend den Kopf. »Keine ganze Kommastelle«, forderte sie ihrerseits. »Ich biete Ihnen eine Note an, in einem Fach. Sagen wir, bei Professor Kagawa, den könnte ich überreden.«

»Nein«, bestimmte ich. Warum sollte irgendjemand einen Token an Felicia geben, wenn er ihn einfach direkt einsetzen konnte, um einen Notenpunkt zu bekommen. »Das ist zu wenig. Ich verstehe, wenn Ihre Macht begrenzt ist.« Ich nutzte gezielt diese Formulierung, um sie zu kränken. »Aber ich bin bereit zu verhandeln: Eine Aufrundung in einem Fach. Und die Studierenden können sich aussuchen, welches.«

Die Nasenflügel der Prodekanin blähten sich, während sie mich finster ansah. Ich löste den Blick nicht, bis sie es tat und resignierend mit dem Kopf schüttelte.

»Und ich nehme an, Sie wollen auch, dass ich Sie zum dazugehörigen Abschlussballkönig mache?«

»Nein«, entgegnete ich abermals.

»Nein? Kommen Sie, ich habe die Bilder auch gesehen.«

Ich lehnte mich vor. »Miss Loredano«, sagte ich ernst. »Ich werde sicherlich nicht Himmel und Hölle in Bewegung setzen, damit Felicia einmal im Leben das bekommt, was sie verdient und wovon sie seit Beginn ihres St.-Gloria-Studiums träumt, bloß um ihren perfekten Abend durch meinen Namen zu ruinieren.« Ich hob einen Mundwinkel. »Ich bin nicht der Typ, den man da oben sehen will, und es bedeutet mir nichts. Wenn Sie können, dann sorgen Sie dafür, dass Nicoley Abschlussballkönig wird. Das wird seinen Vater zumindest ein wenig besänftigen.« Ich stand auf. »Danke für Ihre Zeit, Miss Loredano.«

Mit diesen Worten drehte ich mich um, ließ die Ausdrucke der Fotos liegen und die Prodekanin mit einem nachdenklichen Gesichtsausdruck zurück.

54
Spiel, Satz und Sieg

Felicia

Heute

Valentin Knight.«

Der Name jagte in kurzer Abfolge eine Kaskade widersprüchlicher Emotionen durch meinen ohnehin schon gefühlsgebeutelten Körper. Schlagartig trockneten meine Tränen, meine Freude wurde überlagert von... Ohnmacht? Während lauter Applaus aufbrandete, konnte ich bloß dastehen, Nicoleys Arm umklammern und Valentin anstarren, der aussah, als wolle er Beatrice Loredano mit seinem Blick flambieren.

»Na los«, raunte Nicoley mir fröhlich klatschend zu. »Geh schon.«

Er löste seinen Arm sanft aus meinem Griff, und ich machte einen mechanischen Schritt nach vorn, wo ich von der attraktiven Prodekanin im weinroten Abendkleid empfangen wurde. Beatrice Loredano musste uns förmlich durch den Saal zur Bühne schieben, während alle Augen auf uns drei gerichtet waren.

»Was ist hier passiert?«, zischte ich Valentin zu, der meinen finsteren Blick auffing und an die Prodekanin weiterleitete.

»Das ist eine interessante Frage.«

Die junge Loredano hob bloß einen rot geschminkten Mundwinkel und gab uns einen sanften Stoß, woraufhin ich mich unwillkürlich an Valentins Arm festhielt, um meinen Kleidsaum anzuheben. Ein Fotoblitz. Na toll.

»Was hast du jetzt schon wieder geplant, Valentin?«

»Das gehörte nicht zum Plan«, antwortete er seltsam besorgt, während die alte Loredano auf die letzte Seite ihrer Rede blätterte und die Papiere ordnete.

»Und nun, bevor ich das Wort an die Gewinnerin unseres *Gloria cum laude* übergebe, möchte ich die letzte Errungenschaft dieses Jahres vergeben. Den Sieg nach Notenpunkten.«

»Oh, ich verstehe«, zischte ich. »Du wolltest mir einen Platz in der ersten Reihe besorgen, wenn ich dabei zusehe, wie du ein Full House abräumst, ja? Totaler Sieg für Valentin Knight. *Gloria-cum-laude*-Träger, Abschlussballkönig und Sieger nach Notenpunkten.«

»Nein, auch das will ich nicht, aber es ehrt mich, dass du mir alles davon zutraust. Es zeigt mir, dass du dein Feuer selbst nach all den Niederlagen der letzten Zeit noch nicht verloren hast. Das ist die Frau, die ich liebe.« Ich ignorierte diesen letzten Satz und die Gefühle, die er in mir auslösen wollte. Dieser Typ konnte mich wirklich zur Weißglut bringen. Und gemessen an dem amüsierten Blitzen in seinen Augen wusste er das. »Übrigens war deine Aussage nicht ganz richtig: Entweder meinst du einen Strike beim Bowling oder einen Royal Flush beim Poker. Aber mit beidem lägst du falsch.«

Er deutete auf die Leinwand, auf der erneut die aufwendig animierten Balkendiagramme neben den Porträtfotos wuchsen und sich die Zeilen mit den Porträtfotos dynamisch verschoben, während die Zahlen immer höher kletterten.

Ich wusste, auf welchem Platz ich stand. Platz zwei. Ich hatte es tatsächlich aufs Treppchen geschafft, aber nicht auf Platz eins. Denn das war die Zeile, die sich seit Beginn der Animation nicht vom

Fleck bewegt hatte. Mit dem absurd selbstgefälligen Halblächeln von Valentin Knight daneben.

Bis sein Avatar plötzlich grau wurde und eingefroren mit dieser absurd hohen Punktzahl an den Rand der Tabelle rückte.

Und Reihe zwei aufrückte.

In der mein Name stand.

Meine Kinnlade klappte herunter wie die eines Fischs. »Wie ... hast du das gemacht?«

Sanft schob er meinen Mund wieder zu. »*Du* hast das gemacht. Weil du nicht aufgegeben hast. Hättest du nicht weitergekämpft, wäre es knapp geworden. Ich habe nur ein wenig nachgeholfen.«

»Aber ...«

Er war das gewesen? Er hatte das eingefädelt?

Plötzlich fielen unzählige Puzzlestücke vor meinem geistigen Auge an ihren Platz: die unausgesprochene Allianz zwischen Valentin und meinen Freundinnen, Desirées und Nicoleys seltsame Andeutungen, all die verstohlenen Blicke der anderen in den letzten Wochen.

Oh Gott. Ich wollte etwas sagen, aber das schlechte Gewissen schnürte mir die Kehle zu. Ich war der schlechteste Mensch auf der ganzen Welt. Und Valentin der beste. Er fing meinen Blick auf, gerade als meine Unterlippe zu zittern begann.

»Wehe, du weinst jetzt«, warnte er. »Das ist dein großer Moment, du willst doch nicht, dass dein Foto auf ewig ruiniert ist.«

Jetzt, wo er es aussprach, wollte ich nichts lieber als das. Weil es mich daran erinnerte, dass dieser Moment hier echt war. Dass Valentin echt war.

Dennoch presste ich die Lippen fester aufeinander, blinzelte tapfer die Tränen weg und nickte. Valentin nickte auch, bevor er den Arm um meine Taille legte, um beiläufig zu posieren, als die ersten Fotografen in unserem Blickfeld auftauchten. Ich streckte den Rücken und ließ die Glückseligkeit von meinem Herzen auf mein Gesicht ausstrahlen. Als die Blitzlichter wieder verloschen waren, tastete ich nach seiner Hand.

»Aber... ich habe nur gewonnen, weil du zurückgetreten bist.«

»Nein.« Er ließ seine Finger in meine gleiten, als sei es das Natürlichste auf der Welt, und sah mir so tief in die Augen, dass der Applaus – mein Applaus – in den Hintergrund rückte. »Du hattest schon längst gewonnen. In der Sekunde, in der du in meinen Wagen eingestiegen bist und in jeder weiteren, bis du wie ein begossener Pudel vor meiner Tür standest.«

Wie um seine Worte zu besiegeln, drückte er einen innigen Kuss auf meine Schläfe. Ich konnte vor Sprachlosigkeit nicht einmal etwas darauf erwidern, zumal in diesem Moment Anastasia die Bühne erreichte, auf der die alte Loredano sie in edler Robe erwartete, mit einem purpurfarbenen Kissen in den Händen, auf dem eine silbern funkelnde Medaille thronte, das *Gloria-cum-laude*-Abzeichen. Bei dem Anblick kämpfte ich so sehr mit meinen Gefühlen, dass ich fast über meinen Kleidsaum stolperte, aber Valentin hielt mich sicher aufrecht. Statt der Medaille starrte ich wieder ihn an, immer noch vollkommen fassungslos.

Valentin Knight lächelte, während die Donna Lucrezia Loredano die Medaille an eine Schärpe pinnte und mit jahrelang geübter Präzision über Anastasias aufwendige Abendfrisur hinweg um ihren Körper drapierte. Der Saal brach in Jubel aus, und wir klatschten mit ihm.

Für Anastasia.

»Wow...« Die blonde Schönheit im königsblauen Kleid sammelte sich kurz, und aus dieser kurzen Entfernung sah ich zum ersten Mal den tobenden Sturm der Gefühle in ihrem Gesicht. Sie war alles andere als die unantastbare Eiskönigin. Schließlich straffte sie die Schultern und blickte in die Menge. »Okay, los geht's... Eigentlich hatte ich mir ein Beispiel an Felicia nehmen und meine Rede mit tugendhaftem Blabla beginnen wollen. Wie überwältigt ich wäre, dass ich mir das immer gewünscht hätte und diesen Sieg meiner Mutter und meinem Haus zu verdanken hätte. Aber seien wir ehrlich: Wir wissen alle, dass ich ein egoistisches Miststück bin und mir diesen Preis mit Intrigen, Zähnen und Klauen bis aufs Blut erkämpft habe.« Verhaltenes Glucksen im Saal zwang sie kurz zum Pausieren. »Ich möchte der Person danken, der ich diesen Preis wirklich verdanke.« Ich hielt unwillkürlich den Atem an, weil sie sicherlich gleich ihren Blick auf Valentin oder mich – oder uns beide – richten und etwas furchtbar Gemeines sagen würde. Doch ihre atemberaubend geschminkten Augen fixierten sich auf ein anderes Gesicht in der Menge. »Grayson, Darling, der zukünftige Omega-Präsident von St. Gloria. Danke, dass du heute Abend mein Begleiter bist. Hi, Mr Bellington. Mrs Bellington-Weisz, Sie hören jetzt besser weg und halten Ihrem jüngeren Sohn die Ohren zu.« Sie gab den Angesprochenen keine Zeit zu reagieren, bevor sie einfach loslegte: »Du bist mit Abstand der schlechteste Liebhaber, den ich jemals hatte – und wir alle kennen mich, ich hatte eine Menge. Du küsst wie eine Waschmaschine voll muffiger Wäsche und dein Schwanz ist so unfassbar klein, dass ich drei davon in den Mund bekommen hätte.«

Mir klappte der Mund auf. Ich wechselte einen sprachlosen Blick mit Valentin, der in einer seltenen Paralyse zwischen Unglauben und Überraschung festzustecken schien, während ich nicht wusste, ob ich mir die Hände vors Gesicht oder auf die Ohren pressen wollte, als Anastasia den ambitionierten Omega-Junior nach allen Regeln der Kunst öffentlich demütigte.

»…dein aufgeblasenes Ego reicht bis zum Mond, aber dein Niveau ist niedriger als meine Absätze – und ich trage Ballerinas.« Sie streckte ein sehr elegantes, sehr langes und sehr nacktes Bein hinter dem Rednerpult hervor und offenbarte tatsächlich einen hellblau funkelnden Slipper. Der Saal musste lachen. Die Loredano räusperte sich zum wiederholten Male und bedeutete dem Orchester, Musik einzuspielen.

»Ah, da kommt der Gong, um dich zu erlösen«, scherzte Anastasia, die mittlerweile den gesamten Saal in einen Bann gezogen hatte. »Zurück zum Thema: Danke. Ohne dich stünde ich nicht hier oben. Wenn du nicht in deinem grenzenlosen Größenwahn zu dem selbst für meine Verhältnisse niederträchtigen Trick gegriffen hättest, Privatfotos in deinen Besitz zu bringen und gegen zwei der besten Menschen einzusetzen, die ich kenne, dann stünde vermutlich nicht ich hier oben, sondern Felicia. Na gut, vielleicht hätte ich es trotzdem geschafft, denn ihr wisst ja: Zähne und Klauen.« Sie zwinkerte in meine Richtung, und ich hörte mich gegen meinen Willen mit den anderen lachen. »Aber es wäre auf jeden Fall knapp geworden. Tja«, schloss sie, »eigentlich wollte ich mir ein Beispiel an Felicia nehmen und die perfekte Abschlussrede halten. Hat nicht ganz geklappt. Aber jetzt nehme ich mir ein Beispiel an Valentin und höre endlich auf, nur an mich selbst zu denken. Familie kann man sich nicht aussuchen. Loyalität schon. Ich nehme das *Gloria cum laude* an. Aber ich werde das damit verbundene Vollstipendium an die wahre Siegerin dieses Jahres abtreten. Sie kann es in Yale auch viel besser gebrauchen als ich. Ich übertrage mein Stipendium an Felicia de Vries.«

Ich begriff erst, dass sie mich meinte, als sie mir von dort oben mit bewegter Miene zunickte.

»Danke.«

Dann trat Anastasia von dem Rednerpult zurück und stieg von der Bühne. Unten angekommen schlüpfte sie aus den hellblauen Ballerinas und zurück in ihre funkelnden Mörder-Heels.

Und der Spiegelsaal von St. Gloria rastete aus.

55
Königin

Valentin

Ich hoffe, dir ist klar, dass du gerade zwei Monate Arbeit und einen um Haaresbreite erteilten Verweis zunichtegemacht hast. Ich habe schließlich dafür gesorgt, dass sie mein Stipendium bekommt«, sagte ich zu meiner Stiefschwester.

Anastasia löste sich mit ihrem überlegenen Markenzeichen-Lächeln aus der Umarmung, mit der Felicia sie überfallen hatte.

»Ups! Offenbar bist du nicht der Einzige, der sich insgeheim für andere einsetzt. Wie sagt man so schön? Doppelt hält besser. Vielleicht hat Felicia ja noch eine Freundin, der sie es überreichen will.« Anastasia nahm mir das Glas ab. »Außerdem tut es deinem Ego ganz gut, auch mal alles zu verlieren.«

Felicia trat hinzu. »Nicht alles.« Ein Stromschlag fuhr von meinen Fingerspitzen direkt in mein Herz, als sie meine Hand nahm und unsere Finger verschränkte. »Ich hoffe, dir ist klar, dass ich die glücklichste Frau des Colleges bin.«

Anastasia machte ein würgendes Geräusch. »Ich verschwinde.«

Ich sah ihr kurz nach, dann war mein voller Fokus wieder bei Felicia. »Weil du alle Siege eingefahren hast, die St. Gloria zu bieten hat?«

Sie schüttelte den Kopf. »Weil der beste Mann des Colleges mich liebt.«

Mit einem Lächeln zog ich sie an mich. »Wer sagt, dass ich dich liebe?«, zog ich sie auf, obwohl ich es selbst erst vor ein paar Minuten in ihr Haar geraunt hatte.

Felicia, deren Hände jetzt auf meiner Brust lagen, musste lachen. »Aber dass du der beste Mann des Colleges bist, stellst du nicht infrage, ja?«

Jetzt grinste ich. »Weil es stimmt.«

Felicia sah mich an, unsere Gesichter nur noch Zentimeter voneinander entfernt. »Was davon?«

»Beides.« Ein Herzschlag lang Stille, in der die kurze Distanz zwischen uns kaum auszuhalten war. »Ich liebe dich, Felicia de Vries.«

Sie war sprachlos, überwältigt, glückselig. Der perfekte Anblick.

»Warum?«, fragte sie.

»Warum ich dich liebe?«

»Ja! Ich meine ... allein, wie ich mich heute Abend aufgeführt habe, was ich dir alles an den Kopf geworfen habe, dass ich dir nicht geglaubt habe, als du beteuert hast, nichts damit ...«

»Felicia.« Meine Finger berührten ihre Unterlippe, woraufhin sie sofort verstummte. »Ja, du bist nervenzehrend kompliziert. Aber das macht dich so aufregend. Du hast mir beigebracht zu kämpfen. Du hast mir gezeigt, dass ich verlieren kann und gleichzeitig gewinnen. Und dass ich, selbst wenn ich gewinne, der Verlierer sein kann.«

Felicias Augen glänzten in allen Schattierungen des Ozeans, als sie strahlend zu mir aufsah. Sie reckte das Kinn, und ich senkte den Kopf, um sie zu küssen.

In diesem Moment schwoll die Musik an und rief die alte Loredano mit herrischem Klatschen zum Eröffnungstanz. Und der Blick, mit dem sie uns beide musterte, sagte mir, dass diese Ehre in diesem Jahr wohl Vertretern von beiden Häusern zufiel. Alpha und Omega.

Wie an unsichtbaren Schnüren desselben Puppenspielers nach oben gezogen, strafften sich Felicia und ich, bevor wir uns unter dem funkelnden Kronleuchter in der Mitte des Tanzsaals aufstellten.

»Was tanzen wir?«, fragte ich kavalierhaft, als die Walzermelodie begann.

Sie lächelte aufreizend. »Du führst, du entscheidest.«

Ich hob einen Mundwinkel. Dann verstärkte sich mein Griff um ihre Taille und der Tanz begann. Ich wählte tatsächlich einen Walzer – aber mit einigen individuellen Kniffen. Doch Felicia vertraute mir vollkommen, überließ sich mir ganz, während wir über die Tanzfläche glitten, als hätten wir jahrelang dafür geprobt. Der herrschaftliche Tanzsaal St. Glorias verschwamm zu funkelnden Kronleuchtern, tanzenden Lichtreflexen und staunenden Gesichtern. Alle Augen lagen auf ihr. Doch Felicia achtete nicht darauf, denn sie war ganz hier, bei mir, mit mir. Das war alles, was zählte.

Und als die Musik langsamer wurde und die Leute zu klatschen begannen, während andere Paare mit auf die Tanzfläche strömten, wusste ich, dass ich in diesem Jahr alles aufgegeben hatte. Aber ich hatte dafür alles gewonnen, was ich jemals gewollt hatte.

»Wir sollten es tun«, sagte Felicia, als die Musik wechselte. Das feurige Blitzen ihrer Augen jagte ein Prickeln durch meinen Körper.

»Sex haben? Jetzt gleich? Vor all den Leuten?«, fragte ich amüsiert.

Da gab sie mir einen Stups, obwohl sie ein Kichern nicht unterdrücken konnte. »Eine Beziehung führen«, erklärte sie. »Eine richtige.«

Mein Herz machte einen derart heftigen Sprung, dass ich glaubte, daran ersticken zu müssen. Meine Augen brannten verdächtig, offenbar war mir ein Staubkorn hineingeflogen.

Ich schluckte. Nickte. Scheiterte an einem Lächeln. Dann nahm ich ihr Gesicht in beide Hände, bevor ich endlich die letzte Distanz zwischen uns überwand. Ich küsste sie mit allem, was ich hatte, und allem, was ich für sie sein wollte. Mit allem, was sie mir schenkte und was ich ihr geben wollte. Augenblicklich drängte sich Felicia gegen mich und vergrub die Finger in meinem Haar. Unsere Küsse waren immer noch heiß und hungrig, aber jetzt war da noch etwas anderes, etwas Sanftes, Zärtliches. Jetzt war es kein Spiel mehr.

56
Das Spiel ist vorbei, lang lebe das Spiel

Felicia

Jemand räusperte sich leise neben mir und Valentin.

»Dad!« Jauchzend löste ich mich von Valentin und fiel meinem Vater um den Hals, noch bevor er mich offiziell um den nächsten Tanz bitten konnte.

Valentin hielt ihm die Hand hin. »Mr de Vries«, begann er, aber mein Dad legte ihm freundschaftlich einen Arm auf die Schulter.

»Nenn mich Christian, ich bitte dich«, entgegnete er. Ich liebte seinen niederländischen Akzent. »Es freut mich sehr, dich kennenzulernen. Würdest du mir meine Tochter für ein paar Minuten ausleihen?«

Valentin trat respektvoll zurück. »Solange Sie wollen.«

»Nur ein paar Minuten, ich verspreche es.«

Ich konnte mein Strahlen nicht abstellen, während Valentin sich zurückzog und zu Evangeline gesellte. Die Musik begann von Neuem. Mein Vater war nicht gerade ein begnadeter Tänzer, tatsächlich stand er ungefähr gleichauf mit Nicoley. Aber ich hatte bereits meinen perfekten Tanz gehabt, also sortierte ich gerne seine Schritte für ihn, während sein Blick stolz auf mir ruhte.

»Mein Gott, du bist so hübsch, Prinzessin. Ich bin unsagbar stolz auf dich. Ich kann gar nicht in Worte fassen, was mir heute alles im Kopf herumgeht«, gestand er überwältigt. Ich lächelte selig, doch bevor ich etwas erwidern konnte, fuhr er mit belegter Stimme fort: »Weißt du, eine Zeit lang hatte ich Angst, dass wir dich zu sehr zu schönem Schein und Perfektionismus erzogen hätten, damit du es nicht genauso schwer hast wie wir damals. Dass du dadurch dich selbst verlieren würdest...«

Ich schüttelte den Kopf. »Ich hoffe, du bist nicht enttäuscht von mir, aber genauso war ich leider... bis Valentin kam.«

Christian de Vries' sonnengebräuntes Lächeln sprach Bände, als er verschwörerisch den Kopf neigte. »Was das angeht... deine Mutter ist zwar noch nicht restlos überzeugt, aber sagen wir es so: Ich fände es toll, mit Charles Knight zu Abend zu essen. Und jetzt sei mir bitte nicht böse, aber wenn ich noch einen Takt tanzen muss, werde ich seekrank.« Er zog mich an seine Brust. »Bis später, Prinzessin. Wir sind sehr stolz auf dich.«

»Dad?«, bat ich, bevor er ging. »Du solltest dich einmal mit Valentin über Architektur im Nahen Osten unterhalten.«

Mein Dad lächelte breit und deutete eine Verbeugung an, bevor er sich vergnügt an den Tanzpaaren vorbeischlängelte.

Kaum dass er verschwunden war, bot sich mir eine andere Hand an. »Darf ich um diesen Tanz bitten?«

Ich blinzelte, als ich Charles Knight erkannte. Sein rauchblaues Krawattentuch changierte schimmernd zwischen Silber und Flieder, sein aluminiumgrauer Anzug saß perfekt. Die Männer dieser Familie hatten wirklich Stil. Er lächelte, als ich nach kurzem Zögern meine Hand in seine legte und mich von ihm führen ließ.

»Ich gratuliere zum Vollstipendium nach Punktesieg. Du siehst bezaubernd aus, falls du mir die Bemerkung erlaubst«, begann er ein leises Gespräch. Mir fiel es schwer, seinem Blick standzuhalten.

»Danke. Um ehrlich zu sein, habe ich gerade dasselbe von Ihnen gedacht, aber ich wusste nicht, ob es unangebracht sei, das zu sagen.«

Er schmunzelte. »Die Wahrheit ist nie unangebracht. Waren wir nicht letztes Mal bereits beim ›Du‹?« Wie Charles es formulierte, fühlte ich mich wie bei einem Eignungstest. Durchgefallen, nächste Frage. Meine Gedanken schweiften kurz zu dem Wirtschaftsball im November ab. Tatsächlich hatte er mir dort das Du angeboten, aber seine bloße Präsenz war so einschüchternd, so überlebensgroß, dass man sich winzig fühlte... Ich begann zu verstehen, mit welcher verbissenen Stärke und eisernem Willen Valentin tagtäglich kämpfen musste, um nicht im Morast der riesigen Fußstapfen seines Vaters zu versinken. »Ich möchte mich bei dir bedanken, Felicia.«

Ich blinzelte. »Wofür?«

»Dass du geschafft hast, was ich nicht geschafft habe: Valentin zu zeigen, worauf es im Leben wirklich ankommt.«

Beinahe wäre ich aus dem Tritt gekommen, doch genau wie sein Sohn hielt mich auch Charles sicher im Takt. »Das war ich nicht. Das war Valentin ganz allein.«

Er lächelte nachsichtig, doch ich sah in seinen Augen, dass er mir nicht glaubte. Dass er nicht an seinen Sohn glaubte. Weil auch er nur seine eigenen Fußstapfen sah und nicht die, die Valentin hinterließ. Nicht neben ihm, sondern in einer völlig anderen Richtung. Also beschloss ich, Charles Knight ins Bilde zu setzen. »Ich muss mich bedanken. Dein Sohn ist der aufmerksamste, intelligenteste, diszipliniertteste Mensch, den ich kenne. Er hat einen eisernen Willen und ist so selbstlos, dass er sogar lieber in Kauf nimmt, dass alle schlecht von ihm denken, als sich von seinen Zielen abbringen zu lassen. Wusstest du, dass er soziale Bauprojekte in Schwellenländern auf der ganzen Welt finanziert, um Bildung und ein funktionierendes Gesundheitssystem für alle zu ermöglichen?«

Je mehr ich sprach, desto umwölkter wurde Charles' Blick. Und als ich geendet hatte, blieb er kurz still.

»Das wusste ich nicht.«

»Ja. Er legt viel Wert darauf, dass andere nicht zu viel über ihn wissen. Und vermutlich wird er sauer auf mich sein, weil ich es dir gesagt habe.« Ich löste die Hand von seinem Arm, als der Tanz endete. »Aber ich bin sicher, dass er sich freuen würde, wenn du ihm sagst, wie stolz du auf ihn bist. Er hat buchstäblich die volle Punktzahl nach Noten geholt, die es in St. Gloria zu holen gibt.«

Bevor er all das für mich aufgegeben hatte...

Charles Knight nickte. Er war einer der mächtigsten Männer der Welt. Aber in diesem Moment war er auch nur ein Vater, der von seinen Gefühlen überfordert war.

Abermals sank er in eine respektvolle Verbeugung. »Ich danke dir, Felicia.«

Als sich Valentins Vater durch die sich neu formierenden Tanzpaare entfernte, erkannte ich Nicoley an der Bar und gesellte mich zu ihm.

»Na, Mister ›Ich-lasse-keinen-Skandal-aus‹?«

Er stellte grinsend sein Champagnerglas ab. »Ich weiß nicht, wovon du sprichst.«

Ich kicherte. »Danke, dass du heute meine Begleitung warst.«

Unvermittelt zog er mich in die Arme. »Ach, Fee. Wofür sind Freunde denn da?« Sein sportlicher Duft weckte schöne Erinnerungen und gab mir Geborgenheit. »Weißt du schon, wo du studieren willst?«

Ich grinste. »Yale natürlich! Ich habe gehört, ich habe ein Vollstipendium. Und du?«

Er zuckte mit den Schultern. »Vielleicht Stanford. Ich hätte Lust auf Kalifornien...«

»Aber?«, hakte ich nach.

»Aber Stanford ist aktuell auf Platz eins der Forbes Liste führender Universitäten, und das ist genau das, was mein Dad will.«

»Hast du Anastasia heute etwa nicht zugehört?«, feixte ich. »Es geht nicht darum, was andere von dir erwarten. Obwohl«, ich nahm ihm sein Champagnerglas ab und leerte den Rest in einem Zug, »wenn du an die Ostküste gehst, können wir uns weiterhin sehen. Und Valentin auch.«

Er sah mich überrascht an, aber bevor er den Mund aufmachen konnte, jubelte jemand hinter uns: »Ostküste, wir kommen!«

Eine völlig überdrehte Stella sprang uns an, Hazel im Schlepptau. Ich bewunderte erneut die hübschen rosa Kleider der beiden.

»Habe ich Yale gehört?« Anastasia drängte sich zwischen uns. »Dir ist klar, dass ich nichts Geringeres als ein Summa cum laude erwarte, oder? Schließlich bin ich jetzt so was wie deine Sugar Mommy.«

Eine Sekunde lang herrschte sprachloses Unbehagen. Dann fielen wir uns kollektiv in die Arme. Evangeline und Misaki gesellten sich dazu. Anastasia hatte wirklich recht gehabt: Loyalität blieb eben stärker als die Intrigen von St. Gloria.

Plötzlich schob sich ein warmer Körper hinter meinen, starke Hände umfingen meine Taille und Valentins markanter Duft hüllte mich ein wie eine Decke. Ich verschränkte meine Finger mit Valentins und drehte den Kopf, um ihn zu küssen. Es war mir völlig egal, dass uns gerade jeder zusehen konnte.

Und die anderen schienen sich nicht daran zu stören. Unsere Freunde prosteten sich überdreht zu, tauschten sich eifrig über Wohnmöglichkeiten aus und machten Fotos der »neuen Ostküsten-Crew«. Doch ihr Geplapper schien gemeinsam mit der Tanzmusik zu einem gedämpften Hintergrundrauschen vor funkelndem Lichtermeer zu verstummen, während ich mich in Valentins Armen drehte und einfach nur in sein Gesicht sah. Unsere Blicke verhakten sich ineinander, hielten einander fest, als hätten wir eine stumme Wette abgeschlossen, die derjenige verlieren würde, der zuerst wegschaute.

Aber diesmal verlor keiner von uns. Diesmal gewannen wir beide.

»Da ist ja die Dame des Abends.«

Die Stimme ging mir durch Mark und Bein. Ich sah zur Seite, in Erwartung, dass vielleicht ein Pressevertreter mit mir sprechen wollte. Doch dieser Mann war alles, aber kein Pressevertreter. Er war groß, trug einen nachtschwarzen Anzug, der ihm perfekt auf den athletischen Leib geschneidert war, hatte dunkle Haare und das kantige Gesicht eines Profiboxers. Alles an diesem Mann strahlte Gefahr aus.

Und sein verstörender Blick war auf Anastasia gerichtet.

»Das war eine wirklich fantastische Rede vorhin. Ich bin sehr stolz auf dich.« Ein leises Lächeln saß in seinem akkurat rasierten Mundwinkel. Sein Akzent war stark süditalienisch gefärbt und erinnerte an alte Mafiafilme. »Meine Tochter.«

Mein Entsetzen ging in dem kollektiven Aufschrei unter, als Anastasias Champagnerglas auf dem Boden zerschellte.

Ende Band 1

Game of Lies
Der Epilog ist der neue Prolog

Anastasia

Was. Zur. Hölle?

Ich ignorierte, wie um uns herum Seniors auseinanderstoben und Champagner über meine nackten Zehen spritzte, denn ich konnte nur den Mann anstarren, der gerade behauptet hatte, mein Vater zu sein. Der Mann, der das Durcheinander mit der stoischen Geduld einer Raubkatze ignorierte, deren voller Fokus mir galt.

Ich musste meinen Fluchtinstinkt niederringen, wie er so dastand und mich stumm musterte, gekleidet in einen nachtschwarzen Maßanzug und mit diesem verstörenden Lächeln auf den Lippen, das nur Männer hatten, die sehr selbstbewusst oder sehr mächtig waren. Oder beides.

Mein Stiefbruder und Stiefvater waren solche Exemplare, aber Charles und Valentin Knight wirkten wie lammfromme Engel neben diesem Mann, der sich aus dem Nichts materialisiert zu haben schien wie der Teufel höchstpersönlich. Ich spürte Felicias besorgten Blick und Valentins unausgesprochenes Hilfsangebot, doch ich gab beiden mit einem kaum merklichen Kopfschütteln zu verstehen, dass ich das hier im Griff hatte. Die beiden zogen sich zurück, und plötzlich war ich inmitten dieses überfüllten Saals allein mit *ihm*.

Unfähig, mich zu bewegen, stand ich ganz starr und wagte kaum zu atmen. Wie die Maus vor der Schlange, wie das Reh im Scheinwerferlicht, wie …

Fuck it! Wie der verdammte Mantikor vor *meinem* Mitternachtssnack.

Ich rief mir in Erinnerung, wer ich war. Ich war keine Beute. Ich war die verdammte Jägerin.

Und ich wusste, dass er das wusste. Denn er wusste, wer ich war.

Ich hatte ihn noch nie gesehen, doch ich erkannte es in seinem kantigen Gesicht mit dem kaum merklichen Grübchen im Kinn. So wie meines. An seiner sehnigen Statur mit den etwas zu langen Beinen. So wie meine. In seinen tief dunkelbraunen Augen. So wie meine.

Und ich wusste es einfach. Dieser Mann war wirklich mein Vater.

Mein Leben lang hatte ich mir gewünscht, ihn zu treffen, hatte mir ausgemalt, wie er wohl aussähe. In meiner kindlichen Vorstellung war er ein strahlender Held gewesen, das krasse Gegenteil von meiner Mutter, gegen die die böse Stiefmutter aus Schneewittchen eine Heilige war. Anders als die würde Iryna Yurikova bei ihrem Versuch, ihre jüngere Konkurrentin – mich – zu vergiften, nicht scheitern. Weil ich im Gegensatz zu Schneewittchen keine sieben treuen Freunde hatte, die mich finden würden, und keinen Prinzen, der mich rettete. Aber anders als die Märchenprinzessin war ich auch nicht dumm genug, Geschenke von Fremden anzunehmen. Und seien es nur ein paar familiäre Worte.

Nein, in meiner Vorstellung war mein Vater stets abwechselnd ein charmanter Landstreicher mit sonnigem Grinsen gewesen oder ein gutmütiger Durchschnittsmann mit sanften Augen und weichem Lächeln, der mich in eine feste Umarmung schloss, sobald er mich entdeckte.

An dem Mann vor mir war nichts weich, nichts gutmütig und nichts durchschnittlich, und das einzig Sonnige war seine dunkel gebräunte Haut, die die Fältchen um seine Augen umso härter erscheinen ließ.

»Meine Tochter«, wiederholte er. Seine Stimme klang wie ein honiggetränktes Reibeisen, rau und doch hypnotisch. »Du hast sicherlich Fragen.«

Ein Schnauben brach aus meiner Kehle. »Nur dreitausend. Angefangen von: ›Wer glaubst du eigentlich, wer du bist, hier einfach aufzukreuzen?‹ bis zu: ›Was zur Hölle willst du hier?‹«

Der Mann warf den Kopf in den Nacken und lachte. So herzhaft, so melodisch, dass sich mein Bauch zu einem schmerzhaften Klumpen zusammenzog. Faszination und Furcht rangen um die Oberhand, das Bedürfnis, meinen Vater kennenzulernen, und der Wunsch, ihn meine Verachtung spüren zu lassen, weil er mich in die Hölle geworfen und einundzwanzig Jahre lang dort hatte brennen lassen.

»Du bist wahrlich meine Tochter, Anastasia. Da du so direkt fragst, will ich dir die Ehre erweisen und genauso direkt antworten. Ich bin Vito Agostino, einer der vielen Köpfe von *La Famiglia*.« Er sank in eine Verbeugung, die ebenso elegant wie bedrohlich wirkte, und alles in mir erstarrte. Wieso klang das nicht wie eine normale Familie und warum musste ich plötzlich an abgetrennte Pferdeköpfe unter Bettlaken denken? Mir blieb keine Zeit, weiter darüber nachzudenken, denn da streckte er bereits eine Hand aus. Angebot oder Forderung einer Opfergabe? »Und ich bin hier, um dein *Gloria cum laude* einzufordern.«

Mir entwich ein Laut, den ich selbst nicht zuordnen konnte. Unwillkürlich trat ich einen Schritt zurück, blickte wie erstarrt auf seine Finger. Sie waren schlank und sehnig, am Ringfinger saß ein schwerer Siegelring. Die Kuppen von Zeige- und Mittelfinger waren wie von Brandwunden vernarbt, über die Handfläche zog sich die weiße Linie einer alten Schnittverletzung. Heilige Scheiße!

Wenn dieser Mann dachte, dass er mich mein ganzes Leben lang ignorieren und im Irrenhaus meiner psychotischen Mutter lassen konnte, um dann ausgerechnet in der Sekunde in mein Leben zu treten, in der ich es zum ersten Mal zu einhundert Prozent im Griff hatte, dann hatte er sich so was von geschnitten.

Ich war Anastasia Bianchi. Ich war die Omega-Präsidentin von St. Gloria. Keine emotionalen Erpressungsversuche meiner Mutter mehr, keine Zwänge. Ich war endlich frei! Ich war –

»Anastasia!«

Derselbe Ruck, der durch mich ging, ließ auch Vito Agostino erstarren. Das war nicht die Stimme meiner Mutter gewesen. Das war Charles Knight. Der mächtigste Mann des Abends bahnte sich einen Weg durch die Menge, während irgendwo eine Frau einen spitzen Schrei ausstieß, der sich verdächtig nach einem sterbenden Huhn anhörte – oder nach meiner Mutter.

»Hilfe! Ich kann nicht atmen...!« Ein Tumult entstand, der mich die Hände zu Fäusten ballen ließ. Meine Mutter ertrug es keine zehn Minuten lang, dass ausnahmsweise alle Aufmerksamkeit auf mir lag.

Vito Agostino sah mich mit dem wissenden Ausdruck eines Raubvogels an, als er meine Hand nahm und einen Kuss auf meinen Handrücken setzte. »Wir hören voneinander, Tochter.«

Ich spürte seine raue Handfläche an meiner. Zusammen mit... Papier? Irritiert sah ich auf den zerknitterten Zettel hinab, auf dem in akkurater Handschrift eine Ziffernreihenfolge notiert war. Eine Telefonnummer.

»Wieso um alles in der Welt glaubst du...?«

Ich verstummte. Als ich aufsah, war der Mann verschwunden. Das plötzliche Gefühl der Leere in meiner Brust war kaum zu ertragen.

Eine große Hand umfasste meine Schulter, kurz darauf umhüllte mich das markante Aftershave von Valentins Vater. »Wo ist er?«

»Miss Bianchi!« Jetzt mischte sich auch die Stimme der Loredano in das Stimmengewirr aus Verwunderung und aufkeimender Panik. Die Tonlage der altehrwürdigen Dekanin klang selbst jetzt, an meinem letzten Tag am St. Gloria, noch so, als wollte sie mich wegen irgendeiner Verfehlung in ihr Kabinett zitieren. Ich konnte es kaum erwarten, hier rauszukommen. Vito Agostino wollte das *Gloria cum laude*? Wie gut, dass ich das heute erst geholt hatte.

»Miss Bianchi! In mein Kabinett, sofort! Wir müssen über Ihr *Gloria cum laude* sprechen. Und über Ihre Zukunft. Sie werden nach dem Sommer hierbleiben.«

ENTSCHULDIGUNG?!

Anastasias Geschichte geht in Band 2 weiter!

Danksagung

Dass du »Game of Hearts« in Händen hältst, ist eine wunderbare Mischung aus Hoffnung, harter Arbeit und einem Quäntchen Glück. Es ist das zweite Buch, das ich jemals beendet habe, und nun das zehnte Buch, das von mir erscheint. (Wann ist das alles passiert?)

Das ist vor allem meinem Agenten Klaus zu verdanken, der diesem Manuskript und mir als Autorin neue Türen geöffnet hat, nachdem ich längst alle Hoffnung aufgegeben hatte.

Und es ist dem unglaublichen Team von *enchanted by arsEdition* zu verdanken, die von der ersten Sekunde an mehr an dieses Projekt geglaubt haben, als ich je zu träumen gewagt hätte. Meine Lektorin Emily, die du Valentin und Felicia fast noch mehr liebst als ich. Magdalena und Katharina, die ihr Unglaubliches möglich gemacht habt. Michi, Rebecca, Moni und Linda für euer Herzblut in Kommunikation, Events und Design! Und allen hinter den Kulissen in Herstellung, Vertrieb und den Buchhandlungen. Es ist ein unfassbares Geschenk zu erleben, dass ein ganzes Verlagsteam das eigene Buch so sehr liebt, und ich bin unendlich dankbar dafür.

Ein Riesendank an meine Testleserinnen, ohne die ich so oft aufgeschmissen wäre. Ihr seid mein Anker, mein Antrieb und manchmal auch meine Rettungsbojen. Danke, dass es euch gibt. Saskia, Fiona, Duygu, Sarah und Lina, die ihr die Story damals von Seite 1 an angefeuert habt. Daniela, Paula, Naddi, Alex, Annika und Johanna, die ihr mir mit jeder Sprachnachricht ein Lächeln ins Gesicht zaubert und mit jedem Screenshot das Buch verbessert. Ohne euch wäre mein (Autoren-)Leben sehr viel trauriger, einsamer und dunkler. Und Melli, meine Reel-Queen. Ich kann dir nicht genug danken.

Und meine Familie, allen voran mein Ehemann Thomas, der so oft auf mich verzichten muss, wenn ich im stillen Kämmerlein fiktive Männer anhimmle. Keiner von ihnen kommt an dich heran.

Meine Eltern, die uns schon immer Wurzeln und Flügel gegeben haben, um unsere Träume zu verfolgen. Wenn ich groß bin, will ich so sein wie ihr!

Und meine kleine Schwester, die möglicherweise einen Mini-Gastauftritt in einem gewissen Pool hat, weil ich so verdammt stolz auf deine Arbeit als Meeresbiologin und so verliebt in deine bildschönen Töchter mit den grünen Augen und dunklen Locken bin.

»Game of Hearts« ist nach all diesen Jahren immer noch eine der Geschichten, die mir am meisten am Herzen liegen. Ich hoffe, sie hat dir beim Lesen genauso viel Spaß gemacht. Danke, dass du sie gelesen hast.

Sehen wir uns in Teil 2 wieder, wenn ich einer meiner heimlichen Leidenschaften nachgehe, Antagonist:innen zu Protagonist:innen zu machen, und eine intensiv-aufreibende Forbidden Love Fake Dating Story über Anastasia und Troy erzähle? Frei nach Taylor Swifts »Who's afraid of little old me? You should be!«

Alles Liebe und hoffentlich bis bald,
Yvonne